Josef Ollinger

Geschichten und Sagen von Saar und Mosel

Josef Ollinger

Geschichten und Sagen von Saar und Mosel

Traditionen und Bräuche des moselfränkischen Sprachraums

CONTE VERLAG

Widmung

Ich möchte dieses Buch meinem Großvater Peter Ollinger widmen, auf dessen Hof in Nohn ich aufgewachsen bin und meine Jugend verlebt habe.

Auf Wunsch des Autors haben wir bei diesem Buch die „alte" Rechtschreibung, wie sie bis 2005 gültig war, angewandt.

Bibliografische Information Der Deutschen Bibliothek
Die Deutsche Bibliothek verzeichnet diese Publikation in der Deutschen Nationalbiographie; detaillierte bibliografische Daten sind im Internet über http://dnb.ddb.de abrufbar.

ISBN: 3-936950-31-8

Am Ludwigsberg 80-84
66113 Saarbrücken
Tel: (06 81) 4 16 24 28
Fax: (06 81) 4 16 24 44
E-Mail: info@conte-verlag.de
www.conte-verlag.de

Umschlaggestaltung: Markus Dawo
Druck und Bindung: PRISMA Verlagsdruckerei, Saarbrücken

Vorwort

Mit diesem Buch möchte ich eine Lücke schließen, denn meines Wissens gibt es kein Buch, das die Traditionen und die Geschichte unserer Region, dem Saargau, des Dreiländerecks und des anschließenden Moselraums, schildert. Es ist keine wissenschaftliche Arbeit, sondern von einem Laien für Laien geschrieben.

Die meisten Artikel dieses Buches sind im Laufe der letzten Jahre in der „Saarbrücker Zeitung", im „Trierischen Volksfreund" sowie im „Paulinus" und „Paulinus-Kalender" erschienen. Doch was ist vergänglicher als die Zeitung und Zeitschrift von gestern? Deshalb möchte ich nun auf Anregung vieler Leser diese Artikel in Buchform herausgeben.

Das Buch ist in fünf Kapitel unterteilt, die Tradition, ländliches Leben, Geschichte und Geschichten sowie Sagen von Saar, Mosel, Lothringen und Luxemburg dem Leser näher bringen sollen. Bei vielen Älteren wird es Erinnerungen an ihre Jugend hervorrufen, denn sie wissen ja noch, wie es damals war. Ich möchte aber auch den jungen Menschen zeigen, wie ihre Vorfahren früher gelebt haben, daß diese jeden Tag hart arbeiten mußten, um zu überleben. Wenn ich die Jugend dazu bringe den Vergleich von früher zu heute zu ziehen, und sie dabei dem heutigen Wohlstand mehr Anerkennung beimessen, ist der Zweck dieses Buches erreicht.

Danken möchte ich den Institutionen, Firmen und Privatleuten, die finanziell geholfen haben, daß dieses Buch erscheinen konnte. Mein Dank gilt auch dem Conte-Verlag, der mich unterstützt und das Wagnis auf sich genommen hat, diese Sammlung in Buchform herauszugeben. Danken möchte ich allen, die mir ihre alten Bilder zur Verfügung stellten, um das Buch damit zu verschönern. Hier gilt mein besonderer Dank meinem Freund Dr. Willibald Bösen, der mir sein reichhaltiges Bildarchiv bereitwillig öffnete. Zum Schluß möchte ich auch meiner Lebensgefährtin Renate Thielmann für ihre Geduld und Verständnis Dank sagen.

Schwemlingen, im September 2005
Josef Ollinger

Kapitel 1

Tradition

ist das, was im Hinblick auf Kenntnisse, Fertigkeiten, Ideen, Kultur oder auch Verhaltensweisen von Generation zu Generation weitergegeben und entwickelt wird. Es zeigt die Sitten und Bräuche, nach denen unsere Vorfahren früher gelebt haben, als sie noch tief mit ihrem Glauben und den Traditionen verwurzelt waren. Dieser Glaube hat ihre tägliche Arbeit, ihr Leben in Gemeinschaft und Familie geprägt.
Der moderne Mensch von heute belächelt vieles, was von gestern ist und tut es als altmodisch ab. Heute ist man aufgeklärt; Kirche und Glaube haben kaum noch Platz in unserer Gesellschaft.
Ich möchte in den folgenden Artikeln aufzeigen, wie unsere Vorfahren früher gelebt haben, als sie noch alles von Hand machen mußten. Maschinen gab es auf dem Lande fast keine. Es war eine sehr harte Zeit, in der die Menschen vom frühen Morgen bis in die späte Nacht arbeiten mußten, um die Familie ernähren zu können. Das Geld war knapp, daher war man gezwungen, sich von den Erzeugnissen von Feld und Garten zu ernähren. Damals gab es nur wenig Freizeit, doch diese wußte man sinnvoll zu nutzen; Langeweile kannten unsere Vorfahren nicht. Man hatte nur wenig Zeit, doch im Gegensatz zu heute hatten die Menschen füreinander mehr Zeit.

Der Jahreswechsel

Bräuche und Sitten zum Jahreswechsel

Der Jahreswechsel war schon in alten Zeiten ein wichtiger Tag im Leben unserer Vorfahren. Bräuche aus dem Heidentum wurden zum Teil übernommen und vermischten sich mit Bräuchen des Christentums, die sich zum Teil bis in die heutige Zeit erhalten haben.
So glaubte man in früheren Jahren, daß in der Weihnachtsnacht der Werwolf umgeht und der Teufel auf dem Schornstein eines alten Hauses sitzt. Dann beginnen die zwölf heiligen Nächte, in denen die Unglücksraben krächzen; das wütende Heer braust durch die Nächte, und auf den Friedhöfen ist es nicht geheuer. Wie in den zwölf Nächten der Wind weht, so wird sich das neue Jahr gestalten. Die Prophezeiungen der Bauernpraktik aus dem Jahre 1508 sagen folgendes:

Die Christnacht / so der wind wähet / so sterben die fürsten in landen.
Die ander nacht / so versitzet der wein.
Die dritt nacht / so sterben die künig.
Die vierde nacht / so wird hunger in dem land.
Die fünfft nacht / so sterben die maister der bücher.
Die sechst nacht / so wird weins vnnd korns vnnd öls genuog.
die sibend nacht / bringt wider schaden noch frummen.
Die achtend nacht / so sterben alter oder junger leut vil.
Die neundt nacht / so wirdt der leut vil siech vnnd sterben.
Die zehendt nacht / so vellet das vieh nyder vnnd sterben.
Die eylffte nacht / so wird auch vil viehs sterben.
Die zwölfte nacht / so wird auch vil kriegs vnnd streit in landen.

Erst am Dreikönigstag löst sich der Zauberbann, der mit dem neuen Sonnenlauf am 24. Dezember begonnen hatte.
Wie die Christnacht, so hat auch die Silvesternacht, die den Übergang vom alten in das neue Jahr bildet, im Volksglauben eine besondere Bedeutung. Sie läßt einen Blick in die Zukunft tun. Ein Mädchen, das gerne wissen möchte, ob es bald heiratet, wirft mit einem Pantoffel rückwärts in der Richtung nach der Tür. Zeigt die Spitze nach der Tür, so geht sie im kommenden Jahr als Braut aus dem Hause. Meldet sich beim Klopfen an den Hühnerstall zuerst der Hahn, so wird sie bald heiraten. Rückwärts über den Kopf geworfene Apfelschalen zeigen die Anfangsbuchstaben des Namens ihres Zukünftigen.
Wie schon in der Weihnachtsnacht, so gießen auch in der Silvesternacht die abergläubischen Frauen das Blei, um ihren „Schatz", dessen Beruf, Gestalt und Eigenschaften vorauszusehen.

Sternsinger in Nohn 1998

Die jungen Burschen verbrachten den Silvesterabend meist in der Wirtschaft, wo der Wirt seinen Stammgästen um 24 Uhr einen Punsch oder Grog sowie Kartoffelsalat und Würstchen spendierte. Sobald um Mitternacht die Uhr schlug, beglückwünschte sich alles durch Händedruck und den Wunsch: „Proschd Neijohr!“ (Prosit Neujahr). Das neue Jahr ist der Gipfelpunkt der winterlichen Festzeit. In einigen Gegenden war es Sitte, daß der verliebte Bursche in der Silvesternacht vor das Haus seiner Angebeteten zog und mit lauter Stimme rief:

Esch wenschen eh glecksielisch Johr,
lang ze lewen, glecklech ze schderwen
Onn de Himmel ze erwen!

Mit mehreren Böllerschüssen bekräftigte der Bursche seinen Wunsch zum Jahreswechsel.
Am Morgen des Neujahrstags suchten die Patenkinder ihre Paten auf und wünschten ein gutes neues Jahr mit den Worten:

Goden Morjen em nauen Johr,
Esch wenschen vill Gleck on Sejen em nauen Johr,
Lang soll'der lewen, glecksielisch schderwen,
Onn denn Himmel soll'der erwen!

In anderen Gegenden wurde auch der folgende Spruch am Neujahrsmorgen aufgesagt:

Ich bin vom Schlaf erwacht,
Und hab Euch das neue Jahr gebracht.
Ich wünsch Euch so viel Glück und Segen,
Wie Troppen vom Himmel roob regen.
Gott soll Euch das Himmelreich geben, Amen.

Die Paten schenkten den Patenkindern einen kleinen Kranzkuchen oder eine große Brezel, den die Kinder um den Hals legten und erfreut nach Hause tru-

gen. Im letzten Kranz im Jahre der Schulentlassung steckte ein kleiner Span zum Zeichen, daß hiermit das Kind aus der Obhut des Paten entlassen, d. h. „entspänt" ist. Diese „Neujahrskränze" gehörten ebenso wie die Puppen und Hasen am Nikolaustag und Weihnachten zu den sogenannten „Gebildbroten". Als solche verzeichnete man örtlich verschiedene eigentümliche Backwerke, die zu besonderen Gelegenheiten hergestellt wurden. Man führt sie auf die alten Opferfeste zurück, die stets mit einem Mahle verbunden waren, bei dem das Brot in einer bestimmten Form gebacken wurde.
Nachbarn und Nachbarinnen begrüßten sich am Neujahrsmorgen mit dem Wunsch: „Proscht Neijohr" oder „Vill Gleck em nauen Johr" oder „Fänken et nau Johr good unn!"
Am „Kinniksdaach" (Dreikönigstag) gingen die jungen Mädchen in das Haus ihres Freiers und brachten den „Kinnik", ein Geschenk, das aus dem Lehenverhältnis Sitte wurde; meist war es ein Taschentuch oder eine andere Kleinigkeit.
Sehr alt ist auch das „Dreikönigssingen" oder auch „Sternsingen" genannt. Am Dreikönigstag (6. Januar) gingen vier größere Jungen, früher waren es Meßdiener, als drei Könige verkleidet von Haus zu Haus. Der eine Junge hatte sein Meßdienergewand an und trug einen großen Stern auf einer Stange den Königen voran. An den Haustüren sangen sie ihr Liedchen:

Singet, preiset Gott mit Freuden,
Seht die Güte unseres Herrn,
Sendet für die blinden Heiden
Einen hellen Wunderstern.
Diesen sahen die drei Weisen,
Sie bemerkten seinen Lauf.
Lasset, sprachen sie, uns reisen,
Gottes Stern geht leuchtend auf.

Einer der drei Könige trat nun vor und sprach sein Sprüchlein:

Ich bin ein kleiner König,
Gebt mir nicht zu wenig,
Laßt mich nicht zu lange stehn,
Ich muß noch ne Türe weiter gehn.

Dann schrieben die Könige mit Kreide die Buchstaben C + M + B über die Haustür, weil die Namen der heiligen drei Könige (Kasper, Melchior und Balthasar) das Haus vor Blitz und Krankheiten schützen. Die Dorfbewohner beschenkten die Könige reich mit Nüssen oder Geld, und ein Kirchenlied singend zogen diese weiter.

Diese Häuserweihe ist aus dem vorchristlichen Brauchtum und den Rauhnächten entstanden, in denen die wilde Jagd umging und durch Lärm und Ausräuchern vertrieben wurde. Die christliche Tradition übernahm die heidnischen Bräuche und „taufte“ sie in christliche Bräuche um. Mit der Kreide, die man früher benutzte, um heidnische Schutzzauber an die Türen zu malen, schreibt man jetzt die Buchstaben C + M + B (Christus Mansionem Benedicat = Christus segne dieses Haus). Volkstümlich werden diese drei Buchstaben immer noch als Anfangsbuchstaben der heiligen Drei Könige verstanden: Caspar, Melchior, Balthasar.
Dieser Brauch der Häuserweihe hat sich bis auf den heutigen Tag erhalten, denn auch heute ziehen die „Sternsinger“ von Haus zu Haus. Bei uns sind es Meßdiener und seit einigen Jahren auch Meßdienerinnen, die in Gruppen zu viert (drei Könige, ein Sternenträger) in die Häuser kommen, ihren Spruch aufsagen und den Segensspruch an die Haus- oder Stubentür malen. Das Geld, das sie von den Leuten bekommen, wird an das Bistum abgeführt. Dieses gesammelte Geld wird für Projekte in der dritten Welt verwendet; jedes Jahr ein anderes Land.

Das Lehenausrufen

Die Liebschaften in den Dörfern wurden in früheren Jahren nach alter saarländischer Sitte sehr oft durch das Lehenausrufen geregelt und gefördert. Viele Paare, die durch Lehen zusammenkamen, lernten sich dabei kennen und lieben und schlossen letztendlich den Bund fürs Leben.
Das Lehenausrufen wurde meist am Abend vor dem Fastnachtsonntag oder vor dem ersten Fastensonntag durchgeführt. In Nohn war es üblich, daß die jungen Burschen, die 18 Jahre alt wurden, das Lehenausrufen übernahmen. Man traf sich ein oder zwei Wochen vorher, um eine Liste aller ledigen Dorfbewohner anzufertigen. Die Namen der alten Junggesellen und der alten Jungfern wurden mit aufgenommen, wie es die altüberlieferte Sitte vorschrieb. Oft kam es vor, daß sich mehrere Burschen um ein besonders schönes oder reiches Mädchen bewarben. Dann wurde dem Lehenkomitee Geld angeboten, um die begehrte Lehe zu erhalten; dem Meistbietenden wurde sie dann in der Regel zugeschlagen. Über solche Lehen freute sich das Komitee natürlich sehr; brachten sie doch Geld ein, um die anfallenden Kosten zu decken.
Am Abend des Lehenfestes fuhr das Lehenkomitee auf einem Bettwagen vor, der mit frischem Tannengrün und bunten Bändern rundum geschmückt war. Oben auf dem Wagen waren bunte, brennende Lampions und bunte Bänder befestigt, was bei Dunkelheit ein schönes Bild abgab. Auf dem Wagen saß das Lehenkomitee; festlich angezogen, mit Strohhüten auf dem Kopf und einem bunten Band als Schlips um den Hals. Als Musikant hatte man meist einen Akkordeonspieler auf dem Wagen sitzen. In früheren Jahren wurde der Wagen des Lehenkomitees von Pferden oder Kühen gezogen, da es damals noch keine Traktoren gab. Der Wagen stand in Nohn zum Lehenausrufen in einer Nebenstraße, die höher lag als die Hauptstraße, so daß man die Ausrufer unten sehr gut hören konnte. Das ganze Dorf war versammelt, um zu hören, wer in dem Jahr wen zum Lehen bekam. Die jungen Burschen des Lehenkomitees trugen brennende Fackeln, man sang und jauchzte, nachdem man sich vorher mit Hochprozentigem entsprechend aufgeheizt hatte. Die Dorfbewohner und ganz besonders die Mädchen erwarteten begierig das Ausrufen. Auf dem Rufplatz trat Totenstille ein, wenn der erste Ausrufer aufstand, seine Liste aufrollte und lauthals schrie: „Ech genn, ech genn!“ Die Menge antwortete: „Geff, wem de welscht“. Der Ausrufer: „Ech genn de Pittersch Kloas un et Meiers Suß dat Johr zur Lehn un et nescht Johr zur Eh.“ „Daht es rescht“, rief die Menge begeistert, und der Ausrufer fuhr mit seinen Lehen fort. So hatte jeder Bursche vom Lehenkomitee eine Liste mit Namen auszurufen. Natürlich kamen auch Spottlehen zusammen, wollte man einem Burschen oder Mädchen eins auswischen. Dann wurde ein alter Junggeselle mit einem jungen Mädchen ausgerufen, oder ein junger Bursche mit einer alten Jungfer. Wurde ein solches Paar ausgerufen, so jubelte und lachte die Menge. War das letzte Paar ausgerufen,

Lehenausrufen 1957

brach ein allgemeiner Jubel los; man klatschte und schrie lauthals, besonders das junge Volk. Das Lehenkomitee fuhr anschließend mit Musik in die Gastwirtschaft, um die durch das Ausrufen heiseren Kehlen kräftig anzufeuchten. Die meisten Burschen brachten am anderen Tag keinen Ton mehr hervor, so hatten sie ihre Stimmbänder strapaziert. Man muß bedenken, daß es damals noch keine Lautsprecher oder Megaphone auf dem Dorf gab; da mußten die Burschen schreien, so laut sie konnten.

Am Samstag darauf war dann der Lehenball, vom Lehenkomitee veranstaltet. In der Woche hatten die Mädchen ihrem Lehen die traditionelle Brezel gebracht, womit sie ihr Einverständnis mit ihrem Lehen bekanntgaben. Bekam ein Bursche keine Brezel, so hatte ihn das Mädchen abgelehnt; er brauchte es also nicht auszuführen. Am Abend des Lehenballes ging der Bursche, der eine Brezel bekommen hatte, sein Lehen abholen. Die ganze Familie des Mädchens empfing ihn, und bot ihm der Hausherr Schnaps und Viez an, so war man mit ihm einverstanden. Anschließend führte der Bursche sein Lehen zum Lehenball aus. Aus vielen der Lehen sind damals Ehen entstanden, weil man sich dabei kennen- und auch liebenlernte.

In Nohn ist das Lehenausrufen Ende der sechziger Jahre eingestellt worden, da die Lehenkomitees finanziell nicht mehr klarkamen. Man mußte für den Lehenball eine teure Musikkapelle verpflichten, die nur durch das Eintrittsgeld und die eingenommenen Gelder für Lehen bezahlt wurden. Als sich dies in einem so kleinen Dorf wie Nohn nicht mehr rechnete, wurde das Lehenausrufen eingestellt. Schade um den schönen Brauch! In der Gemeinde Mettlach wird heute nur noch in Saarhölzbach das Lehenausrufen wie in früheren Jahren gepflegt. Auch in Brotdorf werden die Lehen noch ausgerufen; hier rollt man nach dem Lehenausrufen ein brennendes Strohrad den Hang hinunter.

Über die Entstehung des Lehenausrufens gibt es verschiedene Versionen. In seinem Buch „Mettlach - von Landschaft, Brauch und schönen Künsten" schreibt Dr. Carl Conrath aus Mettlach in dem Kapitel „Ein Frontbericht aus dem Heerlager Erzbischofs Balduins, des Kurfürsten von Trier" über das Lehenausrufen: „...Waffenpflichtig waren alle Männer, Bauern wie Handwerker. Die Handwerker wurden nach Zünften einberufen, sie wurden zuerst auf die Wälle geschickt. Der ‚Spießbürger' war nur ein halber Söldner. Wenn der Büttel des Landesherrn die Männer zu den Waffen rief und laut rufend über die Dörfer zog, so rief er bei jungen, unverheirateten Männern ihr Gespusi mit aus. Damit galten beide als öffentlich verlobt. Aus dieser Gepflogenheit hat sich das Lehenausrufen erhalten bis auf den heutigen Tag."

Dr. Jakob Zewe schreibt in seinem Buch „Sitte und Brauch im Saargebiet" über die Entstehung des Lehenausrufens: „Das nächste Fest nach Maria Lichtmeß ist ein richtiges Volksfest, die Fastnacht. Vor der 40tägigen Buße der Fastenzeit tobt sich das Volk während der ‚Fasend' noch einmal ordentlich aus. In dieser Zeit findet das ‚Lehn'- oder ‚Lehenausrufen' statt, eine uralte Sitte, die auf den altgermanischen Brautlauf zurückzuführen ist, wie er in den Mailagern ausgeübt wurde. Vom Heerführer oder König wurde ein Mädchen einem Krieger als Gefährtin zuerkannt. Das ‚Lehenausrufen' besteht darin, daß ein junges Mädchen einem jungen Burschen als Tänzerin für das ganze Jahr bestimmt wird."

Nikolaus Fox schreibt in seiner „Saarländischen Volkskunde" über das Lehenausrufen u. a.: „Eine Ausrufformel aus dem 14. Jahrhundert beweist, daß im Mittelalter das Zeremoniell bei dem Lehenausrufen sehr beachtet wurde: ‚wem schall ichs geben, ze fröden seinem leben?' was ist das? sagt uns herre, was? ‚es ist fro Gredel Erenflüch, wem fügt sey bas?' anders niempt dann mir, sey ist meines herczen gir. ‚Jäckel Gumpast, seyst ein gesell, so hab sey dir!' nu müß mirs got gesegen! wie schon will ich dir pflegen!' Auch der Tanz um das Freudenfeuer und die Tänze im Freien wurden in früherer Zeit ausgiebig geübt, während in unserem Zeitalter die eigentliche Tanzfeier in der Dorfschenke stattfindet."

Heinrich Nießen schreibt in seinem Buch: „Sagen und Geschichten des Saarthales" folgendes: „Eine mir bekannt gewordene Auslegung geht dahin: Wenn zu Beginn des 12. Jahrhunderts jemand ein ihm genehmes Mädchen fand, das er ehelichen wollte, doch nicht zum Ziele gelangen konnte, machte er davon dem Fürsten oder Ortsherrn Anzeige. Dieser besaß das Recht, die Person, wenn es ihm beliebte, dem anderen gewissermaßen als Lehen für ein Jahr zuzuweisen, dem dann die Hochzeit folgen sollte. Nur wenige und sehr wichtige Gründe konnten die Umgehung der Verordnung zulassen. Die Zusage geschah öffentlich und wurde in Gegenwart und auf Befehl des Ortsherrn durch einen Herold ausgerufen, wodurch beide in den Augen des Volkes als verlobt galten. Aus diesem habe sich nach und nach die andere Form entwickelt."

Von kirchlicher Seite aus wurde das Lehenausrufen nicht gerne gesehen. Dr. Philipp de Lorenzi, Domdechant und Bischöflicher Offizial schreibt 1887 in seinem Buch „Beiträge zur Geschichte sämtlicher Pfarreien der Diöcese Trier" über das Lehenausrufen: „In Saarhölzbach bestand, wie an vielen Orten der Eifel, eine nicht unbedenkliche Sitte, das sogenannte Lehnrufen. An einem Sonntag vor der Fastenzeit erwählte sich jeder Bursche ein Mädchen des Dorfs für das kommende Jahr als bevorzugte Tänzerin mit dem Rufe: ‚Dieses Jahr zum Lehn, das andere Jahr zur Eh!' Dieser Brauch blüht leider noch immer an

der ganzen Saar.“ (Die Saarhölzbacher haben sich dies aber nicht verdrießen lassen, denn bei ihnen wird das Lehenausrufen ununterbrochen bis zum heutigen Tag praktiziert).
Graf Albrecht von Ottweiler (1574-93) und Philipp III. von Saarbrücken verboten in ihrer Kirchenordnung das Lehenausrufen in Völklingen.

„Fösend" auf dem Saargau – Wie man früher Fastnacht feierte

Mit der Fastenzeit beginnt der Osterfestkreis; daher ist das Volk bestrebt, noch einmal in sorgloser Freude zu feiern, bevor der Ernst der Fastenzeit beginnt. Diese Zeit vor der Fastenzeit ist die Zeit der Fastnacht, wo man sich noch einmal so richtig austoben kann.

In vielen Ortschaften des Saarlandes wurden vor der Fastenzeit die Lehen ausgerufen, entweder am Vorabend des Fastnachtsonntags oder an dem des ersten Sonntags vor Fastnacht oder auch am ersten Samstag nach Fastnacht (am Vorabend des ersten Fastensonntags). Dieser Brauch ist heute fast ausgestorben; in unserer Gegend wird er nur noch in Saarhölzbach und Brotdorf gepflegt.

In früheren Jahren waren nur an Fastnacht und Kirmes Tanzveranstaltungen in den Dörfern des Saargaus. Da war es kein Wunder, daß an diesen Tagen die Säle und Gastwirtschaften überfüllt waren. Das bunte Treiben begann am Nachmittag des Fastnachtsonntags. Einzelne Gruppen von Kindern zogen mittags durch die Straßen, singend und scherzend und zu allem Unfug aufgelegt. Da waren die Truhen und Schränke nach alten Kleidern durchsucht worden, damit man sich als „Föösboaken" (Fastnachtsgecken) zünftig verkleiden konnte. Wir Kinder hatten hauptsächlich unseren Spaß daran, an diesem Tag in die Rolle der Erwachsenen zu schlüpfen, um als „Pädder Kles" oder „Uma Suß" aufzutreten. Dabei spielten wir unsere Rolle so gut, daß der „Pädder Kles" oder die „Uma Suß" oft beleidigt waren. Denn Kinder sind sehr gute Beobachter, daher mimten sie in der Verkleidung die menschlichen Schwächen der Dargestellten nach, sehr zur Gaudi der Zuschauer.

Die Verkleidung der Kinder war sehr einfach: Die Jungen hatten auf dem Kopf einen verbeulten „Schlapphoot" (Schlapphut) oder Zylinder vom „Upa" (Opa), dazu einen „Motzen" (Jacke) vom „Papp" (Vater) verkehrt herum an gezogen, mit Holzkohle einen „Schnorres" (Schnauzbart) unter die Nase gemalt; fertig war der männliche „Föösboak". Das weibliche Gegenstück hatte einen „Kompotthut" von der „Uma" (Oma) auf dem Kopf, einen alten Rock von der „Mamm" (Mutter) an, oder wenn es ganz vornehm als „Dame" ging, ein Stück alte Gardine als Stola umhängen. So waren die Kinder früher verkleidet; da wurde Mutters oder Omas alte Kleiderkiste geplündert. Viel Spaß mit wenig Mühe und Mitteln; vor allem kostete es kein Geld. Denn Geld war damals keins da und für sowas „Unsinniges" wie „Fösend" schon gar nicht.

Wir Kinder zogen zu Verwandten, Bekannten und Nachbarn und sangen unser Sprüchlein: „Wä Fösend eß, wä Fösend eß, dann schlacht mei Papp eh Bock; dann danscht mei Mamm, dann danscht mei Mamm, mett ihrem ruden Rack!" (Wenn Fastnacht ist, wenn Fastnacht ist, dann schlachtet mein Vater einen Bock; dann tanzt meine Mutter, dann tanzt meine Mutter, mit ihrem

roten Rock). Als Belohnung gab es dann die heißgeliebten „Onnermeis'cher" (Fastnachtsküchelcher), die früher jede Hausfrau in großen Mengen für die Fösend gebacken hatte.
In meiner Jugendzeit durften die Kinder, die an dem Jahr zur heiligen Kommunion gingen, keine Fastnacht feiern und sich auch nicht verkleiden; sonst hätte sie der Pastor nicht zur Kommunion gehen lassen. So streng waren damals die Bräuche!
In den Sälen ging es abends bei den Erwachsenen hoch her, da wurde das Tanzbein geschwungen bei Walzer, Polka, Mazurka, Schottisch und Rheinländer. „Siehst de net, loh kimmt hen, lange Schritte nemmt hen, siehste net, lo is er schon, der versoffene Schwiegersohn." – „Herr Schmitt, Herr Schmitt, was bringt das Mädel mit?...En Schleier un en Federhut, die stehn dem Mädel gar so gut. Herr Schmitt, Herr Schmitt, das bringt das Mädel mit." Wer kennt sie nicht, diese uralten Schlager, nach denen früher „geschoben" (getanzt) wurde? Da ging es sehr ausgelassen zu, denn das junge Volk nutzte ausgiebig die Gelegenheit zum Tanzen. Die nächste Tanzveranstaltung war ja erst wieder an der Kirmes im Sommer oder Herbst. Auch die Erwachsenen „verboazten" (verkleideten) sich an der „Fösend". Nur durfte es in früheren Jahren nichts kosten, denn das Geld war rar. Also machten sie es wie die Kinder; sie plünderten die Kleiderkisten. Die Versuchung war zu groß, einmal unerkannt das zu tun, was man sich sonst nie traute. Wenn man es zu toll getrieben hatte, verschwand man eben unerkannt vor der Demaskierung um Mitternacht. Meine Mutter erzählte uns dazu eine schöne Geschichte aus ihrer Jugendzeit. In unserem Dorf war „Fösendsball" angesagt; die ganze Jugend war da. Auch ein junger Mann aus der Nachbarschaft, nennen wir ihn Matz, war dabei. Eine weibliche Maske tanzte an dem Abend öfters mit ihm und Matz verliebte sich in die unbekannte Schöne. Er redete auf sie ein, mit ihm einen Spaziergang an der frischen Luft zu machen. Nach anfänglichem Zögern willigte die Unbekannte schließlich ein und sie gingen nach draußen. Als Matz nun „neperlech" (zudringlich) wurde und der Schönen einen Kuß

Nohn – Fastnacht 1959

rauben wollte, bekam er eine gewaltige Ohrfeige. Die Unbekannte riß ihre Maske herunter und Matz bekam seinen Mund nicht mehr zu; es war seine eigene Mutter.

Die „Nuhner Fösend":

Nach dem Krieg war der erste Fastnachtsumzug in Nohn 1949, an Fastnachtmontag. Er wurde zu vorgerückter Stunde aus einer Bierlaune heraus in „Hauperts" (Lokal Klein) an Fastnachtsonntag beschlossen. Da alle gut in Laune waren, wurde die Idee begeistert aufgenommen. Die Planung wurde von den „Strategen" sofort in Angriff genommen, die einzelnen Rollen unter die Anwesenden verteilt. Damit die Fastnacht auch richtig in Schwung kommen konnte, mußte ein Prinzenpaar her. Nach einigem Suchen hatte man es gefunden; das erste Nohner Prinzenpaar hieß Berta Sünnen und Karl Lorenz. Als Motto wählte man „Fößgeckisch", der sich bis heute als Nohner Schlachtruf an „Fösend" erhalten hat. Zur damaligen Zeit, so kurz nach dem Krieg, mußte man überall improvisieren, da es nichts zu kaufen gab und auch kein Geld da war. Doch ein Kleid für die Prinzessin mußte her, egal wie. Zum Glück war ein passendes in einem der Kleiderpakete aus Amerika. Als Umhang wurde Nachbars Tischdecke aus rotem Samt genommen und mit Goldbordüre eingefaßt.

Pünktlich, wie am Vortag beschlossen, kamen die Narren dann am Nachmittag des Fastnachtmontags bei „Hauperts" zusammen. Als „Prinzenkutsche" diente ein schwerer Benzwagen, auf dessen Pritsche die Hoheiten Platz nahmen. Die Fußgruppen als Afrikaner, Zigeuner und alles mögliche verkleidet, stellten sich auf, und der Umzug ging los, angeführt von einem Schildträger mit dem Motto „Fößgeckisch" und einer geschmückten Geiß. Unterwegs verkündete Prinz Karl seine närrischen Parolen. Ausgelassen tanzten die Fußgruppen auf der Straße und sorgten für Stimmung. Zucker wurde kaum verteilt, der Schlager waren Apfelsinen, eine Rarität zu dieser Zeit.

Der neue Schlachtruf wurde bereits am gleichen Abend als Parole ausprobiert. Wer die Parole nicht kannte, wurde gar nicht zum Feiern bei „Hauperts" eingelassen. Da half kein Zetern und Lamentieren, wer die Parole „Fößgeckisch" nicht kannte, fand keinen Zutritt.

Das ganze Elend des Krieges und der Zeit danach hatte hier ein Ventil gefunden und es wurde zum ersten Mal so richtig Dampf abgelassen. Ohne vorherige Absprache war ganz spontan der erste Nohner Fastnachtsumzug zustandegekommen.

In den beiden darauffolgenden Jahren fand kein Umzug mehr statt. 1950 hatte die Fastnacht Pause und 1951 gab es dann wieder ein Prinzenpaar in Nohn, nämlich Pittern Ilse (Ilse Klein) und Schläfer Matz (Martin Schuster). Es wurde aber nur in „Hauperts" gefeiert.

Anläßlich des Lehnenballs 1952 wurden wieder erste Absprachen zur Durchführung eines Umzuges getroffen. Diesmal gab es eine längere Planungsphase. Aber auch die Suche nach einem Prinzenpaar gestaltete sich schwieriger, so daß schließlich die Altgedienten wieder herangezogen wurden: Berta Sünnen und Martin Schuster. Der Prinzenwagen bestand diesmal aus einem „Bettwoan" (Bettwagen), gezogen von bunt geschmückten Kühen. Da mußten die Hoheiten sich nicht nur wegen der holprigen Straßen (in Nohn gab es damals noch keine Teerstraßen), sondern auch wegen der von der Musik häufig erschreckten Kühe festklammern. Auch diesmal zogen viele Fußgruppen mit, auch Tünsdorfer. Unterwegs wurde über die neu ins Dorf gekommenen „Ädemen" (Eidame) Gericht gehalten, was dann meist damit endete, daß sie ihren Einstand zahlen mußten.

Nohn – Fastnacht 1960

In den späteren Jahren schlief die „Nuhner Fösend" ein, bis dann 1972 der NCV (Nohner Carnevals Verein) gegründet wurde. Nun wurde die Fastnacht professionell betrieben mit Kappensitzungen und großem Umzug (22 Wagen plus diverse Fußgruppen). Auf den Kappensitzungen gab es ein fünfstündiges Nonstop-Programm mit einem Feuerwerk an guter Laune. Zeitweilig mußte der NCV mit seinen Kappensitzungen in die Tünsdorfer Mehrzweckhalle ausweichen, da die Narhalla Niewind in Nohn geschlossen wurde. In der Session 1981/82 konnten dann die Kappensitzungen erstmals in der neuen Narhalla, der „Ackerklause", dem Nohner Bürgerhaus veranstaltet werden. Der letzte Fastnachtsumzug in Nohn war in der Session 1983/84; seitdem fanden keine Umzüge mehr statt. Seit einigen Jahren hat man wieder einen kleinen Fastnachtsumzug eingeführt, der am Rosenmontag stattfindet.
Der Nohner NCV hat die Narren seit über dreißig Jahren fest im Griff, die Kappensitzungen sind immer schon frühzeitig ausverkauft. Im letzten Jahr feierte der Nohner Carnevalsverein sein großes Jubiläum; er wurde „3 x 33 Jahre" alt.
Am Fetten Donnerstag gehört die Halle den „Nuhner Fraleiten"; da lädt die Frauengemeinschaft „de geckisch Fraleit vun Nuhn on rondremm" zur

„Nuhner Fösend“ ein, dann ist alles „Fösgeckisch“. Und am Rosenmontag sind die Kleinen an der Reihe mit ihrer „Kinder-Kappensitzung“, denn der kleine Narr macht's dem großen nach.

Bräuche zu Mariä Lichtmeß

Lichtmeß, das Fest Mariä Reinigung oder der Darstellung Jesu im Tempel (2. Februar), so genannt, weil vor der Messe die Lichter (Kerzen) geweiht und ausgeteilt werden und damit eine Lichterprozession in der Kirche gehalten wird. Der Grund für die Zeremonie ist das Wort Simeons aus dem Evangelium der Festmesse von Jesus als dem „Licht zur Erleuchtung der Heiden".
Die Liturgiereform nach dem Zweiten Vatikanischen Konzil hat dem Lichtmeßtag wieder seine ursprünglich christologische Akzentuierung zurückgegeben: Darstellung des Herrn – Hypapante, Begegnung des Herrn mit allen Menschen, die guten Willens sind. Die am 2. Februar in einem Weihkorb mitgebrachten und in der Kirche geweihten Kerzen werden vom christlichen Volk als „hochgeweiht" geschätzt. So manche Sterbekerze ist an diesem Fest geweiht worden. Besonders geschätzt sind die schwarzen Wetterkerzen, die bei Sturm und Gewittern in Häusern und Wohnungen entzündet werden und zum Bittgebet vor Blitz und Ungewitter aufrufen.
Bei der Kerzenweihe am Fest „Darstellung des Herrn" (2. Februar) wird folgendes Gebet gesprochen:
„Lasset uns beten! – Gott, du Quell und Ursprung allen Lichtes, du hast am heutigen Tage dem greisen Simeon Christus geoffenbart als Licht zur Erleuchtung der Heiden. Segne die Kerzen, die wir in unseren Händen tragen und zu deinem Lob entzünden. Führe uns auf dem Weg des Glaubens und der Liebe zu jenem Licht, das nie erlöschen wird. Darum bitten wir durch Christus, unseren Herrn."
Dr. Jakob Zewe schreibt in seinem Buch „Sitte und Brauch im Saargebiet" (Verlag Hofer 1924) über Mariä Lichtmeß: Der 2. Februar, Mariä Lichtmeß, hat seinen Namen von dem heute noch üblichen Brauch der katholischen Kirche, an diesem Tag die Lichter, d. i. Kerzen zu weihen. Außer Kerzen weihte man vielfach Wachsstöcke, aus denen man kleine Kreuze formte, das man dem Toten in die Hand gab. Sie steckte man an bei schweren Gewittern; sie brannten als Sterbekerze im Todeskampfe, und beim Totenamte gingen vielerorts die Frauen mit brennenden Wachsstöcken zum Opfer. Seinen Ursprung hat das Fest in dem altrömischen Fest der Luperkalien oder Februalien, an dem die Römer dem Gotte Pluto Februus und seiner Tochter Reinigungsopfer darbrachten unter großen Umzügen mit Fackelbeleuchtung. Die Kirche behielt das Fest bei, legte ihm aber als religiöse Bedeutung die Reinigung der Mutter Maria unter. Dieser zu Ehren fanden Umzüge um das Gotteshaus mit brennenden Lichtern statt, die in einzelnen Orten als „Lichterprozession" heute noch gehalten werden. In manchen Häusern brennt während des Hochamtes eine geweihte Kerze. Am Nachmittag wird in der Kirche der Blasiussegen gegeben, wobei der Priester bei zwei kreuzweise übereinander gelegten Kerzen den Hals segnet, um ihn vor Krankheiten zu bewahren. Die Legende erzählt

nämlich, daß der heilige Blasius durch sein Gebet ein Kind vor dem Erstickungstode gerettet habe."
Lichtmeß fällt etwa in die Mitte zwischen Winters- und Frühlingszeit. Mit diesem Tage endet die Winterbeschäftigung, die Frühlingsarbeiten beginnen:

Lichtmeß Spinnen vergeß,
Bei Tag zu Nacht eß.

In früheren Jahren, als noch die alten, überlieferten Bräuche das bäuerliche Leben prägten und bestimmten, war der 2. Februar, Mariä Lichtmeß, ein wichtiger Tag für die Bauern. An diesem Tag war der kalendermäßige Anfang des bäuerlichen Arbeitsjahres. „Die Tage längen sich um einen Hahnenschrei." Die Spinnstuben wurden aufgehoben und andere häusliche Winterarbeiten beendet. Alle Arbeiten, bei Licht, die vielerorts nach Michelstag (29. September des Vorjahres) begonnen hatten, wurden nun eingestellt. Es war jetzt schon länger hell und dies reichte aus, um das „Tagwerk" zu bewältigen. Jetzt wurde der Stallmist aus- und untergefahren und auch die Jauche wurde auf die Felder gefahren, um zu düngen. Die Gerätschaften wie Egge, Pflug, Wagen u.a. wurden überprüft und evtl. repariert und instandgesetzt. Der Bauer bereitete alles vor, um bei günstiger Witterung mit der Frühjahrsarbeit beginnen zu können.
Lichtmeß war auch für das Gesinde ein wichtiger Tag, denn an diesem Tag wurden vom Bauern untaugliche Knechte und Mägde aus dem Dienst entlassen und anderes Gesinde dafür eingestellt. In einigen Gegenden hatte das Gesinde vom 2. bis 5. Februar frei. Meist wurde diese Zeit genutzt, um kleine Einkäufe zu machen, die Arbeitskleidung auszubessern oder um Besuche bei Verwandten und Freunden zu machen. Am Agathentag (5. Februar) mußte dann die neue Dienststelle angetreten werden.
Einen hohen Stellenwert hatte die Kerzensegnung an Mariä Lichtmeß bei den Bauern. Dem gesegneten Wachs schrieb man viele wunderbare Eigenschaften zu. So schützte das geweihte Wachs nach ihrem Glauben Haus und Hof, Mensch und Vieh gegen böse Geister, Krankheit und Unheil aller Art. Aus dem gesegneten Wachsstock wurden Kreuzchen geformt und an die Stubendecke geklebt oder über die Haustür, über das Scheunentor, unter Bett, Tisch und Bank oder an die Tragbalken in den Viehställen. Man glaubte, dadurch Nachtmahre, Herdemännchen, Erdmännel, Drickmännel und Tümpelmännel fern zu halten; dem Pferd und der Kuh klebte man es an die Krippe, damit Hexen keine Gewalt über Futter und Vieh bekämen. Bei Gewittern, Krankheits- und Sterbefällen angezündet, bewahrte dieses Licht vor allem Unheil. Dem Toten wurde je ein aus dem Wachsstock hergestelltes Kreuzchen auf die Knie, den Kopf gelegt, in die gefalteten Hände und mit in den Sarg gegeben. In den Acker gesteckt, verhüteten diese Kreuzchen Ungeziefer und Unkraut.

Die Lichtmeßkerzen fertigte früher der Hausvater aus Bienenwachs; die Hausmutter spann den Docht dafür. Kam der Bauer an Mariä Lichtmeß aus der Kirche, betrat er den Stall und träufelte auf jedes Pferd und auf jedes weitere Stück Vieh heißes, geweihtes Wachs, um das Vieh gegen Krankheiten zu feien. Je neun Tropfen träufelte die Bäuerin auf mehrere Brotscheiben und gab jedem Tier im Stall ein Stück davon zu fressen. Man muß bedenken, daß der Viehbestand von jeher das Kapital des Bauern war. Ein gesunder Viehbestand bedeutete Wohlstand; kam eine Krankheit oder gar Seuche in den Stall, so war dies der Ruin des Hofes.
Kerzen, die an Mariä Lichtmeß geweiht wurden, bekamen im bäuerlichen Leben einen ganz bestimmten Platz. So wurden sie bei schweren Gewittern angezündet, um Haus und Hof vor Blitzschlag zu schützen; bei ernsten Erkrankungen oder in der Todesstunde eines Familienangehörigen ließ man sie ebenfalls brennen. Die an Lichtmeß geweihten Kerzen sollten wirksam vor Feuersgefahr und Blitzschlag, aber auch ebenso vor den bösen Geistern und den dunklen Mächten des Bösen schützen.
Jedoch nicht nur der Beginn des bäuerlichen Arbeitsjahres wurde vom Lichtmeßfest markiert. Viele Bräuche – heidnische wie auch christliche – haben sich im Laufe der Jahrhunderte um diesen Termin herum angesiedelt: Heidnische Feuerbräuche und die kirchliche Kerzenweihe sind die bekanntesten. So liefen einst die jungen Burschen mit langen, brennenden Strohfackeln über die Felder, um die Saaten aufzuwecken.
In der christlichen Kirche ist das Fest Mariä Lichtmeß, an dem der Darstellung Jesu im Tempel gedacht wird, ein bereits im 4. Jahrhundert nachweisbares Prozessionsfest mit Lichtern. So läßt man auch noch heute in überwiegend katholischen Gegenden zu Lichtmeß in der Kirche kunstvolle Wachsstöcke oder einfache Wachslichter weihen. Diese an Lichtmeß geweihten Kerzen sollten wirksam gegen Feuersbrunst und Blitzschlag, Krankheiten und bösen Geistern schützen.
Es ist historisch belegt, daß bereits die Römer im 5. Jahrhundert vor Christi um die Lichtmeßzeit ein Fest zu Ehren der römischen Göttin Februa feierten, bei dem Umzüge mit Kerzen und Fackeln veranstaltet wurden. Offensichtlich wurde hier bereits von den Römern das erste Frühlingsfest gefeiert.

Sprüche zu Lichtmeß:

„Maria Lichtmeß, 's Spinnen vergeß,
's Spinnrädel hinner die Dier,
's Gartenhäckel (Rebmesser) hervür."
„Wenn's an Lichtmeß stürmt und schneit,
ist der Frühling nicht mehr weit."
„Lichtmessen, der Winter halb gefressen."

„Lichtmeß hell und klar, bringt dem Bauern ein gutes Jahr."
„Lichtmeß im Schnee, Ostern im Klee."
„Wenn im Hornung de Mecken spillen, sou hun se em März vill ze hollen."

Bräuche zum Blasiustag
Einen Tag nach Mariä Lichtmeß, nämlich am 3. Februar feiert die Kirche das Fest des hl. Blasius. Blasius, geb. im 3. Jahrhundert, Bischof in Sebaste, Armenien, starb dort im Jahre 316 als Märtyrer. Die Legende besagt, daß Blasius im Gefängnis einen Jungen durch sein Gebet vor dem Erstickungstod durch eine Fischgräte bewahrte. Darauf beruht die Verehrung als Schutzheiliger bei Halskrankheiten. Im Orient ist Blasius für dieses Patronat schon seit dem 6. Jahrhundert bekannt. Schon im 12. Jahrhundert existierte ein Gebet zu Blasius gegen Kehlschwellung. Etwa seit dem 16. Jahrhundert gibt es den Blasiussegen, bei dem zwei geweihte Kerzen in Form des Andreaskreuzes vor den Hals gehalten werden. Dabei spricht der Priester den Segen: „Durch die Fürbitte des hl. Bischofs und Märtyrers Blasius bewahre und befreie dich von allen Leiden des Halses und der Kehle, Gott der Vater, der Sohn und der heilige Geist, Amen!"
Vor allem im bäuerlichen Leben hat Blasius als Wetterpatron eine besondere Bedeutung. So heißt es, der Blasiustag bringe das Winterende, möglicherweise aber auch Schäden durch Sturm. In früheren Zeiten begingen Gläubige den Blasiustag in festlicher Weise; so wurden Blasiuskerzen geweiht und geopfert, Blasiuswein, Blasiuswasser und Blasiusbrot gesegnet. Das Blasiusbrot wurde sorgfältig aufbewahrt und bei Halskrankheiten verabreicht.
Der heilige Blasius wurde als Schutzpatron der Ärzte, Wollhändler, Schuhmacher, Schneider, Gipser, Weber, Gerber, Bäcker, Maurer, Hutmacher, Musikanten, der Haustiere und Pferde verehrt; er wird angerufen gegen Halsleiden, Husten, Blasenkrankheiten, Blutungen, Geschwüre, Koliken, Zahnschmerzen; gegen die Pest; um eine gute Beichte; er ist einer der 14 Nothelfer, Wetterheiliger.

Der heilige Medardus, Schutzpatron von Nohn

Am 8. Juni feiern die Nohner ihre traditionelle Kirmes. In früheren Jahren war die Kirmes auf den Dörfern des Saargaus ein Höhepunkt im Reigen der jährlichen Feste.

An diesem Tage kamen die Kirmesgäste von nah und fern, um mit den Nohnern ihre weithin bekannte Kirmes zu feiern. Dann wurde aufgetischt, was Küche und Keller an Gutem zu bieten hatten. Am Abend ging man zum Kirmestanze, denn dies war zur damaligen Zeit außer Fastnacht die einzige Tanzveranstaltung des ganzen Jahres.

Als Schutzpatron haben die Nohner den hl. Medardus, einen recht seltenen Heiligen im Saarland, denn außer Nohn hat nur noch Waldhölzbach und Neuforweiler diesen Heiligen zum Schutzpatron. In den Visitationsberichten über das Landkapitel Perl, wozu Nohn als Filiale der Pfarrei Tünsdorf gehört, wird bereits 1782 der hl. Medardus als Patron der Nohner Filialkirche genannt.

Doch wer war dieser hl. Medardus, der doch relativ unbekannt ist? Medardus kam um 475 (einige Quellen nennen 457) in Salency bei Valenciennes (Picardie, Nordfrankreich) zur Welt. Sein Vater Nektor entstammte einem vornehmen, fränkischen Geschlecht; seine Mutter Protagia war galloromanischen Ursprungs. Als Medardus alt genug war, studierte er in Quentin und empfing im Jahre 505 die Priesterweihe; sein weiteres Leben war nun bestimmt von seiner Liebe zu den Armen und erfolgreicher seelsorgerischer Tätigkeit.

Um 530 (nach einigen Quellen um 545) wurde Medardus von dem heiligen Remigius zum Bischof von Noyon (nördlich von Paris) geweiht; somit gehört Medardus zu der ersten Generation der Missionsbischöfe im Frankenreich. Mit den Heiligen Martin, Hilarius und Remigius gehörte Medardus zu den Schutzheiligen des Merowingerreiches. Unter der Führung von Medardus gelangte die heruntergekommene Diözese zu nie gekannter Blüte. Zwei Jahre später wurde Medardus auch Bischof von Tournai (Doornik), der heutigen Hauptstadt der belgischen Provinz Hennegau. Medardus war es auch, der die unglückliche Königin Radegundis von Thüringen (Gedenktag 13. August) zur Diakonissin weihte. Wie berichtet wird, heilte er schon zu Lebzeiten Kranke und Besessene durch das Kreuzzeichen, das er über sie machte. Der Bischof starb hochbetagt um 560 (andere Quellen bezeichnen 545). Das ganze Frankenreich beweinte seinen Tod, da er wegen seiner Milde und Freigebigkeit gegenüber den Armen sehr beliebt war. Aus seinem Grabe erhoben sich wunderbarerweise drei weiße Tauben zum Himmel; daher wird er oft im Bischofsgewand dargestellt, über sich drei weiße Tauben. Nach seinem Tod ließ der Frankenkönig Chlotar I. (Radegundis Mann) in Soissons, der Stadt der fränkischen Könige, die Abtei Saint-Medard errichten, in der die Gebeine von Medardus beigesetzt wurden. In dieser Kirche wurde 561 König Chlotar selbst und später sein Sohn Chilperich beigesetzt.

Eine Legende erzählt, daß Medardus einmal als kleiner Junge auf den Feldern spazierenging, als ein Gewitter mit wolkenbruchartigen Regenfällen losbrach. Plötzlich sei neben Medardus ein riesiger Adler niedergegangen und habe seine Schwingen weit ausgebreitet, damit der Junge nicht naß wurde. Diese Erzählung führte dazu, daß der hl. Medardus bis zum heutigen Tag von den Bauern um trockenes Heuwetter angerufen wird. Auch um Fruchtbarkeit der Felder und Weinstöcke bitten die Landwirte und Winzer den Heiligen.
Der Medardustag war früher ein wichtiger Wetterlostag für die Bauern und Winzer. Mit diesem Datum verband man das endgültige Ende der gefürchteten Frühjahrsfröste, die besonders zur Zeit der Eisheiligen, Mitte Mai, bei den Winzern sehr gefürchtet waren und noch immer sind. Ein alter Wetterspruch belegt dies: „Medard bringt keinen Frost mehr här, der dem Weinstock gefährlich wär."
War diese Regel für die Winzer auch beruhigend, so waren andere Bauernregeln, falls es am 8. Juni regnete, für die Bauern alles andere als beruhigend: „Macht Medardus naß, so regnet's ohne Unterlaß!" oder „Regnet es an Medardi, bleibt das Wetter vierzig Tag' unbeständig." und als letztes „Was St. Medardus für Wetter hält, solch Wetter auch in die Ernte fällt."
Man war der Meinung, daß Regen am Medardustag weitere 40 Tage und Nächte andauern würde, da an diesem Tag angeblich die Sintflut angefangen habe. Ein solcher Dauerregen hatte aber für Bauern und Winzer verheerende Folgen, denn die Bauern brauchten gutes Wetter für die Heuernte und die Winzer für die Traubenblüte. Daher wurde Medardus zum Regenpatron, man bat ihn um Regen zur rechten Zeit. Weiter betete man jedoch auch zum Medardus um eine gute Heuernte sowie um Fruchtbarkeit der Felder und der Weinberge. Schien an seinem Festtag die Sonne, so versprachen die Wetterregeln gute Ernten: „Medardus ohne Regen, folgt ein großer Erntesegen."
Medardus wird meist als Bischof mit Buch und drei Broten dargestellt. Weitere Attribute – beispielsweise Schafe, Ochsen, Tauben – erinnern an ihn als Bauernpatron.

In der Nohner Kirche steht auf der linken Seite des Hochaltars (von 1700) eine geschnitzte Holz-Statue des hl. Medardus, die ihn im vollen Bischofsornat zeigt. In der rechten Hand hält er den Bischofsstab und in der linken ein Buch mit Trauben; hier wird er also als Weinheiliger dargestellt.
Doch wird der hl. Medardus auch als Beschützer der Bierbrauer im Elsaß, Österreich, der Schweiz und in einigen Gegenden Süddeutschlands verehrt.
So kann man es sehr gut verstehen, daß unsere Vorfahren dem Wetter am Medardustag einen sehr hohen Stellenwert einräumten, denn zu dieser Zeit gab es noch keine täglichen Wettermeldungen in den Medien wie Presse, Funk und Fernsehen. Deshalb mußte man sich damals mit den Wetter- und Bauernregeln begnügen.

Dorfkirmes

In früheren Jahren war die Kirmes auf dem Dorfe ein Festtag und entsprechend wurde sie auch gefeiert. Im Jahresablauf des bäuerlichen Lebens hatte daher die Kirmes einen sehr hohen Stellenwert, da man sich an diesem Tage mit den Verwandten und Bekannten traf, feierte, den neuesten Familienklatsch besprach und Erfahrungen austauschte. Zu dieser Zeit waren die Feste auf den Dörfern noch relativ selten, denn außer den hohen kirchlichen Festen, wie Weihnachten und Ostern, feierte man nur noch an Hochzeiten, Kindtaufen und eben auch an der Kirmes. Tanzmusik gab es in früheren Jahren eigentlich nur zu Fastnacht und an der Kirmes, weshalb die Kirmes bei der Jugend des Dorfes auch ganz besonders beliebt war.
Jedes Dorf hatte und hat auch heute noch seinen Schutzpatron, an dessen Namenstag bzw. dem darauffolgenden Sonntag das Patronatsfest, die Kirmes gefeiert wird. Nohn hat als Schutzpatron den hl. Medardus, ein im Saarland relativ unbekannter Heiliger, denn außer in Nohn wird er nur noch in Neuforweiler und Waldhölzbach als Schutzpatron verehrt. Am 8. Juni wird der Namenstag des hl. Medardus gefeiert, und am Sonntag darauf feiern die Nohner ihre Medarduskirmes.
Medardus war auch in früheren Jahren bei den Bauern als Wetterprophet hoch angesehen. Die alten Leute waren früher der Meinung, wenn es am Medardustag regnet, so regnet es 40 Tage und Nächte, da angeblich an diesem Tage die Sintflut begonnen habe. Ein solcher Dauerregen hätte aber für die Bauern verheerende Folgen, da sie für die Heuernte unbedingt trockenes Wetter brauchen. Daher wurde der hl. Medardus zum „Regenpatron"; man bat ihn um Regen zur rechten Zeit. Schien an seinem Festtag die Sonne, so versprachen die Wetterregeln gute Ernten:
„Medardus ohne Regen, folgt ein großer Erntesegen"
In der Nohner Kirche steht ein herrlicher, aus Holz geschnitzter Hochaltar (um 1700), der auf der linken Seite die Statue des hl. Medardus zeigt. Die Statue zeigt ihn in vollem Bischofsornat, in der rechten Hand den Bischofsstab und in der linken ein Buch mit Trauben; hier ist er als Weinheiliger dargestellt. Wie er als Weinheiliger in das Bauern- und Arbeiterdorf Nohn kommt, darüber schweigt die Chronik.
In früheren Jahren war die Nohner Medardus-Kirmes jedes Jahr ein Ereignis für Nohn und die umliegenden Dörfer. Die Medardus-Kirmes begann samstags, dann gingen die jungen Burschen die Kirmes holen. Sie schlugen im Wald einen jungen Baum, meist eine Birke, der bis auf die Krone entlaubt wurde. An den Baum hing man bunte Bänder sowie Schinken, Wurst, Schnaps und einen Krug mit Viez; alles Dinge, die man selber herstellte. Nun wurde der Baum mit Gesang durch das Dorf getragen bis zum Wirtshaus, wo er einen Ehrenplatz bekam. Anschließend wurde die Kirmes mit einem kräfti-

gen Umtrunk eröffnet, wobei im Laufe des Abends die guten Sachen des „Kirmesbaumes" den Weg alles Irdischen gehen mußten. In späteren Jahren, ab 1920, als Nohn einen Musikverein hatte, übernahm dieser die musikalische Umrahmung dieser Kirmes-Eröffnung. Vor einigen Jahren ist dieser Brauch in Nohn wieder eingeführt worden. In Begleitung des Musikvereins wird der geschmückte „Kirmesbaam" durch das Dorf getragen und vor dem Bürgerhaus aufgepflanzt. Dort veranstaltet der Nohner Carnevalsverein an beiden Tagen ein buntes Kirmestreiben.
Sonntags kamen dann die zahlreichen Gäste aus nah und fern, denn die Nohner „Kermes- Emmes" (Kirmes-Essen) war bekannt und berühmt. Hier tischte nun die Hausfrau auf, was Haus, Keller und Felder an Gutem hergaben. Meistens wurde „en dick Schonk" (ganzer Hinterschinken) gekocht und kam komplett auf den Tisch; als Zugaben servierte man Kartoffeln mit deftigem Sauerkraut. Dazu gab es Viez zu trinken und zur Verdauung hinterher gab es zur Feier des Tages den selbstgebrannten Kirsch oder Quetsch. Als Nachtisch wurde meist Pudding serviert, eine höchst seltene Köstlichkeit für die Kinder. Zum Kaffee am Nachmittag gab es Kuchen und Brot aus dem eigenen Backofen, dazu selbstgemachte Butter, geräucherten und gekochten Schinken sowie Wurst. Am Abend wurde dann das Abendessen aufgetischt; eine schöne Strapaze für die damalige Hausfrau. Alles, was an diesem Tag aufgetischt wurde, hatte man selbst hergestellt. Damals gab es in unserem Dorf weder einen Bäcker noch Metzger, nur einen kleinen Lebensmittelladen.

Kirmesmusikanten 1932

Am Sonntagnachmittag gegen 16.00 Uhr begann der Kirmestanz, der oft bis in die frühen Morgenstunden andauerte. Beim Kirmestanz traf sich jung und alt, um bei „Schieber, Rheinländer und Walzer" für ein paar frohe Stunden den Alltag zu vergessen. Doch es verging auch fast keine Kirmes, ohne eine zünftige Schlägerei, denn dabei mußten die jungen Burschen ihre gegenseitigen Kräfte messen. Die alten Leute sagten dazu immer, dies ist der Schnaps, der macht die jungen Burschen wild und toll.
Am Kirmesmontag begann jedoch schon wieder in aller Frühe der Alltag für die Bauern, denn um vier Uhr früh begannen die Männer und Burschen mit dem Mähen der Wiesen, falls es das Wetter erlaubte. Die meisten der Burschen hatten an dem Tag noch kein Bett gesehen, doch kannten die Väter da kein Erbarmen, sie mußten mit zur Mähschicht. Die Schnitter standen in der Wiese in langer Reihe hintereinander, und sie schwangen die Sensen im Gleichmaß

Nohn – Kirmes 1932

durch das Gras. Da durfte es keine Müdigkeit für die jungen Burschen geben, denn die blitzende Sense des Hintermannes bedrohte die Absätze ihrer Stiefel, wenn sie im Tempo nachließen. Das Mähen wurde nur kurz unterbrochen, wenn die Sensen „gewetzt“ (geschärft) werden mußten. Dies ging Stunde um Stunde, bis die Frauen gegen 08.00 Uhr das reichhaltige Frühstück brachten. Da gab es Bauernbrot, Butter, Wurst und Schinken und zum Hinunterspülen den Viez; zum Schluß wurde das Frühstück mit einem „Gau-Whisky“ abgeschlossen. Der Schnaps sollte auch verhüten, daß sich die verschwitzten Männer und Burschen erkälteten. Während die Männer frühstückten, wendeten die Frauen das gemähte Gras, damit es in der Sonne besser trocknen konnte. Nach Beendigung der anstrengenden Mäharbeit gingen die Männer ins Wirtshaus, um ihren Durst zu löschen. Bevor man ins Wirtshaus ging, wurde die Sense samt Köcher und Wetzstein hinter dem Wirtshaus an Haken aufgehängt. Meist hingen an diesem Tag die Sensen dutzendweise hinter der Wirtschaft. Sehr oft wurde dieser Wirtshausbesuch ausgedehnt, es wurde eine „Henk“ (ausgedehnter Wirtshausbesuch), wie die Nohner dazu sagen.

Wenn die Gäste montags oder dienstags heimgingen, zu dieser Zeit gab es in Nohn noch keine Busverbindung, hatten sie im „Sackdooch" (großes, geblümtes Taschentuch) den Proviant (Stück Schinken, Kuchen) für den Heimweg eingepackt, und dies Bündel trugen sie am „Hermeskeiler" (derber Spazierstock) über der Schulter.
Die ältesten Nohner erinnern sich noch, daß in ihrer Jugend am Medardustag die Händler ihre Buden und Verkaufsstände am „Rutzenbur" aufschlugen, um alle möglichen Dinge des bäuerlichen Alltags anzubieten, vom Gummiband, der „Schaffbox" (Arbeitshose) und anderen Textilien bis zur Sense, es war alles da. Bei den Männern waren Sensen und Wetzsteine besonders gefragt, denn wie bereits erwähnt, begann am Kirmesmontag die Heuernte, falls das Wetter mitspielte.
Das Wasser vom „Rutzenbur" war ebenfalls sehr gefragt, sagte man ihm doch eine heilende Wirkung nach, vor allem beim kranken Vieh. Das Wasser mußte jedoch am Medardustag nach altem Brauch gewonnen werden. Dazu sprang man über den „Rutzenbur" und sagte dabei folgenden Spruch:

„Rutzenbur haut on muhr,
Wasser werde uns zum Heil,
Segen werde uns zuteil.
Heiliger Medardus bitte für uns!"

Erst dann erhielt das Wasser des „Rutzenburs" seine heilende Wirkung. Seinen Namen hatte der Brunnen wegen seiner Launen, wenn er nämlich seine „Rutzen" (Launen) hatte, lief kein Wasser aus der Röhre.
Der „Rutzenbur" steht heute als Nachbildung auf dem Nohner Dorfplatz. Der frühere Bürgermeister von Nohn, Karl Lorenz, ließ ihn 1972 errichten. Ursprünglich stand der „Rutzenbur" am Haus Kiefer, an der heutigen Straße „Zur Rutzgewann", Haus Nr. 13.

Der Palmsonntag

Kirchliches Brauchtum:
Palmsonntag, der letzte Sonntag vor Ostern und der Beginn der Karwoche; die Erinnerung an den Einzug Jesu in Jerusalem. Darum weiht die katholische Kirche heute vor dem Hauptgottesdienst (nach der Neuordnung der Karwoche durch das Dekret der Ritenkongregation vom 16. 11. 1955 in roten Gewändern) Palmzweige (in unserer Gegend Zweige vom Buchsbaum). Die Weihe selbst ist gegen früher verkürzt; dafür wird jetzt mehr Nachdruck auf die Palmprozession gelegt. Das Evangelium vom Einzug Jesu in Jerusalem wird jetzt erst nach dem Austeilen der geweihten Palmen gesungen. In der Messe wird die Leidensgeschichte (Passion) nach Matthäus gelesen bzw. gesungen. Wo Abendmessen mit großer Beteiligung gehalten werden, können nach der neuesten Erklärung der Ritenkongregation vom 1. 2. 1957 die Ortsordinarien die Palmweihe mit Prozession und nachfolgender Messe aus pastorellen Gründen zu dieser Zeit gestatten, aber nur unter der Bedingung, daß die Weihe in den betreffenden Kirchen am Vormittag ausfällt. Die Palmweihe allein ohne Prozession und Messe ist nicht gestattet. Die Weihe kann in einer anderen Kirche stattfinden oder sonst an einem passenden Ort, auch im Freien vor einem Kapellchen oder auch nur vor dem Prozessionskreuz, so daß man von dort in Prozession in die Kirche einzieht, in der die heilige Messe gefeiert wird. Den Gläubigen, die an der Palmenweihe nicht teilnehmen können, sollen nachträglich geweihte Palmzweige ausgeteilt werden (Literatur: „Katholisches Handlexikon" von Bernhard Brinkmann S. J., Verlag Butzon & Bercker Kevelaer 1960).
Der junge Pfarrer Ralf Hiebert hat in seiner Tünsdorfer Pfarrei die Palmprozession wieder eingeführt. Am Palmsonntag zieht die Pfarrgemeinde in feierlicher Prozession durch das Oberdorf zur Pfarrkirche. Die Meßdiener führen die Prozession an, dahinter kommen die Kommunionkinder, in den Händen Palmbüsche; ihnen folgt Pfarrer Ralf Hiebert, das Kreuz tragend. Dahinter kommt der Tünsdorfer Musikverein, der die Prozession musikalisch umrahmt. Zum Schluß kommen die Gläubigen aus Tünsdorf und den Filialdörfern Bethingen, Büschdorf, Nohn und Wehingen. Vor Beginn der Prozession hatte Pfarrer Ralf Hiebert die Palmzweige der Gläubigen gesegnet. Im Anschluß an die Prozession folgte in der Pfarrkirche ein feierlicher Gottesdienst, vom Kirchenchor Tünsdorf gestaltet.

Bäuerliches Brauchtum:
Die geweihten Palmzweige hatten und haben auch heute noch bei den gläubigen Bauern einen hohen Stellenwert, glaubt man doch fest daran, daß diese Palmzweige vor Krankheit, Unheil und Mißernten schützen.

Ich kann mich noch gut daran erinnern, daß in meiner Jugend mein Großvater (ich bin auf einem Bauernhof aufgewachsen) nach der Messe die geweihten Palmzweige in Haus und Hof verteilte. Da kam ein Zweiglein über die Haustüre, und im Haus wurde an jedes Kruzifix ein Palmzweiglein gesteckt, um das Haus und seine Bewohner vor Krankheit und Unheil aller Art zu schützen. Auch in den Keller wurde ein Palmzweig gesteckt, damit die dort gelagerten Vorräte nicht verderben sollten. Dann ging er in die Ställe, wo ein Palmzweiglein an jede Tür gesteckt wurde, um das Vieh vor Krankheit zu schützen und damit es gut gedeihen solle. Man muß bedenken, daß in früheren Jahren der Viehbestand das Kapital des Bauern war. War das Vieh gesund und gedieh gut, so ging es auch dem Bauern gut. Zum Schluß kam noch ein Palmzweiglein an das Scheunentor, um die Scheune mit ihren Vorräten vor Blitz und Feuer zu bewahren. Ein Palmzweig wurde im Ofen verbrannt; der gen Himmel ziehende Rauch sollte das Haus vor Blitzschlag schützen. Anschließend nahm mich mein Großvater mit auf die Flur, wo wir in jedes Ackerstück einen Palmzweig steckten. Dabei bat mein Großvater den Herrgott um eine gute Ernte.

Früher steckten die Burschen gerne die geweihten Zweige an ihren Hut, die Mädchen an die Brust. Ein Palmblatt, gekaut und verschluckt, soll vor Fieber schützen. Man steckte kleine Palmwedel in die Weihwasserkessel, die früher in jedem Schlafzimmer hingen. Auch auf dem Friedhof steckte man sie in die Weihwasserbehälter des Grabes, um damit das Grab und die Toten zu segnen. Lag früher jemand auf „Leich", so hatte er neben dem Rosenkranz in den gefalteten Händen ein geweihtes Palmzweiglein stecken; den Toten segnete man ebenfalls mit einem geweihten Palmzweig.

In der Pfalz gab es den sogenannten „Palmwisch", den der Bauer an Palmsonntag segnen ließ, um ihn dann zur Abwehr „böser Leute" und schädlicher Kräfte zu verwenden; hier hatte der Palmwisch die Bedeutung einer Lebensrute. Unter „Palme" versteht man in der Pfalz die immergrünen Buchszweige, doch auch die Kätzchen und Zweige der Salweide oder die Tujazweige, Stechpalme und Stechlaub. Ein richtiger Palmwisch enthält außerdem ein Büschel vom Sevelbaum, drei Zweige vom Eichbaum mit dürrem Eichenlaub.

Aus dem „Wisch“ ragen drei geschälte Haselruten, oben mit Holzkreuzchen geschmückt. Volksglaube, oder sollte man lieber sagen Aberglaube, umspielt selbst die Weihe des Palmwischs. Er muß auf eine geschälte Haselrute gesteckt werden, damit sich nicht zwischen Rinde und Holz Hexenspuk einnisten kann; je höher der Palmwisch steckt, desto „ärger“ wird er geweiht. Die Haselgerte verleiht ihm noch besondere, zauberische Kräfte. Da war es kein Wunder, daß der Bauer den Wisch wohl verwahrte; ihn unter die Decke hing, zur Abwehr benützte. Der Tabaksbauer steckte ihn auf das Tabaksfeld, wo der Hagel am meisten schaden könnte; so wurde der Palmwisch zum Wunderheilmittel.

Das „Kläppern" in der Karwoche

Viele alte und schöne Bräuche aus früheren Jahren sind ausgestorben und meist vergessen, da sie angeblich nicht mehr in unsere moderne und aufgeschlossene Welt passen. Es ist sehr schade darum, denn Brauchtum ist etwas, was wir von unseren Vorfahren übernehmen und unseren Nachkommen bewahren und daher auch pflegen sollten.

Doch ein alter Brauch hat sich bei uns auf dem Saargau seit vielen, vielen Jahren hartnäckig gehalten und wird auch heute noch in jedem Jahr ausgeübt. Er hat sich von Generation zu Generation vererbt; es ist dies das „Kläppern" in der Karwoche.

Nohn – *Kläpperjungen 1973*

Am Gründonnerstag ruht der Glockenstrang (doch ist dieser heute meist vom Schalter des elektrischen Glockengeläutes ersetzt worden), die Kirchenglocken schweigen. Die Alten haben uns früher erzählt, der Papst habe die Glocken zu sich befohlen und sie seien auf dem Wege nach Rom, um dort zu beichten. Nun müssen deren Dienst die „Kläpperjongen" (Kläpperjungen) übernehmen und das Läuten der Kirchenglocken mit ihren knarrenden und rasselnden „Kläppern" ersetzen und anzeigen.

Die „Kläpper" ist eine schwere, drehbare Knarre, auf deren Achse die langen, hölzernen Zähne sitzen. Diese „schnerren" (schlagen) beim Drehen der seitlichen Kurbel gegen die federnden Holzbrettchen, welche das laute, knarrende Geräusch verursachen. Wenn eine Gruppe von „Kläpperjongen", jeder mit einer solchen Knarre versehen, loslegt, so springt selbst die „letzte Schlafmütze" am Ostermorgen senkrecht im Bett hoch; da bleibt keiner mehr liegen. Es machte uns Jungen früher einen Heidenspaß, am Ostermorgen durch das stille, verschlafene Dorf zu ziehen und die Bewohner mit diesem Höllenlärm der Kläppern zu wecken. Ungestraft durften wir morgens diesen Lärm machen; das machte riesigen Spaß. Diese Knarren sind nicht zu verwechseln mit den harmlosen „Holzschellen", die nur leise klipp-klapp machen können. Wenn in meiner Jugend einer mit so einer „Holzschelle" ankam, so wurde er ausgelacht; dies war etwas für kleine Kinder. Die Kläpperjungen hatten die schwere

Nohn – Kläppern 1956

Knarre, bei deren Drehen man richtig Kraft aufwenden mußte; entsprechend war denn auch der Krach. Diese Knarren waren meist von einem Schreiner oder Stellmacher angefertigt worden. Sie waren praktisch unverwüstlich und wurden von Generation zu Generation vererbt, um jedes Jahr in der Karwoche ihren Dienst zu tun.
Früher waren die Jungen, die in dem Jahr zur ersten heiligen Kommunion gingen, die „Kläpperjungen"; heute werden sie in vielen Orten durch die Meßdiener ersetzt. In unserem Dorfe ist es inzwischen Brauch geworden, daß die Kommunionkinder durch die Meßdiener beim „Kläppern" verstärkt werden. Dies kam durch die geburtenschwachen Jahrgänge, die keine „Kläppermannschaft" mehr zusammenbrachten. Da mittlerweile auch Mädchen die Messe dienen, sind sie über den Meßdienerdienst auch zum „kläppern" gekommen und haben damit eine uralte „Jungen-Domäne" erobert.
Diese „Kläpperjungen und -mädchen" ziehen nun ab Gründonnerstag mit ihren „Kläppern" durch das Dorf und rufen morgens, mittags und abends „de Beetglack" (die Betglocke) aus. Mit den „Kläppern" vollführen sie einen Höllenlärm und rufen in unregelmäßigen Abständen im Chor „Kläpper, kläpper,

de Beetglack lout“ (Klapper, klapper, die Betglocke läutet), dann wird wieder gekläppert, bis so das ganze Dorf informiert ist. Dabei durfte früher keine Straße vergessen werden, auch die kleinsten Nebensträßchen nicht; sonst gab es an Ostern in diesen Häusern keine Eier.
Wir gingen früher in einer Gruppe durch das ganze Dorf; entsprechend groß war auch der Lärm, den wir machten. Heute teilen sich die „Kläpperjongen“ in einzelne Gruppen auf, so daß sie schneller mit „kläppern“ fertig sind.
Dieses Kläppern und Rufen ist an Gründonnerstag, Karfreitag und Karsamstag zu hören. Am Ostersonntag hieß es zu unserer Zeit für die „Kläpperjongen“ schon früh aufstehen, denn an diesem Tag mußten wir dreimal durch das Dorf gehen und „kläppern“. Wir mußten mit dem „Kläppern“ fertig sein, bevor die Ostermesse begann.
Beim ersten Gang (etwa um 05.00 Uhr) durch das morgendliche Dorf riefen wir „et lout i'schd“ (es läutet zum erstenmal). Beim zweitenmal wurde gerufen „et lout zwett“ (es läutet zum zweitenmal), und erst beim dritten- und letztenmal riefen wir
„Ste'it op, ste'it op, deß Uschderdaach“ (Steht auf, steht auf, es ist Ostertag).
Heute hat man dies auf einmaliges „Kläppern“ mit dem Ruf „Ste'it op, ste'it op, deß Uschderdaach“ reduziert.
Am Ostersonntag nach der Messe gehen nun die „Kläpperjongen“ wie „eh un je“ durch das Dorf, klopfen an jedem Haus an und fordern ihren „Kläpperluhn“ (Kläpperlohn) mit den Worten „Hier in diesem Hause wünschen wir viel Glück und Segen, doch nicht nur Glück und Segen, sondern auch ein paar Eier heraus“. Die auf diese Aufforderung von der Hausfrau gespendeten Eier landen in dem großen Korb, den zwei Jungen tragen. Doch auch Geld anstelle von Eiern ist den „Kläpperjongen“ willkommen. Die ganze Ausbeute wird am Ende des Tages geteilt, so daß jeder der „Kläpperjongen“ den gleichen Anteil erhält.
Auch zu unserer Zeit wurden die Eier gezählt und untereinander verteilt. Wenn die Rechnung nicht glatt aufging, so wurde der Rest in die Pfanne geschlagen und an Ort und Stelle gemeinsam verzehrt; eine sehr nahrhafte Lösung damals in der armen Nachkriegszeit.
Bei den „Kläpperjongen“, die zur ersten heiligen Kommunion gehen, bekommt die Mutter die vielen Eier, die ihr „Kläpperjong“ als Anteil bekommen hat. Mit diesen Eiern werden die Kuchen für die Erstkommunionfeier gebacken.

Meine erste heilige Kommunion

Zu der heutigen Zeit ist die Erstkommunionfeier der Kinder ein großes Familienfest, daß entsprechend gefeiert wird. Dabei sind für viele Kinder die Geschenke, die sie zur Erstkommunion erhalten, die Hauptsache ihrer großen Feier geworden. Betrachten wir uns als Gegensatz dazu eine Kommunionfeier, wie wir sie als Kinder direkt nach dem Kriege erlebten.
Meine erste hl. Kommunion feierte ich 1947 in der Pfarrkirche Tünsdorf, da Nohn zur Pfarrei Tünsdorf gehört. Die Kommunionfeier war eigentlich nicht in der Pfarrkirche, sondern in einer Notkirche. Die Tünsdorfer Pfarrkirche war nämlich im letzten Weltkrieg vollständig zerstört worden. Die Aufräumungsarbeiten waren inzwischen beendet und man hatte bereits mit den Ausschachtungsarbeiten für den Neubau begonnen. Damit bis zur Fertigstellung der neuen Pfarrkirche jedoch der kirchliche Betrieb weitergehen konnte, hatte man eine große Scheune in der Nähe ausgeräumt und als Kirchenraum hergerichtet; darin wurden nun die Messen gelesen. In dieser Notkirche wurde auch unsere Kommunionfeier abgehalten.
Doch bevor es soweit war, waren wochenlange Vorbereitungen zu treffen. So mußten wir seit Monaten jede Woche bei Wind und Wetter zu Fuß nach Tünsdorf in den Kommunionunterricht gehen. Zu dieser Zeit fuhr noch kein Bus, und Privatautos gab es schon gar nicht; auch besaß keiner von uns Kindern ein Fahrrad. Von Nohn bis Tünsdorf sind es zwar nur 3,5 km, doch ist dies für Kinder von neun Jahren eine schöne Strecke, denn man muß den gleichen Weg ja auch wieder zurückgehen. Aus Nohn waren wir in unserem Jahrgang neun Jungen und vier Mädchen, die in den Kommunionunterricht mußten. Wir trafen uns am Unterrichtstag vor der Kirche mit den gleichaltrigen Kindern aus Tünsdorf, Büschdorf, Wehingen und Bethingen, die ebenfalls in den Kommunionunterricht mußten.
Nun blieb es natürlich nicht aus, daß es zwischen den Kindern aus diesen Dörfern öfters zu Streitigkeiten und Keilereien kam, so daß der Pastor oder der Kaplan, wer gerade den Unterricht abhielt, die Streithähne trennen mußte. Dies hatte meist eine Tracht Prügel mit anschließender Strafe (es mußte ein Extrakapitel aus dem Katechismus zusätzlich gelernt werden) zur Folge. Doch wurde die unterbrochene Prügelei meist nach dem Unterricht fortgesetzt, wenn es die strengen Augen der Geistlichkeit nicht mehr sehen konnten. Wir lagen zu der Zeit mit den Jungen aus Tünsdorf immer in Fehde; wenn sich Tünsdorfer und Nohner Jungen trafen, gab es fast immer eine handfeste Prügelei. Mal gewannen die Nohner, mal die Tünsdorfer. Waren wir in der Minderzahl, so machten wir weite Umwege, um ungesehen in den Unterricht zu kommen. Doch wir gingen meist geschlossen zum Unterricht, und dann waren wir fast immer die Stärkeren.

Nun kann man sich gut denken, daß bei diesen Umständen die geistlichen Vorbereitungen doch etwas zu kurz kamen, sehr zum Leidwesen von Pfarrer Altmeyer. Deshalb gab es auch sehr oft Prügel mit saftigen Strafen, wenn wir unsere Lektionen nicht ordentlich gelernt hatten. Nun muß man bedenken, daß zu dieser Zeit in fast jedem Haus Landwirtschaft betrieben wurde, und hier waren die Kinder als Arbeitskräfte fest eingeplant. Dies hieß damals für uns Schule mit Hausaufgaben und nach dem Schulunterricht helfen und mitanpacken bei den Feldarbeiten, sowie in Stall und Scheune. Nun kam noch zusätzlich der Kommunionunterricht mit weitem Fußmarsch hinzu, also nochmals Unterricht mit zusätzlichem Lernen. Ich muß heute sagen, wir waren in unserer Jugend ganz schön gefordert, manchmal schon überfordert. Dazu kam noch sonntags die Christenlehre nach der Andacht, deren Besuch absolute Pflicht war.

Erste heilige Kommunion 1947

Nach den wochenlangen Vorbereitungen im Kommunionunterricht rückte der große Tag immer näher. Wir waren inzwischen soweit, daß wir das Sakrament der Buße empfangen konnten. Dies heißt, wir durften zum erstenmal beichten gehen. Nachdem wir mit dem Pastor durchgegangen waren, was alles Sünde ist, wußten wir endlich, was wir beichten sollten und mußten. Nun befahl uns der Pastor, unsere Sünden auf einen Zettel zu schreiben und zum nächsten Kommunionunterricht mitzubringen, denn dann sollte unsere erste Beichte sein. Wir berieten uns zur Vorsicht nochmals zu Hause mit der Mutter, was wir an Sünden aufzuschreiben hatten. Diesen Zettel nahmen wir zum Unterricht mit in die Pfarrkirche. Nun mußten wir uns in die Bänke beim Beichtstuhl setzen und kamen der Reihe nach dran. Mit einem „Gelobt sei Jesus Christus" mußten wir den Pastor im Beichtstuhl begrüßen. „In Demut und Reue bekenne ich meine Sünden", sagten wir weiter unser gelerntes Spüchlein auf und gaben dem Pastor unser schriftliches Sündenregister ab und der Geistliche sprach mit uns unsere Verfehlungen durch, gab uns eine

Buße auf und sprach uns von unseren Sünden los. Nun konnten wir in zweierlei Hinsicht erleichtert den Beichtstuhl verlassen. Einmal waren wir unsere Sünden los, und zum anderen hatten wir unsere erste Beichte erfolgreich abgelegt.
Mittlerweile war die Karwoche angebrochen, eine sehr harte Woche für die Kommunionkinder, denn wir mußten in dieser Woche jeden Morgen nach Tünsdorf zur Frühmesse. Doch bevor wir nach Tünsdorf zur Frühmesse gingen, mußten wir Jungens noch „kläppern" gehen. Da hieß es, morgens um 05.00 Uhr aus den Federn, rein in die Klamotten, die Raspel geschnappt und ab ging's. Denn bekanntlich sind in der Karwoche die Glocken nach Rom geflogen, so daß wir mit unseren „Kläppern" (Raspeln) das fehlende Geläut ersetzen mußten. Dabei riefen wir lautstark im Chor „De Betglack loaut" (Die Betglocke läutet).
Da die Frühmesse in Tünsdorf morgens um 07.00 Uhr begann, mußten wir schon um 06.00 Uhr in Nohn weggehen. Um diese Zeit war es meist noch dunkel oder fing erst an zu dämmern, so daß wir fast den ganzen Weg im Dauerlauf zurücklegten. Meist kamen wir total verschwitzt und außer Atem in Tünsdorf an, so waren wir vor lauter Angst gerannt. Denn wir vermuteten hinter jedem Strauch und Baum einen Räuber, der uns ans Leder wollte. War die Frühmesse aus, wurde meist noch hinterher Unterricht gehalten, und danach durften wir wieder nach Hause gehen. Inzwischen war es hell geworden, so daß unsere Angst nun verflogen war. In den meisten Fällen reagierten wir unsere ausgestandene Angst nachträglich an den Tünsdorfer Jungen ab, mit denen wir uns dann wieder einmal prügelten. Doch geschah dies immer weitab von Pfarrhaus und Kirche, damit uns der Pastor ja nicht sehen konnte.
Wenn wir nun heimkamen, mußten wir zu Hause in der Landwirtschaft helfen, denn es waren ja Osterferien. Mittags und abends gingen wir Kommunionjungen mit unseren Raspeln nochmals „kläppern". An Ostersonntag durften wir sogar noch eine Stunde früher aufstehen, da wir an diesem Morgen dreimal durch das Dorf gehen und „kläppern" mußten. Beim drittenmal riefen wir „Herbei, herbei zum heiligen Grab" und riefen damit die Gläubigen zur Ostermesse. Nach der Ostermesse gingen wir Jungen dann geschlossen mit einem riesigen Korb durch das Dorf Eier einsammeln. Diese Eier wurden dann unter uns aufgeteilt, und die Eier, die sich nicht aufteilen ließen, wurden in die Pfanne geschlagen und gemeinsam aufgegessen.
Ein leidiges Thema für unsere Mütter waren zu dieser Zeit die Kommunionanzüge, denn man bekam doch Anfang 1947 noch so gut wie nichts zu kaufen. Darum hieß es improvisieren, so gut es eben ging. Meine Tante schmuggelte den Stoff für meinen Anzug in einer dunklen Nacht aus Launstroff (Lothringen) über die Grenze, den der Nohner Schneider dann zu einem Anzug vernähte. Meine Schuhe waren aus sogenanntem „Mühlentuch", welches weiß gefärbt wurde, und die Schuhsohlen wurden aus einem alten Ledertreibrie-

men geschnitten. Beides verarbeitete dann der Nohner Dorfschuster zu einem Paar weißer Kommunionschuhe. Mein Hemd wurde aus einem alten, weißen Männerhemd genäht. Bei den anderen Jungs ging es ähnlich zu, und auch bei den Mädchen mußte man sich auf diese Art helfen. Auch ihre Kommunionkleider wurden aus alten Resten und Stoffen zusammengesetzt. Es war damals eine verdammt harte Zeit, bei der man mit Improvisation sich jedoch immer zu helfen wußte.
Dann war es endlich so weit, der weiße Sonntag, unser Kommuniontag war da. In unserem Haus trafen sich die Gäste, besonders „Pätter un Gu'ad" (Pate und Patin), und wir marschierten zu Fuß nach Tünsdorf zur Kommunionfeier. Die Kommunionkinder der fünf Dörfer stellten sich vor der Kirche auf, und der Pastor kam mit seinem Kaplan, den Meßdienern, dem Küster und dem Kirchenchor die Kommunionkinder abholen und geleitete sie in feierlicher Prozession in die Notkirche, wo die Feier stattfand.
Ich erinnere mich noch sehr genau an ein für mich persönlich schreckliches Erlebnis bei dieser Kommunionfeier. Es war beim Pastor Altmeyer Mode, daß beim Opfergang die Gläubigen um den Altar gingen und ihren Obulus in das Opferkörbchen warfen, welches der Pastor auf dem Altar neben dem Meßbuch stehen hatte. Damals standen die Priester noch mit dem Rücken zu den Gläubigen, und böse Zungen behaupteten, der Pastor Altmeyer habe immer mit einem Auge ins Körbchen geblinzelt, um zu sehen, was die Opfergänger hineinwarfen. Nun war auch bei unserer Kommunionfeier der Opfergang um den Altar mit Einwurf ins Körbchen angesagt. Deshalb hatte mir meine Mutter einen Geldschein in mein Gebetbuch gelegt, den ich opfern sollte. Als wir uns zur Opferung aufstellten, suchte ich verzweifelt meinen Geldschein im Gebetbuch, konnte ihn aber nicht finden. Der Atem stockte mir vor Schreck und der Angstschweiß brach mir aus. Was sollte ich machen? Ich wußte mir nicht zu helfen; verzweifelt blickte ich umher, doch ich konnte meine Mutter bei den vielen Leuten nirgends entdecken. Inzwischen hatten mich die Kameraden schon weitergedrängt, ohne daß ich etwas tun konnte. Da packte mich der Mut der Verzweiflung, sollten sie mich doch mit Schimpf und Schande aus der Kirche weisen, mir war es mittlerweile egal. Ich schritt mit den anderen um den Altar, ging zum Körbchen und „tuppte" hinein. Das heißt, ich tat so, als hätte ich Geld hinein getan. Und, oh Wunder, mein inbrünstiges Gebet wurde erhört, denn niemand, auch der Pastor merkte nichts von meinem „Betrug", den ich in meiner Verzweiflung beging. Allerdings hätte er den Plumps hören müssen, als mir der zentnerschwere Felsbrocken von der Seele fiel, als ich wieder in meiner Bank Platz nahm. Wie die Kommunionfeier nachher weiterging, hatte ich vor lauter Aufregung nicht mehr registriert.
Der Geldschein fand sich zu Hause dann doch in meinem Gebetbuch; ich hatte ihn in der Aufregung nur nicht finden können. Später, bei der zweiten Messe am Montag, habe ich ihn dann doch geopfert. Die Erwachsenen ha-

ben herzlich gelacht, als sie von meinem Trick hörten, doch ich konnte immer noch nicht mitlachen. Sie mußten mir auch feierlich versprechen, niemandem davon zu erzählen, da ich Angst hatte, es käme Pastor Altmeyer zu Ohren, der damals oft in unserem Hause verkehrte.

Die weltliche Kommunionfeier in unserem Hause fiel für damalige Verhältnisse üppig aus, da meine Mutter monatelang die Lebensmittelkarten gespart hatte. Außerdem war ein Schwein geschlachtet und zu Wurst und Schinken verarbeitet worden, so daß die Gäste tüchtig zulangen konnten. Auch genügend Kuchen war gebacken worden, doch das Glanzstück des Tages stand mitten auf dem Tisch, ein mit Buttercreme verziertes, aus Kuchenteig gebackenes Schäfchen. Es war ein wahres Prachtstück, und ich als Hauptperson des Festes durfte es anschneiden und mir das erste Stück davon holen. Dies versöhnte mich wieder mit meiner Umwelt, denn Cremekuchen war meine große Leidenschaft.

Die Geschenke für die Kommunionkinder fielen zur damaligen Zeit mehr als dürftig aus, denn es gab so gut wie nichts. Zu kaufen gab es noch nichts und wenn doch, so hatte man damals kein Geld. Doch freuten wir Kinder uns über jede Kleinigkeit, die wir bekamen. Für uns war damals die Kommunion, das Mahl des Herrn, die Hauptsache der Feier. So hatte man uns erzogen und darauf war auch der gesamte Kommunionunterricht ausgerichtet.

Bei unserer heutigen Konsumgesellschaft hat sich dies leider geändert, hier sind bei vielen die Geschenke die Hauptsache bei der Kommunionfeier geworden; und diese müssen immer kostbarer und teurer werden. Die Paten übertrumpfen sich mittlerweile gegenseitig bei den Geschenken. Die kirchliche Kommunionfeier zählt bei vielen Kindern mittlerweile nur als Äußerlichkeit, sehr zum Leidwesen der betroffenen Geistlichkeit. Was bei den meisten Kindern heute zählt, sind fast nur noch die Geschenke, die sie zu ihrem Ehrentag erhalten.

Springprozession im luxemburgischen Echternach

Blauer Himmel, strahlender Sonnenschein und ein leichter Wind; dies ist das Wetter, wie es die Pilger lieben, die nach Echternach zur traditionellen Springprozession gekommen sind.
Es ist zehn Uhr am Morgen des 5. Juni 2001, dem Dienstag nach Pfingsten. Tausende von Wallfahrern bevölkern schon seit dem frühen Morgen die alte Abteistadt im luxemburgischen Echternach. Um noch einen Parkplatz zu finden, muß man weit aus Echternach hinausfahren, da alle Parkplätze in der Stadt schon seit dem frühen Morgen belegt sind.

Die Springprozession:
Seit hunderten von Jahren ist es Tradition, daß am Dienstag nach Pfingsten die Springprozession zu Ehren des heiligen Willibrord veranstaltet wird. Sie lockt jedes Jahr tausende von Springern, aber noch mehr Zuschauer an. Schon frühmorgens gegen 5.00 Uhr treffen die ersten Pilgerscharen ein; sie kommen aus verschiedenen Gegenden. Die Wallfahrer reisen in Bussen oder PKWs an. Etliche dieser Gruppen pflegen noch die alte Wallfahrertradition, sie kommen zu Fuß. Dies sind besonders die Pilger aus Prüm und Waxweiler, die schon seit dem Nachmittag des Pfingstmontag unterwegs sind. Für die Teilnehmer der Nachtwallfahrt ist bereits um 5.15 Uhr die erste Eucharistiefeier. Gegen acht Uhr wird in der Basilika des heiligen Willibrordus ein Pontifikalamt gefeiert. Anschließend versammeln sich die Springer im Ehrenhof der früheren Abtei, wo sie Monseigneur Fernand Franck, der Erzbischof von Luxemburg begrüßt und in mehreren Sprachen auf die Bedeutung dieser Veranstaltung hinweist. Darauf setzt sich die Prozession in Bewegung, angeführt von einer Sängergruppe, die mehr als tausend Männer umfasst. Sie tragen die Litanei des heiligen Willibrord vor und rufen ihn an, als „Lehrer der Wahrheit, Apostel der Niederlande, Heil der Kranken…". Ihnen folgen Pilger, die den Rosenkranz beten und Andachtslieder singen. Die eigentliche Springprozession wird von Musikkapellen angeführt, gefolgt von den ersten tanzenden Teilnehmern. Diese sind in Reihen von fünf bis sechs Springern zusammengeschlossen und durch Taschentücher miteinander verbunden. Renommierte Nachschlagewerke behaupten auch heute noch, daß die Springer fünf Schritte vor und drei zurück oder drei vor und zwei zurück springen. Dies stimmt aber nicht, wie A. Langini von der Wallfahrtsleitung mitteilt: „Wahrscheinlich wurde in Echternach nie so getanzt! Manchmal entsteht für den Zuschauer der Eindruck eines leichten Zurückflutens, doch das nur, wenn die Prozession wegen des allgemeinen Gedränges stockt", schreibt er in dem offiziellen Mitteilungsblatt. Tatsächlich ist es ein leichtes Tänzeln, wobei Schritt für Schritt vorgesprungen wird. Stockt die Prozession, wird auf der Stelle gesprungen. Als Melodie für die Springer wird eine volkstümliche Weise gespielt, deren

heutige Fassung auf die Mitte des 19. Jahrhundert zurückgeht. „Es ist eine Melodie, die in die Beine geht", meint eine Zuschauerin, wobei sie begeistert am Rande mitspringt.
In diesem Jahr (2001) sind es 46 Musikgruppen, welche die Springprozession begleiten. Diese besteht aus 44 einzelnen Gruppen, hinzu kommt die Gruppe der Prälaten, Bischöfe und Äbte; den Schluß bildet der Ehrenkordon der Gendarmerie. Die Pilgergruppen kommen aus Luxemburg, der Eifel, Rheinland-Pfalz, Elsass-Lothringen, Belgien und dem Saarland. Auffallend ist, daß sehr viele Kinder, Jugendliche und Männer als Springer an der Prozession teilnehmen. Es sind etwa acht- bis zehntausend Springer, die mit dieser Prozession ihre Verbundenheit zur Kirche demonstrieren. Erstaunlich in der heutigen Zeit!

Die Geschichte der Springprozession:
Doch wie ist diese eigenartige Prozession entstanden, wie lässt sich ihre Bedeutung erklären? Manche behaupten, die Springprozession gehe auf den heiligen Willibrord (658-739) selbst zurück, der damit nachlässige Christen strafte, die den Tanz der Sonntagsmesse vorzogen. Somit würde es sich also um einen Bußtanz oder einen heidnischen Tanz handeln, der vom Christentum übernommen wurde. Diese Auffassungen spiegeln sich auch in mehreren Legenden wider, jedoch ein historisch gesicherter Nachweis kann nicht erbracht werden. Die Pfingstwallfahrt zum Willibrordusgrab nach Echternach wird erstmals gegen Ende des 11. Jahrhundert von dem gelehrten Echternacher Abt Thiofrid erwähnt. Über die weit verbreitete Verehrung des Heiligen schreibt er unter anderem: „Während der Pfingstwoche... strömen unzählige Scharen von Klerikern und Laien zu seinem Grab, wegen der von den Vätern an die Söhne überlieferten Wunderberichte. Sie kommen nicht nur aus der Umgegend, sondern aus ganz Gallien und Germanien, nach einem uralten Brauch, wie von einem unauflöslichen und vom Herrn bestätigten Gesetz angetrieben. Mit tiefer Frömmigkeit bringen sie ihre Opfergaben...".
Nach diesem Text zu urteilen, gehört die Echternachfahrt höchstwahrscheinlich zu den sogenannten Pflicht- oder Bannprozessionen, so wie sie seit dem frühen Mittelalter vom Bischof für die einzelnen Pfarreien auf einen bestimmten Tag festgelegt wurden. Etwas später, im 12. Jahrhundert, finden wir nämlich eine leider unvollständig erhaltene Liste mit den Namen von 141 Orten, die jedes Jahr zur Willibrorduskirche nach Echternach wallfahren mußten. Jede Pfarrei hatte mit Kreuz oder Fahne zu erscheinen und eine Abgabe zu leisten. Die Pilger hatten ihrerseits Recht auf Brot und Wein, um sich zu stärken, bevor sie die Heimfahrt antraten.
Daraus hat sich im Laufe der Jahrhunderte die Springprozession entwickelt, von der zum ersten Mal gegen Ende des 15. Jahrhundert die Rede ist: „Auf pinxtmontagh so (11) der rich(ter) den gerich(ts)boden die kost geffen wan sie

die springenheiligen ingefort hein" heißt es in einem Schöffenweistum. Diese „Springenheiligen" kommen alle aus einer Pfarrei, Waxweiler in der Eifel. Als Ursprung ihrer Andacht darf man ein Versprechen an Sankt Willibrord vermuten, der genau wie die Heiligen Johannes Baptista und Vitus als Schutzpatron gegen die Tanzkrankheiten verehrt wurde, zum Beispiel Chorea (Veitstanz), Epilepsie (Fallsucht), Ergotismus (Kribbelkrankheit) u. a. m.
Ihr Springen ist als Heiltanz anzusehen, nach dem Grundsatz: „Gleiches wird durch Gleiches geheilt". Wer freiwillig die Symptome einer bestimmten Krankheit auf sich nimmt, kann davon geheilt werden, sich dagegen schützen oder das Übel von anderen Personen und sogar Tieren abwenden.
Der Brauch, zu Ehren des heiligen Willibrord zu springen, dürfte auf das 14. Jahrhundert zurückgehen, da er um 1500 bereits rechtlich verankert ist. Außerdem wurden zu dieser Zeit Rhein- und Moselgegend von schweren Krankheiten heimgesucht, die das Waxweiler Gelübde wahrscheinlich veranlasst haben.
Die älteste, bis heute erhaltene, bildliche Darstellung der Springprozession entstand im Jahre 1605 durch den Maler Anton Stevens. Er zeigt auf seinem Gemälde den heiligen Willibrord inmitten einer Pilgergruppe. Das Gemälde ist in einer Seitenkapelle der Basilika ausgestellt.
Der Echternacher Tanz wurde mehrmals verboten: im 18. und 19. Jahrhundert durch die kirchlichen Autoritäten und im 20. Jahrhundert durch die Nazis, die von 1940 bis 1944 ihre Schreckensherrschaft in Luxemburg ausübten. Doch die Echternacher Springprozession hat all dies überstanden; ihre Faszination ist bis heute ungebrochen.

Das „Maien" in früherer Zeit

In unserer hochtechnisierten Zeit sind inzwischen fast alle Bereiche mechanisiert, von der Industrie bis zur Landwirtschaft, ja auch die Haushalte sind zum großen Teil automatisiert. Maschinen und Geräte haben uns in allen Bereichen viele Arbeiten abgenommen, so daß wir immer mehr Zeit, sprich Freizeit haben. Doch das Paradox ist, je mehr Freizeit, desto weniger Zeit haben wir. Besonders für den Anderen, unseren Nächsten, haben wir überhaupt keine Zeit mehr. Viele Menschen verbringen immer mehr Zeit vor dem Fernseher, lassen sich ihre Aktivität nehmen, werden immer passiver. Dies merken vor allem die Vereine und hier ganz besonders die kulturtreibenden, fehlt es ihnen doch allen an Nachwuchs.
In früheren Jahren, als es nur wenige Maschinen gab und die Leute daher fast alle Arbeiten von Hand verrichten mußten, hatte man trotzdem viel mehr Zeit als heute in unserer modernen, hochtechnisierten Welt. Damals hatten die Leute auch noch Zeit füreinander; man besuchte sich öfter gegenseitig, um Neuigkeiten auszutauschen oder einfach, um sich zu unterhalten. Besonders auf dem Lande und hier in den Dörfern pflegte man den Umgang untereinander; man „sproochte" miteinander, wenn man sich traf. Dies geschah z. B. am Dorfbrunnen, wenn die große Wäsche gewaschen wurde. Dann kamen die Frauen mit ihren Waschkörben; die Wäsche wurde eingeweicht, mit Kernseife eingerieben und anschließend auf dem Waschbrett „geschrubbt". Danach wurde sie durch das Wasser gezogen, ausgewrungen und auf der Wiese zum Bleichen ausgelegt. Bei dieser Wäsche wurden dann alle Neuigkeiten, vor allem der neueste Dorfklatsch „durchgehechelt" und ausgetauscht. Da wurde man gewahr, mit wem „et Griet gäht", welche Frau schon wieder schwanger war, daß der Suß ihre Kuh gekalbt oder der Pitt einen neuen „Teimer" (Kastenwagen) bekommen hat. Oder man traf sich beim Kaufmann, in dem sogenannten „Tante-Emma-Laden", um die wenigen Habseligkeiten einzukaufen, die man zum Leben brauchte. Auf dem Lande war dies nicht viel, pflanzte man doch in Garten und Feld fast alles, was man zum Essen benötigte; zudem wurde auch noch geschlachtet. Da ging man nur zum Kaufmann, um Zucker, Salz, Maggi, Gewürze oder „Moschder" (Senf) zu kaufen. Damals hatte man auch noch keinen Ärger mit dem „Dualen System", denn es wurde alles aus großen Säcken in Papiertüten abgefüllt. Senf und Heringe waren in kleinen Holzfässern, die der Kaufmann in mitgebrachte Gläser oder Schüsseln umfüllte. Kam der kleine Matz in den Kaufladen, hielt dem Kaufmann ein Glas hin und sagte: „Fier eh Kroschen Moschder!" (Für einen Groschen Senf!). Der Kaufmann füllte das Glas mit Senf und frug den Kleinen: „Wou hesch'de dann de Kroschen?" (Wo hast du denn den Groschen?). Matz deutete auf das Glas: „Lou ennen leit enn!" (Da unten liegt er!). Trafen sich die Frauen beim Kaufmann, so hielt „et Liß mem Kätt" oder „et Bäb mem Suß eh Schwätz-

Nohn – Pensionäre beim Maien 1950

chen". Oder wenn etwas ganz Wichtiges passiert war, brannte die Neuigkeit „em Suß" auf der Seele und es ging zu seiner Nachbarin, diese sofort zu informieren. So blieb man immer auf dem laufenden, man war über das Neueste informiert und dies ganz ohne Telefon, wie es heute üblich ist.
Am Sonntag nach dem Gottesdienst blieb man vor der Kirche noch zusammen stehen, um ein „Schwätzchen" zu halten, denn früher ging man mit der ganzen Familie noch jeden Sonntag zur Kirche. Die Männer gingen anschließend den Frühschoppen trinken, während die Frauen nach dem Schwätzchen heimgingen, um das Mittagessen zu kochen.
An den lauen Sommerabenden traf man sich, nachdem die Feldarbeit erledigt und das Vieh versorgt war, beim Nachbar, um sich noch ein wenig zu unterhalten. Hier traf sich dann jung und alt; man saß auf der Treppe, unterhielt sich, erzählte Geschichten oder man sang zusammen die schönen alten Volkslieder. Dazu trank man den guten, selbstgemachten Viez, der bei keiner Gelegenheit fehlen durfte; die Männer tranken ihn pur und die Frauen meist mit Wasser verdünnt. Für die Kinder gab es Himbeersaft mit Wasser. An den Wochenenden, samstags und sonntags, dehnte man diese Abende aus, denn dann brauchte man morgens nicht schon mit „den Hühnern" aufzustehen. Während der Erntezeit wurde wochentags sehr oft bis zur Dunkelheit auf

dem Feld gearbeitet, und anschließend mußte noch das Vieh im Stall versorgt werden, da fielen die Maiabende aus.
Ich kann mich noch sehr gut an diese geselligen Abende erinnern, denn nach dem Kriege wurde dies in unserem Dorfe noch sehr gepflegt. Erst nachdem die ersten Fernseher ins Dorf kamen, wurden diese Abende immer seltener und hörten schließlich ganz auf. Man ließ sich nun Geselligkeit per Mattscheibe servieren.
In den früheren Jahren traf man sich an den langen Winterabenden regelmäßig, um zu „maien". Man kam in der „Mai-Stuff" zusammen; dazu wechselte man sich meist ab. Jede Woche traf man sich bei einem anderen Nachbarn. Da war dann jung und alt zusammen, um sich zu unterhalten und zu amüsieren, doch wurde dabei auch gearbeitet. Die Mädchen und Frauen strickten oder stickten, während die Männer Rechen oder Besen machten und dabei die Pfeife mit dem „Gewel" (am Giebel selbst gezogener Tabak) schmauchten, daß die Stube ganz vernebelt war. Dazu wurde der selbstgemachte Viez getrunken, der zu jeder Gelegenheit auf den Tisch kam. Für die Kinder wurde er mit Wasser verdünnt und an Festtagen mit Zucker versüßt oder es gab Himbeersaft. Die Jugend vergnügte sich an diesen Abenden bei „Buhnemill", „Dame" oder anderen Spielen. Beim „Maien" wurden meist Geschichten oder Märchen erzählt, die sich von Generation zu Generation mündlich vererbt hatten. Gelesen wurde damals nicht viel, denn außer der Bibel waren früher so gut wie keine Bücher in den Häusern. Am beliebtesten waren die Gruselgeschichten; sie erschreckten vor allem die jungen Mädchen, daß sie sich nicht mehr allein heimtrauten und die jungen Burschen sie daher begleiten mußten. Oder man sang die schönen alten Volkslieder, wobei die sogenannten „Küchenlieder" wie „Mariechen saß weinend im Garten", „In einem Polenstädtchen", „Von den Bergen rauscht ein Wasser" und ähnliche besonders beliebt waren. Meist wurde es an diesen Abenden spät, so daß die Mutter die Kinder mahnen mußte, ins Bett zu gehen. Auch damals protestierten die Kinder, wenn die Mutter sie früher ins Bett schickte, denn ihnen gefiel es in der „Maistube" besser als im kalten Bett. Doch nutzten ihre Proteste nichts, wenn sie zuviel „maulten", gabs eine in die „Leißkaul" (Genick). Die Erwachsenen blieben oft bis tief in die Nacht beim „Maien"; vor allem an den Wochenenden, wenn die Männer morgens nicht so früh zur Arbeit aufstehen mußten.
Die Alten erinnern sich auch heute noch gerne an diese schöne, alte Zeit, als man noch viel Zeit füreinander hatte und die Geselligkeit und gute Nachbarschaft pflegte.

Das „Kotelettbraten“ am „Kalten Mittwoch“

Durch die Abschaffung des gesetzlichen Feiertages Buß- und Bettag ist auch weitgehend ein alter Brauch an der unteren Saar entfallen, das „Kotelettbraten“ am „Kalten Mittwoch“. Nur die Saarhölzbacher halten diesen Brauch nach wie vor aufrecht. Da der „Kalte Mittwoch“ nun kein gesetzlicher Feiertag mehr ist und sie daher zur Arbeit müssen, gehen sie am darauffolgenden Samstag in den Wald zum „Kotelettbraten“.
Nun werden Uneingeweihte fragen, was ist das „Kotelettbraten“? Nun, an dem ehemaligen Feiertag Buß- und Bettag gingen ganze Familien, Gruppen oder Vereine in den Wald, um dort Koteletts zu braten. Die Männer gingen schon morgens gegen acht Uhr in den Wald, rafften dürre Äste zusammen und kappten auch schon mal ein dürres Bäumchen. Man brauchte viel Zeit, um das benötigte Holz zu sammeln oder zu schlagen. Das gesammelte Holz wurde zu einem großen Stoß aufgeschichtet und dann angezündet. Die Größe des Holzstoßes richtete sich nach der Anzahl der Koteletts, die gebraten bzw. gegart wurden. Das Holz für das Feuer mußte dürr sein, damit es auch gut und möglichst ohne Rauch abbrannte. Man kann sich denken, daß ein solch großer Holzstoß auch ein riesiges Feuer entfachte, das die Flamme hoch auflodern ließ. Daher mußten die „Kotelettenbrater“ aufpassen, daß kein Waldbrand entstehen konnte. Um dies zu verhüten, wurde der Platz weit um die Feuerstelle von dürrem Laub und Ästen gesäubert. War das Feuer abgebrannt, blieb ein großer Haufen glühender Holzkohlen übrig.
Inzwischen waren auch die Frauen mit den Kindern eingetroffen (an dem Tag war die ganze Familie im Wald). Die Frauen hatten u. a. die Koteletts mitgebracht, welche die Männer nun in die Glut legten. Dazu wurden die glühenden Holzkohlen mit einem großen Eisenrechen auseinandergerechelt, bis in der Mitte eine große Kuhle entstand. Die Koteletts wurden nun in diese Kuhle gelegt und die Glut rundum wieder sehr sorgfältig mit dem Rechen aufgehäufelt. Dabei war es wichtig, daß die Koteletts ganz und dick mit Glut bedeckt waren; kam Sauerstoff an die verpackten Koteletts, so verbrannte die Verpackung und auch die Koteletts. In früheren Jahren wurden die Koteletts, die gewürzt und mit Zwiebelringen bedeckt waren, in nasses Pergamentpapier eingewickelt und rundum dick mit nassem Zeitungspapier verpackt; heute nimmt man anstelle von Pergamentpapier Alufolie. Für die Kinder hatte man Lyoner eingewickelt und in die Glut gelegt; die Wurst konnte man schon nach 10 Minuten essen. Auch die Erwachsenen aßen ein Stück Lyoner als Vorspeise für den ersten Hunger.
Nach etwa 40 bis 45 Minuten wurde ein Kotelett aus der Glut geholt, um zu prüfen, ob das Fleisch gar war. War dies der Fall, so wurden die Koteletts mit dem Eisenrechen aus der Glut geholt. Die Koteletts wurden mit dicken Handschuhen (sie waren ja glühend heiß) aus dem schwarzverkohlten Zeitungs-

papier gewickelt; das innenliegende Pergamentpapier war jedoch feucht und unbeschädigt. Wickelte man es auf, so stieg einem ein herrlicher Duft in die Nase; das Kotelett lag heiß und duftend im Papier. Nun konnte man essen; zu dem Fleisch gab es Brot, Salat oder Gurken. Zum Essen trank man früher Viez und heute meist Bier; die Kinder bekamen Limo oder Sprudel. Zur besseren Verdauung tranken die Männer nach dem „üppigen Mahl" einen selbstgebrannten Schnaps und die Frauen einen „Angesetzten". Nachmittags servierten die Frauen einen selbstgebackenen Kuchen, zu dem man Kaffee trank. War es am „Kalten Mittwoch" sehr kalt, so trank man auch Glühwein, um sich aufzuwärmen. Den heißen Wein hatten die Frauen zu Hause zubereitet und in großen Thermosflaschen mitgebracht. An das Heimgehen dachte man erst, wenn es dämmerte; dann ging oder fuhr man nach Hause. Oft blieben die Männer noch zurück, da der Kasten Bier oder die Schnapsflasche noch nicht leer waren.
Auf diesen Tag in der freien Natur freute man sich schon wochenlang vorher; ganz besonders jedoch die Kinder. Die lieben Kleinen tollten dann den ganzen Tag im Wald umher und fielen abends todmüde ins Bett. Regnete es am „Kalten Mittwoch", so war die Enttäuschung natürlich riesengroß; dann „knaatschten" (grängelten) die Kinder den ganzen Tag.
Nun wird man sich fragen, wie der Brauch des „Kotelettbratens" entstanden ist? Ich habe mich mit Kurt Schramm, einem Saarhölzbacher, der sich intensiv mit der Geschichte seines Dorfes befaßt hat, hierüber unterhalten.
Saarhölzbach ist schon ein sehr alter Ort, denn Kaiser Karl der Große schenkte im Jahre 802 „Hulzbach" dem Trierer Erzstift, welches nach der Amtsbeschreibung den Ort als eine „Forsthube" besaß. Demnach war Saarhölzbach früher ein Forsthuberdorf (Hube = alter Ausdruck für Hufe; alte dt. Maßeinheit für bäuerlichen Grundbesitz mit einer Größe, daß sie von einer Familie bearbeitet werden und sich diese davon ernähren konnte; etwa 7-14 ha), dessen Bewohner überwiegend von der Waldwirtschaft lebten. Mit der Forsthube war das Recht der siebenten Medum-Garbe verbunden, welche 32 Malter Korn und Hafer betrug (1 Malter = 6,955 hl in Preußen); außerdem bezog das Erzstift ein Rauchhuhn von jedem Hause und an Erbschatzung 3 Thaler, 30 Albus jährlich statt Märzschaft. Die hohe, mittlere und niedere Gerichtsbarkeit stand dem Erzstifte zu. Trier hatte außerdem auch Berechtigung an den Waldungen. Die Erb- bzw. Gehöferschaft mußte alljährlich 48 Wagen Langholz und mehrere hundert Stangen für die kurfürstliche Kellerei in Saarburg liefern, auch die Briefschaften in Forstsachen frondeweise befördern. Jagd und Fischerei auf dem Saarhölzbacher Bann standen ebenfalls dem Erzstifte zu, den Zehnten dagegen bezog die Abtei Mettlach; er betrug 21 Malter Korn und Hafer und 15 Thaler in Geld für Klein-Zehnten. Der Wald war aufgeteilt in Gemeinde- und Privatwald sowie in Gehöferschaften. Die Saarhölzbacher Gehöferschaft besaß ursprünglich 625 Hektar oder 2.500 Morgen Lohhecken. Die Gehöferschaft

ist eine Waldgenossenschaft, ähnlich einer landwirtschaftlichen Aktiengesellschaft; ein Vorstand von sieben Mitgliedern verwaltete das Vermögen der Gehöferschaft. Seit 1924 stand die Verwaltung unter der Aufsicht der Forstbehörde; die Gehöferschaft bestand in Saarhölzbach bis 1959. Die meisten Familien in Saarhölzbach lebten vom Ertrag des Waldes. Die einen fällten die Bäume, und andere zogen sie mit ihren Pferden ab und transportierten sie bis zur Saar. Dort wurden sie zu Flößen zusammengebunden, und die Flößer von Saarhölzbach transportierten sie im 16.-18. Jahrhundert über den Wasserweg Saar-Mosel-Rhein bis nach Holland. Einige Männer waren auch Schiffer; damals herrschte ein reger Schiffsverkehr auf der Saar. Saarhölzbach ist ein Hauptruhepunkt für die Halfen mit ihren Pferden; etliche Saarhölzbacher Bauern waren auch als Halfen mit ihren Pferden unterwegs. Andere Saarhölzbacher arbeiteten als Köhler, deren Meiler tagelang rauchten, bis die Holzkohle fertig gebrannt und die Meiler gelöscht werden konnten. Auch mit dem „Loh schleißen" verdienten sich viele Saarhölzbacher ihr tägliches Brot. Hier wurde die Rinde der Eichen abgeschält und zum Gerben der Lederhäute an die umliegenden Gerbereien verkauft. Damals gab es in unserer Gegend viele Gerbereien; allein in Tünsdorf waren schon zwei. Die Männer von Saarhölzbach, die damals den ganzen Tag im Wald arbeiteten, waren gezwungen, sich ihr Essen selbst zu kochen. Da wurde auch das Fleisch (damals gab es nur Fleisch, wenn man schlachtete, also im Winter), in der Glut ihres Feuers gebraten.
Als im Jahre 1809 Jean Francois Boch in der ehemaligen Benediktinerabtei zu Mettlach eine Steingutfabrik gründete, gingen im Laufe der folgenden Jahre viele Saarhölzbacher, die vorher ihr Brot im Wald verdienten, in die Fabrik arbeiten. Ihre Nachkommen erinnerten sich in späteren Jahren daran, daß sich ihre Väter früher im Wald ihr Essen zubereiteten. Man wollte dies ausprobieren, ging daher einmal im Jahr und zwar am „Kalten Mittwoch" in den Wald und garte sich dort sein Kotelett in der Glut des Feuers, wie dies ehemals die Vorfahren taten. Die Saarhölzbacher erzählten in der Fabrik von ihrem jährlichen „Kotelettbraten" und so wurde dieser Brauch von anderen Ortschaften an der unteren Saar ebenfalls übernommen. Auch in Nohn pflegte man etwa seit 1960 diesen Brauch, dem auch ich mit meiner Familie jahrelang huldigte.

Kinderspiele auf dem Saargau in der Kriegs- und Nachkriegszeit

Die Kinder in der heutigen Zeit haben eine solche Auswahl an Spielen und Spielsachen, daß sie meist nicht wissen, mit was sie spielen sollen. Da sie alles fix und fertig serviert kriegen, ist ihr Spiel auch meist nicht kreativ. Anders war es bei den Kindern in der Kriegs- und Nachkriegszeit. Da es zu dieser Zeit so gut wie nichts an Spielen und Spielsachen zu kaufen gab, mußten sich die Kinder selbst helfen. Man bastelte sich daher die Spielsachen selbst und erfand zum Teil neue Spiele. Dies förderte ungemein die Phantasie und auch die Kreativität der Kinder. Was die Kinder auf dem Saargau während und nach dem Kriege spielten, davon möchte ich hier berichten.
Ich bin in Nohn aufgewachsen und wohnte bis vor einigen Jahren dort. Nohn ist ein kleines, schmuckes Dörfchen im Dreiländereck in der Nähe der Saarschleife gelegen. Vor dem Kriege gab es in Nohn einen hauptberuflichen Landwirt und viele Fabrikarbeiter, welche die Landwirtschaft noch nebenher betrieben. Nohn war also zu meiner Jugendzeit ein reines Bauern- und Arbeiterdorf; dies hat sich allerdings inzwischen grundlegend geändert.
Doch ich wollte über die Kinderspiele berichten, die wir zu dieser Zeit spielten:

1. „Klickertches" (Murmelspiel):
Die „Klicker" (Murmeln) wurden von uns aus Lehm geformt und im Ofen gebrannt, da es ja keine zu kaufen gab. Diese „Klicker" waren jedoch nicht sehr haltbar und standen daher auch nicht besonders hoch im Kurs. Ganz hoch im Kurs standen die Stahlkugeln, die von ausgebauten Kugellagern stammten. Beneidet wurden die Jungen, deren Väter als Handwerker in der Fabrik arbeiteten und daher an diese Kugeln herankamen. Beim „Klickerspiel" gab es zwei Spielvarianten:
a) Man stieß die „Klicker" mit dem Daumen und versuchte, die gegnerische Murmel zu treffen. Hatte man sie getroffen, so machte es „klick", daher der Namen „Klicker"; die getroffene Murmel gehörte einem dann.
b) Es wurde eine „Kaul" (Mulde) im Boden gegraben und man mußte von ferne die Murmel in diese Mulde werfen.

2. „De Gieß":
„De Gieß" war ein an beiden Enden zugespitztes rundes Holzstück. Dies legte man auf den Boden, der möglichst eben sein mußte, und dann schlug man mit einem starken, biegsamen Haselnußstecken auf eine Spitze „der Gieß". Diese flog nun hoch und man mußte sie in der Luft nochmals treffen und möglichst weit wegschlagen. Wer „de Gieß" am weitesten schlug, hatte gewonnen.

3. **„Bockspringen“:**
Hier galt es, über einen anderen Spielkameraden, der sich bückte, hinwegzuspringen. Dann bückte man sich selber und der andere sprang über einen. Interessant wurde es, wenn dies Spiel von mehreren gespielt wurde, dann mußte man hintereinander über mehrere „Böcke“ springen. Schwierig wurde es allerdings, wenn Kleine über Große springen mußten.

Nohn – Kinder 1946

4. **„Bogenschießen“:**
Die Bogen und Pfeile wurden aus Haselnußstecken selbst geschnitzt; als Bogensehne nahm man meist Wurstschnur. Gewöhnlich war der Kopf des Pfeiles stumpf, damit man keinen Kameraden beim Spielen verletzen konnte. Doch wenn der Pfeil für Katzen oder Spatzen gedacht war, so war vorne in der Pfeilspitze ein spitzer Nagel, was ihn zu einer gefährlichen Waffe machte. Mit Pfeil und Bogen machte man Wettschießen oder man benötigte sie zum „Indianerspiel“.

5. **Holzschwerter und -schilde:**
Um für den Kampf mit dem „Feind“ gerüstet zu sein, brauchte man Schwerter; also schnitzte man aus einer Holzlatte oder einem dicken Knüppel ein Schwert. Je nach Geschick war das Ergebnis, doch darauf kam es nicht an, sondern wie man damit umgehen konnte. Als Schild wurde meist der runde Deckel vom Futterkessel oder der Waschbütt genommen, doch durfte dies die Mutter nicht merken. Oder man nahm den alten Deckel von einem Viezfaß, in den man innen eine Schlaufe und einen Griff anbrachte.

6. **„Drachensteigen“:**
Dies war ein Spiel, das meist im Herbst gespielt wurde, wenn die Stürme begannen. Gebaut wurden die Drachen aus leichten, dünnen Holzlatten, und bespannt wurden sie mit Pergamentpapier, falls man welches hatte. Wenn nicht, so mußte es auch Packpapier tun, doch diese Drachen flogen nicht so

gut. An das Ende des Drachens kam der Schwanz als Lenk- und Leitsystem. Diese Drachen bauten wir meist in der Schule während der Werkstunde unter der sachkundigen Anleitung unseres Lehrers.

7. „Plättches" spielen:
Dies war ein Hüpfspiel für Mädchen, wobei ein Fünfer-Mosaikplättchen oder ein flacher Stein mit einem Fuß von einem Feld in ein anderes Feld zu stoßen war; dabei mußte man auf einem Bein hüpfen. Die Felder waren in Kreuzform angelegt, insgesamt sechs Felder, und sie wurden mit einem weichen Stein auf dem Boden aufgemalt. Ein Feld war etwa 40-50 cm im Quadrat. Wer alle Felder fehlerfrei bewältigte, der hatte gewonnen. Ein Fehler war z. B. wenn man es nicht schaffte, alle Felder auf einem Bein hüpfend zu bewältigen. Ausscheiden mußte auch, wer das Plättchen nicht ganz in das nächste Feld stieß, es blieb z. B. auf der Linie liegen.

8. „Seilspringen":
Dies ist ein Spiel, welches auch heute noch von den Kindern bzw. den Mädchen gespielt wird. Dabei gab es zwei Varianten:
a) Ein Mädchen hat ein Seil in beiden Händen, schlägt es rund und springt darüber.
b) Zwei Mädchen schlagen das Seil, und ein drittes muß darüber springen.

9. „Versteckspiel":
Hier wurde zuerst mittels eines Abzählreims derjenige ermittelt, der die anderen suchen mußte. Dies ging wie folgt:
a) Die Kinder stellten sich im Kreis auf und eines zählte: „Ene mene Maus und du bist aus!", wobei es bei jedem Wort auf ein anderes Kind zeigte. Beim Wort „Maus" war das getroffene Kind ausgeschieden. Dies wurde solange gespielt, bis nur noch ein Kind übrig war.
b) Der Verlierer stellte sich nun mit dem Gesicht zur Wand und fing bei „Eins" an zu zählen, bis er dachte, nun sind alle versteckt. Dann rief er „Kommen?" und die Kinder antworteten mit „Nein", wenn noch nicht alle versteckt waren und mit „Ja", wenn er suchen konnte.
c) Nun mußte er die Kinder eins nach dem anderen suchen, und wenn er eins gefunden hatte, es beim Namen rufen, schnell an die Wand zurücklaufen und den Gefundenen an der Wand abschlagen. War dieser jedoch vor ihm an der Wand und schlug ihn ab, so mußte er wieder von vorne beginnen. Dies ging so lange, bis er alle Versteckten gefunden und an der Wand abgeschlagen hatte. Dabei mußte er scharf aufpassen, daß ihm keiner zuvorkam, denn sonst fing das Suchen für ihn wieder von vorne an.

10. „Schleuder":
Die Schleuder bastelte man aus zwei Einmachgummis (die man meist der Mutter stibitzen mußte), einem weichen Stück Leder, daß man vom Dorfschuster erbettelte, und einer Astgabel. In die Schleuder legte man nun einen Stein und schoß damit auf Spatzen, Katzen und alles, was sich bewegte. Verschiedene Jungen brachten es mit ihrer Schleuder auf eine Fertigkeit, die durchaus zirkusreif war.
Zu dieser Zeit hatte jeder Junge immer seine Schleuder nebst einigen Steinen in der Tasche. Die Spatzen flogen schon schimpfend fort, wenn sie einen Jungen nur von ferne sahen. Doch auch die Katzen gingen schleunigst stiften, wenn einer dieser Lausbuben auftauchte. Die Schleuder war aber auch eine gefürchtete Waffe, mit der schon manchem Jungen ein Loch in den Kopf geschossen wurde. Es war eigentlich ein Wunder, daß zu dieser Zeit nicht mehr passierte, denn die Steinschleudern waren wirklich sehr gefährlich.

11. „Buhnenmill":
Dies war ein Spiel, das eigentlich mit dem Mühle-Spiel identisch ist. Da man begreiflicherweise nach dem Kriege keine Spiele zu kaufen bekam, mußte man sich selber helfen. Da Not bekanntlich erfinderisch macht, zeichnete man auf Karton oder Holzplatte den Grundriß des Mühlespiels und nahm als Spielsteine dicke „Perdsbuhnen" (Pferdebohnen) in zweierlei Farbe, fertig war die „Buhnenmill". Weil die Spielsteine durch „Buhnen" (Bohnen) ersetzt wurden, nannte man das Spiel im Nohner Dialekt „Buhnenmill".

12. „Stelzen laufen":
Dies war ein Spiel, das kaum bekannt war. Vielleicht lag es daran, daß es doch sehr schwierig war, auf Stelzen zu laufen. Die Stelzen wurden selbst gebaut, indem man bei einem Paar Latten von etwa 2,50 m Länge in der Höhe von 1,00 m ein Holzdreieck verschraubte, auf das man die Füße stellte. Nun kletterte man auf eine Kiste, stellte die Füße auf diese Dreiecke, packte die beiden Stelzenholme und versuchte zu gehen. Bis man dies konnte, mußte man manchen Sturz in Kauf nehmen.

13. „Krieg spielen":
Bei diesem Spiel machten die Jungen vom ganzen Dorf mit, denn hier zog das Unterdorf, „de Gaaß" gegen das Oberdorf, „de Goedder" in den Krieg und es fanden regelrechte Schlachten auf den Wiesen statt, wobei viele Beulen und Schrammen auf beiden Seiten verzeichnet wurden. Hier wurde gekämpft mit Schwert, Pfeil und Bogen, Steinschleuder (wobei sie aber nur mit Holzäpfeln geladen werden durfte), Knüppel und u. ä. mehr. Die Krieger vom „Goedder" hatten einmal eine Kanone aus Ofenrohr gebastelt, und als Lafette diente das Vorderteil eines ausrangierten Holzpflugs. Geladen wurde die Kanone mit

Dreck, Steinen und Karbid. Als die Kanone das erstemal losging, hatten sie schon gewonnen, denn die Kämpfer aus dem Unterdorf kapitulierten und hißten die weiße Fahne.
Doch hatten wir zu dieser Zeit auch Spielzeug, das durchaus tödlich sein konnte. Dazu muß man wissen, daß in den Jahren nach dem Krieg die Wälder voller Munition und Waffen lagen, die noch voll funktionsfähig waren. Kinder sind von Natur aus sehr neugierig, und alles, was sie nicht kennen, reizt ganz besonders. Deshalb war man auch damals ganz besonders scharf auf alle Waffen und Munition, die in Mengen herumlag. Jeder Knirps konnte zu dieser Zeit mit einem Karabiner schießen oder eine Handgranate abziehen und werfen; dies gehörte zur normalen Mutprobe. Deshalb bekam zu dieser Zeit jede Mutter weiche Knie, wenn es irgendwo knallte oder krachte, und ihr Sprößling war nicht daheim.
Leider mußten auch einige Kinder unseres Dorfes ihre Neugier mit dem Leben bzw. mit schweren körperlichen Schäden bezahlen. Hoffen wir nur, daß diese Art Spiele für unsere Kinder und deren Nachkommen nie mehr möglich sind.

Sankt Nikolaus

Bräuche, Geschichten und Legenden um den hl. Nikolaus

Bräuche:

Das Brauchtum des St. Nikolaus-Tages, an dem der heilige Mann die Kinder am Vortag seines Namenstages beschert, ist schon uralt. Bereits zur Regierungszeit von Kaiser Otto II. (961-983) entwickelte sich die Verehrung des heiligen Nikolaus zunächst im Rheinland; gefördert wurde sie von Kaiserin Theophanu, der griechischen Ehefrau von Kaiser Otto II. Ebenfalls im 10. Jahrhundert entstand in Deutschland dann das vorgenannte Brauchtum, das sich bis heute erhalten hat, daß Nikolaus die Kinder besucht und beschert. Dieser Brauch entstand damals in den Klosterschulen aus dem sogenannten „Bischofsspiel"; dabei übernahm einmal im Jahr ein Schüler die Funktion des Abtes oder auch des Bischofs und „herrschte" für einen Tag über das Kloster und die Schule. Zunächst betrieb man dieses Spiel am 28. Dezember, dem Tag der Unschuldigen Kinder; im 13. Jahrhundert wurde es auf den Nikolaustag verlegt. Traben an der Mosel gilt als eine der ersten Nikolaus-Kultstätten auf deutschem Boden, da dort bereits um das Jahr 1000 von Bauern eines Aachener Stiftes eine dem Nikolaus geweihte Kirche erbaut wurde. Nikolausreliquen sind im Kloster St. Maxim zu Trier schon 1018 nachgewiesen worden, die dann einige Jahre später nach Echternach gebracht wurden.

Wer war der heilige Nikolaus?

Euphemius, ein reicher, aber sehr frommer und wohltätiger Mann, war sein Vater, und Anna, Schwester des früheren Erzbischofs von Myra, seine Mutter. Er wurde wahrscheinlich um 270 in Patara (Lykien/Kleinasien) geboren. Laut den Überlieferungen kam er aber erst viele Jahre nach der Hochzeit seiner Eltern zur Welt, als diese schon nicht mehr auf Kinder hofften. Ihre Barmherzigkeit gegen die Armen erlangte, was ihnen die Natur verweigerte. Ein Bote vom Himmel brachte ihnen die frohe Botschaft, daß sie einen Sohn bekommen; er sollte den Namen Nikolaus (dies bedeutet „Sieg des Volkes") erhalten. Sie erzogen ihn gottesfürchtig und schickten ihn auf eine gute Schule. Schon sehr früh soll der Knabe ein vorbildliches Leben geführt haben; er widmete sich der Erkenntnis Gottes und haßte die Sünde. Sein Onkel, der Bischof, weihte ihn zum Priester; zu dieser Zeit starben seine Eltern an der Pest. Nikolaus verteilte das große Vermögen, das er erbte, unter die Armen. Der Onkel von Nikolaus hatte ein Kloster erbaut und bestellte seinen Neffen Nikolaus zum Abt. Lange hatte der sich dagegen gewehrt, doch auf Wunsch der Brüder mußte er das Vorsteheramt übernehmen, und er verwaltete es mit größter Weisheit. Nach dem Tode seines Onkels begab er sich auf eine Wallfahrt ins Heilige Land. Da man sich über die Neuwahl des Nachfolgers auf dem Bischofsstuhl von Myra nicht einigen konnte, rief man den Heiligen Geist um Erleuchtung an. Man einigte sich darauf, daß derjenige Priester zum Bischof ernannt werden sollte, der am nächsten Morgen als erster die Kirche betreten würde. Und Nikolaus, der von allem nichts wußte, wurde von Gott in die Kirche geführt und somit um 300 zum Bischof von Myra im damaligen Lykien/Kleinasien ernannt. Es gehörte viel Mut und Klugheit dazu, in dieser Zeit der letzten Christenverfolgungen unter Gaius Aurelius Valerius, dem römischen Kaiser Diokletian ein solches Amt zu verwalten. Nikolaus geriet 310 in Gefangenschaft und wurde in den Kerker geworfen, wo man ihn schwer mißhandelte. Als dann Kaiser Konstantin die christliche Religion im Staate einführte, konnte Nikolaus aus dem Gefängnis wieder nach Myra zurückkehren. Noch gezeichnet von den erlittenen Folterungen, trat er 325 auf dem berühmten Konzil von Nicäa auf und verurteilte mit den anderen Bischöfen die arianische Irrlehre. Nikolaus starb an einem 6. Dezember hochbetagt um das Jahr 350.

Der Nikolauskult:

Der Nikolauskult breitete sich etwa zwei Jahrhunderte nach seinem Tode aus, griff auf die gesamte griechische Kirche, später auch auf die slawischen Länder über. Die stärkste Verehrung erfuhr Nikolaus ab dem achten Jahrhundert in Rußland, dessen Patron er seitdem ist. Zaghaft breitete sich dann in der Folgezeit der Nikolaus-Kult auch in Europa aus; unter Kaiser Otto II. wurde er im deutschen Reich eingeführt. Dargestellt wird der hl. Nikolaus in bischöflicher Kleidung, drei goldene Kugeln auf einem Evangelienbuche tragend oder mit drei Broten in der Hand, mit drei aus einem Bottich aufsteigenden Knaben, mit Anker und Schiff. Piraten raubten im Jahre 1087 die Gebeine von Bischof Nikolaus aus dem Sarkophag der Grabkirche zu Myra und brachten sie nach Bari in Apulien, wo zu jener Zeit die Normannen regierten. In Bari errichtete man zur Aufbewahrung der kostbaren Reliquien auf den Trümmern des byzantinischen Gouverneurspalastes die Basilika St. Nicola. Papst Urban II. weihte 1089 die Krypta mit dem Schrein des heiligen Nikolaus. Von großer Bedeutung für die Verehrung des heiligen Nikolaus ist sein Manna. Schon in Myra hatten seine Gebeine die besondere Fähigkeit, eine Flüssigkeit abzusondern, die eine heilkräftige Wirkung besaß. Das wunderbare Manna wird bis auf den heutigen Tag aus dem Grabe des Heiligen gewonnen. Die Griechen nannten das Manna „Myron", und seine Wunderkraft hatte Myra zu einem berühmten Wallfahrtsort gemacht.

Legenden um den heiligen Nikolaus:

Um den heiligen Nikolaus gibt es unzählige Legenden, die sein Andenken bis heute im Volk lebendig erhalten; die bekanntesten will ich hier erzählen:
Ein verarmter Edelmann hatte seine drei unverheirateten Töchter in ein Bordell gesteckt, damit sie sich ihre Aussteuer verdienen sollten, um standesgemäß heiraten zu können. Nikolaus, der davon erfuhr, beschloß zu helfen.

Um unbekannt zu bleiben, warf er in drei Nächten hintereinander jedesmal einen Beutel Goldstücke durch das Fenster in die Schlafkammer der Töchter, womit sie nun ihre Aussteuer bestreiten konnten. Auf diese Weise hatte er ihre ehrbare Verheiratung ermöglicht und Schande und Not von der Familie abgewendet. Aus dieser Legende ist wahrscheinlich später der Brauch entstanden, die Kinder in der Nacht zum Nikolaustag heimlich zu beschenken.

Nikolaus ist auch zum Schutzpatron der Schiffer und Seeleute geworden. Dies kam so: Als einmal ein Schiff in einen furchtbaren Sturm geriet und unterzugehen drohte, riefen die Seeleute in letzter Not den heiligen Nikolaus um Hilfe an. Sogleich erschien er und half den Seeleuten, ihr Schiff zu retten. Alsbald legte sich auch der Sturm, das aufgewühlte Meer beruhigte sich. Als die Schiffer nun an Land kamen, gingen sie sogleich in die Kirche des heiligen Nikolaus, um für ihre wunderbare Rettung zu danken. Da hörten sie seine Stimme, die sprach: „Nicht ich, sondern euer Glaube und Gottes Gnade haben euch errettet."

Drei Hauptleute des Kaisers waren in hohe Gunst gekommen, was den Neid des Anführers der Leibwache erweckte. Er klagte sie daher beim Kaiser des Hochverrats an, was dieser ihm auch abnahm, und er verurteilte daher die drei Hauptleute zum Tode. In ihrer großen Not gedachten sie des heiligen Bischofs und riefen ihn um Hilfe an. Obwohl sie weit von Myra in einem Turm eingesperrt waren, flehten sie zu Gott, er möge ihnen seinen Diener Nikolaus zu Hilfe schicken. In der Nacht vor der Hinrichtung erschien der Heilige dem Kaiser im Schlafe und hielt ihm sein Unrecht vor Augen. Er drohte mit der Rache Gottes, wenn er das Todesurteil vollstrecken ließe. Erschreckt von diesem Gesichte, ließ der Kaiser die drei Hauptleute kommen, sie von ihren Fesseln befreien und sandte sie nach Myra, damit sie dem heiligen Bischof für ihre Rettung danken sollten. Aus dieser Legende ist wahrscheinlich später im Westen die grausige Mär von den drei fahrenden Schülern entstanden, die ein Metzger getötet und in ein Faß eingepökelt hatte; Sankt Nikolaus erweckte sie wieder zum Leben.

Nikolaus als Schutzpatron:
Viele Berufsgruppen haben den heiligen Nikolaus zu ihrem Schutzpatron erkoren, teilweise bedingt durch die eine oder andere Legende. So gilt Nikolaus als Schutzheiliger der Seeleute, Bootsleute und Flußschiffer – gelegentlich findet man als weiteres Attribut einen Anker – was noch heute viele Nikolauskirchen und -kapellen in Hafenstädten und an besonders gefährlichen Flußstellen dokumentieren. So findet man in der Kapelle von Dreisbach an der Saarschleife, die dem heiligen Nikolaus geweiht ist, eine Darstellung des heiligen Bischofs mit den drei Knaben im Bottich. Von besonders historischem Wert ist diese alte Nikolausstatue, stand sie doch schon in der alten Kapelle von Dreisbach, die 1701 erbaut und 1881 abgerissen wurde. Damals befand sie sich in der Giebelseite der Kapelle, die in der Mitte des Dorfes zur Saarseite in der Nähe der Fähre stand. Die vorbeifahrenden Schiffer grüßten ihren Schutzpatron und erflehten seinen Schutz bei ihrer gefährlichen Fahrt.

Nikolaus und die Saarschiffer:
In besonderem Ansehen stand St. Nikolaus bei den Schiffern, welche die Saar befuhren. In früherer Zeit, bevor die Saar kanalisiert wurde, war der Fluß wegen seiner Untiefen und tückischen Strömungen bei den Schiffern sehr gefürchtet. Besonders berüchtigt war die Saarschleife wegen ihrer schmalen Fahrrinne und den vielen Strudeln. Eine Stelle unterhalb von Steinbach inmitten der großen Flußkehre war besonders gefährlich und daher bei allen Schiffern gefürchtet. Es war dies der sogenannte „Welles", denn hier war die Flußrinne besonders schmal und infolge unterirdischer Strömungen äußerst tückisch. An dieser Stelle waren schon viele Schiffe verunglückt. Die Schiffer setzten daher ihrem Schutzpatron St. Nikolaus an der Saarschleife, genau unterhalb der Cloef in einer Nische der Ufermauer ein Standbild, damit er sie bei ihrer Talfahrt beschützen solle. Die Figur des heiligen Nikolaus steht auch heute noch in der Nische, ist jedoch nur von der Wasserseite aus zu sehen.
Wenn die Schiffer früher zum „lewen Schutzpatron" kamen, bevor es in den gefürchteten „Welles" ging, so gelobten sie dem Heiligen „Lewen Niklessin, wenn eech good dorch de Welles dorchkomm, kreocht de enn Kierz su deck we mei Maschdbaam!" (Lieber Nikolaus, wenn ich gut durch „Welles" komme, bekommst du eine Kerze so dick wie mein Mastbaum). Nun ging es mit Zittern und Zagen durch die berüchtigte Engstelle. Kam man nun glücklich in Mettlach an, so war das Versprechen meist vergessen und manch Verwegener sagte in Richtung „Welles" verschmitzt vor sich hin „Neischt krescht dou Niklessin, keaf dou dear de Kierz selver!" (Nichts bekommst du Nikolaus, kauf dir deine Kerze selber). Sprachs und ging in die Schifferkneipe „Zum goldenen Anker" in Mettlach, um eine Mordszeche zu machen. Der Sage nach soll einer dieser verwegenen Schiffer, der dem heiligen Nikolaus die versprochene Kerze verweigert hatte, bei der nächsten Fahrt durch „Welles" mit sei-

nem Schiff gekentert sein, so daß er mit Mann und Maus in den reißenden Fluten der Saar versank und ertrank. Diese Geschichte machte den „Welles" bei den abergläubischen Schiffern noch verrufener, so daß man nur noch mit Zittern und Zagen durch „Welles" fuhr, wobei man jedesmal inbrünstig die Hilfe des „heiligen Nikolaus von Welles" erflehte.

Seit die Saar kanalisiert ist, wird sie wieder von großen Frachtkähnen befahren. Sind diese Schiffe auch heute mit allen technischen Raffinessen wie UKW-Funk, Echolot, Radar und anderer Elektronik ausgerüstet, so benötigen auch die heutigen Schiffer noch die Hilfe ihres Schutzpatrons. Wenn auch durch die Kanalisierung die alte berüchtigte Engstelle „Welles" beseitigt wurde, so ist der Schutz des „heiligen Nikolaus von Welles" nach wie vor gefragt.

Der „Yacht- und Wassersportklub Untere Saar Besseringen", deren Schutzpatron ebenfalls der heilige Nikolaus ist, hat einen alten Brauch wieder aufleben lassen, dem Heiligen an seinem Namenstag eine Kerze zu bringen. Mit einer Schiffs-Wallfahrt besucht man daher jedes Jahr den „Nikolaus von Welles".

Nikolaustag in früheren Jahren; Bräuche und Sitten aus dem Saargau

Der Brauch des Nikolaustages hat sich durch die ganzen Jahrhunderte bis zum heutigen Tage erhalten; noch heute bangen die Kinder genauso vor dem Besuch des heiligen Mannes, wie sie dies vor Jahrhunderten taten.

Der Nikolaustag ist trotz aller Angst ein rechtes Kinderfest, worauf sich die Kinder auch jedes Jahr mit einem lachenden und einem weinenden Auge freuen. Schon in den ersten Novembertagen stellten früher Buben und Mädchen ihre Schuhe auf die Fensterbank, und Knecht Ruprecht legte nachts eine Gabe hinein. Obwohl in früheren Jahren die Gabe sehr ärmlich ausfiel, meist waren es einige Nüsse oder Äpfel, so träumten die Kinder doch vom heiligen Nikolaus und seinen Gaben. Und dann war es endlich so weit, der Nikolaustag war da. Am Abend des 5. Dezember regte es sich im Dorf, vermummte Gestalten zogen in der Dunkelheit umher. Da sah man früher in verschiedenen Gegenden des Saarlandes (Saarpfalzkreis) den „Pelznickel", der die aus zwei Personen bestehende „Himmelsgeiß" mit sich führte. Anderweitig sah man einen Dorfbewohner als Esel verkleidet, ihm zur Seite der Nachbar als Nikolaus oder Knecht Ruprecht. In unserer Gegend, dem Saargau, war und ist der Nikolaus bis auf den heutigen Tag als Bischof gekleidet. Früher ging ihm zur Seite der gefürchtete „Schwarze" als „Pelzenbock" oder Knecht Ruprecht, der einen Sack mit den Gaben trug. Für die faulen, unartigen Kinder hatte er eine Rute und einen leeren Sack, in den sie gesteckt wurden, wenn sie sich nicht bessern wollten. Den braven Kindern aber schenkte er seine Gaben, nachdem sie ihm gezeigt hatten, wie gut sie beten und singen konnten.

Das bekannteste Nikolauslied beginnt mit den Versen:

„Laßt uns froh und munter sein
Und uns heut im Herrn erfreun,
Lustig, lustig, trallerallala,
Nun ist Nikolausabend da."

Bekannt war bei uns auf dem Saargau auch folgendes Nikolauslied:

„Nikolaus, komm in unser Haus,
Leer die vollen Taschen aus,
Stell den Esel auf den Mist,
Daß er Heu und Hafer frißt.
Heu und Hafer frißt er nicht,
Zuckerbrezel kriegt er nicht."

Früher verteilte der Nikolaus an die Kinder Äpfel, Nüsse und Gebäck; die Jungen bekamen einen Hasen und die Mädchen eine Puppe, alle aus Teig gebacken. Dieses Backwerk geht auf die heidnischen Vorbilder zurück. Die germanischen Priesterinnen formten für die Julfeier aus süßem Teig Kuchen in Gestalt der verschiedenen Tiere, die den Göttern heilig waren, buken sie in den Tempeln und verteilten sie unter das Volk.

Nikolaustag auf dem Saargau:
In meiner Jugend war der Nikolaus nicht so zartfühlend, wie er dies heute ist. Damals kam der Nikolaus noch in Begleitung des „Schwarzen", dem allerlei schaurige Geschichten angedichtet wurden und der deshalb bei allen Kindern gefürchtet war. Zudem machte man den Kindern, wenn sie nicht „parierten", Angst mit der Drohung „Woord nur, de Schwarzen steecht dech en de Sack!" (Warte nur, der Schwarze steckt dich in den Sack!). Er sah aber auch wirklich zum Fürchten aus, dieser Schwarze. Schwarz gekleidet von Kopf bis Fuß, das Gesicht ebenfalls ganz schwarz, hielt er in der einen Hand einen großen Sack, in der anderen eine riesige Rute. Um Hals und Leib hatte er eine gewaltige Kette gewickelt, mit der er laufend rasselte, wobei den Kindern jedesmal ein Schauer des Entsetzens über den Rücken lief. Der Nikolaus mußte bei den Besuchen seinen Schwarzen laufend zurückhalten, der immer wieder die Kinder in seinen großen Sack stecken wollte. Da konnte man von der Straße aus genau hören, wo der Nikolaus zur Zeit war, denn das jämmerliche „Geplätz" (Geschrei) der Kinder wies einem den Weg. Es war damals schon wie heute, die Kinder, die am frechsten waren, schrien am lautesten, da sie die meiste Angst hatten. Ein, zwei Wochen vor dem Nikolaustag konnten die Erwachsenen mit der Drohung „Ech sons em Klessinn!" (Ich sag's dem Nikolaus!) bei

den Kindern alles erreichen. Man sieht, auch in unserer Jugend wurden die Kinder schon erpreßt.
Ich wuchs auf einem Bauernhof auf, und dort hatte jeder seine ihm zugeteilte Arbeit zu verrichten. Meine Arbeit war, jeden Tag das Heu für die Kühe und Pferde zu rupfen. Dies geschah mit dem „Hääkroapen" (Heurupfgerät mit Haken), eine stupide Arbeit, die ich haßte. Doch in den Wochen vor dem Nikolaustag brauchte man mich nur an den Schwarzen zu erinnern, schon war ich auf dem „Häästack" (Heuboden), um das Heu zu rupfen. Zudem stellte ich am Nikolaustag eine „Körwel" (aus Stroh geflochtener Korb) voll Hafer vor die Tür, damit der heilige Mann seinen Esel füttern konnte. Denn man hatte uns Kindern immer gesagt, der heilige Nikolaus kommt auf einem Esel geritten. Am Nikolaustag ging man im Geiste nochmals alle Schandtaten durch, die man seit dem letzten Nikolausbesuch begangen hatte. An dem Tag bekam man das große „Muffensausen", denn welcher Junge hat schon immer ein reines Gewissen?
Wenn dann abends die Klingel des heiligen Mannes draußen vor der Tür erklang, fing man automatisch an zu beten oder zu singen; meist war es das Lied „Niklaus ist ein guter Mann". Doch wenn die Kette des Schwarzen rasselte, fiel auch dem Mutigsten das Herz in die Hose. Da hörte man die Kinder oft häuserweit plärren. Der Nikolaus forderte die Kinder auf, ein Lied zu singen oder ein Gebet aufzusagen. Konnte man es, lobte einen der heilige Mann; wenn nicht, gab es eine Rute. Nun schlug der Nikolaus das große Buch auf, in dem alle guten und leider auch die schlechten Taten von jedem Kind aufgelistet waren. Vor diesem Moment hatte man schon tagelang gezittert; denn nun war die Stunde der Wahrheit gekommen. In dem großen Buch waren alle Schandtaten vermerkt, die man auf dem Kerbholz hatte. Ich wunderte mich immer, woher der Nikolaus alles wußte, was man verbrochen hatte; daher hielt ich ihn für allwissend. War der heilige Mann mit seiner Aufzählung am Ende, so gelobte man feierlich Besserung; schielte aber immer mit einem Auge auf den Schwarzen, denn dem war nicht zu trauen mit seinem großen Sack. Er versuchte auch immer wieder vorzupreschen, was einen jämmerlichen Aufschrei der Kinder zur Folge hatte. Hinter dem Rücken der Mutter suchten sie ihre letzte Zuflucht. Zum Schluß kam für die Artigen die Belohnung vom Nikolaus, eine „Körwel" voller Köstlichkeiten mit Äpfeln, Birnen, Nüssen und selbstgebackenen Plätzchen. War man besonders brav gewesen, so lag noch ein Paar selbstgestrickter Strümpfe dabei. Die Unartigen bekamen meist nur eine Rute, sonst nichts. Dabei waren sie noch heilfroh, wenn sie der Schwarze nicht in seinen großen Sack steckte. Ganz böse Buben wurden auch tatsächlich in den Sack gesteckt, was sie mit fürchterlichem Geschrei quittierten. Diese Jungen waren dann meist für einige Wochen geheilt. Ja, es herrschten damals schon recht rauhe Sitten auf dem Saargau.

An einen Nikolausbesuch kann ich mich noch sehr gut erinnern. Ich war damals etwa vier Jahre alt und hatte wie alle Kinder eine Heidenangst vor dem Nikolaus, ganz besonders vor dem Schwarzen. Als der Nikolaus mit seiner Strafpredigt fertig war, platzte ich heraus „Niklessin, ech hunn deim Iäasel och Höwer fier de Diehr gestallt" (Nikolaus, ich habe deinem Esel auch Hafer vor die Tür gestellt). Der Nikolaus war einen Moment sprachlos, dann meinte er „Du bist aber ein ganz braver Junge". Nun sagte ich zu meinem Großvater, der mit am Tisch saß „Upa, geff em Niklessin och en Schnaps" (Opa, gib dem Nikolaus auch einen Schnaps) und als sich der Schwarze drohend räusperte, fügte ich schnell hinzu „Dem Schwarzen och".
Bei uns im Dorf hatte man das Nikolauslied umgedichtet in „Niklaus ist ein guter Mann, der viel Schnaps vertragen kann". Denn früher bekam der Nikolaus kein Geld für seinen Besuch, sondern der Vater holte die Schnapsflasche und den Viezkrug auf den Tisch. Wenn nun der Nikolaus und natürlich auch sein Schwarzer in jedem Hause Schnaps und Viez tranken, kann man sich ausrechnen, wann sie in die „Knie gingen". Da war es auch kein Wunder, wenn der Nikolaus in den letzten Häusern nicht mehr sprechen, sondern nur noch lallen konnte.

Wie man sich früher auf den Winter vorbereitete

Wenn in früheren Jahren die harte Zeit der Erntemonate vorbei war, kam der kalte Winter mit seinen kurzen Tagen und langen Nächten. Dies war die Zeit, wo sich der Bauer am warmen Ofen etwas ausruhen konnte. Die Natur legte eine Ruhepause ein und somit auch der Bauer. Doch gab es auf dem Hof immer etwas zu tun, auch im Winter. Der Bauer nutzte diese Verschnaufpause der Natur, um seine Gerätschaften zu reparieren und Haus und Hof instandzusetzen. Denn vieles war während des Jahres liegengeblieben, weil man einfach keine Zeit bekam, um Reparaturen durchzuführen.

Man nutzte auch die Winterzeit, um im Wald Brennholz zu schlagen. Waren die Waldwege gefroren, so konnte man mit den schweren Gespannen das Holz besser abtransportieren; die Räder versanken nicht mehr im Schlamm. Die Winter waren früher lang und kalt, da mußte man schon tüchtig heizen. Im Gegensatz zu heute heizte man früher nur ein Zimmer im ganzen Haus; meist war dies die Küche, wo sich alles aufhielt. Die „good Stuff" (Wohnzimmer) wurde damals nur an hohen Feiertagen genutzt und auch geheizt.

Im Winter hatte der Bauer noch eine sehr wichtige Arbeit, die ihm besonderen Spaß machte, das Schnapsbrennen. Im Herbst war das Obst zum Teil in Fässer eingelagert worden, und wenn der Gärprozeß vorüber war, konnte daraus Schnaps gebrannt werden. Es waren Kirschen, Mirabellen und Zwetschgen, die man schon damals zu Schnaps brannte. Diese guten Schnäpse wurden aber nur an besonderen Festtagen getrunken. Für den gewöhnlichen Werktag brannte man aus dem „Balesch" (ausgepreßte Apfelschalen) den Trester, den man täglich als Medizin gegen alle möglichen Krankheiten trank. Damals gingen die Leute nur sehr wenig zum Doktor; hatten sie Bauchweh, tranken sie einen Trester. Meistens tranken die Männer morgens nach dem Frühstück einen Schnaps, um für den ganzen Tag gegen alle Kankheiten gefeit zu sein.

In den alten Häusern waren viele Keller aus den Felsen gehauen. Diese Keller hatten eine gleichmäßige Temperatur das ganze Jahr über; im Sommer waren sie wunderbar kühl und im Winter angenehm warm. Die anderen Keller waren gemauert und hatten gewölbte Decken. In den Kellern lagerten die dickbäuchigen Holzfässer mit dem köstlichen Wein des Saargaus, dem Apfelwein oder dem Viez, wie er allgemein auf dem Saargau noch heute heißt. Die Kartoffeln türmten sich in den Boxen, wo sie nach dicken und dünnen sowie den Setzkartoffeln getrennt lagerten. In den Stellagen an den Wänden lagerten auf Stroh die rotwangigen, dicken Äpfel; da lachten einen die Rambor, Bohnäpfel oder Boskop an. Daneben lagen die Birnen, zugedeckt, um schneller zu reifen. In den Regalen standen in langen Reihen die Einmachgläser mit eingewecktem Obst, die blauen Steintöpfe mit Zwetschgenmus, Gläser mit verschiedenen Sorten von Marmeladen; sie alle zeugten vom Fleiß der Hausfrau. In der Ecke standen die großen Steingutbütten mit „Sauerkappes" (Sau-

Nohn – Viez keltern

erkraut) oder Bohnen gefüllt. Ja, die Keller waren mit Vorräten wohl gefüllt, daß einem das Herz lachte. Der Winter war damals lang und es galt, viele hungrige Mäuler jeden Tag aufs neue zu stopfen.
War es draußen bitter kalt und die Erde richtig fest gefroren, dann begann das große Schweinesterben in unserem Dorf. Früher gab es noch keine Kühltruhen, daher konnte man nur schlachten, wenn es gefror. Dann hängte man das geschlachtete Schwein über Nacht raus, damit es richtig auskühlen konnte. Wir Kinder wußten, wenn irgendwo im Dorf ein Schwein mordsmäßig schrie, so ging es ihm an den Kragen. Wir liefen dem Geschrei nach, denn eine Schlachtung war für uns Kinder immer eine aufregende Sache, die wir beobachten „mußten".
War das Schwein geschlachtet und ausgenommen, so wurde es in zwei Hälften getrennt und auf eine Leiter zum Auskühlen gehängt. Über Nacht blieb es draußen, damit das Fleisch gefrieren konnte. Nur mußte man das Schwein gegen die streunenden Hunde und Katzen sichern, die von dem Blutgeruch angelockt wurden. Sehr oft setzte man das Schwein daher unter Strom; dies hielt das Viehzeug am besten ab, war aber auch gefährlich.
Am anderen Tag machte der Schlachter das Schwein „klein", es wurde in seine Einzelteile zerlegt. Da wurden die Seiten- und Speckstücke sowie die Schinken in der Holzbütt „ehgesolpert" (eingepökelt). Die Koteletts wurden in Steintöpfe in Schmalz eingelegt oder in Gläser eingekocht, damit sie sich lange hielten. Diese Koteletts schmeckten gebraten ganz hervorragend; eine Köstlichkeit, die man heute nicht mehr kennt. Der Rest des Schweines wurde zur köstlichen Hausmacherwurst, der Blut- und Leberwurst verarbeitet und in die ausgewaschenen und gereinigten Därme mit einem Spezialtrichter eingefüllt. Mit den Resten der Wurst kochte man eine wohlschmeckende Wurstsuppe, die mittags auf den Tisch kam. Bei einer Hausschlachtung duftete das ganze Haus, wenn Wurst gemacht wurde.
Nach vier bis sechs Wochen wurde das „Solperfleasch" (Pökelfleisch) aus der Bütt genommen und zum Trocknen an die Luft gehängt. Nun wurde das „Reachheis'chen" (Räucherhäuschen) hergerichtet, die Seiten- und Speckstücke sowie die Vorder- und Hinterschinken hineingehängt, um sie zu räuchern. Dazu machte man Feuer mit Buchenholz, denn dies gab den besten Geschmack. Doch durfte das Feuer nicht brennen, sondern nur qualmen, damit der Rauch das Fleisch konservieren konnte. Um es ordentlich qualmen zu las-

sen, schüttete man Sägemehl aus Buchenholz auf das Feuer oder man nahm feuchtes Buchenholz. Das Feuer durfte nur stundenweise brennen bzw. qualmen; zwischendurch wurden die Schinken und Seitenstücke immer wieder an die Luft gehängt, um zu trocknen. Dabei mußte man sie so aufhängen, daß keine Katzen drankamen. Die Seiten- und Speckstücke brauchten nicht so lange geräuchert zu werden; die Hinterschinken brauchten am längsten. Die Schinken wurden nun jeden Tag in die Luft gehängt, bis sie fest und schön trocken waren. Nun konnte man den ersten Schinken anschneiden; köstlich, wenn beim Aufschneiden das rote Fleisch mit den weißen Speckstreifen sichtbar wurde. Ein köstlicher Duft verbreitete sich in der Küche, das Aroma des Schinkens füllte das ganze Zimmer. Mit frisch gebackenem Brot und frisch „gerompder" (im Butterfaß gemacht) Butter schmeckte der Schinken am besten; man wurde nicht mehr satt. An hohen Festtagen kochte die Hausfrau ein tüchtiges Stück Schinken ab, schnitt es in Scheiben und servierte es. Gekocht schmeckte der Schinken fast noch besser als roh, doch dies ist Geschmackssache.

Nohn – Hausschlachtung 1952

Nun konnte der Winter kommen, man war bestens gerüstet. Selbst wenn man eingeschneit wurde, konnte man nicht verhungern; damals waren die Leute ja fast alle Selbstversorger.

Die Winterzeit war in früheren Jahren eine besinnliche Zeit, wo sich der Bauer mit seiner Arbeit Zeit lassen konnte; es fehlte der Druck und die Hektik der Erntemonate.

Man konnte sich auch mit seiner Arbeit auf die festlichen Tage einstimmen. Während der Wintertage traf man sich früher auch zum „Maien" beim Nachbarn, wo man in geselliger Runde „sproochte" und dabei verschiedene Arbeiten verrichtete.

Winterfreuden

Die Kinder in der heutigen Zeit klagen darüber, daß es in unserem Gebiet keinen Winter mehr gibt, vor allem vermissen sie den Schnee. Die meisten Kinder kennen fast keinen Schnee mehr; selbst wenn es einmal schneit, so ist in wenigen Stunden die ganze weiße Pracht wieder verschwunden.
Es schneit heutigentags in den südlichen Ländern wie Italien, Griechenland, Afrika, ja selbst in der Sahara schneit es, doch fast nicht mehr bei uns. Die Experten sprechen von einer Klimaverschiebung und streiten noch darüber, ob das Ozonloch, die Umweltverschmutzung oder die vielen Atombombentests daran schuld sind. Tatsache aber ist, daß es in unserer Region so gut wie keinen Winter mehr gibt, und Schnee kennen wir fast nur noch aus den Wintersportsendungen des Fernsehens. Leidtragende sind unsere Kinder, denen ein herrlicher Spaß wie Schlittenfahren, Schneemann bauen, Schneeballschlachten u. a. m. dadurch entgeht. Glücklich sind die „Besserbetuchten", die mit ihren Kindern zum Wintersport in die Berge fahren können; doch sind dies nur wenige.
Da hatten wir es in unserer Jugend doch besser. Wenn wir auch nicht so viele und teure Spielsachen hatten, auch Fernsehen gab es damals noch nicht, doch eines hatten wir, nämlich jedes Jahr Winter mit viel, viel Schnee. Ach, war das für uns Kinder eine schöne Zeit, die Winterzeit! Ich erinnere mich noch sehr gut an die Zeit vor und nach dem Krieg, damals fing es schon im November an kalt zu werden, es fiel Schnee, viel Schnee, und der blieb dann meist bis in den März hinein liegen. Da wurden schon morgens Schneeballschlachten gemacht, wenn man sich vor der Schule traf. Meist fing man sich dann schon die ersten Ohrfeigen ein, wenn man naß vom Schnee in die Klasse kam. Die Schneeballschlachten wurden in der Schulpause fortgesetzt, bis uns der Lehrer energisch Einhalt gebot. Nach Schulschluß ging es dann mit Hallo raus, und schon flogen wieder die ersten Schneebälle, bis die schönste Keilerei im Gange war. Da wurde der Gegner meist im Nahkampf angegriffen, niedergeworfen, man setzte sich rittlings auf ihn, und er wurde „eingeseift" (mit Schnee das Gesicht eingerieben). Schrie der Gegner, so bekam er „et Maul gestoppt" (Schnee in den Mund gesteckt), bis er ruhig war. Damals stand auch vor jedem Haus oder im Garten ein großer Schneemann. Da wurde Schnee gerollt, eine ganz dicke Rolle kam unten hin, eine mittlere obendrauf und eine kleine wurde der Kopf; das Ganze geformt, bis es einem Schneemann glich. Als Nase bekam er eine Mohrrübe, Augen und Mantelknöpfe waren aus Kohle, als Hut bekam er meist einen alten Eimer aufgestülpt und einen alten Besen in die Seite gesteckt, wo sein Arm war und schon war der Schneemann fertig.
Wir fuhren damals auch viel Schlitten, doch zuerst mußten wir unsere Arbeit machen. Als erstes wurden die Schularbeiten gemacht, und dann hieß es noch

in Stall und Scheune helfen. Meist mußte Heu gerupft, Runkelrüben klein geschnitten oder geraspelt werden. Zu dieser Zeit waren fast in jedem Haus ein oder zwei Kühe und mehrere Schweine zu füttern; oder es mußte Brennholz gehackt und reingetragen werden. Erst wenn diese Arbeiten erledigt waren, durften die Kinder Schlitten fahren gehen. Dies war keine Schikane, sondern die Mütter waren meist allein und daher auf die Hilfe ihrer Kinder angewiesen.
Wir hatten damals keine so schönen Schlitten, wie es sie heute gibt. Zu der Zeit waren es meist sogenannte „Kuhschlitten"; hier waren dicke Kufen mit Eisen beschlagen und darüber starke Bretter genagelt. Diese Schlitten wurden das ganze Jahr über von Kühen gezogen und dienten zum Transport von Grünfutter oder im Herbst von Säcken mit Kartoffeln oder Viezäpfeln. Nun kann man sich gut vorstellen, daß diese schweren, unförmigen Schlitten nicht besonders gut liefen, obwohl wir die Kufen schön blank- und zum Schluß mit einer Speckschwarte eingerieben hatten. Zudem ließen sich diese Ungetüme nur sehr schlecht lenken. Das Schlimmste war jedoch, diese schweren Schlitten wieder den Berg hinauf zu ziehen. Wenn man oben ankam, so war man naß geschwitzt.
Wir benutzten diese Kuhschlitten meist, um die sogenannte „Eidechse" zu machen; hier wurden fünf bis sieben Schlitten zusammengebunden und ab ging es, den Berg hinunter. Auf der „Eidechse" saß auf dem vorderen Schlitten ein Junge mit Schlittschuhen, um die „Eidechse" zu lenken, denn gelenkt wurde sie vom ersten Schlitten aus. Oder der Schlittenlenker machte „Bauch'ches", er lag bäuchlings auf dem Vorderschlitten, der Nächste setzte sich auf ihn, auf dem zweiten Schlitten lag wieder einer bäuchlings und hielt sich an den Beinen des Vordermannes fest und auf ihn setzte sich wieder einer rittlings obendrauf und so ging dies weiter bis zum letzten Schlitten. Der Schlußmann drückte die „Eidechse" an und mußte dann in voller Fahrt aufspringen, was sein Untermann meist mit einem lauten Schmerzensschrei quittierte. Auf so einer „Eidechse" waren in der Regel 10 bis 14 Jungen und Mädchen, so daß die „Eidechse" eine schöne Geschwindigkeit entwickelte.
Ende der vierziger und Anfang der fünfziger Jahre fuhr bei uns in Nohn auf dem Saargau noch kein Bus und Privatautos gab es damals so gut wie keine. Dies bedeutete, wir hatten im Winter die Hauptstraße für uns, um Schlitten zu fahren. Zu dieser Zeit fuhren wir mit den Schlitten und besonders mit den „Eidechsen" von Nohn bis zur Salzmühle. Die Straße verlief damals anders als heute, sie hatte weniger Kurven und war steiler, es war der sogenannte „Neue Weg". In Nohn bei den ehemaligen Zollhäusern wurde die „Eidechse" zusammengestellt und dann ging es ab, den Berg hinunter. Bis zur Salzmühle waren es nicht ganz zwei Kilometer und es ging immer steil bergab, so daß die „Eidechse" eine tolle Geschwindigkeit bekam. Unten an der Salzmühle mußte eine sehr schmale Holzbrücke angepeilt und im „Karacho" passiert wer-

Schlittenfahrt 1962

den. Dies war eine echte Gefahrenquelle, doch ging es fast immer glimpflich ab, ohne Knochenbrüche. Wir fuhren auch viel Schlitten den „ahlen Bongert" (alter Bungert) hinab, dies ist ein ganz steiler Wiesenhang unterhalb Nohns. Auch Schlittschuhe fuhren wir, wenn man so glücklich war und welche hatte. Es waren jedoch nur einige Glückliche, die ein paar Schlittschuhe besaßen. Dies waren damals Schlittschuhe, die mittels vier Halterungen am Schuh befestigt wurden; mit einem Vierkantschlüssel wurden sie angezogen und an den Schuh fest angepreßt. Diese Schlittschuhe konnte man auch zu horrenden Preisen ausleihen. Ich erinnere mich noch, daß ich für vier große Tabaksblätter, sogenannter „Gewel" (selbstgezogener, am Giebel getrocknete Tabaksblätter), die ich meinem Großvater stibitzte, die Schlittschuhe von einem älteren Jungen für eine Stunde auslieh. So hatte ich Schlittschuh laufen gelernt.
Als Eislauffläche hatten wir im „Domplach", einem sumpfigen Wiesengelände, den Bach gestaut, so daß sich eine große Eisfläche bildete. Könige waren auf dieser Eisfläche die Schlittschuhläufer, das gemeine Volk „schliwerte" (schlitterte) über das Eis. Wir machten uns sogenannte „Schliwerbunnen" (Schlitterbahnen), die spiegelblank gemacht wurden, so daß man mit Anlauf viele Meter über die Eisbahn schoß. Zu der Zeit hatten wir alle, Jungen wie Mädchen, hohe, genagelte Schuhe an, mit denen man besonders gut auf Eis „schliwern" konnte.
Auch Ski fuhren wir damals, allerdings waren diese selbstgemacht. Aus Faßbrettern, sogenannten „Faßdauben" fertigten wir uns die Ski an. Für die Bindung wurden Krampen in das Holz geschlagen, und mit Schnüren oder schmalen Riemen wurden diese „Ski" an den Schuhen befestigt. Als Skistöcke benutzten wir meist abgeschnittene Bohnenstangen oder Haselnußstecken, um uns kräftig abzudrücken. Nun muß man sich vorstellen, daß diese „Faßdauben" ja vorne und hinten gebogen waren, nicht gerade ideal für „Ski". Daher war es auch besonders schwierig, auf diesen „Ski" überhaupt das Gleichgewicht zu halten, und es war ein akrobatisches Kunststück, ohne Sturz den Berg hinunter zu kommen. Bevorzugte Skigebiete waren in Nohn

die Wiesenhänge bei „Hösserich" und dem „ahlen Bongert".
Dies waren unsere Winterfreuden vor über vierzig Jahren, als man noch improvisieren mußte, um die „Wintersportgeräte" zu bekommen. Damals gab es diese nämlich noch nicht zu kaufen oder wenn doch, so war kein Geld dafür da. Aber ich muß sagen, wir wußten uns immer zu helfen und vor allem, schön war es doch!

Als das Christkind bitterarm war

Es gibt eine Weihnacht, die werde ich nie vergessen. Obwohl ich damals erst sechs Jahre alt war, haben sich mir diese Eindrücke so stark eingeprägt, daß sie auch noch nach so vielen Jahren lebendig sind.
Es war am 23. Dezember 1944. Das große Völkermorden ging seinem Ende entgegen. Der Kampf war für die Deutschen endgültig verloren. Die Alliierten hatten die deutschen Linien überrannt und drangen unaufhaltsam in die eroberten Städte und Dörfer ein. Auch in unserer Region hatte der Krieg seinen Einzug gehalten. Nach den tagelangen, erbitterten Kämpfen um den sogenannten „Orscholzriegel" an der Saarschleife schoben sich die amerikanischen Panzer trotz Westwall und Höckerlinie immer weiter vor. Die Zivilbevölkerung war bereits vor Wochen evakuiert worden und nur noch einige Familien, die ihre Häuser und Höfe nicht verlassen wollten, waren noch in unserem Dorfe verblieben.
Am Morgen dieses 23. Dezembers standen die feindlichen Panzer auch vor Nohn, unserem Dörfchen auf dem Saargau. Die wenigen deutschen Soldaten, die in unserem Dorfe lagen, hatten sich am Tage vorher abgesetzt. Die Zivilbevölkerung wurde durch Lautsprecher aufgerufen, sich auf dem Dorfplatz zu versammeln. Nachdem sich die alten Männer, Frauen und Kinder dort eingefunden hatten, sprach ein amerikanischer Offizier in einwandfreiem Deutsch zu ihnen. Er gab bekannt, daß Deutschland besiegt sei und daher den Anordnungen der Sieger unbedingt Folge zu leisten sei, anderenfalls werde man erschossen. Bei diesen Worten brachen einige Frauen in Weinen aus, da sie meinten, sie würden nun erschossen. Der Amerikaner erklärte weiter, daß am nächsten Tag die Dorfbewohner alle evakuiert würden. Dies wäre unbedingt erforderlich, da wahrscheinlich noch Kämpfe hier stattfinden würden. Es würde jedem gestattet, ein Handgepäck mitzunehmen, meinte am Schluß der Offizier. Nun weinten alle Frauen, als sie hörten, daß sie aus dem Dorfe müßten.
Am anderen Morgen, es war der 24. Dezember, erfolgte der Auszug. Alte Männer, Frauen und Kinder standen mit Koffern und Taschen beladen am Wege. Mehrere amerikanische Soldaten umstanden die Gruppe mit geschultertem Gewehr und ordneten sie zum Abmarsch. Kurz danach setzte sich die Kolonne in Bewegung. Die älteren Leute warfen noch einen wehmütigen Blick zurück auf ihr Dorf, das sie nun einem ungewissen Schicksal überlassen mußten.
Mein Großvater schritt neben mir, und ihm liefen die Tränen die Backen herunter, denn er mußte seinen Bauernhof, auf dem er sein ganzes Leben lang gearbeitet hatte, samt dem gesamten Viehbestand, im Stiche lassen. Ich wußte zwar noch nicht, um was es ging, da ich erst sechs Jahre alt war, aber da ich meinen Großvater weinen sah, weinte ich mit. Als er dies sah, nahm er mich

auf den Arm und versuchte mich zu trösten, wobei ihm die blanken Tränen über die Wangen liefen. Ich drückte meinen Kopf an seine nasse Wange und gab ihm einen Kuß. Dann sprang ich von seinem Arm herunter und lief zu meiner Großmutter, die sich mit zwei schweren Taschen abschleppte.

Weihnachten 1943

„Oma", rief ich ihr zu, „gib mir eine Tasche!"
„Die ist ja viel zu schwer für dich mein Junge", meinte sie.
„Gib sie mir ruhig! Sieh mal, wie ich schon so stark bin!" rief ich Knirps, nahm ihr eine Tasche aus der Hand und hob diese mit größter Anstrengung hoch. Meine Großmutter sah mir lächelnd zu und ließ es gewähren, daß ich mir die Tasche über die Schulter hing und sie schleppte. Ich war stolz wie ein König, daß ich die Tasche tragen durfte und stapfte tapfer durch den tiefen Schnee.
Die Amerikaner führten uns über die Blechmühle, am Scheuerhof vorbei nach Bethingen. Später erfuhren wir, daß auf der Salzmühle noch deutsche Soldaten lagen. Daher mußten wir auch zu Fuß gehen, damit uns die deutschen Soldaten sahen und deshalb nicht schießen sollten.
In Bethingen wurden wir auf offene Armee-Lastwagen verladen, und mit unbekanntem Ziel ging es los. Es war bitterkalt auf den Lastern, und mich fror erbärmlich. Meine Mutter hing mir deshalb noch eine Decke um die Schultern zum Schutz gegen den eisigen Wind. Wir fuhren den ganzen Tag hindurch, ohne auch nur ein einziges Mal anzuhalten. In der Ferne hörte man es knallen und donnern. Mein Großvater sagte, dies wären die Kanonen von der Front.
Gegen Abend, es war bereits dunkel, langten wir in einem großen Dorfe an, welches aber von seinen Bewohnern verlassen war. Die Soldaten wiesen jeder Familie ein Haus zu, worin sie wohnen konnten, verboten aber bei Strafe, das Haus nach Einbruch der Dunkelheit zu verlassen. Wir gingen in das angewiesene Haus, worin es stockdunkel war, da die Lichtleitungen zerstört waren. Mein Großvater zündete eine mitgebrachte Kerze an, und wir betraten das nächste Zimmer, welches früher als Küche gedient hatte. Hier lag das ganze Mobiliar durcheinander, so daß wir gezwungen waren, zuerst einmal notdürftig aufzuräumen. Nachdem dies geschehen war, ließen wir uns auf die

vorhandenen Stühle nieder, um unsere Lage zu überdenken.
„Mama, wann kommt denn das Christkind zu mir?" frug ich meine Mutter.
„Kind, das Christkind weiß ja gar nicht, wo du bist, da ja Krieg ist. Daher kann es auch nicht zu dir kommen!" entgegnete meine Mutter. Nun fing ich bitterlich zu weinen an. Mein Großvater nahm mich auf die Knie und sprach mir gut zu:
„Das Christkind kommt zu allen braven Kindern, also kommt es auch zu dir. Aber es ist bitterarm geworden und kann dir deshalb auch nicht viel schenken", tröstete er mich. Ich war nun zufrieden, als ich hörte, daß es mich nicht vergessen hatte und wartete bereits ungeduldig auf die Bescherung durch den Himmelsboten. Der Großvater hob mich vom Schoß und ging hinaus, um angeblich nach dem Christkind Ausschau zu halten. Als er nach einiger Zeit zurückkam, hatte er in seinem Hut einige Äpfel und Birnen und obenauf, oh Seligkeit, lag ein kleiner Stoffbär. Ich stürzte jubelnd auf meinen Großvater zu und riß ihm den Hut aus der Hand.
„Langsam mein Kleiner", mahnte dieser, „du mußt dich zuerst beim Christkind bedanken."
„Aber es ist ja gar nicht da, daß ich ihm danken kann", meinte ich.
„So sing ihm ein Weihnachtslied, das hört es gern und freut sich darüber", meinte mein Großvater. Er nahm mich auf den Schoß und stimmte beim Scheine der kleinen, kümmerlichen Kerze, während ich selig lächelnd den Stoffbären an mich drückte, das alte deutsche Weihnachtslied „Stille Nacht, heilige Nacht" an, in das meine Mutter und die Großmutter einstimmten.
Dies war wohl die ärmste Weihnacht, die ich je erlebte, aber auch die schönste, denn ich hatte erlebt, daß einen auch das Christkind trotz des Krieges nicht vergessen hatte. Das hat sich mir bis heute eingeprägt, und daher wird Weihnachten für mich immer ein ganz besonderes Fest der Besinnung sein.

Weihnachten

Weihnachten, das Fest der Freude, an dem die Christen die Geburt und die Menschwerdung des Gottessohnes feiern. Viele Bräuche sind im Laufe der Jahrhunderte zu dem Weihnachtsfest entstanden. Die meisten Bräuche waren ursprünglich heidnischen Ursprungs, doch hat die christliche Kirche sie klugerweise übernommen und ihren Sinngehalt in neue Formen gebracht ohne das urhafte Brauchtum zu zerstören. Bräuche vorchristlicher Zeit um die Winter- und Sommersonnenwende, Frühjahrs- und Herbstgleiche blieben in den christlichen Bräuchen erhalten.

Wie ist Weihnachten entstanden?

Weihnachten ist das erste Fest des kirchlichen Jahres, es ist an Stelle des alten Mittewinter- oder Julfestes unserer heidnischen Vorfahren getreten. Eine Zeit der Buße und Vorbereitung ging ihm früher voraus. Früher hieß es „Christfest"; erst nach 1150 hat sich der Ausdruck „Weihnacht" oder „Weihnachten" aus dem Mittelhochdeutschen „ze den wihen nahten" (zu den geweihten Nächten) herausgebildet. „Wihenaht-wihennahten"; der älteste Beleg dieses Wortes ist bei Spervogel (um 1170) nachweisbar: „er ist gewaltic unde starc, der zu wihen naht geboren wart". Das althochdeutsche Wort „wih" bedeutet „heilig, geweiht", so daß die wörtliche Übersetzung von „Weihnacht" eigentlich „Heilige Nacht" heißt. Mit Recht wird daher der Vorabend vor dem Fest der Geburt Christi „Heiliger Abend" genannt.
Die Bedeutung des Weihnachtsfestes wurde bereits in der Mainzer Synode (848) dadurch hervorgehoben, daß man die Dauer der Weihnachtsfeier auf vier Tage festlegte. Unter Kaiser Karl dem Großen wurde dem Monat Dezember (der zehnte Monat im Kalender der Römer) die altdeutsche Bezeichnung „Heilmond", Christmonat gegeben. Das Christfest wurde begangen als Lichtfest, da „Jesus das wahre Licht ist, das jeden Menschen erleuchtet" (Joh 1,9). In den „Perchtenbräuchen" im Salzburger Land ist die Zurückdrängung und Abwehr des Dunklen und Dämonischen durch Christus noch heute lebendig. Die Hauptfigur ist die „Domina Perchta", eine Lastergestalt, die Fallstricke auswirft, um Menschen zu fangen.
Der dämonische Spuk hat in der Geburtsnacht Jesu nur bis Mitternacht Zeit für seine Umtriebe. Daher versucht der Teufel – nach uralter Überlieferung – in Gestalt eines Wolfes in diesen Stunden bis zu Christi Geburt Mensch und Vieh zu schaden. Im Mittelhochdeutschen wird daher der Dezember wiederholt als „Wolfsmonat" bezeichnet. Die „schiachen" Perchten aus dem Salzburger Land mit ihren Wolfs- und Hirschmasken erinnern an Teufelsgestalten. Sie treten in der sogenannten „Zwölftenzeit" (Rauh-Nächten) auf, der Zeit zwischen dem 25. Dezember und 6. Januar. Es ist dies die Zeit der „Wilden Jagd", der Unerlösten, der Hexen und Dämonen, die gegen die Geburt Jesu

und seine Anbetung durch die Menschen ankämpfen. Mit Lärm, Peitschenknallen und Böllerschüssen glaubte man früher, den Teufel und seinen Anhang vertreiben zu können.
Das genaue Tagesdatum der Geburt Jesu ist unbekannt (Lk 2,1-7). Doch warum wurde das Geburtsfest auf ein ganz bestimmtes liturgisches Datum, auf den 25. Dezember, festgelegt? Gute Gründe sprechen dafür, daß die Christen den römischen Reichsfeiertag „Natalis Solis Invicti" (Geburt des unbesiegten Gottes – des römischen Kaisers) verdrängen und überdecken wollten. Seit dem Kaiser Aurelian (270-275) war der Geburtstag des Kaisers offizieller Reichsfeiertag am 25. Dezember. Die erste Nennung des 25. Dezember als Weihnachtsfesttag, als Geburtsfest Jesu Christi, ist bereits im Jahre 334 nachweisbar. Neun Monate vorher wurde daher der 25. März als Tag der Empfängnis Jesu in den liturgischen Kalender eingetragen.
Im alten Rom pflegte man den ersten Tag des Jahres festlich zu begehen und angesehenen Personen Geschenke zu machen. Die christliche Kirche behielt diesen Brauch bei und legte ihn noch weiter dahin aus, daß man Geschenke nicht nur empfangen, sondern auch an andere, besonders Arme, geben solle. Als nun im Mittelalter das vorher am 1. Januar gefeierte Christfest auf den 25. Dezember verlegt wurde, ging die Sitte des „Sichbeschenkens" auf diesen Tag über.

Der Weihnachtsbaum:
Heute gehört zu Weihnachten in jede Familie der Weihnachtsbaum, ein geschmückter Tannenbaum. Doch woher stammt der Brauch des Weihnachtsbaumes? Unsere heidnischen Vorfahren liebten es, in der Julnacht etwas Grünes oder Blühendes in ihrer Wohnung zu haben und ließen daher zu Beginn des Winters Zweige, besonders vom Apfelbaum oder Birkenreiser, künstlich treiben. Dem Schmücken des Tannenbaumes zu Weihnachten mag vielleicht eine ähnliche Absicht zugrunde liegen. Der älteste Hinweis auf einen Weihnachtsbaum stammt aus dem Jahre 1521; die Stadtrechnung von Schlettstadt im Elsaß bucht unter dem 21. Dezember dieses Jahres als Ausgabe zwei Schillinge „den ferstern, die meyen am sand Thomastag zu hieten". Was damit gemeint ist, machen weitere Auszüge aus den nüchternen Rechnungsbüchern verständlich: 1546 erhalten zwei Männer „so meigen auff die wihnacht gehauwen" drei Schillinge. Das Statutenbuch 1549-65 enthält folgenden, im Mittwochsrat vom 17. Dezember 1555 gefaßten Magistratsbeschluß: „Niemand soll weyhenachtmeyen hawen by daruff gesetzter straff". Im Januar 1557 bekommen „die Kinsheim forster von weynachtmayen zu hueten zwei Schillinge, zu hawen zwei Schilling". Diese dürren Rechnungsberichte geben uns jedoch wertvolle Aufschlüsse. Der Bedarf an Weihnachtsbäumen war bei der Bürgerschaft so groß geworden, daß das eigenhändige Hauen der Tannenbäume die städtischen Forstbestände empfindlich schädigte. Um sie zu schützen, erläßt

der Rat ein strenges Verbot; unter dem Schutze der Nacht wird jedoch weiter gefrevelt. Deshalb werden die Förster im Kinzheimer Wald angehalten, vom Thomastag an den Wald Tag und Nacht zu hüten. Das Verbot richtet sich jedoch nicht gegen den Weihnachtsbaum. Wer einen Weihnachtsbaum will, soll sich an den zuständigen Forstbeamten wenden, der ihm den gewünschten Weihnachtsbaum hauen und aushändigen soll. Dafür bekommen die Förster neben ihrem festen Jahresgehalt eine besondere Vergütung. So wurde ihnen im Januar 1567 „geben von den Meyen zu hauwen uf weihnachten 11 Schilling". Nähere Anweisung für die Förster enthält eine Waldordnung der Stadt Ammerschweier vom Jahre 1561 „Es soll khein Burger uf de Weihnachten mehr dann ein Meyen hawen, soll nit lenger sein dann 8 Schuo lang". Damit ist die Tatsache erhärtet, daß im Unterelsaß sowohl als auch im Oberelsaß jeder Bürger seinen Weihnachtsbaum holen konnte.

Weihnachtsbräuche aus Lothringen:

Unsere Nachbarn in Lothringen hatten ihre eigenen Bräuche zu Weihnachten, über die Angelika Merkelbach-Pinck in ihrem Buch „Brauch und Sitte in Ostlothringen" berichtet:

„Der Wintersonnenwendtag (21. Dezember) wurde durch die Kirche schon zu Beginn des 4. Jahrhunderts zum Hochfest der Geburt des Mensch gewordenen Sohnes Gottes, der vom Himmel auf die Erde herabgekommen war als das Licht zur Erleuchtung der Finsternis. Die Kirche verlegte das Geburtsfest Christi, der Sonne der Gerechtigkeit, auf den Tag der heidnisch-römischen Festfeier der unbesiegten Sonnengottheit, den 25. Dezember."

In Lothringen war bis 1880 der Herd der Mittelpunkt des häuslichen Weihnachtsfestes und auf ihm das Feuer, der Christbrand. Nach dem Abendessen versammelte sich die Familie in ihren Festkleidern um den Herd. Zwei Männer aus der Familie brachten den Obstbaumstamm, der schon im Sommer ausgewählt und gut getrocknet war und legten ihn vor den Herd. Die Mutter mit den Töchtern umwand den Stamm mit Efeuranken, und der Vater segnete feierlich den Stamm. Nun wurde der Stamm mit einem Ende in die Glut des Herdes geschoben, denn er durfte nur an einem Ende an- und abbrennen. Die Familie setzte sich nun um den Herd, der Weihnachtskuchen wurde gegessen und dazu Glühwein getrunken. Die Zeit bis zur Christmette verbrachte man mit Singen von Weihnachtsliedern und dem Erzählen von Weihnachtsgeschichten. In mancher Gegend von Lothringen stellte man noch drei Schemel an den Herd, falls Jesus, Maria und Josef einkehren würden, um sich zu wärmen.

Es war streng verboten, sich auf den brennenden Stamm zu setzen. Wer es trotzdem tat, der wurde von der Krätze befallen, glaubte man. Wunderkraft sagte man der Kohle und der Asche des Christbrandes nach. Daher bewahrte die Hausfrau beides auf; es sollte Segen bringen. Wurde die Kohle unter das

Bett des Hausherrn, auf das Gebälk von Speicher, Stall und Scheune gelegt, so war man vor Blitzschlag, Feuer und Krankheit geschützt. Die Asche wurde nach der Aussaat in Acker und Feld ausgestreut; dies erhöhte die Fruchtbarkeit des Bodens und vernichtete Ungeziefer und Unkraut, die von bösen Geistern und Hexen in die Erde gezaubert waren.

Bis die Mitternachtsmette begann, vergnügte sich die Jugend mit dem Kohlespiel. Dazu wurde eine Kohle vom Christbrand auf eine Nadel gespießt und mit einem Faden an der Decke befestigt. Nun versuchte man, die Kohle in das Gesicht eines Teilnehmers zu blasen. Wessen Nasenspitze berührt wurde oder gar eine Brandblase bekam, mußte ein Pfand geben; er bekam den Weihnachtskuchen erst nach den anderen oder man schwärzte ihm das ganze Gesicht.

Bevor man zur Mitternachtsmette ging, trieb der Hausherr im Stall das Vieh auf, schüttete ihm frisches Stroh, das zu dieser Stunde gestreut, das ganze Jahr über den Stall vor Maul- und Klauenseuche schützte. Damit das Vieh die Geburtsstunde Jesu stehend erwartete, streute man ihm Heu in die Raufe. Man glaubte, daß in dieser Stunde die Tiere die Gabe der menschlichen Sprache und Prophezeiung erhielten. Die Kühe bekamen Heu, die Pferde Hafer und die Kälber Kleie mit Salz, damit sie munter blieben.

Auch die Bienen wurden vom Hausherrn geweckt, in dem er an den Bienenstock mit den Worten schlug: „Euer Herr ist geboren." Daraufhin besangen die Bienen während der Mitternachtsmette Christi Geburt. Die Apfelbäume blühten für eine Stunde. Darum blühen auch die am Barbaratag (4. Dezember) in einen Krug Wasser gestellten Kirschzweige Glück verheißend an Weihnachten auf.

In früheren Jahren brachte man mit Weihnachten auch viele abergläubige Bräuche in Verbindung: Weiden- und Haselnußruten, zur Mitternachtsstunde geschnitten, sollten besondere Kraft gegen alles feindliche und zauberische Machwerk haben. Die Mitternachtsmette ließ auch die Hexen des Dorfes sichtbar werden. Wer auf einem Bänkchen kniete, das aus neunerlei Holz gefertigt war, und durch ein am Gründonnerstag gelegtes Ei schaute, erkannte die Hexe. Doch mußte man das Ei zerdrücken, bevor die Hexe die Kirche verließ. Versäumte man dies, so zerdrückte einem die Hexe das Herz. Das Hexenbuch, nach dem die Hexen ihre Zaubersprüche lernten, war nur wirksam, wenn es während der Mitternachtsmette unterm Altartuch lag.

Wollte jemand sehen, wer im Laufe des Jahres starb, mußte er bei Glockenschlag zwölf auf dem Friedhof sein. Dort sah er dann das Gesicht des Todgeweihten. Erkannte er es nicht, so würde er selbst im Laufe des Jahres sterben.

Die Träume der zwölf heiligen Nächte, der Losnächte, vom 24. Dezember bis 6. Januar, sollten sich im Laufe des kommenden Jahres erfüllen, jede Nacht entsprach einem Monat.

Das Erscheinen des Christkindes war für die Kinder der Höhepunkt der Weihnacht, wenn es mit silberner Schelle sein Kommen im Hausflur ankündigte. Weiß gekleidet trat es in die Stube, ließ die Kinder Gebete und fromme Sprüche aufsagen sowie Weihnachtslieder singen. Nachdem es die Kinder ermahnt und Süßigkeiten verteilt hatte, verschwand es wieder. Bereits Wochen vorher hatten die Kinder den Abendhimmel beobachtet,

ob das Christkind auch beim Plätzchen backen sei. War der Abendhimmel rot, so war das Christkind am backen. Wo das Christkind nicht persönlich erschien, stellten die Kinder ihre blank gewichsten Schuhe auf den Herdrand unter den Rauchfang. Morgens waren die Schuhe mit Äpfeln und Nüssen gefüllt. Zur Vorbereitung auf das Weihnachtsfest wurden abends in der Familie die Kirchenlieder eingeübt, um in der Mitternachtsmette besonders schön zu singen.
Die Mitternachtsmette war das Haupterlebnis der Weihnacht, an der jung und alt teilnahmen. Nach der Mitternachtsmette wurde das richtige Nachtmahl eingenommen, von der Hauswache zubereitet; es bestand hauptsächlich aus Fleisch. Wer sich für das ganze Jahr den Segen sichern wollte, nahm an allen drei Messen an Weihnachten teil. Der Priester, der es unterließ, diese drei Messen zu lesen, mußte nach seinem Tode umgehen.

Steffenstag:
Der Steffenstag war in Lothringen Jahrzahltag für Handwerker und Gesinde. An diesem Tag rechnete der Bauer mit Wagner, Schmied, Schreiner, Schuhmacher, den Tagelöhnern, Magd und Knecht ab. Dienstboten bekamen den vereinbarten Lohn, zu dem selbstgesponnene und gewebte Kleider sowie ein paar feste Schuhe gehörten. Bei beiderseitiger Zufriedenheit wurde das Dienstverhältnis um ein weiteres Jahr verlängert. Wenn nicht, so schnürten Magd und Knecht ihr Bündel, weshalb der Steffenstag auch Bindelsdach genannt wurde.

Weihnachtsbräuche aus dem Saarland:
Auch im Saarland waren im vorigen Jahrhundert noch viele Weihnachtsbräuche von der Kirche geprägt. Die Kirche hatte auch bei uns viele heidnische Bräuche übernommen und in das kirchliche Jahr eingebaut. Die saarländischen Weihnachtsbräuche beschreibt Dr. Jakob Zewe in seinem Buch „Sitte und Brauch im Saargebiet".
Weihnachten ist das erste Fest des kirchlichen Jahres, und es ist an die Stelle des Mittewinter- oder Julfestes unserer heidnischen Vorfahren getreten. Auch der Brauch, am Barbaratag (4. Dezember) Obstbaumzweige abzuschneiden und in Wasser zu stellen, damit sie an Weihnachten blühen, stammt von unseren germanischen Vorfahren. Diese holten sich nämlich in der Julnacht Grünes oder Blühendes in ihr Haus und ließen deshalb zu Beginn des Winters Obstbaumzweige künstlich treiben. Dr. Zewe meint auch, daß das Schmücken des Tannenbaumes ähnlichen Ursprung hatte.
Auch im Saarland war früher die Christmette um Mitternacht der Höhepunkt des kirchlichen Weihnachtsfestes. Gegenüber den anderen kirchlichen Feiertagen wird er dadurch hervorgehoben, daß der Priester drei Messen lesen darf. Bei der häuslichen Feier war auch früher der Christbaum in seinem Lichterglanz der Mittelpunkt; darunter war die Krippe aufgebaut. Die „Christbescherung", das Austeilen der Geschenke, fand früher nach der Mitternachtsmette statt. Später wurde die Bescherung auf den Weihnachtsmorgen verlegt. Geschenkt wurden hauptsächlich praktische Gebrauchsgegenstände wie selbst gestrickte Strümpfe, Pullover, Schals und Fäustlinge. Wenn sich die Familie dies leisten konnte, bekamen die Kinder auch ein Spielzeug. Doch Äpfel, Nüsse, selbstgebackene Puppen und Hasen fehlten auf keinem Gabentisch.
Die Christnacht sollte nach dem Volksglauben besonders Glück bringen. In dieser Nacht geborene Kinder können mehr sehen als andere. Wer in dieser Nacht zuerst am Brunnen Wasser trank, behielt das ganze Jahr hindurch beim Wasserholen den Vorzug. Und wer als erster sein Vieh am Brunnen tränkt, bekommt das schönste Vieh des Dorfes. Legt man in dieser Nacht ein Bündel Kleeheu vor die Tür und füttert am anderen Tag sein Vieh damit, so kann man das ganze Jahr hindurch jungen Klee füttern, ohne daß das Vieh „dick" (gebläht) wird. Wenn man die Hühnernester aus dem Stroh macht, mit dem das Vieh in der Christnacht gestreut wurde, legen die Hühner ihre Eier nicht in fremde Nester.
Genau wie in Lothringen ist auch im Saarland auf dem Lande der Tag nach „Stephanstag" der „Bündelchestag", an dem die Dienstboten ihre Stelle wechseln. Der neue Herr holte früher seinen Dienstboten und dessen „Kist" mit seinen Sachen auf seinem Fuhrwerk ab. Bei den „dicken Bauern" war dies die Kutsche und bei den anderen der Taimer. Die Freunde des Scheidenden begleiteten ihn oft bis zu seiner neuen Dienststelle. Mit den Dienstmädchen gingen ihre Freundinnen und trugen den Korb mit ihrer Habe. An diesem Tag

hatten alle Dienstboten frei. Meist zahlten die Scheidenden ihren Begleitern die Getränke. An seiner neuen Stelle mußte der Knecht oder Geselle seinen „Einstand" zahlen. Dieser Brauch hat sich im Saarland bis auf den heutigen Tag erhalten.

Dorfweihnacht

Wie man früher auf dem Dorf Weihnachten feierte!

Wenn der Bauer die Ernte eingebracht und die Felder für das kommende Jahr bestellt hat, beginnt für ihn mit der Winterzeit eine kurze Ruhepause. Er hat sein Werk vollbracht, kann nun ausruhen, bis es im Frühjahr mit der Arbeit wieder losgeht. Er nutzt diese Zeit, um Reparaturen an Haus und Hof sowie an Maschinen und Gerätschaften durchzuführen.

Die Industriearbeiter und Bergleute kennen diese Befreiung von harter Arbeit nicht; für sie läuft ihre eintönige Arbeit das ganze Jahr durch. Doch auch sie verspüren den festlichen Hauch, den der Winter mit sich bringt. Denn die kirchlichen Feiertage unterbrechen ihre Arbeitstage, so daß sie die Festtage genießen können, die von den Adventsglocken eingeläutet werden.

In der bäuerlichen Welt des Dorfes auf dem Saargau, wo ich aufwuchs, feierte man das Weihnachtsfest in meiner Jugend zu Hause und in der Kirche auf einfache und schlichte, doch sehr innige Art und Weise. Damals gab es noch keinen Weihnachtsrummel und auch kein Fernsehen, das den Leuten vorgaukelte, was sie alles haben müssen, um richtig Weihnachten feiern zu können.

Wir Kinder bekamen glänzende Augen, wenn schon Wochen vor Weihnachten abends die Sonne nach einem klaren Tag blutrot unterging und der Himmel im Abendrot leuchtete. „Wei es et Kreschkend um Guudzin backen!" („Nun ist das Christkind am Plätzchen backen") sagte die Mutter bedeutungsvoll; da freute man sich schon auf Weihnachten. Erste Weihnachtsstimmung kam auf, wenn wir in der Schule schon Wochen vor Weihnachten die alten, wunderschönen Advents- und Weihnachtslieder einübten; dabei begleitete uns der Lehrer auf der Geige. Oft setzte er die Geige ab, ließ uns weiter singen und ging durch die Reihen, da er einen falschen Ton gehört hatte. Erwischte er den Sünder, blieb er vor ihm stehen und es gab eins mit dem Geigenbogen über; sehr oft war ich dabei. Ich hatte während meiner Schulzeit nie gerne gesungen, da ich den Ton nicht halten konnte. Bevor es zu Weihnachten Zeugnisse gab, mußte man für die Note in Musik alleine vorsingen. Kam ich an die Reihe, grinste und kicherte schon die ganze Klasse, denn sie wußten, was nun kam. Ich stand mit hochrotem Kopf vor der Bank und sang tapfer mein Liedchen, wobei man die Melodie nur raten konnte. Meist ließ der Lehrer mich nicht zu Ende singen; wahrscheinlich hatte er Mitleid mit mir. Wen wundert es da, daß Musik meine schlechteste Note war?

Wir übten und sangen in der Musikstunde immer wieder die alten, schönen Weihnachtslieder, bis wir sie auswendig kannten. In den Werkstunden bastel-

ten wir Krippen und Ställe, die an Weihnachten in den Stuben unterm Christbaum aufgestellt wurden.
Im Winter und besonders während der Advent- und Weihnachtszeit gab es die herrlichen Bratäpfel. Da wurden die dicksten Äpfel geschält, ausgehöhlt und mit einem Stück Butter im Ofen gebraten, mit Zimt verfeinert und dann gegessen. Das ganze Haus duftete nach diesen Bratäpfeln, eine wahre Köstlichkeit. Auch wenn die Mutter im Backofen Brot backte, duftete das ganze Haus nach frischem Brot; ein Duft, der mit nichts zu vergleichen ist. An Kirmes, Ostern und Weihnachten buk die Mutter noch Flammkuchen im Backofen mit; eine Köstlichkeit, die man heute leider nicht mehr kennt.
In meiner Jugend waren die Winter noch sehr kalt und schneereich; das richtige Wetter zu Schlittenfahrten und Schneeballschlachten. Doch mußten zuerst die Schulaufgaben gemacht und die aufgetragene Arbeit in Stall und Scheune erledigt sein; erst dann durften wir Schlitten fahren. Da wurden herrliche, gewaltige Schneeballschlachten ausgefochten und Schneemänner gebaut. War es draußen grimmig kalt und es lag hoher Schnee, so kam die richtige Weihnachtsstimmung auf. Feld, Wald und Haus hatten sich in weiße Schneemäntel gehüllt. Auch dieses schöne, malerische Winterbild gehörte in meiner Jugend zur Weihnachtszeit.
Zu der Zeit wurde in fast jedem Haus mindestens ein Schwein im Jahr geschlachtet, denn die Leute waren früher überwiegend Selbstversorger. Sobald es kalt und richtig frostig wurde, ging im Dorf das große Schweinesterben los; schließlich wollte man zu Weihnachten einen saftigen Braten auf dem Tisch haben. Früher konnte man nur im Winter schlachten, wenn es draußen kalt war und es gefror; es gab eben damals noch keine Kühltruhen. Da kreischten und quiekten die Schweine aus allen Ecken, wenn man sie aus dem warmen Stall holte, um sie zu schlachten. Dieses Schweinegeschrei war für uns Kinder immer das Signal; beim Schlachten mußten wir dabei sein. Ab und zu fiel etwas für uns ab; der Schweineschwanz oder, worauf wir ganz versessen waren, die Schweinsblase. Diese wurde mit einem Strohhalm aufgeblasen und hinter dem Ofen getrocknet. War sie trocken, kamen einige Erbsen hinein, sie wurde zugebunden und schon hatte man eine herrliche Rassel. Leider behielten die Männer meist die Schweinsblase für sich, um einen Tabaksbeutel daraus zu machen.
Mit solch einem geschlachteten Schwein hatte eine Familie den ganzen Winter über zu essen, denn das Schwein wurde komplett verarbeitet. Da wurde Wurst gemacht, die Schinken und Seitenstücke eingepökelt und später geräuchert. Außerdem lagerten in den Kellern große Fässer voller Viez, Kartoffeln und Gemüse (z. B. Möhren; sie waren in Sand eingelegt, damit sie frisch blieben) sowie auf den Stellagen rotwangige Äpfel und Birnen.
Kurz vor Weihnachten gingen die Männer oder die großen Jungen in den Wald, um den Weihnachtsbaum zu besorgen. Doch kaufte man den beileibe

nicht beim Förster, man „organisierte" ihn. Es war damals Ehrensache, nur einen selbst organisierten Baum aufzustellen. Deshalb ging man meist schon einige Tage vorher in den Wald, um sich einen schönen Baum auszusuchen, den man mit einer Schnur oder einem Bändchen kennzeichnete; man mußte ihn ja im Dunkeln wieder erkennen. Im Schutz der Dunkelheit ging man das Bäumchen später holen; man wollte ja nicht vom Förster erwischt werden. Es kam aber auch vor, daß ein anderer „Baumorganisierer" das gekennzeichnete Bäumchen schon gekappt hatte; dann mußte man in der Dunkelheit einen neuen Baum suchen. Dieses Organisieren der Weihnachtsbäume prangerte unser Pfarrer auf der Kanzel damals mit den Worten an: „Da sitzen sie unter gestohlenen Weihnachtsbäumen und singen heilige Lieder; schämen solltet ihr euch!" Doch die Sünder schämten sich nicht, sondern grinsten nur still und vergnügt vor sich hin.

Der Heilige Abend wurde bei uns auf dem Dorfe früher nicht gefeiert, dies kam erst nach dem Krieg in Mode. An Heilig Abend wurden wir Kinder früh ins Bett gesteckt, nachdem uns die Mutter vorher in der Waschbütt geschrubbt hatte. Dazu wurde die Küche besonders gut geheizt, damit man nicht fror. Dann kam in die Zinkbütt heißes Wasser, und die Kinder wurden der Reihe nach mit Kernseife und einer kräftigen Bürste abgeschrubbt. Meist schrieen sie wie am Spieß, denn die Mutter ging nicht zimperlich mit ihren Sprößlingen um. Hinterher waren die Kleinen rot wie Krebse, da die Mutter sie mit einer Bürste kräftig abgeschrubbt hatte. Nachdem die Kinder im Bett lagen, werkelte die Mutter noch in der Küche, um die letzten Vorbereitungen für das große Weihnachtsfest zu treffen. Bevor die Mutter endlich zu Bett ging, wurde der Holzfußboden in Küche und Wohnzimmer noch mit Magermilch eingerieben; war die Milch getrocknet, glänzte der Holzfußboden.

Am Weihnachtsmorgen war man meist schon vor Aufregung sehr früh wach, doch durfte man erst aufstehen, wenn man gerufen wurde. Stand man vorher auf, um etwa das Christkind zu überraschen, so konnte es passieren, daß es die Geschenke wieder mitnahm und man leer ausging; dieses Risiko wollte natürlich keiner eingehen. Rief endlich die Mutter, sprang man mit einem Satz aus dem warmen Bett und rannte die Treppe hinunter. Oh Wunder, in der „guten Stube" stand ein herrlicher Weihnachtsbaum in vollem Glanze. Die Kerzen brannten und erleuchteten die Stube mit einem überirdischen Licht, und sie ließen das Lametta in silbrigen Strahlen aufblitzen. Für heutige Begriffe war der Weihnachtsbaum ärmlich: Einige silberne Kugeln, weiße Watte auf den Zweigen, Lametta und Kerzen; dies war der ganze Baumschmuck. Der Christbaum war auch nicht so groß wie heute, wo er vom Boden bis zur Decke reicht; damals stand er meist auf einem kleinen Tischchen oder Nachttisch. Doch uns Kindern kam er herrlich, ja himmlisch vor! Zuerst stand man und staunte den Baum mit offenem Munde an. Herrlich, diese glitzernde, strahlende Pracht! Konnte man sich endlich losreißen, so fiel der Blick auf

die Geschenke, die unverpackt unterm Weihnachtsbaum lagen. Die Mutter reichte jedem seine Geschenke, meist nützliche Sachen zum Anziehen. Da gab es warme Pullover, Mützen, Handschuhe, Strümpfe und Schals. Alles von Mutter und Oma gestrickt; damals waren die Leute noch alle Selbstversorger. Ein Spielzeug war immer dabei; ein Holzauto, Bär oder sonst etwas. Ja, einmal stand sogar für mich ein Schaukelpferd unterm Christbaum. Ein Teller mit Äpfeln, Birnen, Nüssen und Gebäck gehörte ebenfalls zum Gabentisch. In meiner Jugendzeit hatte man kein Geld, um teure Geschenke zu kaufen. Trotzdem freuten wir uns riesig über die wenigen Gaben, mit denen uns das Christkind überraschte. Später gab es für mich schon einmal ein Buch; dies war für mich als Bücherfreund immer das schönste Geschenk.
Leider hatten wir am Weihnachtsmorgen nur wenig Zeit, um uns an unseren Geschenken zu erfreuen. Denn die Weihnachtsmesse begann schon um acht Uhr, und wir Meßdiener mußten schon lange vorher in der Kirche sein, da die Weihnachtsmesse ganz besonders festlich gefeiert wurde. Frühstück gab es am Weihnachtsmorgen keines, da alle zur heiligen Kommunion gingen; damals mußte man dafür noch nüchtern sein. Bei der Weihnachtsmesse dienten morgens alle Meßdiener, denn diese Messe wurde mit allem Prunk gefeiert.
Während und nach dem Kriege rief in unserem Dorf keine Glocke zur Messe, da diese für Kanonen eingeschmolzen wurde; deshalb ging man eine Viertelstunde vor Beginn der Messe zur Kirche. Alle Leute und Kinder waren dick vermummt, da es meist bitter kalt und die Kirche zu der Zeit nicht geheizt war. Der Innenraum der Kirche war zu Beginn der Messe dunkel; er wurde nur von den Kerzen am Altar und den Kerzen an den beiden hohen Weihnachtstannen beleuchtet. In der Kirche trennte sich die Familie. Auf der linken Seite saßen vorne die Schulmädchen; bei ihnen in der letzten Bank die Lehrerin. Dann kamen die Mädchen, dahinter die jungen Frauen und in den letzten Bänken die alten Frauen. Auf der rechten Seite saßen vorne die Schuljungen; bei ihnen der Lehrer. Dann kamen die jungen Männer, dahinter die älteren und ganz hinten die alten Männer. Auf dem „Duksal" (Empore) saßen die Männer und Frauen, die vorbeteten und vorsangen; einen Kirchenchor hatten wir in unserem Dorfe nicht. Punkt acht Uhr läutete es, und die Meßdiener kamen aus der Sakristei, jeder in der Hand eine brennende Kerze; sie stellten sich rund um den Altar auf. Zum Schluß kam der Priester, und nun sangen die Gläubigen das Lied „Stille Nacht, Heilige Nacht!"; da bekam man schon eine Gänsehaut vor Ehrfurcht. Beim Singen hatten die Gläubigen oft einen weißen Atem, da es in der Kirche bitterkalt war. Mittelpunkt war für die Kinder die hell erleuchtete Krippe in der Kirche mit Hirten und Schafen, die an einem flackernden Feuer lagerten. Die Krippenlandschaft hatten die Meßdiener mit Moos ausgelegt, das sie im Wald suchen waren. Nach der Messe gingen die Väter und Mütter mit ihren Kindern zur Krippe, um ihnen die Geburt Jesu plastisch zu zeigen. Die Kinder gaben dem bei der Krippe

Warten aufs Christkind 1966

knienden Schwarzen eine Münze in seinen Kasten; er bedankte sich jedes Mal mit einem Kopfnicken.
Nach der Messe erzählten wir Kinder uns gegenseitig, was das Christkind gebracht hatte. Meist waren die Geschenke überall gleich, da die Einkommen sehr niedrig waren. Im Dorf gab es nur einen Bauern, einige Handwerker, und der Rest verdiente sein Geld bei Villeroy & Boch in Mettlach. Da war der Dorfschullehrer schon etwas Besonderes, er kam daher direkt nach dem „Häär" (Pastor).
Nach der Messe gab es nur ein kleines Frühstück, da bereits um zwölf Uhr zu Mittag gegessen wurde. Da tischte die Hausfrau auf, was Küche und Keller hergaben. Es gab eine gute Hühnersuppe als Vorspeise sowie Rindfleisch mit Senf und Gurken. Danach einen knusprigen Schweinebraten, gebratene Koteletts und Kochschinken mit Sauerkraut und Kartoffeln; zum Nachtisch gab es einen schmackhaften Pudding. Damit sich das fettige Essen besser verdaute, tranken die Männer zur Feier des Tages zum Abschluß einen selbstgebrannten Kirsch oder Mirabell; die Frauen genehmigten sich einen „Angesetzten".
Mittags ging die Familie geschlossen in die Weihnachtsvesper; dies war unbedingte Pflicht, wovor sich auch niemand drückte.
Zum Nachmittagskaffee gab es selbstgebackenen Obst- oder Streuselkuchen. Da dieser meist sehr dick gebacken war, schnitt ich mein Stück in der Mitte durch, aß die Streusel und bestrich mir das untere Stück dick mit Butter. Abends gab es wieder warmes Essen; meist wurden die Reste vom Mittag

aufgewärmt. Nach dem Essen versammelte sich die ganze Familie in der Wohnstube um den Weihnachtsbaum. Die Kerzen wurden angezündet, und man sang gemeinsam die schönen, alten Weihnachtslieder. Danach wurden die Kerzen wieder gelöscht, denn Kerzen waren teuer und zu der Zeit war das Geld sehr rar. Anschließend spielte man Mühle und Mensch-ärgere-dich-nicht oder die Großen erzählten Geschichten; dazwischen wurde immer wieder gesungen. Gegen neun Uhr mußten wir Kinder ins Bett, da am zweiten Weihnachtstag wieder morgens um acht Uhr Messe war. Morgens blieb keiner im Bett liegen, denn die Messen an Weihnachten wollte niemand versäumen. Ich werde mich immer wieder gerne an die Weihnachtsfeste erinnern, wie sie in meiner Jugend gefeiert wurden. Die Weihnacht war zu der Zeit zwar arm, aber trotzdem wunderschön. Vor allem hatte man noch Zeit zur Besinnung; an den langen Winterabenden saß man abends zusammen und es wurde viel gesungen. Die Kinder spielten miteinander, meist „Buhnenmill" (Mühle); die Frauen strickten oder häkelten, während die Männer Hausgeräte flickten oder Holzrechen anfertigten und dabei die Stube mit dem „Gewwel" (am Hausgiebel selbst gezogener Tabak) aus ihrem „Rotzkocher" (Pfeife) einnebelten.

Eine Mutti zu Weihnachten

Der kleine Tobias stand am Fenster und schaute sehnsüchtig nach draußen. Im Park schwirrten einige Meisen auf der Suche nach Futter emsig um die Blumenbeete; einige Spatzen balgten sich schimpfend um ein paar Brotkrumen. Draußen war es kalt, denn es war Dezember; drei Wochen vor Weihnachten. Tobias beneidete die Vögel, die draußen frei und ungebunden herumflogen. Auch er wäre so gerne draußen gewesen, doch Schwester Angela hatte es ihm verboten. Er hatte bei Tisch seinen Teller nicht leergegessen, den ihm Schwester Angela gefüllt hatte. „Ich habe keinen Hunger mehr; außerdem schmeckt es mir nicht!" sagte Tobias, nachdem er den Teller zur Hälfte geleert hatte. „Was heißt hier, es schmeckt dir nicht! Denk an die vielen armen Kinder, die nichts zu essen haben; die würden sich freuen, wenn sie an deiner Stelle wären", zürnte Schwester Angela. Doch der Kleine weigerte sich trotzig, seinen Teller zu leeren; daraufhin hatte ihm die Schwester Hausarrest verordnet.
Tobias wuchs in einem Waisenhaus auf, nachdem seine Eltern vor einem Jahr bei einem Autounfall ums Leben gekommen waren und keine weiteren Angehörigen da waren. Der Kleine war etwas über drei Jahre alt; ein lieber Blondschopf mit riesengroßen blauen Augen, den man einfach liebhaben mußte. Tobias konnte sich nur noch schwach an seine Eltern erinnern. Seine Mutter war ihm noch in Erinnerung als eine schöne, große Frau, die ihn ganz, ganz lieb hatte; doch nun hatte er keinen Menschen mehr, der ihn lieb hatte und in den Arm nahm.
Tobias runzelte die Stirn; dies tat er immer, wenn er angestrengt nachdenken mußte. Schwester Angela hatte ihm gesagt, daß seine Mutti im Himmel beim lieben Gott sei. „Deine Mutter schaut vom Himmel auf dich herab, ob du auch immer lieb und artig bist", hatte ihn die Schwester mit erhobenem Zeigefinger gemahnt. Nun schaute das kleine Kerlchen immer wieder zum Himmel auf, ob er nicht seine liebe Mutti sehen würde. Sein Freund Peter hatte ihm gesagt, daß er sich eine neue Mutter suchen solle. Manchmal kämen Leute ins Waisenhaus, die ein Kind suchten; vielleicht würde er so eine neue Mutter finden. Doch Tobias war eigensinnig; er wollte sich seine neue Mama selbst aussuchen. Sie mußte so schön wie seine richtige Mutti sein; doch so eine hatte er bisher noch keine gesehen.
„Lieber Nikolaus, kannst du mir keine neue Mutti bringen?" hatte er den heiligen Mann gefragt, als dieser die Kinder im Waisenhaus besuchte.
„Wie soll denn deine neue Mutti aussehen?" hatte der Nikolaus gefragt. Daraufhin schilderte ihm Tobias ganz aufgeregt, wie seine Mutti ausgesehen hatte.
„Ich will einmal schauen, was ich da machen kann; versprechen kann ich dir nichts", meinte Nikolaus nachdenklich und strich dem Kleinen liebevoll über seinen Blondschopf. Seitdem wartete Tobias sehnsüchtig, daß ihm der Niko-

laus eine neue Mutti bringen würde. Sein Freund Peter hatte gemeint, daß der Nikolaus Süßigkeiten bringt, aber keine Muttis. Doch das Vertrauen des kleinen Tobias in den heiligen Nikolaus war nicht zu erschüttern.
„Du wirst schon sehen, spätestens im nächsten Jahr bringt er mir eine neue Mutti!" meinte Tobias trotzig. Peter zuckte nur geringschätzig die Schulter; dem Kleinen war nicht zu helfen.
Doch der heilige Mann hatte ihn nicht vergessen. Als Nikolaus, der eigentlich Rainer Schmidt hieß, nach Hause kam, erzählte er seiner Frau Renate von dem kleinen Tobias aus dem Waisenhaus, der eine neue Mutti sucht. Er schilderte ihr, wie sich der Kleine seine Mutti vorstellte und schaute seine Frau dabei an. Plötzlich brach er mitten im Satz ab und starrte seine Frau mit offenem Munde an.
„Was ist los mit dir?" meinte diese verwundert. Rainer schaute sie nachdenklich an.
„Weißt du, daß du genauso aussiehst, wie sich Tobias seine neue Mutti vorstellt?" frug er verblüfft. Seine Frau war groß und blond und sehr hübsch, dabei liebte sie Kinder über alles. Renate lachte.
„Wie sieht denn dein kleiner Tobias aus?" wollte sie von ihrem Mann wissen.
„Blond, mit einer Stupsnase, auf der ein paar Sommersprossen sitzen; dazu riesengroße, blaue Augen. Ein Kerlchen, so richtig zum Knuddeln", meinte Rainer. Seine Frau wurde nachdenklich; sie war den ganzen Abend über merkwürdig still und abwesend. Später, als sie schlafen gingen, merkte Rainer, daß seine Frau lange nicht einschlafen konnte; sie wälzte sich von einer Seite auf die andere. Rainer wußte, wie sehr Renate darunter litt, daß sie keine Kinder bekommen konnte. Dies traf sie besonders hart, da sie Kinder sehr gerne hatte.
Am anderen Morgen beim Frühstück meinte Renate so nebenbei:
„Rainer, wir könnten doch einmal den kleinen Tobias im Waisenhaus besuchen!" Ihr Mann schaute sie verwundert an, doch nickte er nur.
„Wenn du willst; gerne!"
So kam es, daß der kleine Tobias am anderen Tag Besuch bekam. Als ihm Schwester Angela mitteilte, daß Besuch für ihn da wäre, verwunderte er sich nicht, sondern meinte nur triumphierend zu Peter:
„Siehst du, der Nikolaus hat doch Wort gehalten!" Als Tobias ins Besucherzimmer kam, sagte der Mann, es war Rainer:
„Uns hat der Nikolaus geschickt! Er teilte uns mit, daß hier ein kleiner Junge mit Namen Tobias wäre, der eine neue Mutti sucht." Tobias nickte ganz ernsthaft; sprechen konnte er nicht. Er schaute unverwandt die Frau an, die bei dem Mann stand; so hatte er sich immer seine neue Mutti vorgestellt. Die Frau ging vor ihm in die Knie, so daß sie auf gleicher Höhe mit Tobias war und lächelte ihn an. Der Kleine lächelte schüchtern zurück, als könnte er sein Glück noch nicht fassen. Er streckte zaghaft seine Hand aus und berührte das

Gesicht der vor ihm knienden Frau.
„Du siehst aus wie meine Mutti!“ staunte Tobias.
„Wenn du es willst, bin ich deine neue Mutti!“ Ein Leuchten ging über das Gesicht des Kleinen.
„Kann ich dann auch bei dir wohnen und schlafen?“ frug Tobias atemlos.
„Natürlich! Doch wir müssen zuerst mit den Schwestern reden; das verstehst du doch?“ Der kleine Mann nickte; er war überglücklich. Endlich hatte sich sein sehnlichster Wunsch erfüllt, er hatte eine neue Mutti.
„Vielen Dank, lieber Nikolaus!“ rief er plötzlich.
„Ich werde dem Nikolaus deinen Dank ausrichten“ lächelte Rainer. Ihm und seiner Frau war es ganz warm ums Herz geworden, als sie die Freude des Kleinen erlebten. Tobias strahlte über das ganze Gesicht; er hatte die Hand von Renate gefaßt und ließ sie nicht mehr los. Als sie sich von ihm verabschiedeten, drückte sich Tobias ganz fest an Renate.
„Du kommst mich doch auch ganz bestimmt holen? Versprochen?“ frug der kleine Mann mit ängstlichen Augen.
„Versprochen!“ lächelte ihm Renate zu, wobei sie ihn ganz fest an sich drückte. Sie konnte nicht verhindern, daß ihr eine kleine Träne die Backe hinunterlief. Obwohl er noch so klein war, wußte Tobias, daß dies die schönsten Weihnachten sein würden, an die er sich erinnern konnte.
Rainer erledigte mit der Verwaltung des Waisenhauses und dem Jugendamt in den nächsten Tagen alle Formalitäten, so daß sie den Kleinen noch vor Weihnachten nach Hause holen konnten. Als Tobias abends zum ersten Mal in seinem eigenen Zimmer im Bettchen lag, strahlte er übers ganze Gesicht. Er drückte seinen Teddybär, den ihm seine neue Mutti geschenkt hatte, fest an sich, als wollte er sich vergewissern, daß er auch nicht träumte.
„Mutti, liest du mir auch eine Geschichte vor?“ frug er Renate zaghaft, nachdem er sein Nachtgebet verrichtet hatte.
„Natürlich! Wenn du willst, lese ich dir nun jeden Abend eine Geschichte vor, ehe du einschläfst“, versprach ihm seine Mutti.
„Jetzt hör gut zu!“ ermahnte Tobias seinen Teddy, während er mit roten Backen atemlos der Geschichte lauschte.
Als Renate später nochmals nach Tobias sah, lag er friedlich schlummernd in den Kissen. Seinen Teddy hielt er fest im Arm, während ein seliges Lächeln auf seinen Lippen lag.

Kapitel 2

Ländliches Leben

hier möchte ich in den Artikeln zeigen, wie unsere Vorfahren auf dem Lande lebten, wie sie arbeiteten.
Die Landarbeit war früher Knochenarbeit, da fast alles von Hand gemacht werden mußte; Maschinen kannte man so gut wie keine. Wenn welche im Einsatz waren, so hatten diese die „dicken Bauern"; der „kleine Mann" konnte sich so was nicht leisten. Er mußte mit seiner Familie, mit Frau und den größeren Kindern seine kärglichen Felder bestellen; man war „Nebenerwerbslandwirt", wie dies heute heißt. In diesen Familien ruhte in früheren Jahren die meiste Arbeit auf den Schultern der Frauen, da die Männer den ganzen Tag zur Arbeit in Fabrik, Hütte oder Grube waren. So hatten diese Frauen eine Doppelbelastung, den Haushalt mit den vielen Kindern sowie die Arbeit in Feld und Garten. Zu beneiden waren diese Frauen bestimmt nicht, es waren Heldinnen, die still und ohne zu klagen von morgens bis abends arbeiteten, um ihre große Familie ernähren zu können. Denn mit dem kärglichen Lohn, den ihre Männer aus der Fabrik heimbrachten, konnte man nur das Nötigste zum Leben kaufen. Sehr oft bekam die Frau vom Lohn nur den kleineren Teil, da der Mann auf dem täglichen Heimweg Station in den Gasthäusern machte. Am Monatsende, wenn der Lohn ausbezahlt wurde, wurden dann „Häufchen" gemacht; das kleinste Häufchen war meist für die Frau. Da atmeten diese Frauen auf, als die bargeldlose Zahlung eingeführt wurde; endlich hatten sie auch einmal Geld in den Händen.
Früher war es auch selbstverständlich, daß die Alten und Kranken im Haushalt blieben, wo sie gepflegt und mitversorgt wurden. Damals lebten oft vier Generationen unter einem Dach. Dies sollte man sich einmal vor Augen führen, mit heute vergleichen.

Das Brotbacken

Bei uns in Deutschland werden laut Statistik etwa 200 Brotsorten angeboten. Aus diesem riesigen Angebot kann der Verbraucher nach Geschmack und Verwendungszweck beliebig auswählen. Eine dieser Sorten ist das sogenannte „Bauernbrot", eine Spezialität, für die man gerne etwas mehr auf den Ladentisch des Bäckers legt. Ist dann dieses Bauernbrot gar mit Holzkohle gebacken, was inzwischen eine Rarität ist, so bezahlt man noch etwas mehr für das große, runde Brot. Denn der Geschmack des mit Holzkohle gebackenen Brotes ist wirklich unvergleichlich, er erinnert einen an die Kindheit, wo dieses Brot zum Alltag gehörte, da es die Mutter im hauseigenen Backofen selber backte.
In meiner Jugend gab es in unserem Dorfe noch keine Bäckerei, sondern die Frauen backten ihr Brot selbst. Dazu war fast in jedem Haus ein Backofen, der kunstgerecht mit „Feschen" (Reisern) geheizt werden mußte, denn Brotbacken war eine hohe Kunst, die früher die Frauen beherrschten mußten, wenn sie heirateten. Um Brot zu backen, benötigte man vor allem Mehl, das man in der Mühle aus dem selbst angepflanzten Korn oder Weizen mahlen ließ.
Ich kann mich noch sehr gut daran erinnern, daß morgens vor Sonnenaufgang die Pferde vor den Leiterwagen gespannt wurden, den man am Abend vorher mit Säcken voller Roggen und Weizen beladen hatte, und ab ging es zur Mühle. Der Mahllohn war vorher mit dem Müller ausgehandelt worden. Die Mühle, die am besten und billigsten mahlte, wurde angefahren, nachdem man vorher mit dem Müller einen Termin ausgemacht hatte. Meist waren es die am weitest entfernten Mühlen, die am billigsten mahlten. In diesem Falle mußte der Bauer mit seinem Pferdefuhrwerk meist schon vorm Hellwerden von zu Hause wegfahren. In der Mühle angekommen, mußten die Säcke abgeladen werden. Entweder wurden die Säcke verwogen und die vereinbarte Menge Mehl plus der ausgeschroteten Kleie dagegen ausgetauscht, oder der Bauer mußte warten, bis sein mitgebrachtes Korn gemahlen war. Bei der üblichen Mahltaxe bekam man für einen Zentner Roggen 60 Pfund Mehl und 30 Pfund Kleie. Das Roggenmehl wurde in der Regel zum Brot- und das Weizenmehl zum Kuchenbacken verwendet.
Vor dem Kriege gab es in unserer Gegend viele Mühlen; im Umkreis von 8 km lagen sieben Mühlen, sechs Getreide- und eine Ölmühle, die heute allerdings bis auf eine Getreidemühle alle stillgelegt sind. Die Mühlen waren alle an Bäche gebaut, denn das Mühlenrad wurde mit Wasserkraft nach einem ausgeklügelten System angetrieben. Zur damaligen Zeit waren die Mühlenbauer wahre Künstler ihres Faches.

War es wieder einmal Zeit, um neues Brot zu backen, so hatte die Mutter bereits einen oder zwei Tage vorher den Sack mit Mehl in die Küche gestellt, damit das Mehl Zimmertemperatur bekam. War das Mehl nämlich zu kalt, so ging der Teig nicht richtig auf. Der Backtrog, oder wie wir in Nohn sagen, „de Backmohl", in dem der Teig angerührt wurde, war meist auch der Familientisch, mit einer Tischplatte zugedeckt. Der Backtrog war entweder ein viereckiger Kasten, der sich nach unten verjüngte, oder ein halbwalzenförmiger Trog, aus Brettern geschreinert. Dieser Trog oder Kasten war im Tisch eingelassen, von der Tischplatte verdeckt.

In meinem Elternhaus, einem alten Bauernhaus, gab es eine extra Backstube, mit eingebautem Backofen. Die Backstube lag tief im Boden und bekam nur Licht von einem kleinen Fenster hoch unter der Zimmerdecke. In der Mitte des Raumes stand der große Tisch, mit der eingebauten „Backmohl". In der „Backmohl" wurde immer in einem Schüsselchen der Sauerteig aufbewahrt, der vom letzten Backen übrig war. Wenn nun neues Brot zu backen war, so bereitete man am Tag zuvor den Teig vor, es wurde „dehn Däăch ugere.ärt" (Teig angerührt) oder „et eß gedompt genn". Dazu nahm die Mutter das Mehl aus dem Sack, etwa die benötigte Hälfte, und schüttete es in die Mitte des Backtroges; damit hatte sie den Trog in zwei Hälften geteilt. In der linken Hälfte z. B. wurde nun der Teig angerührt. Sie schüttete lauwarmes Wasser in die linke Troghälfte und rührte mit Mehl und dem bereitgehaltenen Sauerteig, sowie der benötigten Prise Salz den Teig an, wozu etwa die Hälfte des Mehls verarbeitet wurde. Nun mußte der Sauerteig seine Arbeit tun, den ganzen Tag mußte er durchsäuern, dazu ließ man ihm lange Zeit. Bevor nun die Tischplatte auf die „Mohl" kam, zeichnete die Mutter mit dem Finger drei Kreuze in den Teig. Während des Backens achtete die Mutter streng darauf, daß keine Kälte in die Backstube drang, was im Winter besonders schwierig war.

Am folgenden Tag, dem eigentlichen Backtag, kontrollierte dann die Mutter, ob der Teig inzwischen gut geraten war oder nicht. War er gut, so hieß es „Gottseidank, dehn Däăch es god genn" (Gott sei Dank, der Teig ist gut geworden). In diesem Fall war der Teig aufgeplustert, mit Bläschen an der Oberfläche; „enn eß god opgang" (er ist gut aufgegangen). Es sah dann so aus, als wollte der Teig überlaufen, so nahe stand er am Trogrand. Nun kam die schwerste Arbeit, der Teig mußte bearbeitet, durchgeknetet werden, und dies immer wieder. War er endlich genug geknetet, so kam er in die bereitstehenden „Körweln" (geflochtene Teigkörbe), die vorher mit Mehl bestreut wurden. Die „Körweln" ließ man noch eine Zeitlang am warmen Ofen stehen, damit der Teig noch etwas „gehen" konnte.

Am Backtag hatte die Mutter mit „Feschen" (starken Reisigbündeln) den Backofen rechtzeitig angeheizt. Waren die „Feschen" abgebrannt, so wurden die glühenden Holzstücke im Ofen mit einer eisernen „Kretz" (Kratze mit einem langen Holzstiel) auseinandergeschoben, damit im Backofen überall gleichmäßige Hitze herrschte. Hatte der Backofen nun die richtige Temperatur, so wurden die glimmenden Holzstücke mit der eisernen „Kretz" aus dem Backofen in die „Äschenkaul" (Aschengrube) gezogen. Meist prüfte man mit

einem Papierstück, das man in den Ofen warf, die richtige Temperatur. Wurde das Papierstück gleich schwarz verkohlt, so war der Ofen zu heiß; bekam es dagegen bald eine starke Bräunung, so war die Ofenhitze richtig.
Nun kam der Teig aus den „Körweln" und wurde mit der „Backschieß" (runder Holzteller mit einem zwei Meter langen Stiel) in den Ofen geschoben. Dazu legte man den Brotteig auf die „Schieß" und mit einem kurzen Vor- und Rückwärtsstoßen schob man ihn in den Ofen. Nun lag der Teig etwa eine Stunde im Backofen, bis das Brot ausgebacken war. Den Backvorgang kontrollierte die Mutter ein- bis zweimal, indem sie die eiserne Backofentür vom Ofenloch hob. Dabei konnte man das feingebackene Brot sehen und ein unvergleichlicher Duft zog durch die Backstube, ja durch das ganze Haus. Wenn ich daran denke und die Augen schließe, so bilde ich mir ein, den Brotgeruch noch heute wahrzunehmen.
Das fertiggebackene Brot wurde in die bereitstehenden „Körweln" gelegt, um abzukühlen. Nun duftete das ganze Haus nach dem frischgebackenen Brot, ein wahrhaft himmlischer Geruch. War das Brot abgekühlt, konnte es auf den Tisch zum Verzehr kommen. Die Mutter nahm einen der großen, runden Brotlaibe, zeichnete mit dem Messer ein großes Kreuz darauf und schnitt es an. Frisch gebackenes Brot, darauf frisch „gerompte Botter" (selbstgemachte Butter), dies war ein unvergleichlicher Genuß. Meist wurden im Backofen mit dem Brot „Flammkoochen" (flacher Kuchen aus Brotteig mit einem Aufstrich aus Zucker und Butter) gebacken, eine Köstlichkeit, um die wir Kinder uns rissen.
Im Backofen wurde jedoch nicht nur Brot gebacken, sondern an der Kirmes oder an anderen hohen Festtagen, auch der Kuchen. Ja, auch der Festtagsbraten wurde im Backofen gegart. Dazu schob man den gefüllten Fleischtopf in den heißen Backofen und ließ das Fleisch langsam schmoren. Genüsse, von denen man heute nur noch träumen kann.

Heuernte

Zur heutigen Zeit ist die Heuernte nicht mehr wie früher eine rein manuelle, sondern eine maschinelle Arbeit geworden. Mit schweren speziellen landwirtschaftlichen Maschinen wird das Gras gemäht und immer wieder gewendet, bis es dürr ist; dann ist es Heu. Dann wird das Heu in schwere, runde Ballen gepreßt, die in Folie verschweißt draußen lagern, bis sie zur Fütterung gebraucht werden. Die Heuernte ist mittlerweile eine rein maschinelle Arbeit geworden.

Das Mähen der Wiesen:
Da war es vor fünfzig Jahren doch noch ganz anders. Zu der Zeit war die Heuernte reine Handarbeit. Damals wurde das Gras von den Männern mit der Sense gemäht und zwar ging man schon morgens um vier Uhr weg, um beim ersten Sonnenstrahl loszulegen. Die Männer mähten hintereinander, wobei jeder seine „Schlöt“ (Grasreihe) hinlegte. Da mußte sich der Vordermann sputen, daß ihm sein Hintermann mit der Sense nicht die Absätze vom Schuh wegrasierte. Meist stellte man in die Mitte der Mähreihe die jungen Burschen, die dann von den alten, erfahrenen Mähern automatisch vorwärts getrieben wurden. Dies ging Stunde um Stunde, fast ohne Pause, bis die Wiese gemäht war. Die Frauen kamen später nach und brachten das Frühstück mit, an dem sich die müden Mäher labten. Dieses Frühstück fiel sehr üppig aus, denn eine so schwere Arbeit verlangt einen kräftigen Imbiß. Da gab es zu dem selbstgebackenen Bauernbrot, Butter, Schinken, Wurst und Seitenfleisch. Dazu trank man Viez und zum Abschluß zur Verdauung einen selbstgebrannten Schnaps. Da man vom Mähen naß geschwitzt war, trank man meist schon vor dem Frühstück einen Schnaps, um einer Erkältung vorzubeugen.

Aus Gras wird Heu:
Während die Männer frühstückten, streuten die Frauen das frisch gemähte Gras mit der Gabel auseinander, damit es in der Sonne besser trocknen konnte. Im Laufe des Tages wurde das Gras mehrmals gewendet, um es gut trocknen zu lassen. Abends wurde es zusammengerechelt und auf Haufen geschichtet, damit „den Daa“ (Tau, Nachtfeuchte) nicht eindringen konnte. Am anderen Morgen wurde das Gras wieder auseinander gestreut, damit es weiter trocknen konnte. Hatte die Sonne das Gras genug gedörrt, wurde es auf Reihen gerechelt, um auf den Wagen geladen zu werden, denn nun war es Heu.

Das Einfahren des Heus:
Der Wagen fuhr an den Heureihen entlang, und ein Mann gab mit einer Gabel das Heu auf den Wagen. Auf dem Wagen stand der „Tessler“, der das Heu

Mähbinder 1955

von der Gabel nahm, es drehte und auf dem Wagen verstaute. Dies war eine sehr schwierige Arbeit, denn wenn der Wagen schief geladen wurde, kippte er gerne um. War der Wagen vollgeladen, wurde er oben mit dem „Wissbaam“ an der vorderen Wagenleiter befestigt und die Heuladung mittels eines starken Strickes mit Hilfe der hinteren Wagenwinde von Hand festgezurrt und zusammengepreßt.

Der Heuwagen wurde bei den „dicken Bauern“ von Pferden gezogen und bei den Nebenerwerbslandwirten von Kühen. Es war ein Kunststück, den hochbeladenen Heuwagen auf den holprigen, ungeteerten Straßen sicher in die Scheune zu bringen. Daher kam es auch öfters vor, daß in einer Kurve der Heuwagen umkippte. Um dies nach Möglichkeit zu verhindern, gingen die Männer auf die entgegengesetzte Seite des Wagens, stachen die Gabeln ins Heu und stemmten sich mit aller Kraft gegen die Heulast. Dies wiederholte sich bei jeder Kurve.

In Nohn gibt es verschiedene Hanglagen, die sehr steil sind, so daß hier die Heuernte zur Qual wurde. Schon das Mähen in dem steilen Hang war äußerst schwierig und konnte nur von sehr geschickten Mähern bewältigt werden. Man muß sich vorstellen, daß man nur quer zum Hang mähen konnte, was viel Kraft und Geschick erforderte. Das linke Bein war lang gestreckt und das rechte angezogen; die Sense zog man von rechts oben nach unten mit viel Schwung durch das Gras. Wehe, wenn man dabei in einen Maulwurf- oder Ameisenhaufen hieb; die Schärfe war sofort dahin, da half kein Wetzen mehr, die Sense mußte ausgewechselt werden. Das Bearbeiten des Grases in diesen Hanglagen, wie Wenden, Rechen und auf Haufen schichten, bis es dürr war, war Arbeit für die Frauen, die dabei von den großen Kindern unterstützt wurden. Die kleinen Kinder saßen meist im Schatten eines Baumes und spielten; waren sie müde, so wurde ein „Nickerchen“ gehalten. War das Mähen und Bearbeiten des Grases schon eine Quälerei, so war das Heimbringen des Heus die reinste Schinderei. Denn bei der Hanglage war es unmöglich, mit einem Fuhrwerk beizufahren; es gab keinen befahrbaren Weg, sondern nur einen Fußpfad. Daher mußte das Heu mit der „Hott“ (Tragekorb) entweder den Berg hinauf- oder hinuntergetragen werden. Die „Hott“ wurde voll Heu gestopft, und obenauf kam ein großes, zusammengeknüpftes Tuch (das sogenannte „Straaßdooch“) voller Heu. Die „Hott“ wurde gegen den Berg gestellt, die Frau setzte sich mit dem Rücken dagegen, schlüpfte in die Tragriemen und ab ging es. Nun muß man sich vorstellen, wie oft eine Frau mit der „Hott" gehen mußte, bis eine Wiese abgeerntet war. Da floß der Schweiß in Strömen, denn meist war es während der Heuernte auch sehr heiß. Diese Hangwiesen wurden wegen der schwierigen Bearbeitung auch meist von den „armen Bauern", den Nebenerwerbslandwirten, geerntet. Die „dicken Bauern" machten lieber ihr Heu in den flachen Wiesen, dies kostete weniger Schweiß und Mühe.

Heuernte im Kloster Tünsdorf 1952

Damals ging man eine Woche und länger ins Heu, denn alles mußte von Hand gemacht werden, es gab noch keine Maschinen. Heute ist die Heuernte innerhalb weniger Tage erledigt, dank der modernen Maschinen. Denn für jeden Arbeitsgang gibt es heute eine extra Maschine. Da gibt es den Grasmäher, den Heuwender, die Heupresse und den Heuauflader.
Heute spricht man viel von der verlorenen Romantik in der Landwirtschaft; inzwischen sei alles mechanisiert worden. Früher soll es schöner und romantischer gewesen sein, als man in der Landwirtschaft noch alles von Hand machte. daß die landwirtschaftliche Arbeit in früheren Jahren harte Knochenarbeit war, davon spricht man jedoch nicht. Ich glaube nicht, daß die Leute damals ihre Arbeit als romantisch empfanden, wenn sie nach der Zehn-Stunden-Schicht in der Fabrik noch bis zum Dunkelwerden auf dem Felde arbeiten mußten, um die Familie ernähren zu können.

Der Mäher:
Nehmen wir zum Beispiel den Mäher, der mit der Sense das Gras und mit der „Flaus" das Getreide mähte. Dies war harte, anstrengende Knochenarbeit, wenn bei der Wiese „Schlöd of Schlöd" (Grasreihe an Grasreihe) hingelegt wurde. Dabei mußte der Mäher gebückt arbeiten, um die Sense richtig am Boden zu halten. Dies ging Stunde um Stunde, bis die Wiese gemäht war; nur unterbrochen vom Wetzen der Sense.
Wenn die Zeit der Heuernte kam, gingen die Mäher morgens in aller Frühe, sobald es anfing zu dämmern, zu den Wiesen, die gemäht werden sollten.

Heuernte 1939

Dabei trugen sie die Sense geschultert, am Gürtel hing der Köcher, der meist aus einem Kuhhorn bestand, worin der Wetzstein bei jedem Schritt klapperte. In der Hand trugen sie die Ersatzsensen, da meist mehrere Sensen gebraucht wurden. Auf dem Rücken hatten sie den Rucksack, in dem das erste Frühstück (ein ordentlicher Kanten Brot sowie ein Stück Speck, Seitenfleisch oder Käse), ein Steinkrug mit Viez sowie ein „Sackschleffer" (kleine Flasche) mit selbstgebranntem Schnaps mitgeführt wurde. Das Mähen war eine schwere Arbeit, die hungrig und durstig machte. Bei der Wiese angekommen, legten die Mäher zuerst die Sense ab, steckten die Ersatzsensen mit der Spitze in den Boden und langten dann in den Rucksack. Zuerst nahmen sie einen Schluck Schnaps und dann einen tiefen Zug aus dem Viezkrug, denn schließlich mußten sie sich zuerst stärken, ehe die schwere Arbeit begann. Doch dann ging es los! Die Sense wurde gewetzt und am Boden geprüft, ob das Sensenblatt richtig saß, um einen sauberen und glatten Schnitt zu bekommen. Der erste Mäher holte mit weitem Schwung aus und ließ die Sense durch das taufrische Gras rauschen; ihm folgte in gewissem Abstand der zweite, der dritte und diesem der vierte und fünfte Mäher. Dabei achteten die Mäher darauf, daß die Sensen im gleichen Rhythmus geschwungen wurden; die Mähkolonne arbeitete im Gleichklang. Wenn der erste Mäher seine Sense wetzte, taten dies auch die anderen. So ging es nun Stunde um Stunde, nur unterbrochen vom Wetzen der Sense. Der Wetzstein steckte im Köcher, der hinten am Gürtel hing. Der Köcher war halb mit Wasser gefüllt, um den Wetzstein feucht zu halten. Dabei mußte man darauf achten, daß der Köcher nicht zu voll war, sonst bekam man einen „nassen Hintern".
Der größte Feind der Mäher waren die Ameisen- und die Maulwurfhaufen; wenn die Sense in einen solchen Haufen fuhr, war meist die Schneide der Sense „zum Teufel". Da nutzte auch das Wetzen nicht mehr viel; die Sense mußte meist ausgetauscht werden. Für diese Fälle wurden die Ersatzsensen mitgeführt.
Wenn die erste große Wiese gemäht war, wurde Frühstück gemacht. Meist stach dann schon die Sonne vom Himmel, sodass sich die Mäher ein schatti-

ges Plätzchen suchten. Nun wurde das mitgebrachte Frühstück ausgepackt, und die Männer ließen sich das Brot mit Speck, Seitenfleisch oder Käse schmecken. Damit es nicht zu trocken war, wurde mit Viez kräftig nachgespült. Zum Schluß wurde wieder ein tüchtiger Schluck aus dem „Sackschleffer" genommen und weiter ging es bis zum Mittag. Wenn die Mäher weit vom Dorf arbeiteten, brachten die Frauen mittags das Essen im Henkeltopf, dem „Deppchen". Während ihre Männer und Söhne aßen, „spreiteten" die Frauen das frische Gras auseinander, damit es in der Sonne trocknen konnte. Im Laufe des Tages wurde das Gras mehrmals gewendet, damit es auch gut trocknen konnte. Mittags war dies die Arbeit der größeren Kinder, wenn sie aus der Schule kamen. Am Abend wurde dann das getrocknete Gras auf Haufen geschichtet, damit die Nachtfeuchte nicht hineinkam. Morgens wurde es wieder „ausgespreitet", mehrmals gewendet, bis es ganz dürr war. Wenn es richtig dürr war, raschelte es und roch sehr stark und intensiv; ein guter Geruch. Nun war es Heu und konnte eingefahren werden.

Die Mäher arbeiteten den ganzen Tag, bis alle Wiesen gemäht waren oder bis es dunkel wurde. Nach der schweren Arbeit gingen die Mäher abends müde nach Hause, doch die Jungen unter ihnen nahmen vorher in der Wirtschaft noch den Dämmerschoppen ein. Da hing während der Heuernte abends sehr oft eine ganze Reihe Sensen hinter der Wirtschaft.

Die „dicken" Bauern heuerten sich für die Heuernte junge Burschen an, die als tüchtige Mäher bekannt waren. Bei diesen Bauern waren viele Morgen Wiesen zu mähen, denn sie hatten einen großen Viehbestand. Die Winter waren damals sehr lang, und zur Fütterung brauchte der Bauer einen großen Vorrat an Heu. Bei den „dicken" Bauern dauerte es meist eine Woche und länger, bis alle Wiesen gemäht und das Heu eingefahren war. Die „kleinen" Bauern, die die Landwirtschaft als Nebenerwerb betrieben, hatten meist nur eine Wiese, weshalb sie mit der Heuernte auch immer schnell fertig waren. Sehr oft wurden sie daher von den großen Bauern gegen ein Entgelt für die Heuernte angeheuert.

Da ich auf einem Bauernhof aufwuchs, mußte ich auch mähen lernen. Zuerst lernte ich die Sense zu richten. Dabei mußte die Sense so am Sensenwurf befestigt werden, daß sie schön über den Boden gleiten konnte. Dann lernte ich die Sense richtig am Boden zu halten. Dies war am Anfang sehr schwierig; meist fuhr ich mit der Sensenspitze in den Boden. Als ich einigermaßen mähen konnte, lernte ich die Sense richtig zu wetzen. Wenn man gut wetzen kann, wird die Schneide wieder scharf. Kann man jedoch nicht wetzen, wird die Schneide nicht schärfer, sondern noch stumpfer. Der Wetzstein muß kurz über die Sense gezogen werden, nicht lang. „Kurz gewetzt, nicht lang gewetzt!" Wichtig ist auch ein guter Wetzstein. Als ich dies nun einigermaßen konnte, nahm man mich mit auf die große Wiese. Ich wurde mitten in die Reihe der Mäher gestellt. Vorne gingen zwei Mäher, die das Tempo bestimmten

und hinter mir kamen zwei weitere Mäher, die im gleichen Rhythmus und Tempo mähten. Da mußte ich schauen, daß ich mithielt, sonst hätte mir mein Hintermann die Absätze abgemäht.
In den Dörfern waren die guten Mäher besonders geachtet, und für jeden Bauer war es eine Ehre, selbst ein guter Mäher zu sein. Bei Festen wie der Kirmes wurden manchmal die Mähergebnisse zum besten gegeben und im Anschluß daran Wetten abgeschlossen, wer das größte Stück Wiese in einer bestimmten Zeit sauber und exakt mähen könne. Der junge Bauer von heute kann wahrscheinlich keine Sense mehr richten und mit ihr mähen, aber dafür mit Traktor, Mähmaschine, Binder und Mähdrescher umgehen. Die Romantik ist auch in den bäuerlichen Betrieben den Maschinen gewichen.

Einführung der Sense:
Bevor die Sense eingeführt wurde, mußten die Bauern jahrhundertelang das Gras und Getreide mit der Sichel schneiden. Die Sichel war für viele Jahrhunderte das wichtigste Werkzeug der Bauern.

Im Saargau gingen bei den armen Leuten die Frauen noch bis 1950/60 mit der Sichel Gras schneiden, das an den Wegrändern und Böschungen wuchs. Das geschnittene Gras trugen sie in der Hott heim, um die Kuh oder die Ziegen damit zu füttern.
Die Sense wurde im Merziger Raum erst nach 1800 eingeführt. Mit der Sense wurde „gemäht“, dagegen mit der Sichel „geschnitten“. Die Schneide der Sense war meist aus Gerbstahl; die Steiermark stand in dem Ruf, die besten Sensen dieser Art herzustellen. Von Solingen-Remscheid an der Ruhr wurden sie nach ganz Deutschland versandt. Um die Jahrhundertwende (1900) wurden sie sehr oft im Hausierhandel vertrieben. Vorwiegend aus dem Fürstentum Wittgenstein kamen die Händler und boten den Bauern ihre Waren an. Wie Kirchenglocken klangen ihre Sensen, wenn sie gegeneinander geschlagen wurden. „Eine Sense aus gutem Stahl klingt; eine aus schlechtem Stahl scheppert!“, war ihr Werbespruch.

Das Dengeln der Sense:
Bevor die Heuernte früher losging, mußten die Sensen geschärft werden; sie wurden „gedengelt“. Tage vorher hallte das Dorf vom Sensenklopfen wieder, denn jeder Mäher mußte einige Reservesensen dabei haben. Die Schneide der Sense wurde mit der linken Hand auf einen speziellen, flachen Stahl gelegt, der in einem Holzblock steckte. Mit der rechten Hand schlug man den Sensenhammer immer wieder auf die Schneide der Sense, bis die ganze Sense rasiermesserscharf war. Mit dem Wetzstein bekam sie dann den letzten Schliff und wurde während des Mähens mit dem Wetzstein immer wieder geschärft. Wenn in der Reihe der Mäher der erste seine Sense wetzte, so taten dies die übrigen auch, denn alles geschah im gleichen Rhythmus. Traf man während des Mähens in einen Maulwurf- oder Ameisenhaufen, so nutzte das Wetzen nichts mehr, die Sense mußte dann ausgewechselt werden.
Das Richten der Sense war eine Kunst! Es gab Bauern, die hierin eine große Fertigkeit entwickelten und andere, die es nie lernten. Genauso war es mit dem „Dengeln“ der Sense! Auch dies war eine Kunst, die man beherrschen mußte. „Eine gut gedengelte Sense ist halb gemäht!“, war ein Wahlspruch der Mäher. Wenn die Heuernte begann, hörte man im Dorf jeden Abend bis zum Dunkelwerden das rhythmische Lied vieler Hämmer, die die Schneide der Sense bearbeiteten, bis alle Scharten ausgeklopft waren. Die Schneide mußte zum Schluß dünn und rasiermesserscharf sein.

Getreideernte

Zur Zeit der Getreideernte fahren wieder die riesigen Mähdrescher über die Fluren, und Getreidefeld um Getreidefeld verschwindet in den gierigen Schlündern ihrer Mähwerke. Die Getreideernte ist heute eine rein maschinelle Arbeit geworden. Die Mähdrescher schaufeln vorne das Getreide mitsamt den Halmen in das Mähwerk, und die Maschine trennt das Getreide von den Halmen, sammelt es im Silo, bündelt und preßt das Stroh zu Ballen und bläst die Spreu auf das abgeerntete Feld. Ist das Getreidesilo des Mähdreschers voll, wird es mittels eines Rohres auf einen Kastenwagen befördert und mit dem Traktor abtransportiert. Ebenso werden die Strohballen mit dem Hebewerk des Traktors aufgeladen und abtransportiert.

Getreideernte

Doch erinnern wir uns, wie die Getreideernte in früherer Zeit, vor fünfzig Jahren ausgesehen hat. Damals war es reine Handarbeit, vom Anfang bis zum Ende. Das Getreide wurde mit der „Flaus" abgemäht; dies war eine Sense mit einem Bügel, woran hölzerne Rippen waren, so lang wie das Sensenblatt. Dieser Bügel sorgte dafür, daß der Mäher das Getreide schön auf eine Rippe legte. Nach dem Mäher kam ein Mädchen oder Junge, die aus Getreidehalmen ein Strohseil flochten, um die Garben damit zu binden. Dabei wurde ein Bündel Halme geteilt und unterhalb der Ähren zusammengedreht. Diese Strohseile wurden in Abständen auf den Boden gelegt, um die Garben darin abzulegen. Eine Frau nahm mit der Sichel die Halme auf und legte einen Armvoll als Garbe in das Strohseil. Hatte man für die Ernte Leute genug, so band ein anderer Erntehelfer die Garben zusammen und stellte sie auf „Kaaschden". Dazu packte man zwei Garben, stauchte sie mit den Ähren zusammen und stellte sie in schrägem Winkel zueinander; zu zweit ging dies allerdings besser. Nun wurden die nächsten beiden Garben so dazugestellt, daß die vier Garben in die vier Himmelsrichtungen standen. Die Lücken zwischen den Garben wurden nun ebenfalls ausgefüllt, so daß der „Kaaschden" aus acht Garben bestand. Zum Schluß nahm man eine besonders dicke Garbe, drehte sie um und knickte die

Halme am Seil nach außen. Diese Garbe wurde nun als „Hut“ mit dem stumpfen Ende nach oben auf den „Kaaschden“ gesetzt. Die Halme mit den Ähren hingen nach unten und wurden sorgfältig verteilt, daß alle Garben darunter bedeckt waren. Denn der Hut sorgte bei Regen dafür, daß der „Kaaschden“ innen schön trocken blieb. Die „Kaaschden“ blieben etwa eine Woche auf dem Feld stehen, damit sie in Sonne und Wind völlig trocknen und die Körner fest und hart wurden.

Einen großen Fortschritt in der Landwirtschaft bedeutete die Mähmaschine, welche die Rolle des Mähers mit der Flause übernahm. Die Mähmaschine wurde von zwei Pferden gezogen und mähte das Korn ab. Auf der Mähmaschine saß links der Lenker des Fuhrwerks, und rechts über dem Rad befand sich der Sitz des Mähers. Er hatte einen Hebel, womit er die abgeschnittenen Halme zu Garben ablegen konnte. Eine weitere Verbesserung war die Mähmaschine mit Binder, der sogenannte Mähbinder. Hier war ein Binder angekoppelt, der die abgelegten Garben mittels eines Bindfadens, der von einer Rolle ablief, band. Diese Geräte waren bereits vor dem Krieg, in den Jahren 1939/40 auf dem Saargau im Einsatz.

Waren die „Kaaschden“ bei schönem Wetter gut durchgetrocknet, so wurden sie mit einem Fuhrwerk vom Feld geholt. Dies war bei den Bauern ein Pferdefuhrwerk, bei den Fabrikarbeitern, die Landwirt im Nebenerwerb waren, ein Kuhgespann. Mit dem Leiterwagen wurde das Korn nun abgefahren. Dies waren zwei große Leitern, die links und rechts am Wagen befestigt waren. Vorne zwischen den beiden Leitern war der Leiterbaum aufgerichtet mit fünf bis sechs Sprossen, worin der „Wissbaam“ (etwa 4-5 Meter lange Stange von 15 cm Duchmesser, die vorne eine Einkerbung zum Halt am Leiterbaum hatte) befestigt wurde. Nun wurde der Leiterwagen bis zur Höhe der Leiter innen mit Garben gefüllt. Als nächstes wurden die Garben links und rechts über die Leitern hinaus gelegt. Hier mußte man darauf achten, daß der beladene Wagen noch zum Scheunentor hineinging. Nun wurde Lage auf Lage gestapelt, bis man die letzte Sprosse des Leiterbaums vorne erreicht hatte. Der „Wissbaam“ wurde nun vorne mit der Einkerbung am Leiterbaum eingehängt und hinten am Ende das Seil befestigt. Das Seil wurde um die Wagenwinde gewickelt und die Ladung mittels der Wagenwinde zusammengepreßt und festgehalten. Nun war der Wagen fertig zum Abtransport. Bei den holprigen Straßen, zu der Zeit gab es noch keine Teerstraßen, mußte man aufpassen, daß der Wagen in den Kurven nicht umkippte. Um dies zu verhindern, gingen immer zwei Männer mit Gabeln auf die entgegengesetzte Seite und stemmten sich gegen die Ladung, um ein Kippen zu vermeiden. In der Scheune angekommen, wurde der Wagen auf die Tenne entladen und die Garben aufgestapelt. Im Spätherbst oder Winter, wenn die Arbeit draußen getan war, wurde das Getreide auf der Dreschmaschine gedroschen. Mein Großvater hatte auf seinem Hof eine solche Dreschmaschine in der Scheune stehen. Es

war für meine Begriffe ein Riesending, bei dem oben die aufgeschnittenen Garben eingeworfen wurden, und unten lief das Getreide in Säcke, und das Stroh kam gebündelt hinten heraus. So habe ich es als Kind in Erinnerung behalten. Das Getreide wurde dann noch durch den „Wann" gedreht, wobei das Getreide mittels verschiedener Siebe von der Spreu getrennt wurde; dies war allerdings wieder Handarbeit.
Nun gab es beim Dreschen öfters ein Riesengeschrei, wenn z. B. eine Schlange aus den Garben schlüpfte, was öfters vorkam. Es waren immer harmlose Ringelnatter, die sich auf dem Feld in den Garben versteckten und ungesehen auf- und abgeladen wurden. Doch war dies den helfenden Mädchen und Frauen egal; war eine Schlange aufgetaucht, weigerten sie sich, an der Dreschmaschine weiterzuarbeiten.

Für die Nebenerwerbslandwirte in unserem Dorf kam in der Erntezeit eine fahrbare Dreschmaschine, die außerhalb des Dorfes ihren Standort hatte. Die ersten dieser Dreschmaschinen wurde mit einem Benzinmotor, später mit einem Elektromotor angetrieben. Nun standen die Wagen mit dem Getreide in langer Warteschlange, bis sie an die Reihe kamen. Dies ging nicht immer ohne Streit ab, denn wer wartet schon gerne lange. Hatten sich zwei Streithähne so richtig in der Wolle, so war dies für uns Kinder immer eine Riesengaudi, erlebten wir es doch „in der ersten Reihe".
Das gedroschene Getreide kam nun auf den Speicher, wurde aufgeschüttet und jeden Tag umgerührt, damit es nicht „stickig" wurde. Später kam es zur Mühle, um gemahlen zu werden. Aus dem Roggenmehl wurde Brot und aus dem Weizenmehl Kuchen gebacken. Später, als die Leute ihr Brot nicht mehr selber backten, gaben sie das Getreide beim Bäcker ab und bekamen Gutscheine dafür, womit sie sich ihr Brot kaufen konnten.

Kartoffelanbau und -ernte

Die Kartoffel ist in Europa und vor allem bei uns in Deutschland zu einem der wichtigsten Nahrungsmittel geworden. Deshalb steht sie auch fast täglich in immer wieder neuen Variationen auf dem Speiseplan.
Die Kartoffel ist ein Nachtschattengewächs, besteht aus 65-80% Wasser, 10-30% Stärke, 2% Rohproteine, Zucker, Rohfett, Spurenelementen und verschiedenen wichtigen Vitaminen. Ausgrabungen in den Hochanden haben bewiesen, daß die Kartoffel bereits in der Kultur der Nazca- und Moche-Indianer angebaut wurde und daß sie damals das Hauptnahrungsmittel darstellte. Spanische Eroberer lernten die Kartoffel in Südamerika kennen; durch Pizarro kam sie 1526 nach Spanien. In der zweiten Hälfte des 16. Jahrhunderts wurden die Kartoffeln in Italien und Burgund bekannt. Während des Dreißigjährigen Krieges wurde die Kartoffel gelegentlich in Deutschland angebaut. Erst im Siebenjährigen Krieg wurde sie unter zwangsweiser Förderung durch die Landesfürsten angebaut; besonders der Preußenkönig Friedrich der Große führte sie in Pommern und Schlesien ein. Er befahl seinen Bauern den Anbau der Kartoffel und ließ durch seine Soldaten kontrollieren, ob man seinem Befehl auch Folge leistete. Seit den Napoleonischen Kriegen ist die Kartoffel in Europa eines der Hauptnahrungsmittel geworden.
Im Saarland wurden die Kartoffeln laut Heinrich Nießen gegen Ende des 17. Jahrhundert eingeführt. Die ersten Arbeiter der 1685 errichteten Dillinger Eisenhütte, die meistens aus der Gegend von Lüttich in Belgien kamen, brachten in ihren Quersäcken die ersten Kartoffeln hierhin. Von dem Zeitpunkte an fand das heute völlig unentbehrliche Nahrungsmittel in der ganzen Umgegend Eingang und wurde immer mehr angepflanzt.
Nikolaus Fox schreibt in seinem Buch „Saarländische Volkskunde", das im ersten Viertel des 18. Jahrhunderts die ersten Kartoffeln in unserem Gebiet angepflanzt wurden, und die Grundherren wußten anfangs nicht, ob sie den großen oder kleinen Zehnten von diesem ‚neu aufgekommenen Gewächs' einfordern sollten. Eine Verordnung des Kurfürsten Franz Georg vom 23. Juli 1746 hat den Kartoffelzehnten im Erzstift Trier in folgender Weise festgesetzt: ‚Von Gottes Gnaden Wir Franz Georg Erz Bischoff zu Trier ect. ect. veroffenbaren, erklären, befehlen und verordnen hiermit gnädigst: nachdem dermalen bei uns vom Ober Erzstiftlichen Cleri Directorio sowohl, als anderen verschiedenen Orten die Frage die Frage und Beschwerniß unterthänigst beigebracht worden, wie es mit denen Grundbirnen oder Erdäpfel eigentlich zu halten, auch ob ein so anderes Gewächs zu dem großen oder kleinen Zehnten gehörig und einzurechnen seye? Daß auf eingeholte mehrfaltige so geist- als weltliche unbefangene bewährte Rechtsgutachten und unserer angewohnten selbstigen Einsicht und reifer Überlegung nach erdeutete Grundbirn, oder Erdäpfel zuvor, wo selbige ihn zehntpflichtigen Feldern oder Ländereien eingepflanzt

worden oder stehen, in sich gewöhnlich zum kleinen Zehnten gehören, dahingegen aber, wo dieses neuaufgekommene Gewächs bei großer Anzahl in Menge in Flur- oder auch Brachland gezogen wird, also, daß andurch der große Zehnte, welcher zuvor von solchen Ländereyen und Gütern eingezogen worden, oder werden können, in einen merksamen Abgang dadurch gerathen, solchenfalls als denn der Zehntherr des großen Zehntens in solchem Flur- oder Brachland den Grundbirn- oder Erdäpfelzehnten ebensowohl zu erheben, einzuärndten und zu beziehen fortan befugt seyn solle. – Befehlen solchemnach ernst gnädigst und gemessentlichst daß diese unsere wohlbedächtig verfaßt und beschlossene Verordnung nicht nur in unserem Erzstift Trier, wo es von nöthen, öffentlich verkündet, sondern auch von nachgesetztem unserem Erzbischöflichen Consistorio und geistlichen Commissariat in Coblenz bei allen dergleichen hinkünftigen Verfallenheiten in judicando darauf die schuldigst gehorsamste Achtung und Maasnahme genommen, fort sämmtlichen übrigen Dikasterien ebenmäßige Communikation darüber ertheilt werden soll.'
Inzwischen kann man sich die Kartoffel aus unserem Speiseplan nicht mehr wegdenken. Alle Gemüsespeisen beherrscht die Kartoffel, die als Zugabe fast zu keinem Gericht in dem saarländischen Haushalt fehlt. Da gibt es geröstete, gequellte, gedämpfte oder in Salzwasser gekochte „Krombern" oder „Kromperstampes", „Verheiratete" (Kartoffeln mit Mehlklößen vermengt) und „Schneebällchen". Sehr beliebt sind bei allen Saarländern auch heute noch „Kromberkeichelcher" (Reibekuchen), „Kromberchales" (Reibekuchen als Topfgericht) oder „Kromberzaloot" (Kartoffelsalat).
Während des Krieges gab es sehr oft „Kromberzopp" (Kartoffelsuppe), sehr zum Leidwesen vieler Kinder. Im letzten Krieg hat die Kartoffel tausende von Menschen vor dem Verhungern gerettet und war außerdem ein beliebtes Tauschobjekt der „Hamsterer" nach dem Kriege. Ich würde sagen, die „Kromber" ist das Leibgericht des Saarländers und nicht die Lyoner, wie man uns immer wieder weismachen will.
Vor und nach dem Kriege war der Kartoffelanbau eine rein mechanische Arbeit. Da wurde mit dem einscharigen Pflug, der bei reichen Bauern von Pferden und bei den Nebenerwerbslandwirten von Kühen gezogen wurde, die Furchen gezogen, und die Frauen und größeren Kinder legten die Setzkartoffeln (ausgesuchte, kleinere Saatkartoffeln) in Abständen von 25-30 cm in die Furchen. Mit der nächsten Furche wurden die gelegten Kartoffeln zugedeckt, und so ging es weiter, bis das Feld bestellt war. Wenn nun nach einigen Wochen das Kartoffelkraut aus den Furchen sprießte und die Reihen erkennbar waren, wurden sie mit einem besonderen Pflug, dem „Häufelpflug" gehäufelt. Bei dem Häufelpflug konnte man die Breite der Scharen einstellen. Man fuhr mit dem Häufelpflug durch die Reihen, und die Erde wurde gleichmäßig an die Kartoffelpflanze gedrückt. Dabei mußte man aufpassen, daß das Zug-

Kartoffelernte 1941

tier nicht die Kartoffelpflanzen zertrat.
Nach dem Krieg kam eine große Plage auf den Kartoffelanbau zu, der Kartoffelkäfer. Dies ist der Coloradokäfer, ein Blattkäfer mit 10 schwarzen Längsstreifen auf den gelben Flügeldecken; seine Larven fressen die Kartoffelstauden kahl. Nach dem Kriege gingen wir Kinder mit den Schulklassen in die Kartoffelfelder und sammelten die Käfer und Larven in Dosen; anschließend wurden die Schädlinge vernichtet. Später bekämpfte man die Schädlinge mit Giften wie Kalkarsen, Gesarol, Nazit, Potosan oder E838. Doch bis heute ist es noch nicht gelungen, diese Schädlinge auszurotten. Wenn die Kartoffelpflanzen hoch genug waren, wurden sie von Hand gehackt und das Unkraut gejätet. Dies war die Arbeit der Frauen und größeren Kinder.
Sehr schön war in früheren Jahren die Kartoffelernte. Wenn es Herbst wurde, fing das Kartoffelkraut an zu welken; es wurde gelb und dürr. Dies war dann die Zeit, um die Kartoffeln auszumachen. Während dieser Zeit hatten die Kinder Herbstferien, denn auf dem Lande mußten sie bei der Kartoffelernte helfen. Morgens ging es meist um acht, halb neun Uhr auf das Feld. Die Erntehelfer stellten sich in eine Reihe nebeneinander, und jeder bekam zwei oder drei Reihen Kartoffeln zugewiesen. Nun schlug man die Hacke hinter dem ersten Kartoffelstock in die Erde, faßte die Kartoffelstrunken mit der linken Hand und zog den gelockerten Kartoffelstock aus der Erde. An dem Stock hingen die Kartoffeln, die man abschüttelte und den Strunk hinter sich warf. Die Kartoffeln wurden nun in drei Körbe sortiert; die Dicken waren für den Verzehr und kamen in den ersten Korb, die Kleinen und Angeschlagenen waren für die Schweine und kamen in den zweiten Korb und die Mitteldicken wurden

Kartoffelernte

als Setzkartoffeln in den dritten Korb geworfen. War ein Korb voll, wurde er in einen Kartoffelsack geschüttet und gekennzeichnet. Die Dicken wurden nicht gekennzeichnet, da dies die meisten Säcke waren. Die Kleinen bekamen als Kennzeichnung einen Unkrautstengel und die Setzkartoffel einen Kartoffelstrunk. Nun kann man sich vorstellen, daß es bei der Ernte meist sehr lustig zuging, da sehr viel junges Volk mithalf. Da gab es viel Gaudi und entsprechend viel zu lachen. Natürlich wurde auch der neueste Dorfklatsch durchgenommen. Mittags ging es geschlossen nach Hause, wo entweder die Hausfrau oder die Oma das Mittagessen gekocht hatte. Mal gab es einen schmackhaften, herzhaften Eintopf, in dem ein gutes Stück Seitenfleisch mitgekocht wurde, oder es gab Salzkartoffeln mit Sauerkraut oder eingemachten Bohnen mit einem tüchtigen Stück Seitenfleisch oder ein anderes schmackhaftes Hausmannsgericht. Dazu gab es den selbstgemachten Viez, den wir Kinder verdünnt mit Wasser tranken. Nach dem Mittagessen ging es wieder auf das Feld. Mittags gegen 16 Uhr gab es Kaffee und frischen Zwetschgenkuchen auf dem Feld; doch auch ein herzhafter Imbiß mit Brot, Butter, Wurst und Schinken war dabei, dazu den Krug mit Viez. Abends kam dann der Bauer oder einer der größeren Jungen mit dem Pferde- oder Kuhgespann auf das Feld, um die Säcke abzuholen. Nun wurden die Säcke aufgeladen und ab ging es nach Hause. War die Ernte gut und man hatte viele Leute zum Ausmachen, mußte man auch schon zweimal fahren. Hoch oben auf dem Wagen thronten wir Kinder auf den Kartoffelsäcken und hatten einen Riesenspaß. Zu Hause angekommen, trugen die Männer die Kartoffelsäcke in den Keller. Oben auf dem Wagen stand meist eine Frau, welche die Säcke aufband. Sie sagte anhand der Kennzeichnung, welche Kartoffeln im Sack waren, und entsprechend schütteten die Männer die Kartoffeln in die Stellagen des Kellers. Waren die Kartoffeln entladen, das Vieh versorgt, so gab es für alle Erntehelfer das Abendessen. War man nicht zu müde, so saß man noch gemütlich beisammen und plauderte.

Die Kartoffelernte zog sich meist zwei bis drei Wochen hin, bis das letzte Feld abgeerntet war. Wenn der letzte Kartoffelstock ausgemacht wurde, so krähte der oder die wie ein Hahn, der diesen letzten Stock hatte. Dies bedeutete, man

Kuhgespann mit Kastenwagen 1962

hatte den Hahn gefangen, die Ernte war beendet. Die Nachbarn halfen sich auch gegenseitig aus, wenn einer früher fertig war oder jemand krank war. Nachbarschaftshilfe war damals selbstverständlich.
Nach der Kartoffelernte fiel uns Kindern noch eine wichtige Aufgabe zu; das abgeerntete Feld mußte gesäubert werden, bevor es gepflügt wurde. Wir mußten das Kartoffelkraut zusammen auf Haufen schichten, die dann angesteckt und verbrannt wurden. Natürlich mußte das Kraut trocken sein, sonst brannte es nicht. In diesen Kartoffelfeuern brieten wir uns die Kartoffeln, die auf dem Feld liegengeblieben waren. War das Feuer abgebrannt, spießten wir die schwarzgebrannten Kartoffeln auf zugespitzte Stöcke, zogen die Haut ab und aßen das gelbliche, heiße Fleisch. Eine Köstlichkeit, die man heute nicht mehr kennt. Damals qualmten mittags auf den Feldern überall die Kartoffelfeuer, von den Kindern kräftig geschürt. Anschließend wurde das Feld gepflügt und eingesät. Die Felder wurden immer abwechselnd mit Früchten bestellt, die entweder auf oder unter der Erde wuchsen. Dies heißt, in ein Kartoffelfeld (die Kartoffel wächst unter der Erde) wurde im nächsten Jahr entweder Roggen, Weizen oder Hafer gesät (wächst über der Erde).

Besuch beim Dorfschmied

Früher gab es fast in jedem Dorf eine Schmiede, aus der das Lied der Hämmer durch das ganze Dorf zu hören war. Morgens in aller Frühe konnte man schon den Klang der Hämmer auf dem Amboß hören. Die Melodie der Hämmer war verschieden; es klang schwer und eintönig, wenn der Schmied das Eisen mit dem schweren Vorschlaghammer, und leicht und lustig, wenn er es mit dem leichteren Hammer bearbeitete.

Die Schmiede faszinierte uns Kinder ganz besonders. Daher gingen wir oft in die Schmiede, um dem Schmied bei seiner Arbeit zuzuschauen. Der Schmied war ein freundlicher Mann, der uns auch in seiner Werkstatt duldete, wenn wir uns ruhig verhielten. Neugierig, wie Kinder nun einmal sind, stellten wir unzählige Fragen, die der Schmied uns mit unendlicher Geduld beantwortete.

Der Dorfschmied war ein sogenannter Grobschmied; diese arbeiten mit verschiedenen eisenhaltigen Metallen. Schmiedeeisen ist das klassische Material des Grobschmiedes. Es wird durch dauerndes Erhitzen und Hämmern aus Roheisen hergestellt. Für die Grobschmiederei hat es enorme Vorzüge: Man kann es teilen, formen, schmieden und tatsächlich so behandeln, als wäre es Knetmasse; Voraussetzung ist allerdings, daß es auf die richtige Temperatur erhitzt wird. In kaltem Zustand ist es hart (jedoch nicht so hart wie Stahl), zäh und fest, daher ideal für viele landwirtschaftliche Maschinen, Ketten, Kettenglieder, Brechwerkzeuge und Eisenteile an Karren, Booten und Gebäuden. Es rostet auch nicht so schnell.

Stahl gibt es in verschiedenen Formen und Qualitäten. „Flußstahl" wird heute von den Grobschmieden oft verarbeitet. Er ist aber nicht so gut wie Schmiedestahl, da er schwerer zu bearbeiten ist und schnell rostet.

Um den Schmiedestahl zu erhitzen, braucht man ein normales Schmiedefeuer. Es handelt sich hier um die sogenannte Esse, eine Feuerstelle oder einen Herd mit einem Blasebalg, der Luft in das Feuer bläst. Normalerweise führt der Blasebalg durch ein Wasserbad, bevor er das Feuer erreicht, um kalt genug zu bleiben. Für das Schmiedefeuer wird Kohle, Koks oder Holz genommen. Bei der Verwendung von Kohle oder Koks bildet sich Schlacke, die die Arbeit behindert. Damit das Feuer so klein wie möglich gehalten werden kann, wird die Kohle rundum feucht gehalten. Das zu schmiedende Eisenteil wird direkt in das Zentrum des Feuers gelegt.

An der Farbe des glühenden Eisens kann der Schmied die Temperaturen erkennen, die er benötigt, um die einzelnen Arbeitsgänge durchzuführen. Verschiedene Arbeiten benötigen auch verschiedene Temperaturen. Härten nennt man den Vorgang des Erhitzens und anschließenden Abkühlens von Metall, um ihm unterschiedliche Härtegrade und Sprödigkeit zu verleihen. Allgemein gilt: je höher erhitzt und schneller abgekühlt wird, desto härter und brüchiger wird das Metall.

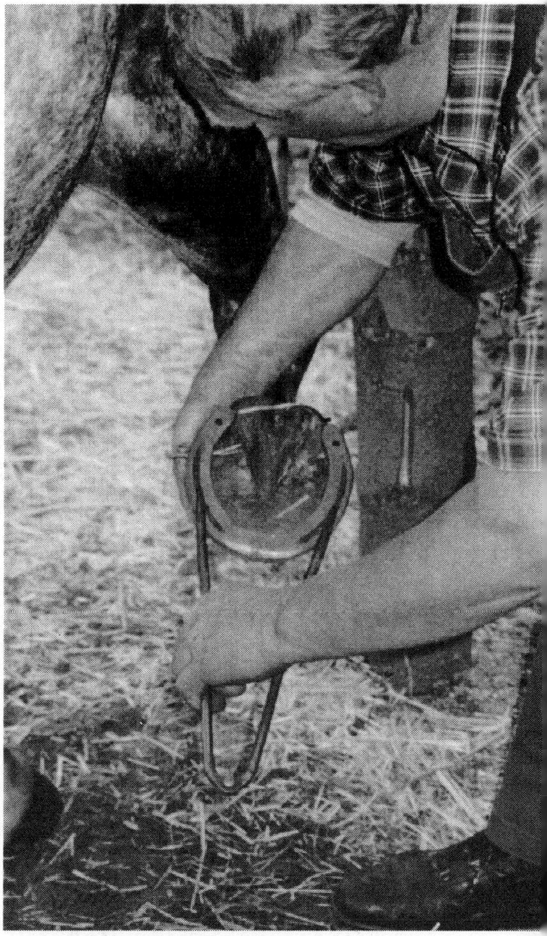

Das glühende Schmiedefeuer hatte es uns Kindern ganz besonders angetan. Wenn in der dämmrigen Werkstatt das Feuer loderte, erinnerte uns das immer etwas an das Höllenfeuer, von dem uns der Pastor im Beichtunterricht erzählt hatte; es gruselte einen so schön. Die vielen, großen Zangen, die rund um die Esse hingen, ließen unserer Phantasie freien Lauf. Da gab es Zangen in verschiedenen Größen und Formen, womit man die armen Seelen „piesacken" konnte. Wenn dann der Schmied mit einer seiner Zangen in das Feuer langte und ein rotglühendes Eisen herausnahm, es auf den Amboß legte und mit wuchtigen Hammerschlägen bearbeitete, so erinnerte uns der große, rußige Mann im Schurzfell immer ein wenig an den Teufel, der eine arme Seele auf dem Amboß bearbeitete. Dies würde auch uns passieren, wenn wir uns nicht besserten und daher in die Hölle kämen. So weit hatte unser Pastor die Phantasie seiner kleinen Sünder angeheizt; wir gelobten insgeheim Besserung. Doch wenn wir wieder draußen waren, waren diese guten Vorsätze sehr schnell wieder vergessen.

Ein Dorfschmied mußte alles können, vom Bearbeiten des rohen Eisens bis zur Reparatur einer Maschine; ja unser Dorfschmied reparierte sogar Wecker. In der Schmiede ließen die Bauern ihre Pflugscharen, Hacken, Äxte und anderes Gerät schärfen. Auf dem Dorfe lebte der Schmied meist vom Anfertigen und Reparieren der landwirtschaftlichen Geräte und vom Beschlagen der Pferde.

Es faszinierte uns Kinder, beim Beschlagen eines Pferdes zuzusehen. Doch hielten wir uns in respektvoller Entfernung, falls das Pferd beim Beschlagen ausschlug. Zuerst wurde das alte Hufeisen abgezogen, der Huf gesäubert und zurechtgeschnitten. Dann wurde mit dem glühenden Eisen ein Abdruck in den Huf gebrannt, um sicher zu sein, daß es paßt. Nötigenfalls können dann vor dem Aufnageln noch kleine Veränderungen gemacht werden. Hufeisen müssen unter allen Umständen ganz genau sitzen, denn schon ein falsch eingeschlagener Hufnagel kann ein Pferd ruinieren. Verbrannter Huf riecht fürchterlich, doch wir Kinder genossen diesen Gestank förmlich, wenn der Schmied das heiße Hufeisen anpaßte.

Der Hufschmied muß das Eisen genau dem Huf eines jeden Tieres anpassen, das er beschlägt. Gute Schmiede können sogar Hufeisen zum Ausgleich eines Körperfehlers oder eines Fehlers in der Gangart des Pferdes ausgleichen. Heute kauft der Schmied die Hufeisenrohlinge in verschiedenen Größen fertig ein, die er dann nur anzupassen braucht. Früher mußte er die Hufeisen selbst schmieden.
Das Beschlagen der Pferde ist harte Knochenarbeit. Wenn der Schmied das Bein eines Pferdes anhebt, lehnt es sich auf ihn; ein kräftiges Pferd wiegt immerhin zwanzig Zentner. Da muß man schon ganz schön kräftig sein, um dies auszuhalten. Ein Dreifuß erleichtert dem Hufschmied seine schwere Arbeit; er dient als Stütze für gewichtige Pferdehufe.
Viele Bauern, die handwerklich geschickt waren, beschlugen früher ihre Pferde auch selbst. Auf dem Bauernhof meines Großvaters gab es eine Feldschmiede und eine Stellmacherei, wo er viele Reparaturen an seinen Geräten selbst ausführte; so beschlug er auch seine Pferde selbst. In früheren Jahren war das Geld sehr rar; da war der Bauer gezwungen, so viel wie möglich selber zu machen.
Doch der Dorfschmied beschlug nicht nur Pferde, sondern er fertigte auch Teile für landwirtschaftliche Geräte an. So schmiedete er die Eisenzinken für die Eggen, die früher vom Stellmacher aus Holz gefertigt wurden. Die Eisenreifen für die Wagenräder schmiedete er und zog sie heiß auf; ebenso fertigte er die Reifen für die Viezfässer. Der Schmied arbeitete eng mit dem Stellmacher oder Wagner zusammen, der die Holzräder, Wagen und Fässer anfertigte; der Schmied machte dazu die Eisenreifen. Hacken und Pflugscharen wurden geschmiedet und dann in kaltem Wasser „abgeschreckt", um die richtige Härte zu bekommen. Das richtige Härten war das große Geheimnis jeden Schmiedes, hing doch davon die Qualität seines Erzeugnisses ab.
Es war ein faszinierender Anblick, wenn der Schmied mit seinem Gesellen am Amboß stand und sie im Gleichklang die schweren Hämmer schwangen, um das rot glühende Eisen zu bearbeiten. Immer wieder wurde es mit der Zange in die glühenden Kohlen der Esse gelegt, um es erneut zu erhitzen. Nahm der Schmied das Eisen aus dem Feuer, so war es weiß glühend. Im Rhythmus der Hämmer sprühten anschließend die Funken, und das Eisen nahm langsam

die Form an, die der Schmied ihm geben wollte. Ich bewunderte als kleiner Junge grenzenlos den Schmied, der ein glühendes Stück Eisen bearbeitete und daraus Hufeisen, Pflugscharen, Hacken, Wagenreifen fertigen konnte.
Zu den Grundfähigkeiten des Schmiedes gehörte früher das Feuerschweißen. Dazu werden die beiden Enden, die miteinnader verschweißt werden sollen, fast weiß glühend gemacht, so daß die ersten Funken zu fliegen beginnen. Die beiden Enden werden nun schnell und kräftig zusammengehämmert. Bringt man die beiden Enden nicht auf die richtige Hitze, verbinden sie sich nicht miteinander; werden sie zu heiß, brechen sie einfach weg. Darin besteht die Kunst des Schmiedes, daß er die Temperatur des Schmiedeeisens an der Farbe des glühenden Eisens erkennt. Ebenso ist das richtige Härten des Eisens eine hohe Kunst des Schmiedehandwerks.
In früheren Jahrhunderten stand die Schmiedekunst in hohem Ansehen, besonders die Waffenschmiede waren gefragt. Hing doch das Leben der Ritter von der Güte ihrer Waffen und Rüstungen ab; nur gute Schwerter und Rüstungen hielten einem harten Kampf stand und schützten ihre Besitzer. Zur Zeit des Mittelalters stand die Schmiedekunst bei den Waffenschmieden auf dem Höhepunkt. Staunend stehen wir heute vor den kunstvollen Rüstungen, die diese Meister der Schmiedekunst gefertigt hatten. Als das Schießpulver erfunden wurde und die Büchsen im Kampf immer mehr Schwert und Lanze verdrängten, verlor der Beruf des Waffenschmiedes seine bisherige Bedeutung; zumal auch eine Rüstung ihren Besitzer nicht mehr vor einer Gewehrkugel schützen konnte.
Heute haben es die Messerschmiede wieder zu hoher Kunst und Ansehen gebracht; ihre kunstvollen, wertvollen Messer sind bei Sammlern und Jägern sehr gefragt.
Nicht zu vergessen in der Riege der Schmiede ist der Kunstschmied. Früher waren die Kunstschmiedearbeiten nur ein Teil des Schmiedehandwerkes, doch seitdem das elektrische Schweißen die Schmiede in manchen Arbeitsbereichen überflüssig gemacht hat, befassen sich viele Schmiede mit der Herstellung kunstvoll geschmiedeter Gitter. Schmiedeeiserne Gitter zeichnen sich durch kunstvolles Schnörkelwerk aus. Staunend stehend wir vor Gittern und Türen aus kunstvollem Rankenwerk, in dem Blätter und Rosen aus Schmiedeeisen emporranken.

Dorfschmiede-Romantik

Auf dem Saargau, in dem Dorf Tünsdorf, haben zwei Brüder, Peter und Reinhard Biringer, die elterliche Schmiede für die Öffentlichkeit zugänglich gemacht. An den sogenannten „Schmiedeabenden" will man den Gästen zeigen, wie früher im Schmiedehandwerk gearbeitet wurde.
In Tünsdorf gab es früher im Unterdorf zwei Schmieden: Die Pauly-Schmiede und die Legill-Schmiede. Die Pauly-Schmiede hatte sich auf Huf- und Gerätschaften spezialisiert, während die Legill-Schmiede für den Wagenbeschlag zuständig war. So waren die beiden Schmiede keine Konkurrenten, sondern

arbeiteten Hand in Hand. Nikolaus Biringer, der Vater der beiden Brüder, übernahm von Johann Pauly (es war sein Onkel mütterlicherseits) die Schmiede. Im Jahre 1958 zog Nikolaus Biringer vom Unter- in das Oberdorf um, wo er sich eine neue Schmiede baute; die heutige, noch funktionierende Dorfschmiede. Nikolaus Biringer betrieb die Schmiede bis 1979, dann übernahm sie sein ältester Sohn Peter. Dieser hatte das Schlosserhandwerk gelernt und mit der Meisterprüfung abgeschlossen. Zwischenzeitlich hatte man sich auch in der Schmiede umstellen müssen, da sich inzwischen die landwirtschaftlichen Geräte geändert hatten. Anstelle der Pferdefuhrwerke gab es nun Traktoren und Mähdrescher. Peters jüngerer Bruder Reinhard hatte ebenfalls bei seinem Vater das Schmiede- und Schlosserhandwerk von der Pike auf gelernt. Später studierte er Maschinenbau; er schloß sein Studium als

Diplom-Ingenieur ab.
Die beiden Brüder wollten nun das Schmiedehandwerk in der noch immer funktionierenden Schmiede wieder aufleben lassen. Früher war die Dorfschmiede der Kommunikationsort für die Bauern der Umgebung, wenn sie ihre Gerätschaften zur Reparatur brachten oder die Pferde beschlagen ließen. Dann traf man sich in der Schmiede, schaute dem Schmied bei der Arbeit zu und „sproochte" dabei über Gott und die Welt. Man tauschte Erfahrungen der Landwirtschaft aus, und dazu kredenzte der Schmied den guten Viez, der bei keiner Gelegenheit fehlen durfte. Dauerte die Reparatur über Mittag, so wurden die Bauern von der Schmiedefrau beköstigt; sie aßen am Mittagstisch mit.
Früher war die Schmiedearbeit reine Knochenarbeit, da alles von Hand gemacht werden mußte. Vor allem das Beschlagen der Pferde war Schwerstarbeit, da das Gewicht des Pferdes auf dem Schmied ruhte, wenn er den Huf zum Beschlagen anhob. Die Hufeisen wurden früher selbst geschmiedet, später konnte man sie fertig kaufen; sie mußten nur noch angepaßt werden. Die Hufeisen wurden glühend aufgezogen, sie mußten genau auf den Huf passen. Das Beschlagen der Pferde war eine sehr schwierige und verantwortungsvolle Arbeit. Wurde das Hufeisen nicht fachgerecht aufgezogen, konnte das Pferd verdorben werden; es war zur Arbeit nicht mehr zu gebrauchen. Man kann sich vorstellen, welch ein Verlust dies für den Bauern war, da früher die Pferde das Kapital des Bauern waren. Heute werden fast keine Arbeitspferde mehr beschlagen, sondern überwiegend hochwertige Reitpferde.
Auch das Aufziehen der Eisenreifen auf die Wagenräder war sehr schwierig. Zuerst wurde das Flacheisen auf der Biegemaschine gebogen, bis es kreisrund war. Dann wurden die beiden Enden im Schmiedefeuer glühend gemacht und auf dem Amboß mit dem Hammer verschweißt. Auf der Stauchmaschine wurde der Reifen passend gemacht, anschließend wurde der glühende Reifen auf das Rad aufgezogen und mit Wasser abgeschreckt. Nun mußte der Reifen so gut sitzen, daß er die Wagenspeichen zusammenpreßte und dadurch das Rad zusammenhielt. Die Schmiede wurde früher in drei Kategorien eingeteilt:

a) den Hufschmied, der für die Landwirtschaft sehr wichtig war, war er doch für das Beschlagen der Arbeitspferde zuständig.
b) den Wagen- und Geräteschmied, der Wagenräder, Hufeisen und Türbeschläge anfertigte.
c) den Waffenschmied, der die Waffen, Rüstungen, Kettenhemden, Schilde schmiedete und härtete. Die Kunst hierbei war, die Waffen so hart wie möglich zu machen, ohne daß sie beim Kampf zerbrachen. Das Leben des Ritters hing von der Kunst des Schmiedes ab.

Früher waren die Schmiede sehr angesehen, da ihre Kunst und ihre Erzeugnisse von allen Berufszweigen gebraucht wurden.

Die ganze Palette des Schmiedehandwerks möchten die Brüder Biringer ihren Gästen auf ihren Schmiedeabenden zeigen. Deshalb hatten sie 1999 zum ersten Testabend eingeladen, um zu sehen, wie ihre Idee ankam. Beim flackernden Schmiedefeuer wurde das Eisen glühend gemacht und anschließend von dem Schmied auf dem Amboß mit dem schweren Hammer bearbeitet und in Form gebracht. Dies war Schmiederomantik pur, als der Hammer auf das glühende Eisen schlug, daß die Funken stoben. Die Gäste waren begeistert, besonders, als sie sich dann selbst ihr Glücks-Hufeisen schmieden durften. Ganz aus dem Häuschen kamen die Gäste, als zu später Stunde ein echter Ritter (Thomas Streit von der Spielgemeinschaft „Teufelsburg") an das Tor der Schmiede pochte, um seine Streitaxt schärfen zu lassen. Er zeigte und erklärte den Gästen seine Ausrüstung: Helm, Kettenhemd, Schild, Schwert, Dolch und die schwere Streitaxt. Besonders die Kinder waren von der Ausrüstung des Ritters angetan; durften sie doch seine Waffen sogar in die Hand nehmen.
Getreu dem saarländischen Wahlspruch „Haaptsaach, good gehß" (Hauptsache, gut gegessen) hatte man auch für ein gutes Essen gesorgt. Winzer Ewald Leinweber aus Nittel reichte dazu die passenden Moselweine aus seinen Wingerten. Edmund Bohr sorgte für die entsprechende Musik, und später konnten die Gäste noch das Tanzbein schwingen.
Inzwischen sind diese Schmiedeabende zu einer festen Einrichtung und zur Touristenattraktion geworden. Viele Vereine und Institutionen nutzen diese Schmiedeabende inzwischen für gesellige Veranstaltungen. Ja, die Schmiede ist inzwischen auch wieder als Handwerksbetrieb eröffnet, und neue Schmiedegesellen sind eingestellt worden. „Die Schmiede wird inzwischen in der dritten Generation von unserer Familie betrieben", berichtet Reinhard Biringer stolz. Mit neuen Ideen kann man auch heute noch alte Handwerksbetriebe erhalten oder wieder aufleben lassen.

Der Schellenmann – der Orts- oder Gemeindediener

In früheren Jahren, als auch die kleinen Dörfer noch eigenständige Gemeinden waren, gab es in jedem Dorf einen Orts- oder Gemeindediener. Er war meist „Mädchen für alles“ und wurde entsprechend von dem Ortsbürgermeister eingesetzt.

Ich habe ihn noch als Kind in Erinnerung, den Gemeindediener oder „Schellenmann“, wie er mit der Schelle durch das Dorf ging, schellte und dabei immer wieder rief: „Bekanntmachung“. Sobald die Dorfbewohner seine Schelle hörten, gingen die Haustüren auf, und die Hausbewohner traten heraus, um die neueste Bekanntmachung zu hören. Sobald der „Schellenmann“ sah, daß die Leute vor ihrem Haus standen, hörte er mit Schellen auf, klemmte sich die Dorfschelle unter den Arm, setzte seine Brille auf, zog die Bekanntmachung umständlich aus der Tasche, faltete sie auseinander und las sie laut vor, daß es jeder hören konnte. Denn dies war eine amtliche Bekanntmachung, die jeder kennen mußte. War er mit seiner „Bekanntmachung“ zu Ende, faltete er das Blatt sorgfältig zusammen, steckte es wieder in die Tasche, nahm die Brille ab und verstaute auch diese in seiner Tasche. Die Dorfschelle kräftig schwingend schritt er weiter, wobei er immer wieder „Bekanntmachung“ rief. Dies wiederholte er so oft, bis er an der nächsten Straßenecke angelangt war, um auch hier seine „Bekanntmachung“ vorzulesen. So ging dies weiter, bis er das ganze Dorf mit seiner „Bekanntmachung“ bekannt gemacht hatte. Dabei mußte die Bekanntmachung nicht nur in Nohn, sondern auch den Bürgern in den Außenbezirken wie Blechmühle, Scheuerhof, Steinbach „Haus Dor“ sowie zuletzt auf der „Schleif“ Haus Kiefer „bekannt gemacht“ werden. Dies war eine Strecke von gut zehn Kilometern, die der Gemeindediener zu Fuß zurücklegte, denn ein Fahrrad war zu dieser Zeit ein unerschwinglicher Luxus. Dafür wurde er in den Außenbezirken aber meist entschädigt, da man ihm hier einen Schnaps und Viez zu trinken gab. Bekam er seinen Schnaps und Viez nicht freiwillig, so forderte er sich dies; schließlich war man eine Amtsperson. Daß er eine Amtsperson war, bewies seine grüne Schirmmütze, an der vorne das Emblem mit dem Wappen des Saarlandes hing. Stolz trug der Gemeindediener dies Zeichen seiner amtlichen Würde auf dem Kopf, zeichnete es ihn doch vor den anderen Männern aus, die nur eine einfache Mütze trugen. Der Gemeindediener war in der Regel ein älterer, pensionierter Mann aus dem Dorf, der sich mit diesem Job noch ein kleines Zubrot verdiente. Das „Gehalt“, daß der Gemeindediener für seine Dienste bekam, war mehr als schmal; dies wäre heute ein Trinkgeld.

Der Gemeindediener war auch gleichzeitig Feldhüter; er mußte die gemeindeeigenen Felder und Obstbäume hüten. Dabei kam er öfters mit der Dorfjugend in Konflikt, wenn diese in die Obstbäume einstiegen, um „dort zu ernten, wo sie nicht gesät hatten“. Besonders während der Kirschenzeit hatte der

Feldhüter Hochkonjunktur, war die Dorfjugend doch wie wild hinter den reifen Kirschen her. Nun muß man bedenken, daß wir Jungen in der ersten Zeit nach dem Zweiten Weltkrieg immer Hunger hatten. Da kamen uns die reifen Kirschen wie gerufen, um unseren ewigen Hunger zu stillen. Doch muß ich um der Wahrheit willen gestehen, daß es nicht immer Hunger war, der uns auf die Kirschbäume trieb, sondern es war eine Art Sport geworden, den Feldhüter zu überlisten. Eine Horde Jungen schaffte es spielend, innerhalb einer Stunde einen ganzen Kirschbaum zu „putzen", also „leerzufressen". Da hörte man es regelrecht „rauschen", wenn die Kirschkerne durch die Blätter zu Boden rieselten. War die „Invasion" beendet, so lagen hinterher eine Unmenge Kirschkerne und Blätter unter dem „abgeernteten" Baum. War es da ein Wunder, daß der Feldhüter mit allen Mitteln versuchte, uns das Handwerk zu legen? Dies gelang ihm aber sehr selten, ja eigentlich nie. Meist stellten wir eine Wache auf, die die „Kirschenräuber" rechtzeitig warnte, wenn der Feldhüter nahte. Dann sausten wir schnell wie der Blitz vom Baum und waren im weiten Feld verschwunden, ehe der „Feind" auftauchte. Diesem blieb nichts anders übrig, als hinter uns herzuschimpfen. Uns nachzulaufen hatte der alte Mann längst aufgegeben; wir waren für ihn zu schnell. Gelang es ihm einmal, uns ungesehen zu ertappen und auf frischer Tat zu stellen, so blieben wir einfach auf dem Baum hocken. Das dichte Blätterdach verbarg uns vor seinen Blicken; er konnte keinen erkennen. Er lief zwar unter dem Baum hin und her, doch erkennen konnte er keinen der Übeltäter. Dann versuchte er zu bluffen: „Kommt louh vum Baam ronner, ech hunn ech gesehin onn wais wenn ihr seid!" (Kommt da von dem Baum runter, ich habe euch gesehen und weiß wer ihr seid!) Nun rief er einige Namen von Jungen, die eigentlich immer dabei waren, wenn irgendwo Unsinn angestellt wurde. Totenstille! „Merr, wenn ihr nett wellt, daa woorten ech eben; ech hunn Zeih't!" (Wenn ihr nicht wollt, dann warte ich eben; ich habe Zeit!). Sprach's, und setzte sich gemütlich unter den Baum, an den Stamm gelehnt. Was nun? Guter Rat war teuer! Einige gewitzte von uns Jungens machten heimlich Zeichen, und auf Kommando setzte eine wahre Kanonade auf den ahnungslosen Feldhüter ein; es regnete Kirschkerne von allen Seiten. Schimpfend erhob sich der Alte: „Datt loh ess dach de Gipfel vunn der Frechheih'd. Wohrt nur, wenn ech eech greh'in!" (Das ist doch der Gipfel der Frechheit. Wartet nur, wenn ich euch kriege!) Laut schimpfend räumte der Feldhüter das „Schlachtfeld", verfolgt vom Hohngelächter seiner Gegner. Dabei wußten wir genau, wenn er zu Hause etwas erzählen würde, bekäme jeder von uns seine „Abreibung". Da waren die Väter, aber auch die Mütter unerbittlich. Der Feldhüter erzählte jedoch nie etwas von unseren Schandtaten. Wahrscheinlich ging es gegen seine Ehre, von Jungen hereingelegt zu werden; schließlich waren die Feldhüter altgediente Soldaten.
Nur einer der Feldhüter war uns gewachsen, ihn konnten wir nur sehr selten hereinlegen. Dies war „Vadder Huppes", wie er im Dorf allgemein genannt

wurde. Ihn fürchteten wir, doch mehr noch seinen kleinen Hund; dies war ein überaus giftiger Köter undefinierbarer Rasse. Der kleine Kläffer war auf Hosenbeine von flüchtenden Jungen wie wild; er machte sich auch nichts daraus, in nackte Jungenbeine zu beißen. Vor allem war der Hund schneller als der schnellste von uns Jungen. Da half kein Weglaufen, „Fiffi" holte uns immer ein. Wir hatten schon alle möglichen Tricks versucht, vergebens. Als uns der Feldhüter das erste Mal auf dem Kirschbaum erwischte, kamen wir wie gewohnt nicht vom Kirschbaum herunter. „Kommd derr weih ronner!" rief der „Huppes". Totenstille auf dem Baum! „Wieh'd derr weh'llt", meinte seelenruhig Huppes, band seinen Hund am Stamm des Kirschbaumes fest und entfernte sich. Nun waren wir die „Gelackmeierten"; wir saßen fest. Einige Mutige versuchten, am Stamm herunterzuklettern, doch gaben sie es gleich wieder auf; unten saß knurrend der Hund und fletschte die Zähne. Es war unmöglich zu entkommen! Als es dunkel wurde, kam Huppes wieder; er hatte einige Väter mitgebracht, die ihre „Früchtchen" nun vom Baum „pflückten". An dem Abend wurde keinem von uns der „Hintern" kalt, dafür hatten die Väter gesorgt.
Nach dem Krieg gab es bei uns im „Domploch" (dies ist ein großes Wiesenstück zwischen „Altem Bungert" und „Hösserich"), einen Panzergraben, der sich bei starken Regenfällen mit Wasser füllte. In diesem „Schwimmbad" gingen wir im Sommer baden; ein nicht ungefährliches Unterfangen, da keiner von uns schwimmen konnte und der Panzergraben sehr tief war. Deshalb war es von amtlicher Seite auch verboten, darin zu baden. Ein Schild „Baden verboten" zeigte dies an. Aber dies störte uns wenig! Wenn es heiß war, zogen wir die Kleider aus und badeten nackt in dem eiskalten Wasser. Damit wir nicht untergingen, hatten wir alte, vielfach geflickte Autoschläuche oder machten uns aus Schilf ein Floß.
Nun paßte Huppes wie ein Schießhund auf, daß wir nicht im Panzergraben badeten, doch wir überlisteten ihn immer wieder. Doch eines Tages klappte unser Warndienst nicht richtig. Wir badeten wie immer nackt im Panzergraben, als der Warnruf erschall. Sofort sprangen wir aus dem Wasser und liefen nackt in den nahen Wald, wobei wir in der Eile unsere Kleider zurücklassen mußten. Huppes pfiff seinen Hund zurück, der uns verfolgen wollte. Er sammelte in aller Seelenruhe unsere Kleider ein und nahm sie mit fort. Was nun? Es blieb uns nichts anderes übrig, als bis zur Dunkelheit im Wald zu warten. Die Zeit wurde uns sehr lang; wir zitterten, denn es war uns inzwischen erbärmlich kalt geworden. Bei Dunkelheit schlich sich eine Schar nackter Jungen heimlich ins Dorf, und jeder verschwand ohne Gruß in seinem Elternhaus, wohl ahnend, was ihn erwartete.
Wie gefährlich das Baden in unserem „Schwimmbad" wirklich war, wurde uns einmal drastisch vor Augen geführt. Mein Cousin, zwei Jahre jünger als ich, war in den Sommerferien bei uns zu Besuch. Er ging natürlich auch mit

zum Baden. Da er ebenfalls nicht schwimmen konnte, bekam er eine Schilfmatte, um sich damit über Wasser zu halten. In der Mitte des Panzergrabens verlor er den Halt, rutschte von der Schilfmatte und soff ab. Nur mit Mühe gelang es einigen Jungen, ihn an Land zu bringen und seine Lebensgeister wieder zu wecken. Er spuckte so lange Wasser, bis sein „dicker Bauch" wieder normal war. Für diesen Tag war uns allen die Lust am Baden vergangen.

Das Dorfbad

Heute gehört es nicht mehr zum Luxus, sondern ist ganz normaler Lebensstandard, daß zu jedem Haus bzw. zu jeder Wohnung ein eigenes Bad gehört. Ebenso ist es auch fast selbstverständlich, daß zu jedem Haus eine Heizung gehört und man aus der Leitung zu jeder Zeit warmes Wasser entnehmen kann. Dies ist noch nicht lange so! Erinnern wir uns daher, wie es früher zu unserer Jugend war! Früher war meist samstags großer Familien-Badetag. Die Kinder mußten dann vorher große Körbe mit Brennholz in die Küche schleppen, um das Badewasser zu heizen. Die Hausfrau stellte den großen Einmachtopf mit Wasser auf den Herd und legte einige dicke Scheite Brennholz in den Ofen. Dann wurde die Zinkwanne, meist war es nur die verzinkte große Waschbütt, in die Küche gestellt. Wenn das Wasser im Einmachtopf heiß war, wurde es in die Bütte geschüttet und mit kaltem Wasser die richtige Temperatur hergestellt. Nun kamen zuerst die Kinder eins nach dem anderen in die Bütt, danach die Eltern. Waren noch Oma und Opa im Hause, so wurden die auch noch gebadet. Zwischendurch wurde doch schon einmal wieder frisches Wasser in der Bütt eingefüllt. Wie die Küche nach einem solchen ausgedehnten Familienbad aussah, kann man sich gut ausmalen. Zum Schluß mußte dann die Hausfrau noch die ganze Küche putzen; doch damals waren die Frauen dies gewöhnt und machten daher kein Aufhebens davon.
Da waren die Nohner doch schon bedeutend besser eingerichtet, als die meisten Dörfer ringsum, hatten sie doch schon ein gemeindeeigenes Dorfbad. Im Keller der Dorfschule war ein großer Raum als Bad eingerichtet, der über die Zentralheizung der Schule geheizt wurde. Der Raum war unterteilt, links waren die Wannenbäder für die Frauen, rechts die Duschräume für die Männer. Samstags war dann nachmittags großer Badetag für das ganze Dorf; gegen ein geringes Entgelt konnte jeder baden gehen. Unter der strengen Aufsicht des „Bademeisters" Jakob Hoffmann wurde gebadet. Er saß im Nebenraum, und bei ihm mußte man sich eine Badekarte kaufen. Dabei war ein Wannenbad teurer als eine Dusche, da dabei mehr Wasser verbraucht wurde. Jakob Hoffmann paßte auch auf, daß man nicht zuviel Wasser beim Duschen verbrauchte. Lief das Wasser seiner Meinung nach zu lange, so kam er und machte lautstark den Verschwender darauf aufmerksam, daß Wasser sehr teuer sei.
Bei einem Wannenbad, das fast ausschließlich für die Frauen war, gab er einen großen Schwamm mit aus, mit dem die Wanne nach dem Bade zu reinigen war. War man fertig, so mußte man den Schwamm bei Jakob Hoffmann abgeben, er kontrollierte dann, ob die Wanne richtig gereinigt war.
Bei dem Bademeister im Vorraum mußte man auch warten, wenn alles belegt war, und samstags herrschte immer Hochbetrieb. Dann wurde meist der neueste Dorfklatsch durchgenommen. Wenn man vom Baden wieder nach Hause kam, war man über das neueste Dorfgeschehen meist bestens informiert. Wir

waren damals Kinder und paßten wie ein Schießhund auf, was alles gesprochen wurde.
So kam schon einmal öfters ein spitzer Schrei und der Ruf „Du Schwein" aus der Richtung der Wannenbäder, wo die Frauen badeten. Damals herrschten noch sehr strenge sittliche Maßstäbe, denn RTL mit seinem „Tutti-Frutti", wo einem die blanken Busen frei Haus geliefert werden, gab es zu dieser Zeit noch nicht. So riskierte damals schon einmal ein Jugendlicher einen verbotenen Blick über die Kabinenwand, um eine Frau nackt in der Wanne zu sehen. Wehe, wenn er dabei erwischt wurde! Der Bademeister Jakob Hoffmann verwies ihn unwiderruflich aus dem Bad, denn bei ihm herrschte strenge, sittliche Zucht, ein Blick auf eine nackte Frau war eine Todsünde, die unmißverständlich zu ahnden war. Deshalb sprang er immer wieder wie von der Tarantel gestochen auf, wenn ein solch spitzer Schrei in seinem Reich ertönte. Meist begleitete ihn das Gelächter der anwesenden Männer, die dies nicht so eng sahen, doch Jakob Hoffmann ließ sich nicht beirren. Wie der Engel mit dem Flammenschwert Adam und Eva aus dem Paradies vertrieb, so verwies er den ertappten Sünder mit harten Worten aus dem Bade.

Bademeister Jakob Hoffmann 1952

Nachdem in den sechziger Jahren der damalige Bürgermeister Karl Lorenz dafür sorgte, daß auch in Nohn Bauland von der Gemeinde erschlossen wurde, brach in Nohn ebenfalls der Bauboom aus. Die jungen Leute bauten sich natürlich ihr Eigenheim mit Heizung und Bad. Zu ihnen kamen nun samtags die Eltern und Geschwister baden und benutzten nicht mehr das öffentliche Dorfbad der Schule. Dies bedeutete nun das Aus für das gemeindeeigene Dorfbad, es mußte wegen mangelnder Nachfrage geschlossen werden.
Die Nohner Fußballer benutzten es dann später noch als Umkleide- und Duschkabinen bei Heimspielen, bis sich der Nohner Sportverein auflöste.

Alte Handwerksberufe

Der Dorfschneider

In früheren Jahren gab es in den Dörfern viele Handwerksberufe, von denen mittlerweile die meisten ausgestorben sind. Sie sind der zunehmenden Industrialisierung zum Opfer gefallen, da sie mit deren Vielfalt und niederen Preisen auf die Dauer nicht konkurrieren konnten. Als sich immer mehr Leute, auch Arbeiter, ein Auto leisten konnten, fuhren sie damit auch öfters in die Stadt zum Einkaufen. So kaufte man sich Kleider, Anzüge und Schuhe in den entsprechenden Fachgeschäften der Stadt. Dies hatte den Vorteil, daß man sie gleich anprobieren konnte, um zu sehen, wie einem das Kleidungsstück, der Anzug oder die Schuhe paßten und auch kleideten. Zudem waren sie auch billiger, als im Dorf bei den entsprechenden Handwerkern. Also kaufte man seine Sachen zukünftig in der Stadt und ließ sie nicht mehr bei dem Handwerker des Dorfes anfertigen.
So kam es, daß im Laufe der Jahre immer mehr von den alten Handwerksberufen nach und nach ausstarben; sie bekamen keine Arbeit mehr. Die jungen Handwerker gingen in die Industrie, um sich dort am Fließband, am Hochofen oder im Bergwerk zukünftig ihr Brot zu verdienen. Die alten Handwerker hielten sich mit Flickarbeiten recht und schlecht über Wasser; sie mußten arbeiten bis ins hohe Alter, da sie so gut wie keine Rente bekamen. In jungen Jahren hatte fast keiner von ihnen in die Rentenversicherung eingezahlt; man brauchte das Geld nötiger für die Familie. Diese Misere betraf fast alle dörflichen Handwerker; selten, daß einer in jungen Jahren an das Alter dachte und sich entsprechend versichert hatte. Da beneidete man die Arbeiter, die im Alter eine Rente bezogen, da sie sich laut Gesetz versichern mußten.
Der Dorfschneider war auch einer dieser Handwerker, dem es früher gut ging, als man sich noch die Anzüge, Mäntel und Jacken bei ihm schneidern ließ. Das Schneiderhandwerk ist ein sehr altes Handwerk, denn seit dem 12. Jahrhundert ist es bekannt und war früher in Zünften organisiert. Schon früh hatte es sich in Damen- und Herrenschneider spezialisiert.
In früheren Jahren konnte sich jeder im Dorf einen Maßanzug leisten, der vorzüglich paßte, wenn der Schneider sein Handwerk verstand. Heute können sich nur noch die Reichen einen Maßanzug vom Schneider leisten, da diese inzwischen sündhaft teuer geworden sind. Die ganz Reichen fahren gar nach London zum Schneider; dies ist die letzte Steigerung. Doch dieser Snobismus hat nichts mehr mit dem Dorfschneider von früher zu tun, worüber ich eigentlich berichten wollte.
In dem kleinen Dorf auf dem Saargau, wo ich aufwuchs, hatten wir natürlich auch einen Dorfschneider, der den Männern ihre Anzüge, Jacken und Mäntel schneiderte. Doch flickte und änderte er auch, was kaputt gegangen war oder nicht paßte. Unser Dorfschneider war ein kleiner, etwas verwachsener

Mann, der im Dorf nur allgemein „Schneiderchen“ genannt wurde. Er war ein Meister seines Fachs, der die Wünsche seiner Kunden zu deren vollsten Zufriedenheit erfüllte. Deshalb hatte er auch viele Kunden aus den umliegenden Dörfern, denn die Mundpropaganda sprach für ihn und seine Arbeit.
Als Junge besuchte ich den Schneider fast täglich, hatte er doch seine Werkstatt in der Nähe unseres Hauses. Vor dem Fenster der Schneiderwerkstatt stand der große Schneidertisch, der das ganze Zimmer beherrschte. Unter dem Tisch war eine Ablage, worauf Stoffballen und Stoffreste lagen. Auf dem Tische thronte der Meister im Schneidersitz und nähte fleißig an einer Jacke. Mich faszinierte immer wieder, mit welcher Geschwindigkeit „Schneiderchen“ die Nadel durch den Stoff führte; da saß Stich neben Stich, millimetergenau. Neben ihm saß der Lehrjunge, der an einem anderen Kleidungsstück nähte. Bei ihm ging es aber viel langsamer, und die Stiche saßen nicht so genau wie bei seinem Meister. „Pass off, daht dein Steche emmer denselwen Abstand hunn“, (Achte darauf, daß deine Stiche immer den gleichen Abstand haben), belehrte „Schneiderchen“ seinen Lehrbuben. „Meh, Maih'schder, dat loh kann ech nett“, (Ei, Meister, dies kann ich nicht) jammerte der Lehrjunge. „Probieren, emmer probieren! Deß nach ke'hn Maih'schder vum Himmel gefall“, (Probieren, immer probieren! Es ist noch kein Meister vom Himmel gefallen), war die Maxime des Schneiders. Ich saß entweder auf einem Stuhl oder mit auf dem großen Schneidertisch. Stolz verschränkte auch ich meine Beine, wenn ich auf dem Schneidertisch sitzen durfte. Besonders stolz war ich, wenn ich dem Schneider helfen durfte. Dann ließ er mich schon einmal die „Fohsnoht“ (Saumnaht) aufziehen, was ich mit stolz geschwellter Brust tat. In der Schneiderstube stand neben dem großen Schneidertisch die Nähmaschine, die noch mit dem Fuß angetrieben wurde. Der Meister achtete darauf, daß kein Unbefugter darauf nähte, denn dies gute Stück hütete er mit Argusaugen. Sogar der Lehrjunge durfte nur unter seiner Anleitung darauf nähen; der Meister stand daneben und achtete auf jeden Handgriff. Die Nähmaschine war sein größter Schatz. Daneben stand die Schneiderpuppe, worauf der Schneider das zugeschnittene und provisorisch genähte Kleidungsstück hing, wenn es zur Anprobe fertig war. Hinten in der Ecke stand der große Ofen, auf dessen Platte das große Bügeleisen stand, das immer heiß gehalten wurde, um den Stoff damit zu plätten. Dieses Bügeleisen war ein gewaltiges Gerät, das ich als Junge nur mit großer Mühe heben konnte.
Wenn ein Bauer kam, um sich einen neuen Anzug machen zu lassen, so war dies eine Handlung, die nach gewissen Riten ablief. Als erstes trank man einen Viez oder Schnaps zusammen, ehe man an das Geschäftliche ging. Dabei tauschte man die neuesten Nachrichten aus oder redete über Politik. Nach einer gewissen Zeit frug der Schneider vorsichtig: „Watt welschde dann vunn mir?“ (Was willst du von mir?) Der Bauer nahm einen kräftigen Zug aus dem Glas, fuhr mit der Hand bedächtig über den „Schnorres“ (Schnurrbart) und

meinte: „Merr, mei Griet hett gemaint, datt ech enn nauen Anzuch fier sonndeß brai'scht!" (Meine Grete hat gemeint, daß ich einen neuen Anzug für sonntags bräuchte). Der Dialog zwischen Bauer und Schneider ging weiter und nun kam die entscheidende Frage, worauf der Schneider gewartet hatte. „Watt koschd dann deh nauen Anzuch?" (Was kostet der neue Anzug?) frug der Bauer. „Datt kemmt droff unn, watt dou fier enn Schdoff welschd" (Das kommt darauf an, was du für einen Stoff willst), erwiderte der Schneider. Er griff unter den Schneidertisch, zog einige Stoffballen hervor und breitete sie aus. Dann nannte er die Preise pro Meter Stoff, errechnete, wie viel Stoff er für den Anzug brauchte und nannte den Preis des fertigen Anzugs. Der Bauer nahm einen bedächtigen Zug aus seiner Pfeife, die er sich inzwischen angezündet hatte und sah den Schneider um Mitleid heischend an: „Datt eß fill ze deiher! Esch hunn doch kai Geldscheßer!" (Das ist viel zu teuer! Ich hab doch keinen Geldscheißer!) Der Schneider kannte seine Kunden; sie mußten zuerst um den Preis feilschen. Dies hatte er in seiner Kalkulation berücksichtigt und den Preis entsprechend festgelegt. Nach langem und zähem Feilschen einigte man sich auf einen Preis, der beide Seiten zufrieden stellte. Mit einem Handschlag wurde der Handel besiegelt. Nun nahm der Schneider Maß und trug die Zahlen sorgfältig in sein großes Kundenbuch ein. Der Schneider nannte dem Bauer einen Termin zur Anprobe des Anzugs, und da dieser an einem Sonntag war, willigte der Bauer ein. Zum Schluß trank man noch einen Schnaps auf den Kaufabschluß und der Bauer zog seines Weges.
Am anderen Tag fertigte der Schneider nach den Maßen des Bauers die Zuschnitte aus braunem Papier an, wonach der Anzugstoff zugeschnitten wurde. Dies war eine Arbeit, die höchste Konzentration verlangte, denn war der Anzug verschnitten, konnte er den Stoff nicht mehr gebrauchen; der Profit war weg. Nach dem Zuschnitt wurde der Anzug provisorisch zusammengenäht und fertig zur Anprobe gemacht.
Pünktlich zum Anprobetag erschien der Bauer wieder, um das zukünftige „gute Stück" anzuprobieren. Mißtrauisch betrachtete er die Jacke, die im „Rohbau" auf der Schneiderpuppe hing. „Eß daht loh mei nauen Juppen?" (Ist das meine neue Jacke?) frug er den Schneider. Als dieser bejahte, meinte unser Bäuerchen gedehnt: „Deh loh seht awwer komesch auß!" (Der da sieht aber komisch aus!). Unser Schneider ließ sich nicht aus der Ruhe bringen. Er zog dem Bauern die Jacke über, prüfte den Sitz, indem er um den Bauern herumging, hier und da zupfte, mit der Schneiderkreide die Korrekturen anzeichnete. Erst nach geraumer Zeit durfte der Bauer wieder aus der Jacke schlüpfen; die Anprobe war beendet. Da der Schneider mit der Anprobe zufrieden war, wurde ein Termin zur Abholung des neuen Anzuges ausgemacht. So ähnlich liefen alle Käufe und Anproben aus; man kannte und respektierte sich gegenseitig.

Unser „Schneiderchen“ war ein lustiger und geselliger Kerl, der auch gerne einen trank, manchmal etwas zu viel. Sehr zum Leidwesen seiner Frau, die das genaue Gegenteil von ihm war. Sie war mürrisch, neidisch und lag mit allen Nachbarn im Streit. Auch hinter ihrem Mann war sie immer her, so daß er oft in das Wirtshaus flüchtete, um seine Ruhe zu haben. Wenn er dann einen getrunken hatte, sang unser Schneiderlein wie eine Nachtigall, daß es im Sommer bei offenem Fenster über die Gasse schallte. Dann wußte seine Frau, was es geschlagen hatte. Kam er später heim, verhielt sie sich mucksmäuschenstill. Denn sie wußte, wenn er einen getrunken hatte, vertrug der Schneider keine Widerrede oder gar Streit. Doch wehe ihm am anderen Tag, dann kam der arme Schneider seinem „Hausdrachen“ nicht mehr aus den Klauen. So lebten die beiden wie Hund und Katz zusammen; Kinder hatten sie keine. Inzwischen sind sie schon seit vielen Jahren tot, ihr Haus verkauft. Obwohl unser Schneider einigen Jungen aus dem Dorf das Schneiderhandwerk beigebracht hatte, machte sich keiner von ihnen selbstständig; sie gingen lieber in die Fabrik arbeiten. So war mit unserem „Schneiderchen“. Das Schneiderhandwerk in unserem Dorf leider ausgestorben.

Hausschlachtung früher und heute

Hausschlachtung in früheren Jahren:

In dem kleinen Dorf Nohn, in der Nähe des Dreiländerecks gelegen, waren und sind die meisten Einwohner Fabrikarbeiter, die früher alle noch eine kleine Landwirtschaft zur Sicherung ihrer Existenz nebenbei betrieben. Daher wurde in fast jedem Haus unseres Dorfes mindestens ein Schwein im Jahr gemästet und geschlachtet.
Nach dem Kriege war es eine Überlebensfrage, ein Schwein zu mästen und zu schlachten, gab es doch so gut wie nichts zu kaufen, um satt zu werden. Daher wurde oft ein Schwein in den unmöglichsten Verschlägen und Ställen gehalten und mit allen möglichen Resten und Futtermitteln gefüttert. Doch meist wurden Kartoffeln, Rüben und Getreide angepflanzt, um damit die Schweine zu füttern und zu mästen.
Hatte man mit viel Mühe das Schwein so weit gemästet, daß es schlachtreif war, so wurde der „Schlacht-Experte" gerufen. Dies waren in unserem Dorfe einige Männer, die sich auf das Schlachten von Schweinen spezialisiert hatten und dies nebenbei für ein kleines Entgelt und Naturalien betrieben; nennen wir sie daher „Schlachter". Da man zu dieser Zeit noch keine Tiefkühltruhen oder Kühlhäuser kannte, konnte man nur während der kalten Jahreszeit, dies war von Allerheiligen bis Fastnacht, schlachten.
Einer dieser Schlachter wurde nun benachrichtigt, wenn ein Schwein zu schlachten war. Er schärfte sein Schlachtbeil und die Messer, nahm die hölzerne „Schweinsmohl" (Schlachtmulde) auf die Schubkarre (später hatte die „Mohl" Räder und war verzinkt) und fuhr zu dem betreffenden Hause.
So eine Hausschlachtung war damals eine wichtige Angelegenheit und lockte daher meist auch viele Zuschauer, besonders aber die Kinder, an. Vor Beginn der Arbeit genehmigte bzw. kredenzte man dem Schlachter einen oder auch mehrere Schnäpse vom „Hausgebrannten", dem beliebten „Gau-Whisky". Danach ging der Schlachter mit dem Hausherrn in den Stall, wo dem Schwein ein Strick durch das Maul gezogen wurde, der unter den Hauern befestigt wurde. Diese Prozedur wurde von dem widerstrebenden Schwein mit schrillem Quicken begleitet. Nun zerrte man des Schwein an dem Strick aus dem Stall, wobei es fürchterlich schrie, daß es im ganzen Dorf zu hören war. Hatte man das Schwein draußen im Hof, so zog der Hausherr, der dem Schlachter assistierte, den Strick an, worauf das Schwein zurückwich und dadurch den Kopf geradehielt. Der Schlachter setzte dem Schwein den „Nicker" (Bolzenschlaggerät) an die Stirn und trieb den Bolzen mittels eines großen Holzhammers mit mächtigem Schlag in den Schädel des Schweins. Wie vom Blitz getroffen stürzte es zu Boden und schlug mit allen vier Beinen um sich. Nun nahm der Schlachter ein Messer, hob den linken Vorderfuß des Tieres an und durchtrennte die Halsschlagader. Dabei mußte er darauf achten, daß

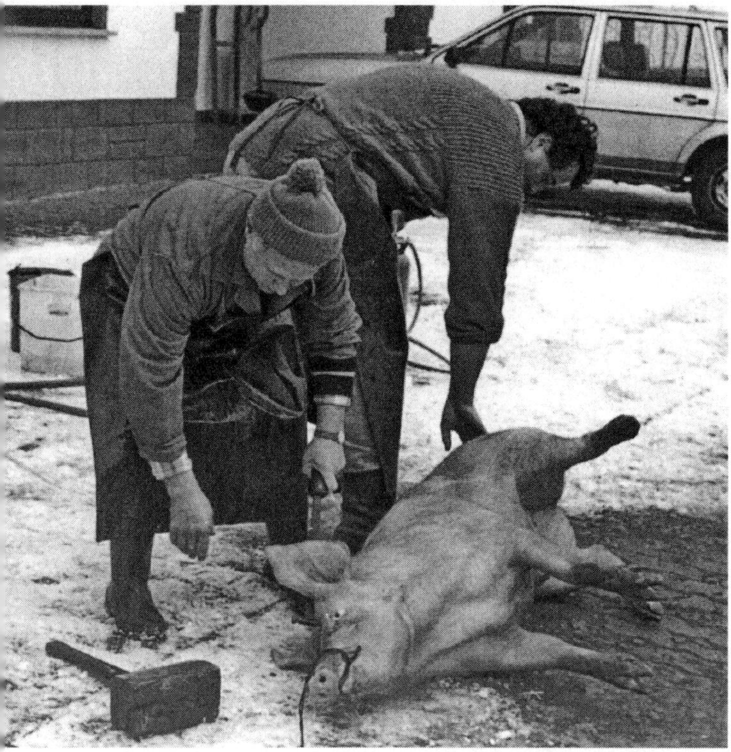

die Schnittstelle nicht zu glatt war, sonst ging sie wieder zu und das Schwein konnte nicht richtig ausbluten. Daher benutzte der Schlachter dazu ein besonderes Messer, welches nicht so scharf war. Beim Herausziehen drehte er das Messer, wodurch sich der Schnitt erweiterte. Mit der gereinigten „Schweinsboll" (große Schöpfkelle zum Schöpfen des Schweinefressens) wurde das Blut aufgefangen. Wenn die „Schweinsboll" voll war, wurde mit einer Hand die Stichstelle zugehalten und das Blut in einen Eimer geschüttet. Dabei rührte man das Blut fleißig, um ein Gerinnen bzw. Verklumpen zu verhindern, denn das aufgefangene Blut wurde zur Herstellung der Hausmacher Blutwurst benötigt. Um das restliche Blut aus dem Tier herauszubekommen, pumpte man mit dem linken Vorderbein. Hatte das Schwein ausgeblutet, wurde es in die „Schweinsmohl" gelegt. In Eimern wurde kochendes, brodelndes Wasser aus dem „Schweinskessel" (Futterkessel) herangetragen. Damit die Haut des Schweins nicht verbrüht wurde, schreckte man den ersten Eimer mit kaltem Wasser ab. In der „Schweinsmohl" lag eine Kette, die man unter dem Schwein hin- und herbewegte, wobei der größte Teil der Borsten abgeschabt wurde. Den Rest der Borsten schabte man mit der „Schrapp" (Schaber in Form einer Glocke; vorne ein Haken zum Abziehen der Klauen) ab. Dann wurde das Schwein umgedreht und die andere Seite kam an die Reihe. Mit dem Haken der „Schrapp" zog man die Klauen ab. Nun holte man einen stabilen Holztisch und stellte ihn neben der „Schweinsmohl" ab. Nachdem das Wasser und die Borsten aus der Mohl geschüttet wurden, wobei man mit der Kette das Schwein festhielt, hob man das Schwein mit der „Mohl" hoch und kippte es auf den Tisch. Dort legte man die „Wutz" auf den Bauch und überschüttete sie mit kaltem Wasser. Mit einem scharfen Messer rasierte man die restlichen Borsten ab. Danach drehte man sie auf den Rücken, und der Schlachter schnitt sie mit einem scharfen Messer vom Kinn bis zum After auf. Nun entnahm er die Innereien; Herz, Lunge und Leber kamen auf einen Haken, nachdem sie im Wasser gereinigt

wurden. Das „Geleng“ (Därme und Magen) wurden in einem Korb aufgefangen, der mit einem Tuch ausgelegt war. Mit einer Säge oder Axt wurde das Tier entlang des Rückgrates in zwei Hälften zerlegt. Die zwei Haken eines „Sillschee'id“ (Zugscheid) wurden in die aufgeschnittenen Sehnen der Hinterbeine gehängt und das ganze Schwein an einer Leiter aufgehängt. Nun ließ man es ein oder zwei Tage auskühlen und „abhängen“. Um das Schwein gegen räuberische Katzen und Hunde zu schützen, setzte man es unter „Strom“; es wurde an das Stromnetz angeschlossen. Wollte nun ein Hund oder Katze sich an dem Schwein „vergreifen“, bekam das Tier einen Stromschlag, daß es jammernd und jaulend Reißaus nahm. Schmerzlich wurde es, wenn der Hausherr vergaß, daß das Schwein unter Strom stand; dann bekam er selbst einen „gewischt“. Ob auch er jammernd Reißaus nahm, ist nicht bekannt.
Anschließend kam der große „Woschddaach“ (Wursttag), bei dem das Schwein zum Teil zu Wurst verarbeitet wurde. Dazu kam der Schlachter wieder, zerhackte die beiden Schweinehälften fachgerecht in Stücke wie Vorder- und Hinterschinken, Speckseiten, „Jud“ (Rückgrat), Kotelettseiten, Köpfe und Füße. Anschließend wurden diese Stücke „gesolpert“ (gepökelt) und in die „Solperbitt“ (große Holzbütte) gelegt und nochmals mit Pökelsalz überstreut. Die Schinken blieben ungefähr 7-8 Wochen, die anderen Stücke 2-4 Wochen im „Solper“. Täglich goß nun die Hausfrau mit der „Boll“ (Schöpfkelle) die „Solperbreiht“ (Pökelbrühe) mehrmals über die Fleischstücke. Herz, Leber, Lunge und die beiden Kopfhälften wurden nun im Waschkessel oder im großen „Emmachsdeppen“ (Einmachtopf) gekocht. Die abgelösten Knochen nahm man heraus, und die übrige Masse wurde durch den Fleischwolf gedreht. Nun wurde die beliebte Hausmacher Blut- und Leberwurst hergestellt, wobei für die Blutwurst das aufgefangene Blut als Grundsubstanz genommen wurde. Die sorgfältig gereinigten Schweinsdärme wurden mittels eines besonderen Trichters mit den verschiedenen Wurstsorten gefüllt, zu Ringen gebunden, im Futterkessel gegart und anschließend auf Holzstangen aufgehängt, um dann entweder getrocknet oder im „Räächerhäis'chinn“ (Räucherhäuschen) geräuchert zu werden.
Eine ganz besondere Spezialität war die sogenannte „Andullijen“ oder „Dree'ipenwoschd“. Dies war eine Wurst, die ausschließlich aus übereindergezogenen Därmen bestand, die getrocknet und geräuchert wurden. Auf dem Saargau kennt man diese Art Wurst heute nicht mehr.
Fast alle Teile des Schweines wurden verwertet, die „Dree'ipen“ (Därme) für die Wurstherstellung, Innereien, Ohren, Füße und Kopf für Wurst und „Schilli“ (Sülze), das Fett für Schmalz und Grieben.
Auf die Schweinsblase waren die Kinder ganz wild, die wurde mit einem Strohhalm aufgeblasen, getrocknet und dann als Ball benutzt. Wenn die Mädchen eine Schweinsblase ergatterten, so wurden getrocknete Erbsen oder Linsen eingefüllt und sie hatten eine Rassel. Oder der Vater trocknete sich die

Schweinsblase und benutzte sie als Tabaksbeutel.
Am Abend wurde dann mit den Resten der Wurst ein „Schlachtfest" gefeiert; die Reste wurden in der Pfanne gebraten, um die Qualität der Wurst zu testen. War diese gut geraten, so verteilte man an gute Freunde und Nachbarn kleine Ringe dieser Hausmacherwurst als Kostprobe.

Hausschlachtung heute:
Im Winter, wenn es kalt wurde, kam früher die Zeit der Hausschlachtungen. Dann hörte man überall im Dorf die schrillen Schreie der Schweine, wenn sie zum Schlachten aus dem Stall geholt wurden. Dies hat sich inzwischen in den Dörfern geändert, wie so vieles. Die Hausschlachtungen sind aus der Mode gekommen, seit es Fleisch und Wurst in Hülle und Fülle zu kaufen gibt. In einigen Dörfern auf dem Gau gibt es die Hausschlachtungen auch heute noch. So haben wir uns in Nohn eine Hausschlachtung angesehen, um sie unseren Lesern einmal vorzustellen. Allerdings hat sich einiges gegenüber den Hausschlachtungen von früher geändert, man hat sich die moderne Technik auch hier zunutze gemacht.
Wir sind bei „Pieren Manni" (Manfred Michel) in Nohn zu Gast, der heute ein Schwein schlachtet, was wir uns ansehen wollen. Es hat an diesem Samstag im Februar kräftig geschneit, und es ist bitterkalt, das richtige Wetter, um zu schlachten. Der Metzger geht nun in den Stall, sucht das Schwein aus, zieht ihm blitzschnell eine Schlinge durch den Oberkiefer und zieht es an dem Seil aus dem Stall. Das Schwein wehrt sich heftig und schreit aus Leibeskräften, was ihm jedoch nichts nützt. Draußen hält der Hausherr das Schwein am Strick fest, während der Metzger der „Wutz" den Bolzenschußapparat auf die Stirn setzt und abdrückt. Wie vom Blitz getroffen stürzt das Schwein zu Boden und zappelt verzweifelt mit den Beinen. Der Metzger öffnet mit einem Schlachtmesser dem Schwein die Halsschlagader und läßt es ausbluten. Wenn man Blutwurst machen will, wird das Blut aufgefangen, um in der Wurst verarbeitet zu werden. Hat das Schwein ausgeblutet, wird es in die „Schlachtmohl" (verzinkte Wanne) gelegt und mit kochendem Wasser übergossen. In der „Schweinsmohl" liegt eine Kette, die der Metzger unter dem Schwein hin- und herbewegt, um damit die meisten Borsten abzuschaben. Die übrigen Borsten werden mit der „Schrapp" (verzinkter Schaber in Form einer Glocke, vorne ein Haken zum Abziehen der Klauen) abgeschabt. Danach wird das Schwein mit kaltem Wasser übergossen, wobei sich die restlichen Borsten hochstellen; diese werden nun mit einem scharfen Messer abgeschabt. Die Borsten an den unzugänglichen Stellen wie z. B. zwischen den Klauen werden mit einem Propangasbrenner abgesengt. Danach wird das Schwein mehrmals mit kaltem Wasser übergossen und von Blut und Borsten gereinigt. Durch die Sehnen der Hinterbeine werden Haken gezogen und die „Wutz" wird daran am Hubbalken des Traktors befestigt und hochgezogen. Das Schwein wird noch-

mals mit Wasser übergossen, und der Metzger kontrolliert mit einem besonders scharfen Messer, ob auch alle Borsten abgeschabt sind. Anschließend schneidet er das Schwein mit Schlachtmesser und Säge vom After bis zum Kinn auf und entnimmt die Innereien; Herz, Leber und Lunge kommen auf einen Haken, nachdem sie im Wasser gereinigt wurden. Das „Geleng" (Därme und Magen) wird nicht mehr wie früher verwertet, sondern vernichtet. Mit einer Fleischeraxt wird das Schwein entlang des Rückgrates in zwei Hälften geteilt; damit ist das Schwein fertig zum Abtransport in das Kühlhaus. Nach getaner Arbeit schmeckt der „Gau-Whisky", von der Haufrau kredenzt, besonders gut.

Schlachtgeräte

Anschließend wird das Schwein in das gemeindeeigene Kühlhaus gefahren, um es richtig auskühlen zu lassen. Nach einem oder zwei Tagen wird die „Wutz" dann zerlegt und verarbeitet; die Schinken eingepökelt, ein Teil des Fleisches in der Tiefkühltruhe eingefroren oder zu der guten Hausmacher Blut- und Leberwurst verarbeitet.

Diese Hausschlachtungen gehören mittlerweile der Vergangenheit an, denn die EU-Richtlinien verbieten den Bauern die Hausschlachtung. Die Schlachtung darf nur noch in den genehmigten Schlachthöfen vorgenommen werden.

Schwarzschlachtung

Nachdem der Zweite Weltkrieg zu Ende war, teilten sich die Sieger Deutschland auf. So kam das Saarland wieder einmal zu Frankreich, und sehr zum Leidwesen der schulpflichtigen Kinder wurde Französisch als Pflichtfach ab der zweiten Klasse in den Volksschulen eingeführt.

Die Franzosen waren als Besatzungsmacht bei den Saarländern nicht besonders beliebt, und daher konnten die Kinder in Französisch ruhig eine schlechte Note mit heimbringen, darüber regte sich niemand auf. Ganz im Gegenteil, man „schennte" noch auf die Franzosen, daß die Kinder nun auch noch die Sprache der ungeliebten Besatzer lernen sollten. Wen wundert es da, daß die meisten Kinder an den saarländischen Schulen fast kein oder nur sehr wenig Französisch lernten?

Zu dieser Zeit, wo überall Hunger und Not herrschte, machten sich die Franzosen besonders verhaßt durch Beschlagnahmung von Gütern, Häusern und Wohnungen. Auf dem Lande bei den Bauern wurden Schlachtvieh, Butter, Eier und sonstige Lebensmittel requiriert. So mußte nach einer festgelegten Quote ein Teil der Milch, Butter und Eier abgegeben werden. War es da ein Wunder, daß die Kühe fast keine Milch mehr gaben und die Hühner keine Eier mehr legten? Die Bauern gaben dies doch viel lieber an die vielen „Hamsterer" ab, die zu dieser bösen Zeit tagtäglich die Bauern aufsuchten, um im Tauschverfahren die lebensnotwendigsten Nahrungsmittel zu erhalten.

Während der Besatzungszeit mußte der gesamte Viehbestand der Bauern registriert werden; dazu gehörten natürlich auch die Schweine. Bevor man nun ein Schwein schlachten durfte, mußte es angemeldet und die Schlachtung von der Behörde genehmigt werden. Ohne Genehmigung keine Schlachtung, so wollte es die französische Besatzungsbehörde. Nun möchte ich den Bauern sehen, der dies mitmacht, daß er alle seine Schweine registrieren und einen großen Teil der schlachtreifen Tiere an die Franzosen abgeben soll. Da Not bekanntlich erfinderisch macht, kamen die pfiffigen Bauern auf die Idee, nicht mehr alle Schweine registrieren zu lassen. Wenn die Registrierung der Schweine bzw. die Zählung des Viehbestandes fällig war, so verschwanden plötzlich viele Schweine aus den Ställen. Erfolgte nun die Zählung und Registrierung durch die französischen Beamten im Beisein des Ortsbürgermeisters, so wunderte man sich, daß in den großen Ställen so wenig Schweine waren. Der Ortsbürgermeister wußte natürlich Bescheid, doch hütete er sich, seine Bauern zu verraten.

Was war geschehen, wo waren die Schweine hingekommen? Nun die meisten Schweine wurden „schwarz" gehalten (wie der Saarländer sagt), waren also nicht registriert und amtlich erfaßt. Demnach mußte man von diesen Schweinen auch nichts abgeben, wenn sie geschlachtet wurden, denn amtlich gab es sie ja nicht. Nun mußte man hier das elfte Gebot „Laß dich nicht erwischen"

ganz besonders beachten, denn bei Entdeckung drohten sehr harte Strafen, ja sogar Gefängnis. Doch schreckte dies die Bauern nicht ab, ganz im Gegenteil, man freute sich diebisch, wenn man es den Franzosen wieder zeigen und sie übers Ohr hauen konnte.
Damit man nicht erwischt wurde, hielt man diese „schwarzen Schweine" in dunklen Verschlägen, unter Treppenaufgängen, wo niemand hinkam. In den alten Bauernhäusern, Schuppen und Scheunen gab es dafür Gelegenheit genug. Meistens bekamen die armen Schweine nie mehr Tageslicht zu sehen, denn in ihren Verschlägen durfte ja kein Fenster sein, sonst hätte man sie entdecken können. Ein Problem und ein großes Risiko war immer die Fütterung dieser Schweine. Sobald sie Futter rochen, schrieen sie wie am Spieß, bis ihr Trog gefüllt war.
Damit man auch genügend „schwarze Schweine" zum Mästen hatte, wandte man folgenden Trick an: Wenn eine trächtige Sau ferkelte, so hatte sie offiziell anstelle z. B. 10 Ferkeln nur 5 geworfen; die anderen fünf waren „schwarz" und verschwanden meist nach der Geburt. Diese „schwarzen Ferkel" wurden nun in einem dunklen Verschlag mit der Flasche großgezogen und nur des Nachts ließ man sie zur Sau, um sie zu säugen. Dabei mußte man höllisch aufpassen, daß man nicht bei überraschenden Kontrollen oder gar Hausdurchsuchungen auffiel.
Wenn die Schweine nun mit viel Mühe und Gefahr endlich so weit gemästet waren, daß sie schlachtreif waren, so kam der gefährlichste Teil, das Schlachten. Denn beim Schlachten mußte man das Schwein am Schreien hindern, es durfte ja nicht gehört werden. Die Bauern wandten hier meist einen alten Trick an. Entweder bekam das Schwein billigen Schnaps eingeflößt, bis es besoffen war und nur noch selig grunzte, wenn es zum Schlachten aus dem Stall kam, oder man steckte ihm einen Lappen ins Maul, der es am Schreien hinderte. Doch letzteres war gefährlich, weil es am Lappen ersticken konnte und dann bei der Schlachtung nicht richtig ausblutete.
Die ganze Schlachtprozedur wie das Töten, Saubermachen, Auseinandernehmen und Pökeln des Schweines einschließlich der Wurstherstellung mußte in aller Heimlichkeit geschehen, da es ja niemand merken durfte. Daher geschah dies meist tief in der Nacht, wenn alles ringsum fest schlief. Dann wurde es in manchen Häusern plötzlich lebendig, wie wenn Heinzelmännchen am Werke wären, was in gewissem Sinne ja auch stimmte. Alles mußte völlig lautlos geschehen, damit es Außenstehende nicht mitbekommen konnten. Auch die Kinder durften davon nichts merken. Man wollte damit vermeiden, daß sie sich in der Schule oder auf der Straße verplappern und etwas verraten konnten. Da bei Entdeckung sehr harte Strafen drohten, mußte das Ganze in der höchsten Geheimhaltungsstufe erfolgen.
Die ganze Schlachtprozedur mußte in verschiedenen Etappen erfolgen, denn man konnte sie nicht in einem Arbeitsgang durchziehen. Daher zog sich dies

meist mehrere Nächte hin, bis alles erledigt war. In der ersten Nacht wurde das Schwein getötet, in zwei Hälften gespalten und auf eine Leiter zum Abhängen bzw. Abtrocknen gehängt. In der zweiten Nacht wurde es zerlegt und eingepökelt. In der dritten Nacht wurde dann die Wurst hergestellt. Dies war wiederum sehr gefährlich, da der Geruch des gekochten Fleisches und der Wurst durch das ganze Haus zog und auch noch am folgenden Tag zu riechen war. Doch mußte man dies Risiko auf sich nehmen, denn auf die gute Hausmacher Blut- und Leberwurst wollte niemand verzichten. Um das Risiko etwas zu mildern, wurde meist eine „Schwarzschlachtung“ mit einer offiziell genehmigten Schlachtung zusammengelegt.

Während dieser Tage lebte alles in Angst und Bangen, daß man durch eine plötzliche Kontrolle auffallen würde. Daß man von einem Einheimischen denunziert würde, war auszuschließen, denn wenn es gegen die Franzosen ging, so hielten die Bauern zusammen wie Pech und Schwefel.

War nun alles glücklich über die Bühne gegangen, so atmete man erleichtert auf, und die Spannung löste sich allmählich. Das Schwein, das unter diesen Umständen geschlachtet und verarbeitet wurde, schmeckte ganz besonders gut.

Die Kunst des Schnapsbrennens

Der Alkohol und hier besonders die Kunst des Destillierens ist seit vielen hundert Jahren bekannt; die Ägypter und die Griechen kannten dies schon. Im Mittelalter befaßten sich die Alchimisten mit der Destillation von alkoholischen Flüssigkeiten und erzeugten dabei Schnäpse und Liköre, die das Herz der Genießer erfreute und den Magen erwärmte. Besonders in den Klöstern wurden schon in frühen Jahren hervorragende Liköre und Kräuterschnäpse „kreiert", die man noch heute kennt und schätzt.

Die hohe Kunst des Schnapsbrennens wird auf dem Saargau seit vielen, vielen Jahren praktiziert; sie vererbt sich meist von Generation zu Generation. Wie der Schnaps gebrannt wird, ist fast überall gleich, doch die Art, ihm das richtige Aroma, den „letzten Pfiff" zu geben, ist grundverschieden. Dies Rezept, das dem Schnaps den unverwechselbaren Geschmack der Brennerei gibt, wird vom Vater auf den Sohn vererbt; dies Rezept wird streng gehütet.

Im Saarland gibt es 245 Brennereien; für die Herstellung von Alkohol gelten strenge, gesetzliche Bestimmungen, die unbedingt eingehalten werden müssen. Die Rechtsvorschriften für das Schnapsbrennen gehören zu den ältesten, noch gültigen Gesetzen in Deutschland. Die Brennereiverordnung, heute noch maßgeblich für die Herstellung des hochprozentigen Obstwassers, stammt aus dem Jahre 1922.

Das Schnapsbrennen erfolgt entweder in Abfindungs- oder Verschlußbrennereien. Die Brennrechte gelten wie folgt:

a) Abfindungsberechtigte; sie besitzen ein einfaches Brenngerät. Darunter vesteht man eine Vorrichtung zur Herstellung von Alkohol, die aus einer Heizung, einer Brennblase, einem Helm, einem Geist- oder Steigrohr und einer Kühleinrichtung besteht. Landwirte können unter bestimmten Voraussetzungen eine gesetzlich geregelte Menge steuerfrei erzeugen (Hausbrandberechtigung).

b) Stoffbesitzer; dies sind Personen, die selbstgewonnene alkoholbildende Stoffe (Obst, Wurzeln usw.) verarbeiten, aber kein einfaches Brenngerät besitzen. Stoffbesitzer können auch Landwirte sein, bei entsprechender Voraussetzung sind sie auch hausbrandberechtigt.

c) Verschlußbrenner; dies sind gewerbliche Alkoholerzeuger sowie die bäuerlichen Kleinverschlußbrennereien bis 400 Liter pro Jahr zum ermäßigten Steuersatz.

Gegenüber früheren Jahren hat sich in Bezug auf das Schnapsbrennen viel in positiver Hinsicht geändert. Früher mußte ein Schnaps beim Trinken brennen, sonst war es kein guter Schnaps; die „Rachenputzer" waren damals gefragt. Heute erwartet man von einem guten Schnaps ein besonderes Aroma, das von der reifen Frucht kommt sowie Milde beim Trinken. Darum werden die Edelschnäpse heute mit einem Alkoholgehalt zwischen 40-45 Prozent ge-

brannt; früher waren es über 50 Prozent. Sowohl beim Schnapsbrenner wie auch beim Konsumenten ist eine neue Trinkkultur und ein neues Qualitätsbewußtsein entstanden.
Die Erzeugung von Obstbränden ist schon sehr alt. Im Laufe der Jahre wurden durch neue Erkenntnisse und immer bessere Brenngeräte die Alkoholausbeute gesteigert und die Qualität immer wieder verbessert. Viele Jahrzehnte hindurch wurden für das Schnapsbrennen nur Fallobst und aussortierte Früchte, also minderwertige Ware verwendet. Zum Teil war dies durch die schlechte wirtschaftliche Lage nach dem Ersten Weltkrieg und die Nahrungsmittelknappheit im und nach dem Zweiten Weltkrieg bedingt. Mit dem wirtschaftlichen Anstieg stiegen auch die Ansprüche in allen Bereichen, so auch bei den Schnäpsen (Bränden).

Kesselreinigung

Heute werden sortenreine Brände verlangt, die das sortentypische Aroma aufweisen. So muß man z. B. die Mirabellenfrucht riechen, wenn man einen Mirabellenschnaps ausschenkt. Neben der Ausschußware ist es heute wirtschaftlich interessant, Obst in Tafelobst-Qualität für den Brand zu verwenden. Sind die Obstpreise niedrig, so ist die Herstellung von Spezialbränden wirtschaftlicher; außerdem wird der Obstmarkt bei Überproduktion entlastet. Das Destillat ist auch haltbarer, und bei entsprechender Qualität lassen sich gute Preise erzielen; für viele Abfindungsbrenner eine wichtige Einnahmequelle.

Grundzüge des Schnapsbrennens:
Brand oder Schnaps ist ein stark alkoholisches Getränk; zur Herstellung werden zuckerhaltige Früchte zerkleinert und in einem Faß „eingemaischt". Die zerkleinerten Früchte nennt man „Maische". Im Faß erfolgt die alkoholische Gärung, wobei die Hefe den Zucker in Alkohol verwandelt. Neben den bereits vorhandenen Aromastoffen werden neue gebildet.
Im „Lexikon der Biologie" steht über Maische: „Maische (Brei) ist ein zucker- oder stärkehaltiges Gemische, deren Inhaltsstoffe in eine lösliche Form überführt werden, damit eine alkohlische Gärung ablaufen kann. Zur Branntwein-

produktion enthält die unfiltrierte Flüssigkeit die aufgeschlossenen Rohstoffe (z. B. Kartoffel, Getreide, Mais, Obst) Darrmalz oder stärkeauflösende Enzympräparate."

Die gewerblichen Brennereien stellen auch aus Getreide und Kartoffeln Alkohol her; er kommt hochkonzentriert in den Handel. Die Alkoholausbeute ist vom Zuckergehalt des Produktes sowie vom Grad der Vergärung abhängig. Nur reife, gut besonnte und gesunde Früchte haben einen entsprechenden Zuckergehalt. Schlecht vergorene Maische enthält noch Zuckerreste, was die Alkoholausbeute drückt. Neben dem Trinkalkohol (Ethylalkohol) entstehen bei der Gärung auch andere Stoffe, die teilweise zum Genuß ungeeignet sind und einen unangenehmen Geruch und Geschmack haben. Eine Trennung ist durch die unterschiedlichen Siedepunkte dieser Stoffe möglich. Der Trinkalkohol siedet bei etwa 78 °C; die anderen Stoffe haben entweder einen tieferen oder höheren Siedepunkt. Durch vorsichtiges Heizen des Brennkessels ist eine Trennung dieser Stoffe möglich. Damit man ein gutes Destillat erhält, ist ein zweimaliger Brennvorgang notwendig. Der Brennvorgang selbst ist eine Destillation; die Maische wird erhitzt, die Alkoholdämpfe werden zu einem Kühler geleitet und dort wieder kondensiert (verflüssigt). Den gewonnenen Alkohol nennt man daher „Destillat"; der Brennrückstand ist die „Schlempe".

Die Brände:

Die Maische gibt den Raubrand (Rauwasser, Rohbrand, Lutter); den Rückstand im Kessel nennt man Schlempe.

Das Rauwasser gibt

a) Vorlauf: für Einreibungen, nicht trinkfähig; b) Mittellauf: Trinkalkohol (Ethylalkohol), gute Geruchs- und Geschmacksstoffe; c) Nachlauf: höhere Alkohole, schlechte Geruchs- und Geschmacksstoffe, vermischt mit etwas Trinkalkohol; nicht trinkfähig.

Für den Schnapsbrenner gilt der Grundsatz: „Ein guter Obstbrand muß schon schmecken, wenn er frisch gebrannt ist, ansonsten wird er nichts mehr." Der Verbraucher sollte beachten, daß ein guter Obstbrand leicht gekühlt, aber nicht zu kalt getrunken werden soll. Ist er zu kalt, kommt das typische Aroma nicht zur Entfaltung. Wird er eiskalt serviert, soll man wahrscheinlich nicht merken, wie schlecht er ist. Einen guten Obstschnaps soll man auch nicht in den herkömmlichen Stampern servieren, sondern in einem tulpenförmigen Stielglas, das nach oben schmäler wird; so kommt das Aroma besser zur Geltung. Für die Lagerung und Aufbewahrung von Obstbränden gilt, daß sie kühl und dunkel gelagert werden sollen.

Mein Großvater hatte einen Bauernhof, zu dem auch eine Schnapsbrennerei gehörte, in dem er im Winter das eingemaischte Obst brannte. Damals wurde überwiegend „Ballich" (Treber) gebrannt; dies sind die ausgepreßten

Der Schnaps läuft

Schalen von Äpfeln, die beim Keltern des Viez übrig bleiben. Der „Ballich" wurde nach dem Keltern in große Gruben geschüttet, und die Arbeit von uns Kindern war es, den „Ballich" in den Gruben mit den Füßen festzutreten. Dies waren gemauerte und verputzte Gruben, die eine Größe von drei auf drei Meter und eine Tiefe von ebenfalls drei Metern hatten. War die Grube leer, so mußten wir über eine Leiter einsteigen, um den „Ballich" festzutreten. Jeden Tag füllte sich die Grube mehr, bis sie ganz voll war. Nun wurde sie mit einer Plane abgedeckt, darüber kam Sand, um den „Ballich" luftdicht abzudecken damit er gären konnte. Im Winter war „Brennzeit", denn dann hatte man Zeit, um den Schnaps zu brennen. Nun wurde die „Ballichgrube" aufgedeckt und der „Ballich" in Weidenkörben in die Brennerei geschafft, wo er in den Brennkessel gefüllt wurde. Der Kessel bestand aus Kupfer und war von einem Wasserbad umgeben, damit die Maische nicht so leicht anbrennen konnte. Das Ganze, Wasserbad und Kupferkessel, war ummauert, und unten war die Feuerstelle, die mit Holz befeuert wurde. War der Kessel gefüllt, wurde er mit dem Hut, der ebenfalls aus Kupfer war, verschlossen. Damit die Maische nicht überschäumte, wurde der Kessel meist nur zu zwei Drittel gefüllt und langsam angeheizt. Das Feuer mußte zuerst das Wasser zum Kochen bringen, das dann die Maische erhitzte. Der Wasserdampf sammelte sich im Kupferhelm; dessen große Oberfläche und die gute Leitfähigkeit des Kupfers sorgten für eine Abkühlung. An der Innenwand des Helmes verflüssigte sich zuerst jener Stoff, welcher den höheren Siedepunkt hatte, also das Wasser und die höheren Alkohole. Diese Stoffe mit einem höheren Siedepunkt als der Trinkalkohol rinnen zum Teil wieder an der Innenseite des Helmes in die Maische zurück. Bei schäumender Maische wurde ein nasses, kaltes Tuch um den Helm geschlungen; der Schaum kühlte nun ab und fiel in sich zusammen. Der Helm mündet in das Steigrohr; es heißt deshalb Steigrohr, weil es zum Kühler hin ansteigen muß. Auch hier erfolgt eine leichte Abkühlung; Wasser und Fuselöle schlagen sich am Innenrohr nieder und rinnen zurück in den Helm und weiter in die Brennblase. Neben dem Kessel stand der eigentliche Kühler; es war ein sogenannter „Schlangenkühler". Hier liefen spiralförmig gewundene Kupferschlangen durch einen Wasserbottich, der das Destillat ab-

kühlte. Das kalte Wasser lief unten bei und das warme oben ab; denn das kalte Wasser muß dort sein, wo das Destillat den Kühler verläßt. Das Destillat fließt aus dem Kühler über ein Auslaufrohr und wird in einem Eimer aufgefangen; dies ist nun der sogenannte Raubrand, Rauwasser oder auch Lutter genannt. Zur Messung des Alkoholgehaltes wurde etwas „Rauwasser" aufgefangen; mit dem Alkoholometer wurde der Alkoholgehalt gemessen.
War der Brennvorgang beendet, wurde am Kessel eine Klappe geöffnet und die heiße „Schlempe" schoß heraus; sie wurde draußen in einem gemauerten Behälter aufgefangen. Nun kam der zweite Brennvorgang, der sogenannte Feinbrand. Dazu wurde der Kessel sorgfältig gereinigt und der Rohbrand eingefüllt. Nun wurde ganz langsam angeheizt, um eine gute Trennung der verschiedenen Inhaltsstoffe zu ermöglichen. Nach etwa einer Stunde begann das Destillat zu tropfen, und es dauerte etwa vier Stunden, bis der Feinbrand erledigt war. Nun hatte man a) den Vorlauf: für Einreibungen, nicht trinkfähig; b) den Mittellauf: Trinkalkohol (Ethylalkohol), gute Geruchs- und Geschmacksstoffe; c) den Nachlauf: höhere Alkohole, schlechte Gruchs- und Geschmacksstoffe; nicht trinkfähig.
Aus dem „Ballich" wurde der Trester gebrannt, ein Schnaps für den täglichen Hausgebrauch. Es war der sogenannte „Gau-Whisky", der mit 55 bis 60 Prozent gebrannt, als „Rachenputzer" berüchtigt war. Heute wird er nicht mehr so stark gebrannt, meistens mit 45 bis 50 Prozent; übrigens, der Trester ist beliebt zum Ansetzen von Hauslikören. Doch früher wurde nicht nur Trester gebrannt, sondern auch Edelschnäpse, wie Mirabell-, Kirsch- und Zwetschgenschnaps. Die Bauern hatten früher sehr viele Obstbäume, da sie in allem Selbstversorger waren. Von dem Obst wurde Marmelade gekocht, oder es wurde getrocknet und dann im Winter wegen der Vitamine gegessen. Auch wurde es in Gläser eingeweckt, um als Zugabe zu verschiedenen Gerichten auf dem Speiseplan zu stehen. Der Rest des Obstes wurde in Fässer eingemaischt, um zu Schnaps gebrannt zu werden; doch hatten früher auch die Edelschnäpse alle über 50 Prozent Alkohol, meist waren es 55 Prozent. Eigentlich schade, denn dabei ging das ganze Aroma verloren.

Schweinehirt Nikolaus Adler aus Tünsdorf

Der Schwerpunkt der Landwirtschaft lag in früheren Jahren in der Viehwirtschaft, denn gesundes, gut genährtes Vieh war der Reichtum der Bauern. Das Vieh war meist auf der Weide, denn eine geregelte Stallfütterung gab es erst ab Anfang des 19. Jahrhunderts. Früher lag ein Drittel des Banns abwechselnd brach, damit sich die Felder erholen konnten, denn es fehlte der Stalldung, um die Felder zu düngen. Als Justus von Liebig später den Kunstdünger entwickelte, konnte man die Felder jedes Jahr bebauen.

Die gesamte Viehhaltung war auf der Weidewirtschaft aufgebaut, wobei das Brachland als Weideland genutzt wurde. Wenn die restlichen zwei Drittel des Bannes abgeerntet waren, wurden sie ebenfalls als Weiden genutzt. Nach dem ersten Schnitt wurden auch die Wiesen abgeweidet; die Wälder und das Ödland nutzte man auch als Weideland. Fast jede Tiergattung hatte ihre eigene Herde und ihren Hirten.

In früheren Jahren gab es fast in jedem Dorf einen oder sogar mehrere Hirten. In den großen Dörfern hatte man für jede Viehsorte einen gesonderten Hirten; es gab einen Pferde-, Kuh-, Schweine- und Schafhirten. Dies war zu der Zeit, als sich die Bevölkerung noch überwiegend von der Landwirtschaft ernährte und die meisten auch dort ihr karges Brot als Tagelöhner verdienten.

Im Kreis Merzig wurden im Jahre 1816 folgende Kulturarten in Morgen festgestellt: Ackerland 43.872, Gärten 978, Wiesen 9.692, Weiden 2.167, Schiffel- und Wildland 2.321, Heide- und Ödland 13.665, Holzungen 57.398 Morgen. An Viehbestand wurde 1816 gezählt: 2.924 Pferde, 6.642 Rindvieh, 110 Ziegen, 5.108 Schweine und 10.849 Schafe. Im Jahre 1948 hatte sich der Viehbestand wie folgt verändert: 2.733 Pferde, 15.901 Rindvieh, 9.223 Ziegen, 15.827 Schweine und nur noch 913 Schafe.

Dieser große Viehbestand konnte natürlich nicht nur in Ställen gehalten werden; er mußte auch auf die Weiden, wo die Hirten über das Wohl der Herden wachten. Der Viehbestand war der Reichtum der Bauern, denn gesundes, gut genährtes Vieh wies den Wohlstand seines Besitzers aus. Deshalb waren die Hirten auch hoch angesehen bei den Bauern, bewachten und behüteten sie doch seinen Reichtum, das Vieh. In der dörflichen Rangfolge kamen die Hirten auf Platz vier, nach Pastor, Lehrer und Bürgermeister. Als es noch keine hauptamtlichen Lehrer gab, verrichteten in vielen Dörfern auch die Hirten diese Aufgabe. Damit sie im Winter beschäftigt waren, unterrichteten sie die Kinder. Die Hirten wohnten meist mit ihren Familien mietfrei in gemeindeeigenen „Hirtenhäusern", zu denen ein kleines Gartengrundstück gehörte. Außerdem bekamen die Hirten ein Grundstück zugewiesen, das sie nutzen konnten. Die Entlohnung der Hirten war sehr gering, und meist bekamen sie Naturalien, denn Geld war zu der Zeit sehr knapp. Viele Flurnamen deuten auch heute noch auf die Tätigkeit der Hirten hin; so gibt es in Tünsdorf eine

„Schäferei", einen „Hierdengoard" (Hirtengarten), „Hierdensteck" (Hirtenstück) und einen „De.ergoarden" (Tiergarten). Auf dem Büschdorfer Bann gibt es eine „Nöötswaid" (Nachtweide); in Büschdorf gab es auch ein „Hierdenhoaus" (Hirtenhaus).

Am Gertraudentag (17. März) war der jährlich immer wiederkehrende Anfang der Weidewirtschaft. Die Rinderhirten schnitten im Beisein des Dorfschulzen und der Schöffen dem Rindvieh die Hörner ab, damit es mühelos im Unterholz des Waldes sein Futter suchen konnte. Auch war die Verletzungsgefahr überwiegend ausgeschaltet, wenn die Kämpfe unter dem Hornvieh ausgetragen wurden.

Das Amt des Hirten starb Anfang des 19. Jahrhunderts langsam aus, da die Industrialisierung auch auf die Dörfer übergriff und keiner mehr bereit war, für den Hungerlohn das Hirtenamt zu übernehmen. In Tünsdorf hielt sich das Amt des Schweinehirten noch bis 1959, dann gab der Hirt Nikolaus Adler aus Altersgründen auf.

Der 75-jährige Matthias Hein („Staikauler Mätti") aus Tünsdorf hat den letzten Tünsdorfer Schweinehirten Nikolaus Adler noch persönlich gekannt; man nannte den Hirten im Dorf den „Schlenksen", weil er Linkshänder war. Matthias Hein erinnert sich:

Nikolaus Adler war Schweinehirt in der Gemeinde Tünsdorf, wie auch schon sein Vater vor ihm. Er war mit Leib und Seele Schweinehirt, seine Herde ging ihm über alles andere. Es gehörte damals zum dörflichen Straßenbild, daß Adler morgens und abends die Schweine durch das Dorf trieb. Sobald er morgens aus dem Haus trat, gab er Signal mit seinem Horn, das er an einem Seil um den Hals hängen hatte. Das Signal bestand aus drei Tönen, die die Schweine genau kannten. Sobald Adlers „Ruf" ertönte, drängten die Schweine aus den Ställen. Wurden diese nicht schnell genug geöffnet, so stand das Borstenvieh mit den Vorderfüßen auf der Stalltür und verlangte laut grunzend, daß die Tür geöffnet wurde. Im „Schweinsgalopp" jagten sie dann auf die holprige Dorfstraße, um sich in der Herde einzureihen. Etwa alle 100 Meter stieß der Schweinehirt in sein Horn (er war auch Hornist bei der Tünsdorfer Feuerwehr), um den Bauern zu signalisieren „Jetzt komme ich!". Außer seinen zwei Hunden halfen, da Nikolaus Adler Junggeselle war, auch der Vater sowie seine Schwester, morgens die Herde zusammenzutreiben. Man kann sich vorstellen, was dies für einen Lärm machte, wenn morgens etwa 120 Sauen durch das Dorf getrieben wurden. Es kamen nur Mutterschweine und zwei Eber zur Herde, ein großer und ein kleiner „Watz"; die jungen Schweine sowie die Mastschweine blieben im Stall. War die Herde komplett, so ging es auf das Feld oder die Wiese, wo er die Schweine „grasen" ließ; das Schwein ist ja bekanntlich ein Allesfresser. Mit dem Rüssel wühlte es den Boden auf und fraß alles, was es fand; je nach Jahreszeit wurden die Weideplätze ausgesucht. Waren die Felder abgeerntet, so trieb Adler seine „Wutzen" auf die Felder.

Schweinehirt Nikolaus Adler 1936

Oder es ging in Absprache mit dem Förster in den Wald, wo die Sauen Eicheln und Buchecker fraßen; eine Delikatesse für die Borstentiere. Im Sommer suchte er mittags, wenn es besonders heiß war, einen schattigen Platz auf, denn Schweine sind besonders hitzeempfindlich.
Seine beiden Hunde kreisten ständig um die Herde und sorgten dafür, daß keine Sau „ausbüxen" konnte. Die Hunde waren keine Schönheiten, doch sie gehorchten ihrem Herrn auf jeden Wink. Wenn eine Sau nicht gleich parierte, so schlugen sie ihre scharfen Zähne in die dicke Schwarte; laut quikend rannte das Schwein nun zur Herde zurück. War eine Sau „bierich" (deckreif), so ließ Adler sie vom entsprechenden Eber decken. Er hatte in seiner Herde einen kleinen Eber für die jungen Sauen und einen großen für die alten „Wutzen". Mußte eine junge Sau gedeckt werden, so rief er über seinen Hund „Kastor, holl mer de Kläänen!" (Kastor, hol mir den Kleinen!) und der Hund sonderte den kleinen Eber aus und brachte ihn zu seinem Herrn. Der Schweinehirt Adler kannte auch jedes Schwein in seiner Herde, da konnte ihm kein Bauer ein anderes Schwein „unterjubeln", um Hütegeld zu sparen. Die Bauern durften auch ihre Schweine nicht kennzeichnen, dies ging gegen die Berufsehre des Hirten. Adler war stolz darauf, ein Schweinehirt zu sein. In der dörflichen Rangordnung stand er an vierter Stelle, nach Pastor, Lehrer und Bürgermeis-

ter kam der Hirt. Er besaß das Vertrauen der Bauern in hohem Maße, denn er hütete ihren größten Schatz, die Zuchtsauen. „Ich bin der gute Hirt!", sagte Nikolaus Adler selbstbewußt von sich. Was auch stimmte, denn er hatte noch nie ein Schwein verloren oder eines wäre ihm verunglückt.
Nikolaus Adler bekam von der Gemeinde als Hirtenlohn ein Gartenstück und ein Feld von zwölf Ar zum Bepflanzen; außerdem hatte er die beiden Zuchteber, die die Gemeinde gekauft hatte. Alle zwei Jahre war Körung vor der Kirche in Tünsdorf, wo der Amtsbürgermeister und der Amtstierarzt die Zuchttauglichkeit der Stiere und Eber prüften. Adler bekam da immer ein dickes Lob, seine Eber waren die besten. Er sorgte auch dafür, daß die Sauen von den Ebern gedeckt wurden. Für jeden Deckakt bekam er von den Bauern einen „Sierschder" (Sester = Hohlmaß, 15 Liter) mit Korn.
Der Schweinehirt ging im Winter, wenn es grimmig kalt war, im Dorf die Schweine schlachten. Er hatte dann einen Ledergurt um, in dem die ganzen Messer staken, die er zum Schlachten und Ausbeinen brauchte; er „solperte" (pökelte) die Schweine auch ein. Als Schlachtlohn suchte er sich sein Stück Fleisch selbst aus, nahm es zum Teil frisch mit heim oder ließ es räuchern und sammelte es am Fetten Donnerstag ein. Seine Hausmacher Blut- und Leberwurst waren Spitze, doch am berühmtesten war seine Servelatwurst. Die Wurstmasse würzte er aus drei Tüten, deren Zusammenstellung sein großes Geheimnis war. Er mischte den Wursteig, und zum Schluß kamen noch drei Gläschen Kirschenschnaps hinein; das Ganze wurde nochmals durchgeknetet, in Därme gefüllt und fertig war die Dauerwurst. Adler überwachte auch die Trocknung der Würste und behielt sich eine als Lohn ein. Waren die Würste schön trocken, so wurden sie in Asche eingelagert, damit sie sich lange hielten.
Am Fetten Donnerstag war Zahltag für den Schweinehirten, dann ging er zu den Bauern seinen Lohn holen. Dieser bestand in der Regel aus Naturalien wie Fleisch, Korn, Wurst und Schmalz. Dazu gab es in jedem Haus einen Schnaps zu trinken; abends hatte dann Adler die „Lampen brennen".
Nikolaus Adler war Junggeselle, was die Jugend des Dorfes dazu trieb, ihm manchen Schabernack zu spielen. So verkleidete sich ein Mann an Fastnacht als Frau und machte den Hirten so richtig „worres" (verwirrt). Ein andermal sagte man ihm, in Ritzing (Lothringen) wäre ein Hirtenmädchen für ihn. Adler zog seinen besten Anzug an und ging mit den Tünsdorfer Jungen nach Ritzing.
Als sie dort ankamen, sagte man ihm, das Mädchen hätte schon einen anderen. Da legte sich der Schweinehirt in seinem guten Anzug auf die schmutzige Dorfstraße und weinte bitterlich.

Viez – das Nationalgetränk des Saargaus

In der Normandie nennt man ihn „Cidre“ und in den deutschen Landen heißt er Apfelwein, doch auf dem saarländischen Gau kennt man ihn seit altersher nur unter dem Namen „Viez“. Gemeint ist das Getränk, das aus dem Saft der Äpfel gewonnen wird. Früher kannte man den Viez in nur zwei Variationen, süß und sauer. Heute kennt man den Viez in vielen Versionen, für jeden Geschmack gibt es die richtige Sorte.
In früheren Jahren gab es nur zwei Sorten, den süßen Viez für die Kinder, der abgekocht und in Gläser oder Flaschen abgefüllt wurde sowie den gegorenen, sauren Viez für die Erwachsenen. Das Viezmachen war in früheren Jahren eine Kunst, ja ein Ritual. Jeder wollte den besten Viez haben, denn Viez wurde damals zu jeder Gelegenheit kredenzt. Viez gab es früher zu allen Festlichkeiten, wie Kirmes, Hochzeit, Kindtaufe, Beerdigung; erst viel später wurde Bier und Wein ausgeschenkt. Kam ein Nachbar früher auf einen Sprung rein, hieß es „Marri geh mo zappen“ (Marie, geh zapfen) und man setzte sich gemütlich hin und trank einen Krug Viez zusammen. Außer Viez und Schnaps gab es so gut wie keine Getränke auf dem Gau, man war früher Selbstversorger.
Der Obstreichtum des Saargaus in früheren Jahren war unermeßlich. Hieß er doch nicht umsonst die „Äppelkeschd“ (Apfelkiste) des Saarlandes. Straßen und Wege waren von Obstbäumen umsäumt, reihenweise standen die Bäume in den Wiesen (sogenannte Streuobstwiesen), und jedes Haus besaß einen großen Obstgarten, den „Bongert“. In dem Bungert wurde Tafelobst gezüchtet und gepflegt, und draußen an den Straßen und Wiesen standen die „Trankobstbäume“. Das Tafelobst wurde sorgsam in den „Pflücksack“ (zusammengebundener Sack, den man umhängte und der vorne mit einem Ast offengehalten wurde) gepflückt, in Körbe und Bütten umgefüllt und zu Hause im Keller oder auf dem Speicher auf Stellagen gelagert.
Die Stellagen waren mit Stroh unterlegt, damit das Obst weich lagerte, und die Äpfel und Birnen wurden auch mit Stroh zugedeckt, damit sie besser reiften. Man achtete sehr genau darauf, daß das Obst keine Druckstellen bekam, damit es sich lange lagern ließ; früher hatte man noch Äpfel bis in den März und April hinein.
Das „Trankobst“ wurde vom Baum „geresselt“ (geschüttelt), in Säcke gerafft und zu Hause im Garten auf einen Haufen geschüttet. Das richtige Viezmachen fing schon bei der Auswahl der Äpfel an. Bei uns auf dem Gau verwandte man früher hauptsächlich den „Trierisch Weißen“ und den „Trierisch Roten“, um „Äppelviez“ zu machen; beide Sorten hatten sehr viel Saft. Doch auch Birnen wurden zu Viez, dem „Bierenviez“ verarbeitet; „Grouperten“ nannte man die Viezbirnen und „Fluppes“ den Birnenviez. Der Birnenviez war strenger im Geschmack als der Apfelviez. Den Spitznamen „Fluppes“ hatte der Birnenviez wegen seines durchschlagenden Erfolges (verursachte gerne

Durchfall). Da kam es schon öfters vor, daß so ein „klääne Kroppert“ (kleiner Junge) nicht mehr schnell genug auf das „Plumpsklo“ kam. Daher nannte man auch den Birnenviez sinnigerweise „Bochsenscheßer“ (Hosenscheißer).
Im Garten lagerten die Äpfel und Birnen gesondert, bis der erste Frost kam. Dies war wichtig, da dann das Obst beim Keltern besser seinen Saft ließ und der Geschmack des Viezes erheblich verbessert wurde. Das Obst lagerte meist im Garten in einem schattigen Plätzchen, wo es nur wenig Sonne bekam; große Temperaturschwankungen hatten Qualitätseinbußen zur Folge.
Nach dem ersten Frost konnte man nun ans Keltern denken. Die Äpfel wurden in Körbe gerafft, gewaschen und in die Kelter gefüllt; dies war meist die Arbeit für die Frauen und Kinder. Bei der Rafferei mußte man öfters die Hände gegen den Körper schlagen, damit wieder Blut in die eiskalten Hände rann und man wieder Gefühl darin hatte. Früher benutzte man anstelle der Mühle einen Kelterstein, um das Obst zu zermahlen. Der Kelterstein war eine große, schwere, runde Sandsteinplatte, die am Rande eine Rinne hatte, damit der Saft ablaufen konnte. (Während des Kelterns war der Ausguß mit einem Stopfen verschlossen.) Durch die Mitte der Platte ging ein Pfosten, um den sich ein schwerer Mahlstein drehte. An einer Achse hing das „Sillschäädt“ (Zugscheit) für das Zugpferd oder die Gespannkuh. Nun wurde der Kelterstein von dem Zugtier gedreht, bis alle Äpfel zu Brei zermahlen waren. Dieser Obstbrei wurde in die Apfelpresse umgefüllt und ausgepreßt. Der frische Apfelsaft lief durch den Ausguß der Apfelpresse in einen großen Holzbottich. Dieser süße Apfelsaft war für uns Kinder immer eine Delikatesse; er schmeckte aber auch köstlich. Nur mußte man aufpassen, daß der Saft nicht zu kalt war; dann bekam man gerne den „Dapperdommeldich“ (Durchfall). War der Bottich voll, so trug man den Most mit Eimern in den Keller, wo die Viezfässer aus Holz lagerten. In diese Fässer wurde der Apfelsaft eingefüllt und die Fässer mit Kreide gekennzeichnet. Denn es gab, wie schon erwähnt, Äpfel- und Birnenviez; manchmal wurden auch beide Sorten gemischt, um zu experimentieren. Auf dem Hof meines Großvaters lagerten im Felsenkeller (er war ganz aus dem Sandsteinfelsen herausgehauen) mehrere Fuder (ein Fuder sind 1000 Liter) sowie eine Anzahl kleinerer Fässer mit verschiedenen Sorten Viez gefüllt.
Kam aus der Apfelpresse kein Saft mehr, so wurde der sogenannte „Faulenzer“ (Übersetzung) auf die Presse aufgesetzt; mit ihm wurde auch der letzte Tropfen Saft ausgepreßt. Die ausgepreßten Schalen, den sogenannten „Ballich“ stampfte man in Bütten und Gruben ein, um ihn nach dem Gärprozeß zu Schnaps (dem sogenannten Trester) zu brennen.
Fing der Viez an zu gären, legte man einen Sandsack auf das Spundloch, damit die Gärgase nur langsam entweichen konnten; in neuerer Zeit benutzte man stattdessen einen Gärtrichter. Der Viez hatte einen ganz eigenartigen, prickelnden Geschmack, wenn er am Gären war; fast wie Sekt. Ein Faß war immer im Anstich; zuerst war der Viez daraus süß, dann prickelnd, und zum

Kelterstein in Tünsdorf

Schluß wurde er sauer. Mein Großvater kontrollierte fast täglich die Viezfässer und ihren Gärprozeß, bis der Viez so war, wie er ihn haben wollte. Der Viez war dann hell und klar, mit einem wunderbaren, unverwechselbaren Geschmack. Kredenzt wurde er zu allen Gerichten und Mahlzeiten.

Früher wurde ja viel fettiger gegessen, als dies heute der Fall ist. Man schlachtete damals jedes Jahr einige Schweine zum eigenen Verzehr; da war der Viez gerade das richtige Getränk, um das Blut zu verdünnen, damit sich kein Fett in den Arterien festsetzen konnte. In der Landwirtschaft wurde in früheren Jahren körperlich sehr schwer gearbeitet, denn alles war damals reine Handarbeit. Da war die derbe, kräftige Kost genau richtig, und zu jeder Mahlzeit trank man dazu den guten Viez vom Saargau.

Heute ist auch der Viez vermarktet; man kauft ihn im Supermarkt. Das Keltern ist zu mühsam geworden; wir sind bequem geworden. Doch unsere Region kommt vom Viez nicht los, dies zeigt das Merziger Viezfest. Es ist inzwischen zum größten Volksfest an der unteren Saar geworden; die Viezkönigin macht mittlerweile bundesweit Reklame für den Viez vom Saargau. Seit einiger Zeit gibt es nun auch eine "Viezstraße", an der Bauernhöfe und Gastwirtschaften die Erzeugnisse unserer Region anbieten, dabei darf natürlich der Viez nicht fehlen.

Das erste Waldfest in Nohn nach dem Krieg

Zur heutigen Zeit werden die Vereinsfeste meist in großem Rahmen veranstaltet, mit vielen mitwirkenden Vereinen aus nah und fern. In der Regel erstrecken sich diese Feste über mehrere Tage, was für Veranstalter und Besucher oft sehr strapaziös ist. Früher feierte man alle 25 Jahre ein Vereinsjubiläum, heute hat sich dies auf fünf Jahre reduziert.
Betrachten wir uns einmal als reizvollen Gegensatz dazu ein Fest, das im Jahre 1949, also kurz nach dem zweiten Weltkrieg in Nohn vom Männergesangverein veranstaltet wurde. Es war dies das erste Fest, das nach dem Krieg in Nohn ablief, und entsprechend groß war die Resonanz bei der Bevölkerung. Dazu muß man vorweg erwähnen, daß der Nohner Männergesangverein erst im Juni 1948 gegründet wurde und den Namen „Harmonie" erhielt. Man gründete damals in Nohn einen Gesangverein, da für die Wiedergründung des Musikvereins das nötige Geld für die erforderlichen Instrumente fehlte. Deshalb beschloß man, einen Gesangverein zu gründen, um das kulturelle Leben im Dorf wieder aufleben zu lassen. Der Verein zählte damals 30 Sänger, überwiegend junge Männer zwischen 18 und 25 Jahren (davon können heute die Gesangvereine nur noch träumen), sowie 22 inaktive Mitglieder. Nikolaus Behr aus Nohn stellte sich als Chorleiter unentgeltlich zur Verfügung. Wegen chronischen Geldmangels in der Vereinskasse mußte der Chorleiter die ersten Lieder von geliehenen Partituren abschreiben. Um endlich etwas Geld in die Kasse zu bekommen, spielte man zu Weihnachten 1948 Theater im Vereinslokal vor ausverkauftem Hause. Von dem Erlös dieser Theateraufführung kaufte man eine gebrauchte Violine für den Dirigenten, damit er den richtigen Ton für seine Sänger besser fand.
Im folgenden Jahr war der junge Verein schon etwas mutiger geworden, und man wagte sich daran, ein Waldfest zu veranstalten. Doch dies war leichter gesagt bzw. beschlossen, als ausgeführt, denn zu dieser Zeit gab es ja fast noch nichts zu kaufen. Was sollte und konnte man da schon den Gästen bieten? Da Not jedoch bekanntlich erfinderisch macht, ließen sich die Nohner Sänger etwas ganz Besonderes einfallen, doch davon später.
Am letzten Julitag des Jahres 1949 war es dann endlich soweit, das Waldfest konnte steigen. Auch der Wettergott meinte es gut mit den Nohner Sängern, denn es war ein herrlicher Tag mit eitel Sonnenschein. Vor dem Vereinslokal Klein-Leinen stellte man sich auf, und ab ging es im Festzug mit Gesang und Musik (Akkordeon und Gitarre) zum herrlich gelegenen Festplatz „Auf der Schleifsteinskopp", von wo man einen sehr schönen Blick auf die Saarschleife hat. Im Troß kamen die Köchinnen und Helferinnen, wobei zwei Kühe den mit Proviant hoch beladenen Leiterwagen ziehen mußten. Auf dem Festplatz angekommen, wurde schnell ausgepackt und alles hergerichtet. Man hatte zuvor auf dem Festplatz provisorische Tische und Bänke errichtet, indem

Waldfest – Festumzug 1947

man Pfähle in den Boden rammte und darauf rohe Bretter nagelte. Es gab Bier und heiße Würstchen, eine Sensation für diese Zeit. Und entsprechend groß war auch die Nachfrage nach diesen seltenen Gaumenfreuden.
Doch auch an die Kinder hatte man gedacht. Es gab Sackhüpfen, Wurstschnappen an der Angel (wobei die Wurst an einer provisorischen Angel über den zuschnappenden Kindern gehalten wurde. Da gab es ein Mordsgeschrei, wenn jemand beim Zuschnappen statt der Wurst das Ohr oder die Nase des Nachbarn traf) und für die ganz Mutigen einen hohen Kletterbaum, an dessen Spitze für damalige Vorstellungen tolle Gewinne hingen, wie Lutscher, Schokolade, Luftballons und sogar ein richtiges Taschenmesser mit zwei Klingen und Korkenzieher. Da drängten sich natürlich die Kinder und ganz besonders die Jungen um den Kletterbaum, denn jedes wollte zuerst drankommen, um das Taschenmesser zu ergattern. Damit die Kletterpartie nicht zu leicht wurde, hatte man den Kletterbaum tüchtig mit Schmierseife eingerieben. An diesen Kletterbaum dachten später noch einige Jungen mit Schmerzen zurück, hatten sie sich doch die nackten Beine böse verbrannt, als sie es nicht schafften und wieder mit „Karacho" an der Stange abwärts rutschten; denn damals trugen die Buben im Sommer immer kurze Hosen.

Die Attraktion des Tages war jedoch das selbstgemachte Speiseeis, welches man mittels einer von Hand gedrehten Maschine mühsam im Schweiße des Angesichtes herstellte. Die Jugend riß sich um das Speiseeis, denn wer von den Kindern kannte zur damaligen Zeit schon Eis, welches man essen konnte? Doch auch den Erwachsenen, vor allem den Frauen, schmeckte das selbstgemachte Eis vorzüglich. Da war es kein Wunder, daß schon gegen 16 Uhr kein Eis mehr da war. Also mußte man schnellstens für Nachschub sorgen, und daher wurden die mitgebrachten Kühe gemolken, um das Rohmaterial für die Eisherstellung zu bekommen. Denn damals war noch alles unverfälschte Natur, was zu Nahrung verarbeitet wurde. Ja, das waren noch Zeiten und ganz ohne EG-Richtlinien! Vollständig in Schweiß gebadet waren die armen „Eisfabrikanten" vom ständigen Drehen der Eismaschine, denn sie kamen mit der Fabrikation fast nicht mehr nach. Deshalb mußte man das völlig erschöpfte „Eisteam" öfters auswechseln.
Mit viel Gesang, denn die jungen Sänger wollten zeigen, was sie schon konnten, unterhielt man die zahlreichen Gäste; das ganze Dorf war an diesem Tag auf dem Festplatz versammelt. Auf der „Quetschkommode" (Akkordeon) wurde abends zum Tanze aufgespielt, wobei als Tanzfläche der weiche Waldboden diente. So verlebte man einen herrlichen Tag im Walde und vergaß dabei für einige Stunden die Sorgen und Nöte der Nachkriegszeit.
Dies war denn auch der Anfang des zur Tradition gewordenen Waldfestes in Nohn, das später in „Volksfest" umbenannt und jährlich vom Männergesangverein veranstaltet wurde, bis es im Jahre 1983 von dem Nohner Dorffest, dem „Buhnenfeschd", bei dem alle Dorfvereine mitmachen, abgelöst wurde.

Der „Tante-Emma-Laden“

Treffpunkt und Kommunikationszentrum des Dorfes

Wer kennt sie nicht von früher, die kleinen Kolonialwarenläden auf den Dörfern, die sogenannten „Tante-Emma-Läden“. Sie waren für die Frauen des Dorfes Treffpunkt und Kommunikationszentrum, in dem man den neuesten „Dorf-Klatsch“ erfuhr oder auch loswerden konnte.

Die Kolonialwarenläden:
In früheren Jahren waren die Leute auf den Dörfern sehr genügsam und äußerst bescheiden in ihren Ansprüchen und Einkäufen, da auch das Einkommen sehr dürftig war. Entsprechend bescheiden waren auch die Waren, die in den Dorfläden angeboten wurden. Damals hatte man noch keine Probleme und Schwierigkeiten mit der Verpackung und dem „grünen Punkt“. Viele Waren wurden lose verkauft, die zum Teil in spitze, braune Papiertüten abgefüllt wurden. So wurde Mehl, Zucker und Salz direkt aus den Säcken verkauft, wobei in jedem Sack eine längliche, runde Schaufel steckte, womit die Ware entnommen wurde. Oder die Ware wurde aus den Säcken in Schütten umgefüllt, die unter oder hinter der Ladentheke waren. An der Verkaufswaage war eine Haltevorrichtung, in die man die spitze Papiertüte steckte, um sie zu füllen und abzuwiegen. Aus einem Blecheimer mit Deckel gab es den sogenannten „Leckmeri“ (Rübensirup), der bei uns Kindern sehr beliebt war. Er wurde mit einem großen Löffel aus dem Blecheimer in das mitgebrachte Glas umgefüllt, was sehr lange dauerte, da die klebrige, zähflüssige Masse nur langsam in das Glas lief. Eigentlich hieß er „Fenner Harz“ und wurde als Brotaufstrich aus Zuckerrüben hergestellt. Auf unserem Bauernhof wurde er während der Kriegsjahre für den eigenen Bedarf selbst gemacht, da früher die meisten Bauern Selbstversorger waren. Wenn die Kinder mit „Leckmeri“ frühstückten, war hinterher alles verschmiert und klebrig. Doch der Sirup war billig, und dies war entscheidend.

Salzheringe, eine seltene Köstlichkeit:
Nur in den Wintermonaten gab es Salzheringe, die in Holzfässern eingelagert waren. Wenn eine Ladung mit Salzheringen eintraf, sprach sich dies mit Windeseile im Dorf herum, und die Hausfrauen strömten in den Laden, um diese seltene Köstlichkeit zu ergattern. Zu Hause wurden die Salzheringe über Nacht „gewässert“, um das meiste Salz herauszuziehen. Dann wurden die Heringe in eine Soße eingelegt, die mit den „Melcherten“ (Samenflüßigkeit der männlichen Fische) nach eigenem Rezept angemacht wurde. Nun mußten die eingelegten Heringe wieder über Nacht „ziehen“ und wurden dann mit Pellkartoffeln serviert, wobei es pro Kopf nur einen Hering gab. Ich aß die Heringe nie gerne, da sie mit den Gräten auf den Tisch kamen und ich

Tante-Emma-Laden im Roscheider Hof in Konz

immer Angst hatte, an einer Gräte zu ersticken. Im „armen" Hunsrück gab es den „Streichhering" zu den Pellkartoffeln: Ein Hering hing entweder an einer Schnur von der Decke oder er war auf die Tischplatte genagelt und jeder „strich" mit seiner Pellkartoffel am Hering vorbei. Daher der Name „Streichhering"!

Das Warensortiment:
Der Senf, oder „Moschder", wie er bei uns auf dem Saargau heißt, wurde in großen Keramiktöpfen oder später in Blecheimern geliefert, die mit einem Deckel verschlossen werden konnten. Der Moschder wurde in mitgebrachte Gläser umgefüllt. Da gab es die Geschichte von dem kleinen Jungen, der mit einem Glas in den Laden kam, es der „Tante Emma" mit den Worten hinstreckte: „Fehr eh Groschen Moschder!" Das Glas wurde mit Senf gefüllt und die Ladeninhaberin frug: „Wouh eß de Groschen?" Der Kleine grinste und wies mit dem Finger auf das Glas: „Loh ennen leit enn!"
Im Tante-Emma-Laden konnte man alles kaufen, was die damaligen bescheidenen Ansprüche befriedigte. So gab es die Margarine „Landsieg", die Butter des kleinen Mannes, oder „Kathreiner", den echten Malzkaffee. Richtigen Bohnenkaffee konnte sich damals kein Arbeiter oder Bauer leisten. Die Hül-

senfrüchte wie Erbsen, Linsen oder Bohnen waren in Säcken und wurden in Papiertüten umgefüllt. Das beliebte „Tabioca Julienne", das es nur im Saarland gab, war ebenfalls in Tüten abgefüllt. Öl wurde aus Fäßchen, an denen ein kleiner Abfüllhahn war, in mitgebrachte Flaschen abgefüllt. Essig-Essenz wurde ebenfalls in Flaschen umgefüllt. Die Hefe, die man zum Backen von Brot und Hefekuchen benötigte, wurde aus einer großen Packung lose verkauft. Maggi, das Lieblingsgewürz des Saarländers, gab es auch schon früher und war sehr begehrt. Es wurde entweder als Maggi-Extrakt aus großen Blechdosen in Papiertüten oder flüssig aus einer großen Flasche in die mitgebrachte kleine Maggiflasche umgefüllt. Außer den Lebensmitteln gab es noch Waschmittel aller Art wie Persil, Ata, Sil, Omo, Ajax, Pril und Valan, die „Waschmaschine in der Tüte". An Seife gab es meist Kernseife, denn Feinseife konnten sich die Frauen auf dem Lande nicht leisten. Cremes und Salben gab es so gut wie keine zu kaufen, es sei denn, die Frau des Lehrers hatte sich welche bestellt. Dann machten die anwesenden Frauen große Augen und erzählten es gleich als große Neuigkeit im Dorf, das die Frau des Lehrers sich Hautcreme gekauft habe. „Na, deh kann sich datt jo och leischden", war die allgemeine Überzeugung. Sehr beliebt und begehrt war bei den Frauen „Sigella", Bohnerwachs zum Einwachsen des Holzfußbodens. Doch Bohnerwachs konnte man sich nur selten gönnen; es war zu teuer. Deshalb wurden die Fußböden meist mit Magermilch eingerieben, auch diese brachte einen gewissen Glanzeffekt.

Die „Duftnote" des Ladens:

Die vielfältigen Waren wie Limburger, Heringe, Waschmittel, Zigaretten, Tabak und vor allem Petroleum strömten einen Duft aus, der unverwechselbar war. Der Tante-Emma-Laden hatte seine eigene Duftnote, die mit nichts zu vergleichen war. Bei uns auf dem Dorfe gab es zwei Kolonialwarenläden. Der kleine Laden war in einem normalen Zimmer, mit Regalen, die bis zur Decke reichten. Eine Klappleiter diente dazu, die Waren aus den oberen Regalen zu nehmen. In dem einen Laden war die schon etwas betagte Ladeninhaberin, die „Mammo", wie sie von ihrer Tochter genannt wurde. Sie ließ die jungen Kundinnen auf die Leiter steigen, um die Waren von oben aus den Regalen zu entnehmen. Dies war auf dem Dorfe selbstverständlich, daß die Kundinnen der alten Frau halfen. Beim Öffnen der Ladentür schlug eine Glocke an, die verkündete, daß eine neue Kundin eingetroffen war. Nach dem Wechseln der üblichen Grußformeln erkundigte sich die Inhaberin, wie es der Kundin ging, was die Familie mache. Dabei stellte sich heraus, daß sie bestens über die Familienverhältnisse der Kundin informiert war. Die fand auch nichts dabei, daß sie ausgefragt wurde, denn auf dem Dorfe hatte man keine Geheimnisse voreinander. Hier wußte jeder über jeden Bescheid! Man half sich auch gegenseitig, wenn jemand in Not geraten war oder krank wurde. Nachbarschaftshilfe war zu der Zeit kein leeres Wort, sie war selbstverständlich.

Das Kommunikations-Zentrum:
Kam man in den Laden und es waren noch andere Kundinnen im Geschäft, so stellte man sich geduldig an, bis man an die Reihe kam; Selbstbedienung gab es damals nicht. Die Zeit verkürzten sich die Frauen mit dem neuesten Dorfklatsch; was die eine nicht wußte, wußte garantiert die andere. Viele Frauen gingen auch schon einmal eine Kleinigkeit kaufen, nur um ein Schwätzchen zu halten und die Dorfneuigkeiten zu erfahren.
Männer kamen selten in den Laden, es sei denn, sie brauchten Tabak oder Zigaretten. Die alten Männer kauften sich meist „Schicktuback" (Kautabak auf Rollen) zum Kauen oder Krüllschnitt für die Pfeife, den es in spitzen Tüten gab. Damals war die „Roth-Fuchs" aus der Merziger Zigarettenfabrik Fuchs ein Renner; sie war spottbillig und wurde daher auch von den meisten Männern geraucht. Selbst wir Buben konnten uns von unserem mehr als schmalem Taschengeld hin und wieder ein Päckchen Fuchs leisten. Meist legten wir zusammen, bis es für ein Päckchen Fuchs reichte. Doch wer ging die Zigaretten kaufen, ohne daß die Ladenbesitzerin mißtrauisch wurde? Meist wurde mit Grashalmen geknobelt; wer den kürzeren Halm zog, mußte die Zigaretten kaufen gehen.

Brossette Lebensmittelladen

„Fir wenn senn dann deh Fuchs loh?" frug die Ladeninhaberin mißtrauisch, wenn wir Zigaretten verlangten. „Meh fir den Upa Pitt!" antworteten wir mit fester Stimme. „Ech frohn dein Upa, ob datt stemmt!" meinte die Ladeninhaberin. Wir schnappten schnell das Päckchen Zigaretten und rannten aus dem Laden, denn der Boden war uns unter den Füßen doch zu heiß geworden. Wenn sie wirklich den Opa Pitt fragte, würde es eine tüchtige Tracht Prügel geben, denn der „schickte" nur. Die Fuchs rauchten wir dann gemeinsam in unserem Versteck. Es gab damals neben der „Roth-Fuchs" auch noch Pilot, Polo, Lasso und Bali, alles schwarze Zigeretten. An blonden Zigaretten gab es die Türkis, die Oakland und zwei Sorten „Halbe-Fünf". Der Name kam daher, daß auf der flachen Zigerettenschachtel eine hälftig geteilte Fünfpfennig-Münze zu sehen war.

Leckereien für die Kinder:
Besonders beliebt war bei uns Kindern der „Bärendreck" oder Lakritz. Den gab es auf Rollen zu kaufen, und er wurde von allen Jungen heiß geliebt, konnte man doch damit so eine herrlich schwarze Brühe den Mädchen auf die Schuhe spucken, worauf diese schreiend wegrannten. Oder man bekam eine gewaltige Ohrfeige, wenn das Mädchen größer und schneller war als der Junge. Heiß begehrt waren auch die sogenannten „Vorwitztuten", die es für wenige Pfennige oder Centimes zu kaufen gab. Welch herrliches Gefühl, wenn man Geld genug hatte, sich einige dieser heiß begehrten „Objekte der Begier" zu kaufen. Meist war nur Tand darin wie Ringe aus Draht mit einem bunten Stein in der Mitte oder anderes wertloses Zeug. Doch dies tat unserer Begierde keinen Abbruch! Es ging uns wie dem Spieler am Roulette-Tisch; einmal mußte doch der große Gewinn kommen.
Einen besonderen Reiz übten die Gläser auf der Ladentheke mit den bunten Bonbons (Zuckersteinen) und den Lollis (Lutschern) auf die kleinen Kinder aus. Wenn die Kleinen an der Hand der Mutter mit zum Einkaufen kamen, warteten sie sehnsüchtig darauf, von der Ladeninhaberin einen Bonbon oder gar einen Lolli aus einem der Gläser zu bekommen. Denn kaufen konnte die Mutter keine der bunten Süßigkeiten; dafür hatte sie kein Geld übrig.

Darlehen bei „Tante Emma":
Das liebe Geld war zu der Zeit sehr knapp; der schmale Lohn, den die Arbeiter in der Fabrik von Villeroy & Boch bekamen, reichte kaum zum Leben. Deshalb wurde auch sehr oft angeschrieben; die Frauen kauften auf Pump im Dorfladen. Dies war wiederum für die Ladeninhaberin sehr problematisch, denn sie mußte ja die gelieferten Waren bezahlen. Ihre Kundinnen zahlten erst am Zahltag, wenn die Männer das Geld heimbrachten. Aber sehr oft brachten diese von ihrem Lohn nur einen geringen Teil mit, sehr zum Leidwesen ihrer Frauen. Denn damals gingen die Männer zu Fuß in die Fabrik, wobei sie an mehreren Gastwirtschaften vorbeikamen. Da Arbeit und Fußmarsch durstig machten, kehrten sie oft ein und machten es wie ihre Frauen, sie ließen beim Wirt anschreiben. Auch hier wurde erst am Zahltag die Zeche beglichen. Am Zahltag begann eine schwierige Rechnerei für die Männer; für jedes Gasthaus wurde ein Häufchen gemacht und was übrig blieb, bekam die Frau. Dies war meist das kleinste Häufchen! Deshalb waren die Frauen heilfroh, als in späteren Jahren der Lohn ihrer Männer auf ein Konto überwiesen wurde.
In früheren Jahren waren die meisten Leute auf dem Dorfe Selbstversorger. Der Garten lieferte Gemüse, Salat und Obst. Kartoffeln, Roggen und Weizen wurden auf dem Feld angepflanzt, und nach der Ernte brachte man das Getreide zur Mühle. Vom Mehl buk man Brot oder brachte das Mehl später zum Bäcker, von dem man Brot-Gutscheine dafür bekam. Wurst und Fleisch erhielt man vom selbstgezüchteten Schwein, das im Winter geschlachtet wur-

de. Nach dem Krieg wurden in fast jedem Haus Kaninchen gezüchtet, die einen schmackhaften Braten abgaben. Daher wurden im Tante-Emma-Laden eigentlich nur Kleinigkeiten gekauft wie Gewürze, Maggi, Waschmittel und Seife. Reich wurde die Besitzerin des Ladens bei diesen Käufen bestimmt nicht; doch auch sie war bescheiden, wie ihre Kundinnen. Wurde einmal etwas vergessen, so ging man nach Ladenschluß nicht mehr in den Dorfladen, sondern klopfte an der Wohnungstür der Ladeninhaberin. Es war selbstverständlich, daß man auch zu später Stunde noch bedient wurde und dies auch an Sonn- und Feiertagen. Doch die Ladeninhaberin kannte ihre Kundinnen; meist waren es immer ein- und dieselben, die sie nach Ladenschluß belästigten. Da mußte schon einmal ein hartes Wort gesprochen werden, um diesem Treiben Einhalt zu gebieten. Schließlich hatte man ja auch Anspruch auf ein klein wenig Privatleben.

Das Ende der Dorfläden:
In späteren Jahren kamen die Supermärkte auf, wo die Waren in riesiger Auswahl und viel billiger angeboten wurden, als dies die Tante-Emma-Läden konnten. Die Dörfler wurden zunehmend motorisiert, so daß die Männer mit ihren Frauen immer öfter in den Supermarkt zum Einkaufen fuhren. Dieser Konkurrenz waren die kleinen Dorfläden auf die Dauer nicht gewachsen, und so schloss ein Tante-Emma-Laden nach dem anderen. Die Dummen waren dabei die Alten, die kein Auto besaßen und daher auf Verwandte und Bekannte angewiesen waren, daß die ihnen die benötigten Waren mitbringen würden. Inzwischen kommen fahrbare Verkaufsläden in die Dörfer, bei denen die nicht mobilen Alten nun einkaufen können.
So ist mit dem Verschwinden der Tante-Emma-Läden ein Stück Kultur aus den Dörfern verschwunden, wie so vieles andere auch. Früher brauchte man keine Zeitung oder Radio; in den Dorfläden bekam man die neuesten Nachrichten beim Einkauf gratis dazu.

Kapitel 3

Geschichtliches von Saar und Mosel

zeigt in den verschiedenen Artikeln die Geschichte unserer Region, diesem Grenzgebiet im Dreiländereck, das seit Jahrhunderten Zankapfel der Mächtigen ist. Auf den Saargau, diesen fruchtbaren Landstrich, der sich bis zur Mosel hinzieht, schielten die Mächtigen schon immer und versuchten, oft mit Gewalt, seiner habhaft zu werden. Daher herrschte in all den Jahrhunderten immer wieder Kampf und Krieg in unserer Region, wurden die Häuser und Dörfer zerstört, Menschen vertrieben und getötet. Doch die Bewohner des Dreiländerecks sind ein zäher Menschenschlag; sie kehrten immer wieder in ihre zerstörten Dörfer zurück, begruben ihre Toten, bauten die Häuser wieder auf.

In all den Jahrhunderten gab es keine Generation, die in Frieden leben konnte, die keinen Krieg kannte. Wir sind die erste Generation, die seit sechzig Jahren keinen Krieg mehr in unserer Region erlebt hat. Seit 1944/45 der Zweite Weltkrieg endete, ist Friede im Dreiländereck; dies gab es noch nie. Hoffen wir alle, daß der Friede auch weiterhin erhalten bleibt.

In den Artikeln habe ich versucht, an dem Beispiel einiger Dörfer die Geschichte unserer Grenzregion darzustellen; sie ist fast für das gesamte Dreiländereck zu sehen. Denn die Kämpfe und Kriege zogen sich meist über unsere gesamte Region hin; es mußten alle Grenzbewohner darunter leiden.

Auch einen Teil des Moselraums, Lothringen und Luxemburg habe ich in dieses Kapitel mit aufgenommen, denn die Grenzkriege wurden auch oft in diesen Raum getragen.

Ad nonum lapidem – am „neunten Meilenstein“

Geschichte eines Dorfes im Grenzgebiet Dreiländereck

Dieser Artikel ist keine wissenschaftliche Abhandlung, sondern von einem Laien für Laien geschrieben. Es gibt auch keine historischen Beweise für meine Thesen, die ich hier aufstelle. Doch es könnte so gewesen sein, und wahrscheinlich war es auch so.
Das Grenzgebiet im Dreiländereck Deutschland-Frankreich-Luxemburg ist reich an geschichtlichen Ereignissen, da dieses Gebiet und seine Bewohner immer wieder in die Kämpfe der Mächtigen verwickelt wurden. Das Grenzgebiet reicht vom Saargau bis zur Dreiländerecke; von der Saar bis zur Mosel. Zuerst war unser Gebiet von germanischen Stämmen bewohnt, die in vereinzelten Höfen wohnten. Die Kelten eroberten später unser Gebiet und siedelten sich hier an. Sie waren hervorragende Bauern und Handwerker, die das Land bald urbar machten. Aus dem Keltenstamm entstand der Stamm der „Treverer“, ein berühmtes und tapferes Reitervolk.

Das Land unter römischer Herrschaft:
Im Jahre 58 vor Christi erobern die Römer unter Julius Caesar Gallien, in dem auch unser Gebiet liegt. In diesem Teil des Landes wohnt der Stamm der Treverer, ein tapferes Reitervolk. „Gallien in seiner Gesamtheit zerfällt in drei Teile. Den einen bewohnen die Belger, einen anderen die Aquitanier und den dritten die, die sich selbst Kelten nennen, in unserer Sprache aber Gallier heißen“, berichtet Caesar in seinem „Gallischen Krieg“. Das Trevererland, wozu auch das untere Saartal gehörte, nannte sich „Celtica“.

Die Römer haben unser Gebiet in fast 500 Jahren geprägt, ihren Stempel aufgedrückt. Sie haben es verstanden, aus Wildnis und Urwald ein blühendes Land zu schaffen, in dem sogar Wein angepflanzt wurde. Unter den Römern herrschte viele Jahrzehnte Frieden; Handel, Kultur und Landwirtschaft florierten.

Die römischen Heerstraßen:
Zur Sicherung und Erschließung des eroberten Landes läßt Cäsar große Fernstraßen für Militär, Verwaltung und Handel anlegen. In regelmäßigem Abstand werden Raststationen eingeplant. Die Militärstraßen der Römer sind Staatsstraßen; sie werden vom Staat erbaut und unterhalten. Verbindungswege zwischen den Hauptstraßen legen die Landesbewohner selbst an. Vermes-

sungsingenieure bestimmen die Richtung, Architekten leiten den Bau. Steinmetzen, Maurer und Zimmerleute bauen die Brücken. Die Landesbewohner leisten Hand- und Gespanndienste. Die Legionäre packen in Friedenszeiten bei allen Arbeiten mit an; sie legen Straßen, Festungen und Kanäle an. Die Soldaten bauen Wasserleitungen, legen Sümpfe trocken, brennen Ziegel und pflanzen Wein an.
Ausgehend von Marseille und Lyon, der Rhône und Saône folgend, erreichte die zweifellos bedeutendste Verbindung schließlich Reims, den Hauptort der Provinz Gallia Belgica, der das Trevererland, die civitas Treverorum, verwaltunsgtechnisch angehörte. Von Reims aus stießen die wichtigsten Straßen durch das Trevererland zum Rhein vor (Reims-Mouzon-Etalle-Arlon-Trier-Köln oder Mainz; Reims-Metz-Saarbrücken-Straßburg; Reims-Metz-Pachten-Trier). Eine sehr wichtige Rolle spielten die Flüsse als Transportstraßen, wie zum Beispiel Saar, Mosel und Rhein.

Römische Entfernungen:
Der Schritt zu fünf römischen Fuß ist das Normalmaß für römische Entfernungen (es ist ein Doppelschritt von 1,48 Metern). Eine Meile sind 1000 Schritte (1,48 Kilometer). Die gallische Meile (Leuge) beträgt 1½ römische Meilen (2200 Meter). Die Römer benutzten in allen von ihnen unterworfenen und kolonisierten Ländern ihre eigene Meile als Wegemaß. Nur die Kelten in Gallien, die belgischen Volksstämmen im Norden des Landes sowie die Bewohner der beiden römischen Provinzen am Rhein hielten auch weiterhin an ihrer einheimischen Leuge fest. Daher wurde schließlich unter der Regierung des römischen Kaisers Caracalla (198-217) in Gallien und den beiden germanischen Rheinprovinzen die keltische Leuge als offizielles Wegemaß anerkannt. In allen anderen Provinzen und natürlich im römischen Mutterland blieb die Meile, die als lateinische Bezeichnung für „Tausend Schritt" den Mittelmeerbewohnern vertraut war, im Einsatz.
Ein römischer Soldat mußte am Tag 20 Meilen (30 Kilometer), beim Schnellmarsch bis zu 24 Meilen (36 Kilometer) zurücklegen; pro Stunde 4½ bis 5½ Kilometer und dies mit 45 Kilo Gepäck.

Die römischen Legionäre:
Die Römer brachten ihre Kultur und Lebensweise in unser Gebiet; das Land blühte auf. Doch immer wieder brachen wilde Volksstämme herein, brachten Tod und Verderben mit sich. Zur Sicherung ihrer Grenzen bauten die Römer einen Grenzwall, den Limes, der sich durch ihr gesamtes Grenzgebiet zog. Der Limes war in regelmäßigen Abständen von Grenztürmen unterbrochen, auf denen Legionäre Wache hielten. Sobald sich ein Feind näherte, wurde mittels Hornsignalen, Feuerzeichen oder Blinkzeichen mit Spiegeln Alarm gegeben. Da die Grenztürme Blickkontakt hatten, konnte der Alarm sehr schnell wei-

tergegeben werden bis zum nächsten Kastell. Die Überwachung der Grenze sicherten die Hilfstruppen (auxilia) in den Limeskastellen. Die Grenztruppen waren in verschiedene reguläre Einheiten (alae = Reiterei), (cohortes = der 10. Teil einer Legion); (röm. Legion: 10 Kohorten = 30 Manipel = 60 Zenturien, dazu 300 Reiter; 4200 bis 6000 Mann) gegliedert.
Die Auxiliarsoldaten (Soldaten der Hilfstruppen) erhielten nach 25jähriger Dienstzeit das römische Bürgerrecht (civitas Romana) und das Eherecht (conubium) in Form eines Diploms verliehen.

Die Raststätten:
An bestimmten Meilensteinen entlang der Heerstraße wurden Pferdewechselstationen eingerichtet, wo die Boten, Kuriere und Reisende frische Pferde bekamen. Damit sich die Reisenden stärken konnten, gab es gegen Entgelt einen kleinen Imbiß und Wein. Daraus entstanden die Raststätten und die römischen Schenken. Da bei diesen Pferdewechselstationen meist auch eine römische Wachmannschaft stationiert war, um diese Stationen vor Überfällen zu schützen, so waren sie relativ sicher. Daher siedelten sich bei diesen Stationen die Kleinbauern an und bauten ihre Hütten rund um die Station. So entstanden damals die ersten Dörfer, die meist den Namen der Station annahmen.

Ad nonum lapidem – Am neunten Meilenstein:
An dem Beispiel des Dorfes Nohn wollen wir die Schicksale der Grenzdörfer des Saargaues darstellen, die in den vergangenen Jahrhunderten immer wieder unter den Machtkämpfen und Grenzstreitigkeiten der Mächtigen zu leiden hatten. Doch die Bewohner des Grenzgebietes im Dreiländereck sind ein zähes Volk; sie kehrten immer wieder in ihre zerstörten Dörfer zurück, begruben ihre Toten, bauten die verbrannten Häuser auf und bestellten ihre zertrampelten Felder.
Nohn, auf dem saarländischen Gau gelegen, kann auf eine römische Vergangenheit zurückblicken. Darauf deutet schon sein Name hin. Denn der Ortsname Nohn bedeutet nichts anderes als „Zum neunten Längen- oder Meilenstein“, vom Lateinischen „Ad nonum lapidem“ abgeleitet. Da Nohn in der römischen Provinz „Gallia Belgica“ lag, sind neun gallische Leugen nach unserem heutigen Längenmaß 19,8 Kilometer (9 x 2200 Meter = 19.800 Meter). Daher muß ein römischer Meilenstein (der neunte) an einer Römerstraße gestanden haben, die durch oder unmittelbar an dem heutigen Ort Nohn vorbeiführte, von dem der Ort seinen Namen hatte. Die römischen Meilensteine waren hohe, zylinderförmige Steine, die auf einem Würfelpodest im Boden verankert waren und ringsum eine Inschrift trugen. Hier war der Ort mit seinen Entfernungen zu anderen Plätzen (Ort, Stadt oder Kastell) eingetragen; meist war noch der Name des Kaisers genannt, unter dem der Stein gesetzt

wurde. Es gibt noch mehrere solcher Orte, die ihren Namen ebenfalls diesen Meilensteinen verdanken. So ist Quint bei Trier aus „Ad quintum lapidem", (Zum fünften Längenstein) entstanden. Im Moseldorf Detzem stand an der Römerstraße von Trier der zehnte Längenstein, daher hieß die Siedlung zur Römerzeit „Ad decimum lapidem" und im frühen Mittelalter hieß der Ort noch „Decima". Diese Längenangaben waren von Trier aus in gallischen Leugen gemessen.
In oder bei dem heutigen Dorf Nohn muß daher auch ein römischer Meilenstein gestanden haben, nämlich der „neunte Meilenstein", dem das Dorf seinen Namen verdankt. Bei Ausschachtungsarbeiten zum Schulhaus in Nohn wurde 1925/26 das Profil einer römischen Straße angeschnitten, die nach Angabe des Schulleiters Johann Biewer vom Dorfe her in Richtung auf das Einzelgehöft „Schleif" verläuft, das außerhalb von Nohn oberhalb von „Buttwag" liegt. Römische Meilensteine zeigen die Entfernung zu einer Stadt oder einem größerem Militärstützpunkt an. Nun lag das römische Kastell Pachten (Contiomagus) genau neun gallische Leugen, also 19.8 Kilometer, von dem „neunten Meilenstein" entfernt.

Die römischen Wacht- und Signaltürme:
Zwischen Nohn und der „Schleif", also im Zuge der aufgedeckten Römerstraße, liegt auf der Höhe der trigonometrische Punkt 352 (in der Nähe des Wasserbehälters). Es ist dies ein grauer, viereckiger Stein, auf dem die Himmelsrichtungen und die Höhe 352 eingetragen sind. Von diesem Punkt aus hat man einen umfassenden Rundblick über das ganze Saartal bis Dillingen und Bous, ja wenn klare Sicht ist, kann man den Schaumberg bei Tholey am Horizont erkennen. Saarabwärts sieht man bis zu den Höhen von Saarhölzbach und weit in den Hochwald hinein.
Da der Plateaurücken mit Nohn und der Höhe 352 sehr hoch liegt (352 Meter) und dazu weit in das Saartal vorragt mit ziemlich steil zum Saar- und Steinbachtal abfallenden Uferwänden, so ist anzunehmen, daß diese römische Siedlung „Ad nonum lapidem" in einem wichtigen Zusammenhang mit dem Kastell in Pachten stand. Von der Höhe 352 konnte ein römischer Wachtturm mit dem Kastell in Pachten und anderen Wacht- und Signaltürmen auf den gegenüberliegenden Hochwaldbergen und den Gauhöhen entlang der römischen Heeresstraße von Trier nach Metz in ständiger Verbindung bleiben und beim Nahen eines Feindes Alarm schlagen. Dies geschah vermutlich in der Nacht durch Leuchtfeuer oder Feuersignale und tagsüber mittels Rauchzeichen oder Morsezeichen mit Spiegeln an sonnigen Tagen. Die Wachttürme waren so angeordnet, daß sie in Sichtweite voneinander standen und bei Tag und Nacht besetzt waren.
Die Annahme, daß in „Nonum", dem „neunten Meilenstein" ein römischer Wachtturm stand, wird dadurch untermauert, daß zur damaligen Zeit die

Feldlager Borg 2004

Germanen mit ständigen Einfällen die Existenz des Römerreiches bedrohten. Daher war ein Wachtposten auf der Höhe von Nohn für die Römer lebenswichtig, meldete er doch dem Kastell in Pachten rechtzeitig das Nahen eines Feindes.

Nun spricht der Ortsname Nohn dafür, daß er von „nonum" abgeleitet wurde. Aus „nonum" wurde „Nohon", wie es 950 hieß und 1197 war es „None", aus dem bereits 1569 das heutige „Nohn" wurde. Dafür, daß Nohn von „Ad nonum lapidem" abgeleitet wurde, spricht die Entfernung von Nohn nach Pachten, die fast genau 20 Kilometer beträgt. Wir erinnern uns, neun keltisch-römische Leugen sind genau 19,8 Kilometer, also die Entfernung von Nohn nach Pachten.

Die Römerstraße bei Nohn:
Eine alte Römerstraße ging über Nohn nach Pachten durch den Saargau über Ripplingen an Fitten vorbei und weiter durch Hilbringen. Die Römerstraße führte also auf der hochgelegenen Kiesschotterstraße des ehemaligen Saarbettes dahin. In Hilbringen wurde beim Bau der Provinzialstraße (heute Mecherner Straße) zwischen der Gastwirtschaft Pesé-Günther und dem früheren Bürgermeisteramte das Niveau dieser Römerstraße durch den Saargau freigelegt. Die Straße führte weiter nach Mechern und Fremersdorf. In diesen beiden Orten wurden Fundamente von römerzeitlichen „Villen" durch das Trierer Museum freigelegt. Von Fremersdorf ging der Römerweg am halben Hang, also oberhalb der heutigen Verkehrsstraße weiter, stieg langsam an und führte in einem großen Bogen um den „Heiligenkopf" nach Eimersdorf. Von Eimersdorf ging es hinunter zur Niedfurt unterhalb der „Mattheiser Mühle". Die Römerstraße führte am Fuße der Siersburg und dem steil zum Saarufer hin abfallenden Höhenzug „Limberg" entlang bis zur Furt gegenüber dem Pachtener Kastell.

Demnach lag die kleine römische Straßensiedlung „Ad nonum lapidem" an einer Römerstraße, die von Pachten ausging. Es liegt daher die Vermutung nahe, daß das „römische Nohn" mit dem römischen Kastell von Pachten in Verbindung stand. Doch dies sind Spekulationen, die historisch bisher noch nicht belegt werden konnten.

Das Römerkastell bei Pachten:
Pachten, in der Dillinger Talsenke gelegen, war zur Römerzeit eine große Siedlung (römischer „Vicus") mit etwa 2000 Einwohnern. Das Kastell bei Pachten wurde 275 n. Chr. von den Römern erbaut. Es hatte eine Länge von 152,1 Metern und eine Breite von 133,7 Metern. In dem Kastell lagen römische Legionäre und fränkische Hilfstruppen. Das Kastell in Pachten wurde 275 n. Chr. erbaut, als nach den Wirren der zweiten Hälfte des dritten Jahrhunderts die Kaiser Maximian und Diocletian die Reichsgrenzen neu befestigten und dabei auch für die Sicherheit innerhalb des Landes sorgten. Doch der Bau des Kastells war wahrscheinlich schon von Kaiser Aurelianus (270-276) in seinem großen Befestigungsplan von Gallien vorgesehen. Darauf weist der charakteristische Grundriß des Kastells mit seinen Vierecktürmen hin. Nach dem vorzeitigen Tod von Kaiser Aurelianus beendeten seine Nachfolger Probus, Diocletian, Constantin I. und Kaiser Valentinian I. (364-375) seine Festungspläne von Gallien.

Die Zerstörung des Pachtener Kastells:
Am 31. Dezember 406 hatten die Vandalen den zugefrorenen Rhein überschritten und fielen in Gallien ein. Sie hatten Mainz gestürmt und verbrannt. Im Frühjahr 407 zogen sie von Mainz die Römerstraße entlang in Richtung Metz. Das Kastell von Pachten war dabei ihrem Vormarsch über die Saar im Wege. Die Vandalen, Alanen und Sueben unter ihrem König Chrocus sammelten sich vor dem römischen Kastell und schlossen es ein. Berittene Trupps der Vandalen schwärmten aus und zerstörten die römischen Einzelsiedlungen an der Straße nach Trier in Höhe von Beckingen und ließen die Höfe in Flammen aufgehen; die Bewohner waren geflohen. Im Morgengrauen griffen sie das Kastell von Pachten in drei Schlachtkeilen, der Sturmformation der Germanen, an. Die schwache Besatzung der Römer stand einem übermächtigen Feinde gegenüber; sie hatten keine Chance. Das schwere Eichenholz der Tore splitterte bald unter den wuchtigen Schlägen der Streitäxte, und die Vandalen drangen in das Kastell ein. Ein Römer nach dem anderen ergab sich, nur die fränkischen Hilfstruppen leisteten erbitterten Widerstand. Die Franken hatten sich auf den „Turm des Merkurius" zurückgezogen und kämpften unerschrocken gegen die Eindringlinge. Hier standen nun, wie so oft in dieser Zeit, Germanen gegen Germanen. So mußten die Sueben, die in diesem Abschnitt kämpften, Stockwerk um Stockwerk in mörderischem Einzelkampf erobern, was hohe Verluste forderte. Die Franken ergaben sich nicht, sie kämpften bis zum letzten Mann. Von ihnen überlebte keiner den Tag.
Die Vandalen ließen nur noch rauchende Trümmer und Leichenberge zurück, ehe sie in Richtung Metz weiter zogen. Bis zum Herbst des Jahres 409 verheerten die Vandalen ganz Gallien, das die Römer inzwischen aufgegeben

hatten. Mittlerweile hatten sich die Völker der Vandalen, Alanen und Sueben vereinigt und drangen nun gemeinsam in Spanien ein, das bisher von den germanischen Völkern verschont wurde.

Weitere geschichtliche Daten von Nohn:
Lassen wir nun den Nohner Chronisten, Lehrer Johann Biewer, die weiteren geschichtlichen Daten von Nohn berichten:
Bei der Teilung des Karolingerreiches kam Nohn zum Herzogtum Lothringen und damit später zum Ostreich. Geschichtlich wird Nohn nachweislich erstmals 950 als „Nohon“ in der Mettlacher Güterrolle (S. 121) erwähnt. Im Jahre 1197 besaß das Kloster Wadgassen eine Viertel-Hufe zu „None“ (a. a. O. II, Nr. 167, S. 210. – MRR. II, Nr. 800).
Der Amtmann von Siersburg übte lange Zeit die Hoheitsrechte im Namen des Herzogs von Lothringen aus. Unter Stanislaus Leszinski, der auch Herzog von Lothringen war, kam Nohn zum Amt Busendorf. Im Jahre 1766 fiel dieses Gebiet, als zu Lothringen gehörig, nach dem Tode Leszinskis an Frankreich. Erst nach dem Frieden von 1814 wurde Nohn wieder mit anderen Orten von Lothringen und Frankreich abgetrennt und kam nach Deutschland zurück. Nach fast fünfzig Jahren französischer Herrschaft wurden die Nohner nun wieder zu Deutschen.
Das Land wurde zuerst einer österreichisch-bayrischen Landesverwaltungskommission, mit Sitz in Kreuznach, unterstellt. Als auf dem Wiener Kongreß 1815 Preußen die Rheinprovinz zugesprochen wurde, kam unser Dorf zu Preußen und zwar 1816 zum Regierungsbezirk Trier, bei dem es fortan blieb.
1814 war die Bürgermeisterei Orscholz gebildet worden, zu der folgende Orte gehörten: Orscholz, Weiten, Keuchingen, die Hälfte von Oberleuken, Eft-Hellendorf, Büschdorf, Tünsdorf, Nohn, Dreisbach, Scheuerhof, Bethingen und Wehingen. Ab 1816 wurde die Bürgermeisterei unter der Bezeichnung „Bürgermeisterei Orscholz Kanton und Kreis Saarburg“ geführt. 1816 schieden Keuchingen und Dreisbach aus und wurden dem Kreis Merzig angeschlossen. 1835 kam die Hälfte von Oberleuken zu Perl.
Erster Bürgermeister der Bürgermeisterei Orscholz war Arnold Schmelzer, wohnhaft im Pfarrhaus zu Tünsdorf. Zu den ersten Schöffen gehörten aus Nohn Ruppert Wallerich und Nikolaus Fisseni, später Wilhelm Hahn und Jakob Wagner.
1837 wurde der Sitz der Bürgermeisterei nach Freudenburg verlegt und mit dieser Bürgermeisterei vereinigt (Bürgermeister Scheuer). Für die Dauer von einem Jahr (25.05.1871 – 1.10.1872) war die Bürgermeisterei wieder in Orscholz und danach ununterbrochen in Freudenburg.
Am 22.07.1946 wurde der Kreis Saarburg verwaltungsmäßig dem Saargebiet angegliedert. Als der Kreis Saarburg wieder zum Bezirk Trier zurückkam, blieben ab 1.10.1946 die Orte der Bürgermeisterei Orscholz beim Saargebiet.

Nohn – Höhenpunkt 352

Die Bürgermeisterei wurde aufgelöst, und Orscholz, Nohn und Weiten kamen zur Bürgermeisterei Mettlach, Kreis Merzig-Wadern, zu der sie bis heute (2005) gehören.
Nach einer Zählung im Jahre 1567 hatte Nohn 14 Familien; nach Ende des 30jährigen Krieges zählte Nohn im Jahre 1661 nur noch 4 Familien. Zu Beginn des 18. Jahrhunderts waren es wieder 22 Familien, und 1817 zählte Nohn 305 Einwohner. Im Jahre 1910 waren es 351, Ende 1998 hatte Nohn 661 Einwohner, und im Oktober 2004 waren es 684 Einwohner in 376 Haushalten.
Nohn ist ein typisches Grenzdorf, das auf dem Gau im Dreiländereck liegt und dessen Einwohner in all den Jahrhunderten die Streitigkeiten und Kriege der Mächtigen dulden mußten, wie auch die anderen Dörfer des Saargaus. Die Chronik von Nohn beschreibt immer wieder Ereignisse, die die Einwohner in Angst und Schrecken versetzten.
Im 30jährigen Krieg und den nachfolgenden Wirren wurde der Saargau verheert und verwüstet. Noch nach dem Friedensschluß 1648 gab es in unserem Gebiet Truppendurchgänge und Kämpfe lothringischer, französischer und spanischer Regimenter; die Kriegsnot wollte kein Ende nehmen.
1651 ging die Tünsdorfer Kirche in Flammen auf, als die Kriegsvölker des Marschalls La Ferte den Saargau besetzten. 1657 fand von Trier aus eine kirchliche Visitation der Pfarrei Tünsdorf statt, wobei nur noch 22 Kommunikanten (erwachsene Pfarrkinder) festgestellt wurden. Dies heißt, das in den Dörfern Tünsdorf, Orscholz, Nohn, Büschdorf, Bethingen und Wehingen, die zur Pfarrei Tünsdorf gehören, nur noch 22 Erwachsene lebten. Der Dreißigjährige Krieg hatte in unserer Region furchtbare Ernte gehalten.
Als 1661 zwischen Frankreich und Lothringen ein Friedensschluß zustande kam, wollten die Tünsdorfer ihr Gotteshaus wiederaufbauen. Ein Notariatsakt, der damals vor Notar Bock in Sierck getätigt wurde (verwahrt im Archiv des Départements Metz), gibt interessanten Aufschluß über den Familienstand der großen, aber durch die Kriege sehr bevölkerungsarmen Pfarrei. Demnach lebten in Tünsdorf nur noch fünf Familien, in Orscholz vier, in Nohn vier, und in Büschdorf, Bethingen und Wehingen war sogar nur noch ein Einwohner pro Dorf übrig geblieben. Durch den Ausbruch erneuter Kriege und Kämpfe (im holländischen Krieg mußten die Leute wieder flüchten) dauerte es noch fast 70 Jahre, ehe man 1730 mit dem Wiederaufbau der Kirche endlich beginnen konnte.
Der Erste Weltkrieg forderte 17 Todesopfer unter den Bewohnern von Nohn. 1912 brannte das Anwesen des Landwirtes Becker auf Buttwag (Steinbach) bis

auf die Umfassungsmauern nieder. Daraufhin zog die Familie auf den Scheuerhof, der in ihrem Besitz war. 1907 erhielt Nohn eine Wasserleitung, sechs Jahre später elektrisches Licht.
1920 ist Nohn zum Grenzort geworden und erhält deutsche Zollbeamte; 1922 werden in Nohn die deutschen Zollhäuser gebaut und in Dreisbach das französische Zollhaus (die heutige Jugendherberge). Nach der Saarabstimmung 1935 und der Rückgliederung nach Deutschland fallen die Grenzen und damit auch die Zollschranken weg.

Nohner Kirche:
Nohn gehörte schon immer zur Pfarrei Tünsdorf, hatte jedoch bereits 1569 eine eigene Kapelle. Ab dem Jahre 1919 hatte das Dorf seinen eigenen Gottesdienst; Patres aus dem Kloster St. Gangolf versahen an den Sonntagen den Dienst in der Kapelle. 1923 wurde die alte Kapelle abgerissen und eine neue Kirche von den Arbeitslosen aus Nohn erbaut; ein Novum in der Geschichte der Diözese Trier. Möglich wurde dies durch die Besetzung des Ruhrgebietes und die daraus resultierende vorübergehende Schließung der Firma Villeroy & Boch in Mettlach, bei der die meisten Nohner beschäftigt waren.
In den Jahren 1929/30 wurde ein neues, modernes Schulhaus gebaut, das 1962 renoviert wurde. Nachdem die Schule in Nohn geschlossen wurde, baute man das Schulhaus in ein Bürgerhaus um, in dem die Nohner Vereine seitdem ihre Feste feiern.

Der Zweite Weltkrieg:
Im Jahre 1938 wurden 35 westfälische Arbeiter in Nohn einquartiert, die an dem Bau des Westwalles eingesetzt wurden.
Am 1. September 1939 fand die erste Evakuierung der „Roten Zone" statt, zu der auch Nohn gehörte. Dies war nötig geworden, nachdem das Großdeutsche Reich Frankreich den Krieg erklärt hatte. Die Nohner mußten ein Jahr in der Fremde verbringen; sie landeten im Bezirk Kassel (Waldeck), wo sie in Arolsen, Helsen, Mengeringhausen, Waroldern untergebracht wurden. Die Nohner litten sehr darunter, daß man sie als „Saar-Franzosen" behandelte. Im September 1940 durften sie wieder zurück nach Nohn, wo sie ausgeplünderte und verwüstete Wohnungen und Häuser vorfanden. Nach dem Kriegsschadensgesetz sollten die Leute entschädigt werden, wozu man entsprechende Listen ausfüllte. Während der Evakuierung starben vier Erwachsene und ein Kind; 14 Kinder kamen im Evakuierungsgebiet zur Welt.
Doch die Nohner sollten nicht zur Ruhe kommen. Nachdem sich der Krieg immer mehr ausdehnte, war 1944 die zweite Evakuierung angesagt. Am 19. November 1944 flüchteten die meisten Nohner vor den anrückenden Amerikanern; sie landeten schließlich auf dem Hunsrück. Einige Familien blieben zurück und hausten in den Kellern, um vor dem Artilleriebeschuß einigerma-

Dorfstraße in Nohn 1952

ßen sicher zu sein. Die schweren Kämpfe um den „Orscholzriegel“ zogen sich bis Nohn hin; das Dorf lag unter Beschuss, viele Häuser wurden zerstört oder schwer beschädigt. Am 30. November 1944 zogen die Amerikaner in Nohn ein und setzten den Ort sofort in den Verteidigungszustand. Die Bewohner mußten in den Kellern bleiben und durften erst nach einigen Tagen hinaus. Die Nohner hatten die Vorbereitungen für das bevorstehende Weihnachtsfest getroffen, da mußten sie am 23. Dezember bei eisiger Kälte ihr Dorf verlassen. Sie gingen zu Fuß nach Bethingen, von amerikanischen Soldaten begleitet. Am anderen Morgen fuhr man die Nohner auf offenen LKWs nach Hemmersdorf, wo sie in den verlassenen Häusern einquartiert wurden. Die Leute mußten sich von dem ernähren, was die Hemmersdorfer zurückgelassen hatten. Nachdem die Kampfhandlungen im Februar 1945 über die Saar an den Rhein gingen, durften die „Hemmersdorfer“ am 25. März (Palmsonntag) nach Nohn zurück.

Nachkriegszeit:
Am 8. Mai 1945 ist der Krieg aus! In Nohn leben nun 135 Personen, die zurückgeblieben waren und 30 Zurückgekehrte. Man versucht, sich in den zerstörten Häusern so wohnlich wie möglich einzurichten. Doch dies ist schwer;

sämtliche Fensterscheiben sind zerbrochen, die Dächer schwer beschädigt, die Wasserleitung defekt, das Stromnetz vollständig zerstört, Feld und Wald vermint und mit Stacheldraht und Laufgräben durchzogen. Saatgut, Vieh, Ackergeräte und Lebensmittel fehlen; es ist ein Jammer.
Nach und nach bevölkert sich das Dorf; am 31. Dezember 1945 sind es bereits wieder 475 Einwohner. Mit dem Entminen des Bannes haben die Zurückgebliebenen bereits begonnen; bis April sind bereits 16.000 Minen gehoben. Diese gefährliche Arbeit verlangt auch ihre Opfer; Michel Remmel und Peter Dideon finden den Tod, Johann Leinen verliert ein Bein. Am 16. Juni 1945 finden drei Kinder eine Handgranate und spielten damit; als diese explodiert, werden alle drei schwer verletzt. Amerikaner, die in Tünsdorf stationiert waren, bringen die Kinder nach Trier ins Krankenhaus. Dort erliegt Günter Junk seinen schweren Verletzungen.
Am 10. Juli 1945 wird die amerikanische Besatzung in Tünsdorf durch eine französische abgelöst. Die Franzosen verlangen von Nohn zehn Matratzen, 30 Eier, ein Kaninchen, zwei Pfund Butter, 30 Kilo Gemüse sowie Milch. Die Leute sind verzweifelt; sie haben selbst nicht viel zum Leben. Doch nach einigen Wochen können die Nohner aufatmen; am 20. September verlassen die Franzosen wieder Tünsdorf.
Am 24. Juli 1945 kommt Peter Leinen bei der Getreideernte ums Leben; seine Sense schlug an einen Blindgänger.
Am 27. September gibt es die erste Lebensmittelzuteilung; es gibt wieder Brot. Doch gleich die bittere Pille; im November muß Nohn 200 Zentner Kartoffeln an die französische Besatzung abliefern.
Am 31.12.1945 ist Viehzählung: acht Pferde, 106 Kühe, 27 Schweine, fünf Ziegen, 192 Hühner, vier Gänse, 31 Kaninchen, acht Bienenstöcke und zwei Zwerghühner gibt es in Nohn.
In Nohn gehen die Lichter wieder an; am 29. Februar 1946 hat das Dorf wieder Strom.
Immer wieder finden Einwohner durch Minen den Tod; Albert Uder wird am 25. April 1946 getötet und Peter Zengerli am 9. 8. 1947. Im Oktober 1946 ist ein Minensuchkommando in Nohn und sucht Feld und Wald planmäßig nach Minen ab; dabei werden zwei Mann getötet.
Im Oktober wird die Versorgung mit Lebensmitteln verbessert; Bäckerei Hockert und Metzgerei Kohl aus Schwemlingen versorgen die Nohner mit Brot, Fleisch und Wurst.
Am 1. Oktober 1946 scheidet Nohn aus dem Kreis Saarburg aus und kommt zum Kreis Merzig und zur Bürgermeisterei Mettlach. Ab Januar 1947 ist auch die Nohner Poststelle wieder in Betrieb.
Am 6. April 1947 wird die Uhr eine Stunde vorgedreht; Sommerzeit. Im Mai nochmals eine Stunde vor und am 29. Juni wieder um eine Stunde zurückgedreht.

Ab 7. Juni 1947 verläuft die neue Grenze des Saargebietes nun auf der linken Saarseite von Saarhölzbach über Weiten und Faha nach Nennig.
Die Saarländer bekommen neues Geld; vom 16. bis 22. Juni 1947 wird die Reichsmark in die neue Saarmark umgetauscht. Am 1. April 1948 findet der wirtschaftliche Anschluß des Saarlandes an Frankreich statt.
Der letzte Kriegsgefangene kommt zurück; am 22.9.1949 kehrt Peter Klein aus russischer Gefangenschaft heim. Aus Nohn waren 150 männliche und zehn weibliche Personen eingezogen. Die Frauen kehren alle zurück; von den Männern sind 33 gefallen und 17 gelten als vermisst.
Am 14. Januar 1951 lehnen es die Dreisbacher einstimmig ab, mit Nohn eine Pfarrei zu bilden.
Langsam normalisiert sich das Leben im Dorfe wieder; Edmund Melchior eröffnet im Januar 1953 in Nohn eine Bäckerei, und am 6. Dezember 1953 wird die Kraftpostlinie Nohn-Merzig eröffnet. Nohn ist nun an die große Welt angeschlossen! Die Straßen werden instandgesetzt; über den Salzbach wird eine neue Brücke gebaut.
Am 1. Januar 1957 findet die politische Rückgliederung des Saarlandes an Deutschland statt. Damit sind die Saarländer wieder Deutsche geworden; der Kreis hat sich geschlossen.

Die Nohner Medarduskirche

Als Notstandsarbeit 1923 von den Arbeitslosen des Ortes erbaut

Die Nohner Dorfchronik, von Lehrer Johann Biewer verfaßt und von dem Nohner Bürgermeister Karl Lorenz weitergeführt, berichtet, daß im Jahre 1923 die alte Kapelle von Nohn abgerissen und als Notstandsarbeit von den Nohner Arbeitslosen eine neue Kirche erbaut wurde. Diese Notstandsarbeit wurde von der Regierung finanziert. Es ist ein Novum im Bistum Trier, daß eine Kirche von Arbeitslosen erbaut wurde. Die Chronik berichtet darüber folgendes:
Die alte Kapelle, die auf einem Teil des Grundstückes der neuen Kirche stand, wurde 1923 abgerissen, nachdem der altehrwürdige, bemooste Turm bereits am 19.08.1921 wegen Baufälligkeit abgerissen werden mußte. Damals wurde eine neue Treppe gelegt, wobei man die Gebeine zweier Erwachsener und eines Kindes fand.
Weil die Kapelle als baufällig galt, wurde der Gottesdienst darin ganz eingestellt. Man hegte schon länger den Gedanken, eine neue Kapelle zu bauen, die den Verhältnissen entsprach. Um die nötigen finanziellen Mittel für einen Neubau zu bekommen, gründete der damalige Tünsdorfer Pfarrer Flesch, Nohn gehört zur Pfarrei Tünsdorf, in Nohn einen Kapellenverein, dem sämtliche Nohner Familien angehörten. Die Mitglieder verpflichteten sich zu einem monatlichen Beitrag von 50 Pfennig. Die erste Sammlung ergab einschließlich der außerordentlichen Beiträge 127 Mark. Der Verein schlief aber wieder ein; inzwischen hatte man 6.000 Mark gesammelt. Diese Summe wurde im ersten Weltkrieg auf Kriegsanleihe gezeichnet.
Als im Jahre 1917 Pastor Dessoy nach Tünsdorf kam, ließ dieser den Kapellenverein wieder aufleben und sorgte für einen regelmäßigen Gottesdienst an den Sonntagen in Nohn, der von den Patres des Klosters St. Gangolf gehalten wurde. In den folgenden Jahren wurde wieder tüchtig für den Neubau gesammelt. Je mehr man aber sammelte, desto teurer wurde der Neubau.
Im Kostenvoranschlag 1920 waren es 70.000 Mark, im Januar 1923 1.200.000 Mark und im März bereits 52.000.000 Mark! Die Inflation fraß alles auf! An einen Neubau war nicht mehr zu denken, doch sammelte man trotzdem unverdrossen weiter. Um der Geldentwertung vorzubeugen, legte man das Geld in Baumaterialien an. Plötzlich trat ein Ereignis ein, das den Neubau ermöglichte. Am 11. Januar 1923 Besetzung des Ruhrgebietes und passiver Widerstand! Die Firma Villeroy & Boch in Mettlach mußte ihre Tore schließen. Ungeheure Arbeitslosigkeit überall! Die Arbeitslosen wurden mit Notstandsarbeiten beschäftigt, die von der Regierung bezahlt wurden. In einer Versammlung am 11.02.1923 legte der Bürgermeister Basten aus Freudenburg, zu dessen Amt Nohn gehörte (Nohn gehörte damals zu Preußen, Kreis Saarburg, Bezirk Trier), den hiesigen Arbeitslosen ans Herz, diese Gelegenheit zu nutzen und

mit dem Bau der Kapelle sofort zu beginnen. Auch diese Arbeit würde als Notstandsarbeit betrachtet und bezahlt werden. Schon am anderen Tag regten sich fleißige Hände, die den Platz für den Bau vorbereiteten.

Am 19.03.1923, nachmittags um 15.20 Uhr wurde von dem Maurer Jakob Melchior der erste Stein zur neuen Kirche in der rechten Ecke der Vorderfront gelegt. Der Maurer grub in den Stein seinen Namen ein. Die Baupläne und Entwürfe des Neubaus hatte der Trierer Architekt May erstellt.

Bei herrlichem Wetter schritten die Arbeiten gut voran. Am 29. März (Gründonnerstag) wurde die alte Kapelle abgerissen. Bei den Ausschachtungsarbeiten auf dem Platz der alten Kapelle fand man im Chor auf der rechten Seite des Altars, etwa 10 cm unter der Erde, vier Skelette von Verstorbenen. Im Altar eingemauert wurde ein Glasgefäß mit einer Reliquie und drei Münzen mit dem Bildnis von König Ludwig XVI. von Frankreich mit der Jahreszahl 1792 gefunden.

Medarduskirche 1956

Am 29. April wurde der Grundstein gelegt. Dieser Tag war für das ganze Dorf ein Festtag. Fleißige Hände regten sich, um das Fest der Zeit entsprechend zu gestalten. Der Bauplatz wurde geschmückt und auf einer Wiese der Festplatz hergerichtet. Die kirchliche Feier begann mit einer Prozession, die von der Schule aus zum Kirchenbau ging. Die Einsegnung des Grundsteines nahm der frühere Pfarrer von Tünsdorf, Dechant Flesch aus Beckingen vor. Die Festpredigt hielt Pastor Puhl aus Fremersdorf.

Der Grundstein wurde von Mathias Leinen gehauen und von dem Maurer Nikolaus Leinen aus Tünsdorf gesetzt. Eingelegt wurden eine Urkunde und einige Geldscheine. Die Urkunde hat folgenden Wortlaut:

Im Jahre des Heiles 1923 wurde am 29 April in dem Dorfe Nohn, welches zur Pfarrei Tünsdorf gehört und an der Grenze des dem Völkerbund in der Regierung unterstellten Saargebietes liegt, unter der Beteiligung der nachher genannten Geistlichen und vieler Gläubigen der Grundstein zu der Filialkirche gelegt.
An der Spitze stand damals der gelehrte Papst Pius XI., die Diözese leitet der seines Vorgängers würdige Bischof Dr. Franz Rudolf Bornewasser; Pastor von Tünsdorf war Valentin Dessoy. Neben großen geldlichen Opfern stellten die Gläubigen von Nohn einmütig und geschlossen ihre Kraft und ihre Kenntnisse als Arbeiter und Handwerker in den Dienst des Kirchenbaues; es war ihnen das möglich durch die Arbeitslosigkeit, welche infolge der Weltverhältnisse eingetreten war. Ganz besonders förderlich für den Bau trotz der beispiellosen Teuerung war das weite Entgegenkommen der staatlichen und gemeindlichen Behörden.
Möge der gute Beginn auch ein gutes Ende finden zu Gottes Ehre und zum Seelenwohl der Gläubigen von Nohn.

Nach der Legung des Steines schritten die Gläubigen zum Hammerschlag; dabei gab jeder sein Scherflein. Nach dem Hammerschlag ging alles auf den Festplatz, wo für Speise und Trank und auch für die Unterhaltung bestens gesorgt war. Die Witwe Hahn ließ zum Wohle der Kirche ihre Ziege versteigern, welche 106.000 Mark erbrachte. Der Tag erbrachte einen Erlös für den Kirchbau von 2.659.262 Mark und 164 Francs ein.
Die Arbeiten an der Kirche gingen zügig voran, und bald stand der Bau in halber Fensterhöhe. Von jetzt ab schritten die Arbeiten langsamer voran. Einige Arbeiter mußten wieder zu V&B in die Fabrik, und die Steinhauerarbeiten nahmen mehr Zeit in Anspruch, als man veranschlagt hatte.
Am 18. Juni konnte schon der Zimmermann mit seinen Arbeiten beginnen. Einen Monat später, am 16. Juli stellte sich der Dachdecker ein. Die Firma V&B hatte ihre Arbeit wieder voll aufgenommen, so daß nur noch wenige Arbeiter am Kirchenbau beschäftigt waren. Dachdecker- und Klempnerarbeiten nahmen einen guten Fortgang.
Am 22. August wurde der Wetterhahn auf die Kirchturmspitze gesetzt. Am 17. September nahm der Gipser seine Arbeit auf, stellte sie aber nach 14 Tagen

wieder wegen zu geringem Lohn ein. Nachdem etwa zwei Wochen kein Arbeiter mehr an der Kirche gearbeitet hatte, konnten die früheren Maurer gewonnen werden. Diese verputzten den Bau außen und innen und machten die Decke an den Seiten fertig. Am 16. November waren die Arbeiten vollendet. Inzwischen hörten die staatlichen Zuschüsse auf. Für deutsches Geld konnte auch kein Arbeiter mehr gewonnen werden. Die Dorfbewohner mußten von jetzt an die Geldmittel für den Weiterbau selbst aufbringen. In einer Versammlung Ende Oktober wurde beschlossen, Kartoffeln zu liefern und diese gegen 15 Francs pro Zentner zu verkaufen; bis zu einem Gegenwert von 40 Francs pro Familie. Wer keine Kartoffeln lieferte, sollte 40 Francs zahlen.

Barockaltar in der Medarduskirche

Am 16. November wurden Gerüststangen und anderes Holz, das man entbehren konnte, versteigert, was 1.115 Franc seinbrachte. An diesem Tag begann man auch mit dem Einsetzen der Fenster. Nach acht Tagen war diese Arbeit dann vollendet. In den Tagen des Dezember wurde mit Hochdruck gearbeitet. Die Stufen zum Chor wurden gelegt, der Altartisch aufgestellt, Platten gelegt usw. Als am 22. Dezember die Maurer Feierabend machten, war die Kirche fertig. Am 23. und 24. Dezember wurde die Kirche gereinigt und geschmückt. Zum Weihnachtsfeste, am 25.12., wurde der Bau von Pastor Mathias Ollinger, einem Nohner Sohn, eingesegnet. Pastor Dessoy feierte das erste heilige Meßopfer in der neuen Kirche. In dieser Messe sang auch zum erstenmal der neugegründete Nohner Kirchenchor.
Die neue Kirche wurde ebenso wie die alte dem hl. Medardus geweiht, einem im Saarland höchst seltenen Heiligen, denn außer in Nohn gibt es ihn nur noch in Neuforweiler und Waldhölzbach. So war es den Nohnern gelungen, trotz Inflation mit Hilfe der Arbeitslosen aus Nohn eine Kirche hinzustellen, die auch heute noch ein Schmuckstück für das ganze Dorf ist.

Weihnachten in der Fremde

Wie die Nohner 1939 in der Evakuierung Weihnachten feierten

Seit langem ist in Deutschland die Asylfrage ein heißes Thema geworden, an dem sich die Parteien zu spalten drohen. Der Streit hat sich in den privaten Bereich, in Betriebe, Vereine, ja in die Familien verlagert; es wird heiß und leidenschaftlich diskutiert und demonstriert. Man befürchtet eine Verfremdung unserer Kultur durch die vielen Ausländer in unserem Lande.

Hinzu kommen noch die vielen Aussiedler aus Polen, dem Banat und Rußland. Der Wohnraum bei uns wird knapp; die Behörden müssen Zwangseinweisungen in öffentliche Gebäude anordnen, was wiederum im Gegenzug die Vereine und Institutionen auf den Plan ruft. Die Medien berichten täglich von Übergriffen auf Asylantenheime, was das ohnehin seit der Nazizeit ramponierte Image der Deutschen im Ausland wieder in die Negativschlagzeilen geraten läßt. Das Feindbild des „bösen Deutschen" erscheint wieder überall.

Nohn – Evakuierung 1939 (Arolsen)

Dabei sollten wir Saarländer, vor allem wir aus dem Dreiländereck, doch ganz besonderes Verständnis für die Vertriebenen haben, standen wir doch vor über 50 Jahren, nämlich 1939, fast in den gleichen Schuhen wie die heutigen Flüchtlinge. Nur hatten wir es bedeutend besser, da wir wußten, wenn die Kämpfe in unserer Region beendet sind, können wir wieder in unsere Heimat zurück. Damals lernten unsere Väter und Mütter den Begriff „Heimat" wieder zu schätzen. Die Väter an der Front und die Mütter bei der Evakuierung 1939.

Doch erinnern wir uns: Ende 1936 begannen die Nazis an den Grenzgebieten mit dem Bau des Westwalls, der 1938 in unserer Gegend gebaut wurde. Die Höckerlinie ist heute noch bei Orscholz zu sehen. Entlang der Westgrenze zu Frankreich wurde ein breiter Streifen zwischen der Reichsgrenze und der Hauptkampflinie des Westwalls zur „Roten Zone" erklärt. Dieser Streifen sollte bei Bedarf von der Bevölkerung geräumt und von der Heeresgruppe West besetzt werden, um den Rücken der Wehrmacht beim Einmarsch in Polen ge-

gen einen Stoß aus Frankreich zu schützen. Als sich die politische Lage immer mehr zuspitzte, befahl daher Hitler am 1. September 1939 diese „Rote Zone" zu räumen. Die gesamte Zivilbevölkerung sollte innerhalb 24 Stunden evakuiert und weit entfernt im großen deutschen Reich untergebracht werden. Dies waren also die vielgepriesenen Segnungen des Tausendjährigen Reiches, die damit begannen, daß man die Saarländer aus ihrer Heimat vertrieb, zu ihrem Schutz, wie es damals hieß. Dabei wollten die meisten Leute nichts anderes, als in Frieden mit Ihren Nachbarn leben. Viele Leute vom Saargau hatten auch Verwandte in Lothringen, da man seit Generationen untereinander heiratete und daher mit vielen Familien im Lothringer Grenzgebiet verwandt und verschwägert war. Doch dies kümmerte die Nazis wenig, sie hatten es anders beschlossen, sie wollten die ganze Welt erobern.
Lassen wir nun den Chronisten zu Wort kommen, der diese Ereignisse in unserem Dorfe für die Nachwelt festgehalten hat. Johann Biewer, Lehrer in Nohn, hat in seiner Dorfchronik darüber folgendes berichtet:
1938: Im August werden 35 Westwallarbeiter in Nohn einquartiert; sie stammen alle aus Westfalen. Am 10. Januar 1939 verlassen die Westwallarbeiter Nohn, um an anderer Stelle eingesetzt zu werden.
Am 25. August 1939 wurde der Grenzschutz, dem 24 Nohner Männer und Jungen angehören, aufgeboten und mußte an der nahen Grenze Wacht halten. Die Stimmung ist sehr gedrückt. Nur wenige bringen noch die Kraft auf, die notwendigsten täglichen Arbeiten zu verrichten. Nichts ahnend von dem schweren harten Schicksal, das bereits seinen Lauf genommen hat, erwachen die Bewohner am Morgen des 1. September. Gegen 7 Uhr morgens wurde den Haushaltsvorständen ein Zettel ausgehändigt mit „Anweisung für die Freimachung von Wohngebieten".
Nun wußte jeder, was bevorstand. Eine Stunde später kam die Anweisung, daß die älteren Männer, Frauen und Kinder sich zum Abtransport bereithalten sollten. Das Packen begann. Was mitgenommen werden sollte, wurde schnell verstaut in Koffer, Kissenbezüge, Säcke, Schachteln usw., denn nur 30 Kilo durften mitgenommen werden. Gegen neun Uhr fuhren Lastautos vor, und der Abtransport begann. Mit schwerem Herzen, doch gefaßt, bestiegen die Leute die Wagen, um nach Mettlach zur Bahn gebracht zu werden. Um 13 Uhr fuhr das letzte Auto weg. Eine Anzahl erwachsener Mädchen lagen noch immer bei ihrer wenigen Habe und warteten auf ihren Abtransport; doch vergebens. Gegen 17 Uhr machten sie sich zu Fuß auf den Weg nach Besseringen. Ihre Habe wurde auf einem Wagen nachgefahren.
Ein trauriger Zug bewegte sich zum Dorf hinaus. Für alle: Ziel unbekannt! Männer und Jungen von 17 Jahren ab sind noch hier. Die Zurückgebliebenen, bis auf wenige Ausnahmen, wissen den Tag zu würdigen. Für die Nacht wurde eine Wache eingerichtet.

3.9.1939 – Unheimliche Sonntagsstille bei tropischer Hitze. Die Männer haben Sonntagsputz gehalten und ein tadelloses Mittagessen bereitet. Alle geben sich der Hoffnung hin, hier bleiben zu können. Vom Feind hat man noch nichts gehört und gesehen. Am Westhimmel ziehen Gewitterwolken herauf. Sollen sie Unheil bringen? Bald geht ein Gewitter mit schwerem Regen nieder.
Es ist 17 Uhr. England und Frankreich haben den Krieg erklärt. Es hat aufgehört zu regnen. Die Männer stehen auf der Straße zusammen und warten. Plötzlich heißt es: Alles muß sofort den Ort verlassen. Es ist 18 Uhr. Es nieselt.
Doch lassen wir nun einige Betroffene, welche die Evakuierung mitgemacht haben, zu Worte kommen.
Eine Frau aus Nohn (Elisabeth Leinen, genannt „Tullen Elzi") erinnert sich:
„Ich war damals (1939) 19 Jahre alt und seit einem Jahr verheiratet. Am 1. September kam mein Mann Peter morgens aus dem Dorf und sagte mir, daß wir schnellstens packen müßten, da wir evakuiert und noch am gleichen Morgen mit Autos abgeholt würden. Wir durften nur 30 Kilo Gepäck mitnehmen. Mit den Autos brachte man uns zum Bahnhof nach Mettlach, alle die alten Leute, Frauen und Kinder von Nohn. In Mettlach wurden wir in große, geschlossene Viehwaggons verladen und mit unbekanntem Ziel abtransportiert. Unterwegs in den großen Bahnhöfen hielt unser Zug einigemale an. Dann wurden jedesmal die großen Waggontüren aufgeschoben, und Rot-Kreuz-Schwestern brachten uns zu essen und zu trinken an die Waggons. Nachts hielt unser Zug nochmals an, und man sagte uns, daß wir nun an unserem Ziel angekommen wären, nämlich in Arolsen (Hessen). Wir blieben bis zum Morgen im Bahnhof, dann kamen Familien aus Arolsen, die uns übernehmen sollten. Sie suchten sich die Leute aus, die ihnen gefielen. Meist waren dies Jüngere, die noch arbeitsfähig waren. Die Alten sowie die Frauen mit Kindern blieben zum Schluß noch übrig und mußten einigen Familien zugeordnet werden, da keiner sie haben wollte. Aufgrund unseres Dialektes hielten uns die Arolser zuerst für Franzosen, wir erhielten von ihnen den Namen „Saarfranzosen".
Ich kam zur Familie Dellermann, die eine Gastwirtschaft betrieb. Dort half ich in der Gastwirtschaft sowie im Haushalt und bekam dafür Kost und Logis. Andere Familien aus Nohn hatten eigene Wohnungen, mußten sich aber auch selber beköstigen.
Weihnacht 1939 verbrachte ich in der Familie Dellermann. Die Hausfrau hatte an Heilig Abend den Weihnachtsbaum mit Kerzen und Lametta geschmückt. Nun muß man wissen, daß in Arolsen fast alle Familien protestantisch waren. Ich erinnere mich noch, daß es damals hieß, es gibt zu Weihnachten eine gebratene Gans, eine Delikatesse, die wir nur vom Hörensagen kannten. Daher freute ich mich den ganzen Tag auf die Weihnachtsgans und malte mir aus, wie gut die schmecken würde. Doch wie enttäuscht war ich, als der vielgepriesene Vogel unheimlich zäh war; anscheinend hatten sie die Urgroßmutter

der Gänse geschlachtet.
Ich erinnere mich auch noch daran, daß es 1939 in Nohn so viele Äpfel gab, daß die Äste unter der Last brachen. Wir konnten sie jedoch nicht mehr ernten, da man uns evakuierte. Auch die Felder konnten nicht mehr abgeerntet werden, die Kartoffeln faulten in der Erde.
Nach etwa sechs Monaten kam ich nach Gescher im Westfalen, wo mittlerweile Bekannte von uns untergekommen waren. Dort blieb ich, bis es hieß, nun können wir wieder nach Hause. Zuerst fuhren die Männer zurück nach Nohn, um dort nach dem Rechten zu sehen und aufzuräumen. Was auch dringend notwendig war, denn im Dorf und in den Häusern sah es wüst aus. Später kamen wir Frauen dann mit den Kindern nach. Wir waren etwa ein Jahr in der Fremde gewesen."
Eine andere Frau aus Nohn (Olga Uder, genannt „Dietzen Olga") erzählt aus dieser Zeit:
„Ich war damals 16 Jahre alt, als wir aus Nohn fortmußten. Mit mir wurden noch einige andere, gleichaltrige Mädchen aus unserem Ort evakuiert. Unsere Eltern und Angehörige waren schon früher evakuiert worden, doch hatten wir keine Ahnung, wo man sie hingebracht hatte. Wir kamen zuerst nach Heteborn (bei Aschersleben, ehemalige DDR), wo ich in einer Bäckerei arbeitete. Eine meiner Arbeiten dabei war, die Rationsmarken für Lebensmittel in die Lebensmittelkarten einzukleben.
Durch Bekannte erfuhr ich, daß meine Eltern in Helsen wohnten, einem kleinen Ort bei Arolsen in Hessen. Nachdem ich ihre Adresse hatte, schrieb ich ihnen sofort, damit sie wußten, wo ich gelandet war und zog dann später nach Arolsen. In der großen Turnhalle von Arolsen waren die erste Zeit viele Familien aus Nohn, Tünsdorf und Orscholz untergebracht, ehe man ihnen Wohnungen zuweisen konnte. Ich bekam in Arolsen mit noch drei anderen Nohner Mädchen eine Anstellung beim Fürsten von Waldeck, der ein großes, schönes Schloß in Arolsen hatte. Als Dienstmädchen bekamen wir eine einheitliche Kleidung, doch keine Livree wie die Lakaien. Wir mußten den Fürst und die Fürstin mit „Ihre Durchlaucht" anreden. Ich denke noch heute sehr gerne an diese Monate der Evakuierung, denn für uns junge Mädchen war es eine schöne Zeit; wir wohnten in einem herrlichen Schloß und waren bei einem „waschechten Fürsten" angestellt. Ein Traum für uns Mädchen vom Lande. Wir kannten ja nur das Leben in unserem kleinen Dorf an der Saar; von der großen Welt hatten wir bisher noch nichts gesehen.
Ich erinnere mich noch sehr genau daran, daß ich dem Fürsten das ganze Jahr, auch während des Sommers, am Abend eine Wärmflasche für das Bett machen mußte. An einem besonders heißen Sommertag hatte ich ihm keine Bettflasche gemacht, weil ich meinte, bei dieser Hitze wäre es nicht nötig. Da ließ mich „Ihre Durchlaucht" rufen und belehrte mich, daß er das ganze Jahr über eine gleichmäßige Temperatur in seinem Bett wünsche, daher bräuchte er je-

den Abend eine Wärmflasche. Wahrscheinlich ist das „blaue Blut“ der Fürsten kälter als unseres. Im Winter fuhren wir öfters mit „seiner Durchlaucht“ im Pferdeschlitten spazieren, was uns Mädchen sehr viel Spaß machte. Der Fürst hatte dabei immer die Wärmflasche bei seinen Füßen liegen.
Unvergessen ist mir auch die Weihnacht im fürstlichen Schloß. In der Halle stand ein riesiger, geschmückter Christbaum, an dem unzählige Kerzen brannten. Nachdem wir zusammen das Weihnachtslied „Stille Nacht, heilige Nacht“ gesungen hatten, gab die Fürstenfamilie jedem ihrer Bediensteten ein Geschenk sowie einen Gabenteller.
An jedem Sonntag war Gottesdienst in der Schloßkapelle. Ich mußte dann mit einem anderen Dienstmädchen zusammen den Blasebalg der Orgel treten, damit der Organist immer genügend Luft zum Musizieren hatte. Ich mußte auch helfen, die riesigen Kronleuchter, die in vielen Räumen des Schlosses hingen, zu putzen.
In Arolsen war ein großes Lazarett, wo die verwundeten Soldaten medizinisch versorgt wurden und sie sich anschließend von den Strapazen und Schrecken des Krieges etwas erholen konnten. Der Fürst lud öfters die gehfähigen Verwundeten zu einem Kaffee-Nachmittag ein, wo wir Mädchen die Soldaten dann mit Kaffee und Kuchen bewirteten.
In Arolsen waren mit dem „Stadtkeller“ und dem „Regenbogen“ zwei Lokale, wo sich die Flüchtlinge von der Saar, die „Saarfranzosen“, wie uns die Hessen nannten, regelmäßig trafen. Dort wurden dann Erfahrungen ausgetauscht und vor allem von der Heimat, der Saar und unserem schönen Dorfe geredet.
Im September 1940 durften wir dann endlich wieder zurück nach Nohn. Die Männer fuhren bereits schon im Juli/August zurück, um einigermaßen aufzuräumen und in den Häusern Ordnung zu schaffen. Die Frauen mit den Kindern und wir Mädchen fuhren dann im September nach.“
Lassen wir nun wieder den Chronisten zu Wort kommen:
1940 – Der Krieg mit Frankreich ist beendet. Ein Jahr lang lebte die Nohner Bevölkerung fern der Heimat. Bis auf einige wenige Familien, die in Mecklenburg untergebracht waren, waren die Nohner im Bezirk Kassel (Waldeck), in Arolsen, Helsen, Mengeringhausen, Waroldern etc. In der ersten Zeit lebten die Leute in den Familien ihrer Gastgeber. Die meisten aber machten sich so schnell wie möglich selbständig. Die Lebensweise der Gastgeber war zu verschieden von der unseren. Auch fehlte es an dem nötigen Verständnis für unsere Lage. Es ist deshalb zu verstehen, daß es für die Rückgeführten kein Halten gab, als nach dem Waffenstillstand mit Frankreich die Bevölkerung wieder in die Heimat zurückkehren konnte. Damit die Rückkehr in Ordnung vor sich gehen konnte, war der Kreis Saarburg (Nohn gehörte damals zum Kreis Saarburg) in verschiedene Zonen eingeteilt, die nach und nach wiederbesiedelt wurden. Einige Männer kehrten schon im Juli zurück. Sie sollten et-

was Ordnung schaffen! Ende August und im September kamen dann die Familien. Die Freude, wieder daheim zu sein, war groß. Getrübt war sie doch durch das Bild, das sich ihnen daheim bot. Während der Abwesenheit der Bevölkerung hausten in den Wohnungen Soldaten und Männer des Arbeitsdienstes. Auf Reinlichkeit war sehr wenig Wert gelegt worden. Das Eigentum der Bewohner war nur sehr wenig geachtet worden. Waren die Leute doch fortgegangen in dem festen Glauben, daß ihr Eigentum unangetastet blieb. Alle waren enttäuscht. Trotzdem vor dem Dorfe auf einer Tafel zu lesen war: „Plünderer werden mit dem Tode bestraft", fehlte so viel. Es fehlte an Vieh, Hausgeräten, Wäsche, Kleidern, Betten, Bettzeug, Handwerkzeugen, Ackergeräten usw. Als die Soldaten abgezogen waren, pflückten auch Mädchen und Männer aus anderen Kreisen hier die Erdbeeren. In den Straßen war Gras, Roggen und Hafer gewachsen, die Scheunentüren fehlten, die Ställe waren demoliert.

Nohner Mädchen vor dem Arolsener Schloss

Nach dem Kriegsschädengesetz sollten die Leute entschädigt werden. Es gab einen Wettlauf. Jeder wollte am meisten verloren haben. A-, B- und C-Listen wurden ausgefüllt.
Leider sollten nicht alle Nohner die Heimat wiedersehen. Nikolaus Leinen, Peter Klein, Frau Barbara Klein, Hildegard Sünnen und das Kind Maria Schuster starben im Bergungsgebiet und wurden später nach hier überführt.
14 Kinder kamen im Bergungsgebiet zur Welt.

Der kleine Grenzverkehr

Das Saarland und hier ganz besonders der Saargau waren schon immer ein Zankapfel zwischen Deutschland und Frankreich. Daher wurden die Grenzen immer wieder verschoben und neu aufgeteilt, so daß wir einmal zu Frankreich und dann wieder zu Deutschland gehörten. Nachstehend ein Beispiel, wie unsere Grenzregion für die politischen Sünden des Deutschen Reiches büßen mußte und sich der Sieger Frankreich an unserem schönen Lande schadlos hielt.

Neue Grenzen im Saarland:
Infolge des verlorenen ersten Weltkrieges wurden die Grenzen zwischen Deutschland und Frankreich aufgrund des Versailler Vertrages 1920 wieder einmal neu festgelegt, wovon ganz besonders das Saarland betroffen war, wie schon so oft in der Vergangenheit. Als Wiedergutmachung mußte Deutschland das Eigentum an den Kohlengruben im Saarbecken an Frankreich abtreten mit dem ausschließlichen Ausbeutungsrecht. Einschließlich des Industriereviers wurde ein Gebiet von 1.900 qkm so abgegrenzt, daß es alle Kohlengruben, die Industriewerke und das Wohngebiet der Industriearbeiter, vornehmlich der Bergleute, einschloß. Dieses neu geschaffene Gebiet nannte sich nun Saargebiet. Zum Saargebiet kamen die preußischen Kreise: Saarbrücken, Ottweiler, Saarlouis, Teile vom Kreis Merzig, Teile vom Kreis St. Wendel, bayerisches Bezirksamt St. Ingbert und Teile des Bezirksamtes Homburg. Deutschland verzichtete zugunsten des Völkerbundes auf die Regierung dieses Saargebietes. Nach Ablauf von 15 Jahren sollte die Bevölkerung in Volksabstimmung für die Beibehaltung der Völkerbundverwaltung (Status quo) oder zur Rückkehr nach Deutschland oder Vereinigung mit Frankreich stimmen. Aufgrund dieser politisch neu festgelegten Grenzen zwischen Deutschland und Frankreich wurden nun überall neue Zollstationen eingerichtet.

Zollstation Nohn:
Nohn, das Dorf auf dem Saargau, blieb bei Preußen, gehörte also zu Deutschland. Die Nohner Dorf-Chronik berichtet, daß Nohn 1920 Grenzort wurde und deutsche Zollbeamte erhielt. An den Ortsausgang in Richtung Dreisbach kam ein Schlagbaum, und im Hause der Witwe Klein wurde ein provisorisches Zollbüro eingerichtet. Im Juli 1922 wurde mit dem Bau des Zollhauses in Nohn begonnen; es kam an den Ortsausgang.
Der französische Zoll kam nach Dreisbach und das Zollhaus baute man vor den Ort in Richtung Nohn. (Nach der Rückgliederung des Saarlandes zu Deutschland im Jahre 1935 wurde an das französische Zollhaus links und rechts ein Flügel angebaut und eine Jugendherberge daraus gemacht, die auch heute noch steht).

Deutsches Zollhaus 1965

Die Strecke zwischen Nohn und Dreisbach war nun Niemandsland. Passieren konnte man die Schlagbäume nur mit gültigen Passierscheinen, die entweder von den deutschen oder französischen Dienststellen ausgefertigt wurden. Da die meisten Erwerbstätigen aus Nohn in Mettlach in der Fabrik von Villeroy & Boch beschäftigt waren, mußten sie täglich die Schlagbäume passieren. Daß dabei natürlich allerhand Schmuggelgut hin- und herging, ist nicht zu verwundern. Hier wurden nun die Güter auf Schleichpfaden transportiert, sprich „geschmuggelt", bei denen erhebliche Preisunterschiede von einem Besatzungsgebiet zum anderen bestanden. Waren die Preise auf der deutschen Seite daher niedriger als auf der französischen, so „transportierte" man die Waren nach Dreisbach. War es jedoch umgekehrt, so transportierte man sie eben nach Nohn. Diese „Transporte" mußten natürlich heimlich vor sich gehen, waren also illegal; es wurde „geschmuggelt".

Schmuggelgeschichten:
Da die Zöllner auf beiden Seiten höllisch aufpaßten, war es nicht ganz ungefährlich, diese verbotenen Schleichwege zu gehen. Denn schmuggeln konnte man ja nur in der Nacht, wenn es besonders dunkel war. Da die Zöllner auf beiden Seiten Streife gingen, konnte man nur Pfade weitab der Straße gehen, um nicht erwischt zu werden. Denn die Zöllner riefen einen an, wenn man ertappt wurde. Blieb man dann nicht stehen, so wurde scharf geschossen. Es waren daher auch nur ganz verwegene Burschen, die diese heimlichen Schmuggelpfade gingen. Die Schmuggelware wurde meist in Rücksäcken transportiert und war entweder lebende oder tote Ware. Als lebende Ware wurden zu dieser Zeit Ferkel von Nohn nach Dreisbach transportiert, denn sie waren auf der deutschen Seite viel billiger als auf der französischen. Da diese Ferkel nun einmal gerne zur unrechten Zeit quieken, mußte man sich etwas einfallen lassen, um dies zu verhindern. Zuerst versuchte man, ihnen einen Lappen in das Maul zu stopfen. Dadurch verhinderte man zwar das Quieken, doch erstickten sehr viele Ferkel an dem Lappen. Die ideale Lösung fand ein findiger Bursche, als er einem Ferkel so lange Schnaps einflößte, bis es ruhig war. Als es im Rucksack lag, gab es nur noch leichte Schnarchtöne von sich, ansonsten blieb es „mucksmäuschenstill". Zukünftig wurden nun also die Ferkel vorher alle „besoffen" gemacht und dann über die Grenze ge-

tragen. Ob sie am anderen Tag auch einen „dicken Kopp“ vom vielen Schnaps hatten, davon sagten die Alten nichts, die diese Geschichten erzählten.
Aus diesen „Schmuggeljahren“ erzählte mein Großvater eine lustige Geschichte, die er mit einem dieser Schmuggler oder Grenzgänger erlebt hatte: Es war an einem bitterkalten Winterabend, als ein ihm bekannter Mann aus dem Nachbarort in seine Brennerei schlüpfte, den prall gefüllten Rucksack neben den Kessel stellte, seine Hände an dem Helm der Brennerei wärmte und meinen Großvater fragte: „Pei't, heschde äh Schnaps vier mech?“ (Peter, hast du einen Schnaps für mich?) Mein Großvater schenkte ihm den Schnaps aus, den der Schmuggler mit einem Ruck in seine Kehle goß, sich schüttelte und meinte: „Ob ähm Bäan kann mer net ste'in!“ (Auf einem Bein kann man nicht sehen!) und Großvater das Schnapsglas nochmals hinstreckte. Nachdem er das Schnapsglas wieder geleert hatte, bekam er Durst und wollte Viez trinken. Da Großvater immer einen großen Krug mit Viez in der Brennerei hatte, bekam er auch Viez zu trinken. Dem Schmuggler schmeckte der Viez so gut, daß er bald den Krug leer hatte; er bekam auf seinen Wunsch noch einen. Nach einer guten Stunde meinte er mit schon etwas schwerer Zunge: „Et ess weih donkel genooch, datt ech ge'in kann!“ (Es ist nun dunkel genug, daß ich gehen kann!) Sprach's und griff nach seinem Rucksack. Doch, oh Schreck! Der vorher prall gefüllte Rucksack war nun schlaff und leer. Der Mann hatte Butter schmuggeln wollen, die von der Hitze am Ofen inzwischen geschmolzen war.

Besetzung des Ruhrgebietes:
Im Jahre 1923 rücken Franzosen und Belgier in das Ruhrgebiet ein mit dem Vorwand, Deutschland wäre seinen Verpflichtungen aus dem Versailler Vertrag nicht nachgekommen. Deutschland erklärt den passiven Widerstand. Kein Beamter folgt den Befehlen der fremden Mächte. Die meisten der höheren Beamten werden ausgewiesen, andere verhaftet und ins Gefängnis geworfen. Auch die deutschen Zollbeamten in Nohn tun keinen Dienst mehr, seit die Franzosen das Zollamt geschlossen haben. Am 08.03.1923 wird der Zollsekretär Uhle verhaftet und ausgewiesen; Frau und Kind müssen am 13. März ebenfalls die Heimat verlassen. Am 26.09.1924 kehrt der Zollbeamte Uhle wieder nach Nohn zurück. Nach der Saarabstimmung 1935 fallen die Grenzen weg, und die Zollhäuser in Nohn und Dreisbach werden aufgelöst.
Die deutschen Zollbeamten erwarben sich während dieser Zeit große Verdienste um den Ausbau der saarländischen Blasmusik, waren doch viele von ihnen altgediente Militärmusiker. Die in Nohn stationierten Zollbeamten Uhle und Schult waren ebenfalls altgediente Militärmusiker, und sie übernahmen daher während ihrer Dienstzeit in Nohn den dortigen Musikverein und brachten ihn zu nie gekannter Blüte.

Der Marathonläufer von Nohn

Das Leben der Fabrikarbeiter vom Land um die Jahrhundertwende

Das Leben unserer Vorfahren war entbehrungsreich und hart. Es war geprägt von harter Arbeit in den Fabriken, einem langen Fußmarsch nach Hause, wenn endlich nach zehn Arbeitsstunden Feierabend war, und der anschließenden Arbeit in der kleinen Landwirtschaft, die jeder Arbeiter nebenher betrieb, um seine große Familie ernähren zu können. Denn sie hatten alle nur eines im Überfluß, viele Kinder.

In dem kleinen Dorf Nohn gab es um die Jahrhundertwende nur zwei hauptberufliche Landwirte, Ollinger und Weber. Alle anderen Männer arbeiteten fast ausschließlich in den Fabriken von Villeroy & Boch in Mettlach. Die Fabrikarbeiter von Nohn betrieben nebenher noch eine kleine Landwirtschaft, mit deren Erzeugnissen sie ihre große Familie ernähren mußten. Die Hauptlast der schweren Feldarbeit (alles mußte manuell gemacht werden, da es keine Maschinen gab oder man sich diese nicht leisten konnte), ruhte auf den Schultern der Frauen, die dabei nur von den halbwüchsigen Kindern unterstützt wurden. Denn der Mann begann morgens um 6.00 Uhr seine Schicht in Mettlach und mußte daher etwa um 4.30 Uhr von zu Hause weggehen. Sein Fußmarsch führte ihn nach Dreisbach, wo er mit der Fähre über die Saar setzte und dann über Gangolf nach Mettlach wanderte. Dies war ein Fußmarsch von 7,5 km, den er auch abends nach Feierabend (um 18.00 Uhr war Schichtende) wieder zurücklegen mußte; und dies bei jedem Wetter, ob Regen, Eis oder Schnee. Nun liegt Nohn etwa 200 m höher als Mettlach, so daß Steigungen von 15-20% zu bewältigen waren. Doch etwas Gutes hatten diese täglichen Gewaltmärsche, denn wenn die Männer zu Hause ankamen, war der Fabrikstaub restlos aus den Lungen gepumpt.

Die tägliche Schicht begann morgens um 6.00 und endete um 18.00 Uhr; zwei Pausen von je 15 Minuten vormittags und nachmittags und 90 Minuten Mittagspause dienten zur „Erholung und Stärkung der Arbeitskraft". Samstags wurde von 06.00 bis 17.00 Uhr gearbeitet, also zehn Stunden pro Tag und 59 Stunden die Woche.

Wenn die Männer nach der Schicht heimkamen, warteten die Frauen meist schon auf dem „Klapp-Peedchin" (dies ist ein schmaler Fußweg von Dreisbach nach Nohn) auf sie, wenn zur jeweiligen Jahreszeit die entsprechenden Arbeiten anstanden. Die Frauen hatten dann einen Imbiß für die Männer dabei, der meist aus Brot, Wurst oder Seitenfleisch (alles hausgemacht) bestand. Damit es besser „rutschte", wurde dazu der selbstgemachte Viez getrunken, der bei keiner Gelegenheit fehlen durfte.

War die Feldarbeit getan (es wurde gearbeitet, bis es dunkel war), ging es endlich heim. Während die Frau dann das Abendessen kochte, machte der Mann die Stallarbeit; er fütterte und versorgte das Vieh. In der Regel hatte ein

Arbeiterhaushalt nur eine Kuh, eine Ziege und ein oder zwei Schweine. Im Sommer kam man daher meist erst gegen 22.00 oder gar 23.00 Uhr ins Bett. Morgens um 4.30 Uhr hieß es dann am nächsten Morgen wieder aufstehen und zur Schicht nach Mettlach wandern. Nur im Winter konnten die Männer etwas verschnaufen, denn dann gab es keine Feldarbeit.
Im Herbst war besonders viel Arbeit, denn dann mußte die Ernte aus Garten und Feld eingebracht und verarbeitet werden. Aus dem Garten kamen die Bohnen und der „Kappes" in die „Bitt" (großer Steintopf) und wurden zu „sauren Buhnen" und zu Sauerkraut. Vom Feld wurden die Rüben und die Kartoffeln eingekellert. Die Mirabellen und Zwetschgen wurden gepflückt, eingemacht oder zu „Schmier" (Marmelade) gekocht. War eine sehr gute Ernte, wurde ein Teil in Fässer eingemacht und im Winter zu Schnaps gebrannt. Die Äpfel wurden abgemacht, eingelagert und ein Teil in Scheiben geschnitten und getrocknet; auch die Zwetschgen wurden zum Teil getrocknet. Die Holzäpfel wurden zu Viez gekeltert, dem Nationalgetränk des Saargaus. Zu jeder Gelegenheit wurde Viez getrunken; kam Besuch, wurde Viez aufgetischt. Die Reste vom Keltern, der „Bal'sch" (ausgedrückte Äpfelschalen) kamen in Fässer oder Gruben, um später zu „Trester" (Obstschnaps) gebrannt zu werden.
Im Winter, wenn es draußen knochenhart gefroren war, begannen die Hausschlachtungen. Ein Fest für jung und alt, wo man wieder einmal so richtig „reinhauen" konnte. Das geschlachtete Schwein wurde zerlegt, das Fleisch eingepökelt und zum Teil zu Wurst verarbeitet; später wurden die Schinken geräuchert. Die Verarbeitung des Schweins, die Wurstherstellung und das Räuchern war wiederum Sache der Frauen, welche auch hierbei die Hauptarbeit hatten.
Im Herbst und Winter wurde im Wald Holz gemacht, denn dies war das einzige Brennmaterial, das man hatte, um damit den Ofen zu heizen. Auch gingen die Frauen mit den Kindern in den Wald, um als zusätzliches Brennmaterial dürre Äste aufzusammeln und sie in der „Hatt" (Kiepe, Tragekorb) heimzutragen. Die Kinder machten kleine Bündel mit Reisig, die sie heimtrugen. Die Reiser dienten dazu, um morgens das Feuer anzuzünden. Die Frauen sammelten auch Laub im Wald, das als Streu für das Vieh diente. Die Förster und Feldhüter sahen es nicht gerne, wenn im Wald Laub gesammelt wurde. Denn das Laub sollte als natürlicher Dünger für die Bäume dienen, und daher verbot man bei Strafe das Sammeln. Deshalb gab es meist sehr saftige Strafen, wenn eine Frau beim Laubsammeln erwischt wurde.
Es war wirklich ein hartes Los, das damals die Männer und auch ihre Frauen täglich auf sich nehmen mußten, um ihre Familien ernähren zu können. Dabei lag die Hauptlast der Arbeit in Haus, Stall, Garten und Feld auf den Schultern der Frauen, da die Männer ja den ganzen Tag zur Arbeit in der Fabrik waren. Daß ihre harte, tägliche Arbeit trotz allem gesund war, zeigte sich am Beispiel des Fabrikarbeiters Philipp Behr aus Nohn. Er wurde am 26.6.1862 in Nohn

geboren und trat mit 15 Jahren als Packer in die Mosaikfabrik von Villeroy & Boch ein. Fünfzig Jahre ging er täglich, außer sonntags, zur Arbeit von Nohn nach Mettlach.
Dr. Karl Conrath hat diesem „Helden der Arbeit“ in seinem Buch „Mettlach an der Saarschleife“ in dem Kapitel „Der Marathonläufer von Nohn“ ein Denkmal gesetzt. Dr. Conrath schreibt wörtlich:
„Der ehemalige Packer aus der Mosaikfabrik, Philipp Behr aus Nohn, erklärte bei der Pensionärsversammlung (1952), er sei nun neunzig Jahre alt. Fünfzig volle Jahre lang hat er täglich den Weg von Nohn über Dreisbach und Sankt Gangolf zu Fuß zurückgelegt, morgens nach Mettlach, abends zurück nach Hause. Und alles das ohne Rücksicht auf Regen, Nachtzeit, Schnee und Eis, das Abenteuer der Überfahrt bei Hochwasser und in der Glut der Augustsonne. Setzt man den steinigen und steilen Fußweg zwischen Nohn und Dreisbach sowie den abermals schlechten, im Winter gefährlichen Kniebrecher beiderseits Sankt Gangolf mit sieben einhalb Kilometern an, dann hat Behr in den fünfzig Jahren seiner täglichen Arbeit in Mettlach, die Sonntage ausgenommen, fünfeinhalb mal den Äquator zu Fuß gemessen!

Der Marathonläufer aus Nohn bei seiner Goldenen Hochzeit

Vergleicht man die Luftlinie der Strecke im Atlas und legt eine Wochenleistung von neunzig Kilometer zu Grunde, so macht das in einem Jahre bereits die stattliche Strecke von Paris nach Moskau aus. In einem Jahrzehnt hätte demnach Philipp Behr die Strecke Paris-Shanghai und zurück geschafft. In fünf Jahrzehnten kommt dabei die Leistung von gutgezählten 225.000 Kilometern heraus, das ist fünfeinhalb mal rund um den Äquator!“
Solche körperlichen Leistungen neben einem damals länger dauernden als Acht-Stunden- Tag (zehn Stunden wurden 1892 gearbeitet) nennt man heute sportlich und lohnt sie mit Gold- und Silbermedaillen und olympischen Ehren. Aber wer fände beim Nachrechnen einen Sportler mit soviel Körpertraining und so hohen Ehren ohne Gold und Silber wie den Ehrenpreisträger der Arbeit aus Nohn?

Philipp Behr heiratete 1893 Angela Neisius aus Nohn; sie hatten vier Kinder, drei Söhne und eine Tochter. Im Kriegsjahr 1943 feierten sie in körperlicher und geistiger Frische die goldene Hochzeit. Philipp Behr starb am 11.7.1957 im gesegneten Alter von 95 Jahren; er überlebte seine Frau um sieben Jahre. Er hatte drei Kriege erlebt, ohne jemals Soldat gewesen zu sein. Denn bereits als der Erste Weltkrieg ausbrach, war er schon zu alt, um eingezogen zu werden. Als er 95jährig starb, hatte er noch sein volles Haar und seine „richtigen" Zähne; den Doktor kannte er nur vom Hörensagen. Wahrlich eine Ausnahmeerscheinung unter den Fabrikarbeitern!

Zöllner machen Blasmusik

Die deutschen Zöllner, die nach dem ersten Weltkrieg im Saarland an den neu geschaffenen Grenzen stationiert wurden, leisteten auf dem Gebiet der Blasmusik wahre Pionierarbeit, da sie als altgediente Militärmusiker viele Blaskapellen als Dirigenten übernahmen und zu nie gekannter Blüte brachten. Die Zöllner haben damals in unserem Grenzgebiet viele Musikkapellen übernommen und auf ein sehr hohes musikalisches Niveau gebracht. Wir wollen anhand des Nohner Musikvereines diese Entwicklung aufzeigen, die die Musikkapellen durch diese Zöllner erlebten.
Die deutschen Zöllner, die an den neu eingerichteten Zollstellen eingesetzt wurden, waren in der Regel langgediente Militärs, sogenannte „Zwölfender", die nach dem Ausscheiden aus dem aktiven Militärdienst meist eine Stelle in der Verwaltung oder beim Zoll bekamen. Darunter waren sehr viele aktive Militärmusiker, die nun außer ihrem Zolldienst noch ein musikalisches Betätigungsfeld suchten. Auf den Dörfern fanden sie nun genügend Arbeit, da sich dort viele Blaskapellen gebildet hatten, die jedoch über das dörfliche Niveau nicht hinauskamen, da es ihnen meist an ausgebildeten und erfahrenen Dirigenten fehlte. Und diese Dirigenten fanden sie nun in den altgedienten Militärmusikern.
In Nohn gründete man 1920 ebenfalls eine Blaskapelle, die zuerst aus elf Mann bestand, meist junge, unerfahrene Musiker. Als nun die Zöllner nach Nohn kamen, übernahm 1921 der Zollbeamte Uhle, ebenfalls ein altgedienter Militärmusiker, die Nohner Blaskapelle. Er verstand es meisterhaft, aus dem jungen, unverbrauchten Material innerhalb kürzester Zeit eine leistungsstarke Blaskapelle zu bilden, die überall wo sie auftrat, Bewunderung für ihr musikalisches Können erntete. Da war es nun kein Wunder, daß die jungen Männer mit Begeisterung bei der Sache waren und für ihren Dirigenten durchs Feuer gingen. Die Kapelle trat dem Kreismusikerverband Saarburg bei und besuchte jedes Jahr die Verbandsfeste an Saar und Mosel.
Nun kann man sich gut die Bestürzung und Trauer bei den jungen Musikern ausmalen, als 1923 wegen des passiven Widerstandes die Zollbeamten abgezogen wurden und nun auch der Nohner Dirigent Uhle gehen mußte.
Im Jahre 1924 kamen die Zöllner dann wieder zurück, und nach Nohn kam nun Gustav Schult, ebenfalls ein altgedienter Militärmusiker. Er übernahm nun die Nohner Blaskapelle und brachte sie zu neuer Blüte. Unter seiner Leitung wurde das musikalische Können der Kapelle bedeutend erhöht. Durch die hervorragende Leistung der Kapelle hatten immer mehr junge Männer Interesse an der Blasmusik gefunden, so daß sich die Stärke der Kapelle 1926 auf 24 Mann erhöht hatte.
Auf der Delegiertenversammlung der Musikvereine des Kreises Saarburg im Jahre 1929 in Wincheringen wurde beschlossen, das elfte Kreismusiker-

verbandsfest, verbunden mit dem zehnjährigen Stiftungsfest des Musikvereins Nohn, in Nohn zu veranstalten. Das Fest war auch gleichzeitig mit der Befreiungsfeier anläßlich der Räumung der Rheinlande verbunden. Dieses Fest fand 1930 in Nohn statt und war der Höhepunkt in der Geschichte des jungen Musikvereins.
Die deutschen Zollbeamten Uhle und Schult hatten sich hervorragende Verdienste in der Ausbildung der jungen Musiker und im Aufbau der Musikkapelle erworben. Sie hatten es meisterhaft verstanden, innerhalb kürzester Zeit eine leistungsstarke Kapelle hinzustellen.
Doch nicht allein in Nohn leisteten die deutschen Zollbeamten, so weit sie altgediente Militärmusiker waren, hervorragende Dienste im kulturellen Rahmen, besonders auf dem Gebiet der Blasmusik. Auch in den Orten rundum übernahmen die alten Militärmusiker die Blaskapellen und brachten sie zu nie gekannter Blüte. Hiervon schwärmen heute noch die alten Musiker, sofern sie noch leben.
So kann man ohne Übertreibung sagen, daß diese Zollbeamten auf dem Gebiet der Blasmusik in den zwanziger Jahren im Saarland echte Pionierarbeit leisteten und die Musikkapellen auf ein nie gekanntes musikalisches Niveau brachten.
Diese hervorragende kulturelle Arbeit der Zöllner trug auch später noch Früchte, als die Zöllner nach der Wiedervereinigung des Saarlandes mit Deutschland 1935 abgezogen wurden. Denn sie hatten durch den guten Ausbildungsstand der Blaskapellen viele junge Männer für die Blasmusik interessiert, die dann auch den Kapellen aktiv beitraten. Ja, auch nach dem Krieg trug ihre Arbeit noch Früchte, denn die alten Aktiven taten sich zusammen, um mit der interessierten Jugend neue Kapellen zu gründen. Wie dies z. B. in Nohn geschah, als sich 1955 einige alte Musiker zusammentaten und eine neue Kapelle gründeten, die jungen Musiker ausbildeten und zum Teil selbst noch mitspielten und die Kapelle auch dirigierten.
So kann man ohne Übertreibung sagen, daß die saarländische Blasmusik viele Impulse von den Zollbeamten, die Militärmusiker waren, empfangen und ihnen viel zu verdanken hat.

Der Scheuerhof

Südlich von Nohn breitet sich das liebliche Salzbachtal aus. Auf dem Wege nach Bethingen liegt etwas abseits auf einer Anhöhe, einer Festung gleich, der Scheuerhof. Dieser Hof hat eine lange und bewegte Vergangenheit hinter sich.
Man vermutet, daß die Römer hier auf der Anhöhe ein Vorrats- und Proviantlager errichtet hatten, in dem sie Heu, Stroh, Getreide usw. einscheuerten, um ihre Kriegstruppen mit Proviant zu versorgen. Geschichtlich bewiesen ist es nicht, doch wurde hier eine „Neunmühle", in Stein gehauen, gefunden, welche das Kennzeichen einer römisch-militärischen Niederlassung ist. „Horeum" oder „Horrea" ist der Name eines solchen Proviantlagers. Die Hypothese ist gar nicht so abwegig, wenn man bedenkt, daß Nohn vom römischen „ad nonum lapidum" (Am neunten Meilenstein) abstammt. Man vermutet, daß in Nohn früher ein römischer militärischer Stützpunkt war.
Von 1152 bis 1160 war auf dem Scheuerhof ein gewisser „Heisso von Horreum" ansässig, der sein Allodium (dem Lehensträger persönlich gehörender Grund und Boden) zu Rumesbach (Reimsbach) dem Kloster zu Mettlach schenkte (Dr. Lager: „Geschichte der Abtei Mettlach").
Im Jahre 1438 wurde der Priester Johannes de Horreo als Pfarrer in Tünsdorf eingesetzt, zu der auch der Scheuerhof gehörte. Der Edle Arnold von Sierck, Herr zu Moncler und Meinsberg, der auch Patronatsherr der Pfarrei Tünsdorf ist, setzt diesen Pfarrer ein. Vorher war Johannes de Horreo Kaplan auf der Meinsburg.
Herzog Reinhard von Lothringen schenkte 1495 dem Kloster zu Mettlach einen Weiher (Fischteich) auf dem Bann zu Scheuern (Dr. Lager „Geschichte der Abtei Mettlach"). Auf dem Gelände des Scheuerhofs stand früher eine Ansiedlung mit Namen Scheuren, von deren Schicksal jedoch so gut wie nichts bekannt ist. Sie muß schon früh ausgestorben sein, denn auf den altlothringischen Steuerlisten von 1519 wird sie nicht mehr aufgeführt.
Der Herzog von Lothringen war Oberlehnsherr von Scheuren. Da kein Dorf mehr bestand, wurde 1565 das Rechtsweistum über den Bann Scheuren von den Gerichtsleuten (Schöffen) der Nachbarorte Nohn, Wehingen, Bethingen und Dreisbach aufgestellt in Gegenwart des lothringischen Amtmannes von Schloß Siersberg, des Pastors von Büdingen und des Junghansen von Dreisbach als Dingvogt. Der Herzog von Lothringen bewilligte 1604 den Einwohnern von Nohn, Wehingen und Bethingen eine Zuteilung von 414 Morgen Land aus dem Bann Scheuren gegen bestimmte Abgaben.
Diese Orte verzichteten jedoch 1621 wieder auf das Scheurener Land zugunsten des edlen Herrn Remacle von Bockenheim, Amtmann auf Schloß Siersberg, dem der Herzog von Lothringen den Bann und die Waldungen gegen Bezahlung einer Geldsumme überließ.

Gasthaus Sommerfrische 1920

Remacle von Bockenheim stellte 1625 an den Herzog von Lothringen den Antrag, auf dem Bann von Scheuren einen Hof zu errichten. Da er die Genehmigung erhielt, errichtete er 1629 einen Hof mit zwei Pächterwohnungen auf dem Bann von Scheuren. Der Hof wird künftig unter dem Namen „Scheuerhof" geführt, was wahrscheinlich auf Scheuren zurückzuführen ist. Nach dem Tode ihres Mannes verkaufte 1643 Frau Remacle von Bockenheim geb. Jacobe von Malecler den Hof samt allen Liegenschaften an das Kollegium der Jesuiten in Trier für 2000 Reichstaler und zwei Fuder Wein. Der Herzog von Lothringen als Oberlehnsherr genehmigte den Kauf und erließ den Jesuiten eine sonst schuldige Abgabe von 60 Franken Silber, sechs Hähnen und sechs Kapaunen, weil die Acker wegen der Kriegszeit vollständig brach lagen. Zum Hof gehörten 414 Morgen Acker und Wald, mehrere Fischteiche sowie noch Herrschaftsrechte in Tünsdorf, Wehingen und Orscholz. Später kam noch die sogenannte Blechmühle hinzu sowie eine Mühle bei Bethingen, an der der Freiherr zu Warsberg zur Hälfte beteiligt war. Bemerkenswert ist, daß bei der Übergabe der Gebäude an Pater Rektor Johannes Steinweg kein Notar wegen der unsicheren Kriegszeiten erschienen war. Als Zeuge fungierte Pastor Leuck von Tünsdorf, der damals auch Taben, Weiten und Freudenburg verwaltete.
Die Jesuiten verpachteten den Scheuerhof bereits 1648 an Schneider Clas von Tünsdorf und Leudtes Hans aus Faha gegen Lieferung von drei Flözen Holz zu je 18 Karren, anzuliefern beim Krahnen in Trier.
Wegen der schlechten Zeiten nach dem 30-jährigen Krieg mußten die Patres den ersten Pächtern Vieh leihen, damit diese überhaupt wirtschaften konnten. So übergaben sie zwei trächtige Kühe, wovon sie sich die halbe Nachzucht ausbehielten.

Im Jahre 1650 wechselten schon wieder die Pächter, diesmal waren es Sebastian Wagner aus Nohn und Johann Weisdorf aus Büschdorf, die den Hof in Pacht nahmen. In der Folge versuchten noch eine ganze Reihe von Pächtern ihr Glück auf dem Scheuerhof. Kriegszeiten und andere mißliche Verhältnisse waren wohl schuld an den häufigen Wechseln. Pächter Johannes Biwer von Zolwer (Luxemburg) hatte 1690 den Hof in Pacht.
Der aus Reimsbach stammende Hans Adam verließ 1695 den Scheuerhof und die dazugehörende Blechmühle, um sein Glück anderweitig zu suchen. 1719 ist als Pächter Peter Ernst Caspar aus Wellingen genannt. Die Witwe Caspar Caspers wird 1727 als Pächterin registriert. Johannes Kaiser aus Beckingen hat 1749 den Hof in Pacht. Diesem wurde aufgetragen, Obstbäume zu pflanzen, deren Ertrag ihm zur Hälfte zukommen sollte. Wahrscheinlich wollten die Jesuiten mit dieser Maßnahme die Pächter längerfristig an den Hof binden.
Die Jesuitenpatres schlossen 1749 einen Vertrag mit den Schiffern Jakob Oberkontz und Michael Thieser aus Saarhölzbach ab, wegen des Transports eines Quamtums Holz vom Scheuerhof an den Krahnen nach Trier. Die ausgedehnten Waldungen um den Scheuerhof scheinen den Verpächtern mehr eingebracht zu haben als der Hof selbst.
In einer Beschreibung des Herzogtums Lothringen über den Scheuerhof aus dem Jahre 1778 heißt es, daß die Jesuiten beim Hofe eine Kapelle zum hl. Ignatius gebaut haben. Im darauffolgenden Jahr, nämlich 1779 erhielt der inzwischen aufgelöst gewesene Jesuitenorden den Hof vom König von Frankreich zurück.
In den Jahren 1791-93 wurden von der französischen Revolutionsregierung die Kirchengüter beschlagnahmt und verstaatlicht, die Orden wurden aufgelöst. Damit wurde auch der Scheuerhof säkularisiert und als Nationalgut eingezogen.
Die von der Revolutionsregierung eingezogenen Güter wurden 1803 in Saarlouis meistbietend versteigert. Den Scheuerhof ersteigerte ein Herr Dysing aus Launstroff einschließlich der Wehinger Kapelle für 2000 Francs. Die Wehinger Kapelle gab er an die Gemeinde Wehingen zurück. Die Hauskapelle des Scheuerhofs ließ er abreißen und die Steine zu anderweitigen Bauten verwenden. Die Gebäude des Scheuerhofs ließ er vergrößern und verschönern und bestimmte den so gewonnenen Herrensitz für seine Tochter bzw. seinen Schwiegersohn Hubert de Musiel, Seigneur de Berg et de Saargow. Die Herrschaften wohnten jedoch nur bei Jagdgelegenheiten auf dem Scheuerhof, sonst in Metz. Sie besaßen die Güter bis 1907/09 und ließen sie durch die Familie Düro verwalten.
Im Jahre 1904 brach ein Großbrand auf dem Scheuerhof aus, dem die Ökonomiegebäude zum Opfer fallen.
1909 wurde das Gut aufgeteilt und meistbietend versteigert. Nikolaus Becker aus Tünsdorf ersteigerte den Hof mit 44 Morgen Land. Anfang der zwanziger

Jahre eröffnete man auf dem Scheuerhof eine Gastwirtschaft, die man „Gasthaus zur Sommerfrische" nannte, wo man Speisen und Getränke an Wanderer und Ausflügler ausschenkte. Die Verhältnisse veranlaßten Becker jedoch, den Hof wieder zu verkaufen.
Der Diplom-Landwirt Henning Grundies und seine Frau Martha geb. Neyses kauften 1933 den Hof samt den 44 Morgen Land. Um den Hof zu vergrößern und dadurch wirtschaftlicher zu machen, versuchte Henning Grundies, von den Bauern aus Wehingen Land zu kaufen, was sich jedoch durch das Erbhofgesetz der Nazis zerschlug. Zu dem Scheuerhof gehörte auch eine Schank-Konzession, die es Grundies ermöglichte, durch den Verkauf von Speisen und Getränken an Ausflügler und Wanderer dem Hof eine zusätzliche Einnahmequelle zu sichern. Auch Tanzveranstaltungen, man würde heute sagen „Discos", wurden in der großen Halle abgehalten. Diese Veranstaltungen waren in der Umgebung sehr beliebt.
Ein Zeitungsbericht vom 13.06.1952 beschreibt den Hof wie folgt: „Der Weg ins Hofinnere führt am Schäferhaus vorbei und wir sehen die übrigen Gebäude sich im Viereck aneinanderreihen. Das Stirngebäude nach Osten hin barg die Schleiferei, den Kaninchenstall, das Backhaus, Schweinestallungen und die Kutschenunterkunft. An diesen Bau schloß sich westlich davon das herrschaftliche Wohnhaus an, das eine Gemeinschaftsküche, Bauernstube und im oberen Stockwerk die Schlafzimmer und den großen Saal enthielt. Neben der Scheune befand sich der Pferdestall mit einer großen Schlafkammer für die Knechte. Auf der anderen Seite lag ein geräumiger Kuhstall und anschließend ein großer Garten. Ein tiefer Ziehbrunnen zierte die Hofmitte."
Von 1941 bis 1947 verpachtete Henning Grundies den Hof an den Landwirt Johann Scholtes, danach übernahm er ihn wieder selbst. Doch da die Bewirtschaftung des Hofes unrentabel war, verkaufte Grundies ihn 1949 an die Kreissparkasse Saarbrücken.
Die Kreissparkasse Saarbrücken nahm große bauliche Veränderungen vor und machte aus dem Hofgut ein Erholungsheim für ihre Angestellten mit angeschlossener Ausflugsgaststätte, die 1950 eröffnet wurde. Eine moderne Einrichtung, ein Schwimmbad und die schöne landschaftliche und auch ruhige Lage brachten jedes Jahr viele Gäste, die hier Ruhe und Erholung suchten. Neben Wirtschaft und Hotelbetrieb wurde aber auch die Landwirtschaft weiterbetrieben.
Doch 1955 wechselte der Besitzer abermals; der Scheuerhof ging in Staatsbesitz über. Das Saarland kaufte ihn und baute ihn zum Lungensanatorium um, das 1955 eröffnet wurde. 1965 wurde mit dem Bau eines Wirtschaftsgebäudes begonnen, bezogen 1969. Zusätzlich wurde ein großer Besucherparkplatz angelegt. Mit dem Bau einer Pockenstation für das Saarland wurde 1968 begonnen, fertiggestellt 1970 für drei Millionen DM. Sie liegt versteckt im Waldgelände beim Scheuerhof und ist mit einem hohen Zaun rundum abgesichert.

Das Lungensanatorium hatte 1970 eine Belegung von 60 Patienten, die von drei Ärzten und 40 Mann Personal betreut werden. 1972 erfolgte der Bau einer thermischen Desinfektionsanlage, und eine Krankenpflegerinnenschule wird eingerichtet.
Bei den Musik- und Gesangvereinen der umliegenden Dörfer hatte es sich inzwischen eingebürgert, daß man jedes Jahr den Kranken auf dem Scheuerhof ein Ständchen brachte, was von den Kranken auch dankbar angenommen wurde.
Ende 1980 kam dann das Aus; das staatliche Sanatorium und Krankenhaus Scheuerhof wurden geschlossen. Die Landesregierung bot 1986 den Komplex Scheuerhof zum Verkauf an; Kaufpreis 8,3 Millionen DM. Die Pflegegesellschaft Berus wollte den Scheuerhof für eine Nutzung als therapeutischen Bauernhof für psychisch Kranke erwerben; ihr Angebot: eine Million DM.
1988 hieß es in der Presse, daß eine Investorengruppe auf dem Gelände des Scheuerhofs einen Hotelkomplex mit Sport- und Erholungszentrum errichten wolle, dabei sollten 250 neue Arbeitsplätze entstehen. Auch im Gemeinderat Mettlach wurde dies bereits diskutiert; Naturschützer schalteten sich ein und dann erwies sich das Ganze als Flop des Jahres.
1990 gingen Gerüchte durch die Presse, daß auf dem Scheuerhof ein Manager-Zentrum mit Golfplatz errichtet werden sollte. Die SZ schrieb am 28.7.1990, daß auf dem Scheuerhof ein zweites Aufnahmelager für Asylbewerber eingerichtet werden sollte, nachdem das Lager Lebach aus allen Nähten platzte.
Alle Gerüchte haben sich zerschlagen, der Scheuerhof steht immer noch ungenutzt. Am 24.8.92 schreibt die SZ, daß die Gemeinde Mettlach seit Mai mit dem Finanzministerium als Hausherr des Scheuerhofs in Verhandlung stehe, um einige Gebäude des Scheuerhofs für die Unterbringung von Asylanten anzumieten.
Endlich ist es geschafft, der Scheuerhof hat seit 1995 einen neuen Besitzer. Das Wochenblatt „Merziger Stadtanzeiger" schreibt am 6./7. September 1995 in einem Artikel: „Die Immobilien-Touristik-Entwicklungs-GmbH (ITE) mit Sitz in Merzig hat den Scheuerhof gekauft; Geschäftsführer der Gesellschaft ist Kuni Ludwig Both. Die ITE will aus dem Scheuerhof ein Landhotel mit Restaurant und Tanzcafe machen; 120 Betten für Übernachtung. Der gesamte Betrieb soll als Ausflugs- und Erlebnisgastronomie ausgerichtet werden. Insgesamt will die ITE 8-10 Millionen Mark investieren." Auch dies ist nicht realisiert worden.

Die Geschichte von Tünsdorf

Das Dorf Tünsdorf liegt auf dem Saargau am Hange des Kewelsberges, der 427m über dem Meeresspiegel liegt und sich von Büschdorf bis Wehingen hinzieht. Von seiner Höhe hat man eine herrliche Aussicht; nach einer Seite weit ins Saartal, nach der anderen Seite ins lothringische Land. Zur Tünsdorfer Seite fällt der Kewelsberg ziemlich steil ab bis ins Unterdorf, während er nach Lothringen sich nur allmählich abflacht. Auf seiner Höhe verläuft die deutsch-französiche Grenze; die Grenzsteine von 1830 sind noch heute zu sehen.

Die Geschichte des Ortes Tünsdorf reicht weit zurück, denn lange, ehe der heutige Ortsname in den Urkunden erscheint, war die Gegend um Tünsdorf schon besiedelt. Funde beweisen, daß es uralter Kulturboden ist, auf dem schon die Steinzeitmenschen in primitiver Weise ihre Felder bestellten. Gegen Ende der Bronzezeit (1200 v. Chr.) kamen die sogenannten „Urnerfelderleute", die ihre Toten verbrannten und in Urnen mit Grabbeigaben beisetzten. Ein Fund von 14 Bronzeäxten im Distrikt „Steinchen" beweist, daß Tünsdorf zur Bronzezeit schon besiedelt war. Dann kamen die Kelten, die in Stammesverbänden siedelten. Der Fund einer Goldmünze aus der Zeit der keltischen Treverer in der Nähe von Büschdorf beweist dies. Die Kelten des heutigen Gaugebietes gehörten zum Stammesverband der Treverer innerhalb der großen gallischen Nation.

In der Zeit der Römerherrschaft, die rund 500 Jahre währte, siedelten sich zwischen den Orten der Treverer römische Kolonisten, Beamte und Veteranen an, bauten Landhäuser und Gutshöfe und brachten römische Sitte und Kultur ins Land. Römische Siedlungsreste wurden im Untertünsdorfer Distrikt „Leichenbungert" entdeckt. Die Römer wurden im fünften Jahrhundert von den Franken und Alemannen besiegt und sie besetzten die römisch-gallischen Provinzen. Nachdem die Alemannen von den Franken bei Zülpich vernichtend geschlagen wurden, besetzten die Franken unter König Chlodwig Mosel und Saar. So siedelten die ripuarischen Franken in unserer Gegend und bauten ihre Höfe und Häuser aus Holz, denn dies war das bevorzugte Baumaterial der Franken. So erhielt der Ort auch seinen Namen aus dieser Zeit, denn die Geschichtsforschung hat festgestellt, daß die Ortsnamen mit den Endungen „ingen" und „dorf" zu den frühesten Siedlungen zu rechnen sind.

In älterer Zeit war der Ort aus drei Weilern zusammengesetzt, die Tünsdorf, Erdorf und Nerdorf hießen. Heute sind die Namen Erdorf und Nerdorf verschwunden und wir hören nur noch die Bezeichnungen Ober-, Mittel- und Untertünsdorf. Um 1095 erscheint Tuntinesdorf, im Jahre 1145 Tutinsdorph, um 1145 Tutinsdorph und im Jahre 1222 wird Tutinsdorf als 33. Ort in der Wallfahrtsliste des Erzbischofs Theoderich von Trier aufgeführt, die jedes Jahr eine Wallfahrt nach Mettlach zum Grab des hl. Lutwinus machen müssen.

Als sich die fränkische Gauverfassung auflöste und sich innerhalb des Reiches eine Reihe von Einzelstaaten bildeten, kamen Teile des Saargaues an die weltliche Herrschaft der Erzbischöfe von Trier, andere an die Grafschaft Luxemburg, wieder andere an das Herzogtum Lothringen und an andere politische Gebilde. Tünsdorf selbst gehörte das ganze Mittelalter hindurch zum Herzogtum Lothringen. In Tünsdorf gab es in älteren Zeiten mehrere Grundherren; Hauptgrundherr war der Schloßherr von Meinsberg bei Mandern. Als zweiter Grundherr erscheint in älteren Akten der Herr von Berg bei Nennig. Auch die Abtei von Mettlach hatte Besitzungen und Hörige in Tünsdorf.
Im 16. Jahrhundert wurde Tünsdorf und der Gau durch durchziehende Söldnerheere stark verwüstet, die sich an den Kriegen zwischen dem deutschen Kaiser Karl V. und König Franz I. von Frankreich beteiligten. Markgraf Albrecht von Brandenburg verwüstete 1552 das ganze Moselgebiet mit seinen Banden. Lothringen und das Trierer Land wurden im Dreißigjährigen Krieg vom Jahre 1632 an abwechselnd von französisch-schwedischen und kaiserlich-spanischen Truppen besetzt und verheert. Als der kaiserliche Generalissimus Matthias Gallas im Jahre 1635 auf seinem siegreichen Vormarsch vom Rheine her mit seinem Heere an die Saar kam und die französisch-schwedischen Regimenter zurücktrieb, wurde der Saargau von Söldnern überschwemmt und furchtbar gebrandschatzt. Aber der Krieg dauerte in unserer Gegend über das Jahr 1648 hinaus, weil Spanien in den Friedensbeschluß von Münster nicht hineinbezogen war und auch der Herzog von Lothringen weiterkämpfte. Herzog Karl hoffte noch immer, wieder in den vollständigen Besitz seines Landes zu kommen. Im Jahr 1650 erschienen lothringische Regimenter unter dem Baron von Ligneville wieder an der Saar und nahmen den Franzosen mehre-

re feste Plätze weg, wie Siersburg, Wallerfangen, Beckingen u.a.m. Aber im folgenden Jahr kam Marschall Lafert mit französischen Kriegsvölkern, trieb die Lothringer zurück, nahm Schloß Siersburg und besetzte den Saargau. Bei diesen Kämpfen wurde die Kirche von Tünsdorf niedergebrannt.

Der Saargau sollte nicht zur Ruhe kommen, denn der bald ausbrechende französisch-holländische Konflikt und die Reunionskriege, die eine Besetzung Lothringens mit französischen Truppen mit sich brachten, ließen das geplagte Volk nicht zur Ruhe kommen. Der 1697 zu Ryswick geschlossene Frieden stellte zwar Lothringen wieder her, brachte aber keine endgültige Ruhe. Denn 1701 brach der spanische Erbfolgekrieg aus, der wieder die geplagten Grenzgebiete zum Kampfgebiet machte. Besonders schlimm war es für die Bewohner des Gaues, als die Truppen des englischen Heerführers Herzog Malborough im Jahre 1705 von Trier her gegen Diedenhofen und Metz vorstoßen wollten. Die Engländer waren Verbündete des deutschen Kaisers gegen Frankreich. Da der Gau Aufmarschgebiet war, mußten die Bauern für Fourage des 50.000 Mann starken Heeres sorgen, was mit starken Härten verbunden war. Da der französische Marschall Villers den Engländern mit sehr starken Kräften den Weg zwischen Busendorf und Sierck versperrte, zog dieser ab, ohne daß es zu einer Schlacht kam. Der Kriegszustand dauerte bis 1712, dann kehrte endlich für längere Zeit Frieden ein.

Im Jahre 1766 hatte sich für Tünsdorf und Umgebung ein politischer Wechsel vollzogen. Das Herzogtum Lothringen war durch den Tod des letzten Herrschers Stanislaus vertragsweise an Frankreich gekommen, und so wurde auch Tünsdorf französisch. Die frühere Zugehörigkeit zum Amte Sierck bestand nicht mehr, es gehörte vielmehr die Gegend um Tünsdorf, so weit sie lothringisch gewesen, zur Baillage im Verwaltungsbezirk Busendorf (Bouzonville).

In Frankreich brach die Revolution aus; am 9. März 1789 wurden nach vorheriger Bekanntmachung auf der Kanzel die Gemeindeangehörigen zusammengerufen, um die Delegierten für die Wahl zur Nationalversammlung zu bestimmen. Auch wurden die Klagen und Beschwerden der Gemeinde wegen der Mißstände in Wirtschaft und Verwaltung zusammengestellt. In der Folgezeit nahm die Revolution immer schärfere Formen an. So wurden die Kirchen geschlossen und am 1. Oktober 1791 der Tünsdorfer Pastor Maringer als Emigrant seiner Stelle entsetzt und von den neuen Machthabern ein sogenannter konstitutioneller, der Regierung ergebener Pfarrer eingesetzt. Durch Gesetz vom 26. August 1792 wurde Pastor Maringer zur Deportation verurteilt; er konnte jedoch noch rechtzeitig fliehen. Die Kirchengüter wurden säkularisiert, beschlagnahmt. Auf Grund des Konkordates zwischen Frankreich und dem hl. Stuhl vom 15. Juli 1801 wurden die Diözesangrenzen neu festgelegt und Tünsdorf kam, weil zum Moseldepartement gehörend, zum Bistum Metz. 1803 werden die eingezogenen Kirchengüter meistbietend versteigert; für unseren Bezirk war die Versteigerung in Saarlouis.

Das Jahr 1815 löste nach den unglücklichen Kriegen Napoleons die von Frankreich annektierten Gebiete aus dem französischen Staatenverband heraus. Nach dem Wiener Kongreß wurden die Gebiete des Kurstaates Trier, folglich auch der Gau, Preußen zugesprochen und der neugebildeten Rheinprovinz zugeschlagen. Tünsdorf war jetzt preußisch, dem neuen Regierungsbezirk Trier zugeteilt und der Verwaltung des Kreises Saarburg unterstellt. 1830 sind die französisch-preußischen Grenzsteine gesetzt.
Die ersten Jahrzehnte des 19. Jahrhundert brachten keine besonderen Geschehnisse. Die Märzunruhen des Jahres 1848 fanden in Tünsdorf keinen Widerhall. Auch ist nicht bekannt, daß Tünsdorfer an den Feldzügen 1864 gegen Dänemark und 1866 gegen Österreich teilgenommen hatten. Dagegen verspürte die Bevölkerung die wirtschaftlichen Depressionen desto mehr. Infolge der wirtschaftlichen Mißverhältnisse wanderten in der ersten und zweiten Hälfte des vorigen Jahrhunderts viele aus, meist nach Amerika. Auch aus Tünsdorf waren einige Familien dabei.
In dem Krieg 1870 verbluteten auch einige Tünsdorfer Männer. Das Ende des Krieges 1870/71 brachte infolge des günstigen Ausgangs für Preußen Elsaß-Lothringen als Reichsland an das neugegründete „Deutsche Reich". Die Menschen vom Gau erleben um die Jahrhundertwende bis 1914 eine glückliche, ruhige Zeit. Mit dem Ausbruch des ersten Weltkrieges mußten auch die Männer von Tünsdorf ins Feld. Nach vierjährigem Ringen endete der Krieg in einem Chaos; 22 Männer aus Tünsdorf waren gefallen. Das Leben normalisierte sich wieder; jeder ging von neuem seiner gewohnten Beschäftigung nach. Am 19. Januar 1919 fand die erste Nachkriegswahl statt. Es war die Wahl zur Nationalversammlung, welche die neue deutsche Verfassung ausarbeiten sollte. Mit den Jahren 1920/21 zog eine neue Gefahr herauf, die in den Jahren 1923/24 ihren Höhepunkt erreichte und zu einer Wirtschaftskatastrophe führte; es war die Inflation. Bis zum Herbst 1924 ging das Zahlenspiel bis in die Billionen Mark. Zum 1. Dezember 1924 wurde diesem unmöglichen Zustand ein Ende gesetzt durch die Stabilisierung der Mark. Eine Billion Papier-Mark wurde einer neuen Renten-Mark (RM) gleichgesetzt. Eine Rentenmark entsprach vier Franken. Im Jahre 1925 sah man etwas zuversichtlicher in die Zukunft; man konnte kaufen, disponieren, sparen. Doch schon kamen wieder neue Schwierigkeiten, denn durch die willkürliche Abschnürung des Gaus von Lothringen/Luxemburg einerseits, vom Saargebiet andererseits, häuften sich die Absatzschwierigkeiten beim Handel mit ländlichen Erzeugnissen. Keine Lebensmittel sollten mehr gehandelt werden, kein Vieh ohne Zoll. Andere Absatz- und Bezugsmärkte lagen aber fern. Das bedeutete den Niedergang des Dorfes. Um die Verarmung vollständig zu machen, wurden 1926 und in den Folgejahren viele Leute, die in Völklingen, Dillingen, in den Saargruben oder bei V&B in Mettlach beschäftigt waren, arbeitslos. Die Verarmung war bald komplett, der Ruin des Dorfes fast nicht mehr aufzuhalten.

Um sich einigermaßen über Wasser zu halten, begannen viele mit dem Anbau von Erdbeeren und Obstplantagen. Doch etwas Erfreuliches ist aus dieser Zeit zu berichten; die Befreiung der Rheinlande von allen Besatzungsmächten wurde am 30. Juni 1930 mit einem großen Fest gefeiert. Auf dem Kewelsberg wurde ein großes Feuer entfacht, dessen Schein weit ins Saargebiet und nach Lothringen reichte. Doch es sollten noch fünf bittere Jahre vergehen, bis auch das Saargebiet befreit wurde. Am 13. Januar 1935 ist Volksabstimmung im Saargebiet. Es wurde abgestimmt: Verbleiben bei Frankreich, Anschluß an Deutschland (Rückgliederung) oder Selbständigkeit. Mit überwältigender Mehrheit, mit 99 Prozent stimmte die Saarbevölkerung für die Rückgliederung an Deutschland.
Doch die Freude sollte nicht lange dauern, denn der zweite Weltkrieg zwischen 1939 und 1945 brachte auch über Tünsdorf großes Leid. Laufgräben, Panzergräben, Drahtverhaue durchzogen den Ort und Straßensperren an den vier Ortseingängen. Zwei Flakgeschütze waren aufgebaut, auf dem Kewelsberg stand ein 48 Meter hoher Aussichtsturm, und gegen Wehingen zu hatte man ein großes Minenfeld angelegt. Im September 1939 wurde das ganze Dorf evakuiert, nach Mitteldeutschland und Mecklenburg. Aus militärischen Gründen wurde von den deutschen Soldaten im Herbst 1939 der alte, unter Denkmalschutz stehende Kirchturm gesprengt. Durch die Sprengung wurde jedoch das Kirchenschiff derart geschädigt, daß der gesamte Bau abgetragen werden mußte.
Als am 19. November 1944 vormittags um 10 Uhr die Amerikaner in den Ort einrückten, schoß die deutsche Artillerie in das Dorf; alles flüchtete in die Keller. Vom 19. November 1944 bis Anfang 1946 war Tünsdorf von den Amerikanern besetzt.
Im Dezember 1944 wurden die Einwohner des Dorfes zum zweitenmal evakuiert; diesmal von den Amerikanern. Sie brachten die Tünsdorfer nach Hemmersdorf und Niedaltdorf. Als man im Mai 1945 zurückkam, war alles verloren. Die Häuser ausgeräumt und zum Teil zerstört; das Vieh verendet oder gestohlen. Die Tünsdorfer standen vor dem Nichts.
Von den Bewohnern des Dorfes wurden von 1939 bis 1945 viele zum Grenzschutz eingezogen; 1944 standen aus Tünsdorf insgesamt 122 Männer unter den Waffen, 5 Mädchen waren Wehrmachtshelferinnen. Aus dem Ort fielen 39 Männer im Krieg; 61 kamen in Gefangenschaft.

Martinus

Soldat, Bischof und Heiliger

Vor 1600 Jahren, am 8. November 397 verstarb Martinus, oder wie er meist genannt wird, Martin von Tours, auf einer Visitationsreise durch sein Bistum in Candes, einem kleinen Ort südwestlich von Tours im Alter von 80 Jahren; Martin war damals Bischof von Tours. Am meisten bekannt wurde er durch die Teilung seines Mantels mit dem Schwert; ein armer Bettler bekam die eine Hälfte geschenkt. Doch wer war dieser Martinus, der auch heute noch vom Volk verehrt wird wie vor 1600 Jahren?

Martinus der Soldat:

Martinus wurde im Jahre 316 in Sabaria in Pannonien, dem heutigen Steinamanger in Ungarn geboren. Sein Vater, ein römischer Tribun, war hier als Veteran angesiedelt worden, nachdem er seine Jahre als Offizier im römischen Heer abgedient hatte. Seine Ausbildung erhielt der junge Martinus in Pavia, der Heimatstadt des Vaters. Dort kam er auch schon früh mit dem Christentum in Berührung, mußte jedoch zu den Soldaten, ehe er die Taufe empfangen konnte. Denn der Vater, der nichts anderes als das Soldatenleben kannte, er hatte sich vom einfachen Soldaten bis zum Tribun hochgedient, wollte, daß sein Sohn in seine Fußstapfen trat. Daher kam Martinus schon mit 15 Jahren in ein römisches Reiterregiment, das in Gallien stationiert war. Zuverlässig und mutig erfüllte Martinus seine Pflichten in der Armee. Er stieg schon in jungen Jahren vom einfachen Soldaten zum Offizier auf, doch hielt er sich von den Lastern fern, wie sie zu allen Zeiten von den Soldaten verübt wurden.
Im Jahre 335 trat ein Ereignis ein, daß das bisherige Leben des jungen Reiteroffiziers grundlegend ändern sollte. Es war an einem bitterkalten Winterabend vor den Toren von Amiens, als sein Pferd plötzlich scheute. Ein zerlumpter, halberfrorener Bettler streckte hilfesuchend seine Arme zu Martinus empor. Dieser kannte die Elendsgestalten zur Genüge, waren und sind sie doch immer im Gefolge der Kriege und Kämpfe. Der junge Römer hatte immer eine Gabe für die Elenden bereit, doch diesmal suchte er vergebens in seinen Taschen nach einem Stück Brot oder einer Münze. „Was soll ich dem Armen nur geben?“ überlegte Martinus. Plötzlich kam ihm ein Gedanke, als er den halbnackten, zitternden Bettler nachdenklich betrachtete. Schnell entschlossen, wie er dies bei den Soldaten gelernt hatte, nahm er den schweren Reitermantel von seinen Schultern, zog sein Schwert und teilte den Mantel in zwei Hälften. Die eine Hälfte warf er dem überraschten Bettler zu, die andere schlang er sich um die Schulter. Schnell galoppierte er weiter, ohne den Dank des Armen abzuwarten. In der Nacht hatte er einen seltsamen Traum. Jesus Christus erschien ihm, angetan mit seiner Mantelhälfte, und er sagte zu den ihn begleitenden Engeln: „Martinus, der erst auf dem Weg zur Taufe ist, hat

mich mit diesem Mantel bekleidet." Der junge Offizier entschloß sich nun, den Sodatendienst aufzugeben, um einem höheren Herrn zu dienen. Nur die Freundschaft zu seinem Tribun hielt ihn noch zwei Jahre bei der Fahne, da dieser ihm versprochen hatte, dann ebenfalls den Waffenrock auszuziehen. Doch mit der Taufe wartete er nun nicht mehr länger, er wollte endlich zu Christus gehören.

Martinus' Suche nach Gott:
Als er aus dem römischen Heer entlassen wurde, ging er zu Hilarius nach Poitiers, wo dieser Bischof war. Dieser unterrichtete Martinus und erteilte ihm die niederen Weihen. Hilarius hätte Martinus gerne bei sich behalten, doch solange dessen Eltern im Heidentum lebten, hatte dieser keine Ruhe. Martinus machte sich unverzüglich auf nach Ungarn, um seine Eltern zum Christentum zu bekehren. Bei der Mutter hatte er leichtes Spiel, doch der Vater weigerte sich, mit dem „Fahnenflüchtigen" über das Christentum zu reden. Endlich mußte er einsehen, daß alle Überredungskünste vergebens waren und wandte sich schweren Herzens ab. Er bekämpfte einige Zeit den Arianismus, ehe er nach Italien zurückkehrte. Hier erfuhr er, daß die Arianer seinen Lehrer Hilarius vertrieben hatten. Auch Martinus erging es genauso, als er versuchte, in Mailand ein Kloster zu gründen. Er flüchtete auf die winzige und einsame Insel Gallinaria bei Genua. Martinus hatte eingesehen, daß er als Einzelner keine Chance gegen die arianisch gesinnte Staatsmacht hatte. Gebet und Buße waren die Waffen, mit denen er nun im Verborgenen kämpfte. Um das Jahr 360 rief Hilarius, der Bischof von Poitiers, nachdem er aus der Verbannung zurück war, Martinus nach Poitiers. Niemand erkannte in dem ärmlich gekleideten Mann mit dem wirren Haar und dem bleichen Gesicht den einstigen Gardeoffizier. Martin, wie er sich nun nannte, gründete in Liguge (acht Kilometer südlich von Poitiers) eine Einsiedlerzelle, aus der sich ein berühmtes Kloster entwickelte; es war das erste Kloster auf Galliens Boden. Hier setzte Martin mit wenigen Gefährten sein hartes und entbehrungsreiches Büßerleben fort. Der Ruf von seiner Heiligkeit und den Wundern, die er wirkte, drang bis nach Tours.

Martinus der Bischof:
Im Jahre 371/372 wählten Volk und Klerus Martin zum Bischof von Tours, der Diözese nördlich von Poitiers. Doch auch in diesem hohen Amt blieb Martin seinem asketischen Lebensstil treu; er zog aus dem ihm zustehenden Bischofshaus aus und lebte mit einigen Mönchen in armseligen Holzhütten vor den Toren der Stadt. Aus dieser Einsiedelei entwickelte sich im Laufe der Jahre das bedeutende Kloster Marmoutier, das zu einem Mittelpunkt des asketischen und kulturellen Lebens im Abendland werden sollte.
Voller Tatkraft und mit großem Gerechtigkeitssinn verwaltete Martin in den

folgenden 30 Jahren seine Diözese. Leidenschaftlich verkündete er das Evangelium und bekämpfte besonders in den ländlichen Gegenden das Heidentum. Hier standen noch überall die heidnischen Göttertempel und heilige Haine, eifersüchtig behütet von den Druiden und ihrem Anhang. Doch Martin war nicht umsonst Soldat gewesen; unerschrocken sagte er mit der Axt und der Kraft seines Wortes dem Heidentum den Kampf an. Wo ein Heidentempel fiel, wurde sogleich eine Kirche oder ein Kloster errichtet. Am Anfang begegnete Martin heftiger und wütender Gegenwehr; mit Schwert und Dolch drangen die wütenden Bauern auf ihn ein. Doch Furcht und Haß wandelten sich allmählich in Vertrauen und Liebe, als das einfache Landvolk sah, mit welcher Sorge sich der Bischof ihrer annahm. Er machte der Willkür der Gaugrafen und Fronvögte ein Ende; er verhinderte die Ausführung schwerer Strafen, die auf geringe Vergehen standen. Bischof Martin schnitt Verbrecher vom Strick ab und kauerte eine ganze Winternacht hindurch vor dem Tor einer Burg, um einigen armen Sündern dadurch Leben und Freiheit zu erzwingen. So bewies Bischof Martin seinen außergewöhnlichen Mut, als er sich beharrlich weigerte, in Trier an der kaiserlichen Tafel teilzunehmen, weil Kaiser Maximus Blutschuld auf sich geladen hatte; er hatte seinen Vorgänger, Kaiser Gratius ermorden lassen. Solche Taten gewannen ihm das Volk mehr als alle Predigten. Wen sein Wort nicht überzeugte, den eroberte seine Liebe. Diese seine Liebe, die kein Leid sehen konnte, ohne zu helfen. Sein Weg war gezeichnet durch Krankenheilungen und Totenerweckungen. Dieser große und heilige Mann, der so ungestüm fordernd vor dem Kaiser und den Großen des Reiches auftrat, kannte keine größere Freude, als die Tränen der Armen zu trocknen. Doch auch seine Todfeinde, die kriecherischen Hofbischöfe, die Ketzer und Druiden waren von seiner Liebe nicht ausgeschlossen. Täglich betete er für sie, und mehr als einen hat seine Fürsprache vor dem Henkertod bewahrt. Der ehemalige Soldat, unerfahren in den Wissenschaften und ungeübt in der Rhetorik hatte das Unglaubliche geschafft, aus einem Scheinchristentum blühendes Glaubensleben zu entwickeln. Mitgeholfen haben seine Mönche, die entsprechend seinem Vorbild das Kreuz bis in die entlegensten Gegenden Galliens trugen.

Martinus' Tod:
Am 8. November 397 ereilte Martin der Tod auf einer Visitationsreise; er war über 80 Jahre alt geworden. Martin starb in Frieden; um seine Kirche brauchte er sich keine Sorgen zu machen, sie war in guter Hut. Zur Beisetzung des Bischofs der Armut und der Armen, wie Martin genannt wurde, strömten riesige Menschenmengen nach Tours, darunter etwa 2000 Mönche. Über dem Grab Martins ließ Bischof Brictius, ein Schüler Martins und sein Nachfolger auf dem Bischofsstuhl, zu Beginn des fünften Jahrhunderts eine Kapelle errichten. Bischof Perpetuus erweiterte den Bau Jahrzehnte später zu einer prächtigen Basilika.

Martins Grab als Pilgerstätte:
Martins Grab war im gesamten Mittelalter das Ziel der Pilger und fränkisches Nationalheiligtum. König Chlodwig I. erklärte Martin von Tours zum „Schutzherrn der fränkischen Könige und des fränkischen Volkes". Der Mantel des heiligen Martin galt als fränkische Reichsreliquie und war auf allen Heerzügen dabei; in Friedenszeiten wurde das kostbare Erinnerungsstück im Palast des Königs in Paris aufbewahrt. Der heilige Martin entwickelte sich nach seinem Tode schnell zu einem echten Volksheiligen, dessen Popularität bis heute ungebrochen ist. Er war der erste Nichtmärtyrer, der vom gläubigen Volke als Heiliger verehrt wurde.

Martin, der Schutzpatron von Tünsdorf:
Im Bistum Trier ist das Patronat des heiligen Martin weit verbreitet; es gibt im Bistum Trier über 90 Martinskirchen. So auch die Pfarrkirche von Tünsdorf, sie ist ebenfalls dem heiligen Martin geweiht. Die Bewohner von Tünsdorf hatten schon sehr früh zum Christentum gefunden, denn die Tünsdorfer Pfarrei ist eine der ältesten im Trierer Bistum. Über die Anfänge der Pfarrei Tünsdorf gibt es keine verläßlichen Angaben, doch kann mit Sicherheit angenommen werden, daß Tünsdorf zu den sogenannten Urpfarreien der Trierer Diözese gehört. Man kann wohl davon ausgehen, daß die Pfarrei Tünsdorf bereits zur Zeit des Erzbischofs Ruotbert (931-956) existierte; demnach wäre sie über 1000 Jahre alt. Die Pfarrei Tuntinesdorf wird auch in der Wallfahrerliste zum Grabe des hl. Lutwinus aufgeführt, doch ist diese Liste nicht datiert. Urkundlich datiert wird sie erst in der Wallfahrerliste des Trierer Erzbischofs Theoderich (1212-1242) im Jahre 1222; er liefert eine wörtliche Wiedergabe von Erbischofs Alberos (1131-1152) Liste. Hier ist als 33. Pfarrei aufgeführt Tuntinstorf = Tünsdorf; um 1095 Tuntinesdorf, 1145 Tuntinsdorph, um 1158 Tutinisdorf.
Fast ebenso früh wie der Pfarrort sind alle Filialen von Tünsdorf urkundlich erwähnt. Die Markgräfin Jutta von Lothringen schenkte 1030 der Abtei St. Matthias zu Trier den Zehnten von Betingen (Bethingen) und das Dorf Weg-

ingen (Wehingen) nebst Zehnten (Ubk. 2, 345). Im Jahre 1126 kam Roricus von Bizzerdorf (Büschdorf) am Palmsonntag nach Mettlach, erkrankte daselbst und setzte, da er keine Kinder hatte, Christum zu seinem Erben ein, indem er der Abtei sein Allod in Bizzerdorf vermachte (Archiv. cathedr.). Endlich erscheint auch die Filiale Nohon (Nohn) nebst Tuntinistorfh in dem Güterverzeichnis der Abtei Mettlach aus dem 10.-12. Jahrhundert.

Legenden und Sagen um den heiligen Martin:

Martin und die Gänse:

Oft wird der heilige Martin mit einer Gans dargestellt, und es ist Brauch, zu Martini eine Gans zu verspeisen. Dies geht auf folgende Legende zurück:
Als man Martin zum Nachfolger des Bischofs von Tours gewählt hatte, wollte er dieser Würde entgehen und versteckte sich in einem Gänsestall. Als man nach ihm suchte, verrieten die Gänse durch ihr Geschnatter, wo er sich versteckt hatte.

Die Martinslinde von Tünsdorf:

Als Martinus, Bischof von Tours, einst auf einer Reise zum Bischof von Trier war, zog er der Römerstraße nach, die von Metz-Launsdorf kommend, über Tünsdorf nach Nohn führte und zunächst in Merzig endete.
Im Unterdorf von Tünsdorf machte Martin Station, um bei einer Linde, der Thing-Gerichtslinde, zu predigen. Hier hatten sich die keltisch-gallischen Bauern versammelt, um ihre Götter zu verehren. Der heilige Bischof verkündete ihnen nun das Evangelium und ruhte nicht eher, bis er sie bekehrt und getauft hatte. Diese Linde hieß seitdem die Martinslinde; sie stand bis 1953, als ein Blitzschlag das uralte Naturdenkmal zerstörte.
In der Folgezeit wurde eine Kapelle neben der Linde errichtet, sie erhielt den Namen Martinskapelle. Diese Kapelle steht heute noch; vor einigen Jahren wurde sie renoviert.

Der „Haidbur" in Tünsdorf:

In Unter-Tünsdorf gibt es einen uralten Brunnen, den man den „Haidbur" nennt. Als der heilige Martin unter der Linde den Heiden das Evangelium predigte, taufte er anschließend die bekehrten Heiden in einem nahegelegenen Brunnen, dessen Wasser er vorher segnete. Seitdem heißt dieser Brunnen der „Haidbur", nach den bekehrten Heiden benannt. Sein Wasser gilt seit uralten Zeiten als heilkräftig, daher nimmt man es, wenn Mensch und Vieh krank sind. Und es soll helfen, wie die alten Tünsdorfer sagen.

Brauchtum zum Martinstag:
Der Martinstag war früher Winteranfang und Jahresbeginn, an dem Zins- und Pachtzahlungen fällig waren. Daran erinnert eine Bauernregel „Sankt Martin ist ein harter Mann für den, der nicht zahlen kann!" Am Martinstag wurde dem Gesinde und den Hirten der Jahreslohn ausbezahlt. Zu den am Martinstag fälligen Naturalabgaben gehörte auch die Martinsgans, die zum Höhepunkt des Festmahles gegessen wurde. „Sankt Martin ist ein guter Mann, er bringt die Bratgans uns heran!", weiß eine andere Bauernregel.
Zum Martinstag mußten alle wichtigen Arbeiten in Hof und Feld abgeschlossen sein. Früher begann nach dem Martinstag die sechswöchige Advents- und Bußzeit, in der Fleischgenuß strengstens untersagt war.
Nur ein Brauch aus früheren Tagen hat sich bis in unsere Zeit gerettet, der Martinszug. Auch heute ziehen am Abend vor dem Martinstag die Kinder mit bunten Laternen durch das Dorf; Sankt Martin als römischer Reiter führt den Zug meist an. Zum Abschluß wird ein riesiges Martinsfeuer abgebrannt und an die Kinder Brezeln verteilt. Heute gibt es auch eine Tombola, deren Hauptgewinn eine lebende Martinsgans ist.

Tünsdorfer Baudenkmäler

Tünsdorf, das Dorf auf dem Saargau, liegt malerisch am Hange des Kewelsberges und besteht aus Ober-, Mittel- und Unter-Tünsdorf. Seine Geschichte reicht weit zurück bis in die Kelten- und Römerzeit. Der Ort ist reich an Baudenkmälern, die viel von der wechselhaften Geschichte des Ortes erzählen können.

Haus Lepargé:
Es wurde vermutlich 1760 vom Küster (Name unbekannt) des Pfarrers Boden erbaut. Er war Bildhauer und fertigte auch die Köpfe und Girlanden an, welche die Hausfront zieren. Er mußte 1795 mit Pfarrer Boden flüchten, als die französische Revolution auch vor den Kirchen und ihren Priestern nicht mehr haltmachte.
Das Haus ging dann in den Besitz einer Familie Osweiler über und nach längerer Geschlechterfolge in den Besitz der Familie Lepargé. Diese betrieb in dem Anwesen bis 1930 eine Posthalterei und zusätzlich noch eine Gastwirtschaft: Osweiler-Leparge. Die Nohner Kirchgänger, sie kamen bis 1923 (in dem Jahre wurde die neue Kirche in Nohn gebaut), nahmen beim Hin- und Rückweg eine „Garnitur“ (Schnaps und Bier) mit.
Heute steht dieses schöne Haus schon seit vielen Jahren leer, ist verfallen, und droht einzustürzen. Ernst Wackenroder schreibt 1939 in seinem Buch „Die Kunstdenkmäler des Kreises Saarburg“:
„Wohnhaus Nr. 30 (Lepargé), ein zweigeschossiger Bau von fünf enggestellten Achsen; die reiche Rokokofassade ist stark überstrichen, begleitet an den Enden von Pilastern mit Kompositkapitell (links durch Scheunenanbau zerstört). Die Mittelachse ist besonders betont: die Haustür mit der Zahl 1792 in der Kartusche des reich reliefierten Hohlkehlrahmens, im Aufbau ein Medaillon mit der Darstellung des guten Hirten. Das Mittelfenster des Obergeschosses vor den anderen bereichert durch gebrochene Voluten und Gehänge, darüber eine Kopfmaske, früher mit Pfeife. Über den mit verschiedenartigen Schuppenmustern gerahmten Fenstern Köpfe in Hochrelief; bei denen im Erdgeschoß wäre an die vier Temperamente zu denken. Die anderen Köpfe stellen vielleicht die Jahreszeiten dar, die auf der Mauerfläche nochmals in Medaillons (ohne den Winter) angebracht sind.“

Kapelle in Mittel-Tünsdorf:
In Mittel-Tünsdorf steht eine sehr alte Kapelle, die vor einigen Jahren renoviert wurde. Über sie schreibt Wackenroder:
„Kapelle in Mitteltünsdorf: einachsiger einfacher Bau mit flacher Decke. Erhöht an der Dorfstraße gelegen; mit zwei alten Linden vor der Giebelfront. Über der rundbogigen Tür das Baujahr 1716 neben einer Hausmarke. Kleiner einfacher Säulenaltar von Holz, 18. Jahrhundert. Steinfigur des hl. Johannes d. T., 1,50 m hoch, Anfang des 18. Jahrhunderts. Einfaches Heiliges Grab, in die Ostwand eingemauert, 60 x 60 cm groß. Ein Kasten mit der Relieffigur Christi steht 18 cm vor; darauf: JNRI und 1627. Links und rechts davon Leuchterpodeste. Vor der mit Karniesgesims giebelförmig begrenzten Rückwand drei Frauen am Grabe, grob gearbeitet und mit weißer Ölfarbe dick überstrichen."

Kapelle in Unter-Tünsdorf:
Im Unterdorf, in Unter-Tünsdorf steht eine Kapelle, die dem hl. Martin geweiht wurde. Bis 1952 stand eine uralte Linde (sie fiel 1952 einem Blitzschlag zum Opfer) bei der Kapelle, unter der früher die Gerichtsverhandlungen abgehalten wurden. Um Kapelle und Linde war ein umfriedeter Platz; dies soll früher eine Thingstätte gewesen sein. Hier hielten die Gaugrafen die Volksversammlungen und Gerichtstage ab.
Der Sage nach hat der hl. Martinus hier den alten Heiden von Tünsdorf das Christentum gepredigt, sie bekehrt und getauft. Die Kapelle wurde vor einigen Jahren renoviert. Wackenroder schreibt über diese Kapelle in seinem Buch: „Katholische Kapelle (s. t. s. Martini ep.) in Untertünsdorf. Die Kapelle steht neben der alten Gerichtslinde; hier fanden noch zu Anfang des 19. Jahrhunderts die Gemeindeverhandlungen statt. Einfacher einachsiger Bau mit gerader Decke; nach den flachen, scharf aufsetzenden Bögen der Öffnungen dem 17. Jahrhundert zuzuweisen. Im Giebel ein kreisförmiges Speicherloch."

Pfarrheim:
Dieses Haus war früher eine Gerberei und gehörte der Familie Heutger, vermutlich wurde es Ende des 17. Jahrhunderts erbaut. Seit 1912 steht die Gerberei still, da der Betrieb mit den Textilhäuten preislich nicht mehr mithalten konnte. Zur Glanzzeit wurden pro Jahr über 1000 Häute verarbeitet.
Am 6. Mai 1901 kommen durch Initiative des Pfarrers Flesch die ersten Ordensschwestern vom „Heiligen Geist" nach Tünsdorf. Ihre erste Niederlassung wird das alte Heutgerhaus in der Susengasse. 1912 ziehen sie aus und beziehen das Hassesche Haus im Mitteldorf, das seitdem „Kloster" heißt. Im Jahre 1954 ziehen die Schwestern wieder in das Heutgerhaus bei der Kirche. 1956 begehen die Schwestern das 50jährige Jubiläum im Ort. Kurz danach ziehen die Schwestern aus Tünsdorf fort, und das Haus steht leer. Dann wird es

kurzfristig vermietet und ein Altersheim darin eingerichtet, was jedoch nicht anhält.
Das Haus wurde vor einigen Jahren vollständig renoviert, so daß die Schönheit des Baus wieder zur Geltung kommt. In dem Haus sind nun die Pfarrbücherei und die Katholische Frauengemeinschaft Tünsdorf untergebracht. Außerdem dient der Saal den kulturellen Ortsvereinen als Proberaum.

„Altes Kloster", Schillerstraße 23:
Es gibt keine genauen Angaben, wann und von wem es erbaut wurde. Vermutlich hat die Familie Maringer (de Maring de Pelling) das Haus erbaut (1690-1730?). Urkundlich wurde das Haus erstmals erwähnt, als Franz de Maringer aus Sierck die Marguerite de Musiel von Schloß Thorn heiratet. Das Ehepaar wohnt in diesem Haus in Mitteltünsdorf; es hat sieben Kinder, die alle in Tünsdorf getauft und im Familienbuch I. unter Nummer 710 registriert sind (1736-1751). Franz de Maringer ist Arzt in Tünsdorf, was auch die zwei Eingänge am Haus erklärt: Wohnhaus und Praxis.
1796 während der französischen Revolution kommt Francois Tock, Anwalt aus Bouzonville, nach Tünsdorf und erwirbt das Haus; er stirbt am 28. Oktober 1814 in Tünsdorf (Familienbuch Tünsdorf II, Nummer 1594). Sein Sohn Johann Tock übernimmt das Haus; er baut 1830 mit Hilfe seiner Brüder Michael und Martial (Michael war Oberregierungsrat in Luxemburg, Martial war Präsident der Rechnungskammer in Luxemburg) die Mühlenbetriebe am Steinbach - früher Heckermühle, nun „Meditationszentrum Neumühle"- und die Salzmühle in Bonnen. Für den Bau dieser Mühlenbetriebe ließ man extra Mühlenbauer aus Luxemburg kommen, die dann auch in Tünsdorf ansässig wurden. Johann Tock heiratet die Margarete Deising von Schloß Berg bei Nennig, sie haben eine Tochter, die 1799 im Alter von vier Jahren stirbt. Da seine Frau 1819 im Alter von 37 Jahren stirbt, heiratet Johann Tock 1820 zum zweitenmal. Seine Frau Helena Rosalia Francq stammt aus Montey in Luxemburg; das Paar hat fünf Kinder. Johann Tock stirbt am 21. Januar 1854 in Tünsdorf (Familienbuch Tünsdorf II, Nummer 1595).
Seine Tochter Josefina heiratet 1850 Adolf Wilhelm Hasse aus Leisewitz in Schlesien, der bei der Heirat Regierungsrat am Präsidium in Mainz ist; sie übernehmen das Haus und alle anderen Besitztümer. Adolf Wilhelm fällt im Deutsch-Französischen Krieg 1870 im Range eines Oberstleutnants bei Beaumont/Argonnen. Aus der Ehe des Paares gehen fünf Kinder hervor, doch sind diese nicht in Tünsdorf getauft. Im Sterberegister der Pfarrei Tünsdorf steht unter dem 12. Mai 1897: Josephine Hasse, 60 Jahre, geborene Tock, Witwe des Wilh. Hasse nobilis eaque pia matrona es Tünsdorf (vornehme wie auch fromme Frau aus Tünsdorf).
Ihr Sohn Karl Hasse übernimmt 1876 die Verwaltung bzw. den Besitz der Gerbereien und des landwirtschaftlichen Gutes. Er heiratet am 23. Mai 1893 Emma

Thywissen aus Aachen; das Paar hat fünf Kinder (Familienbuch II. Tünsdorf, Nummer 633). Die Familie verarmt, verliert ein Besitztum nach dem anderen; schon 1908 muß Karl Hasse alles aufgeben, seine Nachkommen ziehen an den Rhein.
Durch Initiative des Tünsdorfer Pastors Flesch kommen am 6. Mai 1901 die ersten Ordensschwestern vom „Heiligen Geist" nach Tünsdorf. Ihre erste Niederlassung wird das alte Heutgerhaus in der Susengasse (heutiges Pfarrheim Franz-Altmeyer-Straße). Der Zweck ihrer Berufung ist Krankenpflegedienst für die Bewohner der Pfarrei und Umgebung. Die Übersiedlung in das Hassesche Haus im Jahre 1912 gibt den Schwestern die Möglichkeit, ihre Tätigkeit zu intensivieren; sie richten auch einen Kindergarten ein. Seither heißt das Haus „Kloster". 1954 ziehen die Schwestern wieder aus. Sie ziehen in das Pfarrheim gegenüber der Pfarrkirche, vermutlich, weil das Haus zentraler liegt.
Ab diesem Zeitpunkt steht das Haus leer, nur die Wohnung im Nebenhaus wurde vermietet. Der Kindergarten wird nochmals von 1971 bis 1978 im Kloster untergebracht, bis er endgültig in die alte Volksschule umzieht. Da das alte Kloster nun immer mehr verfällt, versucht die Katholische Kirchengemeinde Tünsdorf als Eigentümerin des Gebäudes, dieses zu verkaufen, was jedoch scheitert.
Im Jahre 1981 mietet die Christliche Erwachsenenbildung (CEB) Merzig das Haus von der Kirchengemeinde Tünsdorf und richtet auf Anregung des Arbeitsamtes Saarlouis dort eine überbetriebliche Ausbildungsstätte ein. Die CEB renovierte das alte, denkmalgeschützte Gebäude in vorbildlicher Weise, was bereits mit zwei Preisen honoriert wurde. Das Haus wurde inzwischen als CEB-Familienbildungsstätte „Altes Kloster" zu einem Begriff für die ganze Region.

Pfarrhaus

Es wurde vermutlich zwischen 1718 und 1740 vom Dechanten Matthias Reuter erbaut, der von 1718 bis 1758 Pfarrer in Tünsdorf war. Der Visitationsbericht von 1743 erwähnt, daß sich das Pfarrhaus in würdigem Zustand befindet. Pfarrer Reuter hatte die Pfarrei testamentarisch bedacht und ihr ein neues Pfarrhaus geschenkt. In dem Testament vom 10. Juli 1759 (Pfarrarchiv Tünsdorf) heißt es, daß er sein eigenes Haus mit Stall, Anbau, Garten und der Wiese, die darauf stößt, der Pfarrei überlasse; daß die Erben dafür das alte Pfarrhaus, das nicht mehr in wohnlichem Zustande war, erhalten sollten.
Dieses von Pfarrer Reuter erbaute Pfarrhaus wurde 1993 vor dem Einzug des neuen Pfarrers Ralf Hiebert (zum 1. August 1993 zum Pfarrer von Tünsdorf ernannt) vollständig, innen wie außen, renoviert. Dabei wurde darauf geachtet, daß die alte Bausubstanz erhalten blieb. Die Bauleitung hatte der Tünsdorfer Architekt Berthold Greweldinger, der mit dem bischöflichen Bauamt sowie mit dem Landeskonservatoramt Saarbrücken eng zusammenarbeitete. Das Pfarrhaus ist nach der Renovierung zu einem Schmuckstück für das ganze Dorf geworden.

Bildhauerfamilie Bohr aus Tünsdorf

Unser Grenzgebiet, das Dreiländereck Deutschland, Frankreich und Luxemburg, war seit Jahrhunderten der Kampf- und Tummelplatz der Herren dieser Länder, wo sie ihre Grenzstreitigkeiten austrugen. Ganz besonders der Saargau war hiervon betroffen, war er doch schon immer ein Zankapfel der Mächtigen. Unter diesen Streitigkeiten und Kriegen litten die Bewohner dieser Region unsagbar. Kaum hatten sie sich von einem Krieg erholt, ihre Häuser wieder aufgebaut und die zertrampelten Felder bebaut, so kam schon wieder der nächste Krieg mit Tod und Zerstörung. Die Bauern flüchteten meist mit Hab und Gut in die naheliegenden Wälder, doch ihre Häuser konnten sie nicht mitnehmen. Diese wurden dann von den Kriegshorden aus Wut angesteckt und zerstört, wenn sie keine Beute in den Dörfern fanden. Man kann die Heimatliebe der Bewohner des Saargaues daran messen, daß sie trotz aller Kriege und damit verbundenen Zerstörungen immer wieder in ihre Dörfer zurückkehrten und ihre Häuser aufbauten.
Dieser Artikel soll über eine dieser Familien aus dem Saargau informieren, der Familie Bohr aus Tünsdorf. Ich möchte dabei aber ganz besonders über ihre berühmtesten Söhne berichten, den Kapitän oder Hauptmann Peter Bohr (1719-1798) sowie die Bildhauer aus dieser Familie: Johannes Bohr (1746-1823), Nicolaus Bohr (1826-?) und Michel Bohr (1865-1949). Dabei kann und soll nicht die ganze Familiengeschichte aufgerollt werden, sondern es werden nur einzelne Zweige behandelt. Sehr interessant ist auch die Zeitgeschichte, die bei dieser Berichterstattung zwangsläufig mitbehandelt werden muß. Dabei habe ich mich auf folgende Literatur gestützt: „500 Jahre Grenzlandschicksal – Die Geschichte einer Saargauer Familie" von Rudolf M. Gall, SZ, Juli 1975; „St. Gangolf" von Arthur Fontaine, SDV, 1997 sowie „Familienbuch Mettlach und Umgebung" von Reinhold Junges, Eigenverlag, 1992-1997.
Die Bohrs sind eine alteingesessene Familie im Saargau, die dort bereits seit Jahrhunderten ansässig sind. In einer Einwohnerliste von Ballern aus dem Jahre 1519 (Ballern gehörte damals zum Herzogtum Lothringen) wird ein Boren Peter, Drieschmeyer (Trierischer Meyer) aufgeführt. Dieser Peter Bor war „Meyer", also Verwalter oder Pächter von Besitztümern des Trierer Kurfürsten. Es herrschten damals ziemlich komplizierte politische Verhältnisse; so gab es das Kondominium Merzig-Saargau, wo sich der Herzog von Lothringen und der Kurfürst von Trier die Herrschaft teilten (Kondominium=Herrschaft mehrerer Staaten über dasselbe Gebiet).
Im Jahre 1588 stehen Nachfahren dieser Familie Bor im Mittelpunkt eines Prozesses, denn gemäß den im Departementarchiv von Nancy lagernden Prozeßakten wurde Margret Bor, die Frau des Johann Bor aus Ballern als Hexe angeklagt. Bor Johann hatte noch im Ort einen Bruder namens Peter; es waren sicher Nachkommen des 1519 erwähnten Peter Bor. Vor der Inhaftierung sei-

ner Frau Margret war das Haus des Johann Bor abgebrannt. Die Schande, daß seine Frau als Hexe verurteilt wurde und sein abgebranntes Haus veranlaßten wohl den Johann Bor, sich in einem anderen Ort anzusiedeln.
Erst nach dem Dreißigjährigen Krieg fand sich 1656 in Borg ein Schöffe namens Borens Adam, was soviel wie Bor bedeutet. Nach dem Reunionskrieg, unter dem der Saargau viel zu leiden hatte (1661), trafen sich einer Notariatsakte zufolge die Tünsdorfer Pfarrgenossen und bemühten sich um den Wiederaufbau der Tünsdorfer Kirche, die 1635 von den Schweden zerstört wurde. Hannß Bor vertrat die Gemeinde Tünstroff (Tünsdorf) als Synodal. Bor war einer der 1661 in Tünsdorf lebenden Haushaltsvorstände. Es kann aber davon ausgegangen werden, daß die Bor oder Bohr schon vor dem 30-jährigen Krieg in Tünsdorf lebten. Eine Renovationsakte aus dem Jahre 1690 vom Ort Tünstroff nennt den verstorbenen Bohr Matthiß und seine Erben Bohr Jacob und Bohr Peter. Peter taucht in den Tünsdorfer Kirchenbüchern als Leineweber und Jacob als Ackerer auf. Der Sohn des vorerwähnten Matthiß Bohr, Johann Bohr, wurde um 1675 in Tünsdorf geboren; er war Ackerer in Tünsdorf. Er heiratete am 23.01.1701 in Mettlach Elisabeth Frietzen.
Durch die beiden Kriege waren die Bauern des Saargaues derart verarmt, daß sie sich eine Kuh gegen Zins ausliehen, um Milch zu haben oder um ein Kalb zu bekommen. Zudem mußten sie Steuern und Abgaben an die Feudalherren zahlen. Die Ausbeutung durch die Hand- und Spanndienste kam noch hinzu. Ehe der Bauer seinen Erbrechtsacker bestellen durfte, mußte er zuerst die Landwirtschaft des Grundherren bestellen; für Tünsdorf waren dies die Herren von Meinsberg.
Bei dem Sohn Peter des Ehepaares Johann und Elisabeth Bohr aus Tünsdorf wird die politische und wirtschaftliche Verworrenheit der damaligen Zeit besonders deutlich. Peter Bohr wurde am 12.3.1719 in Tünsdorf geboren, nachdem seine Eltern schon 18 Jahre verheiratet waren. Seine Paten waren Peter Wagner und seine Großmutter Maria Bohr, beide aus Tünsdorf. Ein Bruder von Peter übernahm die Landwirtschaft, und ein weiterer Bruder Matthias wurde Leineweber in Tünsdorf; Peter ließ sich 1741 zu den Soldaten anwerben.
Das in Saarlouis stationierte Regiment „Royal Alsace“ wurde 1741 auf drei Bataillone verstärkt, wozu man Soldaten anwarb. Der Ausbruch des österreichischen Erbfolgekrieges machte diese Aufstockung erforderlich. Bei Gründung des Regimentes 1656 betrug das vom französischen König zu zahlende Handgeld für die Angeworbenen 15 Taler; 1741 wird es wohl höher gewesen sein. Das Regiment „Royal Alsace“ wurde auch an fremde Mächte verliehen. So kämpften deutsche Jungen aus dem Saarland unter der Fahne des französischen Königs. 1656 schloß der französische König Ludwig XIV. mit dem Grafen Johann Ludwig von Nassau-Saarbrücken einen Vertrag über die Aufstellung des Infanterieregimentes „Royal Alsace“. Dieses Regiment kämpf-

te in vielen Schlachten für die Krone von Frankreich; es wird wegen seiner Tapferkeit oft lobend erwähnt. Während der Zeit, in der Peter Bohr in diesem Regiment diente, nahm es an folgenden Feldzügen teil: 1742 Einnahme von Eger; 1744 Schlacht bei Weißenburg und Donauwörth; 1757 Preußischer Krieg; 1760 Kämpfe in den Niederlanden bei Kampen.

Die militärische Laufbahn von Peter Bohr kann man anhand der Eintragungen in dem Tünsdorfer Kirchenbuch genau verfolgen, da der Pfarrer immer Wert auf den Titel oder Dienstgrad des Peter legte. 1746 heiratete er in Tünsdorf die Bauerntochter Agnes Reuter aus Waldwies. Sein Beruf ist mit Sergeant im Regiment Alsace angegeben. 1749 ist ein Eintrag zu finden, Peter war Pate, und inzwischen ist sein Dienstgrad Hauptmann oder Kapitän. Reinhold Junges schreibt in seinem „Familienbuch Mettlach und Umgebung" über Peter Bohr: „Peter trat schon frühzeitig als Söldner in das in französischen Diensten stehende Regiment Alsace ein, er war bei seiner Eheschließung bereits Sergeant, kehrte als solcher 1756 nach Tünsdorf zurück; D'nus Petrus Bohr, Feldwebel, ex dicto Tünsdorf -9.11.1756, D'nus Petrus Bohr, pro cebturius e legione alsaticae -15.7.1758, mithin stellvertretender Kompaniechef, keineswegs aber Hauptmann, 1765: Officinal (?) reformatus e Regiment Alsatiae e Servitiis Regis Christianissimi stipendiatus; ‚Reformatus' läßt auf eine ausgeheilte Verwundung oder Verletzung schließen, welchen Schluß auch der Zusatz zu seiner Standesbezeichnung, ‚officier invalide', im Sterbeakt zuläßt; später wiederkehrende Standesbezeichnung: ‚official' mit unterschiedlichen Zusätzen."

In dem Regiment „Royal Alsace" diente auch der Sproß der Dagstuhler Herren de Lasalle von Louisenthal als Hauptmann. Es kann also festgestellt werden, daß der Bauernsohn aus Tünsdorf, der keine besondere Schulbildung hatte, in acht Jahren chargierter Offizier wurde.

Das Dokument weist ihn weiter als „centurio instructoris" – Ausbildungshauptmann aus. In diesem Zusammenhang muß er auch in Lille in Garnison gelegen haben, denn die Geburt zweier Söhne ist in Tünsdorf nicht verbrieft. Bei der Heirat des Sohnes Michel trägt der Pfarrer ein „in Lille in Flandern geboren und wohnhaft in Tünsdorf". Zu dieser Zeit war es üblich, daß die Familien der Offiziere und Unteroffiziere mit in der Garnison lebten, selbst zu Kriegszeiten. So ist anzunehmen, daß auch der zweite Sohn Franz in der Garnison geboren wurde. Spätere Nachweise sind auch den Kirchenbüchern entnommen; 1775 und 1788 wird der Beruf des Peter Bohr mit „officialis e servitiis Regis Christianissimi ex Regime Alsatico stipendiato in Tünsdorff" angegeben. Letzteres heißt soviel wie „pensionierter Beamter (Offizier) in Diensten des allerchristlichen Königs (Ludwig XVI. von Frankreich) aus dem Regimente Alsace". Ein Sterbeeintrag von Peter Bohr ist in Tünsdorf nicht zu finden.

Taufbecken in Borg von 1803

In der Folgezeit spiegelt sich die Entwicklung der Französischen Revolution (1789) mit dem Reunionsstreben, den Saargau der Französischen Republik einzuverleiben, in dem Schicksal der Grenzbevölkerung wieder. 1791 marschierten die Revolutionstruppen im Saargau und im links der Saar gelegenen Saarland ein und bildeten das Saar- und Moseldepartement. Da Tünsdorf früher zum Amt Sierck gehörte, wurde es jetzt dem Moseldepartement zugeschlagen. Zunächst war das Gebiet rechts der Saar in den ersten Jahren der Besatzung neutral.

Peter Bohr, der in Diensten des Königs von Frankreich, Ludwig XVI. stand, mußte fliehen. Er ging über die Saar nach St. Gangolf, wo sein Sohn Franz lebte. Belegt ist die Flucht nicht, doch ist in der Familie Bohr bekannt, daß ein Vorfahr der Tünsdorfer Bohr in St. Gangolf lebte. Franz Bohr, der in St. Gangolf die Tochter des Küsters Franz Bour 1778 heiratete und dessen Stelle übernahm, bewohnte ein kleines Haus dicht neben der heutigen Kirche, das erst in diesem Jahrhundert abgebrochen und durch einen neuen Bau ersetzt wurde. Die Familie seiner Frau Magdalena war schon mehrere Generationen in St. Gangolf ansässig.

Der älteste Sohn des Kapitäns Peter Bohr hieß Johannes und wurde 1746 in Tünsdorf getauft; er wurde Bildhauer. Noch heute kann man seine Bildhauerkunst auf dem Saargau in der Pfarrkirche zu Borg bewundern. In der Kirche steht ein kunstvoller Rokoko-Taufstein aus dem Jahre 1803 mit einem quadratischen Fuß, einen Meter hoch, der Schaft gedreht und ganz mit Blattwerk verziert und in zarten Farben gefaßt. Draußen vor der Kirche sind neben einigen Grabsteinen aus Sandstein noch 10 Kreuzwegstationen, zwei Meter hoch, in Rokokoform von Johannes Bohr 1819 gefertigt worden. Leider sind diese Kreuzwegstationen inzwischen durch Umwelteinflüsse sehr stark verwittert. Diese Kunstwerke stehen unter Denkmalschutz und sind in dem Buch „Die Kunstdenkmäler der Rheinprovinz – Kreis Saarburg" von Ernst Wackenroder 1939 erfaßt.

Johannes Bohr war mit Catharina Vesque in Tünsdorf verheiratet, und als Bildhauer fertigte er auch mehrmals hölzerne Figuren für die Gotteshäuser im Umkreis. So verließ er auch 1794 Tünsdorf, um in Saarhölzbach Kirchenbilder zu schnitzen. Während seiner Abwesenheit, da diese nicht genehmigt war, wurden ihm von den Franzosen politische Motive unterstellt, zumal sein Vater als königlicher Offizier im Ruhestand geflüchtet war. Johann Bohr wurde bei der Departementsverwaltung in Sarrelibre (Saarlouis) in die Liste der Emigranten eingeschrieben und sein Vermögen in Tünsdorf unter Sequester gestellt. Obwohl aktenkundig gewesen ist, daß er nur um seine Familie zu ernähren, den Ort verlassen hatte und seine Rückkehr aus diesem Grunde gemäß den geltenden Bestimmungen legitim sei, wurde er erst nach Jahren in einem gesonderten Verfahren amnestiert.

Arthur Fontaine berichtet in seinem Buch „St. Gangolf" über diesen Bildhauer Johannes Bohr: „In diese unruhige Zeit der Französischen Revolution reicht auch die Errichtung des ersten Kreuzweges nach St. Gangolf zurück.

Kreuzwegstation

Dies ist um so erstaunlicher, als die Aktivisten der Revolution in jenen Jahren eher die Vernichtung religiöser Bilder und Symbole betrieben.

Die Stationen wurden im Jahre 1793 von dem Bildhauer Johannes Bohr aus hiesigem Sandstein geschaffen und – an der Besseringer Kapelle beginnend – entlang des Weges nach St. Gangolf aufgestellt. Seitdem ist von einer Kreuzwegprozession zu berichten, die von der Besseringer Kapelle aus am frühen Morgen an den Freitagen in der Fastenzeit aufbrach. In St. Gangolf wurde dann die hl. Messe gefeiert und der sakramentale Segen erteilt.

Die Stationen wären wohl nie entstanden, wenn es den Johannes Bohr von Tünsdorf nicht durch die Wirren der Revolution zu seinem Bruder, dem Küster Franz Bohr in St. Gangolf, verschlagen hätte, wo er sich vor dem Zugriff der Franzosen verborgen hielt. Hier meißelte er die 14 Stationen als Statuen-Gruppen von etwa 1,20 m Höhe. Sie waren Nachbildungen von Zeichnungen in einem alten Gebetbuch aus dem Besitz des damaligen Pastors Geller.

Als Bischof von Hommer 1830 Wallfahrten wegen der damit verbundenen Mißbräuche untersagte, wurden die Kreuzweg- Bittgänge über 20 Jahre lang

eingestellt. Die Stationen verfielen während dieser Zeit nach und nach. 1855 wurden ihre Reste freigelegt und ihr Standort durch das Anpflanzen von Fichten kenntlich gemacht.
Von diesen Kreuzwegstationen ist heute noch eine, die ‚Grablegung', erhalten. Sie stellt Josef von Arimathäa und Nikodemus mit dem Leichnam Jesu sowie den Jünger Johannes und Maria, die Mutter Jesu, dar. Die Stationen befanden sich bis 1921 in einem Häuschen in der Nordwestecke zwischen Schiff und Turm der Kirche. Um die wertvolle Grablegungsgruppe vor dem Verfall zu bewahren, ist sie seit einigen Jahren im Sakristeigebäude der Kirche eingelagert und harrt dort auf einen geeigneten neuen Standort."
Der Bildhauer Johannes Bohr hatte sechs Kinder, von denen der zweitälteste Sohn ebenfalls Johannes hieß. Er wurde am 21.12.1777 geboren und war Schullehrer; er starb 1845 in Tünsdorf. Er war mit der Klein Katharina verheiratet, und das Paar hatte drei Kinder.
Der älteste Sohn Nicolaus, der am 25. 3. 1826 in Tünsdorf geboren wurde, erlernte ebenfalls das Bildhauerhandwerk. Er war mit der Sambs Maria Katharina verheiratet und lebte 1845, 1851 in Tünsdorf; 1865 in Trier. Weitere Daten sind von ihm nicht bekannt. Nicolaus Bohr hat 1844 das Kreuz geschaffen, das auf der Höhe des Saargaus an der Skulpturenstraße „Steine an der Grenze" in Richtung Scheuerwald steht. Das Kreuz ist aus rotem Sandstein und zeigt den gekreuzigten Christus, darunter den heiligen Markus mit dem Löwen. Das Kreuz steht auf einem roten, etwas helleren Sandstein und hat die Inschrift: „Dieses Kreuz hat Michel Flerchinger und Angela Streit zur Ehre Gottes und zur Ehre des heiligen Marcus errichten lassen. 1844, N. Bohr von Tünsdorf."

Ein weiterer Bildhauer und Steinmetz aus der Familie Bohr ist Michel Bohr; am 19.3.1865 in Tünsdorf als Sohn von Peter Bohr und Schmitt Elisabeth geboren. Sein Vater war Kleinhändler (Hausierer?) und ab 1862 Müller auf der Obersten Steinmühle zwischen Nohn und Orscholz. Michel heiratete am 6.5.1893 Magdalena Strupp aus Oberleuken. Er wohnte zuerst in der Obersten Steinmühle, dem „Dompessen Loch" wo er auch seine Steinmetz-Werkstatt hatte. Sein Bruder Ma-

thias, der ebenfalls Steinmetz war, half ihm in der Werkstatt. Sie waren bekannt als die „Kreuzhauer aus dem Dompessen Loch“, da sie überwiegend Grabkreuze anfertigten. Die Sandsteine bekamen sie von Metz; sie wurden bis Perl mit der Bahn befördert. Von Perl wurden sie mit Pferdefuhrwerken weiter bis in die Werkstatt im „Dompessen Loch“ transportiert. Die Brüder betrieben auch noch nebenbei Landwirtschaft, da der Erlös aus der Werkstatt nicht ausreichte, die Familie zu ernähren.
Das heutige „Alte Kloster“ in Tünsdorf war der Wohnsitz der wohlhabenden Familie Hasse aus Tünsdorf. Wilhelm Hasse fiel als Oberstleutnant im Deutsch-Französischen Krieg 1870/71 bei Beaumont. Nach dem Friedensabschluß mit Frankreich hatte seine Witwe Josephine Hasse 1893 den Brüdern Michel und Mathias Bohr den Auftrag erteilt, für ihren gefallenen Mann ein Ehrenmal zu errichten. Das Denkmal bestand aus einem Kreuz, darunter eine Pieta auf einem Sockel. Die Gruppe war aus rotem Sandstein gehauen und zeigte die Schmerzhafte Gottesmutter, ihren toten Sohn auf dem Schoß. An der Vorderseite des roten Sandsteinsockels ist ein eingemeißelter Ornamentkranz mit den Zeilen: „Was will das Kreuz, das hier am Wege steht? Es will dem Wanderer, der vorübergeht, das große Wort des Trostes sagen, dein Kreuz wird dich zum Himmel tragen.“ An der Seite des Sockels ist eingeschlagen: „ANNO DOMINI MDCCCXCIII, Gebr. Bohr“. Das Ehrenmal wurde außerhalb des Ortes an der Nohner Straße aufgestellt; bekannt war es als „Kreuz unter den drei Friedenseichen“.
Vor dem Einrücken der amerikanischen Panzer hub die Deutsche Wehrmacht einen breiten Panzergraben neben dem Denkmal aus. Das Steinkreuz über der Pieta wurde von einer Granate zertrümmert; der Sockel und die Pieta blieben unversehrt. Die drei Eichen fielen dem Krieg ebenfalls zum Opfer. Der Panzergraben wurde nach dem Krieg wieder zugeschüttet. Danach überwucherte Gestrüpp die Gedenkstätte, weil sich niemand mehr darum kümmerte. Der Tünsdorfer Kaplan Ludwig Schneider barg 1951 mit der Katholischen Jugend von Tünsdorf den Sockel mit der Pieta und brachte sie an einen neuen Standort am Hang zur „Schäferei“. Für die Pflege der Anlage sorgt nun die Zivilgemeinde.

Cholera an Saar und Mosel

In früheren Jahren traten immer wieder Seuchen mit verheerenden Folgen auf, die unter der Bevölkerung in Deutschland, und auch in unserer Gegend, zahlreiche Todesopfer forderten. Meistens waren die Seuchen im Gefolge von Kriegen anzutreffen, wo sie unter der an Hunger und Entkräftung leidenden Bevölkerung leichtes Spiel hatten.
So berichtet der Chronist von einer verheerenden Choleraepidemie (Cholera= schwere epidemische Infektionskrankheit mit heftigem Brechdurchfall) aus dem Jahre 1866 in Orscholz, die gleichzeitig mit einer Masernepidemie ausbrach und 125 Todesopfer unter der Orscholzer Bevölkerung forderte. Doch lassen wir den Chronisten berichten:
„Das Jahr 1866 war ein Kriegsjahr und sicher waren etliche junge Leute in Böhmen und in Süddeutschland im Einsatz, aber die Chronik berichtet, daß dieser Krieg von Orscholz keine Opfer forderte. Das eben genannte Jahr war für Orscholz ein Cholera-Jahr. Es ist nicht unbekannt, daß diese gefährliche Seuche in verschiedenen Städten Europas damals auftrat und daß auch da und dort dieses Übel in den Dörfern wütete. Wahrscheinlich am stärksten wütete die Cholera in Orscholz. Sicher werden wir noch heute beim Lesen über die Ausbreitung und den Verlauf der Seuche vom Mitleid erfaßt. Noch heute (1982) erzählen die Alten von Orscholz über die furchtbare Wirkung der Seuche, wie sie deren Eltern erlebt haben. Von Anfang August bis Mitte Oktober schwebte die Geißel über dem Dorf. Man sagt, der Keim der Ansteckung sei von Diedenhofen in das Dorf gekommen. Der Verkauf von Froschschenkel brachte einige wenige Orscholzer des Verdienstes wegen, damals war das Geld sehr, sehr rar, nach dem Diedenhofener Markt, und auf diese Weise, so sagt man, sei das schreckliche Übel ins Dorf gekommen. Und wie sagt das Volkssprüchlein: Ein Unglück kommt nie allein, denn mit der Cholera brach gleichzeitig eine Masernepidemie aus. Diese wütete furchtbar unter den Kindern. Zwei Geißeln zugleich schlugen das Dorf. Nach Ausweis des Sterberegisters starben vom 1. August bis 22. September 1866 76 Kinder unter 14 Jahren und 49 Erwachsene, also insgesamt waren es 125 Menschen, die die Seuche dahinraffte. Der Höhepunkt des Sterbens lag zwischen dem 24. September und dem 3. Oktober. In den ersten Tagen waren meistens ein bis zwei Opfer zu beklagen, aber als die Krankheit ihren Höhepunkt erreichte, starben bis neun Menschen am Tage. Langsam flaute die Seuche ab.
Die Trierische Volkszeitung schrieb unter dem 7. September 1866: Leider waren die kürzlich hin und wieder gehörten Schilderungen des Elends, welches die Cholera in dem Dorfe Orscholz in den letzten Wochen hervorgerufen hat, nicht übertrieben. Einem Aufruf des Saarburger Kreisblattes war zu entnehmen, daß von den 1000 Einwohnern binnen Monatsfrist weit über 10 Prozent der Bevölkerung dahingerafft wurden. Der Aufruf, der vom Landrat des Krei-

ses Saarburg, dem Bürgermeister, dem Pfarrer und dem Gemeindevorsteher unterzeichnet war, bittet um Spendung von Lebens- und Erquickungsmitteln, um Leibwäsche, Bekleidungsstücke und Geld.
Rühmend sei nachträglich festgestellt, daß die Borromäerinnen, die durch Herrn Eugen von Boch ins Krankenhaus nach Mettlach kamen, durch Pflege der Kranken in den Häusern sich hervorragend bewährt haben."
Reinhold Wacker berichtet in seinem Buch „Das Land an Mosel und Saar mit Eifel und Hunsrück", Spee Verlag 1991 auf Seite 308: „...Im Jahre 1865/66 hatte sogar eine Choleraepidemie in Trier gewütet und viele Menschen dahingerafft. Dieses schreckliche Ereignis hätte wirklich alle Verantwortlichen aufrütteln müssen, endlich die hygienischen Mißstände zu beseitigen, aber erst 1884 wurde die Kanalisation in Angriff genommen. Ohne finanzielle Beteiligung der Militärverwaltung hatte sich die Stadt zu dieser längst fälligen Maßnahme nicht durchringen können."
Schulrat Kell berichtet in seinem Buch „Geschichte des Kreises Merzig" im Kapitel „Das Kreiskrankenhaus Merzig" auf Seite 176/77: „Im Oktober des Jahres 1854 war in der Stadt Merzig eine Cholera-Epidemie ausgebrochen. Die Kranken lagen hilflos in den Häusern, weil es allenthalben an Pflegepersonal mangelte. In dieser Notlage wandte sich der Magistrat der Stadt an das Mutterhaus der Schwestern vom hl. Karl Borromäus in Nancy mit der Bitte um Überlassung einiger Pflegeschwestern. Noch in demselben Monate wurden nach kurzen Verhandlungen von dem im Jahre 1849 gegründeten Provinzial- Mutterhause der Borromäerinnen in Trier drei Schwestern nach Merzig entsandt. Eine wohlhabende und sehr wohltätige Dame, Frau Staadt, öffnete den Schwestern ihr Haus und bot ihnen bescheidene, aber für den Anfang ausreichende Wohnung. Sofort übernahmen die Schwestern die Pflege der Kranken und wetteiferten mit der Geistlichkeit und den Ärzten in Todesverachtung und Opfermut. Tag und Nacht eilten sie von Haus zu Haus, von Krankenbett zu Krankenbett an die Stätten der Schmerzen und des Jammers. So umfangreich war das Arbeitsfeld, daß sie sogar die geistlichen Übungen unterlassen mußten, die sie erst wieder aufnehmen konnten, als der Hauptangriff der furchtbaren Krankheit abgeschlagen war."
Der Brockhaus schreibt über die Cholera: „Cholera (griech. Gallensucht); die asiatische Cholera, eine im Gangestal Indiens heimische und sich von dort zeitweise seuchenhaft ausbreitende ansteckende Darmkrankheit, hervorgerufen durch den 1883 von Robert Koch entdeckten Cholerabazillus, ein kommaförmiges Stäbchen (Kommabazillus, Vibrio cholerae), das besonders durch Gebrauchs- und Trinkwasser übertragen wird. In Deutschland (Hamburg) trat die Cholera zuletzt 1892 auf. Oft schließt sie sich an Verdauungsstörungen an. Bisweilen treten schon binnen Tagesfrist nach der Ansteckung unter heftigen Schmerzen reiswasserähnliche Durchfälle und Erbrechen, Kopfschmerzen, Wadenkrämpfe auf; der Kranke sieht verfallen aus. 70% der Erkrankten er-

liegen diesem Anfall. In manchen Fällen folgt ein Fieberzustand mit Bewußtseinstrübung. Höheres Fieber fehlt meist. Die Behandlung muß reichlich Flüßigkeit zuführen. Vorbeugend wirkt Schutzimpfung."

Einsatz von Kriegsgefangenen auf dem Saargau

Während des Zweiten Weltkrieges hatten die deutschen Heere in mehreren Blitzaktionen verschiedene europäische Länder überrannt und erobert; dabei wurden hunderttausende von Kriegsgefangenen gemacht. Diese gefangenen Soldaten der verschiedensten Nationen wurden zum Teil in riesigen Gefangenenlagern eingesperrt, zum Teil in der Rüstungsindustrie, zum Schanzen von Panzergräben in ganz Deutschland und auch zum Teil in der Landwirtschaft eingesetzt.
Da alle arbeitsfähigen deutschen Männer in der Wehrmacht dienten, mußte deren Arbeit in der Industrie, der Bauwirtschaft und auch in der Landwirtschaft von den Gefangenen übernommen werden. So kamen auch Kriegsgefangene auf dem Saargau zum Einsatz. Im Nachbarort Tünsdorf entstand ein Gefangenenlager, worin gefangene französische Soldaten in Holzbaracken untergebracht waren. Das ganze Lager war mit einem hohen Stacheldrahtzaun gesichert. Die Gefangenen wurden zum Teil bei den umliegenden Bauern als Knechte und Erntehelfer eingesetzt.
Es war zu dieser Zeit Vorschrift, daß die Kriegsgefangenen am Abend in ihr Zimmer eingesperrt werden mußten; außerdem mußte das Fenster ihres Zimmers vergittert sein, um einen Fluchtversuch zu verhindern. Die Kriegsgefangenen blieben die ganze Woche über auf den Bauernhöfen, nur sonntags mußten sie sich im Gefangenenlager zu Tünsdorf melden. Dort erhielten sie dann ihre Post, Pakete und was sie sonst noch aus ihrer Heimat bekamen. Es war Vorschrift, daß die Gefangenen von einer Begleitperson zum Lager gebracht wurden; diese Person mußte sie auch am Abend wieder abholen. Gegen Ende des Krieges wurden die französichen Kriegsgefangenen verlegt und es kamen sowjetische und danach serbische Kriegsgefangene in das Lager. Als die Front immer näher rückte, wurde das Kriegsgefangenenlager von Tünsdorf schließlich aufgelöst.
In Nohn wurden auch während des Krieges russische Kriegsgefangene zum Ausheben der Panzergräben eingesetzt. Am 14.9.44 wurden 600 Mann in Nohn einquartiert. Untergebracht waren sie zum Teil in der Schule und in alten, leerstehenden Scheunen. Sanitäre Einrichtungen gab es fast keine und die Verpflegung war mehr als unzureichend, so daß sich die Ärmsten auf den Feldern schadlos halten mußten. Sie aßen unreife Viezäpfel, verschlangen die Kartoffeln und Rüben roh, um nur etwas im Magen zu haben; was dann bösen Durchfall zur Folge hatte.
Die Nohner Bevölkerung nahm sich der Armen an, wenn es die Wachmannschaften nicht merkten. Erwischten die Wachmannschaften einen Russen beim Stehlen auf dem Feld, wurde er brutal zusammengeschlagen, bekam Essensentzug und wurde eingesperrt. Die Wachmannschaften bestanden aus sogenannten OT-Leuten, die sich durch besondere Brutalität auszeichneten.

An einen Vorgang kann ich mich noch sehr gut erinnern. Wir hatten einen fensterlosen Kellerraum, der separat in einem Nebengebäude war; darin wurden die Rüben im Herbst eingelagert. In diesen Raum sperrten die OT-Männer die Russen, wenn sie beim Stehlen auf dem Feld erwischt wurden. Vorher prügelte man sie noch fürchterlich. Mein Großvater kam einmal hinzu, als einer dieser Rohlinge einen Russen verprügelte. Er riß dem Wachmann den Stock aus der Hand und schrie ihn an, daß auf seinem Grund und Boden niemand geschlagen wird. Daraufhin meinte der Wachmann nur, wenn er ihn an der Ausübung seiner „Pflicht" hindere, werde er dafür sorgen, daß er verhaftet und ins KZ käme. Der Franzose Jean, der im Hintergrund den Vorgang beobachtet hatte, zog meinen Großvater schnell hinweg, bevor dieser etwas Unüberlegtes tun konnte. Meinem Großvater liefen die Tränen vor ohnmächtiger Wut die Backen hinunter.
Wie die Nohner Dorf-Chronik von Lehrer Johann Biewer berichtet, wurden die Russen am 7.10.44 abgezogen und wahrscheinlich sonstwo zum Schanzen eingesetzt.
Am 9.10.44 bekam Nohn schon wieder Einquartierung, diesmal kamen 400 Polen, die vorher bei den Henschel-Werken in Kassel als Ostarbeiter beschäftigt waren. Auch sie wurden zum Ausheben der Panzergräben eingesetzt. Nohn wurde während dieser Zeit zur wahren Festung ausgebaut. Die deutschen Pioniersoldaten legten einen Panzergraben in Nord-Süd-Richtung vom „Kohlenröderbach" durch den Wald „Kohlenröder", an den ersten Häusern quer über die Wiesenfläche, über „Hösserich" zum Tünsdorfer Bach. Der zweite Graben, von den Russen und Polen angelegt, ging in West-Ost-Richtung vom ersten Graben am „Kohlenröder" aus über die „Heide" zur Saar. Ein dritter Graben, von den Ortsbewohnern angelegt, wurde jedoch nicht mehr fertig. Er führte von der Hauptstraße (Haus Nr. 83), wo eine Panzersperre errichtet war, bis auf den Schulhof. Er sollte weiterführen nach Norden zum zweiten Graben.
Der Dorfbann wurde von Schützen- und Laufgräben durchzogen, Stacheldraht wurde gezogen, Minen gelegt, Bunker gebaut usw.
Nohn war Endpunkt des „Orscholzriegels", der später so heiß umkämpft werden sollte und dessen Bekanntheitsgrad einen sehr hohen Blutzoll forderte.

Mein Freund Jean, der Kriegsgefangene:
Es war in den Kriegsjahren 1943/44, als man in den saarländischen Bauernbetrieben auf dem Saargau französische Kriegsgefangene für die Feldarbeiten einsetzte.
Mein Großvater hatte einen Bauernhof in Nohn, den er im Kriege mit seiner Frau und den erwachsenen Töchtern bewirtschaftete, da alle Männer eingezogen waren. Aus diesem Grunde bekam er einen französischen Soldaten als Knecht auf seinen Hof zugewiesen. Jean hieß der Gefangene mit Vornamen,

war etwa 40 Jahre alt, groß und kräftig und stammte aus der Nähe von Paris.

Er stand etwas verloren in unserer Küche, nachdem ihn die deutschen Bewacher abgeliefert hatten. Mein Großvater streckte ihm die Hand hin und sagte: „Willkommen in unserem Hause! Ich hoffe, daß Sie sich bei uns wohlfühlen werden. Ich weiß, Sie sind nicht freiwillig hier, doch wollen wir versuchen, das Beste daraus zu machen."

Peter Ollinger und Jean

Der Franzose ergriff zögernd seine Hand, man merkte ihm an, daß er auf einen solchen Empfang nicht vorbereitet war. „Ich werde Ihnen nun Ihr Zimmer zeigen, wo Sie schlafen. Nach dem Essen zeige ich Ihnen dann Haus und Hof, wo Sie nun vorläufig zu Hause sein werden."

Großvater zeigte Jean sein Schlafzimmer, eine kleine Kammer mit Bett, Schrank und Waschkommode. Der Blick des Franzosen ging zum Fenster, das vergittert war. Mein Großvater bemerkte dies und erklärte: „Das ist Vorschrift und nicht zu ändern! Das Zimmerfenster des Gefangenen muß vergittert sein, damit er nicht fliehen kann." Jean nickte, er hatte nur zu gut verstanden, was das Gitter bedeutete. „Sie können sich nun frischmachen und ausruhen, in einer halben Stunde essen wir zu Mittag", meinte mein Großvater, ehe er den Gefangenen allein ließ. Wir hatten soviel Vertrauen in unseren Jean, daß er nie eingesperrt wurde, und er hat dieses Vertrauen auch nie mißbraucht. Jean gehörte zur Familie und wurde auch so behandelt.

Am Mittagstisch versammelte sich die ganze Familie, die nun um ein Mitglied, nämlich Jean, größer geworden war. Jean betrachtete neugierig unsere Familie. Am Kopfende des Tisches saß mein Großvater, neben ihm die Großmutter, dann kamen ich und meine drei Tanten. Meine Mutter trug das Essen auf und setzte sich dann ebenfalls an den Tisch. Großvater sprach das Tischgebet und wünschte allen einen guten Appetit. Man merkte Jean an, daß er sich inzwischen bei uns schon recht wohlfühlte. Es gefiehl ihm, daß man ihn so selbstverständlich in die Familie aufgenommen hatte.

Nach dem Essen zeigte Großvater Jean Stallungen und Scheune. Nun zeigte sich, daß der Franzose gewohnt war, mit Tieren umzugehen. Ein alter Bauer wie mein Großvater merkte sofort, daß Jean eine gute Hand hatte, um mit

Tieren umzugehen. Er nickte zufrieden, als er merkte, daß auch die Tiere Jean akzeptierten. Großvater und der Franzose verstanden sich bereits prächtig, obwohl Jean fast kein Deutsch und Großvater kein Französisch konnte. Sie hatten einen gemeinsamen Draht, die Liebe zu den Tieren, und dies verbindet.

Ich schlich vom ersten Tag an um Jean herum, da ich sofort Vertrauen zu ihm gefaßt hatte und seine Freundschaft gewinnen wollte. Als der Franzose merkte, wie herzlich und selbstverständlich man ihn in die Familie aufgenommen hatte, ging er etwas aus seiner Distanz heraus. Er lächelte mir zu, strich mir manchmal über den Kopf und sagte etwas, was ich natürlich nicht verstand. Auch wir kamen uns über die Tiere näher und wurden bald die dicksten Freunde.

Wenn es irgendmöglich war, begleitete ich Jean auch bei seiner Feldarbeit. Ich war ganz stolz, wenn er mich beim Pflügen auf das Zugpferd setzte, und ich durfte das Gespann am Ende der Furche wenden. Oder ich fuhr abends mit ihm aufs Feld Grünfutter holen; dann durfte ich den Wagen lenken. Ich half Jean auch im Stall beim Füttern oder beim Ausmisten der Ställe, soweit ein Sechsjähriger dabei helfen kann. Wir waren die dicksten Freunde, wo Jean war, da war auch ich nicht weit.

Jean verstand sich auch prächtig mit meinem Großvater, da er ein guter „Schaffer" und sehr umgänglich war. Er hatte auch eine gute Hand, um mit Tieren umzugehen, so daß er sich ausgezeichnet mit unseren Pferden, Kühen und den anderen Tieren verstand. Jean hatte sich sehr schnell auf unserem Hof eingelebt und sich bald unentbehrlich gemacht. Er stand morgens mit dem ersten Hahnenschrei auf und half im Stall mit, das viele Vieh zu füttern und zu tränken. Nach dem Frühstück ging es dann hinaus aufs Feld, wo je nach Jahreszeit die verschiedensten Arbeiten zu verrichten waren. Jean konnte sehr gut mit dem Pferdegespann umgehen, so daß er auch selbständig pflügen konnte.

Es wurde auf unserem Hof nie darüber gesprochen, doch wurde hier die beste Völkerverständigung praktiziert, die man sich nur denken konnte. Mein Großvater handelte nach dem Motto „Leben und leben lassen", wobei er meinte, wenn man den anderen als Mensch achtet, wird man selbst auch geachtet. Genau dies stimmte auch! Jean wurde von uns in der Familie aufgenommen und wie ein vollwertiges Familienmitglied behandelt. Das hat er gemerkt und sich auch entsprechend benommen.

Wenn ich morgens gefrühstückt hatte, bettelte ich so lange, bis ich zu Jean aufs Feld durfte. Dann lachte er übers ganze Gesicht, wenn ich auftauchte, schloß mich in seine Arme und gab mir einen dicken Kuß. Nun durfte ich auf dem Leitpferd Platz nehmen und ritt Furche um Furche mit. Ich war selig, wenn ich bei der Wende die Pferde lenken durfte. War das Feld fertig gepflügt, so setzte sich Jean hinter mich auf das Pferd und es ging heimwärts.

Es war Vorschrift, daß der Gefangene abends in sein Zimmer eingesperrt werden mußte. Doch Großvater hatte bereits soviel Vertrauen in seinen neuen Mitarbeiter gefaßt, daß er die Kammer nicht abschloß. Jean merkte dies und hat das in ihn gesetzte Vertrauen auch niemals mißbraucht.
Man kreidete es meinem Großvater von höherer Stelle an, daß ein Kriegsgefangener bei uns wie ein Familienmitglied behandelt wurde. Doch mein Großvater ließ hier nicht mit sich reden, denn er meinte zu Recht, wie einer für ihn schafft, so wird er auch behandelt.
Auf einem Bauernhof heißt es morgens sehr früh aufstehen, denn die Tiere müssen gefüttert und die Kühe gemolken werden. Hier zeigte sich, daß Jean zu den Frühaufstehern gehörte, denn als mein Großvater ihn wecken wollte, saß er schon fertig angezogen auf dem Bett. Zukünftig brauchte man ihn nicht mehr zu wecken, denn Jean war einer der ersten, der morgens im Stall war. Nachdem die Stallarbeit beendet war, gab es Frühstück. Danach wurden die Pferde angespannt und es ging aufs Feld, wo bis zur Mittagszeit gearbeitet wurde.
Jean machte sich auch unentbehrlich auf unserem Hof, er schaffte für drei. Morgens war er der erste auf den Beinen und abends außer meinem Großvater der letzte. Mein Großvater hatte eine sogenannte Feldschmiede, wo er die Pflugscharen, Hacken und andere Geräte schärfte. Hier zeigte es sich, daß Jean ein ausgezeichneter Schmied war, der auch Hufeisen schmieden und die Pferde beschlagen konnte. Er reparierte und überholte die ganzen Ackergeräte wie Pflüge, Eggen, Mäh- und Dreschmaschinen und was es sonst noch auf einem Bauernhof zu reparieren gab. Er machte mir auch allerhand Spielsachen, schnitzte Tiere, Boot und Wagen. Jean reparierte mir auch alle kaputten Spielsachen, er konnte einfach alles.
Es war Vorschrift, daß sich die Gefangenen jeden Sonntag im Nachbarort im Gefangenenlager melden mußten. Eine Begleitperson mußte sie hinbringen und abends wieder abholen. Am ersten Sonntag tat dies mein Großvater, am zweiten Sonntag eine meiner Tanten und dann ging ich jeden Sonntag mit. Zuerst guckten die Wachmannschaften ganz verwundert, als ein kleiner Junge den Gefangenen brachte, doch bald hatten sie sich daran gewöhnt. Daran sieht man, welches Vertrauen Jean in unserem Hause genoß.
Ich konnte es kaum erwarten, bis Sonntag war. Nach dem Mittagessen nahm mich Jean auf die Schulter und ab ging es zum Gefangenenlager, wo er sich vorschriftsmäßig bei der Wachmannschaft meldete. Im Lager wurde Jean von seinen Kameraden begrüßt, und wir gingen in die Baracke. Hier öffnete Jean seine Post aus der Heimat: Briefe und manchmal auch Päckchen. Die Päckchen enthielten allerhand gute Sachen, wie Schokolade, Kekse und Pralinen, alles Sachen, die ein Kinderherz erfreuten. Die Franzosen tauschten Erinnerungen aus, es wurde musiziert und gesungen, kurz, der Sonntag war für mich der schönste Tag der Woche. Ich verstand zwar kein Wort, und doch fühlte ich

mich sehr wohl, denn ich saß die ganze Zeit bei meinem Freund Jean auf dem Schoß. Man fütterte mich laufend mit Gebäck und Schokolade aus den Heimatpaketen. Wen wundert es, daß ich den Sonntag immer herbeisehnte? Ich wurde jeden Sonntag von den Franzosen mit Süßigkeiten vollgestopft, denn alle hatten mich in ihr Herz geschlossen. Wahrscheinlich, weil ich sie an ihre Kinder daheim erinnerte. Am Abend nahm mich Jean dann wieder auf die Schulter, und es ging zurück auf unseren Hof. Ich hatte immer die Taschen voll mit allen möglichen Süßigkeiten, daß es für die ganze Woche reichte.
So traf es uns alle ganz schön hart, als die Front immer näher kam und die französischen Gefangenen verlegt werden sollten. Denn dies hieß, nun von Jean Abschied zu nehmen. Mein Großvater packte Jean alles ein, was es an guten Sachen auf einem Bauernhof gab. Zum Schluß hatte er ein riesiges Paket mit Schinken, Wurst, Brot und sonstigen nahrhaften Sachen. Zu dieser Zeit konnte man solche Sachen nicht hoch genug einschätzen, waren sie doch lebenswichtig. Die Wachmannschaft, die Jean abholen kam, meinte zu meinem Großvater, sie wollten bei ihm auch gerne Gefangener sein.
„Ja, wenn ihr so schaffen würdet, wie Jean dies getan hat, bekämt ihr auch so ein Paket", meinte darauf mein Großvater. Wir schämten uns der Tränen nicht, als wir von Jean Abschied nahmen. Auch ihm liefen die Tränen die Backen herunter, und er nahm mich noch einmal auf den Arm. Es war ein herzzerreißender Abschied.
Wir haben seitdem nie mehr etwas von Jean gehört. Hoffen wir, daß er den schrecklichen Krieg gut überstanden hat und wieder gesund bei seiner Familie angekommen ist.

Die „Landser-Schwemme" in Büdingen

Das Dorf Büdingen, Stadtteil von Merzig, hat ein Unikum aufzuweisen, denn es besitzt als Überbleibsel aus dem letzten Weltkrieg eine „Landser-Schwemme", wie mit großen Lettern auf dem Gebäude verewigt wurde.

Der deutsche Landser war schon immer für seine Erfindungs- und Organisationsgabe bekannt, wenn es um seine Bequemlichkeit oder gar ums Überleben ging. In den Jahren 1939/40 war in unserer Gegend, dem Saargau, die 79. Infanterie-Division mit den Regimentern 208, 212 und 226 (*) stationiert, um

Landserschwemme in Büdingen 1994

auf den Befehl zum Einmarsch in das benachbarte Frankreich zu warten. Der Merziger Raum war die sogenannte „Rote Zone", die während dieser Zeit von allen Zivilpersonen geräumt werden mußte. Die Zivilbevölkerung wurde evakuiert, da man Kampfhandlungen erwartete. So lag auch ein Regiment der 79. Infanterie-Division in Büdingen, deren Soldaten sich im Dorf und in den Häusern, so gut es ging, häuslich einrichteten. Da das Regiment in Wartestellung lag, hatten die Soldaten Muße genug, ihre Bequemlichkeit zu pflegen.

Da es zu dieser Zeit in den Dörfern noch keine Badezimmer gab, wo man sich baden oder duschen konnte, halfen sich die Soldaten auf ihre Art. Bei der Wehrmacht waren alle Berufe handwerklicher und künstlerischer Art vertreten; daher beschloß man, die fehlende Badeanstalt selbst zu bauen. Dazu wurde die Brennerei Hoffmann in Büdingen, die in einem Anbau untergebracht war, ausersehen. Die Landser bauten die Brennerei für ihre Bedürfnisse um. Die Wasserkessel der Brennerei kamen nach oben an die Decke als Wasserreservoir; man verlegte Wasserrohre mit Brauseköpfen, und auf den Boden kamen Lattenroste, damit man beim Duschen nicht auf dem blanken Fußboden stehen mußte. Fertig war die Badeanstalt, die man „Landser-Schwemme" nannte. Ein Maler des Regiments malte in riesigen Lettern an die Außenfront des Gebäudes weithin sichtbar das Wort „Landser-Schwemme". Nun konnten sich die Landser nach Herzenslust baden und den Staub, den ihre „Knobelbecher" beim Marschieren aufwirbelten, wieder abwaschen.
Nach dem Krieg entfernte die Familie Hoffmann die Bade-Utensilien und versetzte die Brennerei wieder in ihren ursprünglichen Zustand. Nur die Aufschrift „Landser-Schwemme" entfernte man nicht. Sie ist noch heute zu sehen, wenn sie inzwischen auch im Laufe der Jahrzehnte etwas verblaßt ist.

(*) Angaben von Walter Welsch, Besseringen, Am Sonnenhang 16; er war selber Soldat in der 79. Infanterie-Division: Die Division wurde im Kessel von Stalingrad 1942/43 fast vollständig vernichtet; von 300.000 Soldaten lebten nur noch 92.000 Mann, die am 30. 01. 1943 in russische Gefangenschaft gingen. Von diesen 92.000 Gefangenen kehrten nach 1945 nur noch 6.000 aus der UdSSR zurück.
Walter Welsch hatte Glück im Unglück; er wurde verwundet und im letzten Moment noch aus dem Kessel ausgeflogen.

Geschichte der Gerber und Gerbereien von Tünsdorf

Das Gerberhandwerk ist schon sehr alt, denn bereits im Spätmittelalter waren mehrere Handwerke auf die Herstellung von Leder spezialisiert. Bezüglich der Produktionstechniken unterteilt sich das Gerberhandwerk nach den in Mitteleuropa gebräuchlichen Gerbverfahren in drei Gruppen:
a) die Rot- oder Lohgerber stellten durch Gerbung der großen und schweren Häute mit Lohe (Eichen- und Fichtenrinde) Leder für Sättel und Zaumzeug, Sohl- und Schuhleder her (vegetabilische Gerbung),
b) die Weißgerber fertigten durch Salzgerbung mit Alaun (mineralische Gerbung) die edleren und dünneren Ledersorten; besonders aus Kalbs-, Schafs- und Ziegenfellen Bekleidungsleder und
c) die Sämischgerber (Irher, Ircher) durch Walken mit Fett oder Tran wasserdichtes Leder (Schafe, Ziegen, Böcke).
Der Arbeitsprozeß der Gerber besteht aus drei Abschnitten:
1. die Vorbereitung der Häute in der Wasserwerkstatt,
2. der eigentliche Gerbprozeß in den Gruben (bei den Lohgerbern) und
3. das Zurichten der gegerbten Felle.
Bei den Lohgerbern bestand der erste Schritt des Gerbens darin, die Häute zwei Wochen lang in eine Kalkpaste mit gebranntem Kalk oder Pottasche einzulegen; dies war die Behandlung im sogenannten „Äscher“. Dann wurden die Häute für zwei Wochen in eine ziemlich ekelhafte Brühe, die entweder aus Urin, Hundedung, Hühner- oder Taubenmist bestand, eingelegt. Diese Prozedur diente dazu, die Haare von den Fellen abzulösen. Danach wurden die Häute gewaschen und auf dem Schabebaum abgefleischt, das heißt, Fett, Fleischreste und die Schleimhäute wurden durch vorsichtiges Abschaben mit dem Scherdegen oder Falzeisen entfernt.

Gewinnen der Eichenlohe

Danach begann nun erst der eigentliche Gerbprozeß durch das Einlegen („Einstoßen“) der Häute in die mit frischem Wasser und Loh gefüllten Gerbgruben („Ziehlöcher“).
Zum Gerben wurde fein gestoßene oder gemahlene Eichenrinde einige Tage lang in Wasser eingeweicht. Dieser Lösung wurde immer wieder frische Rin-

Tünsdorfer Pfarrheim (ehemalige Gerberei Heutger)

de zugesetzt. War die Loh fertig, so wurden die Häute in diesen Extrakt eingelegt. Am Anfang waren die Häute „durstig“ und wurden deshalb die ersten drei Monate über immer wieder in frisch zubereitete Gerblösung eingelegt. Danach ließ man sie sechs Monate lang in einer starken Gerblösung liegen, hängte sie anschließend zum Abtropfen auf Stangengerüste auf und preßte danach mit der Walkwalze das überschüssige Wasser aus den Häuten. Anschließend brachte man sie auf den Trockenboden, der sich meist unter dem Dach des Gerberhauses befand. Nach der Trocknung wurde das Leder zugerichtet, d.h. geglättet, gefalzt und gespalten und die Ränder abgeglichen. Die verbrauchte Lohe wurde zu „Lohkäs“ gepreßt – von den Gerberkindern (den Lohtripplern) in Formen getreten – dann getrocknet und als Brennmaterial verwendet.

Das Handwerk der Lohgerber erforderte durch die umfangreichen Bauten mit Werkstatt, Lagerräumen, Kellergewölben und Trockengeschossen ein außerordentlich hohes Anlagekapital. Da der Gerbprozeß bei den schweren Häuten sechs Monate bis drei Jahre dauerte, war außerdem ein hohes Betriebskapital notwendig. Daher zählten die Lohgerber meist zu den vermögenden Handwerkern. Zahlreiche erhaltene Gerberhäuser zeugen noch heute von dem Reichtum ihrer früheren Besitzer. Die Gerber bezogen die rohen Häute direkt vom Metzger auf dem Wochenmarkt oder sie deckten ihren Bedarf durch den Häutehandel.

Die Lohgerber benötigten als Gerbstoff Eichenrinde oder eine Mischung aus Eichen- und Tannenrinde, die Lohe. Da man zur Herstellung eines Zentners Leder etwa vier bis fünf Zentner Lohe benötigte, lagen alle Gerbereien in unmittelbarer Nähe von Eichenwaldungen.

Das fertige Leder wurde nach der Schau auf den Wochenmärkten (Lederbänke) feilgeboten oder über den Handel verkauft. Die Gerberei verlangte nicht nur handwerkliches Geschick, sondern auch schwere körperliche Arbeit, denn es war sehr anstrengend, die eingeweichte, nasse Haut eines großen Tieres aus der Gerbgrube zu ziehen. Im Winter war die Arbeit in der Wasserwerkstatt außerordentlich hart, im Sommer gaben die Häute und Abfälle

einen unausstehlichen Gestank von sich. Das lange Stehen im kalten Wasser und die Durchnässung führten häufig zu Erkältungen und rheumatischen Erkrankungen, auch Infektionskrankheiten zählten zu den typischen Berufskrankheiten der Gerber.
Zu den Werkzeugen der Gerber gehörten scharfe Klingen zum Schneiden und Enthaaren der Häute sowie stumpfe Klingen, wie das Stoßeisen, um das Leder sauber, glatt und geschmeidig zu machen. Oft wurden gebogene, zweigriffige Messer mit einer scharfen und einer stumpfen Klinge verwendet. Zum Säubern der Fleischseite diente ein zweischneidiges Falzeisen, das zwei im rechten Winkel zueinander stehende Griffe hatte, so daß die Stellung der Schneide genau kontrollierbar war. Der Schabebaum war ein schräg gestelltes Brett. Die Häute wurden auf den Schabebaum gelegt und von oben nach unten bearbeitet. Über das auf den Pfahl montierte, stumpfe Halbmondmesser wurde das Leder hin- und hergezogen, damit es geschmeidig wurde.
Auch im Saarland gab es zahlreiche Gerbereien, so auch auf dem Saargau, in Tünsdorf. Hier in dem Dorf gab es gleich zwei Gerbereien: Die Familien Tock und Heutger betrieben je eine Lohgerberei. Die Gerberei von Tock wurde später von Hasse übernommen. Die Männer der Familie Buch aus dem Tünsdorfer Mitteldorf waren alle in der Hasse'schen Gerberei beschäftigt; sie führten daher den Hausnamen „Gerber".
Viele Gerbereien fielen Anfang dieses Jahrhunderts der Umstellung von Loh- auf Kunstgerbung zum Opfer, so auch die beiden Tünsdorfer Gerbereien. In der Aufzeichnung des Tünsdorfer Dorflehrers Etges von 1925 steht:
„Seit 1912 steht in Tünsdorf die letzte, nämlich die Hasse'sche Gerberei still. Damit geht ein Stück Dorfgeschichte zu Ende. Über 2.000 Häute wurden jährlich in den beiden Gerbereien Hasse und Heutger verschafft. Beliefert wurde der ganze Umkreis, ja bis Frankfurt am Main gingen die Häute aus Tünsdorf. Die Orte an der Saar waren Großabnehmer. Die Herstellung des neuen Kunst- oder Vacheleders machte den Lohgerbereien den Garaus. Dazu kam die schwierige Häutebeschaffung – Hamburg als Umschlagsmarkt – die Kapitalarmut, bestehend aus hunderten von Häuten, von Arbeitslöhnen, rund 1½ Jahre Leistung lag auf Lager ohne Kapitalverzinsung. Da waren Verkäufe gegen Zahlungsausstand, hohe Lasten durch Steuern und Versicherungen, der immer häufigere Verkauf von Fertigwaren. Also war es mit der Lederverarbeitung nichts mehr. Die Lohhecken im „Eichwald" waren gegenstandslos geworden."
Der Gerber Heutger stellte sich um, eröffnete 1915 ein Warenhaus in einem seiner Häuser, dem sogenannten „Patrizierhaus". Mit dem Tode des letzten Heutger wurde das Warenhaus 1924 wieder geschlossen. Im Jahre 1954 eröffnete Josef Becker darin eine Gastwirtschaft, die sich „Martinsklause" nennt (nach dem Tünsdorfer Schutzpatron St. Martin) und die in diesem Jahr nun 40jähriges Jubiläum feierte.

Als 1912 die Gerberei Hasse zumachte, machte der Besitzer eine Ölmühle daraus, die 1952 im Besitz des Sattlermeisters Matthias Mohr war.
Die ehemalige Gerberei Heutger in der Susengasse (das Haus wurde vermutlich im 17. Jahrhundert erbaut) wurde von dem letzten Sproß der Heutgers, der ledigen Tochter Anna, der Tünsdorfer Kirchengemeinde zum Geschenk gemacht. Am 6. Mai 1901 kamen durch die Initiative des Pfarrers Flesch die ersten Ordensschwestern vom „Heiligen Geist" nach Tünsdorf. Ihre erste Niederlassung wurde das alte Heutgerhaus in der Susengasse. 1912 zogen sie aus und bezogen das Hassesche Haus im Mitteldorf, das seitdem „Kloster" heißt. Im Jahre 1954 zogen die Schwestern wieder in das Heutgerhaus bei der Kirche. 1956 begingen die Schwestern das 50jährige Jubiläum im Ort, doch kurz danach zogen die Schwestern aus Tünsdorf fort und das Haus stand leer. Dann wurde es kurzfristig vermietet und ein Altersheim darin eingerichtet, was jedoch nicht anhielt.
Auf Initiative des Tünsdorfer Pfarrers Heribert Mussler wurde 1990 mit der Renovierung des alten Gerberhauses begonnen. Viele freiwillige Helfer aus den Vereinen und Institutionen leisteten hunderte von Arbeitsstunden neben den professionellen Firmen und Handwerkern, bis die Renovierung abgeschlossen war und der Bau nun in seiner ganzen, ursprünglichen Schönheit erstrahlte. Bei der Renovierung achtete man streng darauf, daß die alte Bausubstanz erhalten und saniert wurde. Die Bauaufsicht führte der ortsansässige Architekt Berthold Greweldinger; er arbeitete eng mit dem bischöflichen Bauamt in Trier und dem saarländischen Konservatoramt zusammen.
So ist das Haus in der Franz-Altmeyer-Straße 31 (vormals Susengasse) in Tünsdorf wieder zu einem Schmuckstück für das ganze Dorf geworden. Durch die stilgerechte Renovierung ist die Schönheit dieses Gebäudes wieder voll zur Geltung gekommen.
Heute ist aus der ehemaligen Gerberei Heutger ein Pfarrheim geworden, in dem die Pfarrbücherei und die Katholische Frauengemeinschaft von Tünsdorf untergebracht sind. Außerdem dient der Saal in dem Anbau den kulturellen Ortsvereinen als Proberaum.

Sankt Lutwinus

Gründer der Mettlacher Abtei und Bischof von Trier und Reims

Lutwinus ist der bekannteste Heilige an der Saar und seine Grabstätte war schon bald nach seinem Tod zu einem berühmten Wallfahrtsort geworden, den viele Jahrhunderte lang jährlich tausende von Pilgern besuchten. Für 76 Pfarreien im Umkreis war die Lutwinus-Wallfahrt am 9. Oktober, dem Weihetag und Patronatsfest, vom Trierer Erzbischof zur Pflicht-Wallfahrt erklärt worden. Dies bedeutete für die Mettlacher Abtei eine sichere und gute Einnahmequelle in jedem Jahr. Erst die Verordnung des Trierer Erzbischofs Clemens Wenzeslaus verbot 1784 alle Prozessionen, die länger als eine Stunde dauerten; dies war das Ende für die Mettlacher Lutwinus-Wallfahrt.

Die Mettlacher Lutwinus-Wallfahrt:
Der Trierer Weihbischof Dr. Felix Genn (seit dem 6. Juni 2003 ist er Bischof von Essen) hat die fast in Vergessenheit geratene Lutwinus-Wallfahrt von Mettlach im Jahre 2003 wieder angeregt. So fanden von Christi Himmelfahrt, den 29. Mai bis Pfingstsamstag, den 07. Juni 2003 tägliche Pilger- und Wallfahrten nach Mettlach statt, wo die Pilger empfangen wurden. Weihbischof Genn eröffnete mit einem feierlichen Pontifikalamt an Christi Himmelfahrt im Jahre 2003 die Wallfahrt.
Anstoß für die Wiederaufnahme der Wallfahrt war die Auffindung einer über 500 Jahre alten spätgotischen Figur des heiligen Lutwinus, die eine halbe Ewigkeit vergessen in einer Abstellkammer der Lutwinuskirche schlummerte. Experten stellten nun fest, daß die Figur eine Stiftung des Trierer Erzbischofs Johann von Baden ist, da die Chormantelschliesse das Wappen des Bischofs trägt. Erzbischof Johann förderte die Wallfahrt zum Grabe des heiligen Lutwinus und seine Verehrung. Bischof Johann starb am 9. Februar 1503.
Weihbischof Dr. Felix Genn segnete die wiedergefundene Wallfahrtsfigur des heiligen Lutwinus zum Auftakt der Wallfahrtswoche.

Entstehung der Lutwinus-Wallfahrt:
Die Mettlacher Lutwinus-Wallfahrt hat eine lange Tradition, denn bereits im Jahre 941 ist sie urkundlich belegt. Ruotbert, Erzbischof von Trier machte die Wallfahrt zum Grabe des heiligen Lutwinus für 76 Pfarreien aus den heutigen Kreisen Merzig, Saarburg und Saarlouis zur Pflicht. Einmal im Jahr, und zwar an Pfingsten, sollte eine Wallfahrt zum Grabe des heiligen Lutwinus gemacht werden. Jede Pfarrei hatte mit Kreuz oder Fahne an der Spitze der Pilger zu erscheinen und an das Kloster eine Abgabe zu leisten. Die Pilger hatten ihrerseits Recht auf Brot und Wein, um sich zu stärken, bevor sie die Heimfahrt antraten. Diese Wallfahrt zeigt als Ausdruck intensiver Seelsorge den Macht- und Einflußbereich der Abtei bis an die Obermosel. Der Wallfahrtstag

St. Lutwinus-Statue in Mettlach

ist später auf den Sonntag vor Pfingsten verlegt worden und blieb es bis auf den heutigen Tag.
Erzbischof Adalbero bestätigte im Jahre 1147 der Abtei Mettlach das alte Herkommen dieser Wallfahrten und Opfer am Tage der Einweihung des Klosters als ein Recht und verpflichtete gewisse namhaft gemachte Pfarrorte selbst bei Strafe der Exkommunikation, diese Wallfahrten einzuhalten. Erzbischof Theodorich bestätigte 1222 diese Privilegien der Mettlacher Abtei. Die Pilger kamen von Mosel, Saar, Nied und Prims, um am Grabe des Heiligen zu beten. Sie kamen einzeln oder truppweise, zum Teil schon abends vor dem Wallfahrtstag, aus weiter Umgegend, selbst aus Frankreich bis aus der Gegend von Metz. Die Anzahl der jährlichen Pilger belief sich auf 4000 bis 5000, die nach Mettlach kamen. Für das Mettlacher Kloster waren diese Wallfahrten sicherlich eine sehr einträgliche Quelle, denn außer der Abgabe der Pfarreien ließen auch die Pilger einiges für Verzehr und Opfergaben im Kloster. Die am Abend vorher Angekommenen verließen gleich nach der Frühmesse, die zu Ehren des heiligen Lutwinus gelesen wurde, Mettlach wieder und machten anderen Pilgern Platz. Nach der Frühmesse fand eine feierliche Prozession durch die Straßen von Mettlach statt, und danach wurde ein Hochamt mit Ministratur abgehalten, ebenfalls zu Ehren des heiligen Lutwinus. Nach Beendigung des Gebetes und Anhörung der feierlichen Festmesse erhielt jeder Pilger von dem Kustos (Küster) des Klosters Brot und Wein.
Die Verordnung des letzten Trierer Kurfürsten und Erzbischofs Clemens Wenzeslaus vom 29. November 1784 verbot alle Prozessionen, die länger als eine Stunde dauerten; dies bedeutete das „Aus" für die bisherige Lutwinusprozession. Diese Wallfahrten der auswärtigen Pfarreien wurden 1830 von Bischof Josef Ludwig Alois von Hummer wegen angeblicher Mißbräuche aufgehoben, doch hat sich der fromme Brauch bis auf den heutigen Tag erhalten, am Sonntag vor Pfingsten nach Mettlach zu pilgern, um am Grabe des heiligen Lutwinus zu beten. Allerdings kommen heute keine Pilgerscharen mehr, sondern die Pilger kommen nun einzeln. Die Lutwinus-Wallfahrten bestehen nun schon seit über 1000 Jahren.

Lutwinus Prozession

Auch nachdem die Lutwinus-Wallfahrten von der Kirche verboten waren, fand die „kleine Lutwinus-Prozession“ immer noch statt. Denn am Sonntag vor Pfingsten feiern die Mettlacher ihre Kirmes, den „Hellenmädag“, den sie mit einem feierlichen Hochamt begehen. Anschließend wird der Schrein mit den Gebeinen des heiligen Lutwinus in einer feierlichen Prozession durch den Ort getragen, wie dies seit über 1000 Jahren der Fall ist.

Der heilige Lutwinus:
Lutwinus ist der Gründer der Mettlacher Abtei, deren Abt er auch war. Später wurde er Bischof von Trier und Reims. Remigius, um das Jahr 1000 Abt im Kloster zu Mettlach, hat die Geschichte des Klostergründers Lutwinus aufgezeichnet.
Lutwinus lebte zur Zeit des Königs Childebert (fränkischer König von 698 bis 710), sein Vater war Gerwinus (soll von fränkischen Königen abstammen); er war vermutlich Herzog von Lothringen, und die Mutter von Lutwinus war Gunza, die Schwester des Trierer Bischofs Basin (sie stammte von Austrasischen Herzögen). Die Heimat von Lutwinus war sehr wahrscheinlich im Gebiet zwischen Lothringen und Elsaß, am Oberlauf der Saar, zu suchen. In späteren Jahren wurde Lutwinus aufgrund seiner Verdienste vom König zum Herzog ernannt. Er heiratete standesgemäß und das Paar hatte zwei Söhne, Milo und Wido; durch die Widonen wurde Lutwinus zum Ahnherrn der Salischen Kaiser. Seine beiden Söhne werden in einer von Karl dem Großen 782 in Diedenhofen (Thionville) ausgestellten Urkunde über das Kloster in Mettlach genannt.

Die Gründung des Mettlacher Klosters:
Lutwinus war ein leidenschaftlicher Jäger, und als er der Sage nach eines Tages in den Wäldern um Mettlach jagte, wurde er gegen Mittag müde und legte sich in einer Lichtung zur Ruhe. Als er schlief, schwebte ein riesiger Adler über ihm und schützte ihn mit seinen Schwingen gegen die sengende Mittagssonne. Lutwinus erfuhr dies von seinem Waffenträger und er sah darin einen Fingerzeig Gottes, an dieser Stelle das schon lange geplante Kloster zu errichten. Er gründete um 690 in Mettlach das Kloster und stattete es mit einem Oratorium (Kapelle) zu Ehren des Apostels Petrus und einer Basilika (längliche, dreischiffige Kirche) zu Ehren der Gottesmutter aus. Am Ort, wo ihn der Adler vor der Sonne beschützt hatte, ließ er ein Oratorium zu Ehren des hl. Dionysius errichten. Lutwinus gab der Mönchsgemeinschaft der Benediktiner einen Abt und schenkte dem Kloster am Weihetag 1.000 Mansen Land (ein Mansen = 64 Morgen), also 64.000 Morgen.

Lutwinus entsagt der Welt:
Nach dem Tode seiner Gattin trat Lutwinus in den Klerikerstand ein. Er ließ sich vom König von seinen weltlichen Aufgaben entbinden und trat in das Kloster von Mettlach als einfacher Mönch ein; später wurde er ihr Abt. Sein Onkel Basin, Bischof von Trier, weihte ihn zu seinem Mitbischof. Spätestens im Jahre 687/98 muß die Weihe erfolgt sein, denn am 1. November dieses Jahres unterzeichneten die Bischöfe Basin und Lutwinus eine Schenkungsurkunde Irminas an den angelsächsischen Missionsbischof Willibrord, worin ihm das Kloster Echternach überschrieben wird. Basin und Lutwinus haben lange Jahre gemeinsam das Bistum Trier geleitet, bis zum Tode von Basin am 4. März 705; nun war Lutwinus allein an der Spitze der Trierer Kirche. Als „Trevivorum archiepiscopus – Erzbischof von Trier" unterzeichnete er zu Anfang des Jahres 706 eine Schenkungsurkunde für das Trierer Kloster St. Eucharius. Auch in den französischen Diözesen von Laon und Reims soll er zeitweilig als Bischof tätig gewesen sein.
Das genaue Todesjahr von Lutwinus ist nicht bekannt; es dürfte um 717 liegen. Laut Überlieferung ist sein Todestag der 29. September; er starb in Reims.

Der tote Lutwinus will nach Mettlach:
Auf dem Bischofsamt ist ihm sein ältester Sohn Milo gefolgt, der 723 erstmals als Bischof von Trier bezeugt ist. Milo wollte die sterblichen Überreste seines Vaters nach Trier überführen lassen. Als das Schiff mit dem Sarg von Diedenhofen (Thionville) moselabwärts bis nach Konz kam, konnte man es trotz aller Bemühungen nicht zur Weiterfahrt nach Trier bewegen. Zum maßlosen Staunen aller fuhr das Schiff eigenmächtig saaraufwärts; von zahlreichem Volk am Ufer begleitet. Das Schiff fuhr bis Mettlach und legte dort beim Kloster an; gleichzeitig begannen die Kirchenglocken von selbst zu läuten. Der hei-

lige Lutwinus hatte den Ort selbst ausgewählt, wo er beigesetzt sein wollte. Der Konvent geleitete seinen toten Stifter zur Begräbnisstätte in der Abtei. Da an seinem Grab bald viele Wunderheilungen geschahen, wurde es schnell zu einer berühmten Wallfahrtsstätte. Der aus England stammende Abt Leoffin (990-994) ließ dem Heiligen eine repräsentative Grabkirche errichten, den „Alten Turm".

Alter Turm 1930

Die Reliquien des heiligen Lutwinus:
In der Mettlacher Pfarrkirche werden die Reliquien des heiligen Lutwinus aufbewahrt. Auf der rechten Seite des Chorraumes befindet sich eine Fensternische, die 1924 zum Lutwinusgrab umgestaltet wurde. Darin befindet sich der Schrein mit den Gebeinen des Heiligen sowie zwei Armreliquiare.
Einmal im Jahr, und zwar am „Hellenmädag", dem Sonntag vor Pfingsten, feiern die Mettlacher ihre Kirmes, und dabei werden der Schrein mit den Gebeinen des Heiligen sowie seine Armreliquiare in feierlicher Prozession durch Mettlach getragen. Angeführt wird die Prozession vom Musikverein Mettlach, es folgen der Kirchenchor Mettlach, die Fahnenabordnungen, die Kommunionkinder, die Meßdiener, die Geistlichen und eine Abordnung der Feuerwehr, die Schrein und Armreliquiare tragen. Den Schluß der Prozession bilden die zahlreichen Gläubigen aus Mettlach und Umgebung. Die Lutwinusprozession geht von der Pfarrkirche zum Lutwinusdenkmal auf dem Marktplatz, zum Alten Turm und durch den Park wieder zurück zur Pfarrkirche, wo die Prozession mit einem feierlichen Hochamt endet.

Die Wikinger an Saar und Mosel

Reich an geschichtlichen Erinnerungen ist unser Grenzgebiet, vom Saargau bis zur Dreiländerecke. Viele böse Tage brachten die Grenzstreitigkeiten der hohen Herren den Bewohnern dieses Gebietes; waren es doch immer die kleinen Leute, die den Streit der Mächtigen auszubaden hatten. Seit die Römer unter Julius Cäsar unser Gebiet erschlossen hatten, wurden die Dörfer und Siedlungen immer wieder in Kämpfe verwickelt und gingen in Rauch und Flammen auf. Auf dieses fruchtbare Gebiet zwischen Saar und Mosel, dem Saargau sowie den Flächen Lothringens schielten begehrlich zu allen Zeiten die hohen Herren. Sie versuchten, es mit allen Mitteln, meist war es Gewalt, in ihren Besitz zu bringen. Fast alle Dörfer, Siedlungen und Höfe sanken im Laufe der Jahrhunderte immer wieder in Schutt und Asche. Doch die Bewohner dieses Grenzlandes waren ein zäher Menschenschlag; auf den Trümmern bauten sie ihre Höfe und Häuser wieder auf.

Die Wikinger

Die Normannen oder Nordmänner waren die am meisten gefürchteten Eroberer und Plünderer, die unsere Gegend im 9. Jahrhundert immer wieder heimsuchten. Diese grimmigen Krieger des Nordens hielten am längsten an der alten germanischen Sitte „des ewigen Frühlings“, der Ausfahrt auf Landsuche und Beute, fest. Diese Wikinger waren in ihrer nordischen Heimat Norwegen, Schweden und Dänemark noch vom Christentum unberührt, während es bei uns bereits zahlreiche Kirchen und Klöster gab. Die Raubzüge dieser Normannen galten zuerst nur der Küste des Nordmeeres, doch dehnten sie diese immer weiter aus. Unter den schwachen Nachfolgern Karls des Großen drangen sie über die Flüsse in das Frankenland ein. Für diese unerschrockenen und mutigen Seefahrer bedeuteten die Flüsse kein ernstes Hindernis. So wurden die Normannen im 9. und 10. Jahrhundert zur gefürchteten Landplage. Zunächst fielen die Städte an den Flüssen Frankreichs ihnen zum Opfer: Rouen, Nantes, Tours, Paris und Orleans. Dann befuhren sie die Schelde, Maas und Rhein, wo sich ihre im Kampf erfahrenen Männer in der Nähe der Flüsse festsetzten. Von den Ardennen aus, wo sie ihr festes Raubnest Elsloo anlegten, überfielen sie die reichen Landschaften, die festen Städte und Klöster.

Der Raubzug 882

Besonders verhängnisvoll für unser Gebiet wurde der Raubzug im Jahre 882. Von Elsloo aus brachen die rauhen, wetter- und kampferprobten Krieger mitten im Winter auf und überfielen am Dreikönigstag 882 das reiche Kloster Prüm. Sie erschlugen die Mönche, beraubten und verwüsteten das Kloster und ließen es als ausgebrannte und rauchende Ruine zurück. Auf dem weiteren Raubzug verwüsteten sie das Eifel- und Moselland, plünderten die Höfe

und Dörfer, und nachdem sie die Einwohner erschlagen hatten, steckten sie ihre Häuser in Brand; sie hinterließen nur rauchende Trümmer. Ihr nächstes Ziel war die feste Stadt Trier, die sie am Gründonnerstag erstürmten, plünderten und zerstörten. Die grausamen Krieger kannten keine Gnade; sie machten keine Gefangenen. Alles, was sich ihnen in den Weg stellte, wurde niedergemetzelt; dabei schonten sie weder Weib noch Kind.
Auf ihrem weiteren Zug gen Metz stießen ihre Kundschafter auf die Burg an der Cloef. Ihr Besitzer war ein junger Graf, der zusammen mit dem Grafen von Montclair als Raubritter zur Geißel Gottes für die Umgebung wurde. Als die Kundschafter der Normannen die Burg an der Cloef entdeckten, gaben sie ihrem Heer Nachricht. Die Eroberung der Burg an der Cloef durch die Wikinger ist in der Sage „Der Burggraf von der Cloef" ausführlich erzählt.
Angst und Schrecken verbreiteten sich unter den Menschen des Mosellandes, als die Nordmänner ihren Raubzug nach Metz fortsetzten. Doch fanden sich in dieser Not nun Männer, die sich den Normannen in den Weg stellten, um ihrem räuberischen Morden Einhalt zu gebieten. Erzbischof Bertulf von Trier war auf schnellem Pferd nach Metz zu seinem Amtsbruder Bischof Wala geritten, um diesen zu warnen und mit ihm gemeinsam die Frankenkönige um Hilfe zu bitten. Jedoch die Söhne Ludwigs des Frommen waren mit Erbstreitigkeiten zur Teilung des „Heiligen Römischen Reiches" beschäftigt; von ihnen war keine Hilfe zu erhoffen. Also mußte man sich selbst helfen! Erzbischof Bertulf von Trier und die fränkischen Gaugrafen Adalhard sowie Hintzmar von Metz stellten auf die Schnelle ein kleines Heer von Rittern und Fußsoldaten zusammen. Sie vereinigten ihre Mannen mit denen des streitbaren Bischofs Wala von Metz. Wala brachte die meisten Kämpfer, denn die Bürger von Metz, die Grafen, Edelleute und Ritter des Metzer Landes, verstärkt durch die fränkischen Bauern unterstellten sich Bischof Wala. Sie alle hatten die Gefahr erkannt, die ihrer Heimat, ihren Frauen und Kindern drohte. Bischof Wala im Harnisch führte hoch zu Roß das Heer an. Damals waren auch die Bischöfe ausgebildete Ritter und Kämpfer. Wala hatte noch nicht verlernt, mit der gefürchteten „Franziska", der einhändig geführten fränkischen Streitaxt, umzugehen. Walas Trümpfe gegen die Normannen waren der Überraschungseffekt sowie seine gepanzerten Ritter. Er setzte seine ganze Hoffnung auf diese gepanzerte Reiterei und glaubte, sie würden die Nordmänner überrennen. Aber der Bischof hatte die kampferprobten Wikinger unterschätzt; daß sie auch in Schlachtordnung kämpfen konnten, sollte er zu seinem Leidwesen bald erfahren.
Im breiten Moseltal zwischen Besch, Schwebsingen, Nennig und Remich hatte sich das Heer von Bischof Wala am 12. April 882 in Schlachtordnung aufgestellt und erwartete den Feind. Die Mosel hatte man durch eine fast unsichtbare Barriere gesperrt, um die Schiffe der Wikinger an der Durchfahrt zu hindern.

Die Normannenschlacht:

Nebel zog von der Mosel über in die Ebene und verhinderte eine Fernsicht. Späher verkündeten jedoch den herannahenden Feind. Da hörte man schon von ferne das „Hü und Hott“ der Halfen, die von den Normannen gezwungen waren, die Schiffe mit ihren Pferden die Mosel aufwärts zu ziehen. Die zahlreichen Langschiffe der Wikinger waren voll beladen mit der Beute aus den Überfällen auf die Stadt Trier und das Kloster Prüm. Die Langschiffe der Wikinger waren etwa 30 Meter lang und 6 Meter breit, hatten auf jeder Seite 25 Ruder und konnten 200 Krieger oder 20 Tonnen Fracht pro Schiff laden. Angeführt wurde die Wikingerflotte von dem „großen Drakar“, auch Drachenschiff genannt, dem Flaggschiff der Flotte. Es hatte eine Länge von über 48 Metern und eine Breite von 7,50 Metern; es war mit 72 Riemen ausgestattet; zu dem Drachenschiff gehörte eine Besatzung von 300 Kriegern.

Normannenkreuz in Besch

Die Nordmänner begleiteten links und rechts der Ufer die Langschiffe, waren diese doch mit Beute voll ausgelastet. Da krachte auch schon das Drachenschiff gegen die Barriere, daß der Vordersteven mit dem Drachenkopf abbrach und die im Schiffe stehenden Krieger umfielen. Dies war das Zeichen für Walas Krieger; mit lautem Kriegsgeschrei stürzten sie sich auf den Feind, und eine Wolke von Pfeilen und Speeren überschüttete die Schiffe. Die Normannen waren überrascht und verwirrt; daß sie überfallen wurden, waren sie nicht gewöhnt. Überall flohen sonst die Leute, wenn sie nur auftauchten. Doch die im Kampf erfahrenen Normannen hatten sich schnell gefaßt. Unter schweren Verlusten ruderten sie an Land, formierten ihre Krieger und griffen nun ihrerseits mit wildem Gebrüll an. Inzwischen hatte sich der Nebel gelichtet, und die Sonne brach durch. Nun konnte man die zahlenmäßige Überlegenheit der Wikinger sehen, deren Krieger in die tausende ging. Doch die fränkischen Mannen des Mosellandes wehrten sich verzweifelt gegen die anstürmenden wilden Krieger des Nordens. Bis in den Nachmittag hinein tobte die blutige Schlacht; das weite Moseltal war erfüllt vom Kampfgetöse. Das Schlachtfeld war schon mit Toten und Sterbenden bedeckt, als Sigfrid, der Anführer der Normannen, Bischof Wala erblickte, wie er vom Pferd herab die Feinde links und rechts mit seiner Streitaxt niederschlug. Mit wilden Schreien kämpfte er sich mit seinem Langschwert bis zum Bischof durch und stieß diesen mit dem Speer vom Pferd. Bevor sich Wala wieder erheben konnte, hatte ihn der wilde Wikinger mit dem Schwert erschlagen.

Runenstein in Perl

Als die Franken ihren tapferen Anführer fallen sahen, gaben sie die Schlacht verloren und flohen in Richtung Perl. Doch die Wikinger verfolgten sie nicht weiter, hatten sie doch selbst schwerste Verluste erlitten. Diese waren so groß, daß sie den geplanten Raubzug nach Metz aufgeben mußten. Nach der Plünderung von Nennig, der römischen Villa, die einem fränkischen Edeling als Wohnsitz diente, und der Einäscherung von Remich zogen sie sich mit reicher Beute in ihr Winterlager zurück.

Beisetzung von Bischof Wala

Das „Normannenkreuz" bei Besch erinnert noch heute an diese historische Schlacht. Bischof Wala wurde in der Pfarrkirche von Perl beigesetzt. Wilhelm Griesbach berichtet, daß man im Februar 1931 bei Umbauten der Perler Pfarrkirche auf den Boden der ersten Perler Pfarrkirche stieß und dabei Grabplatten mit Grabmulden entdeckte, die Skelette enthielten. Eine dieser roten Sandsteinplatten fiel durch ein eingemeißeltes Kreuz und eine Figur auf, die man zunächst nicht deuten konnte. Man zog deutsche und französische Fachgelehrte hinzu, und diese stellten fest, daß es sich um einen Bischofs- oder Abtstab handelte. Eine ähnliche Grabplatte war auf deutschem Boden noch nicht gefunden worden, doch besitzen die Museen von Rouen und Chartres derartige Grabplatten. Sie stammt aus der Zeit um 1000 und könnte das Grab Walas bedeckt haben. Kirchenfürsten wurden in Kirchen begraben und es ist möglich, daß die Metzer ihren Bischof damals in der Eile in der Perler Kirche bestatteten, da sie 882 die einzige Kirche an der Obermosel war. Nun kommt der Bericht eines Advokaten, Ch. Abel, der 1856 nachwies, das Bischof Wala in der Kirche St. Sauveur in Metz begraben liegt, wo man auch eine Grabplatte vorfand. Doch haben spätere Forschungen auch hier gezeigt, daß wohl nur das Herz Walas dort ruhte, während sein Körper an einem anderen Ort liegt. Es ist daher durchaus möglich, daß Wala in Perl bestattet wurde, während man nach der damaligen Sitte sein Herz mit nach Metz nahm.

Die Sage

Die Sage über die Normannenschlacht hat sich bis auf den heutigen Tag an der Obermosel gehalten; sie erzählt:

In der Ebene bei Nennig lagen sich die beiden Heere der Franken und Normannen gegenüber. Am Morgen des 12. April 882 saßen im Zelte von Bischof Wala, dem Anführer der Franken, Ritter und Unterführer beim Frühmahl; Bischof Wala saß am Kopfende der Tafel. Da hob sich der Zelteingang und herein trat, nur dem Bischof, der dem Zelteingang gegenüber saß, sichtbar, ein schwarzer, stattlicher Ritter. Wala sah verwundert nach dem schwarzen Recken hin, ohne daß die andern ihn bemerkten. Da schlug der Fremde das Visier zurück, und aus seinen Augen traf ein flammender Blick den Bischof, so daß dieser erschüttert seinen Kopf senkte und zusammenfuhr. Doch er faßte sich und wollte den Fremden anreden. Da war der aber schon verschwunden. Der tapfere Wala aber munterte nun erst recht seine Mitstreiter auf und entwarf den Schlachtplan. Ein letzter Trunk sollte den Mut stärken. Doch als der Bischof mit seinem Nachbarn auf den Sieg anstoßen wollte, zersprang der Kelch in seiner Hand. Wieder erschrak der Bischof, ließ sich aber nichts merken, und hastig eilten alle zu ihren Leuten, um sie zum Kampfe zu führen.

Tumulusberg

Ungestüm prallten die Heere aufeinander und wahre Wunder der Tapferkeit vollbrachten die fränkischen Kämpfer. Das Moseltal war erfüllt vom Kampfgetöse, und die nahen Moselberge warfen den Waffenklang und das Geschrei der Kämpfenden zurück. Von den Mauern der nahen Stadt Remich schauten die Bürger dem wilden Kampf zu und baten Gott um Hilfe für die Moselaner. Allen voran kämpfte der edle Wala, und plötzlich entdeckte er den schwarzen Ritter. Mit wuchtigen Hieben schuf er sich Bahn und näherte sich dem Recken, und bald maßen sie sich im ritterlichen Kampfe. Da, eben holte Wala zu einem fürchterlichen

Schlage aus, hob der schwarze Ritter wieder sein Visier, und der Blick seiner Augen ließ Wala wiederum erbeben. Im selben Moment aber empfing er auch den tödlichen Streich und stürzte zu Boden. Der schwarze Ritter verschwand so plötzlich, wie er aufgetaucht war. Der Tod des Feldherrn lähmte die Kraft seiner Kämpfer und der Rest der Franken suchte sein Heil in der Flucht. Der sterbende Wala hauchte mit den Worten: „Es war der Tod!“ sein Leben aus. Am nächsten Morgen fand man seine Leiche mit dem Helm auf dem Haupte auf dem Schlachtfelde. Den gefallenen Nordmännern aber bereitete man ein Grab unter einem Erdhügel an dem Furtwege von Schloß Thorn nach Remich.
So spricht der Volksmund aus alter Überlieferung, die schon manchen Fingerzeig für geschichtliche Tatsachen lieferte. Heute noch nennt der Volksmund diesen Hügel und die Umgebung „Normannenkirchhof“. Als man 1876 beim Bau der Moselbahn ihn anschneiden mußte, fand man eigenartige Waffen, Geräte und Schmuck, die nicht aus unserer Gegend stammten. Es ist also möglich, daß hier tatsächlich die Begräbnisstätte der Nordmänner gefunden wurde. Eins ist aber sicher, der Boden in der Moselebene birgt noch manches Geheimnis, das Aufschluß über die Normannenschlacht und die gefallenen Krieger geben könnte.

Die Burgen von Montclair

Der Name Montclair taucht erstmals in der Schreibweise „Munkler" in einer Urkunde von Papst Clemens III. von 1190 auf, in der er dem Erzbischof Johann I. von Trier seine Besitzungen bestätigt, namentlich auch die Burg Munkler. Die lateinische Form „Mons clarus" bedeutet heller, lichter Berg.
Wie strategisch wichtig der Montclairberg war, zeigt die Tatsache, daß auf dem Montclairberg immer wieder eine Burg gebaut wurde, um Saar und Umland kontrollieren zu können. Wenn eine Burg zerstört wurde, baute man wieder eine neue auf. Im Laufe der Jahrhunderte wurden drei verschiedene Burgen gebaut, nachdem die Vorgängerburg zerstört wurde. In diesem Artikel will ich versuchen, diese Burgen vorzustellen:

Skiva, die erste Burg von Montclair:
Im letzten Jahrtausend vor Christus sind die Kelten in unser Gebiet eingedrungen. Die Mediomatricer mit der Hauptstadt Metz und die Treverer mit der Hauptstadt Trier waren mächtige Keltenstämme, die auch das Gebiet der Saar besiedelten.
Die ersten nachweislichen Funde einer Befestigungsanlage auf dem Berg von Montclair stammen aus der Zeit von 300–500 v. Chr. Die Anlage bestand vermutlich aus einem durch eine Mauer eingefassten Areal mit vorgelagertem Graben. Die Funde von Keramikresten deuten auf eine nur in Notzeiten aufgesuchte keltische Fliehburg.
Auch in der Römerzeit (25 v.-476 n. Chr.) und in der Merowingerzeit (480-720 n. Chr.) war der Berg besiedelt und bot der Bevölkerung Schutz bei Angriffen. Archäologische Grabungen 1964, angeregt durch den Burgenforscher Robert Seyler, belegen dies. Vermutlich war auf dem Montclairberg zu dieser Zeit ein fränkischer Stützpunkt in Form einer befestigten Hofanlage.

Vermutlich schon im neunten Jahrhundert entstand 350 Meter östlich der heutigen Burgruine die Burg Skiva; erwähnt wird sie erstmals im elften Jahrhundert. Ihr Name entstand as dem germanischen „skipa" für Schiff, womit wahrscheinlich die Schiffsgestalt des Berges gemeint war.

Skiva hat sich aus einem fränkischen Gehöft entwickelt und war eine Turmhügelburg. Der Aushub eines ovalförmigen Grabens wurde zu einem Turmhügel aufgeschüttet, auf dem wohl ein Holzturm mit massivem Steinunterbau stand. Nach Nordwesten Schloß sich eine Vorburg mit den Wirtschaftsgebäuden an. Die ganze Anlage war vermutlich mit einem Palisadenzaun abgesichert, wie zu der Zeit üblich.
Burg Skiva war um das Jahr 1010 im Besitze des streitbaren Probstes von St. Paulin in Trier, Adalbero von Luxemburg, Sohn des ardennischen Gaugrafen[1] Siegfried vom Saar, Bid- und Moselgau. Nachdem sich Adalbero als Gegenbischof gegen Erzbischof Poppo von Trier (1016–1047) aufgelehnt hatte und gescheitert war, ließ dieser Skiva um 1017 im Verlauf der sogenannten Moselfehde vollständig zerstören.
Mit der Eroberung der Burg durch Poppo wird das lebhafte Interesse an dem Burgberg deutlich. Seit der Zerstörung von Burg Skiva war das Trierer Erzbistum an die Stelle der Gaugrafen getreten und machte seine Rechte auf den Besitz von Burg und Berg geltend. Es setzte einen Vogt zur Wahrung seiner Rechte ein.
In der Folgezeit war es trierisches und zugleich (seit 1052) luxemburgisches, seit 1268 auch lothringisches Lehen, bis es schließlich 1778 durch Teilung des Kondominiums Merzig-Saargau ganz zu Kurtrier kam.

Alt-Montclair, die zweite Burg:
Welche strategische Bedeutung der Burgberg hatte, zeigt sich daran, daß später etwa 400 Meter westlich von Skiva eine neue Burg errichtet wurde, Alt-

---

[1]*Die fränkischen Könige hatten zum Zwecke der Verwaltung das Land in Gaue, diese in Grafschaften und letzere in Gemeinden eingeteilt. Für unsere Gegend kommt besonders der Saar-, Mosel-, Trier- und Bid-Gau (nach Bitburg pagus bidensia genannt) in Frage. Die Grenzen der Gaue unterlagen häufigem Wechsel; der Saargau wird urkundlich 964 erstmals genannt.*
Während die Militärgewalt eines oder mehrerer Gaue einem Herzog (der vor dem Heere „herzog") anvertraut war, der im Falle des Krieges auch den Heerbann aufbot, war zur Pflege der Gerichtsbarkeit und Verwaltung der landesherrschlichen Einkünfte dem Gau ein Graf (Gaugraf), den Grafschaften (Centen) ein Centgraf oder Vogt, den Gemeinden ein Schultheiß vorgesetzt, alles Beamte, die der König ernannte. Die Herzöge und Grafen gehörten mit anderen Hof- und Staatsbeamten und mit den Heerführern zu den Getreuen des Königs, deren Rat er bei allen wichtigen Reichsangelegenheiten einholte. Zu diesen weltlichen Würdenträgern kamen nach der Annahme des Christentums durch die fränkischen Könige die hohen geistlichen Würdenträger, wie Bischöfe und Äbte, hinzu. Sie hatten die gleichen Rechte und erhielten vielfach auch gräfliche oder sogar herzogliche Würden. So erhielt im Bistum Trier 761 unter Pipin der Erzbischof Weomad gräfliche Rechte mit Einschluß der Gerichtsbarkeit; Karl der Große erneuerte 773 diese Rechte, Otto I. bestätigte sie 947 in einer Urkunde an Erzbischof Ruotbert und führte als Grund für diese Begünstigung die Tatsache an, „daß Trier die älteste Kirche unseres Reiches ist."

Montclair. Der Name ist nicht historisch, sondern er dient lediglich zur Unterscheidung der alten zur neuen Burg Montclair.

Im Jahre 1180 gestattete Erzbischof Arnold I. von Trier (1169–1183) seinem Vogte in Merzig, Arnulph von Walecourt, aus einem edlen lothringischen Geschlecht, auf dem Bergrücken von Montclair eine neue Burg zu bauen, zum Schutze gegen die Räuber, von denen die Saarschiffer und die Reisenden, wie auch die umliegenden Orte öfter heimgesucht wurden. Wie die Verleihungsurkunde besagt, sollte Arnulph die Burg nur als trierisches Lehen besitzen, um aus derselben die Besitzungen des Erzstiftes zu schützen und sie dem Erzbischof auf dessen Verlangen zu öffnen. Falls das Erzstift mit dem Herzog von Lothringen, dessen Vasall Arnulph von Walecourt war, in Streit gerate, sollte letzterer die Burg mit den Burgmännern dem Erzbischofe übergeben, damit das Erzstift nicht aus derselben beschädigt würde.

Im Jahre 1190 war die Burg fertig, die Arnulph von Walecourt nunmehr Montcler nannte, wie es heißt, zum Andenken an seine Abstammung aus dem berühmten Hause Clermont. In der im Lateran 1190 ausgestellten Urkunde bestätigt Papst Clemens III. dem Erzbischof Johann I. (1190-1212) alle Güter seiner Kirche, namentlich auch die Burg Munkler.

Diese selbst war überaus massiv, aus schweren Quadersteinen von großer Stärke erbaut; auch erhoben sich auf dem ganzen, von Wallgräben quer durchschnittenen Plateau des eine Stunde langen Wegrückens eine Reihe von Vorburgen und Befestigungstürmen. In der unmittelbaren Nähe der Burg war nach der südwestlichen Seite eine riesige Steinmauer, nach Norden ein in den Felsen gehauener 80 Fuß breiter Wallgraben. Im Beringe der Burg befand sich Berge, ein heute nicht mehr vorhandenes Dorf, sowie ausgedehnte Ländereien.

Die Hauptburg bestand 1351 aus einem Bergfried, mehreren Verteidigungstürmen, einem Eingangstor, einer Kapelle, einem Rittersaal, einem großen Wohnhause, Scheunen, Ställen, Zisterne. Eine auf der halben Höhe des Berges entspringende Quelle lieferte das nötige Trinkwasser für die Bewohner. Alt-Montclair zählte zu den imposantesten Burgen des hohen Mittelalters in Deutschland. Es handelt sich um eine für diese Zeit typische Höhenburg. Burg Montclair galt für die damalige Zeit als uneinnehmbar.

Von 1180 bis zu der im Jahre 1606 durch Erzbischof Lothar (v. Metternich 1599-1623) erfolgten Einziehung des Lehens hat die Burg fünf verschiedenen dynastischen Familien angehört: von Walecourt, von Joinville, von Clermont, von Sirck und von Sayn.

Die jeweiligen Besitzer der Burg Montclair und ihre Geschlechter sind in „Ritter Jakob von Montclair“ näher erläutert. Jakob von Montclair, der berüchtigte Raubritter, legte sich immer wieder mit Kurfürst Balduin von Trier an. Im Vertrauen auf seine als uneinnehmbar geltende Burg Montclair und in deren Schutz überfiel er immer wieder die Züge der Kaufleute, und wer sich

widersetzte, wurde totgeschlagen. Die Kaufleute kamen in das Burgverließ und wurden nur gegen hohes Lösegeld wieder freigelassen. Auch die Schiffe auf der Saar waren nicht vor ihm sicher. Jakob und seine Gesellen sperrten mit Ketten die Durchfahrt und raubten die Schiffe aus. Mitfahrende Kaufleute und Schiffer kamen ebenfalls in das Burgverließ und wurden nur gegen Lösegeld freigelassen. Kurfürst Balduin mahnte und drohte Jakob mit Repressalien, wobei dieser immer wieder versprach, ja sogar Eide schwor, daß sich dies nicht mehr wiederholen würde. Doch er brach immer wieder seine Eide, bis Kurfürst Balduin ihm am 13. Oktober 1350 den Kampf ansagte. Erst nach einer achtmonatigen Belagerung und als es gelang, die Quelle zu erobern und ihnen das lebensnotwendige Wasser abzugraben, mußte Jakob aufgeben. Am 22. Dezember 1351 verließ Jakob mit seinen Getreuen die Burg. Kurfürst Balduin feierte das Weihnachtsfest auf der heiß umkämpften Burg Montclair, die er anschließend schleifen ließ. Als Siegeszeichen nahm er die mächtigen Torflügel der Burg mit nach Trier, wo sie bis 1526 im bischöflichen Palaste aufbewahrt wurden.
Anscheinend blieb ein Turm von Montclair stehen, da 1359 Amtmann Peter von Leyen aus Saarburg sich verpflichtete, die Türme Montclair und Saarstein zu bewachen. Letzerer war von Balduin als Belagerungsburg am linken Ufer der Saar angelegt worden. Nach der Eroberung von Montclair wurde sie ausgebaut als Wächter des Flusses oder als Sommersitz des Kurfürsten, denn sie hatte eine sehr schöne Lage. Gegenüber der Burg Montclair, am anderen Ufer der Saar, wo das Saartal sich am engsten zusammenzieht, auf der Höhe eines rundlich vorspringenden Bergabhanges, soll die Burg Saarstein gestanden haben. Die Geschichtsschreiber erwähnen dieselbe bei der Belagerung

von Montclair. Balduin baute damals mehrere Belagerungsburgen; Grieneck, am äußersten Graben der Landseite; Saarstein, der Spitze des Burgberges gegenüber im Norden; eine dritte bei Dreisbach und eine vierte bei Mettlach, um den Fluß beherrschen zu können. Von diesen soll nur Grieneck massiv, die anderen aus Holz gebaut gewesen sein. Um aber einen festen Punkt an der oberen Saar zu behalten, wurde Saarstein massiv ausgebaut.
Die Montclairer Lehen zog Balduin teils ein, teils belehnte er damit treue Vasallen. So erhielt ein Ritter von Schönecken eine Weinernte zu Riol 1352; Facys von St. Rabers und Gobel von Remich erhielten 1351 andere Güter, die zu Montclair gehörten.
Balduins Nachfolger Boemund II. von Saarbrücken (1354-1362) scheint sich mit den Herren von Montclair besser gestanden zu haben. Er einigte sich mit Jakob und dessen Familie und gab ihnen alle Güter zurück mit Ausnahme von Montclair, das ungeteilter, gemeinschaftlicher Besitz von Trier und Lothringen blieb.
Obwohl Jakob noch ein großer Teil seiner Besitzungen verblieb, litt er an Geldmangel. Er verkaufte z. B. 1364 an die Abtei Mettlach eine Weinernte in Pumern (bei Cochem), jährlich 4 Fuder Wein ergebend, für 400 florentinische Goldgulden. Sein Sohn Friedrich quittierte 1366 über 700 Gulden, womit Abt Johann von Mettlach eine Rente aus den Dörfern Mettlach-Keuchingen zurückgekauft hat. Derselbe bekannte, daß er Abt Bertram von Esche in Mettlach 36 Gulden für ein von ihm gekauftes Pferd schulde. Mit den Bürgern von Trier führte er jahrelang Fehde, und beiderseits brachten sie sich durch Raub und Plünderung empfindlichen Schaden.
Jakobs Enkel Johann und Jakob verzichteten auf den Besitz der Burg. Zur Entschädigung erhielten sie 2000 schwere Florins.
Mit Johann von Montclair erlosch 1427 glanzlos der Stamm. Der damalige Erzbischof Raban von Helmstedt (1430-1439) belehnte Johanns Schwestersohn Arnold von Sirk mit Montclair; anfangs nur mit der Herrschaft, aber 1433 erhielt er auch Berg und Burg mit der Erlaubnis zum Bau einer neuen Burg. Da erst begann wieder neues Leben auf Montclair; von der großen Zerstörung 1351 bis 1433 war Montclair ohne jede Bedeutung.

Neu-Montclair, die dritte Burg:
Nachdem Arnold von Sirk von beiden Seiten die Erlaubnis hatte, eine neue Burg auf dem Berge zu erbauen, fing er sofort mit dem Bau an, und 1439 war die dritte Burg fertiggestellt. Neu-Montclair besaß einen trapezförmigen Grundriß mit einem Außenmaß an der östlichen Zugangsseite von 32 Metern und 19 Meter an der Westseite, zwei kleineren Flankierungstürmen (Schalentürmen) an den Ecken im Westen und zwei mächtigen Rundtürmen (Rondelle) an der Hauptangriffsseite im Osten. Die vier Turmgeschosse der beiden Rondelle hatten gleichzeitig Wehr-, Wohn- und Wirtschaftsfunktionen. Bemerkenswert sind die angebauten

Treppentürme an den beiden Rondellen.
Zwischen den Rondellen befand sich ein Torhaus, bestehend aus der Torhalle, der überdachten Wehrplattform und dem Laufgang zwischen den Treppentürmen der beiden Rondelle. Im Westen befand sich bei den beiden Flankierungstürmen (Durchmesser 4 bzw. 5,5 Meter) ein Ökonomiegebäude, dessen hintere Wand Teil der Wehrmauer war, die den annähernd rechteckigen Burghof umgab. Der Burghof hatte die Maße 15 mal 19 Meter, und er wird im Norden und Süden von sieben Meter hohen und 0,80 Meter dicken Wehrmauern eingekränzt. Vor den Rondellen sollte ein tiefer Halsgraben, der von einer Zugbrücke überspannt wurde, die Feinde von der Burg fernhalten. Östlich der Brücke stand ein kleines Torhaus zu ihrem Schutz. Die Rondelle waren nicht nur Wehrtürme, sondern ihre vier Geschosse dienten auch zu Wohn- und Wirtschaftszwecken. Im Burghof war die Burgkapelle, deren Altar Johannes dem Täufer geweiht war. Sie hatte den Status einer „freien Kapelle" und damit Einkünfte aus einer Stiftung der Herren von Montclair. Die Kapelle unterstand der Pfarrei St. Gangolf, die für regelmäßige Gottesdienste sorgte.
Die Schwesterburg von Montclair ist die zur gleichen Zeit und in ähnlicher Bauweise erbaute Burg Meinsberg bei Manderen in Lothringen. Der Erbauer beider Burgen, Arnold IV. von Sierck, bevorzugte Meinsberg als Wohnsitz. Montclair wurde auch von seinen Nachfolgern nie bewohnt und verfiel nach dem Tode seines letzten Besitzers, Heinrich Graf von Sayn.
Im Jahre 1606 zog Erzbischof Lothar (v. Metternich 1599-1623) die Herrschaft Montcler als dem Erzstifte heimgefallenes Mannlehen ein. Von nun an wurde die Burg immer mehr vernachlässigt, und nach und nach verfiel sie, so daß sie 1661 zum größten Teil in Trümmern lag.
In einem Vertrage, den Ludwig XIV. von Frankreich, der in die Rechte des Herzogs von Lothringen getreten, am 12. Oktober 1661, mit Erzbischof Caspar von Trier (Carl Caspar v. d. Leyen, (1652-1676) abschloß, wurde bestimmt, daß das Schloß Montcler weder von der einen noch von der anderen Seite je wieder aufgebaut und hergestellt werden soll.
Durch Teilungsvertrag vom 1. Juli 1788 trat Ludwig XVI. sein Teil an Montcler ab, wobei auf die Bedingungen des Vertrages von 1661 Bezug genommen wurde.
Im Jahre 1815 kam Montcler an die Krone Preußens. Als im Jahre 1855 König Friedrich Wilhelm IV. an der Saar weilte, besuchte er auch die vollständig in Schutt und Asche liegenden Trümmer der ehemaligen Burg, und auf seine Veranlassung hin erfuhren diese eine Restauration auf Staatskosten.
Im Jahre 1870 ging Montcler – Berg und ehemalige Burg – gegen Austausch von Waldungen in das Eigentum des im November 1898 verstorbenen Geheimrates Eugen von Boch in Mettlach über. Dieser ließ eine weitere gründliche Restaurierung der Ruinen und vollständige Bloßlegung der gewaltigen Mauern durch August von Cohausen vornehmen, wodurch deren völlige Erhaltung gesichert wurde.

Da seitdem aber nichts mehr zum Erhalt der Burg getan wurde, verfielen die Gebäude wiederum, wobei die Kriegseinwirkungen von 1944/45 wesentlich zu dem weiteren Verfall beitrugen. Die Familie von Boch beseitigte zwar die Kriegsschäden, doch wäre der weitere Verfall nur durch umfangreiche Sanierungsmaßnahmen zu stoppen gewesen. Da dies nicht geschah, mußte die Burgruine in den letzten Jahren für Besucher gesperrt werden.
1991 ging die Burgruine zu einem symbolischen Preis von einer D-Mark in den Besitz des Landkreises Merzig-Wadern über. Unter Verwendung von erheblichen Zuschußmitteln des Bundes zur Förderung des Fremdenverkehrs wurde die Burgruine 1992/93 umfassend saniert. Die Leitung der Sanierungsarbeiten lag in den Händen des Merziger Architekten Kurt Kühnen.
Die bisherige, doch recht primitive Gastronomie wurde Ende 2002 durch ein schönes Turmzimmer abgelöst, das in den Süd-Ost-Turm integriert wurde. Die moderne Glasfassade sollte bewußt einen Gegensatz zu dem alten, historischen Gemäuer bilden. Auch innen ist die neue Burgschenke teils rustikal, teils modern eingerichtet und bietet 60 Gästen Platz. Der Innenraum wird von der großen Glaswand beherrscht, die einen ungetrübten Blick nach außen bietet.

Ritter Jakob von Montclair

Hoch oben auf dem Bergrücken gelegen, schauen die Ruinen von Montclair weit ins Land. Im Wechsel mächtiger Geschlechter viele Jahrhunderte fortbestanden, zerstört, wieder aufgebaut, liegt Montclair nun seit vielen Jahren in Trümmern. Die natürliche Beschaffenheit der Umgebung, die steile felsige Höhe, die Nähe der Saar, die anziehende Landschaft waren für die Anlage einer Burg geradezu ideal. Die Saar umfließt von Besseringen bis Mettlach in langem, weitem Bogen einen Höhenzug. Auf der äußersten Spitze erhebt sich stolz in schönster, romantischer Lage die Burgruine Montclair.
Da die Ruine fast ganz zerfallen war und für die Öffentlichkeit gesperrt werden mußte, entschloß man sich, das geschichtsträchtige Gebäude zu erhalten, und Kreis und Land ließen die Burg 1993 für einige Millionen D-Mark renovieren. Nun erstrahlt sie in neuem Glanz und kann von den staunenden Besuchern wieder betreten werden.
Doch wer waren die Ritter, die Montclair erbauten und dort Jahrhunderte wohnten? Der wohl bekannteste Ritter war Jakob von Montclair, aus dem Geschlecht von Clermont. Mit ihm wollen wir uns befassen und versuchen, ihn näher kennenzulernen.
Jakob von Montclair, ein Name, der im Mittelalter an Saar und Mosel gefürchtet war. Jakob war ein Ritter, stark und kampferfahren, der weder Gott noch Teufel fürchtete. Ritter Jakob residierte auf dem Montclairberg in seiner gewaltigen Burganlage, die den ganzen Montclairberg bedeckte, von Gangolf bis zur Spitze, die zur Saar hin abfiel. Seine Burg galt zur Zeit des Hochmittelalters als uneinnehmbar. Jakob beherrschte und kontrollierte die Verkehrswege, zu Wasser wie zu Lande. Jeder Kaufmann oder Reisende, der sein Gebiet passierte, mußte Wegegeld entrichten oder er landete im finsteren Turmverließ.
Doch wer war dieser gefürchtete Ritter, der zum Raubritter wurde und von dem Trierer Erzbischof und Kurfürst Balduin besiegt und dessen mächtige Burg nach acht Monaten Belagerung erobert und zerstört wurde? Um Ritter Jakob kennenzulernen, muß man seine Geschichte und die seiner Vorfahren kennen.

Vorgeschichte:
Nach dem Tode des Trierer Erzbischofs Ludolf im Jahre 1008 entbrannte der Trierer Bistumsstreit: Die kriegerische Auseinandersetzung zwischen Reichsgewalt, dem regionalen Adel und den Luxemburger Grafen um die Neubesetzung des Bischofsstuhles ist als Lützelburger Fehde oder Moselfehde in die Geschichte eingegangen. König Heinrich II. wollte sich nicht damit abfinden, daß die Brüder seiner Frau Kunigunde, die Luxemburger Grafen, ihren Bruder Adalbero, der Propst von St. Paulin war, als Bischof von Trier einsetz-

ten. Der König setzte daher seinem Schwager Adalbero seinen Kandidaten Megingaud (1008-1015) entgegen. Er konnte zwar mit Waffengewalt dessen Weihe erzwingen, doch nicht verhindern, daß dieser von Trier ausgesperrt in Koblenz residieren mußte. Ein jahrelanger Krieg zwischen dem Reich und den Luxemburger Grafen war die blutige, das Land verheerende Folge. Als Medingaud 1015 starb, bahnte sich eine Beendigung der Fehde an.
König Heinrich II. stellte nun als neuen Kandidaten einen Angehörigen der höchsten Aristokratie auf: Poppo, den Sohn des Markgrafen Luitpold aus dem Hause der Babenberger (bayerische Ostmark-Österreich), der 1016 als neuer Erzbischof in Trier eingeführt wurde. Poppo war seit 1014 Dompropst in Bamberg.
Hier gibt es Unstimmigkeit bei den Historikern, denn einige schreiben: „Die Moselfehde brachte es mit sich, daß der kaiserliche Kandidat Poppo seinen Gegenspieler Adalbero 1010 besiegte, seine Burg Skiva eroberte und zerstörte." Doch Poppo wurde erst 1016 als Erzbischof eingesetzt, als die Moselfehde endete. Nachdem man Adalbero zum Verzicht auf den Trierer Bischofsstuhl bewegen konnte, endete die jahrelange Auseinandersetzung. Er durfte weiterhin als Propst von St. Paulin fungieren und wurde zudem mit Besitzungen bei Saarburg großzügig abgefunden; Adalbero starb 1036. Erbischof Poppo residierte von 1016 bis 1047 in Trier.
Durch die Eroberung von Burg Skiva trat das Erzbistum Trier an die Stelle der ardennischen Gaugrafen, die bisher den Saargau beherrscht hatten. Seit der Zerstörung von Burg Skiva dauerte es 180 Jahre, ehe wieder eine neue Burg auf dem Monclerberg stand. Mit der Verleihungsurkunde von 1180 wird dem Arnulph von Walecourt gestattet, „auf erzstiftisch Trier'schem Boden, an dem Orte, wo die zerstörte Burg Skiva gestanden, eine neue Burg zu erbauen", die er vom Erzstifte zu Lehn nehmen soll; 1190 stand diese Burg. Arnulph nannte seine Feste mons clarus (lichter, heller Berg). Graf Simon von Saarbrücken und Arnulph von Siersburg verbürgen sich für den Lehnsvertrag, in welchem sich Arnulph von Walecourt verpflichtet, Merzig und den Saargau gegen feindliche Einfälle und Raubzüge zu schützen.
An die Stelle der Gaugrafen war nun der Erzbischof von Trier getreten; er übte seine gräflichen Amtsrechte zu Merzig und im Saargau durch einen Vogt aus, dem er zur Errichtung einer festen Burg denselben Burgberg überläßt, von dem aus die ardennischen Gaugrafen den Saargau verwaltet hatten. Dieses vogteilische Schutzverhältnis der Herren von Moncler über Merzig und den Saargau hat während des ganzen Mittelalters bestanden. Die Burg Moncler oder Montclair, wie sie später genannt wurde, hat von 1180 bis zur Einziehung des Lehens im Jahre 1606 fünf verschiedenen dynastischen Familien gehört: von Walecourt, von Joinville, von Clermont, von Sirk und von Sayn.

Haus von Walecourt (ca. 1180-1218):
Die Nachkommen Arnulphs von Walecourt, des Erbauers der Burg Moncler auf dem Berge Skiva, als dessen Sohn der 1191-1200 vorkommende Johannes de Monteclaro gelten mag, müssen im Mannsstamme bald erloschen sein; denn bereits 1218 war Montclair im Besitz der Tochter Arnulphs: Irmgardis de Walecourt und ihres Gemahls Simon's, Herrn von Joinville und Vaucouleurs, Seneschall der Champagne, der sich damals Seigneur de Moncler nannte.

Haus von Joinville (ca. 1218-1250):
Doch auch die Joinville blieben nicht lange im Besitz von Moncler. Der einzige Sohn dieser Ehe, Jofried, Herr zu Joinville und Moncler, heiratete Maria von Garlande, doch die Ehe blieb kinderlos. Als er 1233 starb, kam daher Burg und Herrschaft an seine beiden Schwestern, Isabelle Dame de Moncler, verheiratet mit Simon de Clermont und Beatrix, Gemahlin des Wermont Vidame (Vicedominus) de Chalons (sur Marne). Ihr Vater Simon von Joinville, der Seneschall, verehelichte sich zwar zum zweiten Male mit Beatrix von Bourgogne, Frau zu Mornay, und zeugte mit ihr Sohn Johann. Dieser wurde später der berühmte französische Kreuzfahrer, Begleiter und Geschichtsschreiber von Ludwig dem Heiligen, König von Frankreich. Johann von Joinville war Seneschall der Champagne. Er und seine Nachkommen haben aber keinen Anteil an Montclair.
Dagegen entstanden bald zwischen den Nachkommen der beiden Joinville-Montclairschen Erbtöchter, den von Clermont und von Calons, heftige Streitigkeiten untereinander und mit Lothringen und Luxemburg, hauptsächlich aber mit Trier über den Besitz von Montclair.
Erzbischof Theoderich II. wollte nämlich 1233 nach dem Tode von Simon und Jofried von Joinville Montclair als heimgefallenes Lehen einziehen, da die beiden Erbtöchter von Montclair zur Erbfolge nicht berechtigt waren. Weil diese sich nicht fügten, ließ der Erzbischof sie 1233 öffentlich von der Kanzel aus durch die beiden Priester Friedrich zu St. Gangolf und Godefried zu Hilbringen, Landprobst zu Merzig, zur Räumung der Burg auffordern. Da dies nicht geschah, schleuderte der Erzbischof den Bannstrahl der Exkommunikation gegen sämtliche Nobiles de Montclair, ihre Gattinnen und Anhänger. Die von Montclair beharrten aber auf ihrer Weigerung, unterstützt von den lothringischen Herzögen, den Grafen von Luxemburg und den Herren von Dagstuhl; es kam mit dem Trierer Erzbischof Heinrich zum Krieg. Der Erzbischof schlug sie bei Schwarzenberg und nahm die Herren von Montclair nebst vielen anderen Rittern gefangen. 1263 kam es zu einem Vergleich mit Gyot von Clairmont, dem Sohn der Isabella von Clermont und dessen Burgmannen Johann von Va (Faha), Johann von Mettlach (de Mediolacu), Reinhold von Montclair und Ludwig von Kemeren. In dem Vergleich erkannte Erbischof Heinrich die Ansprüche derer von Clermont an Montclair an, ließ die Lehensherrschaft von

Trier verbriefen, doch mußten sie sich verpflichten, künftig auf jeden Beistand der Herzöge von Lothringen und der Grafen von Luxemburg zu verzichten.

Haus von Clermont (ca. 1250-1427):
Gyot von Clermont (gestorben 1269) Seigneur de Montclair, heiratete Elisabeth. Gyot wurde vom Erzbischof Heinrich von Trier mit der Burg Montclair und den dazugehörigen Gütern im Saargau belehnt, nahm den Namen Montclair an, behielt aber das väterliche Wappen bei, einen roten Schlüssel (Clef) auf dem Berge (Mont). Sein Sohn und Nachfolger Simon II. (gestorben 1316) heiratete Irmgard. Unter Gyot und Simon blieb das Lehnsverhältnis derer von Montclair zu Trier friedlich. Dies änderte sich aber, als Simons Sohn Jakob „Seigneur von Montclair" wurde.
Jakob von Montclair: In seiner Jugend hat sich Jakob von Montclair (Jakob von Clermont) zwar an den Erzbischof und Kurfürsten Balduin von Trier gehalten und ist von diesem zu Dank verpflichtet worden. 1315 erkennt er wiederholt Balduin als seinen Lehnsherrn und Montclair als Lehn und Offenhaus des Erzstifts an. 1316 stellt er dem Erzbischof die Entscheidung von Streitigkeiten mit seiner Mutter Irmgard anheim. 1320 verspricht er nach Empfang seiner Trierer Lehne ordentliche Briefe auszustellen, was 1321 geschieht. Jakob empfängt danach von Balduin zu Lehn, „wie seine Vorältern seit undenklicher Zeit vom Erzstift empfangen", die Burg Montclair und die Vogtei zu Merzig, die Vogtei zu Nieder-Perl, das Dorf Segendorf (Sehndorf) und die Vogteien zu Conz, Portz und Zubehör.
Noch hat Jakob die Ritterschaft nicht erlangt und verspricht, sobald dies geschehen ist, den Lehnsbrief mit seinem neuen Siegel zu behängen. 1323 erhält Jakob die Vogtei zu Mettlach als Afterlehn (von einem Lehnsmann genommenes Lehen) von Graf Johann von Saarbrücken, der sie von Trier zu Lehn hatte und 1338 von König Johann von Böhmen ein Freudenburger Burglehn.

Erste Streitigkeiten mit Trier:
In der Folgezeit zeigte sich Jakob als streitsüchtiger Geselle und unzuverläßlicher Charakter, es war kein Verlaß auf ihn. Denn als die Streitigkeiten zwischen Balduin und dem Herzog Rudolf von Lothringen ausbrachen, stellte er sich auf die Seite des Lothringers, obwohl er Balduin Gefolgstreue geschworen hatte. Nachdem sich Herzog Rudolf unterworfen und die Trierische Lehnsherrschaft anerkannt hatte, verlangte er als Lehnsträger von Trier nun einen Anteil an Montclair. Die von Montclair kamen dadurch in ein wenig angenehmes, doppeltes Vasallenverhältnis, da Herzog Rudolf zeitweilig die eine Burghälfte von Montclair besetzte. Rudolf versprach aber Balduin ausdrücklich, daß er weder Zölle auf der Saar erhebe, noch den Wegeverkehr behindern wolle. Der Lothringer hielt, was er versprochen, im Gegensatz zu Jakob von Montclair. Dieser erlaubte sich laufend Übergriffe in die Rechte des

Erzstiftes, spielte sich auch öfters als Hochgerichtsherr in Merzig auf, obwohl ihm nur die Rechte eines Vogts zustanden. Hierüber von Trier zur Rede gestellt, leistete Jakob schließlich dem ihm noch immer wohlgesonnenen Kurfürsten Balduin vollständige Sühne. Dies geschah 1339, am Samstag nach St. Lucia (18. Dezember). Jakob, seine Ehefrau (Alesinde von Pouligny) und sein Sohn Simon verpflichteten sich, indem sie die Lehnsherrlichkeit des Kurfürsten wegen ihrer Trierer Lehne, unter denen jetzt auch die Vogteien zu Füchte (Fitten), Wilre (Weiler oder Düppenweiler) und Bütze (Bietzen) genannt sind, ein ewiges Schutz- und Trutzbündnis mit dem Erzstifte zu verbinden. Sie wollten, wie in weltlichen Stücken vor dem Mannengerichte, so in geistlichen vor dem geistlichen Gerichte des Erzbischofs Recht nehmen. „Würden sie dies nicht halten, so sollten sie für ehrlos gelten und ihre Lehen verlieren." An demselben Tage verpfänden sie dem Kurfürsten für 1212 Pfund schwarze Turnosen (Silbermünze von 4.22 Gramm, eingeführt am 15. August 1266 durch König Ludwig IX. von Frankreich) Güter zu Riol und Pommern.

Im Jahre 1342 trug Jakobs Sohn Simon mit seiner Frau Nese Eigengüter, die er zu Vianden und Meckeln hatte, dem Erzbischof zu Lehn auf, da ihm dieser einen Übergriff verziehen hatte.

In eine ganz seltsame und unangenehme Lage geriet Ritter Jakob durch den 1334 zwischen Trier und Lothringen geschlossenen Vertrag, der nun für ständigen Unfrieden sorgte. Montclair wurde zur Hälfte trierisches und zur Hälfte lothringisches Lehen. Da aber Lothringen seinen (1268) von Luxemburg gekauften Teil von Trier zu Lehen trug, war Montclair zur Hälfte Afterlehen und Jakob für diesen Teil niedriger gestellt als andere Ritter des Trierischen Landes, die ihr Lehen aus erster Hand hatten. Lothringen brachte seinen Anspruch auf die Hälfte von Montclair besonders scharf zum Ausdruck, da es sich 1344 die Burg mit Jakob teilte. Türme, Verteidigungswerke und Hauptgebäude waren gemeinsam, während

die restlichen Räume aufgeteilt wurden. Der Anteil von Lothringen wurde durch einen herzoglichen Burggrafen (Johann von Sirk „der Lange") besetzt, wofür der Herzog aber die Garantie leisten mußte, daß sein Amtmann auf der Saar keine Zölle erheben und den Straßenverkehr nicht behindern durfte.

Jakob wird zum Raubritter:
Die wirtschaftliche Lage der Ritter hatte sich im Laufe der Jahre verschlechtert. Sie paßten sich den veränderten Zeitverhältnissen schlecht an, hielten allein den Dienst mit dem Schwert für ehrenhaft und wollten ohne eigene Arbeit von dem Ertrag ihrer Güter leben. So gerieten sie immer mehr in Not. Sie liehen sich Geld von den Geldverleihern; meist waren dies Juden. Viele dieser Juden standen im Dienste von Kurfürst Balduin, der auf diese Art zahlreiche Burgen in seinen Besitz brachte. Er ließ die Schuldscheine von den Juden aufkaufen und gab dann die Burg ihrem ehemaligen Besitzer als Lehen, da diese die Schuldscheine nicht einlösen konnten.
Jakob verschaffte sich jedoch auf seine Art Geld von den „Pfeffersäcken“, wie er die Kaufleute verächtlich nannte. Der Ritter von Montclair verlegte sich wie viele andere Ritter aufs „Stegreifreiten“; er wurde zum Raubritter. Montclair beherrschte durch seine vorteilhafte Lage die ganze Umgegend. Von dort konnte er jeden Überfall wagen, keine Beute konnte ihm entgehen.
Ritter Jakob bewies immer wieder, daß er ein verschlagener, ränkesüchtiger Charakter war, der trotz aller Versprechungen seine Eide brach. Jakob hatte Kurfürst Balduin geschworen, keine Zölle auf Fluß und Straßen zu erheben. Trotzdem überfiel er wehrlose Kaufleute, Handelsjuden, Bürger und Bauern auf Saar und Handelsstraßen. In Merzig maßte er sich gar die Rechte eines Hochgerichtsherrn an, obwohl ihm nur die Vogtgerichtsbarkeit übertragen war. Es drangen immer mehr Klagen über Jakob zu Balduin, der ihn wiederum nach Trier befahl. Durch Vermittlung der Grafen von Saarwerden kam auch diesmal eine Versöhnung zwischen Lehnsherrn und Vasall zustande. Sonntag nach Lichtmeß, am 6. Februar 1344, gelobt Jakob, daß er sich auf Gnade, wenn dies der Erzbischof verlange, zur Gefangenschaft stellen und den Landfrieden, der mit Lothringen abgeschlossen war, halten wolle.

Jakob verspricht Sühne:
In dem ihm von Balduin vorgeschriebenen Sühnebrief, der 1346 verfaßt wurde, versprachen Jakob und seine Ehefrau mit Zustimmung ihrer Söhne Simon und Jakob: „...alle ihre Herrschaften, Güter, Vogteien und Rechte in und außer Merzig soweit der Bezirk geht, wo die dortigen Schöffen Urteil sprechen, dem Erzbischof und dem Erzstift zu Lehn aufzutragen, auf alle Bußen, die vom Hochgericht fallen, wo man über Hals und Kopf urteilt, zu verzichten, ewig Helfer des Erzstifts zu sein gegen Jedermann, außer gegen den Herzog von Lothringen und den Grafen von Luxemburg, keinen Zoll und Geleite über oder unter Montclair auf der Saar zu erheben, geistliche und weltliche Gerichte anzuerkennen, nicht mehr ohne Prozeß ihre Gegner zu befehden, keinen Schaden zu tun und alle früheren Briefe zu halten, bei Verlust aller ihrer Lehne und Ehren.“ Diesen großen Sühnebrief siegelten: König Johann von Böhmen, Dompropst Johann von Zollern, Chorbischof Gottfried von Bran-

denburg und andere angesehene Herren, Ritter und Knechte.
1347 geloben die von Montclair außerdem, daß ihre Erben, wenn sie mündig geworden, bevor sie die Lehen empfangen, alle Briefe zu bestätigen, die sie selbst dem Erzbischof ausgestellt hatten. Gesiegelt wurde dies von Jakob von Montclair, seiner Ehefrau, ihren Söhnen Johann und Jakob sowie von den Burgmannen zu Montclair.

Jakobs erneuter Treuebruch:
Doch Jakob suchte sich den eingegangenen Verpflichtungen immer wieder zu entziehen. Im Kampfe der Stadt Trier gegen Balduin, der die Rechtsunmittelbarkeit der Stadt nicht anerkennen wollte, stellte sich Jakob von Montclair auf die Seite der Feinde seines Herrn. Am 30. August 1350 versprachen Jakob und sein gleichnamiger Sohn der Stadt Trier Hilfe. Er wollte derselben zu Hilfe kommen mit den Festen Montclair, Rheingrafenstein und Ildingen (die beiden letzten Burgen kamen von seiner Schwiegertochter Hildegard von Rheingrafenstein) und mit 30 edlen Mann, gewappnet mit Platten, zum Dienste gegen Balduin und seine Genossen – außer gegen den Herzog von Lothringen. Von dem Burggrafen des Herzogs, Johann von Sirk (Jakobs Neffen), wurde der Vertrag mitgesiegelt. Offensichtlich rechnete Jakob bei einer Fehde mit Balduin auf die Unterstützung des Lothringers.
Als der Kurfürst von dem treulosen Vertrag erfuhr, lud er Jakob vor das Mannengericht nach Trier und ließ ihn entsprechend den eingegangenen Verpflichtungen in ritterliche Haft nehmen. Auf Vermittlung des Herzogs von Lothringen wurde Jakob jedoch bald aus der Haft entlassen, nachdem er mit Brief und Siegel Kurfürst Balduin wiederum seine Treue versichert hatte.

Balduin kündigt Jakob den Kampf an:
Doch bei einem Manne wie Ritter Jakob war sein gegebenes Wort nichts wert, denn kaum in Freiheit, trug er mit Raub, Feuer und Schwert neues Verderben in das Trierer Land. Doch nun war die Geduld des Erzbischofs endgültig zu Ende und er kündigte Jakob von Montclair am 13. Oktober 1350 den Kampf an. Dieser antwortete Anfang 1351 mit den Fehdebriefen von 49 Burgmannen, Vasallen und Verbündeten. Lothringen und die Stadt Trier befanden sich nicht darunter, obwohl Jakob bestimmt mit deren Hilfe gerechnet hatte. Balduin schien befürchtet zu haben, daß Lothringen Jakob zu Hilfe kommen würde, denn er setzte sich sofort mit Maria von Blois, der Witwe des bei Cressy (1346) gefallenen Herzog Rudolf in Verbindung, die für ihren unmündigen Sohn Johann die Regentschaft führte; Balduin wollte sich ihre Hilfe sichern. Am 30. Januar 1351 verspricht Maria, nachdem die Mißhelligkeit wegen der Merziger Lehen ausgeglichen, die Herren von Montclair zur Marche zu bringen, dies heißt sie zu veranlassen, daß sie auf der gewöhnlichen Stätte des Mannengerichts zu den Beumelen bei Merzig gegen den Erzbischof Recht nähmen

oder gäben. Wenn Jakob, Vater und Sohn, dies nicht täten, so wollte Maria zu dem Erzbischof stehen mit großer und kleiner Macht, zu Fuße und zu Pferde gegen die von Montclair und ihre Diener in täglichem Kriege in Beseß und Verbau, wie der Erzbischof es verlange. Nachdem dies geordnet, sammelte Balduin seine Heeresmacht gegen Montclair: das Aufgebot der Ritterschaft, der Städte und Bauern des Erzstifts – doch die versprochenen Hilfstruppen aus Lothringen blieben aus.

Montclair, die „unbezwingbare" Burg:

In das Jahr 1351 fällt die große Belagerung der Burg Montclair durch Balduin, die, wie Dr. Hever schreibt, die bemerkenswerteste Kriegsoperation im Mittelalter auf trierischem Gebiet war.

Jakob von Montclair war für den Kampf mit Kurfürst Balduin sehr zuversichtlich, denn seine Burg galt für die damaligen Begriffe als unüberwindlich. Er hatte sich gegen eine Belagerung bestens vorbereitet. Seine von der Natur so begünstigte Burg war durch künstliche Befestigungswerke fast unbezwingbar geworden.

Der ganze Berg war mit Gräben, Vorburgen und Schutzmauern versehen. Zudem hatte Montclair von Natur aus eine außerordentlich günstige Lage. Wo ein Ersteigen der natürlichen Wände möglich schien, verwehrten im Südosten und Nordosten hohe, bis weit in die Felsen hinab durchgeführte Mauern jegliches Vordringen. Schien auch auf diesen drei Seiten ein Angriff aussichtslos, so doch nicht auf der Seite nach St. Gangolf hin, wo der Burgberg in die Ausläufer des Hunsrücks übergeht. Hier boten groß angelegte Befestigungen Widerstand, drei hintereinander liegende Wallgräben, die quer über den ganzen Berg liefen und zu beiden Seiten in der Nähe der Saar in unübersteigbaren Felsen endeten. Vorburgen, Türme, die „erzene Pforte" und das Gatter übernahmen die Verteidigung der Durchgänge. Eine Quelle am Abhange auf der Dreisbacher Seite lieferte das Trinkwasser. Diese Quelle, von deren Besitz das Wohl und Wehe der Verteidiger abhing, spielte im Kampfe mit Balduin die ausschlaggebende Rolle. Zu ihrem Schutze hatte man noch eine besondere Vorburg gebaut. Das Dorf Berge mit seinem Ackerland lag innerhalb des Festigungsringes, so daß man es zu den Unmöglichkeiten rechnete, die Zwingburg mit Erfolg zu berennen.

Die Burg selbst war überaus massiv, aus schweren Quadersteinen und Gußmauerwerk erbaut. Sie war ein Festigungsviereck, an dessen vier Ecken gewaltige Verteidigungstürme standen und dessen mächtiges, eisenbeschlagenes Eingangstor durch den vorgebauten Hauptturm geschützt wurde. Wall, Graben, Zugbrücken und Fallgitter erschwerten den Zugang. Die Burgbering bestand aus einem Hauptturm, mehreren Nebentürmen, dem Eingangstore, der Kapelle, einem Rittersaal, großem Wohnhaus, Scheunen, Ställen, Zisternen. Das Trinkwasser für den ganzen Bering lieferte eine in der Nähe der Hauptburg entspringende Quelle.

Krieg gegen Jakob von Montclair:
Erzbischof Balduin erkannte wohl die Stärke seines grimmigen Gegners, und er befürchtete daher, daß es wohl eine lange Belagerung werden könnte. Im April des Jahres 1351 eröffnete Balduin den Kampf und bezog sein Lager bei St. Gangolf, wo die Hauptmacht seines Heeres auf der Höhe lagerte. Oberbefehlshaber war Balduins Feldhauptmann Ritter Hartart von Schönecken. Balduin erkannte, daß er zuerst alle Verbindungen des Jakob nach außen abschneiden mußte. Daher besetzte er zuerst den „Hamm", das flache Vorland gegenüber der Cloef, und sperrte der Burg durch Schiffe jede Zufuhr ab. In großem Kreise um Montclair ließ Balduin vier Belagerungsburgen errichten, die den kurfürstlichen Truppen als Ausgangspunkt dienen sollten: Burg Gryneck, welche allein aus massivem Mauerwerk erbaut war; sie stand am äußersten Verteidigungsgraben der Landseite. Burg Saarstein der Spitze des Montclairer Burgberges nördlich gegenüber, am Wellesbach. Eine dritte Burg stand unterhalb Dreisbachs und eine vierte oberhalb Mettlachs, um den Fluß zu beherrschen. Diese Taktik hatte Balduin schon in früheren Kriegen gegen die von Eltz, Waldeck, Ehrenberg und Schöneck durch Errichten von Trutzburgen erfolgreich angewandt.
Als der Kurfürst am 2. Mai auf dem Kampfplatze erschien, begann unter Führung Hartards ein allgemeiner Sturm auf die Außenanlagen von Montclair; der Angriff konnte jedoch erfolgreich abgeschlagen werden. Dabei wurde der kurfürstliche Feldhauptmann Ritter Hartart von Schöneken von einem geschleuderten Felsblock tödlich getroffen. Auch Ritter Wirrich von Berg, noch jung an Jahren, kam bei dem Kampf ums Leben. Der Versuch, Montclair im Sturm zu erobern, mußte aufgegeben werden. Nach diesem mißglückten Versuch verließ Balduin das Feldlager und kehrte nach Trier zurück; den Oberbefehl gab er an den Grafen von Veldenz.

Die Eroberung der Wasserquelle:
Auch die regelmäßige Belagerung führte nicht zum erhofften Ziel, denn Jakob hatte seine Burg mit Vorräten bestens versorgt. Anfang November 1351 kehrte Balduin ins Lager zurück, fest entschlossen, die Burg nun zu brechen. Überzeugt, daß er durch Belagerung nicht zum Ziel kommen und auch die gewaltigen Mauern nicht erstürmen könne, beschloß er einen anderen Weg einzuschlagen, der ihm schon mehrmals zum Siege verholfen hatte. Sein Gedanke war es, den Felsen zu unterminieren, auf dem die Vorburg mit der Wasserquelle stand, und diese zum Einsturz zu bringen.
An der südwestlichen Seite des Bergplateaus springt ein steiler, schmaler Felsrücken riffartig zur Saar vor. Auf der äußersten Spitze dieses Felsrückens lag die Vorburg. Rechts und links am Flusse zieht sich ein schmales Vorland hin, auf der südlichen Seite wieder durch das mit steilen Felsen bis an die Saar vorspringende Plateau begrenzt, wodurch eine nach unten muldenför-

mig auslaufende Felsschlucht gebildet wird. In dieser Schlucht, etwa auf der halben Höhe des Berges, entspringt die Wasserquelle.
Diese Quelle den Belagerten abzuschneiden, in dem er sich der beherrschenden Vorburg bemächtigte, war der Plan von Balduin. Im Vorland konnte er eine kleine Truppenmacht aufstellen und die Vorburg mit seinen Belagerungsgeschützen aus der Burg unterhalb Dreisbachs in Schach halten. Mit Booten ließ er die Truppen und einige erfahrene Bergleute übersetzen. Die Bergleute mußten den Felsen, auf dem die Vorburg stand, erklettern, wobei sie ständig von Wurfgeschossen und herabgeschleuderten Steinen bedroht wurden. Die Bergleute sprengten mit viel Mühe in den harten Grauwacken-Felsen eine Höhlung, die sie zu einem Stollen erweiterten, den sie mit Holzbalken abstützten. Als der Stollen tief genug war, wurden die Stützbalken mit in Pech getränkten Lappen umwickelt, der ganze Stollen mit Holz und Reisern aufgefüllt und dann angezündet. Der durch die Hitze zerklüftete Felsen gab nach, als die Stützen verbrannten, und stürzte mit dem Turm und einem Teil der Ringmauer in die Tiefe. Die Trierer erstiegen nun den Felsen und drangen durch die Bresche in die Vorburg. Dadurch konnten sie nun die Quelle mit ihren Geschossen erreichen, wenn die Belagerten Wasser holten. Doch Jakob wußte sich auch hier zu helfen. Mit Aufbietung aller Kräfte ließ er durch den harten Felsen und unter der Ringmauer hindurch einen Zugang zur Quelle sprengen, um diese an einen sichern Ort zu leiten, wo er sie ungefährdet nutzen konnte. Wohl bemerkten die Belagerer den Anschlag, doch sie konnten ihn nicht verhindern, da die steilen Felsen den Zugang zur Quelle verwehrten.
Wieder mußten die Bergleute an die Arbeit gehen, um von der eroberten Vorburg aus nach der Quelle treppenartige Stufen in den Felsen zu hauen. Auf diesen und mit Hilfe von Leitern drang eine kleine Schar Bewaffneter bis zur Quelle vor. Hier in der Schlucht kam es auf engstem Raume zu einem erbitterten Kampfe, bei dem die Trierer schließlich die Oberhand gewannen. Nun wurde die Quelle abgegraben, und die Belagerten waren ohne Trinkwasser.
Um den Widerstand der Belagerten weiter zu schwächen, ließ Balduin vor der Burg einen hohen Galgen errichten und der Besatzung ankündigen, daß keiner Gnade, sondern alle den Tod am Galgen erleiden müßten, wenn sie noch länger Widerstand leisteten. Da die Lage nun fast aussichtlos geworden war, bat Jakob von Montclair nun endlich um einen Waffenstillstand. Balduin bewilligte ihm einen zwölftägigen Waffenstillstand unter der Bedingung, daß die Burg unbeschädigt zu übergeben sei. Der Kurfürst ehrte den Heldenmut seiner Gegner, indem er ihnen nicht nur den Ankauf von Lebensmitteln gestattete, sondern auch für den Fall der Übergabe freien Abzug mit allen kriegerischen Ehren versprach.

Die Kapitulation Jakobs von Montclair:
Der Waffenstillstand lief jedoch ab, ohne daß die Hilfe, die Jakob von Lothringen erwartete, eintraf. Nun endlich entschloß sich Jakob zur Übergabe, welche am St. Thomas-Tag erfolgte. An diesem Tage, dem 22. Dezember 1351, verließ der tapfere Verteidiger seine Burg unter kriegerischen Ehren, mit klingendem Spiel und wehenden Fahnen. So endete die beinahe achtmonatige Belagerung einer der stärksten Burgen des Mittelalters, welche nach den damaligen begrenzten Wirkungen der Kanonen und Handfeuerwaffen in der Tat für unüberwindlich gelten mußte.
Drei Tage ruhte Balduin, und am Weihnachtstage zog er in die Burg ein und feierte das heilige Meßopfer mit großer Pracht in der Burgkapelle. Die Burg Montclair wurde auf Befehl des Kurfürsten geschleift. Als Siegeszeichen nahm Balduin die Torflügel der eroberten Burg mit nach Trier, wo sie noch bis 1526 im Palaste aufbewahrt wurden.
Um einen festen Punkt an der oberen Saar zu behalten, wurde die Montclair gegenüber errichtete Belagerungsburg Saarstein massiv ausgebaut und diente Kurfürst Balduin lange Jahre als Sommersitz. Arnold von Sirk wurde 1439 mit Montclair und Saarstein belehnt.

Die Aufteilung der Lehen von Montclair:
Nach dem Sieg belehnte Balduin seine Getreuen mit Gütern und Renten, die denen von Montclair abgenommen wurden. So bekam ein Ritter von Schönecken eine Weinrente zu Riol 1352, Facys von St. Nabers, Ludwig Bech, Gobel von Remich erhielten 1353 andere Güter und Renten, die früher zu Montclair gehörten. Die übrigen Lehen von Montclair zog Balduin zum Erzstift völlig ein, was geschehen konnte, da auch die lothringischen Anteile verwirkt waren. Denn da Maria von Blois dem am 31. Januar 1350 eingegangenen Vertrag nicht nachgekommen war und ihre Lehne ein Jahr nach dem Tode Herzog Rudolfs nach Trierischem Lehnrechte nicht „gemuthet" (Erneuerung des Lehens) hatte, so versammelte sich an demselben Tag ein Jahr später wieder das Mannengericht zu den Beumelen bei Merzig, „verurteilte die Herzogin zu der ‚stipulierten' (festgesetzten) Summe von 5000 Mark Silber und erklärte ihren Teil von Montclair, Merzig, im Saargau und die Vogtei daselbst nebst vielen anderen Lehnen als dem Erzstifte Trier heimgefallen." Unter Balduins Nachfolger, Boëmund II. von Saarbrücken (1354-1362), wurde auf Verwendung des französischen Königs die Strafe erlassen und 1368 der Streit beigelegt.

Die Sühne des Jakob von Montclair:
Bereits 1358 sühnen und vergleichen sich Ritter Jakob von Montclair und sein Sohn Jakob, dessen Frau Hildegard von Rheingrafenstein und seine Söhne Friedrich und Emich und sein Neffe Ruprecht für sich und alle ihre Helfer, Diener, Mannen, Burgmannen und Untertanen mit Erzbischof Boëmund und

seinem Erzstifte nebst Genossen. Sie verzichten auf Ersatz alles erlittenen Schadens und Verlustes sowie alle Ansprüche an das Erzstift; dagegen erhalten sie ihre Güter zurück mit Ausnahme „des Burgberges von Montclair von dem äußersten Graben nach Mettlach zu, wo Grieneck stand, und zu beiden Enden des Grabens gleich herab in die Saar und was die Saar auf den zwei Enden umgeht. Dieser Platz soll dem Erzbischof ausschließlich zu seinem Bau bleiben mit allen dahin führenden Wegen."
Weiter verpflichten sie sich, ohne Zustimmung des Erzstiftes überhaupt keine neue Burg zu bauen, nicht unberechtigt zu jagen und die Schöffen im Saargau und ihre Vögte anzuhalten, den Trierer Untertanen Recht zu sprechen. Auch Viehweide und Saarschifferei verbleiben dem Erzbischof, jedoch mit Vorbehalt der Wehre und der Dienste zu denselben um den Berg. Endlich bestätigen sie alle früheren Verbriefungen. Nachträglich fordert der Erzbischof aber noch die Hälfte der Kosten des Krieges mit Balduin, und bis diese bezahlt, wird Jakob der bei dem Schöffenmeister Johann Wolff in Trier hinterlegte Sühnebrief nicht ausgehändigt. 1359 stellt Jakob eine Urkunde „hierüber aus, worin er dem Verlangen des Erzbischofs nachzukommen und, bis er es erfüllt, in den vier heiligen Tagen zu Weihnachten in Trier einzureiten gelobt. Hätte er oder sein Sohn zur Zeit aber Krieg mit der Stadt Trier, so soll er zu Walferdingen einreiten und leisten. Thäte er dies nicht, so soll er sich unterwerfen, als ob er in echter Fehde gefangen wäre."
Aus all dem geht hervor, daß die von Montclair noch mächtig und einflußreich waren, auch als Balduin ihnen Montclair genommen. Denn sonst hätten sie nicht dem Erzbischof Boëmund die Rückgabe aller Lehne abtrotzen und mit der Stadt Trier Krieg anfangen können. Die Veranlassung zu Händeln mit der Stadt Trier liegt auf der Hand, war doch das Schutz- und Trutzbündnis mit derselben der Anlaß zu Jakobs Unglück. Zudem hatte die Stadt ihm gegen Balduin keinerlei Unterstützung gewährt. Schon 1357 war es daher zu Feindseligkeiten gekommen. Jakob von Montclair hatte Trierer Bürger beraubt und war von den Vorstehern des Lothringischen Landfriedens genötigt worden, den Raub zu ersetzen. 1364 kommt es zwischen Friedrich von Montclair und der Stadt Trier zum wirklichen Krieg. Auch Herzog Johann von Lothringen hatte ebenfalls Streitigkeiten mit der Stadt und unterstützte daher die von Montclair. 1366 wird dieser Krieg durch den Herzog von Lothringen und Erzbischof Cuno beigelegt. Indessen war auch der Streit zwischen Trier und Lothringen wegen der entzogenen Lehne noch nicht zu Ende. Am 24. Oktober 1368 kommt es zum Frieden zwischen Trier und Lothringen. Man vereinbart, daß der Berg Montclair mit dem vorhandenen Turm und Gebäuderesten ungeteiltes und gemeinsames Besitztum sei, wobei der Herzog seinen Teil von Trier als Lehen bekommt. Nur mit beiderseitigem Einverständnis darf gebaut werden. 1377 wird ein gemeinsamer Burgraf eingesetzt, Johann von Redlingen, genannt von Hettingen. Die von Montclair werden für ewige Zeiten aus-

geschlossen, auf dem Montclairberg zu bauen oder ihn in Besitz zu nehmen.

Tod des Jakob von Montclair:
Jakob von Montclair, der Vater, war inzwischen hoch an Jahren und hatte sich aus allen kriegerischen Händeln zurückgezogen; er starb 1371. Sein ältester Sohn war schon vor längerer Zeit und der zweite, Jakob, 1386 gestorben mit Hinterlassung zweier Söhne, Johann und Jakob Wecker. Diese müssen unter Vormundschaft ihrer Mutter Hildegard und mit anderen weiblichen Verwandten 1386 neue Reverse (Verpflichtungen) geben. Sie verzichten auf alle Ansprüche und Entschädigungsforderungen, die aus den Kriegen ihres Vaters und ihres Onkels Johann mit den Erzbischöfen Boëmund II. von Saarbrücken und Kuno II. von Falkenstein (1362-1388) herrühren sowie auf alle Rechte an dem Burgberg Montclair. Johann und Jakob bekennen, lebenslänglich des Erzstifts Mannen geworden zu sein – vorbehaltlich der Lehnspflicht gegen Lothringen. Gleich darauf werden sie trotz des Verzichts für die Verluste der Familie und in Anbetracht der eingegangenen Verpflichtungen mit 2000 schweren Florins entschädigt; was sie quittieren.
Man sieht, die Herren von Montclair und ihrer möglichen Rache sollte auf jede Art beschwichtigt werden, um einen dauerhaften Frieden mit ihnen zu erlangen. Diesen Frieden haben sie gehalten.

Das Ende des Geschlechts derer von Montclair und Clermont:
Aber das Geschlecht derer von Montclair und Clermont naht sich nun seinem Ende. 1402 wird Johann von Montclair noch Burggraf von Freundenburg; 1412 denkt er schon an seinen Tod und erneuert dem Abt von Mettlach gegenüber die Stiftung der ewigen Messe vor dem Altar St. Crucis, „wo seine Aeltern und Vorfahren ihre Gräbelei gehabt und er auch begraben sein will."
1417 erscheint schon das Aussterben des Mannstammes der Clermont von Montclair wahrscheinlich, und Erzbischof Werner erteilt dem Sohne der Schwester Johanns, dem Arnold von Sirk, die Eventual-Belehnung mit den Montclair'schen Lehnen. 1427 stirbt Ritter Johann, der Letzte des Geschlechts von Montclair; der Stamm derer von Clermont ist mit ihm erloschen. Mit dem Tode Johanns fällt das Lehen dem Arnold von Sirk zu, und er erhält vom Erzbischof Otto die Belehnung, jedoch noch mit Ausschluß des Burg-Berges. Mit dem Besitztum ging auch das Wappen der Familie Clermont (roter Schlüssel in Silber, aus dem Helme ein Roßhals mit dem Schlüssel) auf das Haus Sirk, Herrn zu Frauenburg, ein benachbartes, lothringisches Edelgeschlecht, über.

Burg Saarstein

Ehemalige Zwingburg von Kurfürst Balduin an der Saar

In den Archiven, wenn man sie nach Dokumenten und Büchern zur Geschichte der Burg Montclair durchstöbert, stößt man immer wieder auf den Namen Saarstein; genauer gesagt, auf die Burg Saarstein.
Diese sagenhafte Burg Saarstein soll als Zwingburg bei der Belagerung von Burg Montclair 1351 von Kurfürst Balduin erbaut worden sein. Genau gegenüber von Burg Montclair, am anderen Ufer der Saar, wo das Saartal sich am engsten zusammenzieht, soll auf der Höhe eines rundlich vorspringenden Bergabhanges die Burg Saarstein gestanden haben. Dies ist im „Lutwinus-Wald", in der Nähe des Wellesbaches. Doch wie findet man die Burg Saarstein oder besser gesagt, ihre Reste?
Geht man vom Gasthaus Becker an der Saarschleife in Richtung Mettlach, kommt man zuerst an einen Bach, der von der Orscholzer Kläranlage kommt, wo er auch entspringt. Er hat offiziell keinen Namen, doch da er öfters Schaum mit sich führt und auch nach Waschmittel riecht, hat ihm der Volksmund den Namen „Persilbach" gegeben. Der zweite Bach ist der Weselbach (Mundart „Weeßelbaach"), der vom Cloef-Massiv kommt und in Orscholz in der Nähe der Kur-Klinik entspringt. Nach dem Weselbach kommt man nach einigen hundert Metern an eine dritte Bachmündung, den Wellesbach. Der Bach hat an seiner Mündung in die Saar dem Flußabschnitt seinen Namen gegeben: „Welles". In früheren Jahren war der „Welles" bei allen Schiffern gefürchtet und berüchtigt wegen seiner Strudel und Untiefen, die viele Schiffe zerschellen ließen. Darum setzten die Schiffer ihrem Schutzpatron, dem heiligen Nikolaus vor Welles eine Statue, bei der sie um Schutz vor der Durchfahrt flehten. Heute steht diese Statue in einer Nische in der Ufermauer, einige hundert Meter vor Welles. Durch die Kanalisierung der Saar sind die Stromschnellen beim Welles verschwunden; nun kann die Saar ohne Gefahr befahren werden.
Kurz vor dem Wellesbach kommt man an einen Weg, der mit dem geschnitzten Hinweisschild „Waldlehrpfad" (Bärtiger Förster mit Pfeife am Tannenbaum) gekennzeichnet ist. Geht man diesen Weg weiter, der ziemlich steil ansteigt, so kommt man nach etwa 30 bis 40 Minuten an einen Einschnitt, bei dem sich der Weg gabelt. Hier stößt man auf die ersten Spuren von Burg Saarstein: den Burggraben. Eine kleine Holzbrücke führt über den Graben, und auf Stufen kann man den dahinter liegenden Hügel ersteigen. Oben auf dem Hügel ist ein Grillplatz mit einfachen Holzbänken. Der Grillplatz liegt inmitten eines runden Steinwalls, wahrscheinlich dem ehemaligen Wehrturm von Burg Saarstein. Der Turm hatte einen Durchmesser von etwa acht Metern. Etwa 15 Meter daneben ein zweiter runder Steinwall, der zweite Rundturm, gleicher Durchmesser. Beide Türme waren mit einer Steinmauer und großem

Tor mit Fallgitter versehen, wie es damals beim Burgenbau üblich war. Etwa 25 Meter weiter sieht man die Reste einer Mauer, erkenntlich an den zahlreichen, behauenen Steinen. Und ca. 50 Meter weiter die zweite Mauer, die die Burganlage gegen die Saarseite abschirmte; auch hier zahlreiche behauene Steine. Die behauenen Sandsteine zeigen eindeutig Rand- und Ecksteine, ja man kann auch Türstürze erkennen. Dies sind die kümmerlichen Reste der einst so stolzen Zwingburg Saarstein, die im 14. Jahrhundert von Kurfürst Balduin hier gebaut wurde, um mit drei anderen Trutzburgen die stolze Burg Montclair bei der Belagerung einzuschließen.

Die Burganlage hatte nach Schätzung etwa eine Größe von 75 mal 100 Meter. Es war nur eine kleine Burg, als Zwingburg für die Montclair gebaut. Später, nach Eroberung der Montclair ließ Kurfürst Balduin Burg Saarstein als Sommersitz ausbauen. Denn die Lage der Burg war einmalig schön und die Wälder der Region waren ausgedehnt und wildreich.

Eine Ausgrabung und Sanierung der Burganlage von Saarstein wäre für den Tourismus unserer Region von großem Vorteil, und er würde ein Stück unserer Geschichte zutage fördern.

Auch die Geschichtsschreiber erwähnen die Burg Saarstein bei der Schilderung der Belagerung von Montclair. Balduin, der streitbare Kurfürst aus Trier baute 1351 mehrere Belagerungs- und Zwingburgen, um Ritter Jakob von Montclair auf seiner uneinnehmbaren Burg einzuschließen und zu bezwingen: Grieneck, am äußersten Graben der Landseite; Saarstein, der Spitze des Burgberges gegenüber im Norden; Buttwaag (Bodewoich, zwischen Dreisbach und Steinbach) und die vierte bei Mettlach, um den Fluß beherrschen zu können. Von diesen Burgen soll nur Grieneck massiv, die anderen aus Holz gewesen sein. Um aber einen festen Punkt an der oberen Saar zu behalten, wurde Saarstein ebenfalls massiv ausgebaut. Alle Burgen sind längst verschwunden, und auch von Saarstein sind keine Ruinen mehr zu sehen, doch sprechen die vielen, in großem Umfange vorhandenen, ganz überschütteten und von Moos und Bäumen überwachsenen Mauerreste für das frühere Bestehen der Burg. Nach der Zerstörung der Burg Montclair im Jahre 1351 durch Kurfürst Balduin blieb wohl noch ein Turm der Burg stehen, da 1359 Amtmann Peter von Leyen aus Saarburg sich verpflichtete, die Türme von Montclair und Saarstein zu bewachen. Nach der Eroberung von Montclair wurde Saarstein ausgebaut als Wächter des Flusses und als Sommersitz des Kurfürsten, denn die Burg hatte eine herrliche Lage. 1439 muß sie noch bestanden haben, da Arnold von Sirk mit „Montcler" und Saarstein belehnt wurde. Soviel aber ist gewiß, daß sie nicht zu lange bestanden und auch kein wichtiges Ereignis zu verzeichnen hat. Sie muß wohl bald wieder zerstört worden sein, als die Herren von Montcler beim Kurfürsten nochmals in Gunst kamen. Die Herren von Montcler werden nicht eher geruht haben, bis die Burg Saarstein, ihnen ein Dorn im Auge, beseitigt war.

Es gibt auch noch einen anderen Weg zur Burg Saarstein: Wenn man von Orscholz kommt, so führt in der Kurve vor der „Weißen Mark" eine Abzweigung rechts zu einem „Waldparkplatz", wo man sein Auto abstellen kann. Nun geht es zu Fuß weiter, den Weg rechts. Nach kurzer Zeit kommt man an zwei Weiher, die links liegen. Diese Weiher werden von zwei Bächen gespeist, dem „Zweibach" und dem „Dörrebach". Der Zweibach entspringt in der Gewann von Weiten; er hat zwei Quellen, die sich nach kurzem Lauf vereinen. Eine Quelle heißt „Eselsborn", die heute noch als Tränke für das Weidevieh genutzt wird. Der Dörrebach entspringt ebenfalls auf Weiter Bann, doch ist er im Sommer oft ausgetrocknet, wenn es lange nicht geregnet hat. Daher sein Name „Dörrebach". Im ersten Weiher vereinen sich die beiden Bäche und verlassen als „Wellesbach" den zweiten Weiher. Geht man den Weg weiter, wobei man den Bach immer links neben sich hat, so kommt man nach etwa einem Kilometer in einen Hohlweg, der direkt zu dem Burggraben mit Holzbrücke und den Resten der Burg Saarstein führt, wie bereits beschrieben. Dieser Weg ist nicht beschwerlich, da es bergab geht. Kommt man dagegen von der Saar, so geht der Weg steil aufwärts, wie bereits beschrieben.

In dem Buch „Balduins Burgen" beschreiben die Autoren Gilbert und Christa Haufs-Brusberg auf den Seiten 164/165 die Burg Saarstein wie folgt: *„Saarstein oder Saareck wird in Urkunden, die nur kurz nach den dramatischen Ereignissen der Eroberung von Montclair ausgestellt wurden, erwähnt, um den 25. November 1439, als bestätigt wird, daß der Turm der (alten) Burg Saarstein noch vorhanden sei „gegenüber dem Hamm, der Saarstein oder Saareck genannt ist". Also, nichts wie hin auf die Suche nach diesem Turm, vielleicht auch nach mehr. Die Burg zerfiel wegen offensichtlicher Bedeutungslosigkeit, nachdem der Fels „verbaut" worden war – einzig zum Zwecke der Belagerung von Jakobs schwerer Festung.*

Verzeichnet ist Saarstein nirgendwo – außer in der sehr schönen Karte im kleinen Burgmuseum (Montclair). Danach war die Burg auf einer Bergzunge über der Saar angelegt, dort, wo der Wellerbach (gemeint ist der Wellesbach) einmündet, fast 300 Meter über N.N. Wir haben sie gefunden, entschädigt durch eine herrliche Landschaft.

Der kürzeste Weg zu diesem Schutthaufen, der des romantischen Ambientes wegen den Besuch unbedingt lohnt, ist folgender: Von Keuchingen aus geht es den Berg hinauf bis zur Kreuzung Orscholz. Dort biegt man links ab und befindet sich auf nach schätzungsweise fünfhundert Metern auf einem „Waldparkplatz". Von dort geht es zu Fuß weiter, immer oberhalb des Baches bleibend, in Richtung Saar. Nach (fast genau) eintausend Metern stoßen wir auf unverkennbare Spuren. Hinter einem Burggraben erhebt sich, durch eine kleine Holzbrücke und Stufen erschlossen, ein kleiner Hügel, den zu erklimmen sich lohnt. Oben angekommen, findet man eine zerfallene kleine Burganlage, deren Grundriss anhand der Trümmer aber noch recht gut zu rekonstruieren ist. An der höchsten Stelle stand der rechteckige, vorerwähnte Turm, nach Norden, zur bergseitigen Angriffsseite hin, den Eingang beschützend. Es folgte eine

Trennmauer, einige rechteckige Gebäudereste und die Außenmauer. Das ist alles noch recht ordentlich zu erkennen. Wir empfanden die von dieser Stelle ausgehende Bedrohung der Jakobsburg Montclair, die den gegenüberliegenden Bergrücken eindeutig als eine der größten deutschen Burgen dominierte, als eindrucksvoll erlebbar."

Der Wilddieb von Montclair

Barthel schaute sich scheu um, nichts zu sehen. Er schlich einige Schritte vor, blieb stehen und lauschte. Totenstille; nur die Vögel zwitscherten schlaftrunken in den Bäumen. Es war noch früh am Tag, die Morgendämmerung war der Taghelle noch nicht gewichen. Dies war die beste Zeit, um zu jagen, da zu dieser Zeit das Wild aus den Dickungen kam, um zu äsen. Barthel war unterwegs um zu jagen, doch er wandelte auf verbotenen Pfaden, da er in den Wäldern des Jakob von Montclair wilderte. Er wußte, wenn man ihn beim Wildern erwischte, drohte ihm die Todesstrafe. Da kannte der Ritter von Montclair keine Gnade.
Barthel wohnte in Dreisbach, ernährte sich und seine zahlreiche Familie vom Fischfang aus der Saar und von einem kleinen Feld, das er und seine Frau bebauten. Zwei magere Ziegen standen in dem kleinen Stall und gaben Milch für seine vielen Kinder. Dies war das einzige, was Barthel im Überfluß besaß; Kinder. Die Fische, die Barthel aus der Saar holte, verkaufte er auf dem Markt in Merzig; es war ihre einzige Einnahmequelle. Von allem, was Barthel erwirtschaftete und verkaufte, bekam sein Grundherr, Abt Theoderich von der Abtei in Mettlach, den Zehnten. Dies fiel Barthel oft sehr schwer, reichte es doch meist nicht, um seine Familie satt zu bekommen. Trotzdem mußte er von dem Wenigen, war er hatte, noch den Zehnten abgeben. Doch Barthel wußte, wenn er seinen Zehnten nicht bezahlte, würde ihm der Vogt des Mettlacher Klosters die Ziegen aus dem Stall holen. Wovon sollte er dann seine Kleinen ernähren?
Die Dreisbacher hatten als Grundherrn den Abt von Mettlach, dem sie den Zehnten zu entrichten hatten. Der Herr von Montclair war als Vogt eingesetzt und die beiden Fürsten von Trier und Lothringen als Hochgerichtsherren.
Barthel seufzte; das Leben war nicht leicht für einen Leibeigenen wie ihn. Da hatten es die Herren in den Klöstern und auf den Burgen doch besser, sie ließen ihre Leibeigenen für sich arbeiten.
Barthel war nun bei der ersten der ausgestellten Schlingen angekommen; nichts gefangen. In der zweiten zappelte ein Häschen; Barthel löste die Schlinge, tötete den Hasen mit einem Schlag auf den Kopf und stellte die Schlinge wieder auf. Er achtete darauf, daß er keine Spuren hinterließ, woran man erkennen konnte, daß gewildert wurde. Auch die anderen Schlingen waren leer, so daß Barthel mit seiner einzigen Beute, dem Hasen, den Heimweg einschlug.
Barthel war nicht aus Mutwillen oder Geldgier zum Wilderer geworden, sondern die Not trieb ihn dazu. Er mußte für seinen todkranken Jungen Fleisch besorgen, damit der wieder auf die Beine kam. Barthel und seine Frau Marie waren ganz verzweifelt, als Josef, der Älteste und ihr ganzer Stolz, an einem tückischen Fieber erkrankte und von Tag zu Tag schwächer wurde. Sie hatten

gleich die Suß, das Kräuterweib geholt, doch die hatte ganz bedenklich den Kopf geschüttelt und etwas mit ihrem zahnlosen Mund genuschelt, was niemand verstand. Als Barthel nachfragte, meinte die Alte: „Dein Sohn hat das Sumpffieber, das den Körper auszehrt. Ich kann das Fieber bannen, doch der Junge braucht kräftige Nahrung, wenn er wieder auf die Beine kommen soll. Eine kräftige, nahrhafte Fleischsuppe mit schönen Fleischstücken würde ihn schnell wieder zu Kräften kommen lassen".

Barthel seufzte; woher zum Teufel sollte er Fleisch nehmen? Doch dann überlegte er! In den Wäldern des Ritters Jakob von Montclair gab es Wild im Überfluß. Dies hatte er oft genug gesehen, wenn er morgens in der Frühe mit seinem Nachen in der Saar fischte. Dann kam das Wild aus den Wäldern, um am Uferrand zu äsen. Aber das Wild war für ihn und seinesgleichen tabu; auf Wildern stand die Todesstrafe. Barthel besprach sich mit seiner Frau, doch diese bat ihn unter Tränen, von seinem Vorhaben abzulassen.
„Willst du denn, daß Josef stirbt?" fragte Barthel seine Frau. Marie schüttelte verzweifelt den Kopf.
„Woher soll ich das Fleisch für Josef holen? Du weißt, wir haben kein Geld, um Fleisch zu kaufen; da bleibt uns nur das Wild aus dem Montclairwald."
Marie hob die Schultern: „Wenn sie dich erwischen, wirst du getötet!"
„Das Risiko muß ich auf mich nehmen", meinte Barthel. Er ging in den Stall, nahm die heimlich angefertigten Schlingen, steckte sie in einen Sack und setzte bei anbrechender Dämmerung mit seinem Nachen auf die andere Saarseite über; die Schlingen stellte er im Wald auf.
Nun war es also passiert, Barthel war zum Wilderer geworden. Er nahm seine erste Beute, den Hasen, ging zu seinem Boot und setzte wieder über. Zu Hause zog er den Hasen ab, seine Frau stellte Wasser auf, und als es siedete, kam der Hase hinein. Marie kochte daraus eine kräftige Suppe für ihren kranken Jungen, die sie ihm mit dem Holzlöffel einflößte. Danach fiel Josef in einen kräftigenden Schlaf, bei dem er sich sichtlich erholte. Als er erwachte, gab ihm Marie wieder von der Suppe, und er aß nun auch einige Fleischstücke. Nach zwei Tagen hatte sich Josef bereits so weit erholt, daß er aufstehen konnte; doch er war immer noch schrecklich schwach. Als der Hase aufgegessen

war, beschloß Barthel, nochmals nach seinen Schlingen zu sehen. Er setzte deshalb wieder in aller Frühe über und schlich in den Wald; diesmal hatte er einen Hasen und sogar einen Fasan gefangen. Barthel löste sie vorsichtig aus der Schlinge, obwohl die Tiere schon tot waren. Die Schlingen stellte er wieder auf.
Sein kranker Sohn erholte sich dank der guten Nahrung von Tag zu Tag mehr. Er konnte nun schon einige Schritte gehen; seine Genesung machte gute Fortschritte. Als das Fleisch aufgebraucht war, beschwor Marie ihren Mann, nicht mehr in den Wald zu gehen. Doch Barthel wollte wenigstens die Schlingen entfernen, damit sich kein Wild mehr darin fangen konnte.
Er ging daher wieder in aller Frühe zur Saar, setzte über und schlich sich in den Wald; diesmal hatten sich zwei Hasen und sogar ein Reh in den Schlingen gefangen. Barthels Augen strahlten; dies gab Fleisch für viele Wochen. Er löste das Wild aus den Schlingen, stellte die Schlingen aber nicht wieder auf. Das Reh brach er auf und hing es in das dichte Geäst eines Tannenbaumes. Die Innereien vergrub er; Herz, Leber und Lunge nahm er mit. Ebenso steckte er die beiden Hasen in den Sack, den er mitgenommen hatte. Er wollte gerade aufbrechen, da herrschte ihn eine Stimme an: „Habe ich dich Lumpen endlich erwischt, der in unseren Wäldern wildert!"
Barthel sah erschrocken auf; vor ihm stand der Jäger von Montclair, die Armbrust schußbereit auf ihn gerichtet. Barthel überlegte blitzschnell: Wenn er den Jäger überrumpeln könnte, würde ihm vielleicht die Flucht gelingen.
Doch der Jäger erriet seine Gedanken, er hob die Armbrust: „Gib dir keine Mühe! Ehe du weg bist, hast du meinen Bolzen im Genick. Vorwärts! Nach Montclair."
Barthel war verzweifelt. Was würde nun aus seiner Familie werden? Er beschwor den Jäger: „Ich habe nur aus Not gewildert. Mein ältester Sohn war an einem Sumpffieber erkrankt, und er konnte nur wieder zu Kräften kommen, wenn er Fleischbrühe und Fleisch bekam."
Der Jäger nickte: „Ich glaube dir sogar! Doch was soll ich machen? Wenn ich dich laufen lasse, hängen sie mich dafür auf."
Barthel ließ den Kopf hängen; es gab keinen Ausweg. Auf Burg Montclair angekommen, übergab der Jäger Barthel den Soldaten, die ihn bei sich in der Wachstube des Turms behielten.
Der Jäger ging zu seinem Herrn, dem Ritter Jakob von Montclair, der gerade beim Frühstück saß. Jakob war ein großer, muskulöser Mann, dem man es

ansah, daß er ein Gegner war, den man fürchten mußte. Er war auch bisher noch nicht besiegt worden, weder im Turnier noch im Zweikampf. Seine Lieblingswaffe war die „Franziska", die fränkische Streitaxt. Mit ihr in der Faust, war Jakob nicht zu besiegen. Er setzte gerade den großen Weinhumpen ab und putzte sich den Bart ab, als der Jäger eintrat.
„Was gibt es, Wolf?" fragte der Ritter mit seiner tiefen, gewaltigen Baßstimme.
„Herr, ich habe im Wald bei Montclair einen Wilderer auf frischer Tat ertappt. Er wartet im Turmzimmer auf seine Strafe."
Die Miene des Ritters verfinsterte sich: „Bring mir den Lumpen herein", grollte er.
Wolf ging hinaus und kam kurz darauf mit Barthel zurück. Barthel schaute dem Ritter von Montclair in die Augen: „Herr ich habe gewildert! Gib mir meine Strafe!"
Jakob zog die Augenbrauen hoch; diese Sprache war er nicht gewöhnt.
„Warum hast du gewildert?" fragte er Barthel.
„Spielt dies für dich eine Rolle?" war dessen Gegenfrage.
„Die Fragen stelle ich!" herrschte Jakob den Wilddieb an.
„Nun, mein ältester Sohn war an einem Sumpffieber erkrankt und er kam nicht mehr auf die Beine. Da meinte die Suß, das Kräuterweib, daß nur kräftige Nahrung mit Fleisch ihn noch retten könnte. Um meinen Sohn vor dem sicheren Tod zu bewahren, wurde ich zum Wilderer."
Jakob schaute sich den Übeltäter genauer an. Er war so groß, wenn nicht noch etwas größer als er selber und von kräftiger, athletischer Gestalt. Ein blonder Bart umrahmte das offene, ehrliche Gesicht. Eigentlich schade, einen solchen Mann wegen Wilddieberei aufzuhängen. Aus Barthel könnte man einen tüchtigen Soldaten machen, überlegte der Herr von Montclair. Und Soldaten konnte er gut gebrauchen, wenn er an die bevorstehende Fehde mit Kurfürst Balduin dachte.
„Du weißt doch, was für eine Strafe dich erwartet?" fragte Jakob streng.
„Ja, Herr, die Todesstrafe!"
„Und die hast du auch verdient! Oder etwa nicht?" Der Ritter schaute den Mann streng an. Barthel nickte! Er trug sein Schicksal wie ein Mann; er bat auch nicht um Gnade. Dies gefiel dem Ritter, denn Jakob haßte nichts mehr als schleimige Unterwürfigkeit.
„Du kommst in das Verlies, bis ich über dein Schicksal entschieden habe", bestimmte der Ritter. Er winkte dem Jäger, der Barthel hinausführte. Man sperrte ihn in das Verlies, das sich neben dem Turm befand. Hier bekam Barthel wenigstens das Tageslicht zu sehen, wogegen im Verlies unter dem Burgfried ewige Dunkelheit herrschte. Doch sollte er nicht lange dort bleiben, denn die Burg Montclair würde in Kürze von Kurfürst Balduin belagert.
Barthel lebte im 14. Jahrhundert; genau im Jahre 1350. Es ist die Zeit, als die Blütezeit der Ritterschaft zu Ende geht. Kampf ist weniger gefragt, sondern

mehr Diplomatie. Der Handel blüht, die großen Kaufleute sind im Kommen. Die Kaufleute im Norden schließen sich zur mächtigen Hanse zusammen, um gemeinsam gegen die Seeräuber vorzugehen. Im Süden werden die Kaufleute ebenfalls immer mächtiger. Bei den Fuggern stehen später Herzöge, Könige und Kaiser in der Kreide. Die meisten der Ritter können sich der neuen Zeit nicht anpassen, haben auch nichts als Kämpfen gelernt, denn sie sind für den Kampf erzogen und ausgebildet worden. Da viele der Ritter mit der neuen Zeit nicht zurechtkommen, sind ihre Burgen meist an die Händler und Juden verpfändet. Denn die Ritter brauchen Geld, um standesgemäß leben zu können; dies Geld bekommen sie bei den Juden geliehen. Auch Kurfürst Balduin von Trier ist ein schlauer Geschäftsmann. In seinem Auftrag sind Händler und Juden unterwegs, leihen den Rittern das dringend benötigte Geld, und wenn sie es nicht mehr zurückzahlen können, „sackt" er ihre Burg ein und gibt sie dem Ritter dann zu Lehen. Auf diese Art hat der schlaue und wehrhafte Kirchenmann aus Trier schon über 100 Burgen an Saar, Mosel und Rhein vereinnahmt. Sein Einfluß, sein Reichtum und seine Macht im Deutschen Reich werden immer größer. In seinem Bereich gibt es fast keinen Ritter mehr, der es wagt, sich ihm zu widersetzen.
Jakob von Montclair ist einer der Ritter, der sich ebenfalls nicht auf die neue Zeit einstellen kann. Auch seine Einnahmen reichen nicht aus, um ein standesgemäßes Leben führen zu können. Doch er denkt nicht daran, sich das nötige Geld zu leihen. Jakob beschließt, sich das Geld von den durchziehenden „Pfeffersäcken", wie er die Kaufleute nennt, zu holen. Jakob von Montclair verlangt von den Kaufleuten, die durch sein Gebiet ziehen, einen Wegezoll. Wenn sie sich weigern, diesen unrechtmäßigen Wegezoll zu zahlen, beschlagnahmt er die ganze Wagenladung und wirft die Kaufleute in sein Burgverlies. Erst nach Zahlung eines saftigen Lösegeldes läßt er sie wieder frei. Damit er auch die Schiffe der Kaufleute berauben kann, hat er in der Saar bei Welles eine Kette unter Wasser gespannt, womit er die Schiffe der Kaufleute aufhält, bis sie ihren Wegezoll bezahlt haben. So ist der Ritter von Montclair zum Straßenräuber geworden; Jakob von Montclair ist ein Raubritter. Die ausgeraubten Kaufleute beschwerten sich bei Kurfürst Balduin, der für ihren Schutz zuständig war. Balduin schickte Boten nach Montclair, die Ritter Jakob warnten und ihm strengstens verboten, weiterhin Wegezoll zu verlangen. Doch Jakob lachte die Boten des Kurfürsten aus, vertraute er doch auf seine uneinnehmbare Feste auf dem Berg von Moncler. Im Vertrauen auf seine feste Burg raubte er weiter die Kaufleute aus; scherte sich einen Dreck um das Verbot von Kurfürst Balduin. Da Jakob wußte, daß Balduin dies auf Dauer nicht dulden konnte, versuchte er, die Gegner Balduins auf seine Seite zu bringen, um bei der bevorstehenden Fehde genügend militärische Unterstützung zu haben. So schloß er einen Bund mit Herzog Rudolf von Lothringen, einem erbitterten Gegner Balduins. Jakob gelang es, außerdem noch neunundvierzig Burgman-

nen, Vasallen und Verbündete für sich zu gewinnen; dazu schloß er noch ein Bündnis mit der Stadt Trier gegen Balduin. So gerüstet, schickte er einen Fehdebrief an Kurfürst Balduin, den alle Verbündeten mitunterschrieben. Doch Jakob von Montclair hatte den alten Fuchs auf dem Kurfürstenstuhl zu Trier gewaltig unterschätzt. Balduin ruhte nicht eher, als bis er alle Ritter durch Versprechungen, Geld und Lehen dazu gebracht hatte, den Fehdebrief gegen ihn zu widerrufen und Jakob die Gefolgschaft aufzukündigen. Auch den Herzog Rudolf brachte er dazu, Jakob die versprochene Hilfe nicht zu leisten. Erst als Jakob ganz alleine stand, marschierte Kurfürst Balduin mit einer gewaltigen Streitmacht gegen Ritter Jakob und schloß den gesamten Monclerberg ein.

Jakob von Montclair ließ den eingesperrten Wilddieb Barthel vorführen. Der Ritter saß mit seinen Verbündeten und Anführern im Rittersaal beim Weine, als Barthel eintrat. Die Gefangenschaft hatte Barthel nicht geschadet, da er auf Geheiß von Ritter Jakob gut verpflegt wurde. Auch hatten seine Soldaten dem Barthel das Fechten und den Umgang mit den verschiedenen Waffen beigebracht. Barthel war dies recht gewesen, vertrieb es doch die Langeweile. Außerdem machte es riesigen Spaß, seine Bewacher zu verprügeln und mit dem Schwert vor sich herzutreiben. Denn Barthel hatte schnell gelernt, mit der Waffe in der Faust umzugehen. Bei seiner Größe und riesigen Kraft war ihm bald kein Gegner mehr gewachsen. Jakob von Montclair hatte oft vom Fenster aus zugesehen, wenn seine Soldaten Barthel das Fechten beibrachten. Anfangs mußte Barthel mächtige Schläge einstecken, doch dies änderte sich schnell. Jakob amüsierte sich, als Barthel den Spieß umdrehte und nun seine Soldaten verprügelte. Barthel war ein geborener Kämpfer, dies sah man. Er war schnell und reagierte blitzschnell auf jede Finte oder Ausfall seines Gegners.

„Weißt du, warum ich dich rufen ließ?" frug Ritter Jakob den Gefangenen.

„Wahrscheinlich, um mir meine Strafe und meinen Todestag mitzuteilen", antwortete Barthel und schaute dem Ritter in die Augen.

„Du kannst dir dein Leben retten, wenn du willst", stellte Jakob in Aussicht.

„Was muß ich dafür tun?"

„Wenn du für mich gegen die Soldaten des Kurfürsten kämpfst, die meine Burg belagern."
Barthel überlegte. Sagte er nein, so wurde er von Jakob gehängt. Sagte er ja, so konnte er beim Kampf getötet werden.
„Gut! Ich kämpfe für dich!"
Jakob stand auf und streckte ihm die Hand hin, Barthel schlug ein.
„Du sollst es nicht bereuen! Deine Strafe ist dir erlassen; außerdem bekommst du den gleichen Sold und Verpflegung wie meine Soldaten", versprach Jakob.
„Geh zu meinem Hauptmann und laß dich bewaffnen; ich hab gesehen, was für ein tüchtiger Kämpfer du bist", meinte der Ritter anerkennend. Barthel wurde bewaffnet und bezog Stellung auf den Burgmauern, wo er bald Gelegenheit bekam, seine Kampfstärke zu beweisen.
Die Soldaten Balduins unter der Führung des kurfürstlichen Feldhauptmannes Hartart von Schöneken versuchten mehrmals, die Burg Montclair im Sturm zu nehmen, doch Jakob schlug mit seinen Mannen alle Angriffe ab. Barthel war bei diesen Scharmützeln immer an der Spitze und schlug sich wacker mit den Soldaten Balduins. Bei einem dieser Sturmangriffe wurde Ritter Hartart von Schöneken tödlich verwundet. Daraufhin beschloß Balduin, die Burg auszuhungern. Er baute vier Belagerungsburgen: Grieneck, am äußersten Graben der Landseite; Saarstein, der Spitze des Burgberges gegenüber im Norden; eine dritte bei Dreisbach und eine vierte bei Mettlach, um den Fluß beherrschen zu können. Von diesen Burgen war nur Grieneck massiv, die anderen waren aus Holz gebaut. Um aber einen festen Punkt an der oberen Saar zu behalten, wurde Saarstein ebenfalls massiv ausgebaut. Von diesen Burgen aus konnten die Belagerer jede Bewegung auf der Monclerburg sahen und einen Ausbruchsversuch im Keim ersticken.
Jakob von Montclair leistete tapferen Widerstand und hielt der Belagerung monatelang stand. Erst als es den Truppen Balduins gelang, die Vorburg zu erobern und damit den Brunnen in ihre Gewalt zu bekommen, wurde die Lage für Jakob sehr kritisch. Trotzdem ergab er sich erst, als es den Truppen Balduins gelang, den Burgfelsen zu unterminieren und dadurch einen Teil der Burg zum Einsturz zu bringen. Nun war jeder Widerstand sinnlos geworden, was auch Jakob einsah. Er übergab schließlich schweren Herzens seine Burg an Balduin. Doch der Kurfürst erwies sich großherzig und gewährte Jakob und seinen Mannen einen ehrenvollen Abzug, den die tapferen Verteidiger auch verdient hatten. Balduin zog Weihnachten 1351 in die eroberte Burg ein und feierte das Weihnachtsfest glanzvoll in der Burgkapelle. Anschließend ließ er die Burg von Montclair schleifen, nur die gewaltigen Torflügel von Burg Montclair nahm er als Zeichen seines Sieges mit nach Trier.
Nachdem Jakob von Montclair mit seinen Mannen die Burg verlassen hatte, trennte sich Barthel von ihnen. Jakob hielt Wort; er belohnte seinen tapferen

Soldaten und händigte ihm einen größeren Geldbetrag aus; außerdem durfte er seine Waffen behalten. Von dem Geld ließ Barthel sein Haus ausbauen und konnte sich ein größeres und besseres Boot kaufen. Das Geld reichte auch noch, um sich ein weiteres Ackerfeld zu kaufen, und vom Juden konnte er sogar noch eine Kuh günstig erwerben. Zum Schluß blieb noch eine kleine Summe übrig, die er für Notfälle behielt. Barthel lebte noch lange Jahre in Dreisbach, brachte seine Fische und die Erzeugnisse seiner Felder zum Markt, was ihm ein gesichertes Einkommen garantierte. So konnte er seine Familie besser als früher ernähren, ja, er brachte es im Laufe der Jahre zu einem gewissen Wohlstand. Doch eines hatte Barthel gelernt, er ging nie mehr wildern, davon war er für immer geheilt.

Die Saar-Halfen

Durch die Kanalisierung ist die Saar wieder schiffbar gemacht worden, so daß nun auch Frachtschiffe die Saar befahren können. Diese Schiffe werden heute von starken Dieselmotoren angetrieben, so daß sie sich auch flußaufwärts aus eigener Kraft bewegen können.
Früher, vor Erfindung des Motors, mußten die Schiffe flußaufwärts getreidelt (gezogen) werden. Um treideln zu können, mußten entsprechende Wege dicht am Wasser entlang angelegt werden, dem sogenannten Treidelpfad. An der Saar waren diese Pfade teilweise gepflastert, damit er bei Hochwasser nicht verschlammte und fortgespült werden konnte. Die Treidelpfade zogen sich dicht am Ufer entlang der ganzen Saar hin, von Trier bis Saargemünd. Während der Kanalisierungsarbeiten konnte man diese alten Treidelpfade erkennen, als der Wasserspiegel gesenkt wurde. Die Schiffe wurden von Pferden, meistens schweren, belgischen Kaltblütern, gezogen, und ihre Halter und Treiber waren die sogenannten Halfen. Dies ist ein Berufszweig, der inzwischen längst ausgestorben ist, wie so viele andere alte Berufe ebenfalls.

Halfenhaus in Merzig

An der Saar ist der Halfe ein Bauersmann, der sich neben dem Ackerbau mit dem Treideln der Schiffe, dem sogenannten „Gefährts“ einen zusätzlichen Verdienst schaffte. Die Dörfer Beurig, Crutweiler, Serrig und Zerf lieferten für unsere Schiffer die Halfen; sie wurden geheiert. Auch die Halfen glichen in vielem den Schiffern, sowohl in ihrer kräftigen Gestalt, gesundem Aussehen wie auch in der Derbheit. Man erkannte den Halfen sofort an seinem etwas schaukelnden Gange und dem Schwenken der Arme, was daher kam, daß diese Männer fast die ganze Zeit während der Fahrt auf dem Rücken ihrer Pferde saßen und diese durch das Schaukeln mit Armen und Beinen antrieben. In der rechten Hand schwangen sie stets die Peitsche, um die Pferde mit Peitschenknallen und Rufen anzutreiben. Konnten die Pferde auf dem Leinpfad gehen, dann schritt der Halfe neben denselben und schwang immer seine Peitsche, während er die Tiere durch „Joleit, Joleit“, in singendem Tone aufmunterte.

In den strengen Fuhrten (Stromschnellen) mußten die Tiere durch das Wasser gehen, was ihnen oft bis an den Unterleib reichte. Dies war für die Tiere sehr gefährlich, denn in den Steinen stolperten sie häufig. Dann saß der Mann auf dem Vorderpferd und unter stetem Zappeln mit den Armen und Beinen, wurden die Tiere unter lautem Schreien „jüh, jüh" angetrieben. Peitschenschläge wurden auch hierbei soviel wie möglich vermieden. Kam ein Pferd zu Fall, so kappte der Halfe sofort das Zugseil, um sein Tier zu retten. Zu diesem Zweck trug er immer das Kappbeil im Gürtel.

Auf der Fahrt trug der Halfe folgende Kleidung: kräftige, derbe und schwerbenagelte Schuhe aus Rindsleder, weiße aus dickem wollenen Tuche (nicht gestrickte) Strümpfe, entweder eine blaue oder weißleinene Hose und mit Riemen angeschnallte hohe Ledergamaschen. Über dem rauhen, weißleinenen Hemde trug er eine starke und warme, weiße Tirteyunterjacke, die nach vorne, in doppelter Reihe mit großen weißen Hornknöpfen besetzt war. Über diese Jacke wurde die dunkelblaue, aus rauhem Leinen gefertigte, sogenannte Schipp geworfen. Als Kopfbedeckung ein grober, schwarzer runder Filzhut, und war es kalt und rauh, dann zog man noch unter den Hut eine schwarze, gestrickte Zippelmütze, um Ohren und Hals vor der Kälte zu schützen. Ein rotes, baumwollenes Halstuch, weißkariert, vollendete den Anzug.

Die Pferde waren schwere, kräftige, stets gut genährte Tiere, die von ihren Besitzern aufs beste gepflegt wurden. Der Halfe brachte nur den Pferdekummet und den Schwanzriemen mit, alles übrige Pferdegeschirr, Scheit und Stränge mußte der Schiffsbesitzer liefern.

Das sogenannte „Gefährts" bestand fast immer aus drei größeren Schiffen, gewöhnlich taten sich jedoch zwei oder drei Schiffer zusammen. Hintereinander hingen noch zwei bis drei sogenannte Bohrnachen und mehrere kleinere Nachen im Gefährts. Bei einem solchen Zuge zu Wasser, wurden auf jedes größere Schiff drei Zugpferde verwendet, die ungefähr 100-150 Meter weit vor dem Schiffe angespannt waren und zwar so, daß jedes Schiff für sich gezogen wurde. Es wurden immer nur drei Pferde auf ein Schiff gerechnet. Die Leitung und Lenkung der Pferde besorgten die Halfen nach den Kommandos von den Schiffen her.

Waren morgens die Pferde angespannt und alles zur Abfahrt bereit, dann drehte sich der vordere Halfe um und knallte dreimal mit seiner Peitsche. Darauf entblößten sowohl Schiffer wie Halfen ihr Haupt und verrichteten still ein kurzes Gebet. Nun rief der vordere Schiffmann laut „In Gottes Namen", und gleich darauf „Johleit rack". Die Pferde zogen nun an und die Vordermänner auf den Schiffen drückten mit den Schurbäumen die Schiffe vom Ufer ab. Nun zog das ganze Gefährts, ein Fahrzeug hinter dem anderen, in den offenen Strom. Peitschenknall, Rufen und Schreien von den Schiffern zu den Halfen und von diesen wieder zurück belebten auf einmal die ganze Gegend.

Halfenhaus in Schwemlingen

Von Trier bis Hamm oder Canzem brauchte man den ganzen Vormittag, dort wurde dann Mittag gemacht, und nach diesem ging es weiter bis nach Saarburg, wo man übernachtete. Morgens früh, schon um fünf oder sechs Uhr ging es in einem Tag weiter bis Mettlach, und von Mettlach bis Saarlouis brauchte man noch einen dritten Tag. Von Saarburg aus bis zur Steinbach ging ein Bote voraus, um jedes zu Tal fahrende beladene Schiff von den zu Berg kommenden zu benachrichtigen, damit ein Zusammenstoß und ein Unglück vermieden wurde. Es war dies notwendig, weil die Saar bis dorthin viele Stromschnellen hat. Besonders gefürchtet war der „Welles" an der Saarschleife. In den sogenannten „Wogen" (stillerem Wasser), erfolgte vom ersten Schiffe aus der Ruf „langsam", denn nun brauchten sich alle an der Fahrt Beteiligten nicht mehr so anzustrengen, wie vorher in den Stromschnellen. Beim Landen rief der Schiffer „hallo", woraufhin dann die Pferde stehen blieben. Zu Berg von Trier an waren die Schiffe meistens mit Wein, Erzen, Kaufmannsgütern und landwirtschaftlichen Produkten beladen. Es kam auch vor, daß ein Gefährts sechs große beladene Schiffe zählte, dann wurden auf jedes Schiff immer drei weitere Pferde verwendet. Trotz dieser Pferdezahl war es dann bei strengen Fuhrten nicht immer möglich, alle sechs Schiffe in einer Tour durchzubringen. Dann gab es zusätzliche Arbeit und Geschrei; die drei ersten Schiffe koppelte man ab und schleppte sie zuerst durch die Flut bis in den nächsten Wog. Nun kamen die drei andern an die Reihe, indem alle Halfen zurückkehrten und diese nachholten, bis wieder alle sechs mit ihren Anhängseln (Nachen) weiter ziehen konnten. Zwischen den Schiffern und Halfen ging es Tag für Tag während der Fahrt laut und derb zu.

Kam dann die Zeit zum Mittag- oder Abendessen, traten die Schiffsmänner mit ihrem Henkeltopf in die Wirtsstube und stellten ihn auf den Tisch. Die Wirtin lieferte die Teller, Messer, Gabeln und Löffel dazu. Das Essen war in der „Hef" gekocht worden. Fleisch, Kartoffeln, Reis und Gemüse, alles beieinander in einem Topf; auf jeden Mann wurde mindestens ein Pfund Fleisch gerechnet. Den Wein trug man in den damaligen großen und weithalsigen Maßflaschen auf, und es wurde nur aus einem Glase, das rund ging, getrunken. Auf jeden Mann war eine Flasche Wein gerechnet. Außerdem verlangten die Halfen noch vom Schiffer den sogenannten Welleswein, wenn eine gefährliche Stelle bei der Fahrt glücklich passiert war. (Unter dem Namen Welles ist oberhalb Mettlach eine seichte und felsige Furt, wo die Saar starkes Gefälle hat, bekannt.) Das bei Tisch genossene Brot wurde auch aus dem Schiffe mitgebracht. Sowohl vor wie auch nach dem Essen wurde gebetet.
Inzwischen hatte der Wirt oder sein Knecht die Pferde gefüttert, und die Tiere wie auch die Menschen traten ihre Arbeit wieder an. War es jedoch Abend, wurde noch eine kurze Zeit beim Wein geplaudert und dann ging man zur Ruhe, der Schiffer in seine Hef, der Halfen ins einladende Strohsackbett und die Tiere in den Stall. Die Halfen waren von ihrer heimatlichen Türe bis Saarlouis geheiert. War man dort angekommen, dann wurden sie entlassen und abgelohnt. Auf ein Pferd bekamen sie per Tag sechs Mark Barlohn. Für Essen, Trinken, Übernachten und Pferdefutter während der Fahrt mußte der Schiffmann aufkommen.
Auf die Heimreise mußte er an jeden Halfen 4,50 Mark in bar für den Tag zahlen; für die Beköstigung, das Nachtquartier, Barrier- und Brückengeld, sowie das Heu der Pferde auf der Heimreise und außerdem den nötigen Hafer in natura. Von Saarlouis an mietete der Schiffer andere Leute mit ihren leichteren Pferden, die sogenannten Witcher, welche das Schiff nunmehr in ruhigem Fahrwasser bis Louisenthal oder Saarbrücken schleppten und es daher leichter hatten als die Halfen von der unteren Saar.
Die Schiffer- oder Halfenkneipen waren in damaliger Zeit sehr zahlreich und lagen längs des Ufers aufgereiht, was durch die vielen Pferdewechsel bedingt war. Die bekanntesten Halfenkneipen waren in Wallerfangen, Rehlingen, Merzig, Besseringen, Keuchingen, Saarhölzbach, Taben, Saarburg, Schoden-Ockfen und hinter Kanzem, kurz vor Konz. Das bekannte Merziger Halfenhaus stammt noch aus dieser Zeit und steht daher unter Denkmalschutz.

Schloß Meinsberg

Hoch über dem lothringischen Dorfe Manderen liegt eine der schönsten Burgen Lothringens, das Schloß Meinsberg. Es ist die einzige erhaltene mittelalterliche Höhenburg des Departements Moselle. Am Rande eines Plateaus, dicht an der deutsch-französischen Grenze gelegen, beherrscht Schloß Meinsberg mit seinen vier mächtigen Türmen das tief unten gelegene Manderen-Tal.

Die Burganlage:
Schloß Meinsberg ist eine mächtige, rechteckige Burganlage, an den Ecken mit gewaltigen Türmen bewehrt. Als Baumaterial dienten Bruchstein, Eckquadern und Gewände in Sandstein. Die mächtigen Türme mit vorgekragtem und zinnenbekröntem Obergeschoß gehören zu den besten Leistungen gotischen Burgenbaues. In der heutigen Form, 1419 Neu-Sierck genannt, wurde es von Arnold VI. von Sierck (1366-1455) erbaut; 1431 erscheint der Name Meinsberg.

Die Burgherren:
Meinsberg war die Stammburg und Sitz der Herren von Sierck. Der edle Arnold VI. von Sierck besaß außerdem noch die Burg Montclair an der Saarschleife, die er 1433 neu errichten ließ, nachdem sie Erzbischof Balduin von Trier 1351 zerstört hatte. Die Mutter von Arnold VI. von Sierck war eine Montclair. Ihr Sohn übernahm den Montclair-Besitz im Jahre 1428. Das Wappen der Montclair erscheint daher seit 1428 im Wappen der Herren von Sierck. Arnold VI. von Sierck war auch noch Herr von Stadt und Burg Freudenburg, so daß die Siercker drei Burgen ihr Eigen nannten. Erzbischof Jakob I. von Trier (Jakob I. von Sirk, von 1439 bis 1456 Erzbischof von Trier) und Elisabeth von Görlitz, die Herzogin von Luxemburg, stellten 1439 fest, daß Burg und Stadt Freudenburg durch die Schuld der Amtleute „buwefellig und vergencklich worden sint"; es mußte daher etwas geschehen. Deshalb entschlossen sie sich, den Vater des Erzbischofs, den „Edeln Arnold von Sirck, Herrn zu Montkler und zu Mentzberg" zum „Erbburggrafen zu ewigen Tagen darüber" zu machen. In der Folgezeit (1439-1559) blieben die Siercker die Erbburggrafen von Freudenburg.
Bei Schloß Meinsberg handelte es sich um einen Neubau, denn die Familie Arnolds von Sierck war dort seit mindestens 1274 ansässig, und die Vorgängerburg war wahrscheinlich im 14. Jahrhundert zerstört worden. Die Sage berichtet, daß Arnold der Templer im 13. Jahrhundert mit Hilfe des Teufels auf dem Meinsberg seine Burg erbaute (Vorläuferin der jetzigen Burg), worin er dem Herrgott keinen Platz gönnte; dafür, und wegen seines ausschweifenden Lebens, wurde er vierzig Jahre später vom Teufel mit Haut und Haaren entführt.

Anders war es mit seinem Nachkommen Arnold VI. von Sierck, der zweihundert Jahre später das jetzige „Manderer Schloß" erbauen ließ. Durch seine Gemahlin, Lyse Bayer von Boppard, war er ein naher Verwandter der Metzer Bischöfe Theodorich V. (1365-84) und Conrad II. (1415-59). Zwei seiner vier Söhne, der ältere Jacques und der dritte, Philippe, traten dem geistlichen Stande bei. Sein ältester Sohn Jakob wurde 1439 in der noch ungeweihten Kapelle von Schloß Meinsberg zum Erzbischof von Trier geweiht (als Jakob I. von Sirk war er Erzbischof von 1439 bis 1456). Zum Andenken an dieses wichtige Ereignis seines Lebens stiftete Erzbischof Jakob eine ewige Messe in der Burgkapelle. So ist ab diesem Zeitpunkt ständig ein Kaplan auf Schloß Meinsberg, der für den großen Kirchenfürsten und seine Familie das heilige Opfer darbringt. Im nahegelegenen Ritzingen baute die Gemahlin von Arnold VI., Lyse Bayer von Boppard, für das dortige wundertätige Gnadenbild die Marienkapelle, die vor über hundert Jahren abgerissen und nicht wieder aufgebaut wurde.

Die neue Meinsburg:
Die Meinsburg ist eine Höhenburg, die sich 110 Meter über dem Dorf Manderen erhebt; der Berg hat eine Steigung von 20 Prozent. So war die Burg nur sehr schwer zu erobern und konnte das ganze Tal beherrschen. Der Grundriß der Anlage zeigt ein Rechteck mit drei Ecktürmen über viereckigem und einem fast kreisförmigem Grundriss. Der Rundturm mit seinen 20 Metern Höhe gilt als eigentlicher Bergfried; genau genommen ist als solcher auch der massige Wohn- und Kapellenturm („Donjon") anzusehen, da beide den Schutz der Burganlage gegen Norden, die Hauptgefahrenseite, zu sichern hatten. Der Wohnturm mit zwölf Metern Seitenlänge und 2,25 Meter Wandstärke hat vier Stockwerke. Die Schildmauer zwischen Rund- und Wohnturm ist 4,20 Meter stark. Zu den Wohntürmen kam noch der Palas, der dreigeschossige Saal- und Wohnbau mit der Front zum Schloßhof, entsprechend gestaltet und an die hohe Westmauer angelehnt. Schloß Meinsberg ist vor allem die Wohnburg der Familie Sierck gewesen. So baute auch Arnold VI. von Sierck in seiner Meinsburg eine Kapelle, wozu er den mächtigsten der drei vierkantigen Türme aussuchte, den „Laternenturm", der mit dem „runden Turm", der noch vom alten Schlosse stammt, die Zugbrücke und damit den Schlosseingang schützen sollte. Seitdem heißt dieser Turm im Volksmund die „Herrenkirche" oder der „Kapellenturm". Wie die anderen Türme ist dieser Turm ebenfalls aus Kalk- und Sandsteinen erbaut, und in die Ecken sind mächtige, meterlange Quadern eingefügt. Das wuchtige Kellergewölbe ruht auf einer starken Säule. Eine Wendeltreppe, halb in der Turmmauer, halb in einem runden Anbau, führte zu dem zweiten Stockwerk, in dem die Kapelle lag. Die Treppe führte weiter hinauf bis zum Zinnenkranz, der die Verteidigung des Turmes ermöglichte, da im ganzen Turm keine Schießscharten vorhanden waren.

Die Genehmigung zum Bau seines Schlosses erhielt Arnold VI. im Jahre 1419. Trotz der Kriegswirren zur damaligen Zeit war die Kapelle 1431 fertig im Bau und hätte eingeweiht werden können, wenn nicht die benachbarten Bischöfe durch das Konzil von Basel (1431-38) in dieser Stadt festgehalten worden wären. Arnold VI. von Sierck ging nach Basel, wo er von dem Präsidenten des Konzils, dem päpstlichen Legaten Kardinal Julian Cesarini, am 28. Oktober 1431 die Erlaubnis erhielt, durch jeden ihm beliebigen Bischof seine Kapelle weihen zu lassen. Nach der Weihe seines ältesten Sohnes Jakob von Sierck zum Erzbischof von Trier in der Burgkapelle 1439 konnte der neue Bischof nicht sofort in seine Bischofsstadt ziehen, da die Pest in dem Gebiet herrschte und zudem die Söldner Ulrichs von Manderscheid, eines erbitterten Gegners seiner Familie, das Trierer Gebiet unsicher machten. Im Jahre 1444, als der Schloßbau beendet war und wieder bessere Zeiten herrschten, weihte Erzbischof Jakob von Trier mit großem Pomp die Schloßkapelle ein, in der er selber 1439 die Bischofsweihe empfangen hatte.

Die Kriege:

Die Grenzregion, in der Schloß Meinsberg lag, war in all den Jahrhunderten von Kriegen geprägt. So tobten die Religionskriege und die Truppen des französischen Königs und seines Bundesgenossen, des Markgrafen von Brandenburg, hielten Schloß Meinsberg im Jahre 1556 längere Zeit besetzt und verwüsteten es fürchterlich. Die Greuel des Dreißigjährigen Krieges (1618-1648) suchten unsere Grenzregion heim und ließen auch die Meinsburg nicht ungeschoren. Im 17. Jahrhundert wurde sie daher zur Festung ausgebaut, um allen Feinden trotzen zu können.

Der englische Feldherr John Churchill, Herzog von Marlborough, machte Schloß Meinsberg für kurze Zeit zu seinem Hauptquartier, als er am 3. Juni 1705 in einem Nachtmarsch mit seinem Heer von 60.000 Mann aus Trier kommend überraschend die Franzosen unter Marschall Villars im Manderertal überrumpelte. Vom 5. bis 17. Juni 1705 schlug er sein Hauptquartier in Schloß Meinsberg auf. So überraschend wie er gekommen war, verschwand Marlborough mit seinen Truppen wieder; in der Nacht vom 17. Juni 1705 setzte er sich nach Trier-Konz ab. Das Schloß wurde seitdem „Schloß Malbrouck" genannt.

Der Verfall des Schlosses:
Weder Marlborough noch die französische Revolution vergriffen sich an Schloß Meinsberg; die Zerstörung kam später. Infolge des langen Aufenthaltes im Exil waren die letzten Besitzer, die Blockhausen und Geisen, so verarmt, daß sie das ganze Anwesen verkaufen mußten. Der ehemalige Pächter, Pierre Breidt kaufte das Schloß mit vielen Ländereien und machte daraus einen Gutshof. Der neue „Schloßherr" ließ in roher Weise die Kapelle einreißen, um mit dem Material einen Schuppen zu bauen.
Von dem kunstsinnigen Marquis Louis Guisbert de Villers von Burgesch (gest.1844), dessen Mutter eine ehemalige Mitbesitzerin des Schlosses war, und der die Kapelle gut gekannt hat, stammt eine handschriftliche Notiz, in der er über die Kapelle schreibt: „Sie war wenig geräumig, wegen der Enge des Raumes, aber sehr elegant. Man sah hier ein Gewölbe kühn und elegant, Fenster im Spitzbogenstil, Inschriften mit gotischen Buchstaben, die ich jedoch nicht entziffern konnte wegen der Höhe, in der sie angebracht waren... Im Jahre 1820 kehrte ich nach Meinsberg zurück und fand von der Kapelle nur mehr Trümmer. Der Sieur Pierre Breidt, augenblicklicher Schloßherr, hatte alle inneren Teile der Kapelle zerschlagen und nur die äußeren Mauern des Turmes übriggelassen, und mit diesen Materialien ließ er im Hofe einen Schuppen erbauen. Ich fragte ihn, was aus zwei großen Steinen mit Inschriften geworden sei...er hatte diese Steine neu behauen und mit einbauen lassen."
Auch die drei Altäre waren zerschlagen worden. Was die Revolutionsmänner verschont hatten, hatte der lothringische Bauer vernichtet.

Umfangreiche Renovierung:
Seit dem Zweiten Weltkrieg war die Meinsburg unbewohnt und verfiel immer mehr. Im Jahre 1975 kaufte das Departement Moselle das Gemäuer und begann 1991 mit der Restaurierung. Die gigantische Summe von 36 Millionen D-Mark kostete die Renovierung des Schlosses, doch die hohe Investition hat sich gelohnt, denn nun strahlt das Schloß wieder in neuem Glanze. Die Restaurierung stellte die Fachleute vor große Probleme, wollte man doch so renovieren, wie dies in den früheren Jahrhunderten geschah, mit den alten

Materialien von damals. Die Renovierung kann man als sehr gelungen ansehen. Das Schloß hat nun Räume für Kongresse, großzügige Speiseräume und einen Vortragssaal für 800 Gäste.
Im Jahr 1998 wurde es für die Öffentlichkeit zugänglich gemacht, und tausende Besucher sahen sich die Ausstellung über das „Goldene Vlies" an. Seitdem fanden viele Ausstellungen und Veranstaltungen im Schloß statt, die auch gut angenommen wurden.
Schloß Meinsberg ist einen Tagesausflug wert, denn die stilgerechte Renovierung hat aus der verfallenen Ruine wieder ein wunderschönes Schloß gemacht. Wenn man im Schloß umhergeht, kann man sich gut vorstellen, wie die Ritter früher hier gelebt haben. Die Burg ist mittlerweile wieder rundum begehbar, und man kann unter den Dächern, über die Zinnen und Wehrgänge gehen und den herrlichen „Dreiländer-Rundblick" nach Lothringen, Luxemburg und ins Saarland genießen.

Anfahrt:
Die Besucher aus dem Saarland fahren am besten über Merzig – Hilbringen – Waldwisse in Richtung Sierck-les-Bains. Von dort nach Manderen, wo man die Meinsburg schon von weitem auf dem Berg sehen kann.
Der Weg von Trier nach Manderen ist sehr malerisch. Am besten fährt man in Richtung Metz/Thionville immer der Mosel entlang bis Apach. Von dort weiter in Richtung Sierck-les-Bains; etwa nach einem Kilometer hinter Apach links ab in Richtung Manderen. Dort gibt es schon ein Schild in Richtung Schloß; doch kann man es von weitem schon erkennen.

Die Burg von Vianden

Die Hofburg von Vianden in Luxemburg ist eine der schönsten Burganlagen Europas.

Vianden
An der deutsch-luxemburgischen Grenze, zwölf Kilometer nordöstlich von Diekirch, liegt das romantische Städtchen Vianden. Von Rheinland-Pfalz aus ist es einfach zu erreichen: über Bitburg nach Sinspelt – Vianden. Fährt man Vianden aus dem Saarland an, ist die Route folgende: Remich – Grevenmacher – Biwer – Reuland – Larochette – Diekirch – Fouhren – Vianden.
An den Ufern der Our gelegen, ist Vianden weit über die Grenzen Luxemburgs hinaus bekannt. Hier kann man in den vielen Restaurants sehr gut essen und dabei die Gastlichkeit der Luxemburger und ihre gute Küche testen. Sehr zu empfehlen sind die Fische, die frisch aus der Our in die Restaurants kommen, herrlich schmeckt dazu ein Wein aus den Luxemburger Wingerten. Zur Verdauung kann man später in den winkligen Gäßchen des Städtchens spazieren gehen; doch Vorsicht, in Vianden geht es fast immer bergauf. Wem dies zu beschwerlich ist, kann auch am Ufer der Our entlang spazieren und den unteren Stausee und das Stauwerk besichtigen. Man sollte sich einen ganzen Tag Zeit nehmen, um Stadt und Burg zu erkunden; sie sind es wert.

Burg Vianden
Vianden wird überragt und geprägt von einer der großartigsten Burganlagen Europas; sie gilt als die größte Burganlage des Herzogtums. Als Musterbeispiel ritterlicher Romantik und mittelalterlicher Baukunst wurde sie von vielen Dichtern besungen. Auf den Fundamenten eines römischen Kastells erbauten sich die karolingischen Gaugrafen hoch auf einem Felsvorsprung eine ovale Burganlage. Vom 11. bis zum 14. Jahrhundert erweiterten und vervollständigten spätere Generationen die Burg immer wieder; entsprechend ihren Vorstellungen und Geschmack. Ausgrabungen haben die Vermutung bestätigt, daß sowohl der untere Raum der doppelstöckigen Kapelle als auch die Teile unter der heutigen Terrasse als Grundstock eines romanischen Schloßturms bereits auf das 10. Jahrhundert zu datieren sind. Die gesamte Anlage erstreckt sich auf einer Fläche von 85 Meter Länge und 30 Meter Breite auf einem Felsplateau. Der ganze Komplex wird der Länge nach durch eine Mauer getrennt. Westlich dieser Mauer befinden sich die Wohnräume der heutigen Herren von Gulik und Nassau (dieser Teil der Burg ist nicht zu besichtigen); östlich davon erhebt sich die alte, mittelalterliche Burg. Sie umfaßt unter anderem die Kapelle, den Petit Palais und den Grand Palais. Die heutige, bestehende Anlage stammt v. a. aus der dritten Bauperiode von 1190 bis 1240.

Petit Palais

Der Petit Palais (1200) mit zwei Geschossen war ursprünglich ein romanischer Bau, wurde aber in der Zeit der Gotik umgestaltet. Im Erdgeschoß befinden sich zwei Räume, der Rittersaal (mit Gewölben aus dem 14. Jahrhundert) und der „Ritterstuff" (ein Wärmeraum); bei letzterem sind die Gewölbe und Fenster romanisch. Von hier aus kommt man in den byzantinischen Saal mit spätromischen Kapitellen und Fenstern aus der Zeit um 1200. Die zweigeschossige Kapelle St. Antoine wurde nach dem Vorbild der ottonischen Pfalzkapelle erbaut. Von den abwechslungsreich gestalteten kleinen Säulen haben sich 61 Kapitelle relativ gut erhalten. Im Untergeschoß blieb der Teil eines ottonischen Turms bewahrt. Das Obergeschoß entstand um 1200 im Übergangsstil von der Romanik zur Gotik.

Grand Palais

Der Grand Palais ist etwas jünger als die ältesten Teile des Petit Palais; er entstand um 1210. Der Rechteckbau besteht aus zwei Geschossen und einem Keller. Die gotischen Spitzgiebel (33 m hoch) stammen aus der Zeit um 1500. Der untere Saal mißt 30 x 9,5 Meter und war ursprünglich 5 Meter hoch; durch den Einbau der Gewölbe erhielt er eine Höhe von etwa 7,50 Meter. Das untere Geschoß besitzt sechs romanische Doppelfenster; die Fenster des Obergeschosses sind gotisch.
Dieser Teil der Burg ist seit 1820 unbewohnt; bevor sie in den Besitz des großherzoglichen Hauses und dann des Staates überging, war sie auf Abbruch verkauft worden. Ein großer Teil der Burganlage ist inzwischen restauriert oder rekonstruiert worden und kann besichtigt werden.

Die Herren von Vianden

Erst ab 1090 kann der erste geschichtlich belegte Burgherr, Graf Bertolf von Vianden, nachgewiesen werden; von da an existiert jedoch der Stammbaum des Viandener Geschlechtes in ununterbrochener Reihenfolge. 1096 residierte Graf Gerhard I. von Sponheim, Herr von Clerf auf Burg Vianden; 1124 war es Graf Friedrich I. von Vianden. Unter Graf Heinrich I. (1210-1252), der Berater am Hofe Kaiser Friedrichs II. war, erreichten die Viandener ihren Zenit. Er war vermählt mit Marguerite de Courtenay, deren Vater, Peter von Courtenay, von 1217 bis 1219 Kaiser des Kreuzfahrerstaates Konstantinopel war. Dieser Heinrich war auch der Vater der legendären Yolanda von Vianden.
Philipp I. von Vianden (1252-1273) war verheiratet mit Marie de Perwez (Brabant). Aus dieser Verbindung erwuchs das Viandener Wappen (silberner mittlerer Querbalken auf rotem Grund), das Philipp I. von der Familie seiner Gemahlin Maria übernahm und auf Vianden übertrug.
Die Grafen von Vianden galten lange Zeit als die größten Konkurrenten des Hauses Luxemburg. Dies änderte sich, als 1264 Graf Philipp I. von Vianden,

der in Schönecken gefangen gehalten wurde, sich an Graf Heinrich V. (den Blonden) von Luxemburg wandte und ihm im Falle seiner Befreiung Vianden mit all seinen Besitztümern zum Lehen anbot. Durch diesen Akt und die sofort eingeleiteten Freilassungsverhandlungen geriet Vianden, der langjährige Widersacher Luxemburgs, unter deren Lehnsherrschaft.

Burg Vianden

Von 1270 bis 1310 war Gotfried I. von Vianden Herr auf Burg Vianden. Philipp II. (1306-1316) bewilligte seiner Stadt Vianden 1308 den Freiheitsbrief. Als er 1316 starb, übernahm Gerhard von Jülich die Vormundschaft über seine vier unmündigen Kinder. Um 1320 ließ er den sogenannten Jülicher Bau errichten. Philipps Tochter Adelheid (1310-1376) heiratete im Dezember 1331 Otto II. von Nassau-Dillenburg. Die Nassauer spalten sich 1345 in zwei Hälften, die walramsche (ältere) und die ottonische (jüngere). Das holländische Königshaus entstammt der ottonischen Linie, während das heutige Luxemburger Herrscherhaus auf die walramsche Seitenlinie zurückgeht.

Die Nassauer

Engelbert I. von Nassau erbte 1417 die gesamte Grafschaft Vianden. Durch diesen Akt wurde europäische Geschichte geschrieben, kommen doch überall Mitglieder der Familie Oranien-Nassau-Vianden in der europäischen Geschichte vor. Seit diesem Zeitpunkt ist die Burg nicht mehr offizielle Residenz der Grafen; sie wird durch Amtmänner verwaltet.
Johann von Nassau-Vianden wurde 1442 Ratgeber Philipps von Burgund. Nach dem Tode von Graf Heinrich III. erbte sein Sohn René (Reinhard) von Nassau um 1538 die Grafschaft. Dieser René hatte von seinem Onkel mütterlicherseits (Philibert de Chalon) den Titel eines „Prince d'Orange" (Oranien) geerbt, so daß später Oranien und Chalon im Wappen der Viandener Schloßherren mitgeführt werden. Die Burg Vianden mag demzufolge als eines der Stammschlösser der niederländischen Dynastie sowie als Herrensitz einer Seitenlinie des heutigen Herrscherhauses Nassau angesehen werden.

Nach dem Tode Renés (1544) erbte Wilhelm von Nassau (der Schweiger) im Alter von elf Jahren neben dem ohnehin schon großen nassauischen Grundbesitz in Luxemburg, Belgien und Holland, das Fürstentum Orange-Chalon, dessen Wappenspruch „Je maintiendrai" er in sein eigenes Wappen übertrug. Wilhelm war zuerst lutherisch, wurde dann katholisch und später calvinistisch. Der gegen Spanien rebellierende Wilhelm, dessen Güter samt Vianden der spanische König Philipp II. schon 1570 eingezogen hatte, wurde 1580 geächtet und 1581 zum Präsidenten (Statthalter) der neugegründeten Republik der Niederlande gewählt, doch bereits 1584 in Delft ermordet. Er gilt als der Begründer der holländischen Oranier-Dynastie. Ihm folgt als Präsident sein Sohn Moritz von Nassau. Erst 1604, nach dem Tode des spanientreuen Statthalters, P. E. von Mansfelds, erhalten die Nassauer ihre Güter zurück. Wilhelm III. von Oranien-Nassau wird König von England (1689-1702).
Unter Philipp-Wilhelm (1604-1618) und Moritz von Nassau-Vianden (1618-1625) entstand auf der Burg Vianden der Nassauer Bau.

Verkauf der Burg

Im Jahre 1820 wird die Burg Vianden von König Wilhelm I. der Niederlande an einen Viandener Bürger verkauft. Nun fiel die bis dahin noch stattliche Ruine dem Raubbau des neuen Besitzers zum Opfer. Dachplatten, Bleiverglasung und Holztäfelungen wurden abmontiert und verkauft, bis der niederländische König Wilhelm II., der zugleich Großherzog von Luxemburg war, die Ruinen der Stammburg seiner Ahnen 1827 zurückkaufte, um sie wieder aufbauen zu lassen. Es blieb jedoch beim Versuch, und seitdem gehörte die Burg dem Luxemburger Großherzog, bis der Luxemburger Staat sie 1977 übernahm und die gesamte Kernburg mitsamt großem und kleinem Palas, dem Nassauer Haus und dem schweren „Weißen Turm" neu aufbauen und überdachen ließ. Hierbei wurde aufgrund der noch vorhandenen Säulenansätze ganz besonders Wert auf die Rekonstruktion des Kreuzrippengewölbes der beiden Palasbauten gelegt. Um die Ruine vor dem gänzlichen Verfall zu retten, hatten bereits 1910 und 1911 Bodo Ebhardt und Charles Arendt die allernotwendigsten Konsolidierungsmaßnahmen eingeleitet.
Dank systematischer Ausgrabungen, einer vorbildlichen Restaurierung (Wiederaufbau samt Überdachungen) sowie einer geschmackvollen Wiederbelebung der mittelalterlichen Räume und Gemächer wurde hier ein Baudenkmal bewahrt, das man heute zu den bedeutendsten Kulturstätten Europas rechnen kann.

Die restaurierte Burg

In der restaurierten Burg kann man plastisch nacherleben, wie die Ritter in früheren Jahren gelebt und gekämpft hatten. In der komplett eingerichteten Herrschaftsküche sieht man das Gesinde beim Brotbacken und beim Zubereiten der Speisen, wobei einen die Schinken und Würste im Rauchfang anlachen. Die Küche mit ihrem Mobilar und den alten Gerätschaften wie Butterfässer, Milchzentrifuge, Käsepresse u. a. sind eine wahre Fundgrube für Heimatforscher. Auch die Schlafgemächer sind komplett eingerichtet mit Baldachinbett, Wand- und Eichenschränken, Tisch mit Stühlen sowie einem großen Kamin, mit dem das Schlafgemach im Winter beheizt werden konnte. Sehenswert ist auch der herrliche Festsaal, in dem über 500 Gäste Platz hatten. Der große Saal misst 30 x 10 Meter, hat eine Höhe von sieben Metern und eine Holzdecke. Beheizt wurde er von zwei Kaminen, und herrliche Wandteppiche aus dem 17. Und 18. Jahrhundert bedecken die Wände und verbreiten eine wohnliche Atmosphäre. Sein Licht erhält der Saal von sechs ostwärts gerichteten, frühgotischen Doppelfenstern. In dem Stammbaumzimmer kann man die Wappen und den kompletten Stammbaum der Grafen von Vianden nachvollziehen. Die Burg hat auch einen großen Brunnen, der im 11. Jahrhundert angelegt wurde; er ist 53 Meter tief und vollständig aus dem Schieferstein gehauen. Die Burgen mußten sich mit Wasser versorgen können, wenn sie belagert wurden. Der große Rittersaal misst im Innern 30,30 x 9,60 Meter, und das Gewölbe hat eine Schlüsselhöhe von 8,20 Metern. Das Gewölbe des Rittersaales war eingestürzt und mußte wieder komplett aufgebaut und restauriert werden. Der imposante Rittersaal wird ebenfalls, wie der darüber liegende Festsaal, durch sechs ostwärts gerichtete Doppelfenster im rein romanischen Stil erhellt.

Sehenswürdigkeiten von Vianden

Doch nicht nur die Burg ist sehenswert, auch im Städtchen gibt es einiges zu sehen. Die „Eglise des Trinitaires“ ist eine zweischiffige frühgotische Kirche (1248), die einst zu dem Kloster der Trinitarier gehörte. Im schönen Kreuzgang findet man die Grabmonumente der Gräfin von Sponheim-Vianden (gestorben 1400) und des Grafen Heinrich von Nassau (gestorben 1589). „Maison de Victor Hugo“ heißt das Haus, in dem der berühmte französische Dichter Victor Hugo 1871 wohnte; es ist nun ein Museum. Sehenswert ist außerdem das Heimatmuseum „Musée d'Art rustique E. Wolff“, welches in einem Barockhaus untergebracht ist. Das Rathaus, ein ehemaliges Burghaus, entstand 1579, und in der „Chapelle de la Sodalité“ (1736) findet man eine reiche Einrichtung. Der „Hockelstour“ ist ein alter Wachturm der früheren Festungsanlage, die 32 Türme besaß.

Man sollte sich viel Zeit nehmen, um dies alles in Ruhe besichtigen zu können. Sie werden sehen, Vianden ist eine Reise wert. Es ist einer der schönsten Orte in den Ardennen, am Übergang vom Gutland zum Ösling gelegen. Etwas schwierig zu erreichen, doch die Mühe lohnt sich.

Der „Blinde König“

Es gibt wohl keinen zweiten Herrscher in Europa, der ein so unruhiges Leben führte wie Johann, der „Blinde König“; ja selbst im Tode kann er keine Ruhe finden. Ausgerechnet die, für die er sein Leben in der Schlacht ließ, warfen ihn immer wieder aus seinem Grabe, die Franzosen.

Die Jugendjahre

Johann, Graf von Luxemburg und König von Böhmen, wurde am 10. August 1296 als einziger Sohn des nachmaligen deutschen Kaisers Heinrich VII. geboren. Als Erstgeborener war er berufen, einst die Regentschaft über die ausgedehnte und wichtige Grafschaft Luxemburg zu übernehmen. Daher sollte er zu einem klugen Staatsmann und tüchtigen Ritter erzogen werden. Er studierte an der Universität von Paris und wurde gleichzeitig am französischen Hof in Rittersitte und feinen Umgangsformen unterrichtet.
Mit 14 Jahren wurde er Graf von Luxemburg, König von Böhmen, Markgraf von Mähren und während der Romfahrt seines Vaters Verweser des deutschen Reiches. Die böhmische Krone erbte er als Schwiegersohn des Königs Wenzeslaus II. Die Belehnungs- und Vermählungsfeierlichkeit fand am 30. August und 1. September 1310 in Speier statt. Erzbischof Peter von Mainz nahm im Dom zu Speier die feierliche Einsegnung des jungen Königspaares vor.

Erste Kriege

Heinrich VII. zog mit einem Heer nach Italien der Kaiserkrone und einem frühen Grab entgegen. Sein Sohn Johann zog mit einem glänzenden Reichsheer nach Böhmen, um das Land zu unterwerfen. Nach längerer Belagerung Prags zog er dort ein und wurde 1311 zum König von Böhmen gekrönt. Dem Adel Böhmens behagte die tatkräftige Regierung des jungen Königs, die sich unerbittlich gegen alle Raubritter zeigte, nicht. Sie erhoben sich immer wieder gegen ihn, so daß er nur mit militärischer Hilfe des Erzbischofs Balduin von Trier, seinem Oheim, Ruhe in Böhmen schaffen konnte.

Blühende Grafschaft Luxemburg

In seiner Grafschaft Luxemburg verweilte er am liebsten. Um in seinen Staaten Ruhe und Ordnung zu sichern, verschaffte er sich eine starke Hausmacht. Zu diesem Zwecke kaufte er Güter und Burgen und gab sie als Lehen an treue, luxemburgische Adelsgeschlechter. Während seiner Abwesenheit stellte er tüchtige Landesverweser an die Spitze, die den Frieden im Lande sicherten. Die Gerechtigkeit wurde gepflegt, Arme und Waise beschützt, Verbrecher streng bestraft. Zu jener Zeit herrschte deshalb eine Sicherheit im Luxemburger Land, die Reisende und Kaufleute mit ihren Waren ohne Begleitung ruhig

Klause bei Kastell

und sicher durch die tiefsten Wälder ziehen ließ. Er sorgte auch für das Wohl der Städte und Klöster in seinem Heimatland; Diekirch und Königsmacher baute er zu Festungen aus. Er gründete 1340 die achttägige Bartholomäus-Messe, die noch heute unter dem Namen „Schobermesse" abgehalten wird.

Weitere Kriegszüge

Als sein Vater, Heinrich VII., in Italien starb, bewarb sich Johann um die deutsche Kaiserkrone. Doch wegen seiner Jugend (er war erst 14 Jahre alt) fand er keine Unterstützung bei den deutschen Kurfürsten. Daher verzichtete er zu Gunsten von Herzog Ludwig von Bayern, der sich nun mit Herzog Friedrich dem Schönen von Östreich um die deutsche Kaiserkrone bewarb. So wurden zwei Kaiser gewählt, die sich acht Jahre erbittert bekämpften, bis es endlich bei Mühldorf zur entscheidenden Schlacht kam. König Johann trug mit seinen Böhmen und Luxemburgern entscheidend zum Siege von Ludwig von Bayern bei.

Im Jahre 1328 zog König Johann zu einem Kreuzzug gegen die heidnischen Litauer aus, die in den Sümpfen zwischen Weichsel und Dnjepr wohnten. Das vereinigte Heer der Böhmen-Luxemburger und der deutschen Ordensritter besiegte die Litauer; König Johann schenkte den größten Teil des Landes dem Orden.

Nach dem Tod seines Vaters Heinrich VII. herrschte in Italien ein furchtbarer Bürgerkrieg. Da ihn die Bürger von Brescia zu Hilfe riefen, zog er 1330 mit einem Heer nach Oberitalien. Bald hatte er den Frieden wiederhergestellt, und viele Städte begaben sich unter seinen Schutz. Er ließ seinen ältesten Sohn

Karl als Statthalter zurück und zog nach Böhmen, da dort wieder Unruhen ausgebrochen waren. Nachdem er die Ruhe gesichert hatte, ritt er nach Paris, um der Vermählung seiner Tochter Gutta mit dem ältesten Sohn des Königs Philipp VI. von Frankreich beizuwohnen. Von dort reiste er weiter zum Papst nach Avignon.

Erblindung

Auf einem zweiten Zug gegen die Litauer zog er sich in den Sümpfen eine gefährliche Augenentzündung zu, die ihn aufgrund falscher Behandlung der Ärzte auf dem rechten Auge erblinden ließ. Da auch das linke Auge schmerzte, begab er sich in die berühmte medizinische Anstalt nach Montpellier, wo ihn die Ärzte auch um das linke Auge brachten. Nun erhielt er allgemein den Namen „Johann der Blinde".

Seine Erblindung ließ ihn auf die deutsche Kaiserkrone endgültig verzichten, doch wurde sein Sohn Karl 1346 zu Rense zum deutschen König und künftigen Kaiser gewählt. Auch seine Blindheit hielt ihn nicht davon ab, sich um seine Staatsgeschäfte zu kümmern. Er war nun nicht mehr so sehr darauf bedacht, seine Staaten zu vergrößern, sondern er strebte nach der Ehre, der Schiedsrichter und Friedensvermittler Europas zu sein.

Johann, der Diplomat

Mit dem französischen Königshaus war König Johann durch vielfache Verbindungen verwandt. Sein ältester Sohn Karl kam in frühester Jugend an den Hof des französischen Königs Karl IV., dessen Gemahlin Maria die Schwester Johanns war, und vermählte sich später mit einer Tochter desselben. König Johann hatte selbst die französische Prinzessin Beatrix aus dem Hause Bourbon zu seiner zweiten Gemahlin genommen. Seine Tochter Jutta war mit dem Herzoge der Normandie, dem Sohne und Thronfolger Philipps VI., vermählt.

Tod des „Blinden Königs"

Die Engländer führten mit den Franzosen einen Krieg, der mit kurzer Unterbrechung hundert Jahre dauerte. Im Jahre 1346 neigte sich der Sieg zu Seiten der Engländer, weshalb König Philipp VI. von Frankreich König Johann um Hilfe bat. Dieser zog an der Spitze von fünfhundert böhmischen und luxemburgischen Rittern mit seinem Sohn Karl den Franzosen zu Hilfe. Am Nachmittag des 26. August 1346 kam es zur entscheidenden Schlacht bei Crecy in der Normandie. Nachdem die Schlacht für die Franzosen schon fast verloren war, die Engländer hatten zum erstenmal in der Geschichte Feuergeschütze in einer Feldschlacht eingesetzt, warf sich König Johann in das Gefecht. Die beiden Ritter Mönch von Basel und Heinrich von Klingenberg nahmen den blinden König in ihre Mitte und banden die Pferde aneinander, um nicht getrennt zu werden. Doch auch der Heldeneinsatz des blinden Königs konnte die Niederlage nicht verhindern. Mehrmals tödlich durchbohrt, hauchte er sein Leben auf dem Schlachtfeld aus; mit ihm fielen seine getreuen Ritter aus Böhmen und Luxemburg.

Selbst im Grabe findet der blinde König keine Ruhe

König Eduard von England ließ die Leiche König Johanns mit allen Ehren in die nahegelegene Abtei Valloire bringen, in deren Kirche er dem toten Helden einen feierlichen Gottesdienst halten ließ. Dann übergab er sie dem Sohne des Gefallenen, Karl IV., welcher in der Abtei Ourschamps verwundet lag. Dieser ließ den Leichnam seines Vaters in Luxemburg, in der Kirche des Benediktinerklosters Altmünster beisetzen. Dreimal wurde König Johann von demselben Frankreich, für das er sein Leben gelassen, aus dem Grabe geworfen.

Im Jahre 1542 hatte sich Franz I. vergeblich um die deutsche Kaiserkrone beworben und benutzte daher die Türkenkriege, um in Deutschland einzufallen. Alles verwüstend, zogen die Franzosen auch durch das Luxemburger Land und nahmen die Stadt ein. Doch schon nach wenigen Tagen wurden sie von dem kaiserlichen Heere unter René von Nassau wieder hinausgeworfen. Die Festungswerke wurden verstärkt, und deshalb mußte die Münsterabtei mit dem Grabmal des blinden Königs geopfert werden. Die Gebeine kamen nun in das Kloster der Franziskaner in der Stadt, bis sie später wieder in das neugebaute Dominikanerkloster in der Unterstadt-Grund zurückkehrten.

Sarkophag König Johanns

Doch im Jahre 1682 fielen die Franzosen unter Marschall Crequi wieder in Luxemburg ein und gewannen nach mehreren vergeblichen Versuchen die Festung 1684. Dabei wurde die Abtei wieder abgebrannt, das Grabmal zerstört, wobei die Gebeine in Mitleidenschaft gezogen wurden. Man brachte sie in das Benediktiner-Refugium in die Oberstadt. Sobald das Kloster wieder aufgebaut war, kehrte auch König Johann wieder zurück.

Bald drohte dem König wieder neue Gefahr mit dem Ausbruch der französischen Revolution. Nachdem die republikanische Armee ins Land gekommen und sich Luxemburgs bemächtigt hatte, wollten die Mönche der Abtei Münster, in welcher die Reste des Königs beigesetzt waren, diese vor den Soldaten sichern.

Daher gab man sie dem Nachbarn, einem Bäcker, welcher sie sorgfältig unter dem Dache in einer Grotte beisetzte, die in dem dicht anliegenden Felsen ausgehauen war. Da die Mönche glaubten, daß die kostbaren Überreste außerhalb der Stadt sicherer seien, baten sie Francois Boch, der vor der Stadt in Siebenbrunn oder Septfontaines eine Fayencerie betrieb, um Asyl für den blinden König. Dieser sagte zu, und einer seiner Arbeiter trug den Sarg auf einer Hotte, mit einem Tuch bedeckt, aus der Stadt. In der Mansarde des Hauses Boch wurde der König einquartiert. Als Francois Boch 1809 in Mettlach eine Fabrik gründete, kamen die Gebeine des blinden Königs nach Mettlach und blieben dort bis 1833. In diesem Jahr besuchte der preußische Kronprinz und spätere König Friedrich Wilhelm IV. die Rheinprovinz und kam auch nach Mettlach. Dort zeigte ihm Jean Francois Boch die Gebeine des blinden Königs, die der Kronprinz nun in der Klause bei Kastell beisetzen ließ, nachdem er diese von seinem Baumeister Schinkel als für einen König würdiges Grabmal ausbauen ließ. Am 26. August 1838 wurden die Gebeine des blinden Königs in die Klause überführt, wo sie bis 1946 blieben. Dann wurden die Überreste von König Johann von der französischen Besatzung in den Dom zu Luxemburg überführt, wo sie seither ruhen.

Kapitel 4

Geschichten über Land und Leute

ist das lustigste Kapitel meines Buches. Es zeigt den typischen Menschenschlag des Dreiländerecks, verschmitzt, schlitzohrig und immer zu Streichen aufgelegt. In früheren Jahren gab es in jedem Dorf ein oder mehrere Originale, die schon zu Lebzeiten Legende waren. Diesen Originalen, die heute leider längst ausgestorben sind, möchte ich in diesem Kapitel ein Denkmal setzen. Früher verstanden die Leute noch Spaß, sie hatten Humor. Sie ärgerten sich zwar insgeheim, wenn sie hereingelegt wurden, doch zeigten sie es nicht. Dafür warteten sie auf eine Gelegenheit, um es dem anderen heimzuzahlen, auch ihn hereinzulegen. Man hatte Humor; konnte auch lachen, wenn man selber einmal „der Dumme" war. Heute laufen wir gleich zum Anwalt, wenn uns jemand hereinlegt; wir verklagen ihn. Der Mensch von heute versteht keinen Spaß mehr, er ist humorlos geworden. In früheren Jahren wurde auch keine Haustür verschlossen; man „traute" den anderen, es wurde nichts gestohlen. Heute sichern wir unser Haus doppelt und dreifach, mit Sicherheitsschlössern und Alarmanlagen. Wenn sich abends oder nachts jemand unserem Haus nähert, wird er von Bewegungsmeldern erfaßt, die Scheinwerfer flammen auf. Gegenüber früher sind wir ärmer geworden; der heutige Mensch isoliert sich, vereinsamt immer mehr. Wir könnten viel von unseren Vorfahren lernen!

Das Schwein, das elektrische Schläge austeilte

Es waren die „wilden Jahre" beim Musikverein Nohn, zu der diese Geschichte spielt; Ende der fünfziger, Anfang der sechziger Jahre.
Der Musikverein Nohn wurde 1955 wiedergegründet, nachdem er durch den Zweiten Weltkrieg zwangsläufig seine Existenz aufgeben mußte. Da die meisten der alten Musiker im Krieg gefallen waren, wurde die Musikkapelle mit jungen Musikern besetzt, die erst das Musizieren lernen mußten. Nun waren dies keine richtigen Musiklehrer, die unterrichteten, sondern ehemalige Musiker, die ihr Können weitergaben, so gut sie dies eben konnten. Ihre Musikschüler waren alles junge Burschen im Alter von 16 bis 24 Jahren; zu der Zeit waren die meisten unverheiratet.
Jeden Samstagabend war Musikprobe im Vereinslokal Klein-Leinen; die Probe dauerte meist bis 22.00 Uhr. Nach der Probe saß man unten im Lokal zusammen, „sproochte" und zechte, oft bis spät in die Nacht hinein. Es gab meistens eine „Henk", wie die Nohner sagen. Damals gab es eben noch kein Fernsehen, das die Geselligkeit störte.
Bei diesen „Sitzungen" bekamen die jungen Musiker meist Hunger, denn beim Trinken braucht man eine „feste Unterlage", damit man nicht so leicht umkippt. Zu dieser Zeit gab es in den Dorfkneipen noch nichts zu essen, so daß sich die Musiker selbst versorgen mußten. Wenn einer von ihnen geschlachtet hatte, ging er heim, die gute Hausmacher Blut- und Leberwurst holen, die sich die hungrigen Musiker dann schmecken ließen; Brot stellte die Vereinswirtin. Zu dieser Zeit gab es noch fast in jedem Haus eine Hausschlachtung; das große Schweinesterben im Dorf begann, sobald die Nachtfröste kamen. Denn das Schwein mußte über Nacht abkühlen, ehe man es zerkleinern konnte. Daher hing man das Schwein zum Abkühlen nachts draußen auf die Leiter; zu dieser Zeit gab es im Dorf noch kein Kühlhaus. Damit streunende Katzen und Hunde sich nicht an dem Schwein vergreifen konnten, setzte man es unter Strom. Dazu nahm man ein Stromkabel, das an einem Ende einen Stecker hatte, den man in die Steckdose stecken konnte. Am anderen Ende des Kabels waren die blanken Drähte, die man am Schwein befestigte. Wenn man den Stecker in die Steckdose steckte, stand das Schwein unter Strom. Kamen nun Katzen oder Hunde, um sich an dem Schwein zu laben, bekamen sie einen gewaltigen Stromschlag, daß sie jaulend Reißaus nahmen.
Nach einer Musikprobe, es war Winter, saß man wieder gemütlich zusammen, um ein gepflegtes „Saarfürst-Bier" zu trinken. Zu der Zeit gab es in den Gastwirtschaften des Kreises Merzig nur „Saarfürst" zu trinken. Damals war es Sitte, in geselliger Runde den „Stiefel" rundgehen zu lassen. Dies war ein Glasstiefel, in den acht Glas Bier hineingingen; er faßte also zwei Liter Bier. Dieser gefüllte Stiefel machte die Runde, bis er leer war. Dabei gab es strenge Vorschriften, die genau eingehalten werden mußten. Der Stiefel kreiste immer im Uhrzeigersinn!

Wer den Stiefel leerte, gab ihn an seinen Nebenmann weiter, der ihn auf seine Kosten wieder füllen mußte. Füllen mußte ihn auch derjenige, bei dem der Stiefel beim Trinken „gluckste". Dies geschah meist, wenn der Stiefel sich leerte und das Bier aus dem „Schuh" lief. Experten drehten den Stiefel beim Trinken so, daß der Schuh seitwärts lag; nun gluckste es nicht, wenn das Bier zurücklief.

Hausschlachtung 1954

Nachdem man einige Stiefel geleert hatte, bekamen die Musiker wieder einmal Hunger.
„Pitt, dou heschd doch geschlacht! Ge'in holl mohl eh gooden Strank Worschd." (Peter, du hast doch geschlachtet! Geh, hol einen guten Ringel Wurst.)
„Esch hunn noch kään Woschd gemaaht!" antwortete Pitt (Ich habe noch keine Wurst gemacht).
„Mer, da schneid doch eh good Steck Lewer oob", riet ihm sein Musikerkollege (Dann schneide doch ein gutes Stück Leber ab). Nachdem alle den Pitt gründlich bearbeitet hatten, ging er endlich widerwillig fort, um die Leber zu holen. Er ließ sich von der Wirtin ein Schlachtmesser geben, um die Leber damit abzuschneiden.
Es dauerte eine kleine Ewigkeit, bis Pitt endlich wieder auftauchte. Er war kreidebleich und zitterte am ganzen Körper, als er die Wirtschaft betrat.
„Pitt, watt eß dann mett dier?", drangen die Kollegen besorgt in ihn. Es dauerte zwei Bier und zwei Schnaps lang, ehe Pitt endlich erzählen konnte. Er hatte das Schwein angefaßt, um die Leber abzuschneiden. Dabei vergaß er, daß das Schwein unter Strom stand und bekam einen gewaltigen Schlag, der ihn fast umwarf. Pitt fluchte mächtig und machte wahrscheinlich einen Höllenlärm, denn die Haustür ging auf und seine Schwiegermutter kam heraus, von dem Lärm aufgeschreckt. Pitt konnte noch gerade hinter einen Busch huschen, denn vor der Schwiegermutter hatte er großen Respekt.
„Eß loh äinen?" rief die Schwiegermutter in die Dunkelheit. Nichts!

„Secher enn Katz!" murmelte sie und versicherte sich, daß der Stecker noch in der Steckdose war. Dann ging sie wieder ins Haus zurück. Pitt atmete auf! Er zog nun den Stecker raus, bevor er ein tüchtiges Stück Leber abschnitt. Seine Kollegen bedauerten Pitt zuerst, doch mit steigendem Alkoholverbrauch kam der Spott hinzu; Pitt wurde kräftig „veräppelt".
Einer der Musiker hatte Pitt die Leber abgenommen und sie in der Küche der Vereinswirtin in der Pfanne gebraten. Doch anstatt die Leber vorher in Mehl zu wälzen, tat er dies in Salz. Großes Hallo, als er mit der gebratenen Leber zurückkam. Im Nu war die Leber samt dem Brot in den hungrigen Musikermägen verschwunden. Einige meinten zwar, die Leber wäre gut gesalzen, doch gegessen wurde sie trotzdem.
An dem Abend kam die Wirtin mit dem Bierzapfen fast nicht mehr nach, so durstig waren ihre Kunden. Sie lechzten regelrecht nach jedem Glas Bier!
Man erzählte sich noch lange im Dorf die Geschichte von dem Schwein, das elektrische Schläge austeilte und der versalzenen Leber.

Eine lustige Beichte in St. Gangolf

Seit dem Jahre 1901 unterhielt der Kapuzinerorden in St. Gangolf (dies ist eine kleine Siedlung im Saarland bei Besseringen), ein Kloster, das von mehreren Patres und Brüdern bewohnt wurde; sie widmeten sich hauptsächlich der Seelsorge. Leider hat der Orden bereits 1974 das Kloster wieder aufgeben müssen, da wie bei vielen anderen Orden der nötige Nachwuchs fehlte.

St. Gangolf – Kirche mit Hofgut

Solange das Kloster bestand, waren die Messen im Kloster St. Gangolf bei der umliegenden Bevölkerung sehr beliebt, weshalb an den hohen Feiertagen die kleine Kirche immer überfüllt war. Besonders die Mitternachtsmette an Weihnachten war sehr gefragt; da war die Kirche immer zu klein.
Zu dieser Zeit gab es bei den Katholiken noch keine Bußfeier, sondern man mußte noch zur sogenannten „Ohrenbeichte" gehen, was bei den Katholiken damals Pflicht war. Mindestens einmal im Jahr mußte man als guter Christ beichten und die Kommunion empfangen. Besonders gern ging man zur Beichte nach St. Gangolf zu den Patres, so daß vor hohen Feiertagen wie Allerheiligen, Weihnachten und Ostern die Patres den ganzen Tag im Beichtstuhl saßen, um die Sünden der reuigen Christen anzuhören. Als Geheimtip bei den „Insidern" galt Pater Lorenz, ein alter Pater, der nicht mehr gut hörte. Hier hatte sich vor einigen Jahren eine lustige Geschichte zugetragen, die ich erzählen möchte.
Ein Bekannter von mir hatte eine Frau aus unserem Dorf geheiratet und wohnte seitdem dort. Kurz vor Weihnachten frug er mich: „Hör mal, du kennst dich doch hier gut aus. Wo kann man denn gut beichten?"
„Tscha", meinte ich bedächtig, „du kannst bei unserem Pastor beichten, der hört in der Woche vor Weihnachten in unserem Ort Beichte. Du kannst aber auch nach St. Gangolf zu den Patres fahren; beim Pater Lorenz beichtet man besonders gut, denn der hört nicht mehr so gut."
„Das ist prima! Genauso etwas suche ich! Dann fahre ich doch zum Pater Lorenz", meinte mein Bekannter ganz vergnügt.

Gesagt, getan! In St. Gangolf schaute er sich in der Kirche suchend um und reihte sich dann in der langen Schlange ein, die sich vor dem Beichtstuhl von Pater Lorenz, kenntlich an dem Namensschildchen über dem Beichtstuhl, gebildet hatte. Endlich kam die Reihe an ihn, und als er in den Beichtstuhl kam, dachte er, wenn der Pater nicht gut hört, so brauchst du auch nichts zu sagen. Also legte er los: „Ratata ratata!“ Da tönte es ihm zu seinem Entsetzen entgegen: „Ritititi ritititi! Der Pater, der nicht gut hört, sitzt heute in dem anderen Beichtstuhl“; denn die Patres hatten die Plätze getauscht. Wie man sieht, hatten auch die Patres Sinn für Humor! Ich glaube, es wundert niemand, wenn ich sage, daß mein Bekannter seitdem nie mehr nach St. Gangolf zur Beichte ging.

Besonders beliebt war auch die Klosterkirche St. Gangolf als „Heiratskirche“ bei den romantischen Hochzeitspaaren; lag sie doch sehr idyllisch inmitten von Wiesen und Wald. Die Klosterchronik zeigt für das Jahr 1934 307 und für 1935 sogar 407 Trauungen aus; insgesamt dürften die Patres wohl zwischen 8.000 und 10.000 Trauungen in ihrer Klosterkirche vollzogen haben.

Hier hat sich ebenfalls eine lustige Geschichte während einer Trauung in der Klosterkirche zugetragen: Ein Hochzeitspaar hatte sich zur Trauung angemeldet, und als es eintraf, sah man, daß die Braut hoch in Umständen war. Während der Traungszeremonie setzten bei der Braut plötzlich die Wehen ein. Der verzweifelte Bräutigam flehte den Pater an: „Pater dommel dech!“ (Pater beeil dich!). Seitdem hieß dieser Pater beim Volke nur noch Pater Dommel-Dech.

Die Heringsschwänze am Hut

Oder wie ein Schlitzohr hereingelegt wurde

In früheren Zeiten verstanden die Leute noch mehr Spaß als heute und man amüsierte sich köstlich, wenn einer hereingelegt wurde. Zu dieser Zeit lief man nicht gleich zum Rechtsanwalt, um denjenigen zu verklagen, der einem einen Streich spielte. Damals war auch kein Geld da für die „Rechtsverdreher", und eine Rechtsschutzversicherung kannte man auch noch nicht.
Die Geschichte, die ich hier erzählen will, spielte sich in den fünfziger Jahren nach dem Zweiten Weltkrieg ab und hat sich tatsächlich so zugetragen; allerdings sind die Namen geändert. Sie spielt in einem Dorfe an der unteren Saar, nicht weit von der Saarschleife und dem Dreiländereck.
In unserem Dörfchen gab es zu dieser Zeit nur einen Musik- und einen Gesangverein. In dem Gesangverein war unser Schlitzohr, nennen wir ihn „Michel", aktives Mitglied, also Sänger. Michel war bekannt dafür, daß er gerne seinen Sangesbrüdern einen Streich spielte oder sie sonstwie hereinlegte. Die folgende Geschichte ist ein Beispiel für seine Schlitzohrigkeit. So wußte er, daß ihr Dirigent (ebenfalls ein Einheimischer), wenn er von der Mittagsschicht nach Hause kam, vorher im Vereinslokal den Dämmerschoppen trank. So auch an diesem Tag, als Michel anwesend war. Da Michel mit seinen Freunden schon vorher ausgiebig gebechert hatte, verspürte man Hunger. Als nun ihr Dirigent auftauchte, kam dem Michel eine Idee. Leise schlich er sich zur Hintertür hinaus und ging in das Haus des Dirigenten, welches ganz in der Nähe war. Damals waren die Haustüren abends noch unverschlossen, so daß er ungehindert in das Haus kam. Dort war man bereits zu Bett gegangen, da es schon spät war. Die Mutter des Dirigenten hörte, wie die Haustür geöffnet wurde und dachte, es wäre ihr Sohn. Daher rief sie: „Kles, dein Eeßen eß em Scheffchen, mett demm Broaden." (Klaus, dein Essen steht in der Bratröhre mit dem Braten.)
„Dess good!" rief unser Schlitzohr mit verstellter Stimme zurück, nahm den Topf mit dem Essen und verdrückte sich ganz leise. Im Gasthaus angekommen, stellte er den Topf auf den Tisch und meinte: „Mein Fraa hett ohs ebbes ze eeßen gemahd, ech hunn nämlich Honger. Lo greift zuah!" (Meine Frau hat uns etwas zu essen gemacht, ich habe nämlich Hunger. Nun greift zu!)
Dies ließen sich seine Freunde, einschließlich des Dirigenten, nicht zweimal sagen und im Nu war der Topf geleert. Nachdem es allen geschmeckt hatte, erzählte nun der Michel, woher das Essen stammte. Großes Hallo in der Runde und ein langes Gesicht beim Dirigenten!
Solche Streiche machte der Michel für sein Leben gerne, und er nahm auch keinen dabei aus. Deshalb brannten seine Sangesfreunde darauf, auch ihm eins auszuwischen; doch es wollte nicht gelingen, da Michel höllisch aufpaßte. Eines Tages war es dann doch soweit, und der Streich kam aus einer ganz

anderen Ecke, als Michel nachher vermutete.
Es war zur Fastnachtszeit, und nach der Gesangprobe am Samstagabend saßen noch alle gemütlich im Vereinslokal zusammen. Die Wirtin hatte Heringe eingelegt, die sich die Sangesbrüder schmecken ließen. Im Nebenraum saß die Frau eines Sangesbruders, und als die Wirtin abräumte und sie die Heringsschwänze sah, kam ihr eine Idee. Heimlich nahm sie den Hut von unserem Schlitzohr Michel und nähte die Heringsschwänze rundum an das Schweißband an, mit den Schwänzen nach oben. Vorher hatte sie die Heringsschwänze mit einem Tuch abgetrocknet, um den Geruch etwas zu mildern. Die Frau wußte, daß Michel am Sonntag den Hut mit in die Kirche nahm.

Nohn – Pensionärsfest 1975

Da Heringe bekanntlich schwimmen müssen, zechten die Sangesfreunde an diesem Abend noch ausgiebig, so daß Michel stark angeheitert war, als er endlich nach Hause ging. Daher bemerkte er auch nicht die Heringsschwänze an seinem Hut, als er diesen aufsetzte, um heimzugehen.
Am anderen Morgen war Michel noch ganz verkatert, als er zur Kirche ging. Wie immer zog er seinen Mantel an, setzte den Hut auf und ging zur Sonntagsmesse. Er wunderte sich, daß ihn alle Leute nach der Messe anlachten, als sie ihn sahen. Zuerst freute er sich und lachte zurück. Doch als das Grinsen ringsum immer breiter wurde, frug Michel endlich mißtrauisch: „Watt laacht dir dann nur soa blöd?“ (Was lacht ihr denn so blöd?) Daraufhin ging ringsum das Gelächter los und man deutete auf seinen Hut. Michel nahm ihn ab und sah nun den Grund der allgemeinen Heiterkeit. Nur mühsam gelang es ihm, gute Miene zum bösen Spiel zu machen und mitzulachen.
Das ganze Dorf lachte über diesen Streich, den man dem Michel gespielt hatte; Schadenfreude ist bekanntlich die schönste Freude. Denn man gönnte Michel von Herzen, daß man ihn auch einmal hereingelegt hatte; sonst tat er dies immer bei anderen. Inzwischen ist Michel längst gestorben, doch hat er nie herausbekommen, wer ihm diesen Streich gespielt hatte.

Wie Matz sich durch seinen Geiz selbst hereinlegte

Früher war es auf den Dörfern üblich, daß zur Winterszeit, wenn der erste Frost kam, die Hausschlachtungen anfingen. Damals kannte man noch keine Tiefkühltruhen, um das Fleisch zu jeder Jahreszeit verfügbar zu haben. Zur damaligen Zeit wurde geschlachtet, wenn es draußen fror, denn dann verdarb das Fleisch nicht, und es konnte über Nacht gut abkühlen. Das Fleisch wurde gepökelt oder angebraten und dann in Gläser eingekocht oder in großen Töpfen in Schweineschmalz eingelegt. Kopf, Füße, Ohren und verschiedene Fleischstücke wurden gekocht und dann zu Sülze und zur guten Hausmacher Blut- und Leberwurst verarbeitet.

Aus dieser Zeit handelt meine Geschichte, als sich der Matz, so wollen wir ihn hier nennen, wegen seines Geizes selbst hereinlegte. Es war Samstagabend, die Musikprobe war aus, und die Musiker saßen noch in geselliger Runde zusammen. Da das Blasen auf den Musikinstrumenten bekanntlich sehr durstig macht, wurden fleißig die Biergläser geleert. Ab und zu kam noch ein kleiner „Gau-Whisky", ein sogenannter „Schnellbinder" (Obstschnaps) hinzu, so daß die Runde immer lauter und fröhlicher wurde. Man erzählte sich Geschichten aus der Schulzeit, es wurden Witze erzählt, kurz, die Musiker amüsierten sich köstlich. Zu vorgerückter Stunde verspürten die fröhlichen Zecher langsam Hunger, denn beim Biertrinken wird man hungrig. Damals waren die Wirte noch nicht oder sehr selten darauf eingestellt, Essen zu machen. Die Dorfwirte kannten dies so gut wie gar nicht, vor allem nicht in Nohn, wo unsere Geschichte spielt.

Nun wußte Matzens Nachbar, nennen wir ihn Pitt, daß der Matz geschlachtet und Hausmacher Blut- und Leberwurst gemacht hatte. Deshalb meinte der Pitt: „Mer Matz, dau häscht doch geschlachd. Ge'in holl doch mol haim dein Worschd!" (Matz, du hast doch geschlachtet. Gehe und hole uns von daheim deine Wurst!)

Der Matz tat ganz entsetzt: „Nää Pitt, datt ge'iht nett. De'ih iss noch vill ze fresch!" (Nein Peter, das geht nicht. Die ist noch viel zu frisch!)

Die Runde drang nun in den Matz, er solle doch von seiner Wurst eine Kostprobe holen gehen. Doch alles umsonst! Der Matz ließ sich nicht erweichen, er war viel zu geizig, um seine gute Wurst zu spendieren. Als der Pitt nun merkte, daß sich der Matz nicht erweichen ließ, meinte er: „Mer da loschd de Matz nur ge'ihn. Ech mennen, sein Worschd ess nett good, doufier ge'iht henn se nett hollen." (Laßt den Matz nur gehen. Ich meine, seine Wurst ist nicht gut, darum geht er sie nicht holen!)

Doch auch dieser Hinweis auf seinen Ehrgeiz nutzte nichts; Matz blieb hart. Da sagte sein Nachbar verdrießlich: „We'schder watt? Wenn de Matz nett well, ge'ihn esch mein Worschd haim hollen." (Wißt ihr was? Wenn der Matz nicht will, gehe ich heim meine Wurst holen.)

Großes Hallo in der Runde, Spott auf den Matz! Der eine der Zecher rief über die Wirtin, daß sie Brot bringen solle, was sie auch tat. Nach einer Viertelstunde war der Pitt wieder zurück, in jeder Hand drei Ringel Blut- und Leberwurst, die er auf den Tisch legte. Großes Hallo am Tisch! Man rückte zusammen, die Messer wurden gezückt und große Stücke der Wurst abgeschnitten und zusammen mit Brot gegessen. Dazu schwenkte man das Ganze mit großen Mengen Bier hinunter, und weil die Wurst so fett war, kam ab und zu ein Schnäpschen hinzu, um zu neutralisieren.
Matz war einer der derjenigen, der am fleißigsten zulangte, denn wenn es etwas umsonst gab, war der Matz immer ganz vorne dabei. Als die Wurst nun aufgegessen war, lehnten sich alle zufrieden zurück, und ab und zu hörte man einen mühsam unterdrückten Rülpser, so gut hatte es allen geschmeckt.
Nun frug der Pitt den Matz ganz scheinheilig: „Mer Matz, we'ih soah ohss doch mol, wi'eh dir de Worschd geschmackt hett?" (Matz, jetzt sage uns, wie dir die Wurst geschmeckt hat?)
Darauf meinte der Matz bedächtig, nachdem er einen gewaltigen Schluck aus seinem Bierglas genommen hatte: „Jo'ah we'schd de, se ess nett schleschd. Ewwer so.ah good we mei'hn ess se doch nett!" (Ja weißt du, sie ist nicht schlecht. Aber so gut wie meine ist sie doch nicht!)
Der Pitt brach nun in ein gewaltiges Gelächter aus, alle schauten ihn verständnislos an. Doch als der Pitt nicht mehr aufhörte zu lachen, ging den anderen plötzlich ein Licht auf, denn der Pitt war im ganzen Dorf als Schlitzohr bekannt. Sie stimmten daher nacheinander in das Gelächter mit ein, was den Matz immer mehr irritierte. Zum Schluß meinte er: „Sei'hd derr we'ih all verreckt genn, odder watt ess loss?" (Seid ihr nun alle verrückt geworden oder was ist los?)
Darauf rief einer aus der Runde vergnügt: „Mer Matz, we'ischd dou fier watt mier laachen? Dou heschd dei'hn aijen Worschd gehß!" (Ei Matz, weißt du, für was wir lachen? Du hast deine eigene Wurst gegessen!), worauf sich das Gelächter in der Runde noch steigerte.
Der Matz machte ein Gesicht, als wenn der Blitz neben ihm eingeschlagen hätte. Schnell überlegte er, der Pitt kennt meine Verhältnisse, er weiß auch, wie man in meinen Keller kommt und wo ich die Wurst hängen habe. Also stimmt es! Da der Matz aber nicht dumm war, stimmte er zum Schluß mit etwas saurer Miene in das Gelächter mit ein. Er war überzeugt, daß er dem Pitt diesen Streich eines Tages zurückzahlen würde. Was auch stimmte, doch dies ist eine andere Geschichte.
Als die Geschichte mit der Wurst im Dorf bekannt wurde, bekam der Matz Spott genug zu hören; alles freute sich, daß man den geizigen Matz hereingelegt hatte. Denn wer den Schaden hat, braucht bekanntlich für den Spott nicht zu sorgen!

Geschichten um den „Schicken-Metz“ von Nohn

Ein in Nohn und weitherum bekanntes Original war Matthias Hoffmann, den man nur unter seinem Spitznamen „Schicken-Metz“ kannte. Den Spitznamen hatte er von seiner unvermeidlichen „Schick“ (Tabakpriem), die er immer in der linken Backe hatte. Ab und zu spritzte er einen braunen Tabakstrahl auf die Erde, und wenn wir Kinder nicht aufpaßten, uns auf die Schuhe. Heute ist er schon lange tot, doch erzählt man sich immer noch seine Geschichten. Ich möchte hier einige der Geschichten erzählen, die für seine Schlitzohrigkeit und Schlagfertigkeit sprechen.

An einem Sonntagmorgen kam der Tünsdorfer Pastor Dessoy nach Nohn, um in der Nohner Kirche die Sonntagsmesse zu lesen. Dabei mußte er an dem Hause vom Schicken-Metz vorbeigehen und hörte einen Riesenkrawall. Neugierig geworden, trat er unbemerkt in das Haus ein und sah, wie der Metz seine Frau und Kinder fürchterlich verprügelte. „Herr Hoffmann, was tun Sie da?“ rief der Seelsorger dem Schicken-Metz zu. Dieser erschrak, als er plötzlich seinen Pastor vor sich sah. Doch hatte er sich schnell wieder gefaßt und erwiderte dem Geistlichen in aller Ruhe: „On, on Herr Paschdur! Et well kai Mensch meh enn de Kersch geh'inn!“ (Herr Pastor, es will kein Mensch mehr in die Kirche gehn!) Da blieben selbst dem Pastor Dessoy, der für seine Wortgewalt berühmt war, die Worte im Hals stecken.

Der Schicken-Metz war dafür bekannt, daß er im Nohner Bach des öfteren unerlaubterweise Forellen fing. Der Gendarm hatte ihm schon mehrmals aufgelauert, doch immer vergebens. Nun fing der Metz die Forellen nicht mit der Angel, sondern mit der Hand. Eine Kunst, die wir als Jungen auch noch beherrschten. Man zog dazu Schuhe und Strümpfe aus, krempelte die Hemdsärmel hoch und versuchte die Forellen zu jagen und zu fangen. Eine Kunst, die unser Metz meisterlich beherrschte. Die Forelle wurde im Bach aufgestöbert und flüchtete sich dann meist unter einen großen Stein oder unter den Wurzelstock eines Uferbaumes. Nun fuhr man mit der Hand vorsichtig in den Spalt, und spürte man die Forelle, mußte man fest zudrücken, damit der Fisch nicht mehr entwischen konnte.

Eines Tages im Sommer, es war sehr warm und schwül, daher ein besonders ideales Wetter zum Forellenfangen, war unser Metz im „Bonnertal“, um sich seine Leibspeise, die Forellen, zu fangen. Er zog daher Schuhe und Strümpfe aus, legte die Jacke ab und krempelte die Hemdsärmel hoch, um ins Wasser zu steigen. Er bemerkte nicht, daß ihn dabei der Gendarm beobachtete, der sich im Schatten eines großen Baumes von der Mittagshitze ausruhte.

Metz stieg nun vorsichtig in den Bach, um das Wasser nicht zu trüben. Er hatte vom Ufer aus eine Mordsforelle unter dem Wurzelstock eines Weidenbaumes entdeckt, die er unbedingt haben wollte. Er bückte sich gerade, um seine Hand in den Wurzelstock zu stecken, als ihn der Gendarm siegessicher

Schickenmetz 1955

anrief: „Halt! Herr Hoffmann was tun Sie da?“ Unser Metz erschrak einen Moment, als er plötzlich den Gendarmen vor sich sah, denn mit der Polizei stand er meist auf Kriegsfuß. Doch hatte er sich schnell wieder gefaßt und sagte in aller Seelenruhe zu dem Beamten: „On, on Herr Polizeikommissar, ärztlich empfohlen!“ und zeigte dabei seine aufgekrempelten Hosenbeine. „Wegen meiner Gesundheit hat mir der Arzt Wassertreten verordnet!“ fügte er noch grinsend hinzu. Der Gendarm sah ein, daß er voreilig gehandelt hatte, denn ohne „Corpus delicti“ (Forelle) konnte er den „Schicken-Metz“ nicht überführen und mußte mit langem Gesicht abziehen.

Metz stand auch mit dem Förster auf Kriegsfuß, denn dieser hatte seiner Frau Lisa schon mehrmals ein „Knöllchen“ (Protokoll) aufs Auge gedrückt, wenn er sie im Wald beim „Laaf scheren“ (Laub recheln) für ihre Kuh erwischte. Auch hatte der Förster den Metz im Verdacht, daß er sich öfters einen Hasen mit der Schlinge fing, doch konnte er ihm nie etwas beweisen. Metz beschloß daher, dem Förster bei passender Gelegenheit eins auszuwischen. Eines Tages war es dann soweit! Es war während der Heuzeit, da traf der Metz den Förster im Wald und sagte ganz aufgeregt zu dem Grünen: „On, on Herr Förschder, ech hunn grad ewen lou ouwen ai Mann gese'in met ner Bechs en der Hand!“ (Herr Förster, ich habe gerade eben einen Mann mit einer Büchse in der Hand gesehen). Der Förster, der hoffte, den schon lange gesuchten Wilddieb zu fangen, frug daher den Metz ganz ahnungslos: „Wo haben sie den Mann mit der Büchse gesehen?“ „Mä lou ouwen em Fußgrond, direkt om Waldrand!“ (Na, oben im Distrikt „Fußgrund“, direkt am Waldrand) antwortete verschmitzt unser Schicken-Metz. „Vielen Dank, Herr Hoffmann!“ rief der Förster dem Metz zu

und lief schnurstracks zum Fußgrund, wo er schwitzend und außer Atem ankam. Mit dem entsicherten Gewehr in der Hand trat er auf den Mann zu, der dort am Waldrand saß und eine Büchse in der Hand hielt. Eine Büchse mit Ölsardinen, wie der Förster mit langem Gesicht beim Näherkommen feststellen mußte. Es war ein Mäher, der nach dem Mähen seiner Wiese eine Pause machte und dabei frühstückte.
Metz liebte auch sehr den Viez und trank ihn zu allen Tageszeiten, so daß er täglich auf etliche „Pettscher" (Krüge) kam. Eines Tages mußte er zum Doktor, da er sich krank fühlte. Der Doktor, der seine Pappenheimer kannte, frug ihn: „Herr Hoffmann, wie ist es mit dem Durst?"
„Sehr good! Ech hunn emmer Duschd", entgegnete der Metz. „Nein, ich meine doch damit, wieviel Sie täglich trinken!" rief der Doktor.
„Dou kummen schunn eh poor Pettscher Viez zesummen", (Da kommen schon einige Krüge Viez zusammen) meinte nachdenklich der Schicken-Metz.
„Das ist zuviel; sie dürfen ab sofort nur noch ein Glas Viez zu den Mahlzeiten trinken", mahnte der Doktor.
Was tat nun unser Schlitzohr? Er ging schnurstracks zur Firma Baltes nach Merzig und kaufte sich das größte Glas, daß diese im Laden hatten, es faßte über einen Liter. Nach der ärztlichen Verordnung trank nun Metz zu jeder Mahlzeit ein Glas Viez; schließlich hatte der Doktor nichts von der Größe des Glases gesagt.

Ein Schlitzohr geht Schuhe kaufen

Ein Original aus unserem Dorf, nennen wir ihn „Matz", war wegen seiner Streiche und Schlitzohrigkeit überall bekannt und gefürchtet. Nun ist er schon seit vielen Jahren tot, doch erinnert man sich immer wieder seiner Streiche und lacht noch heute darüber. Bei einem Streich hatte er sich selbst übertroffen, und den möchte ich erzählen.

Matz brauchte dringend ein Paar neue Schuhe und beschloß, zur Kreisstadt Merzig (Saarland) zu gehen, um sich welche zu kaufen. Da zu dieser Zeit, es war um 1930, noch keine Busverbindung in unserem Dorf bestand, mußte er die zwölf Kilometer zu Fuß gehen. Also zog er den „Feiertagsschwarzen" (Sonntagsanzug) an, denn er wollte den Städtern zeigen, daß er ein Mann von Welt sei, setzte den schwarzen Hut auf, nahm den „Parapli" (Regenschirm) – denn es könnte ja Regen kommen – und marschierte endlich los.

Obwohl es noch früh am Tag war, kam unser Matz tüchtig ins Schwitzen, denn die Sonne brannte bereits vom wolkenlosen Himmel. Es war ja auch kein Wunder, wenn Matz schwitzte, denn der schwarze Anzug zog die Sonne an und wärmte daher besonders gut. Schließlich kam er völlig verschwitzt in Merzig an und überlegte, sollte er zuerst einen trinken gehen oder zuerst die Schuhe kaufen. Schließlich entschloß er sich doch, zuerst im größten Schuhhaus der Stadt seine Einkäufe zu tätigen. Gesagt, getan!

Matz marschierte in das Geschäft und meinte auf die Frage der Verkäuferin, was er wünsche „Ech bre'ischt e poor gooder Schouh!" (Ich brauche ein Paar guter Schuhe!).

„Dann setzen Sie sich bitte und ziehen Sie Ihre Schuhe aus", meinte die ahnungslose Verkäuferin. Der Matz war nämlich wegen seiner kriminellen Schweißfüße bekannt und berüchtigt. Nun stellen sie sich vor, durch den langen Marsch in der heißen Sonne waren seine Füße richtig ins Kochen gekommen, was den Schweißgeruch entsprechend aktivierte. Matz zog daher heimlich grinsend seine Schuhe aus, und sofort verbreitete sich ein atemberaubender „Duft" in den Verkaufsräumen.

Als die arme Verkäuferin mit einem Arm voller Schuhe für Matz zurückkam, ließ sie vor Schreck beinahe die Kartons fallen. Denn der Geruch in unmittelbarer Nähe von Matz war unausstehlich. Das arme Kind konnte gerade noch schnell die Kartons abstellen und rannte fluchtartig vor die Tür, um tief Atem zu holen, denn die Füße vom Matz „dufteten" wirklich fürchterlich. Die Verkäuferin traute sich nicht mehr in den Laden, sondern alarmierte ihren Chef. Dieser wollte ihrem Bericht nicht glauben und eilte daher in den Laden, um diesen seltsamen Kunden in Augenschein zu nehmen. Als er den Laden betrat, verschlug es auch ihm den Atem, und er konnte nun seine Verkäuferin verstehen.

Matz hatte sich inzwischen in aller Ruhe ein Paar schöne Schuhe ausgesucht und frug nun den Ladeninhaber „Watt goschden dann de'ilei?“ (Was kosten denn diese?) und hielt ihm die teuersten Schuhe entgegen. Dieser rang mühsam nach Atem und würgte hervor: „Die kosten nichts! Nur ziehen Sie sofort Ihre Schuhe an und verlassen Sie um Gotteswillen schnell meinen Laden, denn Sie vertreiben mir ja alle Kunden.“
„Mäh datt es prima! Merci!“ (Das ist ja prima! Danke schön!), meinte schmunzelnd unser Matz; zog seine alten Schuhe wieder an und packte in aller Seelenruhe seine neuen Schuhe ein. Er klemmte sich den Karton unter den Arm und ging zur Tür. An der Tür ließ er laut und vernehmlich einen seinen gefürchteten „Winde“ fahren, daß der Ladenbesitzer erschreckt zusammenzuckte, drehte sich seelenruhig um und frug ganz scheinheilig: „Grehn esch lovier noch e poor Schlappen?“ (Bekomme ich dafür noch ein Paar Pantoffeln?) Den Kommentar des geplagten Ladeninhabers wollen wir uns lieber ersparen.

Das romantische Steinbachtal bei Nohn

Ein Nahreiseziel ist das wild romantische Steinbachtal an der Saarschleife; es ist einen Tagesausflug wert. Das Steinbachtal an der Saarschleife ist vielen Besuchern bekannt; führt der ausgeschilderte Waldlehrpfad doch zur Höhe des Berges, dem Aussichtspunkt Cloef. Für die Vogelfreunde sind Schautafeln mit Bildern und Beschreibungen der dort lebenden Vögel entlang des Weges aufgestellt. Leider werden diese Tafeln immer wieder von Rüpeln zerstört; schade.

Der Steinbach mündet beim „Haus Becker", direkt an der Saarschleife, in die Saar. Hinter Büschdorf vereinigen sich zwei kleinere Bachläufe zum Steinbach. Am Steinbach bei Tünsdorf liegen die „Ölmühle" und die „Neumühle" (jetzt Meditations-Zentrum) sowie die „Obere Steinmühle" und „Untere Steinmühle" zwischen Nohn und Orscholz. Alle diese Mühlen wurden vom Steinbach angetrieben; heute sind sie stillgelegt, wie die meisten Mühlen in unserem Kreis.

Hinter den „Steinmühlen" beim ehemaligen Haus Bastian tritt der Steinbach in eine wildromantische Schlucht ein, wo er sich im Laufe der Jahrmillionen sein Bett durch harten Quarzit graben mußte. Hier bildet der Steinbach die Grenze zwischen Nohner und Orscholzer Bann; rechts liegt der Nohner und links der Orscholzer Bann. Das „Haus Becker" liegt auf der linken Seite des Steinbachs, es gehört daher zu Orscholz. Das „Haus Dor" liegt auf der rechten Seite des Steinbachs und gehört deshalb zu Nohn. Früher mußten daher die Beckers Kinder in die Volksschule nach Orscholz und die Kinder der Familie Dor in die Nohner Schule gehen. Die Familie Dor betrieb auch früher den Fährbetrieb über die Saar. Dieser wird heute von der Motor-Fähre „Welles" übernommen.

Dieses Teilstück des Steinbaches vom Haus Bastian bis zur „Trimm-Dich-Treppe" des Waldlehrpfades zur Cloef ist wilde, unberührte Natur. Hier hat schon seit Jahren keine Säge oder Axt die Bäume ausgelichtet, was umfällt, bleibt liegen und verrottet. Lianen und wildrankender Efeu schlingen sich um die Bäume. Diese wildromantische Schlucht ist nur den Einheimischen bekannt; sie erinnert an einen Urwald. Man kann sie auch nur in hohen Gummistiefeln erkunden, da man etwa 10-12mal den Bach durchwaten muß, ehe man am Ziel ist.

Das Steinbachtal kann man auch vom Parkplatz am „Haus Becker" aus erkunden. Von dort ist ein schöner, breiter Spazierweg angelegt worden. Breite Holzbrücken führen über den Steinbach. Dem Spaziergänger wird hier schon der erste Eindruck vom romantischen Steinbachtal vermittelt. Rechts fließt der Steinbach, und links gehen die Geröllfelder steil in die Höhe, unterbrochen von schroffen Felsformationen. Nach etwa 500 Metern türmt sich links eine wilde, zerklüftete Steilwand auf; der sagenumwobene „Rammenfelsen".

In dieser Wand, die etwa 30 bis 40 Meter senkrecht abfällt, soll der Sage nach ein Zwerg seine Schätze hüten, die er bei schönem Wetter draußen ausbreitet. Nach dieser Sage sollen vor vielen Jahren drei Männer aus Orscholz versucht haben, dem „Rammenfelsmännchen" seine Schätze abzujagen. Sie seilten sich von der Nohner Seite in den Felsen ab, doch der Zwerg stürzte sie alle drei in die Tiefe, wo sie zerschmetterten. Seitdem wagte niemand mehr, dem Zwerg seine Schätze streitig zu machen. Seinen Namen hat der Fels von den sogenannten „Rammen"; dies waren große Dohlenvögel, die früher hier nisteten und der Sage nach den Zwerg mit Speise und Trank versorgten. Als Gegenleistung brachte der Zwerg den jungen „Rammen" das Fliegen bei.
Wenn man an die „Trimm-Dich-Treppe" kommt, muß man links in das weg- und steglose Steinbachtal abbiegen und dem Bachlauf folgen. Unmittelbar nach dem Abbiegen muß man zum erstenmal den Bach durchwaten und gleich darauf nochmals. Der Spaziergänger muß sich über umgestürzte Baumstämme und aufgetürmte Quarzitsteine quälen und immer wieder den Bach durchwaten. Nach etwa 1500 Metern türmt sich rechts ein Steilhang mit moosbedeckten Quarzitquadern auf. Oben teilt sich der Hang in ein Seitental, aus dem ein Nebenbach von Orscholz kommend etwa 10 bis 15 Meter tief die Felswand hinabstürzt. Wenn die Bäche genug Wasser führen, ist dies ein imposanter Anblick; ein schöner, romantischer Wasserfall im Steinbachtal.
Im Winter verwandelt sich der Wasserfall und das Seitental bei starkem Frost in eine Märchenlandschaft. Dann gefriert der Wasserfall und es türmt sich Eisschicht auf Eisschicht; ein atemberaubender Anblick, eine Märchenlandschaft.

In der heißen Jahreszeit läßt sich das Steinbachtal besonders gut erkunden, denn unten im Talesgrund herrscht angenehme Kühle, kommt doch das Sonnenlicht fast nicht durch die Bäume. Zudem sorgt der schnellfließende Bach für angenehme Kühle, eine Wohltat an heißen Tagen. Nach einigen weiteren Bachüberquerungen gelangt man nach etwa zwei Kilometern auf die linke Seite an einen Steilweg, der durch den „Kohlenröderwald“ nach Nohn führt. Je höher man kommt, desto tiefer versteckt sich rechts der Steinbach in seinem romantischen Bett, das er sich in den Quarzit gegraben hat.
Nach zehn Minuten anstrengendem Fußmarsch bergauf kommt man auf die Landstraße, die links nach Nohn führt. Rechts geht die Landstraße nach Orscholz; unten im Tal liegen ganz versteckt die Häuser der ehemaligen „Steinmühle“.
Die geschilderte Route ist eine herrliche Fußwanderung durch das romantische, wilde Steinbachtal; aber auch recht beschwerlich. Doch es lohnt sich; die wilde Natur lohnt einem die Mühe.
Seit 1991 ist das gesamte Gebiet des Steinbachtales zum Naturschutzgebiet erklärt worden, um eine der letzten, unberührten Naturschönheiten an der Saarschleife vor mutwilligen Zerstörungen zu bewahren und zu schützen.

Mein Besuch in der Stadt

Heute sind Reisen in fremde Länder für Kinder etwas Selbstverständliches, ja, viele kennen sich dort besser aus als im eigenen Lande. Dies war vor dem Zweiten Weltkrieg noch ganz anders. Damals kannte man auf den Dörfern den Begriff Urlaub und Reisen überhaupt nicht. Die Kinder durften in den Ferien schon einmal zu ihrer „Gu'at" (Patin) ins Nachbardorf für einige Tage in „Ferien". Doch dies war schon eine Ausnahme, da man die Kinder auf dem Hof brauchte; sie waren im Arbeitsablauf fest eingeplant. Darum möchte ich hier einmal berichten, daß eine „Reise" in die zwölf Kilometer entfernte Kreisstadt für einen vierjährigen Bauernjungen zur damaligen Zeit einer „kleinen Weltreise" gleichkam; heute lacht man darüber.
Es war für mich eine Riesenüberraschung, als mir meine Mutter eines Tages (1942) erklärte, daß sie mich mit nach Merzig nehmen würde. Ich war damals vier Jahre alt und ganz aufgeregt, weil ich zum ersten Mal in eine Stadt kommen sollte. Meine Mutter hatte mir meinen Sonntagsanzug mit der kurzen Hose angezogen, denn es war Sommer, mir einen schnurgeraden Scheitel gezogen und die Haare naß gemacht, damit sie schön ordentlich auf dem Kopf lagen. Auch meine Mutter hatte ihr Sonntagskleid an, und wir marschierten schon in aller Frühe los. Es würde ein heißer Tag werden, dies spürte man schon am Morgen. Nach etwa einer guten Stunde kamen wir in Besseringen an, von wo wir mit dem Zug nach Merzig weiter fahren würden. Wir standen auf dem Bahnsteig, als der Zug einfuhr. Ich erschrak furchtbar und klammerte mich an meine Mutter, denn ich hatte ja noch nie vorher einen Zug gesehen. Die Wagen wurden von einem schwarzen, fauchenden Ungeheuer gezogen, das gewaltige Dampfwolken ausstieß. Meine Mutter beruhigte mich und erklärte, dies sei eine Lokomotive. Sie hob mich durch die Tür in einen der Wagen und kletterte nach. Ich setzte mich ganz vorsichtig auf die Holzbank in dem Zimmer, in dem noch mehr solcher Bänke standen. Ich schaute zum Fenster hinaus und sah einen Mann mit Mütze und Uniform, der auf einer Trillerpfeife einen Pfiff ausstieß und einen kurzen Stock hob, an dessen Ende ein runder Teller war. Ich erschrak wieder, als die Lokomotive einen gellenden Pfiff hören ließ, und es ruckte gewaltig, als sie sich in Bewegung setzte. Der Zug wurde immer schneller und ich fand langsam Spaß an der Fahrt. Als ich zum Fenster hinausschaute, sah ich, daß die Bäume und Telefonstangen rasend schnell an uns vorbeihuschten. Nun machte mir die Fahrt richtig Spaß; ach, was konnte ich nun meinen Freunden daheim erzählen. Wahrscheinlich würden sie mir nicht glauben, denn auch sie waren noch nie in der Stadt gewesen und hatten auch noch nie einen Zug gesehen. Viel zu schnell verging die Fahrt, denn wir waren schon nach wenigen Minuten in Merzig angekommen. Bevor wir ausstiegen, schaute mich meine Mutter scharf an, zog ihr Taschentuch, spuckte darauf und wusch mir mein Gesicht. Ich hasste es, wenn

sie mich auf diese Art wusch. Sonst schrie ich immer, wenn sie mich so wusch, doch hier im Zug traute ich mich nicht. Als wir ausstiegen, sah ich zum ersten Mal einen Bahnhof, in den gerade auf dem anderen Gleis ein weiterer Zug einfuhr. Meine Mutter mußte mich an der Hand mit Gewalt weiterziehen, denn ich staunte mit offenem Mund all das Neue an. Auf dem Bahnsteig standen viele Soldaten mit Tornister und Gewehr; meine Mutter erklärte mir, daß sie an die Front fuhren. Als wir aus dem Bahnhof kamen, sah ich zum ersten Mal eine Teerstraße und erschrak wiederum, als ein Auto vorbeifuhr. Mein erstes Auto, ich kam aus dem Staunen nicht mehr heraus. Doch ich sollte noch mehr staunen, denn auf Schritt und Tritt begegnete mir etwas Neues. So sah ich einen Lastwagen vorbeifahren, der hupte, als ihm ein Radfahrer nicht schnell genug auswich. Radfahrer sah man viele, die laut klingelten, wenn ihnen Fußgänger in die Quere kamen. Meine Mutter ging mit mir in ein Geschäft, in dessen Fenster fein angezogene Frauen und Männer standen. Bei genauem Hinsehen sah ich, daß es große Puppen waren. Im Geschäft ließ sich meine Mutter Matrosenanzüge für mich zeigen. Ich mußte einige anprobieren, bis man einen passenden fand. Er durfte nicht zu klein sein, damit er auch noch nächstes und vielleicht übernächstes Jahr noch passen würde. Endlich hatte ich den passenden Anzug an, und meine Mutter fing mit dem Verkäufer an zu handeln. Da sie sich nicht einig wurden, mußte ich meinen Anzug wieder ausziehen und meine Mutter ging mit mir zum nächsten Geschäft. Dort machte sie es umgekehrt, sie suchte sich einen Anzug aus und fing mit dem Verkäufer an zu handeln. Und der ließ sich darauf ein und ging mit dem Preis herunter. Zufrieden ließ meine Mutter mich den Anzug anprobieren und da er paßte, kaufte sie ihn. Nun handelte sie noch ein Kopftuch im Preis herunter und kaufte auch dieses für sich. Zufrieden verließ sie mit mir das Geschäft: „Vunn loh dem gesporten Geld geh'in merr aihnen trenken" (Von dem gesparten Geld gehen wir einen trinken), meinte meine Mutter zufrieden, und wir gingen zum Merll (Gasthaus Merll-Rieff). Dort bestellte sich meine Mutter einen Wein und mir eine Limonade. Ich war ganz stolz, denn eine Limonade bekam man sonst nur an ganz hohen Festtagen. Meine Mutter probierte ihren Wein: „Bei ohs dehaim ess de Viez besser", meinte sie und verzog das Gesicht. Ich starrte unentwegt zum Nebentisch, denn dort saß ein Mann mit einem riesigen Kropf. Als er bemerkte, daß ich ihn anstarrte, guckte er mich böse an und meinte: „Wenn de noch beßchen kuckscht, fraissen esch desch!" (Wenn du noch ein wenig schaust, fresse ich dich). Ich bekam einen roten Kopf und stotterte: „Schleck mo driescht de loh ronner!" (Schlucke mal zuerst den da runter) und zeigte auf seinen riesigen Kropf. Meine Mutter verschluckte sich vor Schreck an dem Wein und kam aus dem Husten nicht mehr heraus. Die Männer in dem Gasthaus lachten dröhnend und einer rief: „Pitt, de Klainen loh hatt dert awwer goht genn!" Wieder lachte alles, und diesmal bekam Pitt mit dem Kropf einen roten Kopf. Meine Mutter bezahlte unsere

Getränke, und wir verließen ganz schnell die Wirtschaft. Unser Weg führte uns wieder zum Merziger Bahnhof, wo wir bald einen Zug bekamen, der uns nach Besseringen brachte. Von dort gingen wir zu Fuß in unser kleines Dorf auf der Höhe. Dies war mein erster Besuch in der Stadt, den ich nie vergessen werde. Zum Schluß sei noch erwähnt, daß ich wochenlang Gesprächsstoff für meine Freunde und Spielkameraden hatte. Sie hörten meinen Schilderungen ebenfalls mit offenem Munde zu; auch für sie war dies Neuland, da sie ebenfalls noch nie in Merzig waren und auch noch nie mit einem Zug gefahren waren. Ich fühlte mich als Weltreisender.

„Aufhören! Sofort aufhören!"

Peter Ollinger, Landwirt aus Nohn, setzt sich für gefangene Russen ein

Während des Zweiten Weltkrieges wurden in ganz Deutschland russische Kriegsgefangene und polnische Zwangsarbeiter in den Fabriken und beim Schanzen der Befestigungsanlagen eingesetzt. Über eine Entschädigung dieser Zwangsarbeiter streiten schon seit Jahren der deutsche Staat und die Unternehmer von Deutschland; teilweise wurden bisher auch schon Entschädigungen gezahlt. Doch die unsäglichen Leiden und Entwürdigungen, die diese Zwangsarbeiter und Gefangenen sehr oft erdulden mußten, kann man nicht mit Geld bezahlen. Waren sie doch sehr oft der Willkür des Wachpersonals ausgeliefert, die ihre Brutalität und sadistischen Neigungen an diesen armen Kreaturen ausließen. Doch muß man leider sagen, daß es diese Sadisten bei allen Völkern und Lagern gab und auch heute noch gibt.

Der Chronist, Lehrer Johann Biewer, berichtet über die Einquartierung von russischen und polnischen Gefangenen in der Nohner Dorfchronik: Am 14. 9. 1944 traf die zweite Einquartierung ein, 600 Russen in bejammernswertem Zustand, ausgehungert, zerrissen und zerlumpt. Die Bewohner nehmen sich der Armen sehr an. Die Russen zeigten sich dankbar und halfen den Leuten bei der Arbeit in ihrer Freizeit. Die Russen wurden zum Ausheben von Panzergräben eingesetzt. Am 7. 10. verließen die Russen den Ort, an ihre Stelle kamen am 9. 10. 400 Polen, die vorher bei den Henschel-Werken in Kassel als Ostarbeiter beschäftigt waren. Auch sie wurden beim Schanzen der Panzergräben eingesetzt. Am 18. November 1944, als die Front immer näher rückte, hatten sich in der Nacht die Bewacher der Polen, die „tapferen" OT-Leute (OT = Organisation Todt) heimlich abgesetzt und ließen die Dorfbewohner mit den 400 polnischen Zwangsarbeitern allein zurück. Einigen beherzten Männern aus Nohn gelang es, die Polen zu überreden, daß sie sich zu Fuß zur Bahn nach Losheim aufmachten.

Während der Einquartierung der 600 Russen in Nohn lagen etwa 100 in den Schulsälen, die restlichen waren in einer alten Scheune untergebracht. Nun kann man sich vorstellen, welche unmöglichen sanitären Zustände in der Scheune herrschten, wo einige hundert Gefangene schliefen und keine Toiletten vorhanden waren. Hier hat sich folgender Vorfall ereignet, der die Brutalität des Wachpersonals, aber auch die Zivilcourage eines Bauern zeigte:

„Wie kommt die Scheiße auf das Dach?", die Stimme des OT-Wachmannes überschlägt sich vor Empörung. Er zeigt mit der Hand auf das Dach der alten Scheune, wo oben ein Häuflein liegt, in Zeitungspapier eingewickelt. Woher weiß er, daß darin Scheiße ist? Aha, jetzt kommt es!

„Schulze, klettern sie auf das Dach und sehen nach, was in der Zeitung ist!" kommandiert der Wachmann einen Untergebenen.

„Wie komme ich auf das Dach? Ich kann doch nicht fliegen!" jammert dieser.

„Rindvieh! Nimm eine Leiter, aber dalli!" ist der Befehl des schneidigen OT-Mannes. Schulze rennt los, kommt mit einer Leiter wieder, stellt sie an und klettert auf das Dach. Oben untersucht er das mysteriöse Häufchen; Scheiße. „Es ist Scheiße!" ruft er hinunter.

„Was ist Scheiße?" frug der OT-Mann zurück. „Scheiße ist Scheiße! Ich habe gesagt, es ist Scheiße darin," ruft der Mann vom Dach ungeduldig. Die primitiven Wachleute scheinen sich an dem obszönen Wort zu berauschen.

„Bleibe oben; du kannst gleich etwas erleben und von mir lernen", ist die Anweisung des übereifrigen OT-Mannes. Er ruft die Wachmannschaft zusammen, die aus lauter OT-Leuten besteht; sie sind für die Bewachung der Russen zuständig. Einige halblaute Befehle erteilt er seinen Leuten, worauf diese die russischen Gefangenen zusammentreiben, die wie jeden Morgen am Dorfbrunnen stehen, um sich zu waschen. Die OT-Leute schlagen mit ihren Gewehrkolben auf die Russen ein, wenn es ihnen nicht schnell genug geht. Der befehlshabende OT-Mann, er ist der Anführer der Wachmannschaft, tritt vor die Gefangenen und mustert sie.

„Wer von euch hat auf das Dach geschissen?" Keiner meldet sich. Die Gefangenen wagen nicht aufzusehen; sie haben Angst, daß man sie aussuchen würde, wenn sie aufschauen.

„Dann frage ich andersherum; wer hat die Scheiße auf das Dach geworfen?" Betretenes Schweigen bei den Russen; breites Grinsen bei der Wachmannschaft. Inzwischen haben sich zahlreiche Dorfbewohner eingefunden, um dem Schauspiel zuzusehen; darunter sind auch einige junge Mädchen. Der schneidige OT-Mann fühlt sich als Held; nun kann er beweisen, was für ein toller Kerl er ist. Das wird den Mädchen imponieren! Er wirft sich in die Brust und schreit die Gefangenen an: „Gut, wenn ihr es nicht anders wollt, dann werdet ihr eben die Scheiße fressen." Wieherndes Lachen der rohen Wachmannschaft, die ihren Chef kennen. Dieser gibt wieder einige halblaute Befehle; eine zweite Leiter wird angestellt. Nun werden die Russen die erste Leiter hinaufgetrieben, bis sie bei dem OT-Mann auf dem Dach ankommen. Dieser nimmt jeden einzelnen Russen beim Kopf und reibt sein Gesicht in den Scheißhaufen auf dem Dach. Nun kann er die zweite Leiter hinuntersteigen und der Nächste kommt an die Reihe. Lautes Murren bei der Dorfbevölkerung. Worte wie „Schweinerei", „Aufhören", „Nun ist es genug" fallen, doch nur halblaut, man will sich nicht mit dem OT-Mann anlegen. Nur einem unter den Zuschauern ist die Zornesröte ins Gesicht gestiegen, die Halsschlagader schwillt an; er kann nicht mehr an sich halten. „Aufhören!"

„Schämt euch ihr Schweine! Dies sind auch Menschen wie ihr! Ich habe einen Sohn, der seit vier Jahren in Rußland vermisst wird; soll der für eure Schweinereien büßen?" schreit der Mann mit zornrotem Gesicht. Es ist der Landwirt Peter Ollinger aus Nohn, dessen Hof gegenüber der Scheune liegt.

Peter Ollinger

Durch den Volksauflauf war er neugierig geworden und kam aus seinem Hof, um zu sehen, was die Menschenansammlung zu bedeuten habe.
„Was sagst du? Wir wären Schweine; wir sollten uns schämen!" schreit der OT-Mann mit vor Wut überschnappender Stimme.
„Zeigt dem Bauern einmal, was eine Harke ist. Auspeitschen!" gibt er die Anweisung an seine Schergen. Diese packen den widerstrebenden Bauern und schleppen ihn in seine Schnapsbrennerei, die neben seinem Hof liegt. Bald darauf hört man Schläge und das Stöhnen des ausgepeitschten Mannes. Die männlichen Dorfbewohner haben harte Gesichter bekommen, die Fäuste ballen sich, sie gehen langsam auf die Wachmannschaft zu; vereinzelte Frauen fangen an zu weinen. Der OT-Mann gibt einen Befehl; seine Männer nehmen die Karabiner zur Hand, entsichern sie. Da kommen seine Leute, die den Bauern weggeschleppt und ausgepeitscht haben, mit breitem Grinsen zurück. Ein erneuter Befehl, die Strafaktion „Scheiße" wird abgebrochen, die OT-Leute treiben die Gefangenen zusammen, und in Marschordnung rückt die ganze Kolonne ab.
Einige Männer laufen nun zur Brennerei, wo sie Peter Ollinger blutend am Boden finden, brutal zusammengeschlagen. Sie heben ihn auf und tragen ihn in sein Haus, wo man ihn versorgt. Der Bauer hatte noch wochenlang an den Folgen der Auspeitschung zu leiden, ehe er wieder richtig arbeiten konnte.
Dies hatte sich im September 1944 in Nohn zugetragen, einem Dorf auf dem Saargau. Es gibt noch eine lebende Augenzeugin dieses menschenunwürdigen Vorganges, die jüngste Tochter von Peter Ollinger. Sie lebt seit vielen Jahren in Klotten an der Mosel, wohin sie verheiratet ist. Sie heißt seit ihrer Heirat Margarete Meyer und ist inzwischen 83 Jahre alt. „Gretchen", wie man sie früher in Nohn nannte, erinnert sich: „Mein Bruder Nikolaus war seit vier Jahren in Rußland vermißt; wir wußten nicht, ob er noch lebt. Daher sagte unser Vater immer zu uns ‚Seid gut zu den russischen Gefangenen, vielleicht

findet euer Bruder auch eine barmherzige Seele in Rußland, die sich seiner annimmt'. Ich erinnere mich noch gut an den Vorgang mit den Russen, die von den OT-Leuten gezwungen wurden, die Leiter raufzuklettern bis aufs Dach, wo sie von einem OT-Mann mit dem Gesicht in die Scheiße gedrückt wurden. Als dies mein Vater sah, er kam später hinzu, schrie er die OT-Leute an. Daraufhin schleppten einige OT-Leute meinen Vater in die Brennerei, wo sie ihn fürchterlich verprügelten. Ich wollte meinem Vater helfen, doch die OT-Leute stießen mich weg. Daraufhin biß ich einem OT-Mann ins Bein."
Doch wer war dieser Peter Ollinger, der sich furchtlos für die gedemütigten Russen eingesetzt hatte? Er stammte aus Büschdorf, hatte in Nohn Katharina Ollinger geheiratet und bewirtschaftete mit ihr in Nohn einen großen Bauernhof. Das Paar hatte sechs Kinder, zwei Jungen und vier Mädchen. Sein ältester Sohn Nikolaus kam bei Kriegsbeginn nach Rußland an die Front, wurde vermißt und kehrte erst Jahre nach Kriegsende aus russischer Gefangenschaft nach Hause zurück. Der zweite Sohn Peter verunglückte 1939 im Alter von 24 Jahren tödlich mit dem Motorrad.
Peter Ollinger war Landwirt mit Leib und Seele, der Mensch und Vieh achtete. So schlug er auch nie seine Tiere! Wenn er mit den Pferden pflügte oder sie vorm Wagen gingen, genügte ein aufmunterndes Wort, um sie zu Höchstleistungen anzuspornen. Die Peitsche benutzte er nur, um damit aufmunternd zu knallen, wenn die Pferde an einer starken Steigung den schwer beladenen Wagen ziehen mußten; meist stak jedoch die Peitsche in der Halterung des Pferdekummets. Als guter Bauer kamen bei ihm zuerst die Tiere, ehe er an sich selbst dachte. So übernachtete er oft im Stall, wenn die Tiere Junge bekamen. Der Bauer sprach dann mit den Muttertieren wie mit Menschen, beruhigte und streichelte sie, wenn ihre schwere Stunde nahte. Er ging erst zu Bett, wenn der Nachwuchs versorgt und bei den Muttertieren alles in Ordnung war.
Peter Ollinger war ein mutiger Mann, der sich auch vor den Konsequenzen nicht fürchtete, wenn er sich für Mensch und Tier einsetzte, denen man Unrecht antat. So habe ich einmal erlebt, wie er einem Mann die Peitsche entriss, der damit seine Pferde auspeitschte, als sie mit dem schweren Wagen eine Steigung nicht schafften. Der Bauer ging zu den Pferden, streichelte sie am Kopf und redete den aufgeregten Tieren beruhigend zu. Dann fasste er sie am Zügel, ein scharfes Kommandowort, und die Pferde zogen den Wagen scheinbar mühelos die Steigung hinauf. Oben übergab er die Peitsche dem Fuhrmann mit den Worten: „Die hättest eigentlich du verdient!" und ließ den verdatterten Mann stehen.
Peter Ollinger geriet während der NS-Herrschaft öfters in brenzlige Situationen, wenn er sich gegen Unrecht einsetzte, das damals täglich verübt wurde. So geriet er mehrmals mit OT-Leuten zusammen, wenn sie die russischen Gefangenen verprügelten und brutal mißhandelten. Mit knapper Not entging er

einer Anzeige dieser Menschenschinder, was für ihn unweigerlich eine Einlieferung ins KZ zur Folge gehabt hätte.
Da Peter Ollinger ein Bauer von „altem Schrot und Korn" war, litt er unsäglich unter den beiden Evakuierungen 1939 und 1944, wo er Vieh und Hof schutzlos zurücklassen mußte. Jedes Mal, wenn er heimkehrte, war das Vieh verschwunden, der Hof ausgeplündert; er stand vor dem Nichts, mußte wieder von vorne anfangen.
Als nach dem Krieg die Hausierer aus den Städten auf das Land zogen, um Wertsachen gegen Lebensmittel einzutauschen, verdiente sich mancher Bauer dabei eine goldene Nase. Nicht so Peter Ollinger! Es ging kein Notsuchender von seinem Hof, dem er nicht die dringend benötigten Lebensmittel gab. Besonders weich war er gegen Frauen mit kleinen Kindern; wenn er hier das Elend und den Hunger in den Augen der Kinder sah, hatte er mehr als einmal Tränen in den Augen. Die Not im ganzen Land war damals riesengroß! Was konnte da schon ein Einzelner tun? Doch Peter Ollinger half im Rahmen seiner Möglichkeit; keiner ging hungrig von seinem Hof, meist waren auch die Rucksäcke prall gefüllt.
Ich habe Peter Ollinger bestens gekannt, wuchs auf seinem Hof auf, war Tag und Nacht bei ihm, denn er war mein Großvater. Zu ihm konnte ich mit allen Problemen kommen, er hatte immer ein aufmunterndes Wort und eine Lösung parat. Meinen Großvater habe ich geliebt und geachtet; er ist mir über den Tod hinaus bis heute ein Vorbild geblieben.

Kapitel 5

Sagen

sind Erzählungen ohne geschichtliche Beglaubigung, die sich besonders an bekannte Personen oder Orte anschließen, weiß der „Brockhaus" zu berichten. Er unterscheidet auch die Sagen in verschiedene Kriterien, wie Helden-, Volks-, Riesen-, Zwergen-, Hexen- oder Totensagen. Die Sagen unserer Region sind Volkssagen, und sie sind so zahlreich, daß sie den Rahmen dieses Buches sprengen würden, wollte ich sie alle aufführen. Wer sich über die Sagen unserer Region ausführlicher informieren will, dem empfehle ich das Buch „Sagen und Geschichten des Kreises Merzig-Wadern". Weiterhin hat Karl Lohmeyer in dem zweibändigen Werk „Die Sagen der Saar" das Sagengut des Saarlandes zusammengetragen. Ich habe mit Absicht nur einige Sagen ausgewählt, die in unserer unmittelbaren Umgebung spielen und sie etwas ausgebaut.

Der Raubmord im Scheidwald

Im Scheidwald bei Schwemlingen steht ein Steinkreuz, das angeblich als Erinnerung an einen Mord aufgestellt wurde, der an dieser Stelle geschehen sein soll. Bei dieser Mord-Geschichte ist man sich jedoch nicht einig, ob es Sage oder Tatsache ist, ob hier ein Müller ermordet wurde. Da sich der Mord trotz umfangreicher Recherchen in diversen Archiven von Zeitungen, Polizei und Justiz nicht mehr ermitteln läßt, nehmen wir an, daß es eine „Sage" ist, die im Volksmund entstanden ist.
Es gibt zwei Versionen dieser Sage: Bei Hermann Thieser heißt die Sage „Müllers Kreuz im Scheidwald bei Schwemlingen", und er berichtet hier von einem Mord am „Müller von der Holzmühle". Thieser schreibt wörtlich: „Diese Erzählung entbehrt natürlich jeder Grundlage. Selbst die ältesten Personen Schwemlingens, die vor 1850 schon lebten, wußten von dem Mord im Scheidwald nichts, obwohl dieser 1821 geschehen sein soll." Diese Sagenfassung erschien im Buch „Sagen und Geschichten des Kreises Merzig-Wadern" auf Seite 137.
Arthur Fontaine berichtet in seinem Buch „Schwemlingen" unter „Die Sage vom Müller's Kreuz" (Seite 311), daß ein Müller aus dem Salzbachtal ermordet wurde. Der Müller war auf Kundenbesuch, wo er ausstehende Gelder kassierte. Beim Nachhauseweg wurde er im Scheidwald ermordet und ausgeraubt.
Der Chronist muß sich streng an die Fakten halten, nicht so der Erzähler. Er berichtet, wie es gewesen sein könnte, aber nicht gewesen sein muß.

Hier nun die Sage:
Es war ein schöner Tag im Spätherbst, und die Sonne lachte vom blauen Himmel; ein richtiger Tag zum Wandern. Der einsame Wanderer, der auf der staubigen Landstraße tüchtig ausschritt, schwang vergnügt seinen schweren Spazierstock und pfiff ein Liedchen vor sich hin. Peter, der Müller aus dem Salzbachtal, war sehr zufrieden, denn der heutige Tag hatte sich für ihn gelohnt. Er war bei den Bauern gewesen, um seine Mahlschulden zu kassieren. Denn nur wenige der Bauern, die ihr Korn, Weizen oder Hafer bei ihm mahlen ließen, bezahlten direkt bei der Abnahme des Mahlgutes. Meist wurde ein Termin ausgemacht, an dem er kassieren konnte. Peter legte die Zahltermine immer so zusammen, daß er bei möglichst vielen Kunden kassieren konnte. Denn da er zu Fuß ging, wollte er den weiten Weg nicht wegen ein oder zwei Kunden machen, da mußte es sich schon lohnen. Und heute hatte es sich gelohnt, denn seine Geldbörse war dick gespickt mit Scheinen und Münzen. Viele seiner Kunden wohnten im Särkov, wo er heute Zahltag gehalten hatte. Da er bei einigen der Bauern Viez und Schnaps getrunken hatte, den man ihm angeboten hatte, wie dies früher üblich war, hatte er einen „sitzen"; Peter hat-

te einen Schwips! Der Alkohol hatte den sonst so vorsichtigen Müller leichtsinnig werden lassen, daher kehrte er noch in einem Wirtshaus in Hilbringen ein. Hier kannte man ihn, und die Gäste begrüßten ihn mit lautem Hallo.
„Na Peter, warst du heute wieder bei den Bauern kassieren?" fragte einer der Gäste, ein dicker Bauer mit rotem Gesicht und lustigen Augen.
Peter schmunzelte: „Ja, und heute hat es sich gelohnt; der Beutel ist dick und fett geworden!" Die anderen Gäste lachten und einer klopfte dem Müller anerkennend auf die Schulter: „Ja, Peter, du bist einer der tüchtigsten Müller weit und breit." Peter fühlte sich geschmeichelt: „Kathrin, bring meinen Freunden hier eine Runde!" rief er über die Wirtin. Großes Hallo, als die Runde kam, und man ließ den Müller hochleben. Nachdem man noch einige Bierchen zusammen getrunken hatte, meinte der Müller nach einem Blick auf die Uhr: „Oh verdammt, schon gleich sieben Uhr, nun muß ich mich aber sputen, damit ich heimkomme." Seine Zechkumpane wollten ihn noch zu einer weiteren Runde überreden, doch nun blieb Peter hart: „Kathrin, zahlen!", rief er über die Wirtin. Dabei zückte er seine dicke Brieftasche, wo die vielen Geldscheine zu sehen waren. Einer seiner Freunde pfiff anerkennend: „Da würde es sich ja lohnen, wenn dich einer überfallen würde", meinte er lachend. Peter griff nach seinem Stock und schwang ihn drohend: „Dies würde ich keinem raten, denn mit meinem Hermeskeiler ist nicht zu spaßen." Peter und seine Freunde hatten nicht darauf geachtet, daß in der hinteren Ecke zwei finstere Gestalten saßen, die alles aufmerksam beobachteten. Als Peter prahlerisch seine dicke Brieftasche zeigte, sahen sie sich vielsagend an. Gleich darauf zahlten sie ihre Zeche und verließen das Gasthaus. Niemand achtete auf sie!
Alle wünschten dem Müller einen guten Nachhauseweg, als dieser auf etwas wackligen Beinen die Wirtschaft verließ. Niemand ahnte, daß man Peter nicht mehr lebend wiedersehen würde. Als der Müller an die frische Luft kam, merkte er erst den Alkohol; ihm war doch etwas schwindlig. „Na Peter, du hast aber ganz schön einen sitzen", grummelte er vor sich hin. Da es schon anfing zu dämmern, faßte er seinen Knotenstock fester und schritt mächtig aus. Trotzdem war es schon dunkel, als Peter in Schwemlingen ankam. „Ich nehme doch lieber den kürzeren Weg durch den Scheidwald, dann bin ich früher zu Hause", entschied der Müller. Furcht kannte Peter keine, denn er war ein großer starker Mann, der täglich in seiner Mühle mit Zweizentnersäcken seine mächtigen Muskeln trainierte. So bog er schon bald in den Scheidwald ein, in dem es inzwischen stockdunkel war. Doch Peter kannte den Weg so gut, daß er sich nicht verirren konnte. Er bemerkte nicht die beiden finsteren Gesellen, die ihm schon seit Hilbringen gefolgt waren. Sie hatten ihn im Wirtshaus beobachtet, als er mit seinem Geld prahlte. Es waren ehemalige Soldaten, die sich mit Gelegenheitsarbeiten recht und schlecht über Wasser hielten. Doch von Arbeit hielten sie nicht allzu viel, sie waren auf das schnelle Geld aus. Und als sie die volle Geldbörse des Müllers sahen, beschlossen sie,

ihn auf dem Heimweg zu überfallen und auszurauben.
Peter war schon auf der Höhe des Scheidwaldes angekommen, als er Schritte hinter sich hörte. Er schritt schneller aus, die Verfolger ebenfalls. Denn daß er verfolgt wurde, war Peter nun klar. Da er ein mutiger und starker Mann war, faßte er seinen Knotenstock fester und blieb stehen. „Wer da?" rief er laut. Kein Laut! Er glaubte, im Dunkeln einen Umriß zu erkennen und ging darauf zu. Da hörte er ein Rascheln hinter sich, fuhr herum und schlug zu. Ein Schmerzensschrei! Peter hob nochmals den Stock um zuzuschlagen, als er einen heftigen Schmerz im Rücken spürte, der ihm die Luft zum Atmen nahm. Einer der Gesellen hatte dem Müller sein Messer mit voller Wucht in den Rücken gerammt. Peter ging in die Knie und fiel schwer auf die Seite. Er merkte nicht mehr, daß der Messerstecher ihm die Geldbörse raubte und seinem Partner zuraunte: „Laß uns schnell verschwinden, das Geld habe ich!" Die beiden Raubgesellen ließen den Müller schwerverletzt liegen. Peter schaffte es nicht, auf die Beine zu kommen. Der Messerstich hatte seine Lunge durchbohrt, und er starb an inneren Blutungen.
Seine Frau war in großer Sorge, als Peter gegen Mitternacht noch immer nicht zu Hause war. Der Knecht beruhigte sie: „Peter wird wohl im Wirtshaus hängen geblieben sein und dort übernachten. Gleich morgen früh will ich nach Hilbringen gehen, ich weiß ja wo er hinwollte." Die Müllerin seufzte: „Du hast ja recht; denn wie sollten wir ihn bei der Dunkelheit auch suchen."
Gleich am anderen Morgen machte sich der Knecht auf den Weg, und da er den Weg durch den Scheidwald nahm, fand er den Müller auf der Höhe. Peter lag in einer großen Blutlache; das Blut geronnen, der Müller tot und starr. Der Knecht sank erschüttert vor seinem toten Herrn in die Knie, er schluchzte. Denn Peter war ein guter Herr gewesen. Doch der Knecht nahm sich zusammen, lief so schnell ihn seine Beine tragen konnten, zur Mühle zurück. Hier brach die Müllerin mit einem Schrei zusammen, als sie die schreckliche Nachricht hörte.
„Müllerin, ich nehme den Braunen und den Taimer, um den Müller zu holen", teilte ihr der Knecht mit. Seine Worte drangen nicht bis zu seiner Herrin vor, sie starrte vor sich hin. Ihr starker Peter tot, ermordet! Der Knecht fuhr im Galopp durch den Scheidwald, um seinen toten Herrn heimzuholen.
Als die Polizei von dem Raubmord hörte, denn bei Peter wurde weder Brieftasche noch Geld gefunden, fing sie mit den Recherchen an, verhörte die erschütterten Zechkumpane. Dabei kamen sie auf die Spur der beiden finsteren Gesellen, die Peter in dem Gasthaus beobachtet hatten. Da beide der Polizei bekannt waren, ging ein Steckbrief heraus, und nach Wochen wurden die Mörder im Hamburger Hafen verhaftet, als sie auf einem Schiff ins Ausland flüchten wollten. Einer gestand die heimtückische Tat, und beide wanderten für lange Jahre ins Zuchthaus.

Zur Erinnerung an den heimtückischen Raubmord ließ die Müllerin ein Steinkreuz an der Stelle errichten, an der man ihren ermordeten Gatten gefunden hatte. Im Volksmund nannte man es „Müllers Kreuz“. Dies geschah angeblich im Jahre 1821!

Das jetzige Steinkreuz, welches im Scheidwald steht, trägt folgende Inschrift: Oben „Müllers Kreuz“ und darunter „Neuerr. 1923“; auf der rechten Seite ist die Mahnung eingemeißelt: „Es ist nicht weit zur Ewigkeit“. Die Inschriften sind nur schwer zu entziffern, da der Stein total vermoost ist. „Müllers Kreuz“ ist im Scheidwald nur schwer zu finden, obwohl es Hinweisschilder gibt, denn das Kreuz steht abseits des Weges, inmitten des Waldes.

Müllers Kreuz

Der „Teufelsstein" bei Orscholz

Wenn man den Waldlehrpfad von der Steinbach zur Cloef wandert, steht oben auf der Höhe, in der Nähe der Cloef eine Schutzhütte, welche den Namen „Teufelsstein-Hütte" trägt. Doch woher kommt der Name „Teufelsstein"? Darüber berichtet eine relativ unbekannte Sage:
Vor über tausend Jahren stand auf dem jetzigen Aussichtspunkt Cloef eine gewaltige Burg, die ebenso wie ihre Nachbarsburg Montclair, die ihr gegenüber lag, als uneinnehmbar galt. Auf der Burg Cloef herrschte mit eiserner Hand Graf Kunibert, dessen große Leidenschaft die Ritterturniere waren. Er galt als gewaltiger Kämpe, der nur selten einen Kampf ausließ. Seine Frau Beatrice, eine hübsche Welschin, beschwor ihn immer wieder, von diesen gefährlichen Turnieren abzulassen. Besonders, als ihr Sohn Siegmund geboren wurde, bat sie immer wieder, von diesen Kampfspielen zu lassen. Vergebens! Und eines Tages geschah es, wovor die Gräfin Ritter Kunibert immer wieder gewarnt hatte; er wurde bei einem Turnier getötet. Bei einem Turniergang mit der Lanze drang die Lanzenspitze seines Gegners Kunibert durch die eiserne Halsbeuge in die Kehle; er war auf der Stelle tot. Seine Witwe Beatrice mußte nun den jungen Siegmund alleine erziehen. Er wurde in allen ritterlichen Tugenden unterwiesen; lernte Manneszucht und wurde in allen Waffenarten ausgebildet, was dem jungen Heißsporn am meisten Spaß machte. Denn Siegmund hatte das heiße, ungestüme Blut seiner Mutter geerbt. Drohte er in einem Waffengang zu unterliegen, so brach sein Jähzorn durch, und er drang auf seinen Gegner ein ohne Rücksicht auf Leib und Leben für sich und seinen Gegner. Dann wurde er von seinen Lehrern hart gestraft, doch dies nutzte wenig. Bei Siegmund brach das welsche Blut seiner Mutter immer wieder durch.
Endlich hatte er es geschafft, den Ritterschlag zu erhalten und in den Ritterstand aufgenommen zu werden. Mit dem Ritterschlag übernahm Siegmund nun auch die Burg und Güter seines Vaters, die bisher seine Mutter für ihn verwaltet hatte. Siegmund war bald bei seinen Untergebenen gefürchtet, da er seinen Jähzorn und seine Unbeherrschtheit an ihnen ausließ. Seine Mutter beschwor ihn immer wieder, von seinem Jähzorn abzulassen; vergebens.
Siegmunds größter Kummer war, daß seine Burg immer mehr verfiel. Seit sein Vater tot war, hatte man an der Burg nichts mehr instandgesetzt. Siegmund ließ daher Steinmetze kommen, die die marode Burg instandsetzen sollten. Doch die Kosten überstiegen bei weitem seine finanziellen Möglichkeiten. Siegmund war verzweifelt; was konnte er nur tun? Da brach sein Jähzorn wieder durch: „So soll mir der Teufel helfen!" schrie er zornig, als er einmal durch den Wald ritt. Plötzlich scheute sein Pferd und stieg hoch, als unversehens ein Mann vor ihm auftauchte. Er war wie ein Jäger grün gekleidet, und auf dem Kopf trug er einen Hut mit einer Hahnenfeder. Der Mann hinkte auf einem Bein; man konnte einen Klumpfuß erkennen. „Du hast mich gerufen; was

willst du von mir?“ fragte der Fremde. Siegmund merkte, wie sich ihm die Nackenhaare sträubten, als er sah, wer vor ihm stand. Doch er faßte sich schnell ein Herz und rief keck: „Ich brauche jemand, der mir meine Burg neu aufbaut und sie uneinnehmbar macht.“

Teufelsstein

Der Teufel nickte: „Dies ist kein Problem für mich! Doch was gibst du mir dafür?“
Siegmund überlegte krampfhaft; wahrscheinlich wollte der Teufel seine Seele. Na gut, sollte er sie haben. Das Leben war für ihn nur lebenswert, wenn er so leben konnte, wie er sich dies vorstellte. Eine schöne, stolze Burg und Geld genug, um in Saus und Braus leben zu können.
„Du sollst meine Seele haben, wenn du von Glockenschlag zwölf um Mitternacht bis ein Uhr meine Burg nach meinen Wünschen umgebaut hast, daß sie uneinnehmbar ist und meine Schatztruhen voller Goldstücke sind“, war die Forderung von Siegmund.
Der Teufel nickte: „Einverstanden! Zeig mir nun, wie du dir deine Burg vorstellst.“
Siegmund erklärte dem Teufel, wie er sich seine Burg wünschte und dieser hielt ihm nach kurzer Zeit einen Plan hin, der die Burg so zeigte, wie Siegmund sie beschrieben hatte. Siegmund erschrak; dies war Zauberei. Doch er nickte; ja, so sollte seine Burg werden.
Der Teufel zog ein Pergament aus der Tasche: „So können wir den Vertrag mit deinem Blut besiegeln. Wenn die Burg um ein Uhr in der Nacht nicht steht, bist du frei.“
Siegmund nickte! Er ritzte mit seinem Jagdmesser seinen Arm, tauchte den Federkiel, den ihm der Teufel reichte, in sein Blut und unterschrieb den Vertrag. Der Teufel steckte das Pergament ein und sagte: „Bis Mitternacht!“ und war verschwunden. Nur ein leichter Schwefelgeruch blieb zurück.
Siegmund ritt sehr nachdenklich zurück zur Burg. Er sagte seiner Mutter nichts von seiner Begegnung, sondern zog sich nach dem Abendessen auf sein

Teufelssteinhütte

Zimmer zurück. Dort wartete er, bis die Uhr Mitternacht schlug. Pünktlich mit dem Glockenschlag begann ein gespenstisches Treiben um die Burg. Die Burg veränderte ihr Aussehen, ohne daß man die Baumeister zu Gesicht bekam. Mauern wuchsen, und Zinnen entstanden, die vorher nicht da waren. Siegmund wurde es unheimlich! Er schlich sich auf den Burgfried, der sich ebenfalls auf unheimliche Weise veränderte; er war breiter und höher geworden. Siegmund kannte seine Burg nicht mehr wieder; eine stolze Feste ragte bereits über der Saar. Der junge Ritter überlegte verzweifelt; die Zeit war gleich um und damit seine Seele verloren. Da kam ihm ein rettender Gedanke; er packte einen der Steine, die die Zinne des Burgfrieds bildeten und schleuderte ihn in weitem Bogen den Abhang hinunter. Er hörte noch, wie einer der Teufel mit Geheul hinterher sauste und den Stein packte und damit hoch in die Lüfte stieg, doch in dem Moment schlug es ein Uhr. Mit fürchterlichem Geheul ließ der Teufel den Stein fallen, der in der Nähe der Burg aufschlug und sich tief die Erde grub. Seit dieser Zeit nennt man den Stein den „Teufelsstein"; man kann ihn auch heute noch besichtigen. Der gewaltige Stein liegt unterhalb der „Teufelshütte" in einem steilen Hang. Daher ist es nicht ungefährlich, wenn man zu dem Teufelsstein klettern will. Vielleicht lauert noch immer der Teufel dort, um auch heute noch eine Seele zu ergattern?
Der Teufel bekam dann später doch noch die Seele des jungen Grafen Siegmund von der Cloef, denn er wurde zum Raubritter und überfiel zusammen mit dem Grafen von Montclair die Reisenden und Kaufleute, sperrte sie ein und wenn sie kein Lösegeld zahlen konnten, tötete er sie oder ließ sie im Verlies verhungern. Als die Normannen im Jahre 882 in unsere Gegend einfielen, wurden sie zum Rächer Gottes, als sie die Burg von Graf Siegmund eroberten und ihn mit allen Bewohnern töteten. Doch dies ist eine andere Sage, die unter dem Titel „Der letzte Burggraf von der Cloef" erzählt wird.

Das Männchen im Rammenfelsen bei Nohn

Im wildromantischen Steinbachtal bei Nohn erhebt sich eine gewaltige, senkrecht aufsteigende Felswand, der sogenannte „Rammenfelsen".
Von der Nohner Gemarkung „Steinberg", unterhalb des alten Sandsteinbruches, kann man in den Rammenfels nur mit einer Bergausrüstung einsteigen, denn hier fällt der Fels lotrecht in die Tiefe. Seinen Namen hat der Felsen von den „Rammen", gewaltigen Dohlen (Rabenvögel), die früher hier nisteten. In dem Felsen führt nach dem oberen Viertel eine Spalte waagerecht in das Gestein, dessen untere Plattform etwas vorspringt, ehe der Felsen wieder senkrecht abfällt.
Der Sage nach (frei nach Karl Lohmeyer) soll sich hinter dieser Felsspalte eine Höhle befinden, in der das „Rammenfels-Männchen" große Schätze hütet. Die „Rammen" versorgten das Männchen mit Speise und Trank, so daß es sich ganz seinen Schätzen widmen konnte. Im Gegenzug half das Männchen den Dohlen bei der Aufzucht der Jungen. Angeblich ist das Männchen schon öfters gesehen worden, wie es sich an warmen Tagen draußen in der Felsspalte sonnte. Es soll aussehen wie ein Zwerg, klein und gedrungen mit einem langen, weißen Bart. Gekleidet wäre es in ein graues Wams, so daß es sich von dem Felsen fast nicht unterscheiden ließ. Auch soll es einen Teil seiner Schätze dann draußen in der Sonne ausgebreitet haben, daß es nur so funkelte und blitzte.
Die Kunde von den sagenhaften Schätzen des „Rammenfels-Männchens" verbreitete sich natürlich sehr schnell, doch traute sich niemand in den Felsen, um sie dem Männchen abzujagen. Dem „Rammenfels-Männchen" sagte man auch übernatürliche Kräfte nach; die einen wollten sogar wissen, daß es ein verwunschener Zauberer wäre. Daher war es auch kein Wunder, daß sich niemand in den Rammenfels traute, denn wer nimmt es schon freiwillig mit einem Zauberer auf?
Von diesen sagenhaften Schätzen hatten aber auch zwei Dachdecker aus Orscholz gehört, und sie beschlossen, dem Rammenfels-Männchen einen Besuch abzustatten und ihm seine Reichtümer abzujagen.
Gesagt, getan! Mit Seilen und Stricken ausgerüstet, begaben sie sich auf die Nohner Gewann „Steinberg", um von dort in die Felswand einzusteigen. Als sie dort ankamen und sich umsahen, wurde es ihnen doch sehr unheimlich, denn im Walde war es totenstill. Kein Vogel zwitscherte, kein Lüftchen regte sich. Unheimliche Stille ringsum! Es war, als würde die Natur den Atem anhalten. Den beiden Orscholzern wurde es immer „mulmiger" zumute.
„Matz, loß ohs flott hääm ge.in!" (Matz, laß uns schnell heimgehen) flüsterte der eine ängstlich.
„Neischt lo Kloas, mier grabbeln lo runner unn domett baschda!" (Nichts da Klaus, wir klettern da runter und damit Schluß) meinte energisch sein muti-

ger Partner. Er packte auch sofort die mitgebrachten Seile aus, band sie aneinander und befestigte das Seil an einem großen Felsbrocken, der dort lag. Dann knüpfte er sich das Seil unter den Armen zusammen und gab seinem Kumpan Anweisung, ihn langsam die Felswand hinunterzulassen.
Matz schwebte langsam die Steilwand hinunter, wobei er dem Klaus Anweisungen zurief, wenn er das Seil nachgeben solle. Auf dem Felsband angekommen, band er sich das Seil ab und ging langsam und vorsichtig auf die enge Spalte zu, die im Felsen sichtbar wurde. Matz mußte sich ganz dünn machen, um durch die schmale Öffnung zu kommen. Im Inneren erweiterte sich der Fels zu einer großen, geräumigen Höhle, in der es nur so glitzerte und funkelte, so daß Matz einen Moment geblendet die Augen schließen mußte. Hier in der Höhle hatte also das Rammenfels-Männchen seine Schätze gehortet.
Von der Höhlendecke hingen einige Öllampen, deren Licht das Gold und die Edelsteine blitzen ließ. An den Wänden entlang standen aufgeschlagene, große Truhen, in denen es nur so funkelte. Dort sah man Rubine, Smaragde und Diamanten glitzern. In anderen Truhen waren Gold- und Silbermünzen sowie Goldgefäße. Auf dem Boden standen und lagen goldene Vasen, Schalen und Leuchter. Die ganze Höhle war voller Edelsteine, Gold und Silber.
Matz glaubte zu träumen! Er zwickte sich einmal kräftig ins Bein, um aus diesem Traume aufzuwachen. Doch es war kein Traum, es war Wirklichkeit! Es war unglaublich! Dem Mann verschlug es die Sprache, als er sah, was hier an Reichtümern aufgehäuft war. Mit diesen Schätzen würden er und sein Kumpan zu den reichsten Männern des ganzen Landes gehören. Was konnten sie damit anfangen! Nun konnte er endlich sein eigenes Dachdeckergeschäft gründen und brauchte nicht mehr für einen Hungerlohn täglich seine Haut für andere zu riskieren. Denn er war nun reich! Ihn schwindelte vor dieser Aussicht! Der Dachdecker erschrak, als ihn eine barsche Stimme unsanft aus seinen Träumen weckte.
„Was willst du hier in meinem Reich?" rief ihm die Stimme drohend zu. Doch der Orscholzer hatte sich schnell wieder gefangen und entgegnete keck: „Ich will mir dein Gold und deine Schätze holen!"
Aus dem Hintergrund der Höhle trat ein kleines, zwergenhaftes Männchen drohend auf ihn zu. Gekleidet war das Männchen in felsgraues Tuch, auf dem Kopfe trug es einen spitzen Hut, der grau-grün schimmerte. Ein langer, grauer Bart hing dem Zwerg bis auf die Brust.
Dem Eindringling wurde es nun doch mulmig, denn er wußte sofort, daß dies das Rammenfels-Männchen war. Der Zwerg hob den Arm und wies herrisch auf den Höhlenausgang: „Wenn dir dein Leben lieb ist, dann geh! Sofort! Von meinen Schätzen wirst du nichts bekommen!" rief es dabei dem Dachdecker drohend zu und stampfte zornig auf den Boden.
Dem Matz wurde nun doch angst und bange, und er rief seinen Kumpan zu Hilfe. Der ließ sich schnell am Seil hinunter, doch der Felsblock, an dem das

Seil befestigt war, löste sich und stürzte in die Schlucht. Dabei riß er den Unglücklichen mit in die Tiefe.
Als sein Kamerad schreiend in die Schlucht stürzte, lief der Matz schnell aus der Höhle, um zu sehen, was passiert sei. Als er sich in die Tiefe beugte, gab ihm das Rammenfels-Männchen von hinten einen Stoß, daß auch er abstürzte. Nun lagen beide zerschmettert auf dem Grunde der Schlucht. So wurde den zwei Orscholzern ihre Geldgier zum Verhängnis, und sie mußten bei dem Versuch, das Rammenfels-Männchen zu berauben, jämmerlich ihr Leben lassen. Seitdem hat das Rammenfels-Männchen seine Ruhe, denn es traute sich nun niemand mehr in sein Reich.
Wenn man vom Haus Becker an der Saarschleife den Waldlehrpfad nach Orscholz geht, hat man nach der Trimm-dich-Treppe den Rammenfels genau gegenüber liegen. Mit einem Fernglas kann man den Fels nah heranholen und die Eingangsspalte zu der Schatzhöhle suchen.
Vielleicht, wenn man Glück hat und früh aufsteht, kann man an einem sonnigen Tag das Rammenfels-Männchen beobachten, wie es sich draußen sonnt oder sogar seine Schätze ausbreitet.

Das Wagenrennen von Montclair

Während die Historiker sich in ihren Berichten streng an die Tatsachen halten müssen, kann der Erzähler in seinem Bericht seine Phantasie spielen lassen. Er erzählt, wie es gewesen sein könnte, aber nicht gewesen sein muß.
Karl Lohmeyer hat diese Sage in seinem Buch „Die Sagen der Saar" als Sage Nr. 419 „Das Hufeisen und die Wagenfurche auf dem Breitenstein" in Kurzfassung gebracht. Dr. August Diehl hat die gleiche Sage in seinem Buch „Saarlandsagen" unter dem Titel „Die Fahrt auf dem Breitenstein" ausführlich beschrieben und ausgeschmückt. An diese Fassung habe ich mich angelehnt.
Da weder die Sagenfassung von Lohmeyer noch die von Diehl einen Zeitraum oder Personen mit Namen nennen, habe ich in meiner Fassung Jakob von Montclair als eine der Hauptfiguren angegeben, der von 1316 bis 1371 lebte. Unter diesem Aspekt sollte man meine Sage lesen.

Wer gewinnt die Hand der schönen Hilde?
In der gewaltigen Burg Montclair und dem ausgedehnten Burggelände herrschte geschäftiges Treiben, da am morgigen Tag ein Wagenrennen entscheiden sollte, wer die Hand der schönen Hilde, der reizenden Tochter von Ritter Jakob, bekommen würde.
Viele Ritter aus nah und fern hatten sich schon um die Hand der schönen Hilde beworben, doch vergebens. Denn ihr Vater, Ritter Jakob, war ein stolzer, herrischer und streitsüchtiger Kämpe, der mit seiner Tochter große Pläne vorhatte. Mit Hilfe von Hilde wollte er einen Schwiegersohn gewinnen, mit dessen Hilfe er seine Macht und Einfluß weit über die Grenzen von Saar und Mosel ausdehnen könnte. Er hatte sich auch schon einen Bewerber ausgesucht; einen mächtigen Edelmann aus Frankreich, der eine große und reiche Grafschaft besaß und großen Einfluß hatte. Hilde jedoch konnte den stolzen und hochmütigen Grafen nicht ausstehen und erfand darum immer wieder Ausreden, um einer Heirat mit ihm zu entgehen. Sie hatte nämlich ihr Herz an einen deutschen Ritter verloren, der sich ebenfalls um ihre Hand beworben hatte. Doch Jakob hatte ihn hohnlachend abgewiesen, da er zwar ein tapferer Ritter, doch sehr arm war. Hugo von Bleiningen, so hieß der Ritter, besaß nur eine kleine Burg mit einem einzigen Dorf.
„Ich heirate entweder Ritter Hugo, oder bleibe ledig", antwortete Hilde ihrem Vater, als der sie wieder bedrängte, den welschen Grafen zu heiraten. Jakob konnte nur mit Mühe seinen Zorn unterdrücken. Er kannte seine Tochter; sie würde niemals der Gewalt nachgeben. Obwohl sie klein und zierlich war, hatte sie den unnachgiebigen Willen ihres Vaters geerbt.
„Ich mache dir einen Vorschlag in Güte; lassen wir die beiden um dich kämpfen", schlug ihr Vater vor. Hilde erbleichte! Sie sollte ihren Hugo in Todesgefahr bringen, wobei er getötet werden konnte?

Burg Montclair – Ansicht von Südwest

„Wie hast du dir den Zweikampf denn gedacht?" fragte sie ihren Vater mit bebender Stimme.
„Nun, die Entscheidung soll bei einem Wagenrennen fallen. Doch soll es ein ganz besonderes Wagenrennen sein, sie müssen auf dem Breitenstein wenden", meinte ihr Vater, wobei er hinterhältig grinste. Denn der Graf aus Frankreich war als besonders geschickter Wagenlenker bekannt. Hilde schrie vor Schreck auf: „Vater, du weißt, daß dies unmöglich ist! Auf dem Breitenstein kann kein Wagen wenden", entgegnete seine Tochter mit vor Schreck geweiteten Augen.
„Nun, das werden wir ja sehen! Entweder das Wagenrennen oder du verzichtest auf deinen Hugo", war die Entscheidung von Jakob. Hilde war in einem schrecklichen Zwiespalt! Sollte sie auf Hugo verzichten und ihn dadurch vor der Todesgefahr retten? Oder sollte sie es um ihr beider Glück versuchen? Schließlich entschied sie sich schweren Herzens für das Wagenrennen.
Ritter Jakob von Montclair ließ die beiden Ritter entscheiden; beide nahmen ohne Zögern an. Nun ließ Jakob alles für das Wagenrennen vorbereiten; er lud zahlreiche Gäste zu dem Ereignis ein. Außen vor der Burg ließ er für seine Gäste eine Tribüne errichten, damit sie das Wagenrennen gut beobachten konnten.
Am Tage vor dem Rennen waren seine zahlreichen Gäste schon eingetroffen, denn viele kamen von weither. Die große Burganlage platzte fast aus allen Nähten; die vielen Gäste mußten ja untergebracht und beköstigt werden. Es herrschte ein Treiben in der Burg wie in einem Bienenkorb. Die Dienerschaft eilte geschäftig hin und her, und in der Küche herrschte Hochbetrieb. Dort

Burg Montclair – Breitenstein

wurde gesotten und gebraten, und köstliche Düfte zogen durch die Burg. Am Abend wurde im Rittersaal tüchtig gefeiert; die Diener trugen auf, was Küche und Keller hergaben. Die große Tafel bog sich fast unter der Last der Speisen und Getränke; man aß und trank nach Herzenslust. Die beiden Ritter, die sich beim Wagenrennen messen würden, ließ man hochleben. Manch tüchtiger Ritter schaute zu tief in den Krug, trank zuviel von Jakobs süffigem Bier und erwachte am Morgen mit einem tüchtigen Brummschädel. Die beiden Kontrahenten verließen frühzeitig den Saal, hatten nur wenig getrunken. Denn der kleinste Fehler beim morgigen Rennen und sie würden mit ihrem Gespann vom Breitenstein in die schaurige Tiefe stürzen. Der Breitenstein war ein mächtiger Felsen in der Nähe der Burg, der gewaltig aus dem Berg wuchs und oben ein flaches Plateau hatte. Nach vorne fiel er senkrecht zur Saar hin ab. Wer dort hinunter stürzte, würde im steilen Hang aufschlagen, den Berg herunterstürzen bis zum schmalen Uferweg und dort zerschmettert liegen bleiben.
Als Hugo in seiner Kammer ankam, verrichtete er sein Nachtgebet, bat Gott um Hilfe bei dem morgigen Wagenrennen und legte sich ruhig zu Bett, wo er gleich darauf einschlief. Bei seinem Gegner brannte noch lange Licht im

Zimmer, und man sah seinen Schatten vor dem erhellten Fenster hin und her wandern. Anscheinend fand er keine Ruhe und auch keinen Schlaf. Doch endlich, es war lange nach Mitternacht, erlosch auch bei ihm das Licht.

Das Wagenrennen

Am anderen Morgen ging das Leben in der Burg schon frühzeitig los, denn das Gesinde richtete das Frühstück für die zahlreichen Gäste. Hilde brachte keinen Bissen herunter, dachte sie doch immer an das bevorstehende Rennen und an ihren Hugo. Und sie bat Gott inständig, ihrem Liebsten beizustehen und ihn zu schützen. Ritter Jakob bat nach dem Frühstück die Gäste nach draußen, wo sie auf der Tribüne Platz nahmen, entsprechend ihrem Rang und Ansehen. Inzwischen waren tausende Schaulustige aus dem nahen Mettlach, aus Merzig und den umliegenden Dörfern eingetroffen, um das Wagenrennen mitzuerleben. Sie standen dicht gedrängt um die Auffahrt zum Breitenstein. Jakob hatte die Auffahrt von seinen Soldaten sichern und absperren lassen, damit die beiden Kontrahenten ungehindert auffahren konnten.

Als der Herold in die Fanfare stieß, kamen die beiden Ritter mit ihren Gespannen im vollen Galopp und fuhren mit donnernden Hufen über die Zugbrücke. Der französische Graf hatte ein herrliches Gespann von vier pechschwarzen, andalusischen Rapphengsten. Seine feurigen Vollbluthengste waren eine Augenweide, wie sie im Stand unruhig hin- und hertänzelten. Geschirr und Zaumzeug war von schwarzem Glanzleder und die Beschläge waren aus massivem Silber. Die Pferde hatten einen weißen Federbusch auf dem Kopf, der bei jeder Bewegung anmutig wippte. Sein herrliches Gespann war ein Vermögen wert!

Viel bescheidener trat der deutsche Ritter auf. Sein Gespann bestand aus den besten Pferden aus seinem Burgstall; schöne, kräftige Tiere von brauner Farbe aus dem Münsterland. Das Geschirr war lederbraun, die Beschläge aus Eisen. Hugos Gespann konnte sich mit dem seines Gegners an Glanz und Schönheit nicht messen, hier lagen Welten dazwischen.

Ritter Jakob warf zwei Lose in seinen Hut, und seine Tochter mußte ein Los ziehen. Das Los entschied, daß der französische Graf zuerst fahren sollte. Dieser lenkte sein Gespann mit sicherer Hand in die Auffahrt und trieb es zur Höchstgeschwindigkeit an. Es war ein atemberaubender Anblick, wie die schwarzen Hengste mit wehenden Mähnen dahinflogen, direkt auf den Abgrund zu. Den zahlreichen Zuschauer stockte der Atem, viele Frauen hielten sich die Augen zu, um den Sturz nicht mit anzusehen. Ein einziger Aufschrei, der Ritter hatte im letzten Moment seine Pferde herumgerissen. Kurz vor dem Abgrund konnte er sein Gespann in die Wende zwingen und wollte in einer eleganten Kehre das Plateau umrunden. Doch er hatte sich verschätzt, die Kurve zu eng genommen. Die Deichsel hielt dem enormen Druck nicht stand, sie brach und fuhr den Pferden in die Hinterhand. Die Hengste schlugen aus, kamen aus dem Tritt; der Wagen kippte um und wurde mitgeschleift. Dabei

flog der Graf in hohem Bogen aus dem Wagen; blieb regungslos auf der Felsplatte liegen. Die Soldaten sprangen herbei, brachten die Pferde zum Stehen und trugen den bewußtlosen Grafen in die Burg. Dort kam er bald wieder zu sich, da er nur durch den Sturz kurzfristig die Besinnung verloren hatte.
Ritter Jakob gab zum zweiten Mal das Zeichen zum Wagenrennen; der Herold stieß in die Fanfare und Ritter Hugo trabte mit seinem Gespann an. Hilde sank in Ohnmacht, als ihr Geliebter die Fahrt antrat. Eine ungeheure Spannung lag in der Luft, die Zuschauer wagten nicht zu atmen, als Ritter Hugo mit seinem Gespann in vollem Galopp auf das Plateau zuraste. Die Zügel hielt er straff in den Fäusten, lenkte kaum merklich sein Gespann. Doch auf die leistete Änderung im Zügeldruck reagierten die gut geschulten Pferde sofort. Und wieder ein entsetzter Aufschrei der Tausende; doch kurz vor dem Abgrund brachte der Ritter seine Pferde mit starker Hand in die Kurve, und mit elegantem Schwung fuhren sie am äußersten Rand des Plateaus vorbei. Ja einige Zuschauer wollten sogar gesehen haben, daß ein Rad des Wagens dabei über dem Abgrund schwebte. Ritter Hugo brachte mit einer glänzenden Parade sein Gespann vor der Tribüne zum Stehen und verbeugte sich vor Ritter Jakob und seiner Tochter Hilde, die inzwischen wieder aus ihrer Ohnmacht erwacht war. Der Jubel wollte kein Ende nehmen, die Zuschauer gebärdeten sich wie toll. Die Männer warfen ihre Hüte unter lauten Hurrarufen in die Luft und schlugen sich gegenseitig auf die Schulter. Ritter Hugo war der Liebling der Zuschauer; der welsche Graf mit seiner hochfahrenden Art war jedoch sehr unbeliebt.
Ritter Jakob hielt Wort und legte die Hand von Ritter Hugo in die Hand seiner errötenden Tochter; bald schon würde Hochzeit sein. Der Tag endete mit einem doppelten Festmahl, denn Ritter Jakob hatte für seine Untertanen im bunt gefärbten Herbstwald ein Volksfest vorbereitet, wobei sie nach Herzenslust essen und trinken durften, was sie auch ausgiebig taten. Die armen Tagelöhner konnten sich nicht jeden Tag satt essen, weshalb man diese Gelegenheit nun ausgiebig nutzte. Für seine Gäste hatte Jakob im Pallas (Rittersaal) ein reichhaltiges Ritterbankett vorbereitet; man feierte bis in die frühen Morgenstunden.
Der welsche Edelmann, der außer einigen Blessuren keine Verletzung erlitten hatte, feierte zwar mit, doch verschwand er kurz nach Mitternacht heimlich mit seinen Pferden und Dienern aus der Burg. Daher ging unter dem Volk das Gerücht um, daß er sich aus Verzweiflung über seine Niederlage mit seinen Pferden vom Breitenstein in die Saar gestürzt habe.
Ritter Jakob ließ für die Nachwelt zum Gedenken an dieses sagenhafte Wagenrennen in den Breitenstein Rad- und Hufspuren einmeißeln.

Sagen um den „Welles“ an der Saarschleife

Viele Berufsgruppen haben den heiligen Nikolaus, diesen wundertätigen Mann, dem viele Wunder nachgesagt werden, zu ihrem Schutzpatron erkoren. So ist er auch Schutzheiliger der Seeleute, Bootsleute und der Flußschiffer; hier ganz besonders in früheren Jahren den Schiffern, welche die Saar befuhren.
Der Yacht- und Wassersportklub Besseringen, deren Schutzpatron ebenfalls der hl. Nikolaus ist, hat einen alten Brauch wieder aufleben lassen, dem Heiligen an seinem Namenstag zu seinem Standbild an der Saarschleife eine Kerze zu bringen. Denn in früheren Jahren, ehe die Saar kanalisiert wurde, war eine Engstelle an der Saarschleife bei den Schiffern besonders gefürchtet, der „Welles“. Die Schiffer setzten daher ihrem Schutzpatron, dem hl. Nikolaus an der Saarschleife, genau unterhalb der Cloef in der Nische der Ufermauer ein Standbild, damit er sie bei ihrer Talfahrt beschützen solle. Die Figur des hl. Nikolaus steht auch heute noch in der Nische, ist jedoch nur von der Wasserseite aus zu sehen.
Um den heiligen Mann, der im Jahre 300 Bischof von Myra (Lykien) wurde, ranken sich viele Legenden und Sagen. Nach einer dieser alten Legende soll Nikolaus drei von einem bösen, geldgierigen Wirt getötete, zerstückelte und in einen Bottich geworfene Knaben wieder zusammengesetzt und zum Leben erweckt haben. Daher wird der heilige Mann auch sehr oft als Bischof dargestellt, neben dem ein Bottich mit drei nackten Knaben steht.
In der Kapelle von Dreisbach, die dem hl. Nikolaus geweiht ist, kann man eine solche Darstellung des heiligen Bischofs mit den drei Knaben im Bottich sehen. Von besonderem historischem Wert ist diese alte Nikolausstatue, stand sie doch schon in der alten Kapelle von Dreisbach, die 1701 erbaut und 1881 abgerissen wurde. Damals stand die Statue in der Giebelseite dieser alten Dreisbacher Kapelle, die in der Mitte des Dorfes zur Saarseite in der Nähe der Fähre stand. Die vorbeifahrenden Schiffer entblößten ihr Haupt, grüßten ihren Schutzpatron und erflehten seinen Schutz für ihre gefährliche Fahrt durch den gefürchteten „Welles“ an der Saarschleife unterhalb der Cloef.
In früheren Jahren wurde die Saar viel von Schiffern befahren, die auf dem Fluß Waren und Güter beförderten, denn der Wasserweg war billiger und schneller als der Landweg. Zu dieser Zeit war die Saar wegen ihrer Untiefen und tückischen Strömungen bei den Schiffern sehr gefürchtet. Besonders berüchtigt war die Saarschleife wegen ihrer schmalen Fahrrinne und den vielen Strömungen. Eine Stelle unterhalb des Steinbaches inmitten der großen Flußkehre war ganz besonders berüchtigt. Es war dies der sogenannte „Welles“, denn hier war der Fluß besonders schmal und infolge unterirdischer Strömungen sehr tückisch. An dieser Stelle waren schon sehr viele Schiffe verunglückt, da die Strömung hier extrem schnell und reißend war.

Wenn die Schiffer früher zum „lewen Schutzpatron" kamen, bevor es in den gefürchteten „Welles" ging, so gelobten sie dem Heiligen: „Lewen Niklessin, wenn eech good dorch de Welles dorchkomm, kreocht de enn Kierz su deck we mei Maschdbaam!" (Lieber Nikolaus, wenn ich gut durch „Welles" komme, bekommst du eine Kerze so dick wie mein Mastbaum). Nun ging es mit Zittern und Zagen durch die berüchtigte Engstelle. Kam man nun glücklich in Mettlach an, so war das Versprechen meist vergessen oder manch Verwegener sagte in Richtung „Welles" verschmitzt vor sich hin: „Neischt krescht dou Niklessin, keaf dou dear de Kierz selver" (Nichts bekommst du Nikolaus, kauf dir deine Kerze selber). Sprachs und ging in die Schifferkneipe „Zum goldenen Anker" in Mettlach, um eine Mordszeche zu machen.

Dreisbacher Nikolaus

Die Fischer fürchteten früher besonders die tiefe Stelle der Saar in ihrer Schleife bei der „Steinbach", sollten doch unsichtbare Hände nach dem Nachen greifen, um ihn in die Tiefe zu ziehen. Aber sehr ungern mieden sie auch diese Stelle, sollten doch dort Saarhechte stehen, die 1000 Jahre zählen und Moos auf dem Kopfe haben.

Man warnte besonders die Kinder von Dreisbach und der Steinbach, nur ja nicht um den „Welles" zu nahe an die Saar zu gehen, denn in dem Wasser sitze der „Kroapenmann", der die Kinder mit seinem „Kroapen" (Haken) in die Tiefe ziehe.

Früher wurden die Schiffe bergauf getreidelt, von Pferden gezogen. Wenn nun die Schiffe bergauf über die Treidelpfade mit den Pferden gezogen wurden, so begründeten die Halfen (Pferdetreiber) das langsame Vorwärtskommen damit, daß sich das „Pittermännchen" ihren Pferden auf den Rücken setze und immer schwerer werde, so daß diese die Last kaum noch schleppen können und daher nicht mehr vorwärtskönnen. Was kann man schon gegen einen Geist oder Kobold wie das „Pittermännchen" ausrichten?

In Merzig sprang das Pittermännchen nachts den Schlafenden, besonders den Kindern, auf den Hals und wurde dann so schwer, daß sie kaum noch atmen konnten und meinten, sie würden ersticken. Um seiner habhaft zu werden, haben ihm schon viele aufgelauert; jedoch vergebens. Niemals fand man irgendeine Spur, wonach man es hätte verfolgen können. Einige wollen allerdings gesehen haben, wie das Pittermännchen aus einem Fenster des zweiten Stocks auf die Straße sprang, ohne Schaden zu nehmen.

Geschichte des Bildstocks an der Blechmühle

An der Straße zwischen Nohn und Bethingen kurz vor der Blechmühle, steht an der rechten Straßenseite am Waldrand ein uraltes Wegkreuz. Eigentlich ist es gar kein Wegkreuz, sondern ein Bildstock, aus Sandstein gehauen. Der Bildstock stellt eine Kreuzigungsgruppe dar mit Maria und Johannes, die beide von einem Heiligenschein umgeben sind. Das Kreuz und der Sockel sind reich geschmückt mit Engelsköpfen, Muscheln und Ornamenten. Es ist eine wunderschöne Steinmetzarbeit, doch leider trägt der Bildstock weder Schrift noch Jahreszahl, woraus man ersehen könnte, wann und warum er aufgestellt wurde. Über die Errichtung dieses Bildstocks wird im Volksmund folgende Sage erzählt:

In früheren Jahren war auf dem jetzigen Scheuerhof ein großes Hofgut, das den Jesuiten von Trier gehörte. Die Patres hatten das Gut im Jahre 1643 von Remacle von Bockenheim, der Amtmann auf der Siersburg war, gekauft. Das Gut bildete einen eigenen Bann mit ausgedehnten Waldungen, Ackerland, Wiesen, Gärten und Fischweihern, insgesamt waren es 414 Morgen. Mit dazu gehörten zwei Mühlen, die sogenannte Blechmühle und eine andere Mühle bei Bethingen. Außerdem besaß der Hof Herrschaftsrechte in Tünsdorf, Wehingen und Orscholz. Dieses große Gut mit den ausgedehnten Wäldern und Ländereien wurde von den Patres mit Hilfe zahlreicher Knechte und Mägde bewirtschaftet. Das Hofgut auf dem Scheuerhof war zur damaligen Zeit ein Mustergut, das seinesgleichen weit und breit nicht hatte. Es bedurfte aber vieler fleißiger Hände, um das Gut unter der sachkundigen Leitung der Patres zu einem Mustergut werden zu lassen und zu erhalten.

Die Patres betrieben auch die Forstwirtschaft in vorbildlicher Weise. So war ein Pater zuständig für das Aufforsten und die Pflege des Waldes. Dazu gehörte auch das Schlagen der Bäume und die Verwertung des geschlagenen Holzes. Das geschlagene Holz wurde mit Pferdefuhrwerken bis nach Dreisbach zur Saar gebracht, dort auf Flußschiffe verladen und nach Trier auf dem Wasserweg weitertransportiert. So schlossen die Patres 1749 einen Vertrag mit den Schiffern Jakob Oberkontz und Michael Thieser aus Saarhölzbach, den Holztransport vom Scheuerhof zum Krahnen nach Trier zu übernehmen.

Nun hatte die Holzfällerkolonne des Klostergutes im Winter des Jahres 1769/70 im Wald bei der Blechmühle eine große Menge Eichen und Buchen geschlagen, die abgefahren werden mußten. Zur damaligen Zeit wurde dies meist bei Frostwetter gemacht, da sonst die Fuhrwerke im Morast versunken wären, denn damals waren die Waldwege noch nicht befestigt. So bekam ein Fuhrknecht den Auftrag, mit einem Wagen und einem Sechsergespann die Stämme bei der Blechmühle abzufahren. Mit Hilfe eines zweiten Knechtes spannte er auf dem Scheuerhof die Pferde ein, was viel Mühe kostete. Denn durch das lange Stehen im Stall und dem vielen Hafer waren die Gäule über-

mütig geworden. Nur mit viel Mühe gelang es daher den beiden Knechten, die Pferde ins Geschirr zu bekommen. Besonders zwei junge Pferde waren fast nicht zu bändigen, sie stiegen vorne und hinten hoch. Den beiden Knechten stand trotz der Kälte der Schweiß auf der Stirn, als sie endlich die sechs Pferde angeschirrt hatten. Der Fuhrknecht nahm die Leinen in die Hand und stieg auf den Wagen, während der andere Knecht die beiden vorderen Gäule am Zaumzeug hielt. Auf den Zuruf des Fuhrknechts ließ er die beiden vorderen Gäule los, und ab ging es. Den Berg hinunter hielt der Fuhrknecht mit aller Kraft die Pferde zurück, doch unten ließ er die Zügel los. Er genoß das Schauspiel, wie die sechs Pferde flott dahingaloppierten. Doch plötzlich scheuten die beiden vorderen Gäule und stiegen kerzengerade in die Höhe. Ein Vogel, der vor ihnen aus dem Gebüsch flatterte, hatte sie so erschreckt. Die Vordergäule gerieten in Panik, rasten los und rissen das übrige Gespann mit. Die Pferde jagten nun in vollem Galopp dahin und reagierten weder auf Zuruf, Zügel noch Peitsche. Der schwere Wagen flog hin und her, so daß der Knecht die Zügel loslassen mußte, um nicht vom Wagen geschleudert zu werden. Er klammerte sich nun mit beiden Händen an den Wagenrungen fest, sonst wäre er unter die Wagenräder geschleudert worden. Die Gäule rasten unkontrolliert und führerlos dahin, Schaumflocken flogen ihnen aus den Nüstern. Der arme Knecht stand Todesängste auf seinem rasenden Gefährt aus; es war, wie wenn der Teufel in die Pferde gefahren wäre. Es war aber auch ein unheimlicher Anblick, wie die sechs Pferde dahinjagten, wie von Furien gehetzt, hinter sich den schweren Wagen, der wie ein Spielzeug hin- und herflog. Der Holzknecht in seiner Todesangst gelobte, wenn er heil davonkäme, ein Kreuz an der Stelle zu errichten, wo er wieder Boden unter die Füße bekäme. Hinter der Blechmühle, wo der Weg anstieg, kam das Gespann dann endlich zum Stehen; schweißbedeckt und mit jagenden Flanken standen die Pferde still. Der Knecht stieg mit zitternden Knien vom Wagen, ging noch einige Schritte und knickte dann ein. Durch den Schrecken konnte er sich nicht mehr auf den Beinen halten. In einem inbrünstigen Gebet dankte er Gott auf Knien für seine Rettung. Noch im gleichen Jahr ließ er von einem Steinmetz das Kreuz bzw. den Bildstock anfertigen und stellte ihn an der Stelle auf, wo er vom Wagen gestiegen war.

Sagen aus Tünsdorf

Das Dorf Tünsdorf ist schon sehr alt, wahrscheinlich über 1000 Jahre. Bei einem so alten Dorf sind im Laufe der Jahrhunderte sehr viele Sagen entstanden, von denen hier einige erzählt werden sollen.
Der Historiker muß sich genau an die geschichtlichen Fakten halten, doch nicht der Erzähler. Er kann die Sagen mit dichterischer Freiheit erzählen, doch ein Körnchen Wahrheit ist wahrscheinlich in jeder Sage enthalten.

Der wandernde Grundstein von Tünsdorf
(Sage von der Grundsteinlegung der Tünsdorfer Kirche)
Das saarländische Dorf Tünsdorf hat eine sehr alte Tradition. Schon sehr früh wurde in Tünsdorf das Christentum gepredigt und die Heiden bekehrt und getauft. So berichtet die Sage, daß um das Jahr 800 die Benediktinermönche von Mettlach die erste Kirche in Tünsdorf errichteten. Nur wurde man sich nicht einig, wo man die Kirche hinbauen sollte. Damals bestand Tünsdorf aus Unter- und Mittel-Tünsdorf, während in Ober-Tünsdorf zu dieser Zeit noch keine Häuser standen.
Nach langen Diskussionen entschloß man sich, die Kirche endgültig in Unter-Tünsdorf zu errichten. Dies gefiel natürlich den Tünsdorfern aus dem Mitteldorf überhaupt nicht, doch mußten sie sich letztendlich doch in den Beschluß fügen. Nun legte man die Fundamente im Unterdorf, und mit einer kirchlichen Feier wurde der Grundstein gesetzt. Doch am anderen Morgen, als die Maurer kamen, war der Grundstein verschwunden. Großes Erschrecken! Wer sollte es gewagt haben, sich an dem geweihten Grundstein zu vergreifen? Denn man vermutete zuerst einen Diebstahl, wer soll wohl sonst den Grundstein verschleppt haben?
Endlich machte man sich auf die Suche, denn ohne den Grundstein konnte man nicht weiterbauen. Nach langem Suchen fand man ihn endlich oben auf der Höhe, wo die heutige Pfarrkirche St. Martin steht. Mit viel Mühe und Schweiß schleppte man den schweren Grundstein wieder in das Unterdorf, wo man ihn schleunigst verbaute. Doch oh Schreck, als am anderen Morgen die Maurer wieder zu der Baustelle kamen, klaffte ein leerer Spalt dort, wo der Grundstein gesessen hatte.
„Hier hat der Leibhaftige seine Hand im Spiel, hier bleiben wir nicht mehr länger!" riefen einige Maurer und wollten die Baustelle schnellstens verlassen. Nur mit Mühe gelang es den frommen Mönchen, die Handwerker davon zu überzeugen, daß dies mit dem Teufel nichts zu tun hatte. Wahrscheinlich wollte man hier den Gottesmännern aus Mettlach und den Tünsdorfern einen bösen Streich spielen. Also machte man sich nochmals auf die Suche nach dem verschwundenen Grundstein und wieder fand man ihn auf der Höhe im Oberdorf. Abermals schleppte man ihn ins Unterdorf, doch fiel diesmal

schon manch böses Wort. Unten angekommen, wurde der Grundstein schnellstens vermauert.
Doch wer beschreibt den Schrecken der Maurer am anderen Morgen, als der Grundstein schon wieder weg war? Die ganze Maurerkolonne lief schnurstracks auf die Höhe im Oberdorf und richtig, hier lag der Grundstein nun zum drittenmal. Dies konnte unmöglich mit rechten Dingen zugehen, hier mußten höhere Kräfte die Hand im Spiele haben!
Daher rief man schnellstens die frommen Mönche zu Hilfe, denn dies fiel in ihr Ressort. Als diese nun sahen, daß der Grundstein zum drittenmal auf unerklärliche Weise auf die Höhe und immer auf die gleiche Stelle gekommen war, deuteten sie dies als Zeichen Gottes, daß die Kirche an diese Stelle kommen solle.
Also ließ man Gott seinen Willen und errichtete die Kirche auf der Höhe im Oberdorf, wo auch die heutige Pfarrkirche steht. So stand nun die erste Kirche von Tünsdorf ganz einsam auf der Höhe, denn zu dieser Zeit stand noch kein Haus im Oberdorf. Es sollte auch noch einige Jahre dauern, bis die ersten Häuser im Oberdorf errichtet wurden.

Tünsdorf – Alte Pfarrkirche 1933

Die silberne Glocke von Tünsdorf
Die Sage erzählt, daß im Dreißigjährigen Krieg in Tünsdorf eine silberne Glocke vor den Schweden vergraben wurde. Diese Sage soll hier neu erzählt werden, mit der dichterischen Freiheit, die der Chronist nicht haben darf.
Der Dreißigjährige Krieg brachte auch in den Saargau die fremden Kriegsheere, die die Dörfer ausplünderten und die Häuser in Flammen aufgehen ließen. Wenn die Kunde kam, daß sich wieder Kriegsvolk näherte, verließen die Bauern schweren Herzens ihre Häuser und Höfe und brachten ihre Frauen und Kinder sowie das Vieh in Sicherheit. Die Tünsdorfer flohen in die umliegenden Wälder.
Besonders gefürchtet waren die schwedischen Heere; ihnen ging ein schrecklicher Ruf voraus. Hieß es doch allenthalben: „Ihr Kinder bet; es kommt der Schwed!"

Tünsdorf – Altes Kloster 1993

Als die Schweden 1635 vom „Rötchen" (Teil des Büschdorfer Waldes von der Ölmühle bis zu den Zollhäusern) nach Tünsdorf zogen, flohen die Bauern mit ihren Familien und ihrem Vieh in den dichten Wald, wo sie Schutz fanden. Denn die Bauern hatten für diese Fälle vorgesorgt und Hütten und Unterstände für Mensch und Vieh im Wald gebaut und auch mit genügend Vorräten versorgt. Dort konnte man sich schon einige Wochen vor dem Feind verbergen, bis dieser wieder weiterzog.
Aurelian, der damalige Pfarrer von Tünsdorf, war nicht mit den Bewohnern geflohen. Er wollte zuvor noch das beste und wertvollste Stück aus der Kirche bergen, die massiv silberne Glocke vom Kirchturm. Die wertvollen Altargeräte wie Kelche und Monstranz, auf die die Kriegsleute besonders scharf waren, hatte er schon vorher in Sicherheit gebracht. Nun galt es, die schwere Glocke, ungesehen vom Feind, zu bergen. Dies konnte man nur in der Nacht tun. Der Pfarrer betete zu Gott, daß er in der Nacht den Mond und alle Sterne verstecken solle, und sein Gebet wurde erhört. Es war pechschwarze Nacht, als der Pfarrer und einige beherzte Bauern, die zurückgekommen waren, die schwere Glocke unter Einsatz ihres Lebens vom hohen Kirchturm abseilten. Man muß bedenken, daß sie weder Licht machen noch laut reden durften,

da möglicherweise der Feind im Schutze der Nacht versuchen konnte, ins Dorf einzudringen. Doch sie hatten Glück! Sie brachten die Glocke glücklich vom Turm und es zeigte sich auch kein feindlicher Schwede. Nun karrte man die Glocke bis zu einem Wiesengelände, das später der „Leichenbungert" genannt wurde, wo man sie vergrub. Dann floh auch der Pfarrer mit seinen Helfern in den Wald zu den anderen Tünsdorfern.
Als die Schweden nun Tünsdorf stürmten, fanden sie das Dorf verlassen. Die Bewohner hatten alles in Sicherheit gebracht, was sie transportieren konnten. Die Schweden sahen sich um ihre Beute betrogen, und in ihrer Wut brannten sie das ganze Dorf nieder und schossen die Kirche zusammen, nur der Kirchturm blieb erhalten.
Vergebens hat man später, ja bis heute, nach der vergrabenen Glocke gesucht. Wahrscheinlich hatte man sich in der dunklen Nacht, als man die Glocke vergrub, die Stelle nicht richtig gemerkt. In stillen Nächten soll man aber hie und da ihren feinen silbernen Ton hören.

Die Sage vom Kettenrassler im Tünsdorfer Kloster
Das ehemalige Nonnenkloster in Tünsdorf ist ein sehr alter Bau, wahrscheinlich ist er einige hundert Jahre alt, genau läßt sich dies nicht feststellen.Nachdem die Nonnen vor etlichen Jahren wegen Personalmangel das Kloster aufgaben, ging der Bau an seinen Eigentümer, die Tünsdorfer Kirchengemeinde, zurück. Dort wußte man nicht so recht, was man mit dem alten Gemäuer anfangen sollte.
Die Christliche Erwachsenenbildung (CEB) Merzig hatte das Gebäude gemietet und eine Familienbildungsstätte mit Hauswirtschaftsschule dort eingerichtet. Das Gebäude wurde von der CEB innen und außen renoviert, wobei man sorgfältig darauf achtete, daß die alte Bausubstanz erhalten wurde; dabei arbeitete man eng mit der Denkmalpflege zusammen. Mittlerweile ist das „Alte Kloster" zu einem Schmuckstück für Tünsdorf geworden.
Über dieses Nonnenkloster gibt es folgende Sage zu berichten (frei nach Karl Lohmeyer):
In dem Kloster ist es nicht ganz geheuer, da dort noch immer Geister von längst Verstorbenen spuken, so daß sich die Nonnen in dem Kloster manchmal sehr fürchteten. Wenn es nämlich in sehr stillen, aber stockdunklen Nächten vom Kirchturm St. Martin die Mitternachtsstunde schlug, so fing es draußen im Flur an zu rasseln, als ob jemand eine dicke, eiserne Kette hinter sich herziehen würde. Dann zogen die Nonnen in ihren Zellen zitternd die Bettdecke über den Kopf, um ja nichts zu hören oder gar zu sehen.
Denn ein längst verstorbener Mönch soll dann durch das Haus wandern, und er läßt dabei ein Geklirre und Rasseln hören, als hinge er voller eiserner Ketten. Tatsächlich aber rasselt dieser Geist mit den Ketten, in denen er sein Leben lang gefangen gehalten wurde und auch darin starb. Angeblich wur-

de dieser Mönch während der französischen Revolution von französischen Soldaten gefangen. Man folterte ihn, damit er die vergrabenen Schätze des Klosters verraten sollte. Als er sich weigerte, legte man ihn in Ketten, um ihn gefügig zu machen. Nachdem auch dies nichts nutzte, beschloß man, ihn im Keller lebendig einzumauern. Damit er sich nicht selbst befreien konnte, kettete man ihn an der Kellermauer an und mauerte Tür und Fenster zu. Seit dieser Zeit spukt der Mönch im Nonnenkloster und rasselt mit seinen Ketten den Lebenden zum Schreck und zur Mahnung. So oft auch ganz Mutige hinaussahen, um das Antlitz des Geistes zu erspähen, es war vergebens. Bis zum heutigen Tag blieb der Tünsdorfer Kettenrassler unsichtbar. Ob und wie man den Geist erlösen kann, darüber berichtet die Sage leider nichts.

Der Leichenbungert

Da ich den „Leichenbungert" erwähne, auch schnell seine sagenhafte Namensdeutung: Jeder weiß wohl, wo er liegt. Es ist bekanntlich ein Wiesengelände. Neben römischen Mauerresten, Topfscherben fand man vor langer Zeit auch bei Grabungen Menschenskelette. Sind es Überbleibsel aus Pestzeiten, sind es solche aus Zeiten des Dreißigjährigen Krieges, Einwohner oder Schweden? Darauf eindeutige Antwort zu geben, ist sehr schwer. Wohl soll ein Kampf mit Schweden bei Tünsdorf gewesen sein. Was liegt also näher als die Annahme, daß die Leichen der Erschlagenen hier beerdigt wurden. Wie sollen auch sonst, da das Gelände bestimmt nie ein Friedhof war, die Knochenfunde herkommen? Man suchte also nach einer Deutung des Namens „Leichenbungert" und fand sie.

Die Martinslinde

Als St. Martinus, Bischof von Tours, einst auf einer Reise zum Bischof von Trier war, zog er der Römerstraße nach, die, von Metz – Launsdorf kommend, über unseren Ort nach Nohn führte und zunächst in Merzig endete. Die Klapp bei Nohn ist noch ein Stück dieser Römerstraße.

Im Unterdorf machte er Station, um bei einer Linde, der Thing-Gerichtslinde, zu predigen. Dieser Baum soll dann den Namen Martinslinde erhalten haben. Eine Kapelle, die in der Folgezeit daneben errichtet wurde, erhielt selbstverständlich die Bezeichnung Martinskapelle. Daß diese Titulierung dann auf den Ort überging, ist wohl der Weisheit letzter Schluß. Diese Auslegung ist nicht übel, besonders hinsichtlich der Tatsache, daß auch die Pfarrkirche seit undenklichen Zeiten Martinskirche benannt ist.

Die Linde – sie steht seit 1953 nicht mehr, wurde vom Blitz zerstört, nur noch Stammende blieben stehen.

„De Haidbur"

Ansprechend ist auch, was man sich vom Heidenbrunnen, dem „Haidbur" erzählt. Wie kommt diese Quelle bei der ehemaligen Fixmer'schen Brennerei zu diesem Namen?

Es ist einleuchtend, daß St. Martinus bei seinem Verweilen in Tünsdorf auch taufte. Da sich in der Nähe seiner Predigtstelle (Linde!) ein Brunnen befand, taufte er daselbst die bekehrten Heiden. Er segnete natürlich auch das Wasser dieses „Burs" und so ist heute noch die Erinnerung und Überlieferung lebendig, daß kein Wasser nah und fern so gut und heilkräftig ist, wie gerade dieses vom „Haidbur". Noch jetzt holen sich viele Tünsdorfer zu gesunden, erst recht in kranken Tagen nur Wasser dieses Brunnens – eben, weil St. Martinus es geweiht haben soll.

Die seidenen Mützen

Nett ist das Geschichtchen der „seidenen Mützen", welche das Mettlacher Kloster tüchtigen Pächtern von Klostergütern und Mühlen zu geben wußte. Eine seidene Mütze, das Vorrecht „der dicken Bauern", dreistöckig, war auch der Wunsch vieler Pächter. Diesem Wunsche kam das Mettlacher Kloster in sehr eigennütziger Weise gerne entgegen. Durch Schenkungen des Ritters Udelin von Hellendorf im Jahre 1110 erhielten die Patres von Mettlach viele Güter, hauptsächlich in Eft, Wehingen und Bethingen. Tünsdorf ist nicht verbürgt. Doch sind auch dort seidene Mützen bestätigt. Was ist nun mit diesen Mützen?

Da erzählt man sich folgendes: Die Patres verpachteten ihre Güter und Mühlen. Der Pachtpreis war ein Schwein, lieferbar an Palmsonntag jeden Jahres. Nun kommt der nahrhafte Trick. Wer das fetteste Schwein lieferte, erhielt die so sehnsüchtig begehrte, dreistöckige Mütze! Wieviele Zentner „Mehr"-Fleisch mag dieser begreifliche Wunsch der Pächter den schlauen Patres eingebracht haben? Obwohl viele auf dieses „Mützen-Mätzchen" hereinfielen? Darüber ist uns nichts überliefert, doch glaube ich an den gesunden Sinn der Tünsdorfer und der Leute der umliegenden Ortschaften, daß sie schlau – schlau entgegensetzten.

Auf der gleichen Ebene liegt ein anderes Mettlacher „Stückchen". Es sei wie folgt wiedergegeben:

Die Gräfin Jutta von Lothringen schenkte im Jahre 1030 dem Kloster St. Matthias zu Trier die Orte Wehingen und Bethingen. Diese wurden vom Kloster an die Mettlacher Patres unter der Bedingung abgegeben, daß diese dafür in den genannten Orten die Seelsorge ausüben sollten. So geschah es auch, aber nur gegen Entrichtung des üblichen Zehnten. Dieses geschah wohl so gründlich, daß es noch bis auf den heutigen Tag heißt: „Der Mettlacher Franz holt den Bauern de Hammen ganz!"

Diese Sage ist zwar nicht ortsgebunden, da aber die vorgenannten Orte zur Pfarrei gehören, habe ich sie hier mit aufgeführt. Heute noch gibt es bei Wehingen eine Gewann, genannt „Das Mettlacher Stück".

Der Hund von Bonnen

Eine gruselige Sage ist diese vom Hund in Bonnen. Manche glauben fest an ihn, ja haben ihn gar schon gesehen; diesen mächtigen, schwarz-zottigen Teufelshund, welcher nachts den einsamen Wanderer anfällt, ihm auf den Rücken springt und ihn niederdrücken will. Er kommt aus dem anliegenden Streitwald und läßt bis zu Sünnens Mühle am Dorfrande nicht von seinem Opfer. Ja, Strecken wie in Bonnen können ängstlichen Menschen schon das Gruseln im Dunkeln beibringen.

Oft verläuft sich dieser sagenhafte Höllenhund über die „Tafel" zum „Kollerröder" (Didionsmühle) und treibt dort auf dem Wege nach Orscholz sein böses Spiel.

Sagen und Geschichten aus Büdingen

Der Grenzstreit:
In alter Zeit hatten die Dörfer Büdingen und Wellingen einen gemeinsamen Bann. Die Schöffen der beiden Dörfer beschlossen eines Tages, die Gemarkung zu teilen. Dafür bestimmten sie ein etwas ungewöhnliches Verfahren: Um die Grenzen zwischen ihren Dörfern festzulegen, sollten von jedem Dorf beim ersten Hahnenschrei die beiden Dorfmeyer in Richtung des Nachbardorfes gehen. Dort wo sich der Meyer von Wellingen mit dem Meyer von Büdingen treffen würde, sollte die Grenze zukünftig verlaufen. Es wurde ein Tag bestimmt, an dem der Grenzstreit ausgetragen werden sollte.
Numesfrund (Niemandsfreund) hieß der Wellinger Meyer und der von Büdingen Schwarmeyer (wegen seines langen schwarzen Bartes). Am Vorabend des Treffens fütterten die Büdinger ihren Hahn besonders gut, hofften sie doch, daß er dadurch zu außerordentlichen Kräften käme, um den Morgen möglichst früh anzukündigen. Die Wellinger machten das Gegenteil, sie gaben ihrem Hahn überhaupt nichts zu fressen und hofften, daß ihn der Hunger besonders früh krähen ließ.
Die Wellinger hatten richtig kalkuliert, denn ihr Hahn mit seinem leeren Magen krähte früher als gewöhnlich, und der Numesfrund machte sich sogleich auf den Weg nach Büdingen. Der Hahn von Büdingen hatte auf die ungewohnt üppige Mahlzeit einen besonders guten Schlaf, und er hätte wohl bis zum Mittag durchgeschlafen, wenn ihn das laute Geschrei der Büdinger Männer nicht aufgeweckt hätte. Aufgeschreckt ließ er endlich sein Krähen hören, und als der Schwarmeyer losgehen konnte, sah man von der „Hilt" her schon den Wellinger Meyer auf das Dorf zukommen.
Die beiden Meyer trafen sich nun bei den letzten Häusern von Büdingen. Nach der Absprache hätte hier nun die Grenze durchgehen müssen und die Büdinger hätten nur eine ganz kleine Gemarkung bekommen. Da sagte der Wellinger zu dem Büdinger: „Ich darf nicht zurückgehen, doch wenn du mich die Hilt hinaufträgst und noch weiter, so soll die Grenze dort sein, wo du mich abstellst." Der Schwarzmeyer war zwar nur ein schmächtiger Mann gegenüber dem bärenstarken Numesfrund, doch aus Liebe zu seinem Dorf wollte er alles wagen, nahm den anderen auf die Schultern und schleppte ihn unter Ächzen und Stöhnen auf Wellingen zu; erst die Hilt hinauf und noch eine gute Strecke weiter, bis er endlich erschöpft zusammenbrach.
An dieser Stelle steht heute noch ein Kreuz, das die Gemarkungen von Büdingen und Wellingen scheidet und die letzte Hufe, die noch zu Büdingen gehört, heißt seitdem die „Schwarmersch Längt" (Schwarzmeyers Längt).

Kleins „Ehm Klos“ und der Volkskommissar:

Die folgende Geschichte spielt zu Zeit der französischen Revolution, als der Saargau zu Frankreich gehörte.
Der Volkskommissar Huber aus dem nahen Waldwiese, ein fanatischer Anhänger der Revolution, kam eines Tages nach Büdingen, um zu kontrollieren, ob die Büdinger auch den Geist von Robespierres angenommen hätten. Sein erster Gang war zur Kirche, und er mußte feststellen, daß das Kreuz noch immer an seiner Stelle dort hing. Wutschnaubend rannte er zu Kleins „Ehm Klos“, dem Bauer und schrie ihn an, daß er ihn dafür verantwortlich machen würde, daß das Kreuz immer noch in der Kirche hing. Er würde ihm daher gleich den Prozeß machen und nach Paris schicken. Kleins „Ehm Klos“ war jedoch ein Pfiffikus, der schnell schaltete; er mußte Zeit gewinnen. Darum antwortete er ganz entrüstet: „Ihr müßt Euch versehen haben, denn das Kreuz steht schon lange nicht mehr in der Kirche.“ Den lauten Disput bekam zufällig der Knecht des Bauern mit und kam herbei. Dies war aber kein anderer als der verkleidete Pastor des Dorfes. Bauer und Knecht wechselten verständnisvolle Blicke, worauf der Knecht verschwand und das Kreuz heimlich entfernte. Kleins „Ehm Klos“ forderte nun den immer noch schimpfenden Volkskommissar energisch auf, ihm in die Kirche zu folgen, damit er ihm zeigen könne, daß dort kein Kreuz mehr hing.
Nun, der Volkskommissar guckte ganz schön dumm aus der Wäsche, als er kein Kreuz mehr sehen konnte. Inzwischen waren einige Bauern hinzugekommen, die eine eindeutig drohende Haltung gegen den Volkskommissar einnahmen. Dieser merkte, daß es besser für ihn sei, schnellstmöglichst zu verschwinden, was er auch unverzüglich tat und den Rückzug nach Waldwiese antrat.

Der Geist im Heidwald:

Es war vor mehr als hundert Jahren, als die Bauern ihre Pferde die größte Zeit des Jahres auf der Weide hatten. Da im Heidwald das meiste Gras war, trieben sie ihre Pferde mit Vorliebe dorthin. Außerdem schützte der Wald die Tiere vor Wind und Wetter. Mehrere Wächter blieben des Nachts bei den Tieren und gegen Morgen trieb man die Pferde wieder in den heimatlichen Stall.
Eines Nachts wurden die Wächter gegen Mitternacht durch ein furchtbares Stampfen und Schnaufen aufgeschreckt. Gleich danach sahen sie ein großes schwarzes Pferd, auf dem ein großer schwarzer Mann saß, direkt auf sich zukommen. Vor Schreck erstarrt, sahen sie entsetzt auf die grauenvolle Erscheinung. Doch wie auf ein Kommando rannten sie gleich darauf wie von Furien gehetzt durch Büsche und Sträucher direkt nach Hause, wo sie von dem fürchterlichen Geist im Heidwald berichteten.
Als sich die Wächter endlich beruhigten und wieder zur Vernunft gekommen waren, ging eine Schar bewaffneter Männer mit ihnen zum Heidwald. Sie zo-

gen einen großen Kreis und gingen auf den Weideplatz zu. Von einem Geist war weit und breit nichts zu sehen, und die Pferde grasten ganz friedlich. Als man nun die Pferde kontrollierte, stellte man fest, daß zwei der besten Rosse fehlten. Die nächste Zeit wurde nun der Heidwald als Weideplatz gemieden, man wollte keine weiteren Tiere verlieren.
Doch zwei ehemaligen Soldaten, die für ihren Mut bekannt waren, kam die ganze Sache mit dem Geist sehr merkwürdig vor. Daher beschlossen sie, ihre Pferde wieder in den Heidwald zu treiben. Die beiden ersten Nächte verliefen ruhig und ohne Zwischenfall. Doch in der dritten Nacht trabte um die Geisterstunde wieder das große schwarze Pferd mit dem großen schwarzen Reiter heran. Die mutigen Wächter hatten sich vorgenommen, sich den Geist einmal näher anzusehen. Zunächst verbargen sie sich hinter einer dicken Eiche, doch dann stürzten sie, dicke Knüppel schwingend, mit lautem Geschrei auf die schwarze Erscheinung zu. Sie fielen dem scheuenden Roß in die Zügel und führten einen fürchterlichen Schlag auf den Kopf des Geistes, daß dieser vom Pferd fiel. Die beiden Männer machten mit dem Schwarzen kurzen Prozeß und schlugen ihn vollends tot.
Bei Anbruch des Morgens stellten sie fest, daß sie keinen Geist getötet hatten, sondern einen ganz gewöhnlichen Pferdedieb, von denen es zu der Zeit zu viele gab.

Der „Heitergeist“:
Es war während des Dreißigjährigen Krieges, als die Schweden in unserer Gegend hausten. Eines Tages, so erzählten die Alten von Büdingen, ging das Gerücht um, die Büdinger Kirchenglocken seien gestohlen worden. Doch in Wirklichkeit hatte sich folgendes ereignet: Als die Büdinger hörten, daß die Schweden im Anmarsch wären und sie auch vorhätten, dem linken Saarufer einen Besuch abzustatten, beschloß man, ihrer Habgier und Zerstörungswut zuvorzukommen. Daher nahmen heimlich einige starke Männer in der Nacht die Glocken vom Turm, luden sie auf Pferdefuhrwerke und transportierten sie ungesehen in den Heidwald; dort wurden sie vergraben.
Es war natürlich klar, daß die Büdinger ihr vertrautes Glockengeläut bald vermißten. Ein großes Rätselraten begann im Dorf, als man feststellte, daß die Glocken verschwunden waren. Damit keine weiteren Nachforschungen angestellt würden, streute man das Gerücht aus, die Glocken wären gestohlen worden. Doch wär hat die Glocken gestohlen?
Einige Büdinger, die ein so feines Gehör hatten, daß sie die Flöhe husten hörten, vermeintem bald am Morgen und Abend ein fernes Läuten aus dem Heidwald zu hören. Und bald war man der Meinung, ein Geist im Heidwald läute zur rechten Zeit die Glocken. Der Geist wurde nun unter dem Namen „Heitergeist“ bald überall bekannt.

Schloß Meinsberg und der Teufel

Tempelritter Arnold von Sierck und sein Pakt mit dem Teufel

Unser Grenzgebiet im Dreiländereck Frankreich-Deutschland-Luxemburg ist reich an geschichtlichen Ereignissen, woraus sich viele Sagen entwickelten. So entstand auch die Sage vom „Teufel auf der Meinsburg“:
Hoch über dem Dorf Manderen in Lothringen erhebt sich auf dem Meinsberg eine gewaltige, trutzige Burg, die „Meinsburg“. Sie wurde im 13. Jahrhundert als Schutz- und Trutzburg von dem Tempelritter Arnold von Sierck erbaut. Es war dies allerdings die Vorgängerin der jetzigen Burg. Die heutige Burg wurde 200 Jahre später, im Jahre 1431 von Arnold VI. von Sierck erbaut. Die im Laufe der Jahrhunderte stark verfallene Burg wurde von 1991 bis 1998 stilgerecht für 36 Millionen D-Mark renoviert, so daß sie heute wieder in neuem Glanze von der Höhe des Meinsberges strahlt.
Tempelritter Arnold von Sierck erhielt im 13. Jahrhundert von dem Herzog von Lothringen die Erlaubnis, auf dem Meinsberg, hoch über dem Dorf Manderen, eine Burg zu errichten. Ritter Arnold leitete persönlich den Bau der Burg, damit auch alles nach seinen Wünschen gebaut wurde. Er wollte eine Burg hoch auf dem Meinsberg erbauen, die ihresgleichen weit und breit nicht hätte. Daher verpflichtete er auch die besten Steinmetze, Maurer und Zimmerleute, um sein Prunkschloß zu errichten. Der Ritter war für sein ausschweifendes Leben bekannt, obwohl er bei den Templern war. Er liebte „Spiel, Wein, Weib und Gesang“ und verpraßte dabei natürlich einen Haufen Geld. Daher war es auch kein Wunder, daß ihm schon bald das Geld ausging und er die Handwerker und Arbeiter an seinem Bau nicht mehr bezahlen konnte. Diese weigerten sich nun, ohne Bezahlung weiterzuarbeiten und legten die Arbeit nieder. Nun war guter Rat teuer! Ritter Arnold wußte sich nicht mehr zu helfen; ohne Geld gab es keine Burg. Wo er auch um Geld anklopfte, überall bekam er Absagen; man lieh dem Verschwender kein Geld mehr.
„Wenn mir Gott und die Menschen nicht helfen wollen, so muß es eben der Teufel tun“, rief der Ritter in seiner Verzweiflung, als er eines Abends vor dem Kaminfeuer bei einem Krug Wein saß.
„Tempelritter Arnold, du hast mich gerufen“, sagte eine Stimme hinter Arnold, „was willst du von mir?“
Der Ritter fuhr erschreckt herum; hinter ihm stand ein hagerer Mann, von Kopf bis Fuß schwarz gekleidet. Auf dem Kopf hatte er einen spitzen Hut, an dem eine lange Hahnenfeder wippte. In dem hageren Gesicht saß eine lange Hakennase, darunter ein dünnes Bärtchen. Doch das unheimlichste an dem Unbekannten waren seine glühenden, stechenden Augen, mit denen er den vor Schreck leichenblaß gewordenen Ritter musterte. Der Teufel! Kein Zweifel, er war es!

„Nun was ist? Du hast mich gerufen, also sag, was du von mir willst", sagte ungeduldig der Höllenfürst.
Arnold holte tief Atem! Der Schreck saß ihm in den Gliedern; es dauerte etwas, bis er wieder richtig denken konnte.
„Ich brauche Geld, viel Geld!", stammelte er endlich. Der Teufel nickte zustimmend. Nun wurde der Ritter dreister.
„Ich möchte noch vierzig Jahre leben und immer ein Goldstück in der Tasche haben. Danach kannst du mit mir machen, was du willst."
Wieder nickte der Teufel: „Einverstanden, so soll es sein!" und damit war er verschwunden. Nur ein leichter Schwefelgeruch blieb im Zimmer zurück und erinnerte an den unheimlichen Besucher.
Ritter Arnold rieb sich die Augen: „Habe ich das eben geträumt oder war es Wirklichkeit?" Er faßte in die Tasche und hielt ein Goldstück in der Hand. Arnold schüttelte ungläubig den Kopf, legte das Goldstück auf den Tisch und streckte die Hand nochmals in seine Tasche. Wieder ein Goldstück! Nun schleppte er eine große Truhe herbei und verbrachte die Nacht damit, die Truhe mit Goldstücken zu füllen.
Geld hatte der Ritter nun mehr als genug. Als er mit den Goldstücken klimperte, kamen auch die Handwerker wieder zurück an seinen Bau. Der Ritter ließ an seiner Burg nur noch die besten Materialien verbauen; es wurde ein Prachtbau. Arnold brauchte nun auch nicht mehr zu knausern; er zahlte den Handwerkern, was sie verlangten. Deshalb ging nun der Bau zügig voran, so daß schon in Kürze die Burg vollendet war. Von der Spitze des Meinsberges leuchtete das herrliche Schloß weit ins Land hinein; es war der ganze Stolz von Ritter Arnold.

Das Schloß sollte mit einem rauschenden Fest eingeweiht werden. Hierzu lud Ritter Arnold den ganzen Adel der umliegenden Burgen und Schlösser ein. Aber auch die Handwerker, Arbeiter und Bauern lud der neue Schloßherr ein; er brauchte ja nicht mehr zu sparen. Drei Tage feierte man auf Schloß Meinsburg; da flossen Wein und Bier in Strömen. Die Keller und Vorratskammern waren bis zur Decke gefüllt, da konnte man lange feiern, bis sie leer waren. Es wurde gesotten und gebraten, ein ganzer Ochse drehte sich im Schloßhof am Spieß. Herz was begehrst du? Es war alles da, in Hülle und Fülle.
Fest um Fest wurde nun auf der Meinsburg gefeiert. Es wurde gepraßt und gefeiert bis in die frühen Morgenstunden. Die Früh- und die Sonntagsmesse wurde meist verschlafen. Alle Ermahnungen des Burgkaplans schlug der Ritter in den Wind. Er lachte nur: „Pfaffe, bleib du bei deinem Weihwasser, ich trinke lieber Wein." Seine Freunde und Bekannte wunderten sich, daß es ihm plötzlich so gut ging, er auf einmal so viel Geld hatte. Auf ihre Fragen lachte er nur, meinte: „Ihr müßt zum Teufel gehen, der gibt euch Geld so viel ihr wollt." Dann lachten auch seine Freunde und meinten, er hätte einen Scherz gemacht. Alle Meldungen und Beschwerden über Ritter Arnold an den Ordensmeister der Templer entkräftete er mit Lügen; es war ihm nicht beizukommen. So vergingen die vierzig Jahre in Saus und Braus; Ritter Arnold merkte es nicht.
Am vierzigsten Jahrestag war wieder ein großes Fest auf der Meinsburg. Man feierte, war fröhlich, und alle sprachen dem guten Wein recht fleißig zu. Als aber um Mitternacht der Festlärm seinen Höhepunkt erreicht hatte, klopfte es heftig an die Tür des Festsaales und herein kam ein neuer, gutgekleideter Gast. Beim Eintritt in den Saal verbreitete er einen starken Schwefelgeruch, worüber die angetrunkenen Gäste ihre Witze machten. Der Gast trat zu Ritter Arnold und fragte die Gäste: „Meine Herren, wenn ihr ein Schaf kauft, kauft ihr dann auch dessen Pelz?" Alle waren erstaunt über diese Frage, doch antworteten sie mit „Ja!" Daraufhin sagte der Fremde zu dem Tempelritter: „Nun gehört mir also nicht nur deine Seele, sondern auch deine Haut." Er umschlang Ritter Arnold mit seinen Armen und flog mit ihm unter großem Getöse zum Fenster hinaus. Die Gäste standen starr vor Schreck; nun war ihnen erst klargeworden, wer der unheimliche Fremde war. Der Schwefelgeruch, über den sie vorher gewitzelt hatten, verriet es!
Viele Bewohner der Nachbarorte wollen in unheimlichen, dunklen Nächten um Mitternacht ein Licht auf den Mauern der Meinsburg gesehen haben. Sie hörten dann eine Stimme jammern: „Habt Erbarmen mit mir!"

Literatur- und Quellenverzeichnis

Kapitel 1: Brauchtum

„Saarländische Volkskunde“
Nikolaus Fox, Fritz Klopp Verlag, Bonn, 1927

„Kleines Lexikon des christlichen Brauchtums“
Alfred Läpple, Pattloch Verlag 1996

„Sitte und Brauch im Saargebiet“
Dr. Jakob Zewe, Verlag Gebr. Hofer, 1924

„Elsässer Weihnacht“
J. Lefftz und A. Pfleger, Alsatia Verlag, 1941

„Brauch und Sitte in Ostlothringen“
Angelika Merkelbach-Pinck, Schriften der Erwin Steinbach-Stiftung, Frankfurt am Main 1968

„2 x 11 Jahre Fößgekisch“
Chronik des NCV Nohn, Alfons Rettgen, 1993

„Mettlach – Landschaft, Brauch und schönen Künste“
Dr. Carl Conrath, SDV Saarbrücken, o. Jahr

„Das schöne Mettlach“
C. Conrath, SDV Saarbrücken, 1938

„Sagen und Geschichten des Saarthales“
Heinrich Nießen, Verlag Wilh. Winkler, Saarlouis, o. Jahr

„Heilige und Selige im Bistum Trier“
Ekkart Sauser, Verlag der Akademischen Buchhandlung Interbook Trier, 1987

„Weinheilige und Rebenpatrone“
Dieter Graff, SDV, Saarbrücken 1988

„125 Jahre Pfarrkirche St. Medardus Neuforweiler“
Festschrift

„Die Heiligen im Jahreslauf“
Schauber/Schindler, Pattloch Verlag 1990

„Das große Buch der Heiligen“
Erna und Hans Melchers, Südwest Verlag, München 1994

„Pfälzer Volkskunde“
Albert Becker, Weidlich Reprints, Frankfurt/Main, 1979

„Die Echternacher Springprozession“
A. Langini, Pilger-Informationsblatt

„Echternach“
PEDA-Kunstführer, 1993

„Willibrord – Sein Leben und Wirken“
Robert Sibenaler, Edition Saint-Paul, Louxemburg 1990

Kapitel 3: Geschichtliches

„Burgen und Schlösser in Luxemburg“
Roger Bour, 1988 by Edition Saint-Paul

„Die Hofburg Vianden“
Herausgeber „Les amis du chateau de Vianden“

„Knaurs Kulturführer Belgien und Luxemburg“
Marianne Mehling (Hrsg.), 1986

„Die Kapelle auf Schloss Meinsberg“
Jean Niedeck (Zeitungsausschnitt)

„Englische Artigkeit: Palmwein…“
Fritz-Heinrich Schröer (Zeitungsausschnitt)

„Knaurs Kulturführer – Lothringen“,
Marianne Mehling, Droemer Knaur, München 1995

„Burgen und Schlösser in Lothringen und Luxemburg“
Weidlich Verlag, Frankfurt, 1964

„Burgen des deutschen Mittelalters“
Friedrich-Wilhelm Krahe

„650 Jahre Stadtrechte Freudenburg 1346–1996“
Festschrift

„Chronik der Pfarrei Tünsdorf“
Dr. Anton Jacob, Mondorf

„Dorf- und Schulchronik Tünsdorf“
Lehrer Etges

Aufzeichnungen des Familienforschers Matthias Groß
Büschdorf

„Castell, eine historische Topographie“
J.J. Hewer

„Klause bei Kastel“
Werner Bornheim

„Ein Königsgrab an der Saar“
N. Lackas

„500 Jahre Grenzlandschicksal – Familie Bohr“
Rudolf M. Gall, SZ, Juli 1975

„St. Gangolf“
Arthur Fontaine, SDV, 1997

„Familienbuch Mettlach und Umgebung“
Reinhold Junges, Eigenverlag 1992-1997

„Beschreibung der Burg-Ruine Montclair“
Eduard Beck, Eigenverlag 1922

„Geschichten und Sagen der Saar“
Adam Görgen, Verlag der Lintz'schen Buchhandlung, Trier, 1904

„Die Dorfgeschichte Orscholz“
Dr. Anton Jacob, Gemeinde Orscholz, 1954

„Das Merziger Land“
Matthias Enzweiler, Verlag „Die Mitte“, 1982

„Das Land an Mosel und Saar mit Eifel und Hunsrück“
Reinhold Wacker, Spee Verlag Trier, 1991

„Geschichte des Kreises Merzig“
Johann heinrich Kell, SDV, 1925

„Die Mosel Rettel bis Schloss Thorn“
Albrecht Gelz, krüger druck + verlag, o.Jahr

„Trier im Mittelalter"
Anton Haverkamp, Spee Verlag 1996

„Die Wikinger"
Robert Wernick, Time-Life-Bücher, 1979

„Die Sagen der Saar"
Karl Lohmeyer, Band 1 + 2, Minerva-Verlag 1955

„Lexikon des alten Handwerks"
Reinhold Reith, Verlag C.H. Beck, München 1991

„Vergessene Künste"
John Seymour, Ravensburger Buchverlag Otto Maier 1984

„Urkundliche Geschichte der Abtei Mettlach"
Dr. J.C. Lager, Lintz'sche Buchdruckerei, Trier 1875

„Urkundliche Geschichte des Kreises Merzig"
Constantin Briesen, Druck Franz Stein, Saarlouis, 1863

„Mettlach in seinen Heiligtümern…"
Pfr. Roman Koll, Selbstverlag, Mettlach 1958

„Glaubenszeugen und Fürsprecher" (Die Heiligen des Saarlandes)
Andreas Heinz, SDV Saarbrücken, 1980

„St. Martin Tünsdorf – Schicksal einer Grenzpfarrei"
Matthias Groß + Alfons Rettgen, MDV, Merziger Druckerei und Verlag, 2004, ISBN 3-923754-97-3

„Mönche an der Saar"
Stefan Flesch u.a. Minerva-Verlag Thinnes & Nolte OHG, 1985

„Mettlach an der Saarschleife",
Dr. Karl Conrath, Buchdruckerei Karl Funk, Saarbrücken, 1961

„Helden und Heilige"
Hans Hümmeler, Verlag Haus Michelsberg, Siegburg, 1964

„Geschichte Montclair"
Dr. J.J.Hewer, Trier, 1860

„Mettlach"
Karl Conrath, Buchhandlung Bergmann-Hoffmann, Mettlach, 1920

„Beschreibung der Burg-Ruine Montclair"
Eduard Beck, 1922

„Ortschronik Nennig", *Band II, Waldemar Bach, 2. Auflage, 1992, o. Verlagsangabe*

„Sagen und Geschichten des Saarthales"
Heinrich Nießen, Verlag Wilh. Winkler, Saarlouis, o.Jahr

„Saarländische Volkskunde"
Nikolaus Fox, Fritz Klopp Verlag, Bonn, 1927

„Beschreibung der Stadt Merzig und des Merziger Landes"
Johann Heinrich Kell, Selbstverlag der Stadt Merzig, 1958

„Schiffe auf der Saar"
Werner Böcking, SDV Saarbrücken, 1984

„Geschichte der Burg und der Stadt Saarburg"
Nikolaus Ritzler, Verlag W. Rassier, Saarburg, 1912

„Geschichte des Saarlandes"
Hans-Walter Herrmann und Georg Wilhelm Sante, Verlag Ploetz KG Würzburg, 1972

„Das Saarland"
Verlag „Die Mitte", 1990

„2000 Jahre Trier"
Band I-II, Spee Verlag 1996

„Trierer Bistumsgeschichte"
Heft 1

„Die Sagen der Saar"
Karl Lohmeyer, Band 1 + 2, Minerva-Verlag 1955

„Germania Benedictina"
Band IX, EOS Verlag Erzabtei St. Ottilien, 1999

„2000 Jahre Tawern"
Rudolf Rosenkränzer, 1993

„Bild der Jahrhunderte"
Band 3, Otto Zierer, Verlag Sebastian Lux, Murnau, 1956

„Über die römischen Niederlassungen und die Römerstraßen in den Saargegenden"
Dr. Friedrich Schröter, gedruckt bei Anton Hofer, Saarbrücken, 1846

„Der römische Limes in Deutschland"
Nikol Verlagsgesellschaft, Hamburg, 2000

„Saarburg, Geschichte einer Stadt",
Volksfreund-Druckerei Trier, 1991

„Am neunten Meilenstein",
Sverre Arstadt, Merziger Volkszeitung (?) vom 2.4.1955

„Chrocus ante Portas!"
Erzählung, O. Wachsmuth, SZ-Beilage vom 31.12.1956

„Trier im Mittelalter"
Anton/Haverkamp, Spee Verlag 1996

„Die Wikinger"
Régis Boyer, Klett-Cotta, 1995

„Die Normannen"
Gustav Faber, Bertelsmann Verlag München, 1976

„Wikingersegel vor Amerika"
Fritz-Otto Busch, Adolf Sponholtz Verlag Hameln-Hannover, 1966

„Wikinger-Taschenlexikon"
Reinhard Barth, Piper München, 2002

„Saarländische Lebensbilder"
Band 1, SDV 1982

Kapitel 4: Landleben

„Vergessene Künste"
John Seymour, Otto Maier Verlag Ravensburg 1984

„Leben auf dem Lande"
John Seymour, Otto Maier Verlag, Ravensburg, o. Jahr

„Das Merziger Land"
Mattias Enzweiler, Verlag „Die Mitte", 1982

„Lexikon der Biologie"
Herder Verlag 1985

„Schnapsbrennen"
Josef Pischl, Leopold Stocker Verlag 1995/96

„Das Merziger Land"
Matthias Enzweiler

„Familienbuch Mettlach und Umgebung"
Reinhold Junges, Druckhaus Fassbender, Weiten, 1997

Kapitel 5: Sagen

„Nennig, Wies, Berg – im Wandel der Geschichte"
Waldemar Bach, Druckerei Ensch, Trier, 1994

„Sagen und Geschichten des Kreises Merzig-Wadern"
MDV, 1955

„Schwemlingen"
Arthur Fontaine, PROVESA, 1985

„Die Sagen der Saar"
Band 1, Karl Lohmeyer, Minerva-Verlag, Saarbrücken 1952

„Saarlandsagen"
Dr. August Diehl, Verlag Amend & Co., Würzburg 1934

Inhalt